Tobie Lolness

Timothée de Fombelle

Tobie Lolness

Illustrations
de François Place

Gallimard Jeunesse

Conception de la couverture © 2008 Walker Books Ltd.
Reproduite avec la permission de Walker Books Ltd., Londres, SE11 5HJ

Tobie Lolness
© Gallimard Jeunesse, 2006,
pour le texte et les illustrations

Les Yeux d'Elisha
© Gallimard Jeunesse, 2007,
pour le texte et les illustrations

© Gallimard Jeunesse, 2008,
pour la présente édition

*Pour Elisha, pour sa mère
Pour la Forêt où j'ai grandi*

LIVRE I

LA VIE SUSPENDUE

Première partie, *13*

Seconde partie, *167*

LIVRE II

LES YEUX D'ELISHA

Première partie, *325*

Seconde partie, *507*

Vues des Anges, les cimes des arbres peut-être
sont des racines buvant les cieux
Rainer Maria Rilke

LIVRE I

La Vie suspendue

Première partie

1

Traqué

Tobie mesurait un millimètre et demi, ce qui n'était pas grand pour son âge. Seul le bout de ses pieds dépassait du trou d'écorce. Il ne bougeait pas. La nuit l'avait recouvert comme un seau d'eau.

Tobie regardait le ciel percé d'étoiles. Pas de nuit plus noire ou plus éclatante que celle qui s'étalait par flaques entre les énormes feuilles rousses.

Quand la lune n'est pas là, les étoiles dansent. Voilà ce qu'il se disait. Il se répétait aussi : « S'il y a un ciel au paradis, il est moins profond, moins émouvant, oui, moins émouvant… »

Tobie se laissait apaiser par tout cela. Allongé, il avait la tête posée sur la mousse. Il sentait le froid des larmes sur ses cheveux, près des oreilles.

Tobie était dans un trou d'écorce noire, une jambe abîmée, des coupures à chaque épaule et les cheveux trempés de sang. Il avait les mains bouillies par le feu des épines, et ne sentait plus le reste de son petit corps endormi de douleur et de fatigue.

Sa vie s'était arrêtée quelques heures plus tôt, et il se demandait ce qu'il faisait encore là. Il se rappelait qu'on lui disait toujours cela quand il fourrait son nez partout : « Encore là, Tobie ! » Et aujourd'hui, il se le répétait à lui-même, tout bas : « Encore là ? »

Mais il était bien vivant, conscient de son malheur plus grand que le ciel.

Il fixait ce ciel comme on tient la main de ses parents dans la foule, à la fête des fleurs. Il se disait : « Si je ferme les yeux, je meurs. »

Mais ses yeux restaient écarquillés au fond de deux lacs de larmes boueuses.

Il les entendit à ce moment-là. Et la peur lui retomba dessus, d'un coup. Ils étaient quatre. Trois adultes et un enfant. L'enfant tenait la torche qui les éclairait.

– Il est pas loin, je sais qu'il est pas loin.

– Il faut l'attraper. Il doit payer aussi. Comme ses parents.

Les yeux du troisième homme brillaient d'un éclat jaune dans la nuit. Il cracha et dit :

– On va l'avoir, tu vas voir qu'il va payer.

Tobie aurait voulu pouvoir se réveiller, sortir de ce cauchemar, courir vers le lit de ses parents, et pleurer, pleurer... Tobie aurait aimé qu'on l'accompagne en pyjama dans une cuisine illuminée, qu'on lui prépare une eau de miel bien chaude, avec des petits gâteaux, en lui disant : « C'est fini, mon Tobie, c'est fini. »

Mais Tobie était tout tremblant, au fond de son trou, cherchant à rentrer ses jambes trop longues, pour les cacher. Tobie, treize ans, poursuivi par tout un peuple, par son peuple.

Ce qu'il entendit alors était pire que cette nuit de peur et de froid.

Il entendit une voix qu'il aimait, la voix de son ami de toujours, Léo Blue.

Léo était venu vers lui à l'âge de quatre ans et demi, pour lui voler son goûter, et, depuis ce jour, ils avaient tout partagé. Les bonnes choses et les moins drôles. Léo vivait chez sa tante. Il avait perdu ses deux parents. Il ne gardait de son père, El Blue, le célèbre aventurier, qu'un boomerang de bois clair. A la suite de ces malheurs, Léo Blue avait développé au fond de lui une très grande force. Il semblait capable du meilleur et du pire. Tobie préférait le meilleur : l'intelligence et le courage de Léo.

Tobie et Léo devinrent bientôt inséparables. A un moment, on les appelait même « Tobéléo », comme un seul nom.

Un jour, alors que Tobie et ses parents allaient déménager vers les Basses-Branches, ils étaient restés cachés tous les deux, Tobéléo, dans un bourgeon sec pour ne pas être séparés. On les avait retrouvés après deux jours et trois nuits.

Tobie se souvenait que c'était une des rares fois où il avait vu son père pleurer.

Mais cette nuit-là, alors que Tobie était blotti tout seul dans son trou d'écorce, ce ne pouvait pas être le même Léo Blue qui se trouvait debout à quelques mètres de lui, brandissant sa torche dans le noir. Tobie sentit son cœur éclater quand il entendit son meilleur ami hurler :

– On t'aura ! On t'aura, Tobie !

La voix rebondissait de branche en branche.

Alors, Tobie eut un souvenir très précis.

Quand il était tout petit, il avait un puceron apprivoisé qui s'appelait Lima. Tobie montait sur son dos avant de savoir marcher. Un jour, le puceron s'arrêta brutalement de jouer, il mordit Tobie très profondément et le secoua comme un chiffon. Maintenant, Tobie se souvenait de ce coup de folie qui avait obligé ses parents à se séparer de l'animal. Il gardait dans sa mémoire les yeux de Lima quand il était devenu fou : le centre de ses yeux avait grandi comme une petite mare sous la pluie. Sa mère lui avait dit : « Aujourd'hui, ça arrive à Lima, mais tout le monde un jour peut devenir fou. »

– On t'aura, Tobie !

Quand il entendit une nouvelle fois ce cri sauvage, Tobie devina que les yeux de Léo devaient être aussi terrifiants que ceux d'un animal fou. Oui, comme des petites mares gonflées par la pluie.

La petite troupe approchait en tapant sur l'écorce avec des bâtons à pointe pour sentir les creux et les fissures. Ils cherchaient Tobie. Cela rappelait l'ambiance des chasses aux termites, quand les pères et les fils partaient une fois par an, au printemps, chasser les bêtes nuisibles jusqu'aux branches lointaines.

– Je vais le sortir de son trou.

La voix qui prononça cette phrase était si proche, que Tobie croyait sentir la chaleur d'un souffle sur lui. Il ne bougea plus, n'osa pas même fermer les yeux. Les coups de bâton venaient vers lui dans l'obscurité balayée de reflets de feu.

Le bois pointu s'abattit violemment à un doigt de son visage. Le petit corps de Tobie était tétanisé par la peur. Il gardait pourtant les yeux accrochés au ciel qui réapparaissait parfois entre les ombres des chasseurs. Cette fois, il était pris. C'était fini.

D'un coup, la nuit retomba sur lui. Un cri de colère retentit :

– Eh ! Léo ! Tu as éteint cette flamme ?

– Elle est tombée. Pardon, la torche est tombée…

– Imbécile !

La seule torche du groupe s'était éteinte, et la recherche devait se poursuivre dans la nuit noire.

– C'est pas ça qui nous fera abandonner. On va le trouver.

Un autre homme s'était joint au premier et fouillait avec les mains les fentes de l'écorce. Tobie sentait même l'air remué par le mouvement de ces mains si près de lui. Le deuxième homme avait sûrement bu parce qu'il empestait l'alcool fort et que ses gestes étaient violents et désordonnés.

– Je vais l'attraper moi-même. C'est moi qui vais le mettre en morceaux. Et on fera croire aux autres qu'on l'a pas trouvé.

L'autre riait, en disant de son compagnon de chasse :

– Celui-là, il changera pas. Il a tué quarante termites au printemps dernier !

Oui, Tobie était pour eux pire qu'un termite, et ils le feraient sûrement passer par le bâton à pointe et par les flammes.

Les deux ombres étaient au-dessus de lui. Plus rien ne pouvait le sauver. Tobie faillit lâcher du regard ce ciel qui n'avait pas cessé de le faire tenir. Il vit le bâton descendre vers lui, il se plaqua brusquement sur le côté, et le chasseur ne sentit sous son arme que le bois dur de l'arbre.

Mais l'autre homme avait déjà plongé son bras dans le trou.

Les yeux de Tobie débordaient de larmes. Il vit l'homme poser sa grosse main tout contre lui, s'arrêter, la déplacer un peu plus haut, près de son visage.

Alors, étrangement, Tobie sentit la peur le quitter. Une grande paix était remontée le long de son corps. Il y avait même un sourire pâle sur ses lèvres quand il entendit la terrible voix dire dans un chuchotement de plaisir :

– Je l'ai. Je le tiens.

Le silence se fit tout autour.

Les autres chasseurs approchèrent. Même Léo Blue ne parlait plus, craignant peut-être de devoir regarder son ancien ami dans les yeux.

Ils étaient là, à quatre ou cinq autour d'un enfant blessé. Tobie, pourtant, n'avait plus peur de rien. Il ne frissonna même pas quand l'homme passa le bras dans le trou, arracha quelque chose en hurlant de rire, et le présenta aux autres.

Il y eut un silence, plus long qu'un hiver de neige.

Tobie avait cru sentir qu'on venait de déchirer un bout de son vêtement. Après un moment, quelques mots résonnèrent dans ce silence de glace :

– De l'écorce, c'est un morceau d'écorce.

Oui, l'homme tendait aux autres chasseurs un morceau d'écorce.

– Je vous ai bien eus ! Évidemment qu'il n'est pas là. Il doit galoper vers les Basses-Branches. On l'aura demain.

Le petit groupe laissa échapper un grondement de déception. On envoya quelques insultes à celui qui avait fait semblant de trouver Tobie. Les ombres s'éloignèrent très vite comme un nuage triste. L'écho des voix se dispersa.

Et le silence revint autour de lui.

Tobie mit longtemps avant d'entendre à nouveau sa propre respiration. Avant de sentir peser son corps contre la paroi de l'arbre.

Que s'était-il passé ? Les idées revenaient à lui très lentement.

Il revoyait chaque instant de cette mystérieuse minute. L'homme avait posé sa main sur lui et n'avait senti que le bois. Il avait arraché un bout de son gilet, en le prenant pour de l'écorce. Et tous avaient reconnu que c'était de l'écorce. Comme si Tobie était rentré dans le bois de l'arbre. Il avait eu exactement cette impression. L'arbre l'avait caché sous son manteau d'écorce.

Tobie se figea soudainement.

Et si c'était un piège ?

C'était ça. L'homme avait senti l'enfant sous sa main, et l'attendait dans le noir, à quelques mètres. Tobie en était sûr. Ce chasseur avait bien dit qu'il le voulait pour lui tout seul, qu'il l'écraserait comme un termite ! Il devait être dans l'ombre à surveiller sa sortie, il se jetterait sur lui avec son bâton à pointe. La terreur revint se mettre en boule au fond de sa gorge.

Tobie ne bougeait pas. Il guettait le moindre son.

Rien.

Alors, lentement, il reprit conscience du ciel au-dessus de lui. Ce compagnon étoilé qui avait l'air de le regarder de ses yeux si nombreux.

Et, sous lui, il sentit la tiédeur de l'arbre. C'était la fin de l'été. Les branches avaient engrangé une douce chaleur. Tobie était encore dans les hautes branches, ces régions sur lesquelles le soleil se pose du matin au soir et met partout une odeur de pain chaud, l'odeur du pain de feuille de sa mère, qu'elle frottait au pollen.

Tobie se laissa porter par ce parfum rassurant qui l'entourait.

Alors ses yeux se fermèrent. Il oublia la peur, la folie de Léo, il oublia qu'il servait de gibier aux chasseurs et qu'ils étaient des milliers contre lui. Il se laissa gagner par une vague tendre, cette brume de douceur qu'on appelle le sommeil. Il oublia tout. Les tremblements, la solitude, l'injustice, et ce grand POURQUOI qui battait en lui depuis plusieurs jours.

Il oublia tout. Mais il y avait dans sa nuit une petite place qu'il avait gardée libre. Le seul rêve qu'il laisserait venir jouer dans son sommeil.

Ce rêve avait un visage. Elisha.

2

ADIEU AUX CIMES

Toute la journée, fuyant ses ennemis, il s'était dit qu'il ne fallait pas qu'il pense à elle.

C'était la seule chose. Il ne fallait pas. Ce serait trop dur.

Il avait mis autour de son cœur une sorte de forteresse, avec des miradors et des fossés profonds. Il avait lâché des fourmis de combat dans les allées de ronde. Il ne devait pas penser à elle.

Pourtant, à chaque instant, elle était là, à se rouler dans ses souvenirs, avec sa robe verte. Elle était là au milieu de ses pensées, plus présente que le ciel.

Il avait connu Elisha en quittant les hauteurs avec sa famille, pour partir vivre dans les Basses-Branches.

Il faut raconter cette rencontre. Oublier un peu Tobie endormi dans son trou, pour revenir cinq années plus tôt.

C'était au moment du grand déménagement.

Cette année-là, un matin de septembre, alors que les habitants des Cimes dormaient encore, Tobie partit avec ses parents.

Ils voyagèrent pendant sept jours, accompagnés de deux porteurs grincheux chargés d'objets indispensables. Ils n'avaient pas besoin de ces deux hommes pour transporter deux petites valises, des vêtements, quelques livres, et la caisse de dossiers de Sim Lolness, le père de Tobie.

Les porteurs étaient là pour s'assurer que la famille ne ferait pas demi-tour en chemin.

M. Lolness était certainement le plus grand savant du moment.

Il connaissait les secrets de l'arbre comme personne. Admiré de tous, il avait signé les plus belles découvertes du siècle. Mais son incroyable savoir n'était qu'une toute petite partie de son être. Le reste était occupé par une âme large et lumineuse comme une constellation.

Sim Lolness était bon, généreux et drôle. Il aurait facilement fait une carrière dans le spectacle s'il y avait pensé. Pourtant, le professeur Lolness ne cherchait jamais vraiment à faire rire. Il était simplement d'une fantaisie et d'une originalité rayonnantes.

Parfois, pendant le Grand Conseil de l'arbre, au milieu d'une foule de vieux sages, il se déshabillait complètement, sortait de sa mallette un pyjama bleu, et se préparait pour une sieste. Il disait que le sommeil était sa potion secrète. L'assemblée baissait la voix pour le laisser dormir.

Tobie et ses parents avaient donc cheminé plusieurs jours durant en direction des Basses-Branches. Dans l'arbre, les voyages se vivaient toujours comme des aventures. On circulait de branche en branche, à pied, sur des chemins très peu tracés, au risque de s'égarer sur des voies en impasse ou de glisser dans les pentes. A l'automne, il fallait éviter de traverser les feuilles, ces grands plateaux bruns, qui, en tombant, risquaient d'emporter les voyageurs vers l'inconnu.

De toute façon, les candidats au voyage étaient rares. Les gens restaient souvent leur vie entière sur la branche où ils étaient nés. Ils y trouvaient un métier, des amis… De là venait l'expression « vieille branche » pour un ami de longue date. On se mariait avec quelqu'un d'une branche voisine, ou de la région. Si bien que le mariage d'une fille des Cimes avec un garçon des Rameaux, par exemple, représentait un événement très rare, assez mal vu par les familles. C'était exactement ce qui était arrivé aux parents de Tobie. Personne n'avait encouragé leur histoire d'amour. Il valait mieux épouser dans son coin.

Sim Lolness au contraire aimait l'idée d'un « arbre généalogique », comme si chaque génération devait inventer sa propre branche, un brin plus près du ciel. Pour ses contemporains, c'était une idée dangereuse.

Bien sûr, l'augmentation de la population de l'arbre obligeait certaines familles à émigrer vers des régions lointaines, mais c'était une décision collective, un mouvement familial. Un clan choisissait de s'approprier des branches nouvelles, et partait pour les Colonies inférieures. Elles se trouvaient plus à l'intérieur de l'arbre, dans des rameaux ombragés.

Cependant, personne n'allait jusqu'aux Basses-Branches, cette contrée plus lointaine encore, tout en bas.

Personne, du moins, ne s'y rendait volontairement.

Pas même la famille Lolness, qui arriva ce soir-là avec ses porteurs dans le territoire sauvage d'Onessa, au fin fond des Basses-Branches.

Depuis deux jours, ils savaient à quoi ressemblait cette région. Elle défilait devant leurs yeux tandis qu'ils marchaient.

C'était un immense labyrinthe de branches humides et tortueuses. Personne ou presque. Juste quelques moucheurs de larves qui détalaient en les voyant.

Le spectacle de ce pays était saisissant. Des étendues d'écorce détrempée, des fourches mystérieuses où nul n'avait jamais posé le pied, des petits lacs qui s'étaient formés à la croisée de branches, des forêts de mousse verte, une écorce profonde traversée de chemins creux et de ruisseaux, des insectes bizarres, des fagots morts coincés depuis des années et que le vent ne parvenait pas à faire tomber… Une jungle suspendue, pleine de bruits étranges.

Tobie avait pleuré jusque-là, traînant sa peine d'avoir quitté son ami Léo Blue. Mais, arrivant aux portes des Basses-Branches, qu'on lui avait décrites comme un enfer, ses larmes s'étaient séchées. Hypnotisé par le paysage, il comprit tout de suite qu'il serait chez lui, ici. La région était magique : un gigantesque terrain de jeu et de rêverie.

Plus il avançait et retrouvait sa mine joyeuse des beaux jours, plus il voyait sa mère, Maïa, s'effondrer.

Maïa Lolness était née de la famille Alnorell qui possédait presque un tiers des Cimes, et qui avait des plantations de lichen sur le tronc principal. Une famille riche qui organisait des grandes chasses dans ses propriétés, côté soleil, et des bals qui faisaient tourner la tête des plus jolies personnes jusqu'à l'aube. Les nuits de fête, des chemins de torches dessinaient des guirlandes dans les Cimes. Le père de Maïa s'installait au piano. On dansait autour. Des couples s'égaraient sous les étoiles.

Maïa, petite fille, avait grandi dans cette ambiance de fête, seule descendante Alnorell, fille chérie de son père qu'elle adorait. M. Alnorell était un être délicat comme sa fille, un bel homme généreux et curieux de tout.

Il était mort jeune, quand Maïa avait quinze ans. Et sa femme avait pris le pouvoir, interrompant à jamais les valses et les dîners de banquet sous la lune.

Car Mme Alnorell, la grand-mère de Tobie, était triste et mauvaise comme une araignée du matin. N'ayant pas fait le bonheur de son mari ni de sa fille, elle fit celui de son argentier, M. Peloux, puisqu'elle cessa d'un seul coup les dépenses de sa maison et qu'une fortune immense commença à s'entasser autour d'elle.

M. Peloux voyait arriver tous les jours les revenus des plantations de la famille et des autres affaires Alnorell, sans que jamais un sou sorte de ses caisses.

Mme Alnorell aimait tant l'argent qu'elle avait oublié à quoi il servait. Comme un enfant qui collectionne sous son lit des bonbons à la sève. Sauf que l'enfant se réveille un matin sur un tas de sève moisie, alors que l'argent de Mme Alnorell ne moisissait pas. Celle qui moisissait, c'était Mme Alnorell elle-même. Elle était devenue presque verte, et ses sentiments ne paraissaient plus très frais non plus.

Tobie savait qu'en apprenant les fiançailles de Maïa avec un homme des Rameaux, la grand-mère avait dit :

– Tu veux donc donner naissance à des limaces !

La phrase était devenue fameuse entre Sim et Maïa. Ils en plaisantaient. Les Rameaux d'où venait Sim étaient connus pour leurs limaces, énormes animaux complètement inoffensifs, et qui produisaient une graisse idéale pour les lampes à huile. Les gens des Rameaux adoraient leurs limaces, si bien que le père de Tobie, avec tendresse, l'appelait souvent « mon limaçon » en souvenir de la phrase de sa belle-mère.

Maïa Alnorell épousa donc Sim Lolness. Ils s'aimaient. Ils étaient restés aussi amoureux qu'à leur rencontre, à dix-neuf ans, dans un cours de tricot.

Le tricot de soie était le passage obligé des jeunes filles de bonne famille. Et comme Sim Lolness travaillait déjà énormément, passant sa vie entre bibliothèque, laboratoire et jardin botanique, et qu'il n'avait pas le temps de « faire des rencontres », comme disait sa mère, il était allé s'inscrire à un cours de tricot. Il était bien sûr le seul garçon du cours. En une heure par semaine, il avait l'assurance de rencontrer trente filles d'un coup, et de se faire une idée dans les meilleurs délais sur cette espèce inconnue de lui.

La première semaine, il observa.

La deuxième semaine, il inventa la machine à tricoter.

La troisième semaine, le cours ferma.

Ce fut la fin du tricot de soie à la main.

Mais la jolie Maïa avait tout de suite compris ce qui se cachait sous le béret de ce jeune homme, venu de ses Rameaux éloignés pour étudier dans les Cimes. Elle en tomba amoureuse.

Elle alla, un matin de printemps, toquer à sa petite chambre d'étudiant.

– Bonjour.

– Mademoiselle… Euh… Oui ?

– Vous avez oublié votre béret au dernier cours.

– Oh ! Je… Mon Dieu…

Elle fit un pas dans la chambre. Sim recula. En fait, c'était la première fois qu'il regardait vraiment une fille, et il avait l'impression qu'il découvrait une nouvelle planète. Il avait envie de prendre des notes, mais il se dit que ce n'était peut-être pas correct.

A vrai dire, à sa grande surprise, il ne ressentait pas seulement le besoin d'écrire deux ou trois livres sur le sujet : il voulait rester là, à ne rien faire, à la regarder.

Elle finit par demander :

– Je ne vous dérange pas ?

– Si… Vous… Vous mettez… toute ma vie en l'air, si je peux me permettre, avec respect, mademoiselle.

– Oh ! Pardon…

Elle se dirigeait vers la porte. Sim se précipita pour lui barrer le passage. Il rajusta ses lunettes.

– Non ! Je… Vous pouvez rester…

Il lui offrit donc de l'eau froide et une boule de gomme. Elle tenait sa tasse d'eau froide d'une telle manière que Sim voulut encore faire un croquis. Il résista à la tentation. Il avait partagé la boule de gomme avec ses mains, si bien qu'il avait tendance à coller aux objets quand il les prenait.

Maïa riait en secret.

Sim s'appuyait sur les murs pour se donner une contenance, mais il était en train de tendre un fil de gomme aux quatre coins de la chambre.

Au bout d'un temps, Maïa s'excusa de devoir partir. Elle enjamba un fil, passa sous un autre et sortit.

– Merci pour le béret, dit Sim en la regardant s'éloigner.

Il réalisa alors qu'il avait son béret sur la tête, qu'il l'avait aussi quand elle était arrivée, bref, qu'il ne l'avait jamais oublié nulle part.

Alors, il retira ses épaisses lunettes, les posa sur la table et tomba par terre, inanimé.

Il comprit plus tard pourquoi il s'était évanoui ce jour-là. C'était tout simplement parce que, dans la logique des choses, si elle lui avait rapporté un béret qu'il n'avait jamais oublié, ce devait être pour le revoir.

Lui.

Et cela suffisait bien pour s'évanouir.

Un an après, ils se marièrent. Un beau mariage dans les Cimes. La grand-mère Alnorell avait accepté de dépenser quelques miettes de sa fortune. M. Peloux, l'argentier, sortit en pleurnichant deux pièces d'or d'une baignoire pleine à ras bord.

Il disait :

– Madame, nous sommes presque ruinés…

Et il regardait la baignoire débordante et le couloir qui menait aux quatorze salles des coffres où s'entassaient des montagnes de pièces et de billets.

Pendant le mariage, Mme Alnorell s'était tenue correctement, se moquant seulement du père de Sim et de sa maladresse.

Comme il ne connaissait pas les habitudes du beau monde, le père de Sim Lolness s'appliquait un peu trop. Il grignotait les pétales de fleur qui décoraient le buffet. Il soulevait les robes à traîne des femmes pour qu'elles ne prennent pas la poussière. Après quelques verres, il avait tendance à faire des baisemains même aux hommes, tout en tortillant sa cravate comme une papillote.

Pendant vingt ans, les heureux époux n'eurent pas d'enfant, ce qui mettait la grand-mère Alnorell dans un état de fureur.

Et puis un jour…

Tobie.

Il apparut tout d'un coup dans la vie de Sim et Maïa, et fit leur joie.

La grand-mère le trouva très vite trop Lolness, et pas assez Alnorell.

Tobie passait les étés dans les propriétés de sa grand-mère. Elle le confiait à des gouvernantes et faisait tout pour ne jamais le croiser. Un enfant… C'était sale et plein de maladies. Elle fuyait dès qu'elle l'apercevait. Si bien que finalement en sept ou huit étés, elle ne rencontra que rarement son petit-fils.

Et à chaque fois, ce fut des crises de nerfs, et des glapissements :

– Éloignez-le ! J'ai mes vapeurs !

On emportait Tobie comme un pestiféré.

Voilà pourquoi en s'enfonçant dans les Basses-Branches, vers le lieu où elle allait vivre désormais avec son mari et son fils, Maïa Lolness étouffait des sanglots. Parce que, ces défauts de la haute société, qu'elle avait tant combattus chez sa mère et chez elle-même, elle les sentait remonter en surface dans son dégoût pour ces territoires noirs et spongieux des Basses-Branches.

Son mari voyait bien qu'elle pleurait. Il lui disait parfois :
– Ça ne va pas, Maïa ?
– Je suis tellement heureuse d'être avec vous deux, essayait-elle de dire avec un impossible sourire.

Et elle reprenait la marche en s'enveloppant dans son châle.

Tobie regardait son père. Il savait qu'il souffrait. Non pas qu'il s'apitoyât sur lui-même, car Sim Lolness aurait trouvé de quoi s'émerveiller dans n'importe quoi, y compris dans l'intestin d'une mouche. Mais il souffrait pour sa femme et son fils, qu'il entraînait dans sa propre punition.

Car cette famille était en exil.

Ces trois êtres que les deux porteurs abandonnèrent au milieu de nulle part, dans le territoire d'Onessa, à l'extrémité d'une branche sous laquelle pendaient deux immenses feuilles couleur feu, ces trois êtres avaient été bannis du reste de l'arbre, condamnés à la déchéance et à l'exil.

– C'est là, murmura le père de Tobie.

La branche était tellement humide qu'on croyait marcher sur un fond de soupe froide. Tobie, assis sur sa valise, épongeait ses chaussettes.

– C'est là, répéta Sim d'une voix étranglée.

Maïa Lolness cachait ses larmes dans son châle.

Après la gloire, les honneurs, tous les succès, Sim Lolness et les siens repartaient de zéro.

De bien en dessous de zéro.

3

LA COURSE CONTRE L'HIVER

Arrivés à Onessa en septembre, Tobie et ses parents comprirent très vite que le compte à rebours avant l'hiver avait commencé. L'automne était déjà glacial et les Basses-Branches promettaient de terribles hivers. La première nuit passée dehors fut douloureuse. Une brise chargée d'humidité parvenait à se glisser sous la couverture où grelottait la petite famille.

– Viens, mon fils. Au travail.

A l'aube, le lendemain, Sim Lolness commença à creuser sa maison.

Dans les Cimes, il fallait compter six mois pour qu'une maison de taille modeste soit creusée, par un groupe de cinq ou six ouvriers, et un attelage de charançons dressés.

On commençait par dégager l'écorce pour ménager les ouvertures, une porte et quelques fenêtres. On taillait ensuite dans la masse du bois trois ou quatre pièces principales, étudiées pour ne pas blesser l'arbre, et respecter la circulation de la sève.

Les plus belles maisons étaient équipées de balcons, d'un mobilier confortable, de cheminées à double foyer. Certaines possédaient un réservoir de pluie qui les alimentait en eau courante.

Les Lolness n'espéraient pour ce premier hiver qu'une petite pièce commune avec un conduit de cheminée. C'était déjà un travail démesuré.

Sim Lolness était un homme de grande taille, presque deux millimètres de haut. Il pesait huit bons centigrammes. Mais cet homme solide d'une cinquantaine d'années avait très peu d'expérience du travail manuel. Lui qui pouvait réciter les tables de multiplication jusqu'à mille dans l'ordre et dans le désordre, lui qui avait écrit des livres de cinq cents pages sur *La Longévité des mégaloptères*, ou *Pourquoi la coccinelle n'a-t-elle jamais cinq points sur le dos ?*, ou encore *L'Optique de la goutte d'eau*, lui qui repérait d'un coup d'œil une étoile nouvelle, ignorait en revanche dans quel sens on tenait un marteau, et aurait planté son doigt en entier avant de toucher une seule fois un clou.

Il lui fallut tout apprendre seul, aux côtés de sa femme et de son fils.

Tobie progressa en même temps, et beaucoup plus vite que quiconque. Il avait sept ans à l'époque. Il se chargeait de tous les travaux délicats. Sa petite taille lui permit de creuser le conduit de la cheminée. C'était le type de tâche qu'on n'aurait jamais pu confier à des charançons creuseurs.

Avec leurs mandibules aiguisées comme des machettes, ces coléoptères ne faisaient pas dans la dentelle.

L'élevage des charançons pour creuser les maisons posait d'ailleurs un problème très délicat puisque, mal maîtrisée, cette bestiole était capable de réduire l'arbre en poussière. Le père de

Tobie s'opposait aux gros élevages de charançons qui commençaient à se développer dans l'arbre, en lien avec les industries de la construction.

Mais les Lolness n'avaient ni charançon, ni ouvrier, ni le moindre outil. Tobie travaillait à la lime à ongles, son père au couteau à pain. Mme Lolness moulait des carreaux de résine pour les fenêtres, rapiéçait des bouts de tissu pour faire des couvertures et des tapis.

L'automne se résuma en un mot : creuser. Deux fois par jour une maigre soupe leur redonnait des forces. La nuit, ils dormaient quelques heures, mais n'attendaient pas que le jour se lève pour se remettre au travail, sous la pluie.

Le matin de Noël, ils fermèrent sur eux une porte de bois et contemplèrent leur travail. Ce n'était pas exactement le genre de maison qu'on achète sur catalogue. Le sol suivait un vallonnement doux, les murs étaient irréguliers, les fenêtres avaient la forme de la Grande Ourse. La cheminée ressemblait à une niche triangulaire et la fumée s'échappait par un conduit en tire-bouchon.

Tobie avait son lit le long de la cheminée, et pouvait tirer un rideau le soir, pour s'isoler. Parmi les bouts de tissu cousus dans le rideau, on reconnaissait : un caleçon, deux chemises, et un jupon violet.

Combien de temps Tobie passa-t-il, pendant ces années, allongé sur son lit, à écouter le bruit du feu et à regarder le reflet des flammes à travers le tissu blanc du caleçon ? Les ombres et les lueurs projetaient une histoire sans fin que Tobie réinventait à chaque fois.

Mais le premier soir où les Lolness entrèrent chez eux, Tobie ne se coucha pas.

Ils s'assirent tous les trois sur le lit des parents, face à un feu crépitant. Ils se tenaient par la main. Au moment exact où ils avaient baissé le loquet de la porte, le vent s'était mis à souffler dehors et quelques flocons de neige fondue s'étaient écrasés sur les vitres. L'hiver frappait au carreau.

La maison était boiteuse et minuscule, mais il n'y a pas de plus grande joie que d'entendre le sifflement de la tempête à l'abri d'une maison que l'on a construite de ses mains. Tobie vit refleurir quelques instants le sourire de sa mère, et il se mit à pleurer. Voyant l'émotion de sa femme et de son fils, Sim plaisanta :

– Mettez-vous d'accord… On est bien, ou pas ?

Tobie renifla et dit :

– Mais je pleure d'être trop content, et il se mit à rire.

Alors une larme coula sur la joue de Maïa, et, cette fois, ils se regardèrent tous les trois en riant.

Bizarrement, cet hiver-là resta dans la mémoire de Tobie comme un bon souvenir. Ils ne quittèrent presque pas la maison.

Le matin, ils sortaient pour quelques travaux. Maïa allait prendre un paquet de poudre de feuilles dans le garde-manger creusé dans l'écorce, à quelques pas de la maison. Sim et son fils ramassaient un peu de bois et faisaient les réparations indispensables. Ils retournaient aussitôt tous les trois dans leur pièce commune. Le feu les attendait, tapi dans sa niche.

Tobie avait appelé le feu Flam, et le traitait comme un petit animal. En rentrant dans la pièce, il lui jetait un morceau de bois sur lequel Flam se précipitait gaiement.

Maïa souriait. Un enfant solitaire parviendra toujours à s'inventer de la compagnie.

Sim Lolness sortait alors des étagères un gros dossier bleu et le posait sur la table. Il brandissait une liasse de feuilles qu'il mettait sous le nez de Tobie, et il croisait les bras.

Tobie commençait à lire à haute voix.

Pendant quatre mois, les journées passèrent ainsi. Au début, Tobie ne comprenait pas un seul mot de ce qu'il lisait à son père. Les trois premières semaines, le dossier sur la « Tectonique des écorces » resta pour lui totalement incompréhensible, même si son père laissait parfois entendre un soupir de satisfaction ou un petit grondement qui prouvaient que le professeur Lolness écoutait ces lectures savantes comme des récits d'aventures.

Tobie se concentra donc de plus en plus. Il était tout joyeux quand il reconnaissait un terme comme « lumière » ou « glissement ». Et peu à peu, le sens commença à se montrer par petits éclats. Le deuxième dossier s'appelait « Psychosociologie des hyménoptères », et Tobie comprit très vite que cela parlait des fourmis. Sa voix devenait plus assurée. Par instants, Maïa, qui s'était remise au tricot, levait les yeux de son ouvrage, très attentive aussi.

Tous ces dossiers contenaient les principales recherches du professeur Lolness, et sa femme se souvenait parfaitement du moment où chacun avait été écrit. Le travail sur « La Chrysalide des cuculies » par exemple lui rappelait leurs premières années de jeune couple, lorsque Sim revenait le soir, le béret en bataille, réjoui par une découverte qu'il s'empressait de raconter à sa femme.

Jusqu'au mois d'avril, ils ne virent absolument personne et ne s'éloignèrent pas à plus de dix minutes de leur maison. Mais dans la première semaine d'avril, alors qu'autour d'eux les énormes bourgeons commençaient à gonfler et à craquer sous la poussée de la sève, ils entendirent du bruit.

Tobie pensa d'abord qu'il avait rêvé. On toquait à la vitre. Il crut à une dernière pluie avant les beaux jours. Mais le toc-toc recommença. Il se tourna vers la fenêtre et découvrit un visage barbu qui le contemplait. Il fit signe à son père qui marqua un temps d'arrêt, surpris, et alla ouvrir la porte.

Un vieil homme se tenait devant la maison.

– Je suis votre voisin, Vigo Tornett.

– Sim Lolness, enchanté.

Le nom de Tornett lui disait quelque chose. Il ajouta :

– Pardonnez-moi, je crois vous connaître…

– C'est moi qui vous connais, professeur. J'ai une grande admiration pour votre travail. J'ai lu votre livre sur les origines. Je venais vous faire un petit bonjour, en voisin.

– En voisin ?

Sim jeta un coup d'œil derrière l'épaule de Tornett. Il ne voyait pas comment il pouvait exister des voisins dans un trou perdu comme Onessa. Le vieux Tornett expliqua :

– J'habite la première maison, à trois heures de marche vers le couchant.

Il fit un pas à l'intérieur de la pièce et sortit de son baluchon un paquet de papier brun.

– Je vis avec mon neveu qui est moucheur de larve. Je vous ai apporté du boudin.

Maïa s'avança vers lui et prit le paquet.

Le boudin de larve était un plat de fête, qui, dans les Cimes, coûtait affreusement cher. Mais il était produit dans les Basses-Branches, la région la plus pauvre et la moins développée de l'arbre. Maïa ouvrit le paquet où luisaient huit gros boudins.

– Voyons, monsieur Tornett, comment accepter… ?

– Je vous en prie, madame, entre voisins, on peut s'aider un peu.

– Restez au moins déjeuner avec nous.

– Je suis désolé, chère madame, je dois rentrer chez moi. Mais je ne voulais pas laisser passer un jour de plus sans venir vous voir. Mes rhumatismes me paralysent tout l'hiver, je supporte malheureusement très mal ce climat. Pardonnez-moi. Je n'ai pas été jusqu'ici un voisin bien accueillant.

Il serra la main de chacun et s'en alla.

C'est par cette visite que commença la belle saison.

Ce qu'on appelle la belle saison dans les Basses-Branches est simplement une saison un peu moins humide, un peu moins glaciale, un peu moins sombre que le reste de l'année. Mais les vêtements n'en demeurent pas moins toujours mouillés, les pieds et les mains s'engourdissent dès qu'on sort…

Tobie arrêta alors ses lectures savantes et commença son exploration de la région. Il partait le matin après avoir avalé un bol bien noir de jus d'écorce, et revenait le soir, sale et trempé, les cheveux ébouriffés, l'œil épuisé mais brillant.

Il fit bientôt une expédition vers la maison Tornett.

Il se perdit cinq fois avant de se retrouver nez à nez avec trois énormes larves qui ronflaient dans leurs niches. Vigo Tornett avait parlé de son neveu qui mouchait les larves, Tobie devina donc qu'il n'était pas loin du but. Il découvrit finalement la maison. Deux simples pièces sans fenêtre, avec une large porte. Un petit bonhomme curieux était assis sur le seuil. En voyant Tobie, le bonhomme se leva et disparut. Le vieux Tornett sortit de la maison et sourit à Tobie.

– Quel plaisir de te voir, mon garçon. Comment as-tu trouvé ton chemin jusqu'ici ?

L'autre personnage réapparut derrière Vigo Tornett. Tobie n'avait pas rêvé. Tornett expliqua :

– C'est mon neveu, Plum. Nous sommes chez lui, ici. Il a la gentillesse d'héberger son vieil oncle depuis quelques années. Plum, je te présente…

– Tobie, dit Tobie en lui tendant la main.

– Oui, Tobie Lolness, reprit Tornett… Je t'en ai parlé. Tobie est le fils d'un grand homme, d'un merveilleux savant : Sim Lolness…

Plum fit un petit grognement rassuré et rentra dans la maison.

– Plum est muet. Il est moucheur depuis vingt ans. Il a trente-cinq ans maintenant.

Tobie lui aurait donné douze ans et demi.

Ouvrant sa besace, il partagea des biscuits avec M. Tornett. Il était étonné d'être reçu d'homme à homme, comme un ami. Vigo Tornett était extrêmement sympathique. Il parlait de la région avec une certaine tendresse, il disait qu'il commençait à s'y attacher. Seules ses jambes se plaignaient d'être là et le faisaient souffrir à cause de l'humidité.

– J'ai eu une jeunesse d'écervelé. J'ai fait des bêtises. Maintenant, je suis vieux, mal fichu, mais j'ai les yeux bien ouverts. Il me semble que j'ai enfin grandi.

Plum passait parfois la tête par la porte, il dévisageait le jeune visiteur. Tobie lui faisait alors un geste amical et Plum disparaissait comme un courant d'air.

– Tu as quel âge, jeune homme ? demanda Tornett pour finir.
– Sept ans, répondit Tobie.

Tornett mordit dans son biscuit et hocha la tête.

– C'est l'âge de la petite Lee…
– La petite quoi ?
– La petite Lee, à la frontière.
– Quelle frontière ?

– La frontière Pelée, à quatre ou cinq heures de chez toi.

Tobie connaissait très bien l'existence des Pelés, mais c'était la première fois qu'on en parlait ouvertement devant lui. Le mot « Pelé » était comme un gros mot qu'on ne dit pas devant les enfants.

La conversation s'arrêta là parce que Vigo Tornett, prenant conscience de l'heure tardive, pressa Tobie de rentrer chez lui avant la nuit.

Quand Tobie s'allongea sur son lit ce jour-là, à l'écoute du crépitement des braises et du cliquetis des aiguilles à tricoter de sa mère, il crut voir se dessiner sur le caleçon blanc du rideau les silhouettes mystérieuses des Pelés, tandis que revenait à sa mémoire le nom de la petite Lee.

Lorsqu'un garçon de sept ans, isolé, solitaire, apprend qu'à moins d'une journée de marche existe un autre enfant de son âge, il est capable de tout pour le trouver. C'est la magie de l'aimant, que connaissent bien les enfants.

Et les amoureux.

Il se passa pourtant un mois entier avant que ce grand jour n'arrive.

4

ELISHA

Ce jour-là, pour être franc, Tobie s'était vraiment perdu. Ce n'était pas un petit égarement comme il en vivait tous les jours, du genre : léger détour, boucle inutile, trois pas en avant, trois pas en arrière...

– Tes Basses-Branches, mon fils, c'est cul-de-sac et sacs de nœuds ! disait son père qui ne s'aventurait même pas au bout du jardin.

Tobie se perdait dix fois par jour dans le labyrinthe des lianes, des montagnes d'écorce et des forêts de mousse grise, mais il commençait à avoir un sacré sens de l'orientation. Si bien que ce jour-là, il lui fallut plusieurs heures pour reconnaître qu'il était dans une situation beaucoup plus inquiétante.

Il y a la triste règle du promeneur égaré :
1) Quand on est perdu, on marche plus vite.
2) Or chaque pas que l'on fait nous éloigne de chez nous.
3) Donc on se perd encore plus.

Au bout de quatre ou cinq heures, Tobie s'arrêta, essoufflé, en sueur, presque incapable de reconnaître le haut et le bas.

Il fit le bilan qu'il aurait dû faire des heures plus tôt. Sincèrement, il était en très mauvaise posture. La nuit allait tomber. Ses parents ne savaient pas où il était, et de toute façon son père n'aurait pas fait dix centimètres hors de chez lui sans glisser sur une flaque ou tomber dans un trou. Le vieux Tornett était plus ou moins paralysé par ses rhumatismes. Le petit Plum ne s'éloignait jamais de ses larves. Bref, les circonstances n'étaient pas joyeuses. Il n'avait pas grand-chose à attendre de personne.

Seul au monde, il se dit à lui-même : « Je suis perdu... »

Tobie s'assit sur la grosse branche, là où il venait de s'arrêter. Il commença par essorer ses chaussettes, ce qui était toujours sa manière de se poser, et de faire le point. La chaussette mouillée brouille les idées et noie le moral.

Étranglant la chaussette dans ses petites mains, il regarda s'écouler un ruisselet pas vraiment clair. Il le suivit des yeux, remarqua que l'eau tombait dans une fente de l'écorce et coulait un peu plus loin. Il remit ses chaussures, toujours bien concentré sur la trajectoire de son filet d'eau.

Il ne pensait plus à rien. Il se leva et, pas à pas, rêveur, suivit le petit courant qui s'était formé.

Un brin de mousse grise naviguait maintenant sur la vaguelette. Tobie le fixait de son regard perdu.

D'autres infiltrations s'étaient jointes à l'eau des chaussettes, si bien que Tobie devait marcher plus vite pour suivre son petit navire de mousse grise qui dégoulinait le long de la gigantesque branche. Dans ce moment de peur, l'enfance lui était retombée dessus sans prévenir. Il n'était plus le jeune débrouillard qu'on traite comme un grand. Il avait à nouveau vraiment sept ans. Son âge devenait son refuge, avec les jeux et l'insouciance...

La gouttière formait déjà un vrai ruisseau que Tobie suivait en courant. Il grimpait les échardes de bois qui lui barraient la route, contournait les pétioles de feuilles mortes, le cœur palpitant. Toujours plus attentif à son petit bateau, il ne remarqua pas qu'un peu plus loin, l'eau plongeait dans le vide. Il dévalait la pente d'écorce et se serait jeté avec le brin de mousse, si un petit bourgeon ne l'avait fait trébucher juste à temps...

Il tomba du haut de son millimètre et demi, la tête en avant, les trois quarts du corps suspendus dans le vide.

Il demeura ainsi quelque temps, et quand il murmura : « Je suis perdu ! », ces mots avaient un autre sens qu'auparavant.

Sa vie tenait à un fil. Son pied était resté accroché au bourgeon gluant de printemps qui le retenait.

Bien vite, une sensation terrible s'empara de lui. Il commençait à se sentir glisser dans ses chaussettes. Toujours ce point sensible : la chaussette… Tandis que ses chaussures restaient agrippées au bourgeon, Tobie dérivait lentement vers le vide.

Le vide ? Tobie osa regarder en face le précipice qui était sous lui. Quelque chose lui paraissait étrange dans cette grande masse sombre. Il voyait par endroits des reflets bleutés qui l'intriguaient. Il eut besoin d'une minute entière, aveuglé par l'épuisement et le vertige, pour comprendre à quoi ressemblait ce vide.

A cent pieds sous lui, au milieu d'une énorme branche cabossée, s'étendait un vaste lac.

Un lac suspendu au milieu de l'arbre. Une merveille.

Une branche avait dû s'arracher et laisser un grand trou dans l'écorce où luisait maintenant un lac d'eau claire. Des taillis de haute mousse venaient jusque sur la rive et Tobie voyait même des plages d'écorce blanche, des criques délicieuses où il aurait pu planter sa tente.

Le ruisseau qu'il avait suivi se jetait dans ce lac. Il formait une chute d'eau vertigineuse qui faisait mousser l'eau transparente du lac. Joli destin pour son jus de chaussette.

Tobie avait repris sa respiration, son cœur battait un air plus lent, et surtout, curieusement, il avait arrêté de glisser. Il était immobile, pendu par les pieds à la falaise.

Il pensa à une formule de son grand-père Alnorell : « C'est la peur qui fait tomber. » Tobie n'avait jamais compris cette phrase que lui répétait sa mère. Il pensait que cela voulait dire que quand on fait sursauter quelqu'un, il risque de se retrouver par terre.

Désormais, il comprenait parfaitement.

Quand on vit dans la peur, on tombe à chaque pas. C'est la peur qui fait tomber. Maintenant qu'il se savait au-dessus d'un lac, il ne craignait plus de glisser : l'eau amortirait sa chute. Et comme il n'avait plus peur, il ne glissait plus.

Tobie remonta ses mains le long de son corps, agrippa un morceau d'écorce rugueuse et tira sur ses bras. En quelques secondes, sa tête était à la hauteur de ses pieds. Encore un petit effort et il se rétablit en s'appuyant sur ses avant-bras. Un mois de va-et-vient dans les Basses-Branches avait fait de lui un petit acrobate.

Tobie était maintenant debout, dressé au-dessus de ce paysage de rêve, bien décidé à aller l'explorer. Il commença à s'aventurer par la droite où un passage escarpé descendait jusqu'au lac.

D'en bas, c'était encore plus beau. Les hautes forêts de mousse se reflétaient à la surface où sautaient parfois de grosses puces d'eau. Le lac était immense, suspendu entre les branches de l'arbre, il aurait fallu une heure pour le traverser à la nage. Tobie n'avait jamais vu cela dans les hauteurs, encore moins dans les Cimes qui lui paraissaient maintenant une prison à ciel ouvert. Tobie n'hésita pas longtemps. En quelques secondes il avait enlevé tous ses habits. Et l'instant d'après, il plongeait.

Un dernier rayon de lumière avait même réussi à s'infiltrer jusque-là. Tobie faisait une brasse maladroite qui éclaboussait autour de lui. L'eau était fraîche et il respirait vite. Il retourna rapidement là où il avait pied. Il s'arrêta ainsi avec de l'eau jusqu'au cou à regarder ce grand miroir bleu nuit.

Il resta là un bon moment.

– C'est beau.
– Oui, répondit Tobie, c'est beau.
– C'est beau…

– Oui, je ne connais rien comme ça.

Tobie resta immobile encore une brève seconde. Avec qui parlait-il ? Très lentement il se retourna. Il venait de parler avec quelqu'un. Oui, il venait de répondre à quelqu'un.

Ce quelqu'un avait des nattes brunes, et le contemplait attentivement. Elle était assise à côté des vêtements de Tobie, sur un copeau de bois. Elle n'était sûrement pas plus vieille que lui, mais son regard paraissait plus sombre et plus assuré. Tobie n'avait que la tête hors de l'eau, il fut très surpris et un peu gêné. Immobile, les yeux écarquillés, il réfléchissait juste à une manière habile de récupérer ses habits. Mais elle ne bougeait pas.

Elle dit :

– Il n'y a qu'un seul autre endroit qui est aussi beau.

– C'est loin ? demanda Tobie.

La fille ne répondit pas. On ne voyait pas ses mains, cachées sous une cape marron. Tobie tenta une autre question.

Tu es la petite Lee ?

Elle sourit et c'était quelque chose de nouveau que Tobie aima beaucoup. Elle souriait extraordinairement bien pour son âge. En principe, à partir de quatre ou cinq ans, on sourit moins bien. Et ça n'arrête pas de se dégrader. Mais elle paraissait sourire pour la première fois.

– Je m'appelle Elisha.

Tobie commençait à se refroidir dans son eau, il continua quand même :

– Je cherche la petite Lee.

Elle sourit encore, et avec le même talent.

– Qui t'en a parlé ?

– Le vieux Tornett.

– Tu vas avoir froid.

– Oui, dit Tobie en grelottant.

– Tu devrais sortir.

– Oui.

– Tu vas être malade.

– Oui, répéta Tobie.

– Alors sors ! lança-t-elle en criant et en riant à la fois.

Tobie était extrêmement ennuyé, mais il fit un pas vers le bord, puis un autre, puis encore un autre. Maladroitement, il marcha sur la plage d'écorce blanche, tout nu, jusqu'à ses affaires qu'il commença à enfiler une à une.

Elisha ne paraissait ni gênée, ni moqueuse, ni rien de ce genre. Elle semblait juste contente qu'il mette des habits chauds. Tobie resta debout à côté d'elle. Ils regardaient tous les deux un reflet lointain sur le lac.

– Je ne sais pas comment rentrer chez moi, dit Tobie tout simplement.

Elle tourna la tête vers lui et il la dévisagea. Elle avait une figure très particulière. Un visage plat, assez pâle, avec des yeux un peu trop grands pour elle. Ses cheveux bruns tombaient sur ses genoux quand elle était assise.

– Je te montrerai demain, répondit Elisha.

– Demain ?

– On partira tôt.

– Tu sais où j'habite ? demanda Tobie.

– Bien sûr.

– Je dois partir ce soir.

– La nuit tombe. Il ne faut pas marcher la nuit. Viens.

Elle se leva et ses mains apparurent, qui, elles, étaient tout à fait de son âge. Des petites mains de petite fille. Tobie la suivait le long du lac.

— On va où ?

— Chez moi.

Ils marchèrent silencieusement pendant un long moment, longeant d'abord la plage, puis grimpant dans un bois. Tobie remarqua qu'elle était plus petite que lui en taille, et qu'elle avançait pieds nus dans les broussailles. Dans la pénombre, on voyait sous ses pieds comme une lueur bleue.

Parvenue en haut de la côte, Elisha s'arrêta. Tobie était content de cette pause, parce qu'elle escaladait à la vitesse d'une fourmi guerrière et qu'il avait du mal à suivre. Il reprit son souffle. Le lac commençait à se perdre dans une brume noire. La nuit tombante gommait les ombres. Elisha regardait au loin. Elle ne semblait pas lassée par la beauté. Ils reprirent leur chemin. Au bout d'un quart d'heure, une bonne odeur commença à danser autour d'eux. Tobie, qui n'avait rien mangé depuis le matin, sentit son ventre gargouiller. Il n'osa pas dire un mot, mais la faim était là.

— On est arrivé, dit Elisha. Attends-moi ici.

Tobie n'avait pas remarqué une ouverture ronde aménagée dans l'écorce et d'où s'échappait ce divin fumet. Il resta sur place tandis qu'Elisha filait vers la porte et disparaissait à l'intérieur. Après quelques instants, elle se montra dans l'encadrement et cria :

— Alors ? Tu viens ?

Il grimpa la petite côte. C'était une pièce entièrement ronde sans fenêtre et sans cheminée, avec juste un petit feu au milieu, et des grands carrés de tissu tendus à certains endroits. Ces tissus de couleur vive attirèrent d'abord le regard de Tobie, si bien qu'il mit un peu de temps pour remarquer une dame très jeune qui était accroupie près du feu et le regardait en souriant.

— Bonjour.

— Bonjour, répondit Tobie.

— Tu as faim ?

– Un peu, mentit Tobie qui avait une faim monstrueuse.

Il imita Elisha qui s'asseyait près du feu. La dame leur tendit une assiette recouverte d'une serviette. Elisha souleva un coin de la serviette et, dans un nuage de vapeur, Tobie vit apparaître de grosses crêpes ruisselantes de beurre et de miel.

Tobie ne mangea peut-être pas très proprement mais en tout cas avec appétit, et ses deux spectatrices avaient l'air de trouver cela assez drôle à voir. Finalement, il posa l'assiette, but d'un seul coup un bol d'eau qu'Elisha lui tendait et dit :

– Je m'appelle Tobie.

Cette nouvelle ne semblait pas être une révolution pour elles. Elles paraissaient très bien le connaître, alors il ajouta :

– Je cherche la petite Lee.

Cette phrase-là eut beaucoup plus d'effet : Elisha et la jeune fille éclatèrent de rire. Il préféra rire un peu avec elles sans savoir exactement pourquoi.

– Vous la connaissez ?

Cette fois, Elisha répondit :

– C'est moi.

Tobie sursauta. Elle continua :

– Je suis Elisha Lee, et voilà ma mère.

Tobie faillit tomber à la renverse. Cette dame de vingt-cinq ans était la mère d'Elisha… Elle avait l'air si jeune. Avec le même visage plat, les tresses remontées en macarons sur la tête, on aurait dit sa sœur.

La soirée passa dans la douceur d'un songe. Ils restèrent longtemps au coin du feu, et Tobie continua à les faire rire.

Dans la nuit, avec des grosses bougies dégoulinantes, Elisha l'emmena voir les cochenilles qu'elles élevaient. Sa mère vendait des œufs et de la cire de cochenille. Il fallait prendre grand soin de ces énormes animaux immobiles, blancs comme neige, qui faisaient deux fois la taille de Tobie.

– Elles n'ont pas l'air méchantes, dit Tobie en tapotant le flanc de l'une d'elles.

– Non. Celle-là s'appelle Line. L'autre, c'est Gary.

– Vous n'habitez pas loin de la grande frontière, dit Tobie, vous n'avez pas peur des Pelés qui capturent les troupeaux ?

Tobie avait entendu cela du temps où il vivait dans les hauteurs. Il avait surpris la conversation de deux éleveurs qui parlaient des Pelés. Il ne le répétait que pour se rendre intéressant.

Elisha et sa mère n'y firent même pas attention.

– Il faut juste se méfier des coccinelles, expliqua Elisha Lee.

– Des coccinelles ?

– Les cochenilles se font bouffer par les coccinelles, leurs seules ennemies.

De retour près du feu, Tobie leur raconta des histoires de coccinelles. Son père était un grand spécialiste du sujet. Tobie parla longtemps de la coccinelle à treize points, très rare. Il leur fit répéter, par jeu, le nom savant de la coccinelle à quatorze points.

– *Quatuordecim-pustulata* !

La mère d'Elisha essaya en bredouillant :

– *Quaduorte… tis… Quatuomdecir… putsulana…*

Mais Elisha le prononça du premier coup, alors que Tobie se perdait dans des explications sur les libellules, ce qui n'avait

rigoureusement aucun rapport. Quand ils s'écroulèrent de fatigue, ils rampèrent jusqu'à des matelas cachés derrière les carrés de couleur. Elisha choisit le jaune, et Tobie le rouge. Au moment de fermer les yeux, il avait complètement oublié ses parents qui devaient l'attendre depuis des heures. Il entendit seulement la petite Lee qui chantonnait dans son sommeil :
– *Qua-tuor-de-cim-pus-tu-la-ta…*

Le lendemain, Elisha le reconduisit jusqu'à chez lui et se volatilisa dans les buissons avant même que Sim et Maïa aient pu la voir.

Ainsi commença une amitié unique, qui, dans le cœur de Tobie, fit fleurir les Basses-Branches pendant ces longues années d'exil.

5

Papillon de nuit

Lorsque Tobie se réveilla dans son trou d'écorce, il lui fallut pas mal de temps pour savoir où il reposait. Il s'était échappé de longues heures dans ses rêves, revivant ses souvenirs des Basses-Branches et sa rencontre avec Elisha.

L'aube projetait maintenant ses premières lueurs sur l'arbre. Tobie essaya de bouger un peu. Sa jambe gauche était douloureuse, mais lui obéissait toujours. Le reste de son corps paraissait roué de coups.

Souvent, quand on se réveille d'un cauchemar, on se réjouit de voir autour de soi une réalité douce et sans danger, un rai de lumière sous la porte.

Mais Tobie, ouvrant les yeux après une nuit inconsciente, fut au contraire assailli par le cauchemar de sa vie. Il se rappela d'un coup la chasse à l'homme qu'on avait lancée contre lui. Il se rappela qu'il avait tout perdu. Il revécut aussi la visite des chasseurs qui avaient failli le débusquer de son trou.

Il aurait pu retomber dans ce sentiment de chagrin et d'angoisse, mais il sentit un appel plus fort : la faim.

Son père lui répétait toujours :

– Chaque cerveau a son secret. Moi, c'est mon lit. Toi, c'est ton assiette. Mange avant de penser, ou tu penseras mal.

Il avait dit un jour où Tobie manquait d'énergie : « Il n'est pas dans son assiette. »

Et, comme tout ce que disait le professeur Lolness, l'expression avait été reprise dans le langage courant, sans que personne ne sache d'où elle venait.

Tobie avança la tête en s'appuyant un peu sur les coudes et parvint à l'ouverture de la fente du bois. Il observait attentivement.

Il pensa brusquement au chasseur qui était peut-être tapi un peu plus loin. Tobie demeura un instant à l'arrêt.

Même affamé, le cerveau de Tobie parvint à se raisonner : si le chasseur avait été là, il aurait déjà sauté sur lui. Sans crainte, il sortit donc la tête tout entière, s'accrocha à un petit relief du bois et tenta de redresser le reste de son corps.

Il croyait être un pantin de bois. Ses bras et ses jambes étaient tendus comme des bâtons accrochés à un rondin.

Et puisque son nez avait un peu gonflé à cause de ses chutes, il pensa à un pantin célèbre dont on racontait l'histoire aux enfants de l'arbre.

Les blessures tiraient sur sa peau comme des agrafes. Il avait couru dix heures de suite, le jour précédent, il avait pris des coups, chuté vingt fois, s'était relevé autant jusqu'à tomber dans cette fente où il avait passé la nuit.

La première grande nouvelle du jour, c'était malgré tout qu'il pouvait marcher. Son premier pas fut accompagné d'un petit gémissement qui ressemblait à de la douleur, mais qui était un cri de joie. Il pouvait encore marcher, il en avait même envie après une nuit d'immobilité.

Il fit sa seconde belle découverte en dénichant, à quelques pas, une grosse gale brune qui allait lui servir de petit déjeuner. Tobie n'aimait pas particulièrement ces sortes de champignons plats où vivaient parfois des nymphes d'insectes. Il fallait normalement les cuire longtemps avant d'en faire un gratin ou une friture.

Mais Tobie en détacha un épais morceau et le dévora tout cru. Il avait aussi trouvé une minuscule mare dans un creux de l'écorce qu'il lapa comme une fourmi avant de rejoindre son trou. Là, après ce repas improvisé, il sentit la mécanique de son cerveau se remettre en marche.

Il réfléchit à son plan.

Depuis le début de sa fuite, il avait suivi d'instinct une même direction. En quittant les Cimes par des chemins secondaires, en parvenant dans les hauteurs où il se trouvait maintenant, il croyait ne pas savoir où il allait. Mais son corps entier lui indiquait ce cap, et il comprit bientôt que son but était les Basses-Branches. Tous ses réflexes de survie l'attiraient vers là-bas. Il connaissait les Basses-Branches comme les lignes de sa main. N'importe quel poursuivant ne pourrait filer sa trace une fois dans ce monde qui lui appartenait.

Son père avait tenté de lui dire :

– Pars. Ne t'arrête jamais.

Mais Tobie voulait croire que quelque part dans l'arbre existait malgré tout un refuge.

Et puis, il y avait Elisha. Le seul être qui lui restait, la seule qui ne le trahirait pas. Elisha allait l'aider. L'enfer s'arrêtait aux portes des Basses-Branches. Il suffisait d'y arriver.

Il suffisait... Mais les territoires d'Onessa commençaient à cinq jours de marche au moins, et des centaines d'hommes en armes s'étaient lancés à sa recherche. Il devrait donc voyager la nuit tombée, sans lumière, à l'heure où d'autres prédateurs, insectes ou oiseaux de nuit, étaient en chasse.

Tobie passa donc la journée dans son refuge à dormir et à soigner ses plaies avec des rubans de feuille fraîche. Trois fois, il fut réveillé par la vibration de troupes bruyantes qui passaient en désordre. Trois fois il resta là, pétrifié, le souffle court, longtemps après le passage des chasseurs.

On le cherchait toujours. Plus intensément qu'avant.

Jamais combat plus inégal ne s'était déroulé dans l'arbre : un enfant contre le reste du monde.

A neuf heures du soir, en septembre, l'arbre est déjà revêtu de nuit. Tobie sortit définitivement de sa cachette. Il connaissait la direction. Il la ressentait même au fond de lui comme s'il avait avalé une boussole. Il se mit en marche, et, après quelques pas, l'esprit de survie avait endormi ses douleurs et il courait sur les branches comme autrefois.

Il fallait voir courir Tobie dans les branches. C'était un papillon. Silencieux, précis, imprévisible. Il avait tout appris dans les Basses-Branches. L'arbre était son jardin.

Tobie connaissait les lieux habités et les fuyait. Il contournait surtout les grosses cités de bois moulu qui se multipliaient dans l'arbre.

Mais les différents groupes de ses poursuivants, qui avaient pris de l'avance sur lui, s'installaient parfois pour la nuit en zone sauvage. Tobie surveillait donc aussi les lueurs des feux de camp.

Soudain, avant qu'il n'ait rien vu venir, il entendit des voix.

C'était à un croisement qu'il ne pouvait contourner sans perdre un temps précieux. Il devait tenter de passer.

Rampant sur ses coudes, il commença son approche. Une dizaine d'hommes étaient affalés autour d'un brasier presque éteint où cuisaient sur une broche quelques belles tranches de grillon. Il devait bien y avoir un demi-grillon pour à peine dix chasseurs, et l'alcool coulait à flots.

Tobie avait faim. Il écouta leurs chansons. Elles étaient belles. De vrais airs de chasse. La beauté vient parfois se glisser dans les cœurs endurcis. Tobie reconnaissait ces chansons qui avaient marqué sa petite enfance.

Dans les propriétés des Cimes où il passait ses étés, il n'y avait plus les immenses chasses qui avaient fait le bonheur de son grand-père. Mais ses nourrices l'accompagnaient parfois aux battues paysannes qu'on organisait encore dans les branches voisines. Tobie, accroché au dos des chasseurs, déviait leurs flèches. Il chatouillait les meilleurs archers. Son jeune âge faisait qu'on lui pardonnait tout. Une fois, il garda même toute une journée un puceron caché sous sa chemise, pour le libérer, le soir venu, loin des chasseurs.

Cependant, il aimait se retrouver au crépuscule, allongé sous la table du relais. Là, écoutant les chants et les ballades, alors âgé de cinq ou six ans, il se sentait plus chasseur que n'importe qui. Il adorait les chansons, les vieilles histoires, et ces odeurs de grillades et de bottes qui le rejoignaient sous la table.

Mais cette nuit-là, venant imprudemment écouter les chants de ses poursuivants, il n'était plus le petit Tobie qu'on passe de main en main autour de la table et qui fait rire tout le monde. Il était dans la peau d'un gibier à bout de souffle qui s'approche du campement des chasseurs.

Il resta un bon moment allongé sur le sol. Un crissement attira tout à coup son attention. Le bruit venait de la droite, tout près de lui. Il tourna la tête et étouffa un cri. Son sang se glaça.

Deux yeux rouges le fixaient dans la nuit.

Il se laissa rouler sur le côté. Les chasseurs continuaient leurs berceuses. Tobie, sortant la tête qu'il avait enfouie dans ses bras, osa regarder à nouveau les yeux. Le grondement devenait plus agressif.

C'était une fourmi de combat.

Un enclos la retenait. Mais elle commençait à s'agiter et à faire battre la barrière. Tobie remarqua une autre paire d'yeux qui se braqua, elle aussi, dans sa direction. Et il y avait encore une troisième fourmi dans l'ombre. Trois énormes molosses, d'un rouge de braise, que l'odeur de Tobie avait dû réveiller.

Les chasseurs n'étaient donc pas seuls. On leur avait confié ces terribles bestioles. Tobie se préparait à filer mais le bruit de la veillée s'était soudainement interrompu. La nervosité des fourmis avait attiré l'attention des chasseurs. Un géant hirsute d'au moins deux millimètres et demi s'était levé et s'approchait déjà de l'enclos.

– On se calme là-dedans !

Tobie fit une roulade de plus vers l'obscurité. Les fourmis étaient toutes regroupées de son côté, et l'homme cherchait la raison de cette agitation.

– Falco ! Enok ! Vous allez vous calmer ?

L'homme commença à contourner l'enclos. Il parlait aux bêtes. Tobie cherchait une solution. Il fallait qu'il se passe quelque chose. N'importe quoi. Il fouilla ses poches à la recherche d'un objet qui ferait diversion. Rien. Pas un bout de bois à jeter dans une autre direction. Le chasseur continuait à longer l'enclos. Derrière lui, d'autres s'apprêtaient à le suivre. Qu'est-ce qui pouvait attirer les bêtes vers ce coin sombre ?

Tobie regarda ses pansements. Le geste qui le sauva ne dura pas une seconde. Arrachant ses bandages noircis de sang, il en fit une boule qu'il jeta derrière la barrière. L'instant d'après, les fourmis étaient dessus. Le sang les mettait en transe. Elles se battaient déjà.

– Un morceau de feuille ! Elles se disputent une feuille !

L'homme donna un coup sur la barrière et s'en retourna vers le feu pour rassurer ses compagnons.

Une minute plus tard, Tobie était déjà loin.

Il était passé. Il ne s'arrêtait plus. C'était une course effrénée, comme s'il avait encore les fourmis à ses trousses.

Se confiant entièrement à l'appel des Basses-Branches, il laissait ses idées vagabonder. L'action libère l'esprit. Il avait connu des courses de ce genre du temps de l'exil d'Onessa. Des journées dans les branches où les distances ne comptaient plus.

Il se rappelait par exemple le matin où le petit Plum Tornett était arrivé chez les Lolness, méconnaissable. Le visage couvert de boue, il gémissait, montrant la direction d'où il avait surgi. Sim Lolness tenta de le calmer, mais Plum poussait des hurlements de plus en plus forts. Désignant toujours la direction du couchant, il s'agrippait au menton du professeur. Tobie comprit très vite. Pour le garçon muet, le geste vers le menton rappelait la barbe de son oncle.

Il était arrivé quelque chose à Vigo Tornett.

Tobie choisit de partir seul pour savoir rapidement ce qui s'était passé. Trop tard pour demander l'aide de la famille Asseldor, ou des Olmech, qui habitaient plus haut. Ses parents le laissèrent filer à contrecœur et firent rentrer le pauvre Plum dans la maison.

C'était la troisième année de Tobie dans les Basses-Branches. Il se rendit chez Tornett en moitié moins de temps qu'il ne lui avait fallu les premières fois. Il connaissait de dangereux passe-branches, ces raccourcis de brindilles jetés entre des rameaux, qui lui évitaient bien des détours, et il filait de branche en branche, bondissant d'une feuille à l'autre.

Quand il arriva à la maison Tornett, il ne remarqua rien de particulier. Le feu était éteint dans la cheminée et le couvert était dressé pour deux.

C'est en contournant la branche, et en se dirigeant vers les niches des larves qu'il découvrit le vieil homme.

Il faisait peine à voir.

Tornett gisait sur l'écorce, inanimé, les vêtements arrachés.

Tobie avait alors dix ans, il avait traversé bien des épreuves, mais il ne s'était jamais retrouvé face à un homme dans cet état. Il se jeta sur lui.

– Tornett ! Monsieur Tornett !

Il prenait la tête barbue dans ses mains.

– Répondez-moi, je vous en supplie.

L'homme ne bougeait pas. Il était trop tard. Il reposa le visage de son vieil ami. Un courant d'air froid le fit frissonner.

– Adieu Tornett, déclara-t-il comme au théâtre.

C'est alors qu'il sentit la pression des doigts du blessé sur ses bras. C'était même plus qu'une pression. Tornett enfonçait ses ongles dans la chair de Tobie. Un peu plus et ils ressortiraient de l'autre côté. L'enfant ne pouvait imaginer une telle force chez un si vieil homme. Tobie finit par hurler de douleur ce qui réveilla tout à fait Tornett, qui lâcha prise.

Une heure plus tard, Tobie passait une éponge d'eau sur le corps meurtri du brave Tornett. Bien vivant, il ne semblait pas avoir de blessures graves, seulement un fin quadrillage d'écorchures qui le recouvrait entièrement de striures rouges. En caleçon long sur son lit, le vieux Vigo Tornett ressemblait à l'homme-araignée. Tobie essayait de s'interdire de rire, mais le tableau avait quelque chose de comique.

Quand il put parler, Vigo Tornett commença par dire :

– A Tomble... Ils me mettaient dans cet état pour un rien... A Tomble... ils frappaient tellement...

Tobie ne comprenait pas vraiment. Tornett ne paraissait qu'à moitié conscient. Le choc devait faire ressurgir des souvenirs plus anciens. Des souvenirs de cette autre vie de Tornett, du temps où il était mauvais garçon. Il en avait parlé à Tobie. Il avait passé dix ans dans la prison de Tomble. Et ces terribles années ne pouvaient s'oublier.

Vigo Tornett ouvrit les yeux complètement. Au bout de quelque temps, il raconta ce qui venait de lui arriver.

Le métier de moucheur de larve exigeait une grande précision.
Le mouchage lui-même n'était qu'une question de savoir-faire. Un drap blanc servait de mouchoir. On essorait ensuite le drap dans une bassine pour recueillir le lait. Mais la tâche la plus délicate du moucheur était la surveillance de la larve.

Chacun sait qu'une larve est appelée à devenir un insecte. Cependant, même le meilleur moucheur ne distingue pas forcément une larve d'une autre. Il fallait donc suivre attentivement la maturation de la larve pour pouvoir s'en débarrasser à temps. Le gentil Plum au cœur pur s'attachait parfois tellement à ses larves qu'il les gardait au-delà d'un temps raisonnable. Plus d'une fois, son oncle l'avait aidé précipitamment à pousser dans le vide une larve qui déjà se craquelait et laissait paraître des antennes agitées ou des mandibules.

Mais cette fois-là, c'est avec un scarabée-rhinocéros que Vigo Tornett se trouva nez à nez en pleine nuit. Le scarabée avait encore des lambeaux blancs gluants sur la carapace. Surpris par cette première rencontre, à peine sorti de sa larve, l'insecte ne semblait pas d'humeur pacifique. Il aurait pu facilement déchiqueter Tornett. L'homme se jeta courageusement à la tête du scarabée. Bien accroché à son unique corne, il fut secoué dans tous les sens, fouetté contre des branchages, et laissé pour mort, là où Tobie finit par le trouver.

A partir de ce jour, Tornett n'autorisa son neveu qu'à moucher des petites larves de nosodendrons.

Tobie repensait à ce qui lui avait semblé à l'époque une terrible aventure. Il l'avait racontée à Elisha le lendemain, lui laissant croire qu'il avait lui-même mis en fuite le scarabée-rhinocéros « qui faisait cinquante fois ma taille ». Elisha l'écouta et chuchota :

– Et Plum ?

Elisha était très touchée par Plum, le neveu muet de Tornett. Parfois, Tobie se demandait si Elisha aurait préféré un Tobie muet... Elle avait devant elle le héros sauveur de Vigo Tornett et elle lui demandait des nouvelles de Plum !

– Et ton Plum ? Il s'est déjà battu avec un scarabée-rhinocéros ? demanda-t-il.

– Non, mais toi non plus.

A partir de ce jour, Tobie comprit qu'il ne mentirait plus à Elisha.

Maintenant, dans cette nuit qu'il traversait en bondissant, il aurait été prêt à se battre à mains nues avec n'importe quelle mante religieuse assoiffée de sang, plutôt que de fuir ainsi la haine de son peuple.

Il termina sa deuxième nuit de fugitif dans un trou étroit dont il chassa une vrillette engourdie. Il se mit en boule pour dormir. Le jour commençait à poindre. Il était temps qu'il disparaisse comme ces animaux nocturnes, anonymes, invisibles, dont il avait rejoint le clan.

6

LE SECRET DE BALAÏNA

– Qu'est-ce que tu fais ?

Elisha s'était jetée dans le lac, et Tobie avait détourné la tête, pudiquement, le temps qu'elle disparaisse sous l'eau.

– Qu'est-ce que tu fais, Tobie ? Tu viens pas ?

– Non...

Elle avait fait quelques mouvements vers la cascade qui lui tombait maintenant dessus. On entendait à peine sa voix sous le claquement de la chute d'eau.

– Viens, Tobie !

Mais Tobie restait sur la plage.

Parfois Elisha plongeait sous le miroir bleuté pour aller toucher le fond. Ses pieds disparaissaient les derniers. Elle réapparaissait, haletante, les cils brillants de gouttes d'eau, lumineuse.

Ce matin-là, exceptionnellement, Tobie la regardait à peine. Le visage fermé, il était perdu dans ses pensées.

C'était la quatrième année du long séjour dans les Basses-Branches. La vie y avait pris un rythme régulier.

Par les grands froids, chacun hibernait chez lui. Tobie oubliait l'existence de la lumière et s'enfermait au travail avec son père. Son corps devenait comme une branche endormie, tandis que son cerveau bourgeonnait.

Il apprenait avec gourmandise, et les gros dossiers de Sim Lolness étaient dévorés en un temps record. On obligeait même

Tobie à retravailler plusieurs fois sur un sujet, pour que la réserve de savoir ne s'épuise pas trop vite. Mais le professeur Lolness savait que la connaissance est un monde qui repousse sans cesse ses limites. Parfois, il comparait la connaissance à l'arbre lui-même.

Car le père de Tobie défendait l'idée folle que l'arbre grandissait.

C'était un des thèmes les plus méconnus, la vraie passion du professeur. Tous les savants se disputaient à ce sujet. L'arbre change-t-il ? Est-il éternel ? Quelle est son origine ? Y aura-t-il une fin du monde ? Et surtout : existe-t-il une vie en dehors de l'arbre ? Ces questions provoquaient un grand débat, sur lequel Sim Lolness ne partageait pas les idées à la mode.

Son livre sur les origines avait été plutôt mal accueilli. Il y racontait l'histoire de l'arbre comme celle d'un être vivant. Il disait que les feuilles n'étaient pas des plantes indépendantes, mais qu'elles représentaient les extrémités d'une immense force de vie.

Ce qui avait choqué les lecteurs, c'était que ce livre sur les origines parlait en fait de l'avenir. Si l'arbre était vivant comme une forêt de mousse, il était terriblement fragile. Il fallait prendre soin de cet être qui leur ouvrait ses bras.

Dès que le printemps montrait son nez, Tobie mettait le sien dehors.

Il ne pensait plus, il sentait.

Il ne réfléchissait plus, il respirait.

Il abandonnait ses lourds dossiers et tentait de suivre Elisha qui s'engouffrait dans un tourbillon de projets et de découvertes. Ensemble, ils exploraient les Basses-Branches, allaient toucher le tronc principal et camper dans ces régions obscures. Ils s'aventuraient jusqu'à la grande frontière qui attirait tant Elisha. Ils s'enfonçaient dans des marécages, ou dans les grottes lumineuses de nids de guêpes abandonnés.

– Viens te baigner, dit Elisha à Tobie.

Cette fois, cela ressemblait à un ordre, mais Tobie ne bougea toujours pas de la plage. Il avait sur le cœur un voile de tristesse qu'il ne comprenait pas. Il fixait de l'œil une brindille à moitié tombée dans l'eau. Pour la première fois, Tobie pensait à sa vie d'avant. Les Basses-Branches lui avaient tout appris, mais brusquement, à onze ans moins le quart, la nostalgie de son enfance reprenait le dessus.

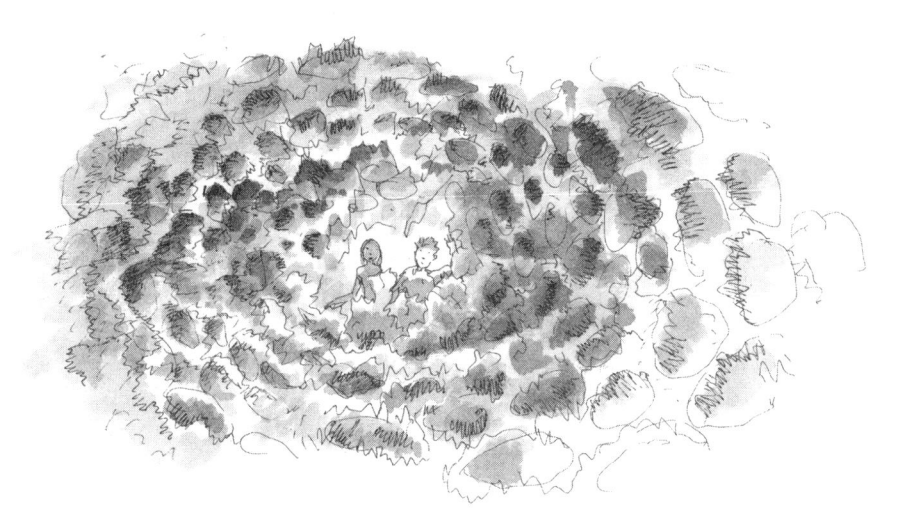

Il pensait à Léo. Il n'avait aucune nouvelle de lui.

Que devient une amitié écartelée aux deux bouts du monde ? Tobie ne s'était jamais posé la question. Pour lui, Léo Blue était comme une partie de son être. Tobéléo. Rien ne pouvait les séparer. Ils avaient fait un pacte, front contre front, un soir d'automne dans les Cimes. Tobie savait que son père et celui de Léo avaient signé le même pacte d'amitié quarante ans plus tôt. Même la mort d'El Blue ne l'avait pas brisé.

Blue & Lolness, amis de père en fils, à jamais.

Quatre ans venaient de s'écouler sans que Léo et Tobie puissent échanger un seul message. Mais Tobie n'oubliait rien. Il se réveillait parfois violemment la nuit quand il avait rêvé de son ami.

Dans son rêve, retrouvant Léo, il ne le reconnaissait même pas. C'était devenu un petit vieillard habillé avec le pantalon court de Léo, le bonnet de Léo, et cette dent cassée qui lui avait toujours donné un sourire qui ressemblait à un clin d'œil. Tobie n'aimait pas ce cauchemar.

Assis au bord du lac, il replongeait dans la vie d'autrefois. Il aurait tellement voulu faire le tour de son ancienne maison des hauteurs. Elle s'appelait Les Houppiers. Il n'y avait qu'un petit jardin mais il était dans un ordre parfait, avec deux allées bien ratissées. Au fond du jardin pendait une petite branche creuse où il n'avait pas le droit d'aller. Une branche creuse au-dessus du vide. Le passage était trop étroit pour un adulte, mais Tobie pouvait s'y glisser facilement. Son père l'avait rattrapé par le pied un jour où il voulait s'y aventurer. Tobie s'était blessé au visage. C'est de ce jour que datait la cicatrice horizontale qu'il avait sur la joue, dans le prolongement des lèvres.

Tobie s'était beaucoup ennuyé dans le jardin et dans la maison des Houppiers, mais, quatre ans plus tard, ce temps disparu le faisait maintenant rêver. Même sa grand-mère Alnorell, qu'il connaissait peu et n'aimait pas du tout, rejoignait le grand panier des bons souvenirs, avec les goûters dans les Cimes, les jeux d'enfants et les cabanes.

Elisha sortit de l'eau, et Tobie se jeta la tête la première sur le côté pour ne pas la voir. Quand comprendrait-elle qu'il ne voulait pas la voir en dehors de l'eau ? Elle se fichait complètement de cela et traînait avant de remettre ses habits. Elle s'était même montrée très étonnée quand il avait donné des explications à cette pudeur. Il avait simplement pu dire :

– Ça ne se fait pas.

Elle n'avait pas compris un mot de cette phrase curieuse. « Ça ne se fait pas. » Voilà le genre de raison qui ne correspondait à rien chez Elisha. Elle en riait, maintenant, quand elle le faisait rester des heures les yeux fermés alors qu'elle était déjà depuis longtemps emmitouflée dans sa cape.

Mais cet après-midi-là, elle comprit que Tobie n'était pas d'humeur à entrer dans son jeu. Vêtue des pieds à la tête, les cheveux encore mouillés tombant dans son dos, elle s'assit à côté de lui.

– Ça va pas ?
– Non...
– Tu boudes ?
– Non...
– T'es triste ?

Tobie ne répondit pas. Il pensait très fort « OUI », mais il n'osait pas le dire. Il resta silencieux.

– J'ai bien entendu, murmura-t-elle.

Tobie la regarda, il croyait vraiment qu'il n'avait pas répondu à voix haute. Après un nouveau silence, il dit :

– Je ne t'ai jamais raconté pourquoi on est venu dans les Basses-Branches.

– Tu n'étais pas obligé de me raconter.

Non, il n'était pas obligé. On n'est jamais obligé de dire les choses importantes à ses amis, mais le jour où on le fait, la vie devient plus douce. Tobie se lança donc.

Tu n'as jamais vu mes parents, Elisha… Tu t'en vas toujours dès qu'on s'approche de la maison. Mais je sais que tu les aimerais. Ma mère raconte les histoires comme un livre bourré d'images. Elle fait des petits pains au pollen.

Mon père a de très larges mains. Il m'appelle « mon limaçon ». Ma tête peut tenir dans ses deux mains.

Il y a autre chose : c'est un très grand savant.

Je ne dis pas ça parce que c'est mon père. Je dis ça parce que c'est vrai.

Mon père a fait des découvertes que personne n'avait imaginées avant lui. Le papier, par exemple, il a presque inventé le papier. Jusque-là, on se servait de la pâte à bois et le papier était cassant. Mais en prenant seulement la cellulose du bois de l'arbre, on fait du bon papier… Je te parle de cette invention, mais je pourrais te dire qu'il a découvert que le lichen qui pousse sur l'écorce est en fait le mariage d'une algue et d'un champignon : deux plantes qui ont décidé de ne plus se quitter. Il s'est aussi rendu compte que l'arbre transpirait : cinquante litres par jour ! Les secrets des bourgeons, des mouches, du ciel, de la pluie, des étoiles… Il m'a même donné une étoile qui s'appelle Altaïr…

– Donné ?

Devant l'air incrédule d'Elisha, Tobie expliqua :

– Oui. Il me l'a montrée et il m'a dit qu'elle était à moi. Ça suffit... Si tu veux, je te prêterai Altaïr, un soir...

Elisha voulut poser une question, mais Tobie avait déjà repris :

– Mon père a cherché sur tout, et trouvé sur presque tout. Les gens l'admiraient pour ça. Mais il y a une découverte qu'il aurait préféré ne pas faire. Celle qui a changé notre vie...

Ils regardaient tous les deux vers le bout du lac où les falaises d'écorce se dressaient. Tobie inspira un grand coup et commença son histoire.

Ce jour-là, mon père aurait mieux fait de ne pas se lever et de laisser dormir ses neurones. Au contraire, il s'est levé de bonne heure, il est allé dans son atelier et a commencé à faire des expériences.

Je me souviens, c'était le jour de mon anniversaire, et pour la première fois, il l'avait oublié... Il est resté enfermé un jour et une nuit. Même son assistant Toni Sireno n'avait pas le droit d'entrer.

Avec ma mère, on plaisantait : « Il fait des confitures ? » C'est vrai que ça sentait le caramel brûlé... Mais Sireno n'avait pas l'air de trouver ça drôle du tout. Il n'aimait pas être mis à l'écart des travaux du patron.

Le lendemain matin, mon père est sorti de l'atelier. Sireno n'était pas encore arrivé. Mon père avait un grand sourire. Il s'est assis à la table, a bu une tasse de jus d'écorce bien noir. Il tapotait le plateau avec ses ongles. Il avait l'air très content même si ses paupières tombaient de fatigue comme deux polochons sur le haut de ses joues. Il a retiré son béret et ses lunettes, il s'est gratté la tête et a dit :

– Vous n'entendez pas un bruit bizarre ?

Ma mère et moi, on a tendu l'oreille. Oui, on entendait un petit bruit inhabituel qui sortait de son atelier. On est entré : il y avait quelque chose qui bougeait sur le parquet de son bureau. Je connaissais très bien ce quelque chose. C'était Balaïna.

Avec ma mère, quand on a vu Balaïna qui marchait tout seul, on a failli tomber sur la tête...

Elisha écarquillait les yeux.

Je ne t'ai jamais parlé de Balaïna, continua Tobie... C'est un modèle réduit de cloporte que j'ai fabriqué quand j'étais petit. Un morceau de bois avec quelques pattes. C'est tout.

Ce matin-là, Balaïna s'était mis à marcher à travers la pièce. Il portait sur le dos une boîte noire et une petite bouteille. Je n'en revenais pas. Ça, c'était un cadeau d'anniversaire...

Toni Sireno est arrivé. Mon père l'a rattrapé au moment où il s'effondrait de stupeur. Sireno connaissait parfaitement Balaïna, il lui avait réparé une patte l'année d'avant. Et ce matin-là, il le voyait marcher sans l'aide de personne.

Quand Sireno a repris connaissance, il a entendu le bruit des pas de Balaïna et il s'est encore évanoui. Ma mère lui a finalement renversé un seau d'eau sur la tête.

Je n'ai pas tout de suite compris l'importance de la découverte. Si mon père pouvait faire marcher Balaïna pour mon anniversaire, il pourrait aussi faire voler mon abeille en mousse l'année prochaine, ça me paraissait déjà extraordinaire. Mais le professeur et son assistant se regardaient maintenant avec un air étrange. Mon père a pris Balaïna dans sa main, l'a mis dans un placard qu'il a fermé à clef. Je n'ai pas osé lui rappeler que c'était mon cadeau… Je crois que Sireno est rentré chez lui aussi excité que déçu, il ne savait pas par quel miracle Balaïna s'était mis à marcher.

Toni Sireno n'aimait vraiment pas être tenu à l'écart.

Ensuite, tout est allé très vite.

La semaine suivante, Balaïna a été présenté au Conseil de l'arbre. La salle était pleine à craquer. J'étais venu avec ma mère et on avait pris place dans la dernière galerie tout en haut. Ma mère était très fière d'être là. Elle serrait ma main dans la sienne. Elle avait mis son petit chapeau rouge avec la voilette. Moi, je portais une cravate en tricot, parce que j'avais quand même eu sept ans la semaine d'avant. J'avais un chapeau noir que je devais garder à la main. Je ne comprends toujours pas à quoi servent les chapeaux qu'on ne peut pas mettre sur la tête.

Les gens attendaient en bavardant.

J'ai vu entrer Sireno. Il était tout en haut, comme nous, au dernier balcon de la salle, mais de l'autre côté. Il poussait les gens pour atteindre le premier rang. Il était tout rouge et suant. Il n'avait pas l'air content d'être là.

En bas, on a vu mon père se diriger vers l'estrade et demander le silence. Il tenait une petite caisse dans les mains. Plus personne n'a dit un mot. Il a commencé à parler, et ma mère a serré ma main encore plus fort.

– Quand je viens ici, mes chers amis, je vous parle toujours de l'arbre. Je vous parle de la force de notre arbre. Si je vous décris la punaise, c'est qu'elle tète sa sève. Si je vous parle de l'eau de pluie c'est qu'elle lui donne la vie. Aujourd'hui, je vais vous présenter Balaïna. Mais l'arbre reste au cœur de cette découverte. La semaine prochaine seulement je vous dirai son secret…

Il a levé les yeux vers le ciel. La salle du Conseil était aménagée dans un trou de pic-vert au milieu d'une branche horizontale. Le plafond restait toujours ouvert laissant apparaître l'entrecroisement des branches et le ciel au-dessus, parce qu'on était très près des Cimes. Un rayon de soleil traversait la salle, éclairant au passage une fine poussière en suspension. En levant les yeux dans la lumière, mon père nous a aperçus, tout en haut, ma mère et moi. Il nous a fait un petit froncement des narines que personne ne pouvait remarquer mais qui était notre signe de reconnaissance. La foule était silencieuse.

Il a posé la caisse minuscule, retiré l'une des faces, et tout le monde a vu Balaïna sortir. Mon cadeau se promenait sur le sol de son pas régulier, toujours avec sa petite boîte noire et sa bouteille fixées sur le dos. Un frisson passa comme une vague sur l'assemblée. Les gens étaient émerveillés… J'ai même vu un vieux sage du Conseil se mettre à pleurer. Comment mon brave Balaïna pouvait-il faire cet effet ? Balaïna était en train de bouleverser l'histoire de l'arbre.

Alors, une ovation s'est élevée de la salle du Conseil, un grand hourra qui est venu caresser la tête de ma mère, faire rougir d'agacement Toni Sireno, et onduler les feuilles de l'arbre jusqu'à la dernière branche.

La semaine d'après a été un enfer.
Chaque jour, à la maison, vingt, trente ou cinquante personnes faisaient la queue pour parler à mon père. On les laissait patienter dans la cuisine, en leur servant des boissons chaudes. Ma mère restait souriante avec chacun, mais elle s'inquiétait de son mari qui changeait peu à peu de visage.

Sim ne parlait plus. Il ne mangeait plus. Il ne dormait plus.

En cinq jours, il avait pris trente ans. Et le sixième jour, tous ceux qui l'attendaient ne virent jamais s'ouvrir la porte du bureau de mon père. Ma mère présenta les excuses de son mari et leur demanda de rentrer chez eux. Ils se laissèrent convaincre en traînant les pieds.

Je vis ma mère disparaître dans l'atelier. J'étais occupé à fabriquer une mouche en pâte de chlorophylle, pour qu'un jour mon père la fasse voler. J'en avais plein les doigts.

Quelques heures plus tard, ma mère est sortie. Elle avait le visage apaisé. Elle me dit simplement :
– Demain, ton père parlera au Grand Conseil.

Le lendemain, la salle du Conseil était encore plus pleine et vibrante que la semaine précédente. Cette fois, mon père nous avait permis de descendre à côté de lui, tout près de l'estrade. De là on pouvait voir un parterre de beaux personnages en grande tenue et, aux différents balcons qui s'étageaient tout autour de la salle, une foule populaire, joyeuse, qui était venue comme au spectacle.

Tout le monde savait que mon père allait expliquer la méthode Balaïna. Personne n'espérait vraiment comprendre cette démonstration scientifique compliquée, mais chacun voulait être là. Je sais que des centaines de gens n'avaient pas pu rentrer et devaient maintenant s'entasser autour de cette branche. On voyait des têtes se pencher au grand trou du plafond. Et l'un d'entre eux s'était même laissé pendre au-dessus de la foule, accroché à un trapèze en bois. Des spectateurs lui lançaient en riant des friandises sur son perchoir. Il était ravi d'attirer l'attention.

J'ai vu que mon père avait fait venir son assistant, Toni Sireno, à côté de nous. Le petit homme paraissait un peu moins furieux que la semaine précédente, il portait une chemise ridiculement serrée, et se tenait bien droit, au premier rang. Il était content : pour une fois, on ne l'oubliait pas trop.

On annonça que mon père allait parler. Je me souviens de ce moment. Les gens nous souriaient, à ma mère et moi. Ce sont les derniers sourires qu'on nous a faits dans les hauteurs. Les derniers.

Tobie regarda Elisha. Elle lui sourit. Il y avait heureusement dans les Basses-Branches des sourires qui valaient bien tous ceux des hauteurs. Il hésita quelques secondes...

Quand il reprit le récit, sa voix ne tremblait même pas.

7

LA HAINE

Mon père s'est placé au milieu de cette foule silencieuse, recueillie. Ma mère avait la main froide. Elle regardait le professeur Lolness, son mari, et quelque chose était comme tissé dans l'air entre eux. Quelque chose que j'étais le seul à voir. Comme un arc-en-ciel transparent.

Je me souviens de chacun de ses mots. On s'attendait à une explication technique un peu aride. Je crois que tout le public a été surpris d'entendre que, comme d'habitude, les paroles de mon père étaient simples.

– Vous connaissez tous la sève. Elle est au cœur de votre vie quotidienne. Vous l'entendez même parfois bruire sous vos pieds. Vous en faites des tasses, des assiettes, des meubles, vous en tirez du sucre pour les bonbons, vous en faites de la colle, des carreaux, des jouets, du ciment pour vos maisons… Elle est là, à tout moment derrière l'écorce. Il suffit de faire un petit trou, comme le puceron qui s'en nourrit. Oui, comme le puceron. Moi, j'adore les pucerons. Je vais vous dire un secret. J'aurais voulu être un puceron. Parfois la nuit, je me déguise en puceron, et je saute…

Le rire timide qui commençait à naître à certains niveaux du public finit par se répandre partout dans la salle. Seul le gros Jo Mitch, qui était assis sur deux chaises dans les premiers rangs, continuait à ronfler. De chaque côté de lui, ses compères, Limeur et Torn, s'appliquaient à ne même pas sourire. Mon père, d'un geste ferme, rétablit le silence.

– Laissez-moi revenir à mes histoires… Mes histoires de sève… Comme je suis un puceron raté, j'ai fait ce petit trou dans l'écorce, moi aussi, et j'ai regardé. Alors j'ai vu quelque chose auquel je ne m'étais jamais intéressé. J'ai vu que la sève descendait… Rien d'extraordinaire… La veille, la sève descendait déjà, il y a cent ans la sève descendait, et l'année prochaine, si tout va bien, elle descendra. Mais en bon puceron myope, je n'y avais pas vraiment réfléchi…

Il a levé les yeux et regardé le spectateur accroché à son trapèze.

– Écoutez bien ce que je vais dire. Écoutez mon raisonnement… Si M. le clown, là-haut, tombe de son perchoir. Si les gens qui se penchent au plafond tombent aussi. Si tout le monde saute des balcons. Ça va faire un mouvement qui descend. Un mouvement du haut vers le bas, comme celui de la sève. Je dirais même un joli mouvement, si la petite demoiselle avec l'ombrelle saute aussi…

Une fille de la troisième galerie s'est mise à rougir. On a entendu quelques garçons siffler. Mon père a fait un sourire vers ma mère.

– Donc, pendant un temps, tout ça va descendre. Mais au bout d'une heure ou deux, quand tout le monde sera entassé dans le fond de cette salle du Conseil, il n'y aura plus personne pour tomber. Le mouvement s'arrêtera. Pendant ce temps, la sève, elle, continue de descendre. Sans arrêt, elle descend le long de l'arbre. Alors je me suis posé la question que vous vous posez tous maintenant : d'où vient-elle ? Elle ne peut pas se créer à partir de rien dans les Cimes. D'où vient la sève qui descend ?

Un silence perplexe répondit à la question.

– Comme vous, je n'ai pas tout de suite trouvé la réponse. Au début, j'ai pensé que les feuilles des Cimes buvaient la pluie qui ensuite redescendait sous forme de sève, mais j'ai découvert qu'au contraire les feuilles rejetaient de l'humidité... Vous vous souvenez peut-être de mon discours sur la transpiration de l'arbre...

Un sourire vint éclairer certains visages. Je crois que tout le monde se souvenait de cette présentation où mon père, dans un bruit de marmite mijotante, avait imité la feuille qui transpire.

– J'en suis arrivé à cette conclusion : puisqu'elle ne tombe pas du ciel, la sève monte quelque part pour redescendre sous l'écorce. Mais où monte-t-elle ? J'ai eu l'idée d'aller voir dans la profondeur de la branche et du tronc.

Il fit une courte pause.

– Vous savez que je m'oppose depuis le début au grand tunnel qui est en train d'être creusé dans le tronc principal. Je trouve ce projet ridicule et irresponsable. Mais puisque ce tunnel existe, je suis allé le voir. Quand je suis arrivé, on m'a dit que les travaux étaient interrompus. Surprise ! Plus personne ne pouvait travailler. A une certaine profondeur, d'énormes quantités de liquide surgissaient du sol. Impossible de continuer à creuser. Il devait y avoir cinquante charançons qui travaillaient sur ce chantier, cinquante charançons élevés spécialement pour ce projet. Ce sont des grosses bêtes extrêmement gourmandes. Depuis l'arrêt du chantier, comme elles ne mangeaient plus le bois du tunnel, on ne savait pas quoi leur donner. On avait fait naître ces cinquante bestioles et on ne pouvait plus les nourrir ! J'ai rarement vu un spectacle aussi épouvantable que ces charançons affamés dans leur cage. Je ferme cette parenthèse, mais je vous répète que notre monde marche sur la tête.

On entendait quelques chuchotements. Personne n'avait imaginé qu'on pouvait critiquer ce tunnel. La preuve, il s'appelait « l'écotunnel du progrès »...

Mais tout le monde avait surtout les yeux fixés sur Jo Mitch. Le gros Jo Mitch s'était réveillé en sursaut et roulait ses yeux humides en montrant les dents. A côté de lui, Limeur et Torn, les deux maigrichons acérés comme la tranche d'une feuille, ne savaient pas comment réagir. Jo Mitch est un énorme éleveur de charançons, qui est à l'origine de tous les travaux de creusage des dernières années. Critiquer le tunnel, c'est critiquer Jo Mitch, et cela peut le rendre très dangereux.

Mon père lui a adressé une petite révérence et un sourire poli. Il a repris son discours :

– J'ai mis un casque et je suis rentré dans le tunnel. Arrivé à l'endroit inondé, j'ai vu exactement ce que j'espérais. Le liquide sortait à gros bouillons du sol. Oui, il allait du bas vers le haut. Ce n'était pas vraiment de l'eau, ni la sève qu'on connaît. J'ai bien regardé dans les parois du tunnel, le liquide montait à grande vitesse dans la fibre du bois. D'après mes calculs, il s'élevait d'environ la taille de mon fils à chaque seconde. Cinq mètres par heure à peu près. J'en ai mis un peu dans une bouteille et je suis rentré chez moi.

Cette fois, mon père s'est arrêté un assez long moment. Tout le monde était suspendu à ses lèvres. Ils avaient presque oublié les aventures de Balaïna. On était en plein dans le mystère de l'arbre.

– Je suis rentré chez moi, et je me suis lavé les mains.

Le public protesta, on voulait la suite.

– J'ai embrassé ma femme et mon fils, Tobie.

Nouvelle protestation. Mon père parut agacé de cette impatience.

– C'est très important d'embrasser sa femme et son fils. Ce n'est pas une parenthèse, c'est le cœur de tout.

Le silence revint. Je bombais le torse sous ma cravate, en faisant tourner mon chapeau dans mes mains. La voix de mon père remplissait à nouveau la salle.

– Je me suis donc remis au travail. J'ai très vite compris que je venais de trouver à quel endroit ça monte avant de redescendre. Dans le bois de l'arbre, dans ce qu'on appelle l'aubier, monte la sève brute. Toute l'énergie de l'arbre est là. La vie de l'arbre. Elle va être transformée par les feuilles, l'air, la lumière, et redescendre sous la forme de cette sève différente qui coule sous l'écorce. Mais l'origine est dans la sève montante, cette sève brute que je venais de découvrir dans le cœur de l'arbre.

Le public commençait à comprendre un peu mieux où il voulait en venir. Mon père reprit, en ménageant des silences entre ses phrases.

– Mon seul but est de prouver que l'arbre est vivant. Que la sève est son sang. Que nous sommes les passagers de ce monde vivant. Vous savez que toutes mes recherches ont cet objectif. En montrant l'énergie contenue dans la sève, je pouvais parvenir à mon but… J'ai donc inventé une petite mécanique qui utilise la sève brute pour produire de l'énergie, comme la feuille de l'arbre. C'est quelque chose de très simple qui tient dans une petite boîte noire. Pour la fabriquer j'ai seulement regardé un bourgeon, une feuille… J'ai mis ma jolie boîte magique sur le dos de Balaïna, avec un petit baril de sève brute, et je l'ai reliée à ses pattes. C'est tout. Balaïna s'est mis à marcher.

Moi, sur mon banc, j'ai senti que le public était un peu déçu. Le professeur n'avait pas encore expliqué le vrai secret de son invention. La main de ma mère, dans la mienne, devenait nerveuse, froide et humide. Je crois maintenant qu'elle savait ce qui allait arriver. Mon père a repris la parole pour dire :

– Cette semaine, des centaines de personnes sont venues chez moi. Tous voulaient me présenter une utilisation possible de mon invention. Tous étaient très malins, parfois très sincères. On me parlait de systèmes pour faire le pain plus vite, pour voyager plus vite, pour faire le chaud, pour faire le froid, pour couper, creuser, transporter, communiquer, mélanger, et même des systèmes pour réfléchir. La méthode Balaïna allait changer la vie.

La foule a applaudi. Oui, la méthode Balaïna allait changer leur vie. Ils étaient prêts à porter mon père en triomphe.

Mais il continuait :

– Le seul ennui, c'est que j'aime bien cette vie, et que je n'ai pas spécialement envie de la changer. Le seul ennui est que je veux juste prouver que l'arbre est vivant. Est-ce que je peux livrer la sève brute à tout le monde pour qu'ils fassent des machines à plier le journal en quatre, ou des machines à penser sans se fatiguer ?

Les gens n'ont pas bronché. L'atmosphère était lourde. Mon père est devenu très pâle. On sentait qu'il allait dire l'essentiel.

– Hier, j'ai parlé avec ma femme. J'ai décidé de ne pas dévoiler comment marche ma petite boîte noire. Je pense que la sève brute appartient à notre arbre. Je pense que l'arbre vit grâce à elle. Utiliser son sang, c'est mettre le monde en danger. Chacun est libre de chercher pour trouver ce que j'ai trouvé. Je n'empêcherai personne de chercher le secret de Balaïna. Je vous redis qu'il suffit de bien regarder une fleur ou un bourgeon pour comprendre comment ça marche. Mais moi, je préfère ne rien dire de plus, pour que le fils de mon fils puisse encore un jour se pencher sur une fleur ou un bourgeon.

Je suis resté cloué sur mon banc. Je n'avais pas bien compris pourquoi il parlait de mon fils, alors que je venais d'avoir sept ans. Je ne voyais pas de quel fils il parlait, mais j'ai pensé que ce petit mensonge, de faire croire que j'avais un fils, lui était utile pour son explication. Comme quand il disait devant tout le monde qu'il se déguisait en puceron sans que je ne l'aie jamais vu une seule fois se déguiser en aucun insecte.

Pour le reste, je crois que j'avais tout compris et je trouvais ça magnifique. Comme il y avait un grand silence, j'ai eu l'idée de commencer à applaudir pour lancer le mouvement. Mais je me suis retrouvé tout seul à taper des mains dans le silence. Finalement je les ai reposées sur mes genoux.

C'est venu de tout en haut, presque au ralenti. Ça s'est écrasé sur le visage de mon père.

C'était un beignet à la compote.

Ensuite je ne me souviens plus de grand-chose. Une sorte de folie qui s'est emparée de tout le monde. Les gens hurlaient, jetaient des objets vers la scène, insultaient mon père, me poussaient vers l'avant, criaient dans les oreilles de ma mère. Je me rappelle que Toni Sireno, l'assistant de mon père, s'était discrètement éloigné de nous.

Mon père, au contraire, s'est précipité vers notre banc. Il nous a protégés avec ses longs bras, et on s'est dirigé vers la sortie. Même les vieux barbus du parterre, entraînés par les hommes de Jo Mitch, criaient des mots que je n'aurais pas pu dire sans recevoir une claque, tellement ils étaient mal élevés. Les injures montaient, et les premiers coups pleuvaient sur nous.

Je commençais à me dire que mon père n'aurait pas dû faire croire que j'avais un fils, si ça les mettait tous dans cet état.

Quand ma mère a reçu un coup sur l'épaule, mon père a rangé ses lunettes qu'il a roulées dans son béret, et il s'est mis dans une colère que je n'avais jamais vue. Il rugissait, envoyait ses mains et ses pieds dans tous les sens. La foule avait reculé devant les vociférations du professeur Lolness. Nous avons réussi à sortir et à rentrer chez nous, dans la maison des Houppiers. On a fermé la porte à clef. Des gens avaient fouillé toute la maison. Les meubles étaient renversés, la vaisselle gisait en morceaux sur le parquet. Mon père nous a serrés contre lui.

J'ai dit :

– Je pense qu'ils ont découvert que je n'ai jamais eu de fils.

Mon père a ri à travers ses larmes.

– Tu en auras peut-être un jour. C'est ça que je voulais dire, Tobie. J'espère que tu auras un fils ou une fille quand tu seras grand.

Comme il avait l'air très triste, j'ai préféré ne pas lui enlever cette idée de la tête.

On est resté enfermé chez nous plusieurs jours. Ma mère avait demandé à ma grand-mère, Mme Alnorell, de nous héberger quelques semaines dans une de ses propriétés des Cimes.

La grand-mère avait répondu par un petit mot, sur un joli carton :

Évidemment, ma chère enfant,
dans votre situation,
soyez assurée
qu'il n'en est pas question.

La carte était signée : Radegonde Alnorell.
Mon père a beaucoup plaisanté avec ce prénom. Mais ma mère pleurait. En pensant à ce qui nous arrivait, elle n'arrêtait pas de répéter :

– Ça va passer.
Mais ça n'est pas passé.

Impossible de sortir sans recevoir des objets ou des insultes. J'avais commencé une petite collection de champignons pourris et de projectiles en tout genre qui tombaient devant notre porte dès qu'elle s'ouvrait.

Un jour, mon père a été convoqué par le Grand Conseil. Il y est allé. Ma mère et moi, on était resté à la maison. Quand il est rentré, il marchait en chaussettes, le visage blanc, décomposé comme un nuage de printemps. Il avait des épluchures sur les épaules de sa belle veste grise.
J'ai compris que le Grand Conseil de l'arbre lui avait retiré ses chaussures. C'était le plus grand blâme qui existait. On retirait leurs chaussures aux criminels et aux voleurs d'enfants. Mon père avait été puni pour « dissimulation d'information capitale ». Je ne comprenais rien à ces mots.
Il a dit à ma mère qu'on allait partir très loin. On nous confisquait notre maison des Houppiers. On allait nous donner en échange un petit terrain à Onessa, dans les Basses-Branches. C'est ce soir-là que je suis allé retrouver mon ami Léo Blue. Depuis le début de l'affaire Balaïna, on se donnait un rendez-vous secret, tous les jours, dans un bourgeon sec. Cette fois-ci, on y a passé deux jours et trois nuits. Léo Blue était mon ami, on avait fait un pacte ensemble. Je ne voulais pas partir. Mon père a fini par nous trouver. Léo s'accrochait à mes habits.
Tout s'est passé tellement vite. Le monde s'écroulait…

Elisha avait si bien écouté qu'on aurait pu suivre tous les épisodes de l'histoire dans la chambre noire de ses yeux. Elle ignorait tout de cette aventure. Vigo Tornett lui avait juste expliqué que les Lolness n'avaient pas choisi de vivre là. Et la famille Asseldor qui habitait tout en haut des Basses-Branches n'arrêtait pas de dire « ces pauvres Lolness ! » avec des airs tragiques.

– Si tu veux dormir chez nous, ce soir, ma mère a un énorme pilon de criquet que lui ont donné les Olmech. On va le griller. A la sauce au miel.

Cette phrase qui pourrait sembler bien maladroite, adressée à un petit garçon dans la peine, était exactement ce qui pouvait faire du bien à Tobie. Elisha le connaissait, son Tobie. Elle le connaissait si bien qu'elle ajouta :

– Je vais aider ma mère à préparer. Tu peux te baigner avant de venir.

Et elle lui posa la main sur les cheveux, ce qu'elle ne faisait jamais.

Elle disparut dans les bois. Tobie demeura tout seul. Devant lui s'étendait le lac de leur rencontre.

Quelques instants plus tard, il faisait la planche, regardant la voûte des branches au-dessus de lui. Les feuilles étaient vert tendre, immenses. Une seule aurait pu abriter de la pluie cent personnes. Tobie sentait le clapotis des vagues contre ses jambes. L'eau lui paraissait un peu salée. Pourtant, il ne pleurait plus.

8

Nils Amen

Il faut maintenant s'écarter des souvenirs, heureux ou malheureux, pour revenir au présent, à ces longues nuits que Tobie passa, comme un fugitif, à traverser l'arbre vers les Basses-Branches.

Pour la seconde fois, il partait vers les branches d'en bas, empruntant le chemin qu'il avait pris dans le même sens, des années plus tôt, avec ses parents et les deux porteurs grincheux. Mais, cette fois, il était tout seul, poursuivi par des centaines d'hommes et par quelques redoutables fourmis de combat. Il lui fallait compter cinq ou six nuits depuis les Cimes pour rejoindre cette région sauvage, se sentir enfin en sécurité et retrouver des amis qui l'aideraient.

Tobie avait déjà marché deux nuits entières, et la troisième aurait dû être la plus calme. Il avait pu rejoindre le tronc principal et il descendait dans les forêts de lichen dont chaque pousse faisait trois fois sa taille. L'écorce devenait montagneuse, moins habitée, avec des gorges et des canyons profonds. Des forêts de lichen dégringolaient de ces reliefs vertigineux.

La troupe des poursuivants avait voulu éviter la région. Ils étaient passés par d'autres branches moins accidentées. Tobie ne croisait donc que des hameaux de bûcherons, et quelques huttes de trappeurs.

Il lui arriva de passer très près d'une plantation qui appartenait à sa grand-mère. Même si la vieille vivait dans les Cimes, les propriétés de Mme Alnorell allaient jusque dans des branches assez basses. Celle-ci s'appelait les bois d'Amen, à cause du nom des planteurs qui s'en occupaient. Tobie connaissait le fils du bûcheron. Il avait joué avec lui quand il était petit.

Un long moment, Tobie hésita à toquer à la porte de cette cabane. Il se demandait s'ils étaient au courant de la grande chasse lancée contre lui. Y avait-il dans cet arbre une personne encore pour l'aider ?

Comme il avait faim, Tobie finit par frapper trois coups légers. Personne ne vint ouvrir. Il insista, mais la cabane était silencieuse. Pouvait-il faire confiance à cet ami qui avait partagé un été de vacances avec lui, il y a longtemps ?

Tobie poussa la porte. La maison était dans le noir, mais un reste de feu, au fond de la cheminée, permit à Tobie de distinguer les limites de la pièce. C'était une cabane modeste où vivaient le bûcheron et son fils, Nils Amen.

Tobie n'était jamais venu dans ces lieux reculés, mais, cinq ans auparavant, durant l'été qui avait précédé l'affaire Balaïna, le père et le fils Amen étaient montés travailler dans une propriété des Cimes où Tobie passait le mois de juillet. Il y avait un chantier de coupe dans une forêt de mousse. Les deux enfants sympathisèrent immédiatement. Et ils se seraient sûrement revus s'il n'y avait eu ces cinq années d'exil de la famille Lolness.

Tobie fit un pas vers la table et appela :
– Nils…
Habitué à l'obscurité, Tobie parvenait maintenant à voir que la pièce était vide. Sur la chaise, à gauche de la table, était pendu un baluchon de toile bleue. Tobie s'approcha. Dans le sac, il y avait un gros morceau de pain, quelques tranches de viande séchée et des biscuits. Tobie n'hésita pas très longtemps. Il prit le sac en bandoulière et, avant de disparaître dans la nuit, il écrivit deux mots sur une feuille de comptes qui traînait sur la table.

Merci.
Tobie.

Ces deux mots allaient suffire à resserrer une fois de plus le piège autour de Tobie.

Quelques minutes après son départ, quatre hommes et deux garçons de treize ou quatorze ans entrèrent à leur tour dans la cabane.
– Je veux juste prendre de quoi manger.
– Dépêche-toi, Nils, espèce d'idiot.
– Le sac est prêt, papa…
Le garçon qui venait de parler était près de la table. Il alluma une bougie avec un tison. Nils, parce que c'était lui, resta stupéfait.
– Le sac n'est plus là.
– Tu es sûr que tu l'avais préparé ?
– Je l'avais laissé sur la chaise.
Un autre homme les pressait :
– J'ai ce qu'il faut, je partagerai avec vous. Dépêchez-vous, on nous attend.
– Mais… je sais que je l'avais posé là, répéta Nils.
– Laisse tomber, imbécile. Il faut surveiller les bois, même si on est presque sûr que le petit Lolness ne passera pas par ici.
Tous étaient déjà sortis. Nils restait à côté de la chaise, songeur. Finalement, il fit mine de suivre le reste du groupe. Arrivé à la

porte, il réalisa qu'il n'avait pas éteint la bougie. Nils revint vers la table, prit sa respiration pour souffler... Il s'arrêta net.

Devant lui brillait le petit mot de Tobie.

Il se passa quelques instants où son cœur balança. Oui, Tobie venait de passer par là. Fallait-il donner l'alerte ? Nils revit en une seconde dans son souvenir le visage de son ami et tout ce qui les avait rapprochés pendant quelques jours passés ensemble dans les Cimes.

C'était certainement les meilleurs souvenirs de Nils. Le plaisir nouveau de parler avec quelqu'un. Parler, tout simplement.

Mais aussitôt, il repensa à son père qui l'appelait « fillette » devant les autres, parce qu'il le trouvait mou et rêveur pour un fils de bûcheron. Il imagina aussitôt sa fierté s'il retrouvait la trace du fugitif. Lui, Nils, en qui son père croyait si peu, il serait le héros dans l'arbre.

Alors Nils poussa un cri. La silhouette colossale de son père apparut immédiatement. Celui-ci vit le message de Tobie, bouscula Nils d'un grand coup de coude, et hurla :

– T'aurais pas pu le dire plus tôt, fillette !

Le père bondit vers l'extérieur brandissant le mot et criant :

– Il est pas loin ! On va l'avoir !

Recroquevillé dans l'angle de la pièce, Nils pleurait à gros bouillons. C'était un gémissement faible et douloureux, il se frappait le front avec sa main :

– Pardon... Pardon... Oh... Tobie...

Un courant d'air souffla la bougie.

Tobie avait pris une petite heure d'avance, mais tout le monde savait maintenant qu'il suivait l'axe du tronc principal. Le petit fugitif ignorait qu'il était repéré.

Il décida de couper légèrement vers le versant nord, très humide, où son expérience des Basses-Branches lui donnait un avantage. Il n'avait pas peur des zones glissantes qu'il attaquait pieds nus, les chaussures nouées à la ceinture, à la façon d'Elisha.

Il avait mangé une partie de ses réserves et retrouvé une vraie énergie. Tobie remerciait Nils intérieurement pour ce repas qu'il lui avait offert sans le vouloir.

Un peu plus haut dans la ramure, Nils, désespéré, venait de se relever, le visage blafard.

Les nouveaux poursuivants se rassemblèrent dans une clairière où on leur donna les consignes. Limeur, le bras droit de Jo Mitch, prit la parole. Le fugitif mesurait un millimètre et demi, était âgé de treize ans et portait une petite cicatrice horizontale sur la joue. Il devait être attrapé vivant. Une prime d'un million venait d'être promise à celui qui le capturerait.

Découvrant le montant de cette prime, les bûcherons se regardaient. Il aurait fallu travailler cent ans dans les forêts de lichen pour gagner la moitié de cette somme.

– Et qu'est-ce qu'il a fait, ce Tobie ? osa demander un bûcheron aux cheveux blancs très courts.

– Crime contre l'arbre, dit simplement Limeur.

Un murmure accueillit cette réponse. Personne ne savait ce qu'elle voulait dire, mais cela devait être grave pour que tant d'efforts et d'argent soient mis en jeu pour cette cause.

Les bûcherons partirent par groupes de deux dans toutes les directions. Ces hommes des bois pacifiques se retrouvaient tout d'un coup dans un état de grande violence, comme excités par la récompense promise. Certains avaient leur hache de travail, d'autres le bâton à pointe des chasseurs.

Les autres poursuivants, ceux qui étaient venus des Cimes, se reposaient dans une autre clairière, un peu plus haut dans les bois de lichen. Tous dormaient, et on entendait un sourd ronflement qui s'élevait au-dessus des centaines de corps allongés.

C'est l'horrible Torn, le bras gauche de Jo Mitch, qu'on avait chargé de les remettre en chasse. Il s'approcha d'un petit groupe qui montait la garde autour d'un feu.

– Les bûcherons viennent de partir…
– C'est vrai ?
– Oui, on me l'a dit, assura Torn.

– Ils cherchent le petit ?

– Ils vont l'attraper alors que c'est vous qui l'avez épuisé depuis tout là-haut. Il faut y aller avant qu'ils le trouvent. Un million ! Vous vous rendez compte ? Bougez-vous, les gars.

Un homme acquiesça. Puis un deuxième. Tout cet or brillait déjà dans leurs yeux fatigués.

Les poursuivants des hauteurs commençaient à se passer le message. Ils se levaient les uns après les autres malgré la lassitude et se remettaient en marche. Torn avait gagné.

La compétition entre les deux groupes de chasseurs commença.

Les poursuivants arrivés des hauteurs n'hésitaient pas à lancer leurs fourmis contre les bûcherons qui leur coupaient la route. Ces derniers profitaient de leur connaissance de la forêt pour tendre des pièges ou saboter des passe-branches. La guerre était déclarée.

Cette rivalité et la grande agilité de Tobie auraient dû lui permettre d'atteindre les Basses-Branches avant tous ses poursuivants.

Mais il ne pouvait se déplacer que la nuit, tandis que les autres ne s'arrêtaient presque jamais.

Les bûcherons avaient une résistance exceptionnelle, ils étaient habitués à parcourir leur forêt, à grimper dans ces montagnes d'écorce qui sont le paysage habituel du tronc principal. Ils étaient aussi plus frais parce qu'ils ne suivaient la chasse que depuis une nuit et un jour. Les bûcherons avaient donc la certitude qu'ils seraient les premiers à trouver Tobie.

Alors, comment dire leur colère et leur surprise quand ils apprirent la nouvelle au milieu de la seconde nuit ?

– La chasse est finie !

– Quoi ?

– Ils l'ont capturé.

L'homme qui annonçait cela était un bûcheron aux yeux gris. Les deux autres lui demandèrent :

– Qui l'a capturé ?

– Ceux des hauteurs, ils l'ont attrapé après une poursuite de trois heures. Il est dans un pauvre état…

– Comment ils l'ont trouvé ?

– C'était à la tombée de la nuit. Il marchait au fond d'une vallée d'écorce. Il avait quitté les buissons de lichen, cet inconscient. Il faisait encore un peu jour. Un commando de quatre hommes marchait sur la crête. Le petit a été vu à huit heures du soir.

– Et nous ? Comment il nous a échappé ?

– En tout cas, il les a fait courir, dit l'homme en souriant. Moi, j'aurais pas trop aimé être à leur place. Ils ont monté et descendu des sommets pendant trois heures. Quand ils l'ont enfin coincé, ils l'ont ramené dans la grande clairière. Ils étaient tellement énervés qu'ils l'avaient traîné au bout d'une corde pendant des heures pour arriver là. Le petit est très mal en point. On dit qu'il est comme une grande écorchure.

– On avait la consigne de le trouver vivant, mais pas forcément en pleine forme !

Le père de Nils avait dit cette phrase en riant. Il s'appelait Norz Amen. Il avait perdu sa femme à la naissance de Nils et n'avait jamais su comment s'y prendre avec son fils. On croyait Norz méchant. En fait c'était un grand bûcheron maladroit et, surtout, malheureux. Mais ça ne l'empêchait pas de jouer à la brute en répétant avec de gros rires :

– Ah ! Le petit Lolness, ils en ont fait du boudin !

Norz Amen mit sa hache sur son épaule et repartit vers la grande clairière avec ses deux collègues. Ils avaient plusieurs heures de marche devant eux. D'après les informations qui couraient, Jo Mitch, le gros Jo Mitch, allait remettre la prime aux quatre chasseurs qui avaient trouvé Tobie. La cérémonie aurait lieu dans la clairière, tout près de la maison de Norz et Nils.

Norz pensait à Nils, d'ailleurs.

Il avait d'étranges regrets.

Il se disait qu'il n'aurait pas dû se mettre dans cette colère au moment où Nils avait trouvé le message de Tobie. Norz n'arrivait pas à être gentil avec son fils. Il réalisait cela en marchant, et il détournait la tête pour que ses deux amis ne voient pas qu'il avait les yeux embués.

Il pensait à sa femme. Une fille plus légère que sa hache quand il la prenait sur son épaule. Il ne savait pas comment elle était tombée amoureuse de lui, un grand bûcheron rugueux qui s'exprimait mal.

Par-dessus tout, il ne savait pas comment il avait survécu à sa mort.

Pour la première fois, il se disait que Nils ressemblait à sa mère, avec son amour des mots. Norz préférait le langage des gestes un peu rudes. Une claque dans le dos pour dire « je t'aime bien », une autre dans la figure pour dire « je ne suis pas d'accord ».

Pour la première fois aussi, Norz se rendit compte qu'il en voulait à son fils. Il lui reprochait secrètement d'avoir fait mourir sa mère en naissant.

Pourquoi, cette nuit-là, en marchant vers la grande clairière, Norz comprit-il enfin que Nils n'était pour rien dans ce drame ? Comment lui vint la certitude que Nils était comme une partie d'elle qui survivait ?

Tout ce que l'on sait, c'est que l'immense Norz Amen se mit tout à coup à aimer son fils. Comme si un pont de soie fine avait été jeté entre eux par une araignée céleste.

C'était très étrange, ce qu'il ressentait : un battement inconnu en lui. Il avait même hâte de revoir le visage de Nils, après ces longues heures de chasse.

Si les deux autres bûcherons avaient entendu les pensées du géant Norz Amen, sur le chemin de la grande clairière, ils se seraient moqués de lui et ils l'auraient sûrement appelé « fillette » à leur tour.

Dans le langage des bûcherons, quand une forêt a été coupée sévèrement, on parle de « coupe claire » parce que l'écorce apparaît comme une tache claire entre l'étendue sombre des bois. Mais à l'aube de ce jour, en plein cœur des branches de l'arbre, la grande clairière de la forêt de mousse était noire de monde. Les bûcherons se mêlaient aux poursuivants venus des hauteurs. Ils voulaient tous voir celui qui les avait fait courir, cet ennemi numéro un, ce criminel de treize ans, Tobie Lolness.

Le grand Norz Amen était appuyé à une souche de lichen à l'orée de la clairière. Il essayait de distinguer Nils dans la foule. Il avait décidé de lui parler, de lui parler comme à un fils. Il n'arrivait pas encore à le voir. Il cherchait les mots qu'il voulait lui dire. Ça commencerait par : « Tu sais, Nils… » Le reste était trop intime pour qu'il ose y penser à l'avance.

On vit apparaître Jo Mitch, encadré comme d'habitude par Limeur et Torn. Torn portait une valise qui devait être pleine des billets de la prime. Jo Mitch avait les mains posées sur la naissance du ventre. Il ne parvenait pas à les joindre devant lui. C'était une des rares personnes qui n'avait jamais vu ni touché son propre nombril tellement il était éloigné de ses yeux par la montagne de son ventre.

Jo Mitch fixait mollement un petit groupe qui avançait vers lui.

Ils étaient donc quatre. Ils avaient maintenant mis Tobie dans un sac qu'ils traînaient. Les quatre chasseurs avaient essayé de se faire beaux pour recevoir l'argent. Ils s'étaient plaqué les cheveux avec de l'eau et cela faisait à chacun une raie ridicule qui leur cachait un œil.

L'un d'eux se mit à parler à Jo Mitch, très fort, pour que toute la clairière entende. Sa voix tremblait d'émotion.

– Grand Voisin…

Il toussa. Jo Mitch exigeait qu'on l'appelle « Grand Voisin »…

– Grand Voisin, voilà le gibier que nous traquons depuis des jours. Je veux juste m'excuser pour l'état de la marchandise qui n'est plus très fraîche… Nous l'avons un peu abîmée sur le chemin du retour…

Le public riait et Norz se crut obligé de faire comme les autres.

Jo Mitch qui avait un petit bout de cigarette éteinte aux lèvres commença à le mâcher comme une boule de gomme.

Il faisait toujours ça, Jo Mitch. J'allume mon mégot, je le mâchouille, je l'avale, puis, dans un hoquet, je le recrache, je le rallume, je le remâchouille, je le ravale. Le genre de choses à la fois appétissantes et élégantes.

Cette fois-ci, il le fit réapparaître entre ses lèvres, le prit dans ses gros doigts boudinés et s'en servit pour se gratter l'oreille. Il le remit dans sa bouche et le mégot disparut pour un long moment.

L'un des quatre chasseurs voulut lui serrer la main, mais Mitch ne le regardait même pas. Il était assis sur un tout petit tabouret qu'on ne distinguait plus sous son postérieur astronomique. Limeur s'était même un peu écarté pour que son patron ne l'étouffe pas si le tabouret cédait sous son poids.

– Qu'est-ce qu'on fait, Grand Voisin ? interrogea le chasseur.

Jo Mitch lança un regard à Torn et sa valise. Ces petits coups d'œil gluants, c'était sa manière à lui de donner des ordres. Torn dit d'une voix grinçante :

– Ouvrez le sac.

Les quatre chasseurs se penchèrent sur le sac en tremblant. Ils s'arrêtèrent avant d'ouvrir. L'un d'eux reprit la parole pour dire :

– On vous a prévenus qu'il n'est plus très frais. Mais il respire…

Même de très loin, Norz Amen reconnut le petit corps qu'ils sortirent du sac.

C'était Nils.

9

LE CRATÈRE

Le hurlement de Norz Amen fit une déchirure au beau milieu de ce petit matin d'automne.

La foule se dressa brutalement.

Norz se précipita vers le cœur de la clairière, il faisait rouler sur le côté tous ceux qui étaient sur son chemin. Il ne pouvait rien exprimer d'autre que ce cri de douleur et cette violence qui écrasait tout.

– Niiiiiiiiiiiiiiillls !…

La plupart des bûcherons avaient aussi reconnu le petit Amen, le fils de l'un des leurs. Mais tous les autres ne saisissaient pas la tragédie qui était en train de se jouer. Ils regardaient ce grand bonhomme devenu fou qui courait vers un enfant couvert de sang.

Les quatre chasseurs, eux, ne comprenaient rien. Cela valait mieux pour eux. Quand on va être réduit en bouillie, il n'est pas indispensable de le savoir à l'avance.

Quant à Jo Mitch, Limeur et Torn, ils étaient totalement immobiles, la bouche ouverte, fixant simplement le sac et l'enfant. Ils réalisaient juste que ce n'était pas Tobie.

Norz se jeta au sol et prit Nils dans ses bras. Le garçon avait les yeux ouverts. Il regardait son père. Norz n'avait plus honte de ses propres larmes qui recouvraient les plaies de son fils.

– Nils, mon Nils…

Nils avait un trait horizontal dans le prolongement des lèvres. Non pas une cicatrice comme Tobie, mais un trait dessiné à la peinture. Un trait marron. Norz repensa aux descriptions : treize ans, une cicatrice sur la joue. Oui, avec ce trait marron, on aurait pu prendre Nils pour Tobie.

– Pourquoi ? gémissait Norz Amen. Pourquoi ?

Il s'était levé et portait l'enfant dans ses bras.

– Pourquoi ?...

Alors il pencha son oreille vers le visage de son fils. Nils essayait de dire quelque chose. Sa bouche bougeait un tout petit peu. On entendit à peine un murmure, un souffle qui s'échappa de ces lèvres bleues :

– Pour... Tobie...

Norz comprit d'un coup. Nils avait voulu sauver Tobie. Il avait dessiné cette cicatrice sur son visage. Il s'était fait passer pour lui. Il avait interrompu la chasse de milliers d'hommes. Il s'était fait traîner trois heures durant sur l'écorce rugueuse pour faire gagner du temps à Tobie. Il avait livré sa peau pour celle de son ami.

Ce que ressentit Norz était quelque chose de nouveau encore. Quelque chose qui fit cesser ses hurlements et ses larmes.

Norz prit conscience du courage de son fils.

Cet enfant qu'il n'avait jamais regardé vraiment, qu'il n'avait jamais écouté, son propre fils, était tout simplement un héros.

Un héros.

Norz Amen était resté debout, immense au milieu de la clairière. La foule demeurait dans le plus impeccable silence.

Seul un petit cliquetis attira l'attention de Norz. Il tourna la tête. C'étaient les dents des quatre chasseurs. Un bruit plus mou accompagnait ce claquement. Les genoux des quatre malheureux battaient le rythme en tremblant de terreur.

Si Norz Amen avait aussi été un héros, il serait passé à côté d'eux. Il leur aurait dit : « C'est mon fils » avec un regard noir, et il serait rentré chez lui, emportant Nils dans ses bras.

Mais Norz n'était que le père du héros, alors il s'autorisa juste une petite chose. Il confia Nils quelques instants aux bras d'un ami. Il s'approcha du chef des quatre joueurs de castagnettes. Il le regarda assez longuement. L'homme tremblait toujours et commença même à baver un peu mais il parvint à dire :

– Je… crois qu'on s'est trompé.

– Je crois, oui, répondit Norz.

On raconte plusieurs versions de la minute qui suivit.

Soit Norz prit le chef par le cou pour assommer les trois autres. Soit il les frappa deux par deux comme des cymbales. Soit il les prit tous les quatre en bouquet dans son poing, et les frappa avec sa main libre. Soit ils s'écrasèrent sur le sol comme un petit tas de bouse de limace avant même qu'il ait eu le temps de lever la main sur eux.

Norz jura longtemps que la dernière version était la bonne. Mais la première est certainement la plus vraisemblable.

Norz Amen reprit son fils dans ses bras et disparut dans la foule.

Le mégot de Jo Mitch mit très longtemps à réapparaître entre ses lèvres. On le vit même surgir un instant par une narine. Mitch semblait dans une colère pâteuse. Torn avait pris la valise sous son bras. Limeur ne put s'empêcher d'aller lâchement donner un coup de pied dans le corps d'un des chasseurs écrasés sur le sol.

On entendit juste trois mots à propos de Tobie, trois mots que Jo Mitch lâcha comme un crachat qui rebondit sur son triple menton :

– Je le veux.

Mais ce matin-là les bûcherons décidèrent de ne plus poursuivre Tobie, car le fils Amen avait été victime de cette chasse.

Ce jour est resté dans l'histoire sous le nom du « matin de Nils Amen ». Pour la première fois les bûcherons choisirent de ne plus obéir à Jo Mitch, le Grand Voisin. Ils rentrèrent chez eux.

Qu'il survécût ou non à ses blessures, Nils avait changé quelque chose dans l'histoire de l'arbre et dans celle de Tobie.

Il se trouve que Nils Amen allait vivre. Sa mission n'était pas terminée.

Les bûcherons repartirent donc dans leurs forêts. Les autres, ceux qui poursuivaient Tobie depuis les hauteurs, se remirent en chasse du petit criminel. En quittant la clairière, ils contemplaient la valise de billets sous le bras de Torn. L'argent. Ils voulaient cet argent.

Aucun d'eux ne pouvait imaginer qu'il n'y avait pas le moindre billet dans la valise. Jo Mitch, aussi menteur que cruel, n'avait jamais eu l'intention de donner un sou à personne. On n'aurait pu trouver dans cette valise que quelques instruments terribles qui devaient forcer Tobie à parler quand il serait capturé.

Jo Mitch ignorait que Tobie, au matin de cette quatrième nuit, était arrivé dans la région mouillée des Colonies inférieures, c'est-à-dire dans un grand ensemble de branches qui appartenaient entièrement au Grand Voisin. Tobie était entré sans s'en rendre compte dans ce territoire interdit. Il était chez Jo Mitch.

Jo Mitch avait une bande de cent cinquante hommes à son service, en plus des milliers de gens qui le suivaient parce qu'ils n'avaient pas le choix. Ces cent cinquante hommes étaient les pires crapules que l'arbre ait jamais portées. Cent cinquante brigands qui en valaient cent mille en cruauté et en bêtise. La plupart travaillaient dans l'énorme propriété de Jo Mitch.

Tobie risquait à chaque instant d'en croiser et d'être transformé en viande à charançon. Mais il ne savait rien de cela et marchait tranquillement dans ce paysage morne où l'écorce pendait en lambeaux maladifs. Tobie n'était jamais passé par ce coin en allant vers les Basses-Branches. Mais il découvrait que les Basses-Branches ressemblaient décidément au paradis à côté de ces régions intermédiaires, grises et lépreuses.

Tobie bondit sur le côté et se cacha derrière une pelure d'écorce.

Il avait entendu du bruit derrière lui. C'était la première fois qu'il continuait à marcher après six heures du matin, mais l'impatience commençait à lui faire prendre des risques. Le lendemain, il serait à Onessa, chez lui. Cette idée lui faisait oublier le danger.

Bien caché, il regarda passer un lugubre cortège.

Il vit d'abord le charançon. C'était un des plus gros charançons qu'il ait jamais croisé. On l'avait entravé dans des cordes que tendaient tout autour de lui une dizaine d'hommes à chapeaux. Ces hommes avaient dans le dos les lettres JMA gravées sur leur manteau de peau.

Tobie réalisa très vite où il était. Même après cinq ans d'exil, on connaît Jo Mitch Arbor, l'entreprise grignoteuse qui appartenait au Grand Voisin.

Les hommes s'interpellaient, en tirant sur les cordes de chaque côté.

– Ne le lâchez pas, cria l'un d'eux.

– Chaque nuit, il y en a qui s'échappent… Ça n'en ferait qu'un de plus dans la nature…

– Si on les compte, on verra qu'il manque un charançon.

Un autre bougonna :

– Le patron en a tellement qu'il ne sait plus combien !

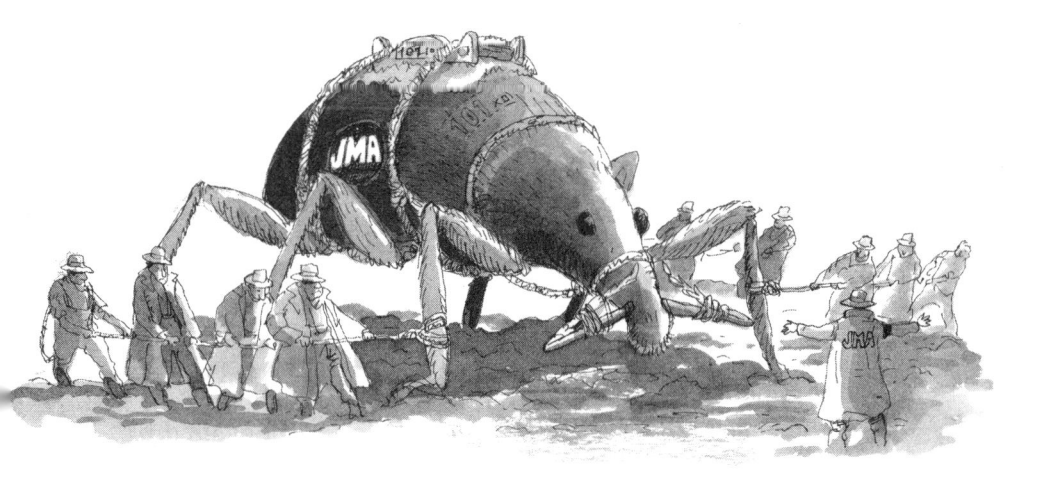

Tobie se trouvait donc très près des élevages de Jo Mitch. Il décida de suivre le petit groupe qui raccompagnait cette bestiole évadée vers la clôture. Il savait que les évasions de charançons faisaient planer un grand danger sur l'arbre. Un charançon creuse dix fois son volume en une journée. A ce rythme, en peu de temps, l'arbre pouvait être réduit en sciure.

Le petit groupe parvint à une barrière qui faisait tout le tour de la branche. Ils s'arrêtèrent pour ouvrir l'immense portail et laisser passer le charançon saucissonné dans ses cordes.

Tobie, qui suivait de loin, pensa qu'il en avait assez vu. Aplati au sol, il allait faire demi-tour quand un autre homme, coiffé du chapeau et du manteau Jo Mitch Arbor, surgit derrière lui. Heureusement, le bonhomme était nerveux et ne remarqua pas Tobie. Il cria à ses collègues :

– Une centaine de chasseurs arrivent. Ils viennent des hauteurs. Ils cherchent le petit. Il ne faut pas qu'ils voient le charançon échappé.

L'un des hommes qui tiraient la bête releva son chapeau avec le pouce. Tobie le reconnut immédiatement.

Cet homme, il l'avait vu dans les Basses-Branches quelques semaines plus tôt. Ce souvenir fit frémir Tobie.

Il n'était pas plus grand que Tobie, mais il avait un visage ridé, jaunâtre qu'on ne peut pas oublier. Il avait surtout une toute petite tête et son chapeau lui tombait sur les yeux. Il dit aux autres :

– Ouvrez la barrière, bande d'incapables !

Tobie n'avait pas le temps de réfléchir. Il était piégé entre la clôture et les chasseurs qui allaient arriver. Le seul espoir se trouvait derrière cette clôture. Il fallait la franchir. L'homme à la petite tête donnait d'autres ordres en vociférant.

A cet endroit des Colonies inférieures, l'écorce est détrempée, pourrie, et on s'enfonce parfois jusqu'aux genoux. Tobie, en rampant, pouvait donc laisser sa tête dépasser de la boue de bois décomposé. Il profita de l'agitation des hommes qui se pressaient autour de la barrière et tentaient de l'ouvrir en pataugeant.

Sous les hurlements du chef à la petite tête jaune, Tobie avança comme un asticot à travers la boue.

Il glissait droit vers l'énorme charançon qui était dix fois gros comme lui. Seuls les yeux et le front de Tobie sortaient de la matière visqueuse. Il passa à un millimètre de Petite-Tête qui continuait à insulter ses hommes. Tobie rampa entre les pattes du charançon. Se redressant un peu, il agrippa une corde qui sanglait le ventre de la bête. Il tira sur ses bras et passa les pieds dans une autre corde à l'arrière. A ce moment exact, la barrière s'ouvrit en grinçant et le cortège se remit en marche.

Tobie était accroché sous le charançon qui commençait à s'agiter un peu.

Ils entrèrent ainsi dans l'enclos. Tobie, couvert de boue, se confondait avec le corps de l'animal. Petite-Tête donnait toujours ses ordres en relevant son chapeau qui lui tombait sur la moitié du visage.

Ils refermèrent le portail derrière eux.

Les chapeaux et le charançon avaient marché ainsi un quart d'heure quand Petite-Tête hurla :

– Halte !

Lentement, il s'avança vers l'animal, fit reculer ses hommes, et passa la main sous le ventre du charançon.

Il prit la corde dans sa main et la tira d'un coup.

La bête se retrouvait libre de ses mouvements.

Tobie s'était laissé tomber une minute plus tôt dans la boue. Il était temps. Il vit au loin l'animal partir en pataugeant dans le sens de la pente. Les hommes avaient grimpé la côte dans l'autre sens.

Tobie resta quelque temps immobile dans le marécage. Il était presque midi. Une odeur insoutenable flottait à la hauteur des narines de Tobie.

Le jeune fugitif commença à regretter d'être entré dans ce lieu.

Quelques heures plus tôt, il se croyait tout près du but. Mais il se retrouvait maintenant dans un enclos, prisonnier de barricades et de barbelés. Comment en sortir ?

Deux voies s'offraient à lui. D'un côté, la direction prise par les hommes. De l'autre, celle du charançon. Il fit le choix de l'insecte et ne fut pas déçu de ce qu'il découvrit après s'être traîné dans la boue pendant une heure.

Il y a des images qui ne s'oublient pas. Il y a aussi des images qui sont comme des présages de l'avenir. Ce que Tobie avait devant les yeux faisait ce double effet. Une vision monstrueuse qui se grave à jamais en vous.

Tobie s'était arrêté au bord d'un trou démesuré, un gigantesque cratère à ciel ouvert dans la branche. Mais ce cratère semblait vivant, il grouillait, il ondulait. On avait l'impression d'un bouillonnement puant. Une armée de charançons fouissait et fourrageait le bois tendre, les pattes engluées dans la boue. Sur leur carapace, marquée au fer rouge, on lisait le sigle de Jo Mitch Arbor.

De cet élevage venaient les centaines d'animaux qui minaient les branches depuis des années en creusant ces sordides cités JMA qui prétendaient sauver l'arbre de toute surpopulation.

Ce qui était impressionnant, c'est que Tobie avait lu dans les dossiers de son père une description qui ressemblait extraordinairement à ce spectacle.

Sim Lolness avait prédit cette dégradation dans ses moindres détails. Même le cratère était décrit dans un livre sorti huit ans plus tôt et qui s'appelait *Le Grignotement du monde*, puis dans un article *Splendeur et grignotement*. A la suite de ces deux textes, Jo Mitch avait proposé au Grand Conseil une loi pour interdire le papier, les livres et les journaux. C'était soi-disant une loi écologique pour le respect de l'arbre. C'était surtout pour faire taire une fois pour toutes le professeur Lolness. Heureusement, la loi n'avait pas été votée cette fois-là.

Tobie resta un long moment devant ce terrible panorama. Il comprenait les raisons du grand affaiblissement de l'arbre que son père avait remarqué pendant ses cinq années dans les Basses-Branches. En étudiant simplement la courbe des températures, le professeur Lolness avait découvert un réchauffement des étés. Tobie se réjouissait de ces étés plus longs et lumineux, mais son père paraissait préoccupé.

– Les choses ne changent pas pour rien, répétait-il.

Cette phrase était sa règle d'or.

Le Cratère
103

Il expliquait ce changement par des trous dans la couche de feuilles au sommet de l'arbre.

Même à des dizaines de mètres sous les Cimes, Sim Lolness était capable de deviner par raisonnement les changements qui se produisaient au sommet.

Tobie, à plat ventre dans la boue, sortit de sa rêverie. Il voulut se remettre à ramper pour contourner le cratère, mais il se sentait comme plaqué au sol, incapable de faire un mouvement. Il insista, se croyant victime d'une crampe qui l'immobilisait. Toujours sur le ventre, il passa la main derrière ses jambes pour les masser et les remettre en marche.

Il toucha alors quelque chose de dur qui pesait directement sur lui. Quelque chose de dur, de doux, d'arrondi…

Il tourna péniblement la tête pour comprendre et découvrit une botte. Une botte le maintenait écrasé dans la boue. D'un geste du bras, Tobie essaya de balayer cette botte, mais elle n'était pas toute seule. Il y avait une autre botte. Tobie retomba en avant, le visage dans la vase.

Quand on se trouve face à deux bottes dans la bouillasse, et quand, par ailleurs, commence à grincer un ricanement stupide, on peut être à peu près sûr qu'il y a quelqu'un dans les bottes.

Après les bottes, après le rire, il entendit une voix. Cette voix, il la reconnaissait. C'était celle de Petite-Tête, le dégoûtant personnage qui avait dirigé le retour du charançon dans l'enclos.

– Alors, mon morpion ? On visite ?

Cette fois, Tobie comprit que c'était la fin.

Il pensa un instant se laisser étouffer dans la boue pour échapper aux hommes de Jo Mitch.

10

UN MESSAGER

Le grand pouvoir de Jo Mitch et de ses hommes n'avait cessé d'augmenter pendant les cinq années d'exil de la famille Lolness. Mais Tobie et ses parents n'en avaient jamais rien su. Dans les Basses-Branches, il était impossible de se tenir informé de l'évolution du reste de l'arbre.

Pendant ces années, pas une seule lettre n'était arrivée pour eux, pas un seul journal. Les nouvelles qu'ils pouvaient obtenir venaient toutes de la famille Asseldor.

Cette famille habitait les Basses-Branches depuis très longtemps. Les rares personnes qui peuplaient la région étaient arrivées dans les années récentes, mais les Asseldor y vivaient depuis plusieurs générations. Le père Asseldor était même né dans les Basses-Branches. Sa femme venait de plus haut, mais leurs trois fils et leurs deux filles avaient grandi dans la ferme de Seldor qui fascinait Tobie.

La ferme marquait le début des Basses-Branches. C'était une vieille maison creusée à l'ancienne, avec de grandes pièces au plafond voûté. Le grand-père Asseldor avait tout bâti de ses mains. Il était arrivé avec un rêve de Branche-Nouvelle. Vivre unis, ensemble, pour être mieux. Il avait créé Seldor, un petit paradis dans un monde qu'il trouvait hostile.

Le grand-père était mort depuis longtemps, mais le père, la mère, et les cinq enfants faisaient durer le rêve d'une Branche-Nouvelle.

La ferme était magnifique. La famille parvenait à produire tout ce qui lui était nécessaire. Jamais davantage. Le but des Asseldor était de ne dépendre de personne. Ils ne vendaient rien, n'achetaient rien à personne. Mais, heureusement, ils savaient partager.

Tobie pouvait arriver sans prévenir, après cinq ou six heures de marche, il avait toujours l'impression d'être attendu. Son couvert était mis sur la grande table avec les sept autres. Il y avait au cours de ces repas une atmosphère extraordinaire. On chantait, on plaisantait, on buvait sans mesure. Les garçons, âgés d'une vingtaine d'années, avaient un puissant appétit. Les deux filles, un peu plus jeunes, dévoraient presque autant. Elles s'habillaient pour chaque repas comme pour une fête ou un mariage. Elles avaient dix ans de plus que Tobie, mais il les trouvait sublimement belles, intelligentes et drôles. Il en parlait à Elisha qui n'aimait pas trop ce sujet de conversation.

Les Asseldor représentaient une famille d'adoption pour Tobie qui était né enfant unique. Il eut donc l'impression de voir partir un frère quand le troisième fils, Mano, décida de s'en aller.

Mano avait toujours été différent des autres enfants Asseldor. Même physiquement il paraissait plus frêle que ses deux frères, moins rose et vigoureux que ses sœurs. A table, il était moins bavard, il riait moins, mangeait sans passion.

Ce qui était plus grave : il ne jouait pas de musique.

Cela faisait le même effet que si un être sans coquille était né dans une famille d'escargots. La musique représentait la moitié de la vie des Asseldor. Ils chantaient et jouaient tous merveilleusement. Sauf Mano, qui savait à peine battre le rythme en tapant sur ses genoux.

On avait tout tenté avec lui, du balando à l'ordonéon, mais il avait fini par se buter et refusait d'essayer à nouveau.

A la veillée, Tobie le voyait souvent quitter discrètement la salle, tandis que ses sœurs chantaient des chœurs d'ange, et que les autres faisaient naître un orchestre entier avec leurs bouches. Même Tobie était réquisitionné pour jouer de la bille. Il avait été sacré meilleur joueur de bille de Seldor. Il suffisait de frotter deux billes l'une contre l'autre pour en sortir des sons. Mais Mano n'était même pas capable de jouer correctement de la bille.

Un soir, Tobie avait vu le père Asseldor suivre Mano devant la maison.

– Où tu vas ? dit le père.

– Je sais pas, répondit Mano.

– Qu'est-ce que tu as ? Tu veux pas essayer de faire comme les autres ?

– Non, dit Mano.

– Qu'est-ce que tu as, Mano ? Regarde tes frères, tes sœurs… Ils n'ont pas l'air heureux ?

– Si.

– Mais, fais comme eux !

Mano s'était mis en colère :

– On est là parce que notre grand-père a décidé de ne pas faire comme les autres et de venir créer Seldor… Et maintenant tu me demandes de faire comme les autres ?

Tobie était resté caché à écouter. Le père dit à son fils :

– Tu ne parles pas comme un Asseldor, Mano. Tu ne fais rien comme un Asseldor.

– Je sais. Alors, je m'en vais, papa.

Le père était demeuré muet. Il croyait seulement que son fils voulait aller respirer quelques minutes dehors. Il lui dit :

– Ne tarde pas, il y aura le miel à récolter demain matin.

Mano ne se retourna pas. Le père Asseldor aperçut Tobie :

– Il a besoin d'air, expliqua-t-il.

– Oui, dit Tobie.

Quand Tobie revint un mois plus tard chez les Asseldor, il y avait une ambiance différente autour de la table. Tobie surgit au beau milieu du souper, un soir de juin. Mia, la seconde des filles, se leva pour lui donner une assiette. Elle avait une gaieté un peu plus forcée que d'habitude.

– Monsieur Lolness, je n'avais pas mis votre assiette.

Mia appelait Tobie « monsieur Lolness » alors qu'il avait à peine neuf ans à cette époque. Rien ne pouvait autant faire gonfler le cœur du petit garçon. Il dit :

– Mademoiselle Mia, je vous pardonne parce que vous vous êtes fait la coiffure que j'aime, avec les nœuds.

Les hommes lançaient des petits sifflements moqueurs, mais avec assez peu de conviction.

Normalement, il y avait toujours un garçon prêt à sauter sur la table et à provoquer Tobie en duel pour avoir fait des avances à sa sœur. Tobie saisissait alors un bâton, commençait à se battre, et tout se terminait dans des rires.

Mais ce soir-là ni duel, ni scène de jalousie de l'autre sœur, Maï, qui était pourtant capable de faire semblant d'éclater en sanglots. La première fois, Tobie y crut tellement qu'il souffla à l'oreille de cette jeune fille qui avait presque le double de son âge :

– Je vous aime bien aussi, mademoiselle Maï.

Un fou rire général avait suivi. C'était la seule fois où Tobie s'était senti un peu mal à l'aise dans cette maison de Seldor.

Ce soir de juin, ce n'était pas chez Tobie que planait le malaise, mais chez tous les autres. Quelque chose sonnait creux dans cette tablée silencieuse des Asseldor.

Tobie comprit très vite. Il jeta un regard sur la famille rassemblée.

Le creux, c'était Mano.

Il n'était plus là.

Voilà donc pourquoi on n'avait pas mis, comme d'habitude, une assiette de plus pour un invité de passage. Parce que cette assiette vide aurait amèrement rappelé l'absence de Mano. Le père Asseldor observa Tobie qui ne bougeait pas devant sa soupe.

– Mano est parti. Il est allé dans les hauteurs. Il dit qu'il veut tenter sa chance. Voilà.

Mme Asseldor ajouta :

– Je pense qu'il peut réussir là-haut. Il n'était pas fait pour Seldor. J'espère juste qu'il écrira.

Maï et Mia avaient les yeux rouges, et elles ne faisaient pas semblant. Les deux frères, eux, baissaient le regard vers leur soupe. Tobie comprit qu'ils pardonneraient difficilement le départ de Mano.

Le vœu de Mme Asseldor se réalisa. Au bout de deux mois, ils reçurent une lettre. C'était une lettre pleine d'espoir. Mano disait qu'il avait trouvé un travail dans la vente, qu'il était l'employé préféré de son patron, et qu'il espérait très vite progresser.

Toute la famille lut et relut cette lettre des Cimes comme un message du ciel. Les hommes ne voulaient pas s'attendrir trop vite, mais les femmes se réjouirent immédiatement. Mme Asseldor répétait :

– Je vous le disais... Chacun son chemin...

Les lettres de Mano devinrent donc des moments à part dans la vie de la ferme de Seldor. La famille se rassemblait autour de la table. Mme Asseldor posait ses petites lunettes sur son nez. A chaque lettre, ses mains tremblaient moins, sa voix était plus claire.

Car ces lettres racontaient une progression fulgurante. Le patron, trop âgé, avait confié à Mano la conduite de son entreprise. Mano en avait créé une autre qui allait dépasser la première. Il dirigeait donc deux entreprises de vente. Mano disait qu'il reviendrait bientôt les voir, qu'il attendait le bon moment, qu'il possédait une armoire avec cinquante-sept cravates. La famille Asseldor ne voyait pas vraiment ce qu'était la vente, ni à quoi la moindre cravate pouvait servir, mais ils apprirent tous à se répéter « chacun son chemin ».

Tobie racontait souvent à ses parents les aventures de Mano. C'étaient les seules nouvelles qui arrivaient des hauteurs. Maïa Lolness était très impressionnée, comme tout le monde, par la réussite du fils Asseldor.

Mais le père de Tobie prenait toujours un air grave pour dire :
– C'est curieux, ce que tu me racontes… Mais ton ami Mano ne parle pas du reste ? De la vie dans les hauteurs, de la situation des gens qui y vivent ?
– Il dit que ceux qui veulent réussir y trouvent toutes les chances. Il dit que tout va très vite.

Le professeur Lolness n'aimait pas ce qui va vite, alors il gardait son visage un peu ronchon. Il répétait à Tobie en marmonnant :

– Moi, je continue à penser qu'à part le petit Asseldor et quelques autres, il y a de moins en moins de gens heureux par là-haut. Je n'ai aucune information, mais j'ai cette impression.

– Sim ! criait Maïa, ton fils vient te donner des bonnes nouvelles des hauteurs et tu continues à faire ta mauvaise tête. Est-ce que tu ne vas jamais te réjouir un peu ?

– J'aimerais vraiment, concluait Sim en regagnant son petit bureau.

Les nouvelles de Mano étaient donc les seules informations qui parvenaient aux Basses-Branches.

On peut imaginer la surprise quand arriva la lettre du Conseil de l'arbre.

Cette lettre parvint au début du mois d'août à Onessa, chez les Lolness. Le porteur avait un sourire édenté, une face jaune comme le pollen, et une toute petite tête. C'était la première fois que Tobie et ses parents voyaient le chapeau, le manteau et les bottes d'un homme de Jo Mitch. Petite-Tête tendit la lettre.

– Je vais attendre la réponse là-bas, papy.

L'homme parlait à Sim Lolness. Il venait de l'appeler papy. Il attrapa sur la table la petite bouteille d'alcool de noix du professeur.

Le père de Tobie était arrivé avec cette bouteille cinq ans plus tôt. Il en prenait une goutte après chaque dîner, en regardant le feu.

L'alcool de noix était très rare. On le tirait des quelques noix oubliées par les écureuils dans les trous de l'arbre. Sim avait bien sûr écrit un petit livre qui s'appelait : *D'où viennent les noix ?*, un essai poétique sur une vie possible en dehors de l'arbre. Il imaginait qu'il y avait quelque part un autre arbre qui donnait des noix. Des collègues agacés avaient demandé à Sim de choisir entre la poésie et la science.

Le professeur n'avait pas osé dire que son choix était fait.

Les trois Lolness virent donc s'éloigner Petite-Tête avec l'alcool de noix. Il s'assit un peu plus loin et commença à siroter.

– C'est ta bouteille, papa, dit Tobie.
– Laisse-le, mon fils. Ce n'est pas grave. Il a beaucoup marché…

Cela faisait des années que les Lolness n'avaient pas ouvert une lettre, et le professeur la retourna longuement dans ses mains comme s'il cherchait par quel côté l'attaquer.
– Viens Tobie, dit Maïa en entraînant son fils vers l'extérieur.
– Non, vous pouvez rester tous les deux.
Sim s'installa, dos à la fenêtre, et commença à lire à haute voix :

Excellence, monsieur le professeur,
Dans le cadre du renouveau scientifique, nous serions très honorés de vous voir réintégrer notre Conseil. Le temps est passé sur vos erreurs d'autrefois, le moment est venu pour que la science de l'arbre retrouve son esprit. Votre maison des Houppiers vous attend, ainsi que notre digne assemblée.

Sim Lolness s'arrêta. Sa femme et son fils le dévisageaient. Ils essayaient de lire une impression sur ses traits, mais, à ce moment précis, le visage de Sim était illisible. Il y passait tellement d'idées et de sentiments contraires qu'on aurait dit un livre entier oublié sous la pluie et dont toutes les pages mélangent leur encre. Les scènes de joie, de colère, de tristesse, d'angoisse, d'espérance, de révolte, de honte, d'amour et de haine se superposent dans une flaque sombre.
Pour Tobie et Maïa, c'est la fierté qui vint la première. Ils allaient sauter dans les bras de Sim.
Mais Sim continua sa lecture :

Pour consolider les bases de votre nouveau départ, vous rejoindrez, pour un an seulement, en observation, les services des Comités de voisinage, sous la haute direction de M. le Grand Voisin Jo Mitch.

Cette dernière phrase envoya une averse de plus sur le paquet de messages contraires qu'on lisait sur le visage du professeur. Une douche de plus qui balaya tout et ne laissa qu'une expression, étincelante dans les yeux de Sim : la fureur.

Il commença à bouillonner, tempêter, maudire… Ni Tobie, ni ses parents ne savaient ce qu'étaient ces Comités de voisinage, mais Tobie vit son père se lever d'un bond.

Jo Mitch. Ce seul nom rendait fou le professeur.

Sim fit de la lettre une grosse boulette entre ses mains. Il fila vers la porte qu'il ouvrit d'un coup de pied et marcha à grands pas vers le messager de Jo Mitch qui était debout, à moitié ivre, devant la maison. Petite-Tête, les yeux troubles, regardait approcher Sim. Il avait enlevé son chapeau et sa tête avait l'air vraiment minuscule. Il tenait la bouteille à la main. Il souriait en vacillant d'un pied sur l'autre.

– Alors papy, on part avec bobonne et son morpion ? C'est décidé ?

Petite-Tête avait la bouche grande ouverte et gloussait d'un rire niais.

Tobie vit alors son père lancer d'un geste habile la boule de papier froissé qui atterrit dans la bouche de l'horrible bonhomme. Le temps que Petite-Tête réalise, sa bouche s'était refermée.

Les yeux exorbités, il fut traversé de secousses et de hoquets. Du jaune pollen, l'homme de Jo Mitch passa au vert pâle, puis par bien des couleurs inconnues dans l'arbre. Il finit blanc comme un cumulo-nimbus quand il comprit qu'il venait d'avaler son message.

Sim Lolness le regarda ramasser son chapeau. Sim était beaucoup plus grand que lui. L'homme n'osa pas riposter, d'autant plus que la boulette commençait à lui retourner l'estomac.

– Il y a bien longtemps, dit le professeur, il y avait une pratique barbare. On ouvrait l'estomac des bestioles pour connaître les réponses à ses questions. On appelait ça les augures. Vous pourrez le raconter à votre chef. Vous avez la réponse dans le bide…

Petite-Tête parvint à dire en éructant :

– Je me vengerai.

Il disparut en claudiquant.

Tobie et ses parents restèrent un long moment devant la maison. Sim retira ses lunettes et s'essuya le visage. Tobie alla ramasser la bouteille. Il la tendit à son père.

– Elle est vide.

– Tant mieux, dit Sim, c'était mauvais pour mon cœur.

Il s'assit devant la porte. On entendit un craquement. Il s'était assis sur ses lunettes.

Tobie se disait pour la première fois que son père allait vieillir, un jour. Il n'avait que cinquante-cinq ans, mais le type l'avait appelé « papy », et maintenant, assis sur le seuil, il paraissait épuisé. Maïa Lolness se serra contre son mari et l'embrassa sur la joue :

– Sim, mon chéri, je t'ai dit de ne pas te bagarrer avec tes camarades, dit-elle en prenant une voix tendre.

Sim Lolness enfouit son visage dans le cou de sa femme et marmonna, comme un enfant :

– C'est lui qui a commencé.

Tobie s'éloigna pour les laisser tous les deux. En marchant dans une déchirure de l'écorce, un peu plus loin sur la branche, il repensa aux derniers mots du porteur de lettre : « Je me vengerai. »

Voilà pourquoi Tobie, quelques semaines plus tard, aurait préféré être n'importe où plutôt que sous la botte dure et glacée de Petite-Tête. La vase commençait à lui rentrer dans la bouche et les narines.

11

W. C. ROLOK

L'homme desserra légèrement la pression de son pied, et Tobie put sortir la tête une seconde. Mais, aussitôt, Petite-Tête recommença à le plaquer au fond du marais.

Quand il le relâcha une nouvelle fois, Tobie sentit que l'homme voulait lui dire quelque chose.

– Ce que ton père m'a fait… J'ai pas trop avalé…

– … avalé… la boulette ? demanda Tobie avec impertinence.

Et Petite-Tête lui enfonça brutalement la face dans la vase.

Cette fois il le laissa presque une minute entière sans respirer. Mais Tobie devinait qu'il ne le ferait pas mourir avant quelques punitions supplémentaires. Bizarrement, ces punitions, c'était la chance de Tobie pour gagner du temps. Il n'avait qu'un seul espoir : que Petite-Tête veuille être encore plus méchant.

C'est exactement ce qui arriva.

Petite-Tête tira Tobie jusqu'à une butte d'écorce qui dominait le cratère. Il le ficela bien serré, les pieds et les mains complètement immobilisés. Les charançons commençaient à approcher par groupes de deux ou trois. Petite-Tête avait sorti un long fouet qu'il faisait claquer pour les maintenir à distance. Tobie regardait ce visage hilare encore enlaidi par la joie de faire du mal.

Derrière la couche de boue qui lui couvrait le visage, Tobie gardait un certain calme. Il se rassura d'abord en pensant que la méchanceté peut rendre riche et puissant, mais qu'elle rend toujours laid. Il se demanda ensuite ce que le bonhomme allait inventer d'horriblissime, de monstrueux. Pensait-il l'abandonner au milieu des insectes ? Voulait-il l'éliminer dans ce marécage ?

L'idée de Petite-Tête était pire encore. C'était une idée répugnante, une idée qui lui ressemblait.

Il sortit de la poche de son manteau deux petites capsules blanches, et tous les charançons tournèrent la tête vers lui.

– Ils adorent ça, regarde, mon morpion. On donne ces boules de sève concentrée à ceux qui travaillent le mieux. Ils les sentent à des kilomètres. Des fois, on en met une dans les nœuds de bois durci. Les charançons font exploser le bloc pour arriver à la capsule.

Il en jeta une au fond du cratère. Une vingtaine de bêtes se précipitèrent en même temps. Un petit et deux femelles furent pratiquement écrasés dans la bataille. Tobie regardait Petite-Tête qui faisait tournoyer son fouet en disant :

– Il m'en reste une. Qu'est-ce que je peux en faire… ?

Tobie pouvait tout imaginer, mais pas ce qui suivit. Le type continua :

– C'est simple. J'invente rien. Je fais comme ton père avec le message… La capsule, je te la fais avaler et je m'éloigne. Si ces bestioles vont chercher à dix centimètres sous l'écorce, elles sont bien capables de la trouver dans tes tripes, même en remuant un peu de chair fraîche. Je compte jusqu'à cent, en laissant les charançons travailler. Je te récupère très amoché, mais avec encore un petit souffle de vie, comme tous les morpions qui n'arrivent pas à crever. Je t'apporte à Jo Mitch, et j'empoche le million. Voilà le programme !

Il riait très fort. Tobie le regardait. A un certain niveau d'horreur, le mécanisme de la peur s'arrête. C'était déjà arrivé à Tobie. Petite-Tête lui inspirait surtout de la pitié. Il se disait exactement ceci : « La cruauté, c'est ton problème, Petite-Tête. Mon problème à moi, c'est survivre. »

Il respirait donc assez tranquillement. Ses idées revenaient. Il découvrait qu'on avait offert une récompense pour lui. Il coûtait un million. Tobie n'en était pas mécontent. Il pensa qu'un million valait la peine d'être défendu.

Mais le million était ficelé comme un paquet sur un bout d'écorce qui lui sciait le dos.

Lui sciait le dos.

Pourquoi l'esprit de Tobie s'arrêtait-il à ces mots ?

Lui sciait le dos.

Sa mère, qui lui avait appris à lire à l'âge de trois ans, lui disait que les mots sont des combattants de l'ombre. Si on choisit de devenir leurs amis, ils nous aident toute la vie. Sinon, ils se mettent en travers de notre chemin. Maïa lui expliquait que c'était à cause de cela qu'on disait « connaître » un mot ou un langage, comme « connaître quelqu'un ».

Tobie, après pas mal d'efforts, était devenu l'ami des mots. Tous les jours, il voyait les miracles qu'ils font. Ils l'avaient sauvé de la solitude et de l'ennui. Ils avaient été à ses côtés pour étudier avec son père. Et surtout, ils ne l'avaient pas lâché pendant les conversations avec Elisha.

Elisha connaissait très peu de mots, mais elle les habillait d'une telle manière que Tobie risquait de tomber à chaque phrase. Il avait donc appris, en l'écoutant, à faire vivre les mots grâce à la voix et au silence.

Les mots pourtant nous soufflent souvent bien des conseils qu'on ne saisit pas. Tobie, cette fois-ci, entendit leur message : « ... un bout d'écorce qui me scie le dos... »

Un masque de boue cachait le sourire de Tobie. Une écorce qui scie le dos peut aussi scier autre chose...

Quelques instants suffirent pour que, par un léger mouvement sur l'arête de l'écorce, la cordelette qui paralysait les mains de Tobie soit coupée en deux.

Petite-Tête n'avait rien vu. Tobie n'était pas beaucoup plus avancé, mais cela représentait malgré tout un progrès. Il gardait soigneusement les mains dans le dos. Les charançons avaient été repoussés par quelques claquements de fouet. Petite-Tête venait maintenant vers Tobie, le visage lézardé d'un sourire aux dents rares. Il se pencha vers sa victime. Il tenait la capsule dans la main.

Tobie savait que, s'il avalait la capsule, il aurait un demi-millier de charançons prêts à lui ouvrir le ventre pour la récupérer.

Cette perspective faisait rire Petite-Tête à gorge déployée. Vue de plus près, la bouche de son agresseur était dans un état pire encore que ce que Tobie imaginait. Une douce odeur d'œuf pourri s'ajoutait à cette vision d'enfer. Petite-Tête agrippa la mâchoire de Tobie, le força à ouvrir les lèvres. Il lui glissa la capsule entre les dents.

Prudemment, les charançons commençaient déjà à s'approcher. Leurs pattes et leurs cisailles brillaient à la lumière de midi.

Petite-Tête avait maintenu la bouche de Tobie fermée, le temps qu'il avale la capsule. Il allait maintenant pouvoir l'abandonner mais il ne put s'empêcher de dire :

– Bon appétit.

Tobie, épuisé, réussit à dire :

– Merci, mais c'est dégoûtant votre capsule...

– Non, non... Je disais bon appétit à ces petites bêtes, dit l'homme en faisant un geste vers six ou sept charançons, juste derrière son épaule.

Petite-Tête trouva sa propre blague irrésistible, et il éclata d'un rire infâme, qui dévoila aux yeux de Tobie le fond de sa gorge. En comparaison de l'état répugnant du palais et des amygdales, la dentition de Petite-Tête paraissait maintenant une véritable cour d'honneur.

Tobie choisit ce moment pour cracher de toutes ses forces la capsule qu'il avait réussi à garder dans sa joue. Le projectile entra à grande vitesse dans la bouche rigolarde du petit homme. Et l'on vit passer dans ses yeux l'étonnement, la stupéfaction, puis la terreur quand il réalisa qu'il l'avait avalée.

La réaction de Petite-Tête fut pitoyable. C'était la deuxième fois qu'un Lolness lui faisait le coup… Il s'effondra. Il gigotait par terre en essayant de cracher, martelait le sol avec ses poings, gémissait dans la boue comme un enfant qui fait un caprice.

Tobie n'eut pas de mal à profiter de la crise, pour se défaire de ses autres liens avec ses mains libres. Il réussit même à déshabiller entièrement son ennemi sans qu'il s'en rende compte. Les charançons devenaient menaçants, ils ne se trouvaient maintenant qu'à quelques pas. Tobie fit siffler une seule fois le fouet, et les bêtes s'arrêtèrent pour un moment. Il accrocha ensuite son tortionnaire avec la lanière du fouet.

Quand Petite-Tête releva la tête, sortant peu à peu de sa crise de nerfs, il réalisa d'abord qu'il était entièrement cloué au sol. Ensuite, il vit les charançons qui s'avançaient en se poussant les uns les autres. Cette deuxième image lui secoua la mâchoire de tristes tremblements qui risquaient fort de faire tomber ses dernières dents.

Enfin, Petite-Tête découvrit juste à côté de lui une paire de bottes. Au-dessus s'élevait une silhouette qui lui rappelait quelque chose. La silhouette d'un petit bonhomme avec un manteau, et un chapeau qui lui tombait sur les yeux et lui cachait la moitié du visage. Il poussa un hurlement qui fit piaffer les charançons.

Ce bonhomme, c'était lui.

Lui, Petite-Tête.

Il crut à un cauchemar. Ce devait être l'effet de la capsule de sève. Une hallucination. Il y avait deux Petite-Tête au bord du cratère.

Mais quand Petite-Tête-en-manteau souleva son chapeau avec le doigt, Petite-Tête-tout-nu-comme-un-saucisson reconnut deux yeux pétillants qu'il haïssait.

Vêtu ainsi, Tobie était le portrait exact de l'homme de Jo Mitch.

Tobie en avait lui-même des frissons. Mais il venait de transformer sa pire épreuve en une chance d'évasion, et c'était assez pour lui donner une grande confiance.

– Je vous laisse le fouet, dit Tobie, le nœud n'est pas très serré. Vous allez vous en sortir. Mais je ne sais pas ce que vous préférerez entre les cisailles des charançons, ou les ricanements de vos hommes quand vous leur expliquerez, tout nu, que vous êtes un incapable.

Tobie abandonna Petite-Tête à son cauchemar. Une étiquette dans la doublure du manteau lui révéla que le type s'appelait W. C. Rolok. Pour sortir de l'enclos, Tobie devait porter ce nom.

Il s'éloigna sans regret du cratère des charançons et grimpa vers le dessus de la branche. Tobie avait bien enfoncé son chapeau sur sa tête. Il se forçait à ne pas marcher trop vite, imitant les petits pas raides de Rolok-Petite-Tête, et sa manière de rentrer le cou dans les épaules.

Tobie savait imiter les postures et les attitudes. Un jour, ses parents avaient découvert la grand-mère Alnorell en train de jouer à la maronde derrière leur maison des Basses-Branches. La maronde était un jeu d'enfant, stupide mais difficile, qui consistait à jouer au ballon avec les mains posées sur les pieds.

Les parents de Tobie, déjà sous le choc de découvrir Mme Alnorell chez eux, à Onessa, alors qu'ils n'avaient pas eu un seul signe d'elle en quatre ans et demi d'exil, furent encore plus surpris quand ils la virent galoper les mains sur les pieds en poussant un ballon de bois creux. C'était quelque chose d'inimaginable. La grand-mère ne savait même pas ce que voulait dire le verbe jouer.

Ils ne purent s'empêcher de pouffer d'abord, puis de rire aux éclats, puis de s'étrangler de rire, tellement le spectacle était prodigieux. Quand Mme Alnorell les remarqua, ils redevinrent sérieux, comme ils pouvaient. Mais les pommettes de Maïa faisaient encore des petits bonds irrépressibles, et ses yeux se mouillaient d'un fou rire étouffé.

En s'approchant à quelques millimètres de la grand-mère, ils eurent un choc. Ils avaient devant eux Tobie Lolness, leur fils, ravi de sa plaisanterie.

Après cet épisode, Tobie passa des soirées entières à faire rire ses parents. Il pouvait imiter n'importe qui, simplement en se penchant en avant, ou en haussant les épaules. Son meilleur numéro s'appelait « Jo Mitch dans son bain ». Ses parents étaient sidérés par la mémoire de Tobie, qui n'avait pas vu tous ces gens depuis l'âge de sept ans.

Il faisait aussi « M. Peloux et l'argent de poche ». L'argentier de la grand-mère était chargé de donner l'argent de poche de Tobie pendant ses vacances dans les Cimes. Sim lui avait confié quelques pièces qu'il devait verser au petit garçon chaque semaine. Cela donnait des scènes très drôles où M. Peloux présentait une petite pièce d'or à Tobie, la reprenait précipitamment, lui rendait un grain d'or qu'il se dépêchait de récupérer, comme s'il s'était trompé. Il lui tendait un demi-grain, mais il n'arrivait pas à le lâcher et le remettait dans sa poche. Finalement, M. Peloux disait qu'il n'avait pas la monnaie et qu'il lui donnerait le lendemain.

L'imitation faisait beaucoup rire Sim et Maïa, mais le père de Tobie découvrit à cette occasion que les petites pièces d'or qu'il donnait chaque été pour les dépenses de son fils allaient toutes dans la poche de Radegonde Alnorell et de son argentier.

Quand Tobie-Rolok surgit au milieu de quatre hommes tranquillement allongés sur le sol humide, il était trop tard pour reculer. Tobie enfonça simplement ses mains dans ses poches et rentra le menton dans son col.

Les quatre hommes avaient étalé leurs manteaux et terminaient une sieste. A l'instant où ils virent la silhouette de Rolok, ils sautèrent sur leurs pieds, terriblement gênés.

– Chef, pardon… On prenait juste notre pause…
– Cinq minutes de pause… Pardon, chef…
– Chef… Pardon…, répéta un troisième.

Tobie ne pouvait pas dire un mot. Sa voix l'aurait trahi. Mais son silence rendait chaque seconde encore plus inquiétante pour les autres. Dans le fond de sa poche Tobie sentit la forme d'un carnet et d'un crayon.

Pour corser la menace, il sortit le carnet, nota un ou deux mots en regardant chaque homme, puis il tourna les talons.

Il respirait. En marchant il jeta un coup d'œil au carnet. Il avait écrit quatre fois « courage Tobie », pour se donner de la force. Il feuilleta les autres pages. Elles étaient couvertes d'une écriture bien appliquée d'enfant de cinq ans, l'écriture de Rolok sûrement. Rolok avait noté en première page :

Cahié de dénonciassion de W. C. Rolok

Plus loin, on pouvait lire des phrases comme :

Piéro Salag a manjé deux sandouich au lieu din, il serat pandu deux heure par le pié goche.

Ou bien :

Geralt Binou n'a pas bien fraper les charansson, il sera lui maime fraper.

Tobie comprit que les hommes de Jo Mitch n'étaient animés que par une seule énergie : la peur.

Peur d'être dénoncés, d'être punis. Dénoncer avant d'être dénoncé. Frapper fort pour ne pas être frappé.

Au bout de quelques minutes, Tobie eut la désagréable sensation qu'il était suivi. Il jeta un œil par-dessus son épaule. Les quatre hommes lui avaient emboîté le pas. Tobie essaya de marcher plus vite, les hommes accélérèrent derrière lui. Il fit quelques détours, mais ils le suivaient toujours. Finalement il s'arrêta net, droit dans ses bottes, et les regarda venir vers lui. Ils avaient l'air d'écoliers pris en faute et tenaient leur chapeau sous le bras. L'un d'eux voulait parler :

– Chef, on prenait juste notre pause. On veut s'excuser.

– On voulait pas, continua un deuxième.

– On veut bien dénoncer les autres si ça peut aider…

– Pouzzi, il arrête pas de jouer aux fléchettes sur les fesses de Truc…

– Et Truc il ose pas le dire, parce qu'il a perdu son fouet dans le cratère…

– Il y a le grand Rosebond qui a crevé l'œil d'un charançon qu'il devait garder…

Tobie avait repris sa marche : ces dénonciations le dégoûtaient. A sa suite, ils trottinaient tous les quatre en continuant leur triste fayotage :

– On peut vous dire des choses plus graves, chef…

– Pilou et Magne, ils jouent au ballon avec Truc…

– Ils lui disent : « Mets-toi en boule, ça roule mieux. »

– Truc, il doit donner toute sa soupe aux cousins Blett…

– Il fait la garde de nuit à leur place, alors qu'il a peur des charançons…

Tobie suffoquait de devoir écouter ces petites atrocités, mais il commençait à ressentir un certain malaise. Au milieu de tout ce qu'ils racontaient, un personnage se dessinait lentement : Truc. Truc martyrisé par ses collègues, effrayé par les insectes qu'il devait surveiller toute la journée, Truc le malheureux. Le sort de ce Truc lui paraissait tout à coup bien pire que le sien.

En quelques confidences, un lien s'était créé avec cet être que Tobie n'avait jamais vu.

Les quatre pauvres types avaient continué à dénoncer tout ce qu'ils pouvaient, mais Tobie n'écoutait plus, jusqu'à une phrase qui s'imprima profondément dans son esprit :

– Mais le pire, c'est Marlou. La nuit, il va faire peur aux fermiers du coin. Pour ça, il a fait un trou dans la clôture derrière les bidons.

Tobie se figea. Lentement, il se retourna. Les trois mots, « trou », « clôture », « bidons », l'intéressaient beaucoup plus que les autres. Un des hommes posa exactement la question qu'il attendait :

– Les bidons ? Quels bidons ?

Le gars répondit :

– Les bidons, juste par là-bas… Je peux vous montrer si vous dites pas à Marlou que je vous ai dit de pas dire que c'est moi qui vous ai dit de pas dire que c'est moi…

Tobie l'interrompit d'une bourrade dans le dos, il le poussa devant lui. Ils se mirent en marche vers les bidons. Les trois autres suivaient en bourdonnant :

– Nous aussi, on vous aura aidé, hein ? Nous aussi ?

Ces abrutis venaient encore de perdre deux ou trois ans d'âge mental. Ils régressaient à vue d'œil. Encore un effort et ils se retrouveraient dans le ventre de leur mère, ce qui correspondait sûrement à la période la moins nuisible de leur pauvre vie.

Ils arrivèrent à la clôture. En effet, des dizaines de barils pleins s'entassaient là. Tobie ne fut pas étonné de constater qu'il y avait écrit « sève brute » sur chacun. Comme il le craignait, Jo Mitch avait déjà fait des réserves.

Il ne lui manquait plus que la fameuse boîte noire de Balaïna pour changer ce carburant en énergie destructrice.

Tobie frappa une fois dans ses mains. Les quatre hommes se mirent au garde-à-vous. Il passa devant chacun en leur tirant affectueusement l'oreille pour les féliciter. A vrai dire, le visage couvert de son chapeau, il ne voyait rien de ce qu'il faisait, et il n'a jamais su s'il leur avait tiré l'oreille, la narine ou n'importe quoi d'autre.

De la main, il balaya l'air devant lui pour leur faire signe de se disperser. Par chance, ils comprirent et se volatilisèrent dans la nature, soulagés.

En poussant quelques bidons, Tobie découvrit le trou dans la clôture, il passa de l'autre côté.

Comme il aurait aimé quitter son déguisement de Rolok, et fuir ce monde ignoble ! Comme il aurait aimé s'éloigner en gambadant pour sauver sa peau !

Mais en passant le grillage, Tobie pensa à Truc. Le souffre-douleur de la bande de Jo Mitch.

Cette pensée se ficha en lui comme une flèche empoisonnée. Et il fit demi-tour.

12

TÊTE DE TRUC

Truc était assis sur une boîte. Le grand Marlou lui avait dit de la surveiller, et qu'il serait écrabouillé si quelqu'un la prenait.

C'était une boîte en forme de cube. Truc la gardait depuis une heure et demie. Il commençait à être inquiet parce que, dans peu de temps, il allait devoir assurer la surveillance des charançons, et qu'il ne saurait pas quoi faire de cette boîte impossible à porter.

Truc avait une feuille sur les genoux et il écrivait. Il écrivait à sa mère. C'était la seule chose qui l'aidait à vivre. Écrire des grandes lettres, à condition que les autres ne les déchirent pas, et surtout, ne les lisent pas.

La garde de la boîte lui donnait une raison de rester là.

C'est ce qu'il avait dit aux collègues qui étaient passés en courant. Tous criaient des histoires pas possibles. Ils hurlaient qu'il fallait aller au cratère, qu'il s'y passait des choses incroyables.

Truc était sûr que c'était un piège pour l'attirer là-bas. Il ne bougea donc pas de sa boîte. Il avait la certitude qu'on voulait lui faire une mauvaise farce. Un homme avait même crié :

– C'est le chef Rolok ! Il paraît qu'il est tout nu dans le cratère, en train de jouer du fouet avec les charançons. Hé, Truc, tu viens ? Tout le monde y va…

Là, c'était un peu gros… Il ne fallait pas le prendre pour un imbécile.

Il resta donc tout seul devant la grande galerie qui servait de dortoir. Le temps était doux. C'était comme une petite éclaircie dans sa terrible vie.

Truc avait tout de suite été repéré par les hommes de Jo Mitch. Un garçon sensible, gentil et triste : l'asticot idéal à jeter à un régiment de fourmis. Et les fourmis en question s'appelaient Blett, Marlou, Rosebond ou Pilou... C'étaient d'irréprochables sauvages que le gros Mitch avait recrutés sans hésiter.

L'affreux bonhomme se débrouillait aussi toujours pour embaucher dans ses troupes ce qu'il appelait une « Tête de Truc ». Celui sur lequel tout le monde peut se défouler en lui disant : « Truc, cire-moi mes bottes... Truc, donne-moi ton pain... »

L'élu devait alors oublier son vrai nom, il s'appelait Truc pour tous et pour toujours.

Truc avait donc été choisi pour ce rôle tragique dont personne n'avait réchappé jusque-là. L'histoire des autres Truc était une longue litanie de malheurs.

Le dernier Truc avait été rattrapé alors qu'il voulait fuir l'enclos. On ne sait pas exactement ce qui lui arriva après, mais la seule famille qui lui restait, sa petite sœur Lala, avait reçu un mot annonçant sa disparition. Pour unique explication, on pouvait lire deux mots : « promenade interrompue ».

Le Truc d'avant, lui, avait péri dans un jeu au cours duquel on lui avait fait manger entièrement ses deux chaussures. Il n'avait pas bien supporté le dernier lacet. La cause officielle était : « indigestion ».

Truc vivait dans l'angoisse de terminer de la même manière. Le seul moyen pour en réchapper était de tout faire le mieux possible. Il obéissait à chacun, courait d'une mission à l'autre, faisait la vaisselle pour cinquante, mangeait son bonnet à la demande. Mais ses collègues s'étaient juré d'avoir sa peau comme les autres et les corvées étaient de plus en plus lourdes.

C'était un vrai sport dans la clôture. Ça s'appelait « finir un Truc ». Il s'agissait de pousser le Truc jusqu'à sa dernière limite. Le faire craquer. C'est Rolok lui-même qui avait fini les deux dernières Têtes de Truc. Il s'en vantait et gravait une croix dans son chapeau à chaque victime.

Truc avait fait une erreur, une seule erreur. Il avait perdu son fouet dans la boue quelque part. Si quelqu'un le disait au chef, il était fichu. Il fuyait donc Rolok le terrible.

Quand il l'aperçut au loin, une sueur glacée commença à couler dans son cou. Rolok errait devant la galerie déserte. Il n'avait pas encore remarqué Truc qui se retourna et se pencha sur sa boîte pour ne pas être reconnu.

Truc avait bien fait de ne pas croire les autres. L'histoire de Rolok tout nu dans le cratère était une invention complète puisqu'il était là, juste derrière lui, avec son chapeau enfoncé sur la tête. Pourtant ils étaient tous partis vers ce fichu cratère. Est-ce qu'ils lui préparaient encore un mauvais coup ?

Truc restait accroupi derrière sa boîte, la tête rentrée dans les épaules. Il entendit alors une voix, sûrement celle de Rolok, qui disait dans son dos :

– Je cherche un certain Truc.

Truc répondit d'une voix cotonneuse :

– C'est moi.

Il prit le temps avant de se retourner.

La minute suivante se passa comme au ralenti. S'il y avait eu un témoin habitué à la vie dans l'enclos, il n'aurait pas pu en croire ses yeux.

Jamais une pareille scène ne s'était déroulée dans ces lieux.

Truc tourna lentement la tête.

Il découvrit Rolok, dressé devant lui, le chapeau enfoncé presque jusqu'au menton. Truc se recroquevilla. Mais la silhouette de Rolok commençait à reculer pas à pas, comme prise de tournis. Truc écarquillait les yeux. Qu'est-ce que ce diable de Rolok allait encore inventer?

Truc vit alors le petit bonhomme s'immobiliser, et, d'un geste brutal, enlever son chapeau. Stupeur! Là, sous le chapeau, il n'y avait pas la face jaune de Rolok. Il y avait un visage aimable et familier. Le visage d'un enfant de treize ans : Tobie Lolness, le garçon des Basses-Branches, le fugitif le plus recherché de l'arbre. Tobie!

Truc se redressa. Son corps semblait se déplier pour la première fois depuis qu'il était entré dans ce terrible enclos. Il ouvrit même les bras en grand.

Le plus extraordinaire n'était pas encore arrivé. Tobie était resté d'abord figé de stupeur, mais progressivement ses traits s'animèrent. Un sourire bouleversé trempa ses yeux puis ses joues.

Dans un élan, Tobie sauta dans les bras ouverts, en criant :

– Mano, c'est toi, Mano?

Truc le serra très fort contre lui.

– Non, Tobie... Ce n'est plus moi.

Ils restèrent un moment à s'étreindre. Aucun des deux n'avait tenu un ami dans ses bras depuis longtemps. Ce simple geste gonflait autour d'eux une bulle d'air bleutée.

Le temps passa dangereusement. Quelqu'un pouvait surgir à tout moment, mais ils se sentaient protégés. Tobie finit par murmurer :

– Qu'est-ce que tu fais là, Mano Asseldor? Tes lettres... Tes lettres parlaient de...

– Oui, fit Mano, d'une voix étranglée… Est-ce que ces lettres n'ont pas fait plaisir à ma famille ?

– Mais c'était faux ! cria Tobie. Tu es l'esclave des pires esclaves de Jo Mitch… Tu as menti.

– Tobie ! Est-ce qu'ils n'étaient pas heureux de ces lettres ?

Tobie ne put dire un mot de plus. Mano avait tout inventé pour faire rêver sa famille. Il avait échoué partout, erré des semaines entières, mendié pour un bol de semoule d'aubier. Et puis, il s'était engagé chez Jo Mitch. Le dernier recours des hors-la-loi et des paumés.

Au fil de ses lettres, il s'était inventé une autre vie, dans la vente… Une vie pleine de gloire. Celle qu'il aurait tant aimé vivre, celle qui inspire la fierté à des parents, à des frères, à deux sœurs adorées.

– Je t'emmène, Mano, dit Tobie.

Mano demeura silencieux.

– Je t'emmène. Je retourne dans les Basses-Branches. Tout le monde sera heureux de te voir.

– C'est trop tard, répondit Mano. Laisse-moi… Ne dis rien à personne. Oublie-moi.

Tobie s'écarta brusquement du fils Asseldor.

– Jamais ! Je ne te laisserai jamais. Dépêche-toi, ils vont revenir. Rolok va donner l'alerte.

– Non.

– Vite, Mano. Ils arrivent. Je sais comment sortir. Nous serons demain à Seldor.

– Tu ne connais pas la honte, Tobie. C'est pire que la mort.

– Non, c'est faux ! Rien n'est pire qu'ici.

Tobie tira le bras de Mano. Des clameurs commençaient à s'élever du cratère. Ils ne pouvaient pas rester là. Tobie attrapa un gourdin en bois qui traînait devant le dortoir. Il le prit à deux mains, le souleva très haut et l'abattit sur la grosse boîte de Marlou. Elle se brisa en morceaux. Mano le regarda, stupéfait, il cria :

– La boîte !

– Puisqu'il n'y a que la peur qui te fait bouger…
– Qu'est-ce que je vais dire à Marlou ?
– A toi de voir. Je m'en vais… Adieu, Mano.
Il commença à courir, mais Mano le rappela :
– Tobie ! Attends.
Tobie s'arrêta. Il vit Mano se baisser, ramasser le gourdin, et frapper à son tour avec une immense violence sur les derniers restes de la boîte de Marlou. Mano enchaînait les coups, sans s'arrêter, il ne restait que des miettes sur le sol, mais il continuait à s'acharner en tapant avec le morceau de bois. Tobie lui arrêta le bras.
– Ça suffit, maintenant. Viens.
Ils partirent tous les deux. Les cris se rapprochaient derrière eux. Mais quand ils franchirent le trou dans le grillage, ils s'arrêtèrent un instant.
– Merci, Tobie, chuchota Mano.
Tobie avait retiré son manteau qu'il avait jeté sur le sol, Mano fit comme lui. Ils lancèrent leur chapeau en l'air.
– On rentre à la maison, dit simplement Tobie.
Et ils s'élancèrent vers la liberté.

Quand les poursuivants de Mano Asseldor et Tobie Lolness arrivèrent au trou dans la clôture, ils reçurent l'ordre d'interrompre les recherches. Rolok rassembla les troupes.
Dix rangs de quatre ou cinq hommes s'étaient formés. Rolok apparut devant eux, habillé d'un peignoir qui lui arrivait aux chevilles et dans lequel il se prenait les pieds. Rolok n'était plus jaune, il était transparent. Ses lèvres violettes étaient pincées en cul de mouche.
Il passa devant les troupes qui avaient beaucoup de mal à garder leur sérieux devant lui.
Rolok avait absolument refusé de dire comment il s'était retrouvé tout nu dans le cratère au milieu du troupeau. Il avait juste dû reconnaître que Tobie n'y était pas pour rien. On l'avait sorti de là, choqué, sur un brancard, et une troupe joyeuse avait accompagné le chef jusqu'aux dortoirs.

Maintenant il tentait de ne pas s'évanouir de honte devant ses hommes rassemblés.

Et surtout devant Jo Mitch qui apparut dans l'encadrement de la galerie, accompagné de ses deux ombres, Torn et Limeur.

Jo Mitch venait d'arriver de la clairière des bûcherons et avait retrouvé son enclos dans un état proche du chaos. Asphyxié de fureur, il avait du mal à respirer et aurait bien voulu étrangler quelqu'un…

Limeur lui annonça que Truc avait aussi disparu. Tout le monde se tourna vers Marlou en souriant. Il était tout rouge et se tortillait dans son rang.

On venait de retrouver sa boîte écrasée. Il avait toujours laissé croire qu'elle était pleine d'armes et de couteaux, mais les morceaux retrouvés ne montraient la trace que de petits jouets pour enfants, une toupie, des dominos, deux poupées de mousse, et une carte signée « Maman », avec écrit en grosses lettres fleuries : « pour mon Marlounet qui aime toujours les joujoux ».

Le grand Marlou ne faisait plus le même effet à ses collègues. Il avait d'ailleurs l'air beaucoup moins grand, tout aplati par le ridicule.

Un autre homme s'avança, il tenait un manteau à la main. Il le tendit à Jo Mitch.

– On a aussi trouvé ça derrière la clôture. Tobie Lolness a dû s'en servir pour s'échapper. Il y a une étiquette avec un nom : W. C. Rolok.

Jo Mitch fit un signe à Torn qui prit le manteau. Tous les yeux étaient fixés sur Rolok qui ressemblait à un vieux caramel mâché, collé dans un peignoir.

Torn interrogea Rolok :

– Ça te dit quelque chose ?

– Je... Je... Oui, c'est mon nom... Je crois...

– Non, bafouilla Mitch.

Il s'avança en secouant la tête, attrapa le manteau et regarda l'étiquette en disant toujours non. Ses grosses bajoues claquaient quand il bougeait de gauche à droite.

– Mais si ! gémit Rolok. Je vous jure que c'est mon nom.

– Non, glapit encore Jo Mitch.

– Mais, Grand Voisin, vous savez bien, je suis Rolok... W. C. Rolok, votre chef d'élevage.

Jo Mitch s'éloignait déjà. Torn et Limeur tenaient Rolok à distance.

– Mais enfin, gémit Rolok, je vous en supplie ! Je suis qui moi, alors ? Je suis qui ? C'est quoi mon nom ?

Jo Mitch se retourna une dernière fois. Dans un de ces hoquets dont il avait le secret, il répondit :

– Truc.

Un seul mot avait suffi. Rolok était cuit.

13

LA VEUVE NOIRE

L'élevage de Jo Mitch Arbor ne se situait qu'à quelques heures de marche des Basses-Branches. Mano venait donc de passer des mois tout près du petit paradis de Seldor, et de sa famille. Mais il en était séparé par le plus haut des remparts : la honte.

Maintenant, progressant vers les Basses-Branches, mettant ses pas dans ceux de Tobie, Mano retrouvait un peu d'espoir. Il prenait même auprès de son jeune guide une vraie leçon de confiance et de courage.

Pourtant, par moments, Mano regardait autrement ce garçon qui virevoltait entre les branches devant lui. Qui était-il exactement ?

Mano avait connu le Tobie venu des Cimes, ce Tobie arrivé dans les Basses-Branches à sept ans à peine, avec ses parents et rien d'autre. Il avait vu ensuite grandir le Tobie des Basses-Branches, l'enfant malin, agile, feu follet de l'arbre, curieux de tout, qui débarquait à Seldor les yeux brillants.

Mais il y avait un troisième Tobie, celui dont tout le monde parlait depuis quelques semaines.

Mano avait suivi par la rumeur les derniers épisodes de la vie des Lolness. Il avait appris qu'ils étaient remontés vers les Cimes, mais il ne savait pas pourquoi. Il avait ensuite entendu parler du drame : ce qu'on avait appelé « la trahison des Lolness ». On parlait de « complot contre l'arbre », de « crime irréparable ». Une simple famille, les Lolness, avait trahi le reste de l'arbre. Ils avaient été condamnés à mort, mais un petit groupe du Conseil de l'arbre était parvenu à changer la peine des trois coupables en prison à vie. S'il était retrouvé, Tobie rejoindrait ses parents en captivité. Chacun s'attendait même à ce que la condamnation se durcisse à nouveau. En effet, le Conseil de l'arbre perdait peu à peu tous ses pouvoirs au profit des Comités de voisinage.

Un jour, c'était certain, les Lolness seraient exécutés.

Quand il s'arrêtait pour souffler, Mano se disait qu'il suivait peut-être un dangereux terroriste. Mais quand il voyait Tobie tourner la tête vers lui, il retrouvait ces mêmes yeux clairs du Tobie de toujours. Un garçon de treize ans qui bondissait, pieds nus, attentif à chaque hésitation de son coéquipier, lui indiquant les périlleux passe-branches, le faisant boire avant lui dans les flaques.

Mano devait surtout s'avouer qu'il accordait plus de confiance à Tobie qu'à Jo Mitch et à ses fameux Comités de voisinage.

A son arrivée dans les hauteurs, trois ans plus tôt, complètement perdu et sans un sou, Mano avait pu assister à la montée en puissance des Comités de voisinage.

Ce n'était à cette époque que quelques associations de voisins qui, voyant augmenter la population de l'arbre, s'étaient rapprochés pour défendre leurs coins de branche.

Jo Mitch les avait très vite soutenus. Il n'était qu'un gros éleveur de charançons, incapable de prononcer un mot de plus d'une syllabe. Mais, après six mois de leçons, il en avait appris un de cinq syllabes : « so-li-da-ri-té », un mot long mais magique. Jo Mitch se traînait dans les branches en répétant le mot « solidarité » et en serrant des mains.

Tout le monde était ébloui qu'un homme qui avait aussi bien réussi puisse passer ses journées à dire « solidarité » dans les branches. En fait, Mitch disait le plus souvent « sodilarité », ou « sotilaridé », ou encore « soriladité », mais, pour la foule, l'impression était la même.

Mano, alors qu'il venait d'arriver dans les hauteurs, avait un jour réussi à serrer la main de Jo Mitch. Cela faisait beaucoup d'effet, c'est vrai. Mano, fraîchement immigré, affamé, avait serré cette grosse main molle et moite qui incarnait la réussite. Oui, ce Mitch avait quelque chose. Il était proche des gens.

Jo Mitch avait ensuite proposé aux Comités de voisinage son Plan populaire de bon voisinage.

Il proposait de creuser gratuitement, au début de chaque branche, de grandes cités de bienvenue. C'était en fait des trous en série, façon bois vermoulu, où l'on parquait tous les candidats à l'installation. Cela permettait de préserver la vie des quartiers traditionnels. Les Comités de voisinage recueilleraient la moitié du prix des loyers, l'autre moitié étant versée au constructeur, Jo Mitch Arbor.

A regarder le résultat du vote, tout le monde était enthousiasmé par cette généreuse proposition. Ceux qui ne l'étaient pas n'avaient d'ailleurs pas été invités à voter.

Les charançons de Jo Mitch affluèrent dans les branches pour creuser les cités de bienvenue. Mano eut pendant cette période un peu de travail dans ces chantiers. Il pouvait manger un repas de temps en temps et dormir au sec. C'était l'époque où, dans ses lettres, il créait sa deuxième entreprise de vente et achetait sa quarante-troisième cravate. C'était l'époque où il glissait dans ses lettres des phrases comme « Mon assistant m'appelle, je dois vous laisser » ou « J'héberge en ce moment une jeune chercheuse en économie qui ne me déplaît pas ». Tout était faux. S'il avait été sincère, il aurait écrit : « Aujourd'hui, j'ai fait cuire un bout de ma ceinture. Ce n'est pas si mauvais. Vous me manquez. Je veux revenir à la maison. »

La dernière étape du plan Mitch visait le Conseil de l'arbre. Petit à petit il se débrouilla pour affaiblir le Conseil et le ridiculiser. Il suffisait de saupoudrer des petits jeux de mots ou d'insister sur la première syllabe de Con-seil. On disait le « con-con-seil ». On commençait à dire « ces messieurs du con-con-seil », puis « le vieux Rolden qui n'a plus toute sa tête », enfin « les vieux » ou « les vieux croûtons ».

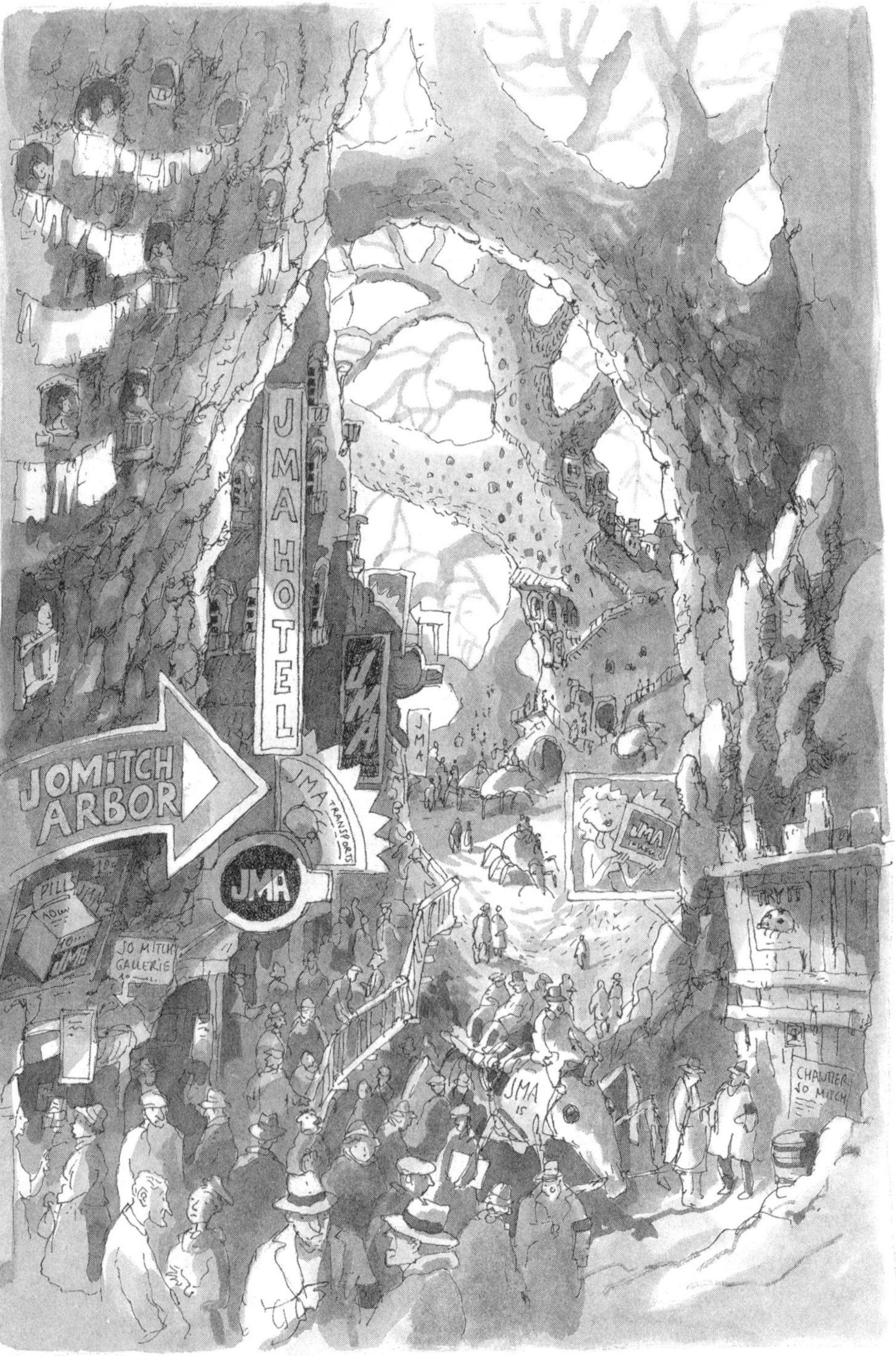
JMA HOTEL
JOMITCH ARBOR
JMA TRANSPORTS
JMA
TRY IT

Comme Jo Mitch faisait lui-même partie du Conseil, on trouvait très courageuses ses critiques. On disait : « Jo Mitch parle pour le peuple. Il prend des risques. »

Il avait fini par démissionner du Conseil. En partant, il cracha sur le conseiller Rolden. Et il y eut quelques idiots pour répéter que c'était vraiment courageux de cracher sur un homme de quatre-vingt-dix-huit ans qui représentait l'ancien pouvoir.

Aussitôt, le Conseil de l'arbre cessa d'être écouté. Tous les regards se tournèrent vers les Comités de voisinage qui décidaient chaque jour de nouvelles lois. C'est à ce moment-là que Jo Mitch fut nommé Grand Voisin. Il présidait l'ensemble des Comités de voisinage. L'interdiction des livres et des journaux fut enfin votée.

Mano comprit très vite la méthode Mitch. C'était tout le contraire de ce qu'il avait appris à Seldor, dans sa famille. Mais la faim et la peur étaient plus fortes que tout. Il s'engagea comme volontaire chez Jo Mitch Arbor.

C'est ainsi que Mano devint l'esclave de la peur.

A côté de lui, le jeune Tobie, traqué, mis à prix, pourchassé, paraissait plus libre qu'un papillon.

La nuit tombait. Si bas, dans les branches, les changements de lune sont très peu sensibles. Mais Tobie devinait à la pâle lueur qui éclairait son chemin, qu'il devait y avoir un premier croissant de lune. Les dernières nuits avaient été complètement noires et la lune n'allait cesser de grandir tout au long du mois. Pourtant, un lointain grondement annonçait un orage. Un éclair dessina des ombres autour d'eux. Déjà, la lune disparaissait.

Tobie remonta son col. Il entendit derrière lui :

– Tobie...

– Oui, Mano ?

– Tu n'as pas une cravate à me prêter ?

Tobie croyait rêver.

– Une cravate, Mano ?

– Quand on fait de la vente, on doit avoir une cravate. Il faut que j'aie une cravate pour arriver chez mes parents.

Tobie s'arrêta.

– Mano...

– Je vais dire à ma famille que j'ai pris quelques jours pour venir les voir, je ne veux pas leur avouer tout de suite la vérité.

Tobie réalisa calmement :

– Tu ne vas pas recommencer à leur mentir ?

– Je... Euh... Un jour, je leur dirai tout.

Un retentissant coup de tonnerre l'interrompit. L'orage venait. Tobie s'était tourné vers Mano.

– Tu veux dire que j'ai risqué ma vie pour un menteur, que je suis en train d'aider un menteur à rentrer chez lui ? C'est ça ?

– Je ne fais pas ça pour moi, expliqua Mano. Je veux juste ne pas les choquer.

– Très bien, Mano. Tu as sûrement raison. Bonne chance !

Mano avait baissé la tête pour voir où il posait son pied. Quand il releva les yeux, il était seul.

– Tobie... ? Tu es là ?

Non. Tobie n'était plus là. L'ombre d'une gigantesque feuille morte passa sur Mano. Il était seul au milieu de nulle part. Il ne savait ni où il était, ni où il devait aller. En un dixième de seconde, Tobie s'était volatilisé dans l'air.

– Je t'en supplie, Tobie, cria-t-il. Je t'en supplie, reviens...

Sa voix résonna dans l'obscurité :

– Tobiiiiiiiiie !

Il n'y eut que le sifflement du vent pour lui répondre. Mano s'effondra contre l'écorce. Il sentit une goutte de pluie qui lui tombait dessus. Puis une autre, à côté. Mano resta là, incapable de se relever et de faire un pas. La pluie tombait plus fort. L'orage grondait.

On n'imagine pas ce que représente une goutte de pluie quand on mesure moins de deux millimètres. En quelques instants, Mano était à essorer. Il sanglotait à l'endroit exact où Tobie l'avait abandonné.

– Je dirai toute la vérité, Tobie... Je ne mentirai plus jamais...

Au début, il n'entendit pas le vrombissement qui approchait.

En une demi-minute, ils étaient là, dans un vacarme bourdonnant. Un nuage de moustiques qui cherchaient un refuge sous l'orage. Apercevant Mano, désarmé sur la branche, ils filèrent en grappe vers lui. Avec quelques oiseaux et d'autres insectes, les moustiques étaient parmi les plus dangereux prédateurs de l'arbre. Une seule piqûre suffisait à vider de son sang un homme vigoureux.

Cette fois-ci, ils étaient bien quinze à tournoyer autour de Mano. Des moustiques à la trompe aiguisée comme une lame, qui avaient oublié la pluie et le vent, surexcités par le sang chaud qui coulait dans les veines de Mano.

Perdu sur sa branche, sans défense, au milieu des éclairs qui déchiraient l'air, le pauvre garçon vit venir son dernier instant. Les battements des ailes des moustiques faisaient voler en éclats les gouttes de pluie. Une brume d'eau enveloppait cette armée sanguinaire.

Où était passé Tobie ?

L'orage qui déversait des flots de pluie ne suffisait pas à disperser les moustiques. Mano parvenait encore à les repousser en agitant bras et jambes et en poussant des cris d'horreur. L'un des moustiques avait réussi à l'atteindre au ventre, lacérant son vêtement, éraflant à peine la peau.

Mano vit alors rouler vers lui, le long de l'écorce, une vague d'eau dans laquelle apparaissait parfois le pantalon rouge de Tobie. Les moustiques reprirent un peu d'altitude pour laisser passer ce torrent.

– Accroche-toi, Mano !

Mano n'eut que le temps de voir sortir de l'eau une main qui l'agrippa en passant et l'attira dans sa dégringolade. Tobie et Mano roulèrent ainsi plusieurs secondes, sur la pente de la branche, sans pouvoir respirer.

Puis ils ne sentirent plus rien sous eux. Ils se retrouvèrent en suspension dans l'air.

Tobie passa ce temps à revoir sa courte vie qui s'achevait dans cette chute. Il se disait que cela avait été une belle vie malgré tout.

A treize ans, il avait vécu bien des choses. Il pensa à ses parents qui n'entendraient plus parler de lui. A la famille Asseldor.

Il pensa à Elisha.

Elle lui avait dit au revoir au bord de leur lac, un mois plus tôt. Elle n'aimait pas les adieux. Elle portait sa robe verte. Les pieds dans l'eau jusqu'aux chevilles, elle soulevait un peu le bas de sa robe. Tobie avait roulé son pantalon aux genoux. Aucun des deux ne pouvait regarder l'autre. Ils contemplaient l'eau qui dessinait des ronds autour de leurs jambes. Elle n'avait pas fait de grandes phrases.

– Tu pars ?
– Oui, mais je vais revenir, répondit Tobie.
– Tu dis ça...
– C'est vrai, je vais revenir, répéta Tobie. Je remonte juste dans les Cimes, pour ma grand-mère, et je reviens.
– On verra.
– Non, on verra pas, Elisha. Tu me crois pas ?

Elisha lâcha sa robe, comme si elle n'avait plus rien à faire qu'elle soit mouillée. Elle avança même d'un pas dans l'eau. Tobie était un peu en retrait. Il imita le bruit de la cigale. C'était leur signe de reconnaissance.

– Quand je reviendrai, je ferai la même chose. Il y aura encore une cigale pour chanter à l'automne. Ce sera moi.

Elisha avait répondu par une phrase très dure :

– Tu sais, des cigales, dès l'été prochain, il y en aura plein les Basses-Branches... Alors... On va pas arrêter de vivre...

Elle faisait ça, Elisha, parfois. Des petits coups de poignard avec les mots. C'était toujours quand elle était triste.

Tobie ne dit plus rien. Il posa sur l'eau une petite coquille rouge vif qu'il avait trouvée, et il s'en alla. La coquille dériva très lentement vers Elisha. Elle la cueillit quand elle vint s'échouer sur les plis de sa robe qui flottait, formant de longues plages de soie verte.

Elisha ne rentra chez elle que très tard, la coquille rouge dans le creux de la main.

Tobie repensa aux dernières paroles d'Elisha : « On va pas arrêter de vivre. » Il se les répétait alors qu'il ne cessait de chuter dans le vide.

L'averse avait cessé. Un lointain écho d'orage parcourait encore l'arbre.

Au bout de plusieurs minutes, il commença à se poser des questions. Il se sentait comme sur un matelas d'air. Il trouvait cette chute bien confortable. Et si c'était ça, arrêter de vivre ?

Il se disait que ce n'était pas si terrible. Il entendit une voix :

– Tobie…

Et en plus, il y avait de la compagnie ! Bonne surprise…

– Tobie… C'est moi, Mano. Tu m'entends ?

– Oui, répondit Tobie. Tu tombes aussi ?

– Non, je crois qu'on s'est arrêté. Mais je vois rien.

Tobie bougea la main. Ses gestes semblaient freinés par quelque chose. Un peu plus loin, Mano commençait à s'agiter. Il marmonnait :

– Mais qu'est-ce que c'est que cette histoire ?

Alors Tobie hurla :

– Ne bouge pas, Mano ! Surtout ne bouge pas !

Mano se figea :

– Qu'est-ce qu'il y a ?

– Ne fais pas un seul geste.

Mano n'osa plus dire un mot.

– On est dans une toile d'araignée. On est tombé dans une toile.

Mano et Tobie avaient été arrêtés par cette toile qui leur avait sauvé la vie. Elle deviendrait maintenant leur tombe s'ils ne s'en dégageaient pas avant l'arrivée de l'araignée.

Chaque mouvement risquait de les emmêler davantage dans la toile. Chaque vibration pouvait avertir l'araignée veuve noire qu'il y avait deux biftecks dans le filet à provisions.

Tobie considéra la situation le plus calmement possible. Il connaissait bien les araignées. Il savait repérer la toile en chausse-trappe de la veuve noire. Son père, Sim Lolness, avait passé son doctorat en écrivant une thèse sur les arthropodes, consacrant trois chapitres à la veuve noire, mortellement dangereuse.

Par ses travaux, Sim avait encouragé dans l'arbre l'utilisation de la soie d'araignée, beaucoup plus fine et résistante que n'importe quel fil végétal.

Mais Tobie avait surtout appris qu'une proie prise au piège de la toile disposait de quelques minutes au maximum avant que l'araignée ne décèle sa présence.

Tobie tira sur un fil de la toile. Il l'embobina autour de son poignet. Il devait accumuler assez de fil sans affaiblir la structure qui les portait. En même temps qu'il travaillait, il donnait ses instructions à Mano :

– Découpe la toile autour de toi. En cassant fil après fil… Tu ne laisses que ceux qui te soutiennent.

Mano obéissait. Il avait encore son petit couteau Jo Mitch Arbor.

Tobie réussit à rassembler une grosse bobine de filin de soie. Il n'y avait maintenant autour de lui que des mailles très larges. Il fixa le bout du fil sur une de ces mailles, et lâcha la bobine.

En quelques secondes, il avait réussi à traverser la toile et se laissait glisser le long du fil. Il entendit la voix de Mano au-dessus de lui :

– Tobie, j'ai presque tout coupé.

Tobie répondit :
— Je suis en dessous. Quand je te le dirai, tu te laisseras tomber sous la toile. Ne perds pas une seconde. Quand je crie, tu lâches.
— Je vais tomber dans le vide !
— Fais ce que je te dis. Je t'attraperai. Saute à mon signal.
— Je ne peux pas.
— Tu peux, Mano.
— J'ai peur.
— Oui, Mano. Enfin une vraie raison d'avoir peur. Profites-en. Tu vas sauter.

Et Tobie commença à se balancer au bout de son fil. Toutes les deux secondes, il passait exactement sous Mano, comme le balancier d'une horloge. Il calcula qu'il devait donner le signal juste avant, pour pouvoir récupérer Mano dans sa chute.

Mano était au-dessus du vide. Il savait qu'il ne pourrait jamais sauter. Il fallait qu'il le dise à Tobie. Il devait trouver une phrase comme : « Pars, Tobie. Je préfère rester. Dis toute la vérité à ma famille. »

Il gémit :
— Tobie…

Mano sentit la présence d'une ombre juste derrière lui. C'était bizarre parce qu'il savait que personne n'aurait pu s'approcher sans faire vibrer la toile et se signaler. Personne n'avait l'habileté aérienne de faire cela. Personne.

A part peut-être…

La veuve noire ! Elle se dressait à côté de lui.

Mano entendit le signal de Tobie.

Il se précipita dans le vide.

14

SELDOR

C'était un petit matin comme les autres dans la ferme de Seldor.

Mia et Maï avaient entendu gronder l'orage pendant leur sommeil. Elles s'étaient levées de bonne heure sans faire de bruit pour leurs deux frères. Les garçons avaient travaillé une partie de la nuit avec leur père, préparant une centaine de conserves pour l'hiver avec un champignon découvert aux confins de la propriété.

Après la pluie, les filles allaient toujours vers la mare aux Dames. Le grand-père Asseldor avait baptisé ainsi un fossé d'écorce polie qui se remplissait à chaque pluie d'une eau transparente. C'était le repère des dames Asseldor qui y prenaient des bains.

Mia se frottait dans l'eau avec une éponge.

– Dans un mois, il fera trop froid. J'en profite.

– Je pense que Mano a une baignoire couverte, dans sa maison des Cimes, continua Maï.

– Il a des servantes qui lui brossent le dos, des gens qui lui versent dessus des bassines d'eau tiède.

C'était leur jeu préféré. Imaginer la vie de leur frère, Mano.

Dans la famille, on ne se vantait pas. Alors si les lettres de Mano étaient aussi enthousiastes, c'était que la réalité était plus merveilleuse encore. Il disait qu'il avait deux maisons, il en possédait donc probablement quatre. Il écrivait qu'il avait cent sept paires de chaussures, c'est qu'il en avait au moins mille.

– C'est triste qu'on ne puisse pas lui écrire. Il ne met jamais son adresse, dit l'aînée.

– Moi, je voudrais lui parler de Lex, répondit Mia.

Lex était le seul fils des Olmech, une famille voisine, dans les Basses-Branches.

Lex avait suivi toute l'histoire de Mano. Il rêvait maintenant d'aller faire de la vente là-haut, comme Mano. Il rêvait aussi d'emmener Mia, la cadette des Asseldor.

Mia et Lex s'aimaient depuis un an et demi. Ça n'allait pas plus loin que des promenades main dans la main, mais c'était déjà vertigineux pour tous les deux. Il faut reconnaître qu'il était facile de tomber amoureuse de Lex, si beau avec ses yeux veloutés, et qu'on n'avait pas de mal non plus à être séduit par Mia, presque rousse, un teint de lune, les mains comme des nuages effilochés. C'était un couple sauvage et beau, d'une autre époque.

Lex n'avait pas parlé à ses parents de ses projets d'amour et de voyage. Les Olmech comptaient d'ailleurs sur leur fils pour reprendre la petite entreprise familiale : un moulin à feuilles qui donnait une farine blanche très réputée.

– Mano pourra parler aux parents.

– Oui, dit Maï.

Mia regardait sa grande sœur, aussi resplendissante qu'elle.

– C'est bizarre l'amour. Pourquoi c'est moi qui suis tombée amoureuse de Lex, et pas toi ? Tout d'un coup entre deux personnes, il se passe quelque chose. Lex et Mia. Mia et Lex. Et le reste du monde n'existe plus.

– Oui, dit Maï.

Maï comprenait très bien ce que disait sa sœur. Tout d'un coup, entre deux personnes… Et le reste du monde n'existe plus.

Car Maï aussi, depuis cinq ans, était folle amoureuse de Lex.

Elle n'avait jamais osé le dire à personne. Surtout pas à Mia. Surtout pas à Lex. Elle ne savait pas comment prononcer la première phrase : « Tu sais, Lex, je crois que… » ou « Lex, je veux te dire… » ou « Si je te disais, Lex, que… »

Et, en quelques heures, un an auparavant, sa petite sœur s'était emparée du beau Lex. Simplement, sans réfléchir, en laissant son cœur en liberté. Elle n'avait peut-être pas prononcé un mot. Elle avait peut-être juste touché la main de Lex.

Maï n'en voulait pas à Mia. Elle n'en voulait pas à Lex. Elle s'en voulait à elle-même. Mais c'était trop tard.

Maintenant, dans la mare aux Dames, Mia allait sûrement se mettre à parler de Lex. Comme si Maï restait à convaincre qu'il était doux, qu'il était bon, qu'il était fort, et tout le reste... Maï savait tout cela mieux que n'importe qui, puisqu'elle n'en dormait plus depuis cinq ans.

Elle s'écria pour changer de sujet :

– Quand Mano va revenir, je pense qu'on ne le reconnaîtra pas.

– Peut-être, dit Mia, rêveuse.

Elles se drapèrent dans des serviettes bleues, et coururent vers la maison. C'était le premier jour d'octobre, il faisait presque froid. Elles grelottaient. Elles entrèrent en même temps dans la grande pièce voûtée où brûlait déjà un feu. Elles s'arrêtèrent, stupéfaites.

Tout le monde était levé, immobile, comme dans un tableau vivant.

Leur mère se tenait debout portant une bouilloire fumante. Leurs deux frères étaient un peu derrière, appuyés contre le mur. Le père Asseldor projetait sa haute stature en contre jour devant la fenêtre.

Il y avait, assis sur la dalle de la cheminée, un autre personnage blotti dans une couverture. La fumée du bol de tisane qu'il serrait dans ses mains voilait son visage.

– C'est moi. C'est Mano.

Les deux jeunes filles reculèrent d'abord. Un silence coula doucement le long des voûtes sombres. Mia s'approcha la première.

– Mano... ?

– Je veux vous demander pardon.

Sur une planche, à côté de la fenêtre, il y avait le gros album où Mme Asseldor collait soigneusement les lettres de son fils. On pouvait lire dessus *Mano dans les Cimes*. Comme un titre de roman.

L'auteur se trouvait là, pauvre et dépouillé, recroquevillé dans une couverture. Il avait tout inventé. Il était comme ces écrivains un peu ternes qui n'ont rien du rayonnement de leurs héros.

Le père dit :

– Mano nous a menti. Depuis des années, il n'a pas arrêté de se tromper et de nous tromper. Il n'a pas fait un seul bon choix. Ou plutôt il n'en a fait qu'un seul : il a décidé de revenir vers nous. Ce dernier choix, il n'efface rien, mais il réparera tout.

Mano avait posé son bol et tenait sa tête dans ses mains. Oui, il était revenu. Voilà le plus important. La vie pouvait reprendre. Mais son père continuait de sa belle voix grave :

– Je veux qu'un jour Mano reparte.

Stupeur dans la salle. La famille Asseldor au complet se tourna vers le patriarche.

– Je veux que Mano réalise son rêve. Et son rêve n'est pas avec nous.

– Si, papa…, sanglota Mano.

– Non. Tu dis ça parce que tu as peur. Toujours la peur…

Le père Asseldor attrapa l'album et le jeta dans le feu. Puis, il chercha à retrouver son calme. Les flammes montaient très haut. Maï et Mia remarquèrent enfin Tobie, assis dans un angle sombre de la pièce, à côté de la huche à pain.

– Tobie ! dit Maï. Tu es là ?

– Il nous a ramené Mano, dit la mère.

Le père Asseldor reprit la parole :

– Pour le moment, Mano et Tobie sont en danger. Ils sont recherchés. Il faut les cacher. Mano repartira quand tout sera fini.

– Cachez d'abord votre fils, dit Tobie. Je me débrouillerai. Vous ne pouvez pas avoir deux fugitifs à Seldor. Ce serait dangereux pour toute votre famille.

Maï s'exclama :

– On ne peut pas laisser tomber Tobie…

Mia n'était pas capable de dire un mot. Elle regardait Mano. Puis les flammes qui dansaient. Elle voyait dans quel état avait fini son rêve. Et celui de Lex, son amoureux, qui se brisait en même temps.

Milo, le frère aîné, continua :

– Tobie, au moins, ne nous a jamais menti, lui.

Tobie laissa passer un instant, et il dit :

– Votre frère a déserté l'armée de Jo Mitch. Il va être massacré s'il est retrouvé. C'est moi qui lui ai fait quitter son poste. Je veux que vous vous occupiez de Mano.

Le silence revint. L'album avait presque fini de brûler. Mano entendit la voix de son père qui disait :

– Derrière les flammes de la cheminée, il y a une plaque carrée. Derrière cette plaque, il y a une toute petite pièce avec une aération. Une seule personne peut s'y cacher. On va sûrement vous chercher pendant plusieurs semaines, vous ne pouvez pas rester à deux dans ce trou.

– Cachez Tobie, dit Mano, la gorge serrée.

– Non, murmura Tobie, je vais juste me reposer une nuit et je descendrai vers Onessa, chez moi.

Un des deux frères, Milo, sortit de l'ombre.

– Je vais te conduire chez les Olmech. C'est à une heure d'ici, à peine. Tu pourras y passer le reste de la journée, et la nuit. Personne n'ira chez eux pour te trouver.

Mia frissonna en entendant le nom des Olmech. Le père semblait hésitant.

– Je ne sais pas s'il faut mettre les Olmech dans cette histoire. Je les aime beaucoup, mais…

– Papa, interrompit Milo, si Tobie et Mano sont recherchés, on aura une visite dès aujourd'hui. Il faut se dépêcher. Les Olmech ont une cave où ils mettent la farine de feuilles, sous le plancher. Tobie pourra dormir là une nuit.

Tobie se leva.

– J'y vais, je ne connais pas bien les Olmech, mais si vous pensez qu'on peut leur faire confiance… Je n'ai pas besoin de toi, merci, Milo, dit-il au frère Asseldor. Je préfère ne pas leur parler du retour de Mano.

Mia s'assit sur une chaise, soulagée : Tobie n'allait pas parler de Mano à Lex Olmech. Elle lui raconterait tout plus tard.

Dans un torchon, Mia rassembla du pain, des rouleaux de viande de sauterelle, et d'autres friandises. Tobie jeta le baluchon sur son épaule. Il serra dans ses bras chaque membre de la famille. Quand il arriva devant Mano, il lui dit tout bas :

– Rappelle-toi ta promesse.

Et il prit les deux mains de son ami dans les siennes.

Puis, Tobie passa la porte.

La famille Asseldor, regroupée autour de la fenêtre, le vit s'éloigner et disparaître au bout du chemin d'écorce.

Mano avait fait une promesse à Tobie. Il avait juré en collant son front contre celui de Tobie, comme on fait dans les branches de l'arbre.

Cela se passait juste après le grand saut de Mano, dans la toile d'araignée. Il avait été rattrapé à la dernière seconde par Tobie, pendu à son fil.

L'un au-dessus de l'autre, ils descendaient le long du câble de soie. Après quelques minutes, Mano dit :

– On est au bout.

– Parfait, dit Tobie, monte sur la branche.

– Mais…

– Vite !

– … Il n'y a pas de branche…

Le fil était beaucoup trop court. La branche devait être plus bas, à une très grande distance. Que faire ? S'ils lâchaient le fil, ils se briseraient en morceaux à l'arrivée. S'ils remontaient, ils se retrouveraient bientôt nez à nez avec l'araignée.

Le temps passa. Ils étaient suspendus dans l'air et leurs forces commençaient à faiblir. Tobie parla le premier :

– Quand on est comme ça, en grand danger, il faut faire des promesses. On a si peu de chances de s'en sortir, qu'on peut faire des promesses sérieuses…

– Moi, dit Mano, si on survit…

Mano hésita, il cherchait ce qui avait changé en lui. Il reprit :

– Si on survit, je ne serai plus jamais le même.

Il était remonté à la hauteur de Tobie, et leurs fronts se touchaient. Mano ajouta en rouvrant les yeux :

– Si on survit, je n'aurai plus peur de rien… Je serai un homme couraaa… Aaaaaaaaaaahhhhh !

Il hurla d'épouvante. Juste en face de lui se creusait le grand suçoir de l'araignée veuve noire, prête à l'avaler. Ses yeux durs perçaient l'obscurité.

Affamée, elle s'était jetée dans le vide à leur poursuite et descendait à côté d'eux au bout d'un fil qu'elle tissait au fur et à mesure. Ses pattes faisaient cinquante fois la taille des jambes de Tobie.

C'est Mano qui réagit le premier.

– Remonte, Tobie, je m'occupe d'elle.

Il avait sorti son couteau et l'agitait en rond comme les ailes d'un moulin.

Tobie cria :

– Je reste avec toi.

Il fit un mouvement de balançoire et la veuve noire dut comprendre que son casse-croûte n'allait pas se laisser avaler comme un biscuit sans défense. Elle rabattait ses pattes quand le couteau de Mano passait trop près d'elle, mais les renvoyait aussitôt comme des fléchettes.

C'était un monstre d'araignée un peu poilue, de plus en plus agitée. Tobie eut quand même envie de crier :

– Elle ressemble à ma grand-mère !

Le combat était trop inégal. L'araignée n'avait pas dû être flattée par la comparaison de Tobie, elle donnait des coups de pattes sans pitié. Elle allait les assommer, les tuer, et les aspirer goutte après goutte avec son suçoir gluant.

– Alors ? C'était quoi, ta promesse ? hurla Tobie.

– Être courageux !

Tobie croisa le regard de Mano qui faisait tournoyer son couteau, et lui dit :

– Pour le moment tu tiens ta promesse, Mano !

L'une des pattes désarticulée de l'araignée vint fouetter le fil de soie des deux compagnons. Il y eut une secousse. Tobie et Mano descendirent d'un millimètre au moins. La seconde d'après, leur fil chutait encore d'un niveau. La veuve noire se mit sur ses gardes.

– Bouge, Mano, fais des mouvements ! Il faut tirer sur notre fil !

Le fil commença à descendre par violentes secousses. Tobie avait compris que la toile où était fixé leur câble se défaisait comme une maille de laine sur laquelle on tire. L'araignée, elle, ne comprenait rien du tout. Elle restait prostrée, regardant s'éloigner vers le bas ces appétissants bouts de viande.

Finalement, le fil se dévida en tournoyant comme une pelote. Tobie et Mano chutèrent à grande vitesse. L'araignée, elle, tentait de remonter avant que sa toile soit un trou béant.

Par miracle, les deux compagnons rebondirent sur une feuille et s'immobilisèrent.

Mano regarda Tobie dans l'ombre.

– On est où ?

Tobie plissa les yeux pour mieux voir, mais c'est la douce odeur d'humidité et de champignon qui lui permit de dire d'une voix forte :

– On est arrivé. Voilà les Basses-Branches.

Une heure plus tard, ils arrivaient à Seldor.

Quand, un peu plus tard, Tobie quitta Seldor, en route vers le moulin des Olmech, il prit son temps. Les paysages des Basses-Branches lui faisaient oublier sa fatigue. Des pucerons détalaient à son passage. Il délogea une grosse mouche qui pondait. Il marchait les bras écartés pour se remplir de l'air de son pays. Souvent, ces dernières semaines, il avait cru qu'il ne reviendrait pas. Maintenant il se glissait entre les lianes, reconnaissait les collines d'écorce verte et les grottes ruisselantes.

Enfin, il se permit de penser à ses parents. Cette pensée lui souleva le cœur. Il gonfla ses poumons.

Sim et Maïa Lolness étaient captifs, enchaînés quelque part dans les hauteurs. Reverraient-ils aussi les Basses-Branches, un jour ? Tobie voulait le croire.

Par-delà les distances, il chuchotait à ses parents :

— Je vais bien. Je vous attends.

C'était une carte postale écrite dans l'air. Tobie imaginait qu'une brise tiède ascendante, ou bien le flux secret de la sève brute, élèverait ces mots vers là-haut.

Et là-haut, en effet, dans un cachot puant, un homme se tourna vers sa femme. Il semblait très amaigri. Sa chemise déchirée était bien boutonnée jusqu'au col. Il se tenait droit sur une bûchette moisie. A travers les barreaux, il voyait un gardien à chapeau, ronflant devant sa bière de mousse.

La femme avait posé ses deux mains, l'une dans l'autre, sur sa robe sale. Ses yeux étaient secs, parce qu'elle n'avait plus de larmes pour pleurer.

L'homme dit :

— Ma jolie Maïa...

La femme ne répondit pas, mais ces mots lui avaient fait l'effet d'une écharpe chaude sur les épaules.

— Ma Maïa, je crois que notre fils va bien.

Il passa son bras autour de la taille de sa femme.

Sim Lolness souriait.

15

LE MOULIN

Quand elle vit Tobie, Mme Olmech grimpa sur une chaise en poussant des petits cris.

Drôle d'accueil pour un jeune ami de treize ans, à bout de forces.

Tobie était arrivé vers dix heures du matin. Il pensait trouver tout le monde à la maison. Quand il a plu, les meuniers ne peuvent pas ramasser les feuilles pour les moudre. Elles sont mouillées et donnent une bouillie qui n'a rien à voir avec la bonne farine de feuille dont on fait le pain blond et les pâtisseries.

Il n'y avait que Mme Olmech dans sa cuisine. Elle était en train de nettoyer le chariot à feuilles avec une éponge. C'était un chariot gris, comme un cube à roulettes, avec une ouverture au-dessus, et une autre en dessous pour décharger les morceaux de feuille dans la cave.

Elle arrêta enfin de couiner.

– Mais… Qu'est-ce que… Qu'est-ce que tu fais là ?

Tobie se passa la main sur le visage.

– Je suis désolé de vous déranger, madame Olmech. J'ai besoin d'aide.

– Je… Mon mari n'est pas là. Je ne sais pas… Tu veux quoi, mon petit ?

– Et votre fils ? Il n'est pas là non plus ?

Mme Olmech descendit de sa chaise.

– Lex est parti ce matin, il reviendra demain. Il est allé chercher des réserves d'œufs tout en bas.

Tobie tressaillit.

– En bas ?

– Près de la frontière…

– Ah…

– Chez les Lee. Elisha Lee et sa mère.

– Ah…, répéta Tobie.

– On fait des stocks pour l'hiver. Les cochenilles ont bien pondu. Mais, dis-moi, toi…

– Et elles vont bien ?

– Qui ça ? Les cochenilles ?

– Elisha et sa mère…

– Je crois bien. Je ne sais pas.

Tobie laissa échapper un long soupir.

– Qu'est-ce que tu veux, toi, petit ? demanda la mère Olmech en se penchant sur lui.

D'un coup, Tobie avait envie de prendre ses jambes à son cou et de filer vers Elisha. Il resta silencieux un instant. Ses yeux s'alourdirent et il chancela.

La femme poussa la chaise vers lui. Il resta debout, accroché au dossier. La fatigue se faisait soudainement sentir. La mère Olmech dit :

– Je croyais que tu étais dans les hauteurs. On parle de vous, les Lolness… On dit que vous avez eu des problèmes.

– J'ai besoin de me reposer jusqu'à demain, balbutia Tobie.

– Bah… C'est pas pratique, pour nous… Tu vois, on a deux lits seulement.

S'il n'avait pas été aussi épuisé, Tobie se serait rappelé que le lit de Lex était libre, et que la mère avait sûrement d'autres raisons de ne pas l'accueillir, mais il dit :

– Je ne veux pas de lit… Je veux me coucher dans votre cave…

– Mais…

– Je vous le demande… S'il vous plaît. Je suis…

La chaise trembla sous sa main.

– … fatigué…

Mme Olmech poussa le chariot à feuilles sur ses roues. On vit apparaître une trappe aménagée dans le sol. Elle l'ouvrit sans rien dire. Tobie se laissa glisser à moitié. Avant de disparaître, il demanda :

– Remettez le chariot au-dessus de la trappe. Ne dites à personne que je suis là. Je vous en supplie.

Elle regarda ce petit garçon au regard délavé qui lui murmura :

– Merci.

La trappe se ferma au-dessus de Tobie. Il entendit le chariot qui revenait à sa place. Une bonne odeur de farine lui caressait les narines. Il repensa à sa mère et à son pain chaud. Des tranches épaisses tartinées de beurre.

Une miette plus tard, il dormait.

Quand il se réveilla, il n'avait aucune idée de l'heure. Il avait cru entendre dans son sommeil des pas et des éclats de voix au-dessus de lui. Il se souvenait d'une sorte de grosse colère. Comme si le père Olmech, à son retour, s'était énervé contre sa femme… Mais Tobie mit cela sur le compte d'un mauvais rêve, parce que la maison semblait maintenant très calme.

Tobie s'étira. Dans le noir, il fit glisser vers lui le baluchon qu'il avait apporté de Seldor. Il dévora tout avec délices. Il reconnut les bons produits Asseldor, ces pique-niques qu'on lui donnait autrefois pour la route : des chaussons croustillants, des chips de poux, des pâtés à faire pleurer d'émotion les sauterelles qui avaient servi à les fabriquer.

Tobie se rappela qu'il n'avait pas fait de promesse au moment de l'araignée. Le réconfort que lui donna son repas lui fit jurer d'apprendre un jour à cuisiner.

Il entendit rouler le chariot. La trappe grinça et s'ouvrit. Tobie vit apparaître la tête de M. Olmech. Il affichait un grand sourire, et prenait une voix douce :

– Ça va bien, mon petit ? Lucelle m'a expliqué que tu veux te reposer ici. Reste autant que tu veux, mon petit. Tu veux manger quelque chose ?

– Merci, monsieur. J'ai ce qu'il faut.

– Bon, dit le père Olmech. Alors, c'est parfait.

Il ferma la trappe, mais la rouvrit pour ajouter :

– Dans une petite heure, on partira avec Lucelle, ramasser des feuilles, avant la nuit. En revenant, on te donnera quelque chose de chaud.

Il referma à nouveau la trappe. Le chariot revint à sa place. Tobie demeura immobile dans le noir de la cave.

Moins d'une heure plus tard, les Olmech passèrent leurs vestes de travail et glissèrent leur faucille à la ceinture. Ils firent avancer le chariot, donnèrent sur la trappe trois petits coups auxquels répondit la voix lointaine de Tobie.

– On revient bientôt, dit Olmech.

Et ils sortirent.

Mme Olmech était devant, son mari poussait le chariot derrière. Il y avait, à quelques pas du moulin, un renflement d'écorce qui marquait la fin du jardinet.

Là, une troupe de quinze hommes attendait.

Les Olmech sentirent leurs jambes flageoler. Mme Olmech se tourna vers son mari. Celui-ci s'avança vers le groupe. Ils portaient tous des manteaux et des chapeaux.

– Alors ? demanda un des hommes.

Le père Olmech répondit :

– Je… Tout est comme on vous a dit.

– Le petit est dans la cave, ajouta sa femme.

L'homme frotta ses mains l'une contre l'autre. Il ne regardait même pas Olmech. Mme Olmech fit un pas, en disant :

– Et l'argent ? Quand on nous le donnera ?

Un grand rire de tout le groupe accueillit cette réplique, comme la fin d'une histoire drôle. Le commando encercla la maison.

Les parents Olmech se remirent en route. Ils poussaient le chariot, le visage décomposé, suant à grosses gouttes…

– Qu'est-ce qu'on a fait, Lucelle ? Qu'est-ce qu'on a fait ?

L'équipe de Jo Mitch Arbor était constituée de ses meilleurs hommes.

C'est-à-dire des pires. La fine fleur des salopards.

Quinze hommes surentraînés qui escaladèrent le moulin par tous les côtés, aussi légers que des danseuses en tutu, mais bien mieux armés. Chaque fenêtre, chaque porte, chaque issue était surveillée. Un homme était même pendu à l'aile arrêtée du moulin.

Jo Mitch allait être content. La capture s'annonçait bien.

En une seconde, la porte fut arrachée au lance-flamme. Quatre gaillards s'engouffrèrent aussitôt. Ils avaient sur l'épaule des arbalètes. Une seconde plus tard ils étaient autour de la trappe. Un cinquième homme arriva pour l'ouvrir. Les autres assuraient la sécurité tout autour.

La trappe sauta sous un coup de massue. Les quatre arbalètes se braquèrent sur le trou noir de la cave. Pas un bruit ne s'en échappait. Tobie avait dû se rendormir. Le commando n'aurait qu'à le cueillir.

Le chef sauta le premier. Il leva sa torche et découvrit l'immense tas de farine qui remplissait la plus grande partie de la pièce. Il n'y avait rien d'autre.

L'homme sourit. Il avait tout prévu. Il fit descendre quelques hommes avec lui. A la fourche, ils commencèrent à sonder la farine, à l'affût du cri de douleur qui leur signalerait la présence du fugitif.

Ils y passèrent une heure, se relayant par groupes, remuant la farine à la recherche de Tobie.

Au bout d'une heure, les hommes ressemblaient à quinze statues de neige. Ils toussaient. Ils avaient la bouche pâteuse et les poumons encombrés. La farine leur collait aux yeux, à la langue, aux oreilles. Elle se glissait dans toutes les ouvertures.

Le chef avait moins fière allure qu'en arrivant. La tête enfarinée, il était en train d'éternuer sur sa torche dans un coin de la cave. Subitement, levant les yeux, il découvrit quelques lignes écrites au charbon sur le mur. Il leva la flamme. C'était quatre lignes d'une comptine célèbre dans l'arbre.

Je suis allé dans le moulin
Pour y chercher un petit pain

Mais j'ai trouvé dessus la planche
Un peloton de souris blanches

Il resta à contempler ces mots maladroitement écrits par Tobie dans le noir complet de la cave.

Ses comparses le rejoignirent plus blanc et farineux que les souris de la chanson. Ils lurent après lui. Ils regardèrent leur chef grimacer comme un pauvre clown et trépigner de fureur.

Les Olmech, après quelques minutes de marche, stoppèrent leur chariot au détour d'une branche morte. Ils s'assirent sur un nœud de bois. La pluie de la veille avait laissé des flaques sur le sol.

– On a fait quelque chose de pas bien, Lucelle.
– On a vendu un enfant de douze ans qui voulait se cacher chez nous.

Mme Olmech s'est mise à sangloter.

– Qu'est-ce qu'on va dire à Lex ? Il nous aurait jamais laissés faire ça…
– Douze ans ? demanda une voix qui venait de nulle part.

Tobie choisit ce moment-là pour sortir du chariot. Stupéfaits, les deux Olmech glissèrent en même temps sur le sol. La tête de Tobie, légèrement poudrée, émergeait de la trappe supérieure du chariot. Il répéta :

– Douze ans ?

La scène ressemblait à un spectacle de guignol, mais Tobie n'avait pas du tout envie de rire. Il fixait les meuniers avec un regard qui aurait fait voler en éclats le bois le plus impénétrable.

Sa colère montait depuis une heure. Depuis que le père Olmech avait dit qu'ils partaient ramasser des feuilles. Ramasser des feuilles ! Un jour de pluie ! Ils prenaient donc Tobie pour un imbécile ? Il avait tout de suite compris ce qui se préparait et s'était glissé dans le chariot par l'issue du dessous.

Tobie continuait à moudre les pauvres meuniers de son regard.

– D'abord, je n'ai pas douze ans. J'en ai treize. Même des vieilles branches pourries doivent savoir compter. Ensuite…

Tobie pensa alors que ce qui attendait les Olmech suffirait largement à les punir. Il n'avait rien besoin d'ajouter. La colère de Jo Mitch allait être leur seule rançon. Tobie sauta du chariot.
– Adieu.
Il s'en alla. La nuit tombait.

Toute la confiance que Tobie mettait dans les hommes, tout l'espoir qui lui restait aurait pu s'effondrer après l'épisode du moulin. Mais Tobie avait toujours devant lui la lumière d'Elisha. Il décida donc de ne plus faire de détour. Il irait droit vers sa seule amie.
À l'avance, il avait pensé qu'il ferait étape à Onessa, dans la maison de ses parents, pour revoir ce lieu qu'il n'aurait jamais dû quitter. Maintenant, il savait qu'il ne pouvait plus s'arrêter.

Il arriva près de chez elle au beau milieu de la nuit. Il s'accroupit sur le talus d'écorce, mit son pouce sur ses dents et siffla comme une cigale. Rien ne bougeait dans la maison. Trois fois, il recommença.
Elle devait dormir. Tobie n'osa pas insister. Il repartit vers un bosquet de mousse, le traversa, arriva sur une pente d'écorce granuleuse et déboucha brusquement face au panorama. Le lac était là, sous le reflet coupant d'un croissant de lune.
Tobie sentit une grande tranquillité l'envahir, il dévala la pente. Ses pas retrouvaient des appuis familiers. Il avait la légèreté d'une plume, effleurait du pied le bois luisant.
Tobie se posa sur la plage.
Quelques grandes feuilles étaient tombées dans le lac et formaient des îles paisibles. Cinq nuits plus tôt, il était là-haut, dans un trou d'écorce, à regarder le ciel. Maintenant, l'arbre prenait ses couleurs d'automne. Une lumière rousse traversait la nuit.
Sa grande cavalcade pouvait s'arrêter là.

Il attendrait ses parents au bord de ce lac. Ils arriveraient un jour avec des petites valises, et un manteau sous le bras.

– Nous voilà…
– Ça a été un peu long, mais c'est fini, dirait sa mère derrière sa voilette. La vie reprend, tu vois.

Tobie faisait ce rêve, allongé sur sa crique. Mais dans un repli de son cœur remuait, par avance, le tourbillon d'aventures qui l'attendait encore. Son rêve de douceur n'en était que plus attirant, il s'y réfugiait, comme sous un édredon de plume quand il neige dehors.

Alors, il entendit un son bien étrange pour une nuit d'automne. C'était une cigale. Les yeux de Tobie s'ouvrirent en grand. Il avait tellement attendu ce moment. Une ombre passa entre lui et la lune.

– Tu rêves ?

Elisha accompagna sa question d'un rire en grelot qui roula jusqu'à Tobie.

– Oui, je rêve.

Chaque seconde était aussi pleine et sucrée qu'une profiterole.

– Et ça se termine bien, ton rêve ? continua Elisha.

Tobie répondit juste :

– Ça dépend de toi.

LIVRE I

La Vie suspendue

Seconde partie

16

CLANDESTIN

Quand on retire la peau d'un asticot, comme une grande chaussette, pour en faire un sac de couchage ou une serre de jardin, il reste une matière blanche gluante.

Les Pelés étaient couverts de cette colle nauséabonde, leur peau paraissait bouillie trop longtemps.

Ils jaillirent du sous-bois en poussant des hurlements. Elisha avait arrêté de nager, elle les regardait : trois Pelés gesticulants qui jetèrent sur elle un filet à larges mailles. Ils tirèrent ensuite le filet sur la plage.

Tobie voulut se précipiter vers eux, mais ses pieds restaient fixés à la branche. Il tremblait comme une feuille. Quand il voulait crier, sa voix ne jetait qu'un petit souffle impossible à entendre.

Elisha ne bougeait plus dans son filet. Elle se laissait faire. De la main, elle faisait un petit au revoir à Tobie. Elle n'avait pas l'air triste.

Lorsque Tobie parvint enfin à s'arracher de l'écorce, il poussa un grand cri et se réveilla. La nuit était silencieuse. Tobie tira sur lui sa couverture.

Ce mauvais rêve l'avait laissé glacé, trempé d'une sueur de givre.

Depuis un mois, Tobie dormait dans un trou de la falaise d'écorce, de l'autre côté du lac. La grotte était assez large et haute, mais l'ouverture n'aurait pas laissé passer une patte de mouche.

Elisha l'avait installé là dès la première nuit.

Découvrant cette caverne, après avoir escaladé la falaise, Tobie avait protesté. Il rêvait des exquises crêpes de la mère d'Elisha, des matelas profonds de la maison aux couleurs. Mais Elisha était parvenue à le convaincre qu'il ne fallait révéler sa présence à personne, même pas à Isha Lee, sa mère.

Elle avait bien fait d'insister puisque dès le matin une patrouille de Jo Mitch vint frapper à la porte des Lee.

Elisha alla ouvrir. Sa mère était occupée du côté des cochenilles. Entendant les coups, Elisha avait enfilé une chemise de nuit par-dessus ses habits et ébouriffé ses cheveux comme une personne qu'on réveille. Il y avait seulement deux hommes à la porte. Les autres devaient attendre plus haut.

– Bonjour, dit-elle.

Elisha bâillait le plus largement possible. Les deux types la regardaient. Elle avait douze ans et demi, mais elle ne semblait pas vraiment avoir d'âge. Sa tenue fit reculer d'un pas les visiteurs. Avaient-ils devant eux une enfant, ou une jeune femme en tenue légère ?

Ne sachant pas sur quel ton s'adresser à elle, ils se taisaient. Ce n'était pourtant pas des gentlemen, et ils retrouvèrent bien vite leurs réflexes primaires.

– On doit fouiller !

Elisha sourit.

– J'ai même appris à une punaise à dire bonjour, alors je devrais y arriver avec deux cafards… Bonjour, répéta-t-elle.

Les cafards en question étaient très surpris. Normalement, ils auraient étalé cette petite puce d'Elisha sur la porte, mais Elisha était Elisha, et elle ne donnait pas du tout envie de l'étaler.

C'est plutôt elle qui était en train de les écrabouiller de ses grands yeux effilés qui tournoyaient comme des lassos. Ils reculèrent encore d'un pas. L'un d'eux balbutia :

– Bon… jour.

– On doit fouiller ! répéta l'autre comme un idiot.

Elisha contempla ce dernier avec beaucoup de pitié. Puis elle s'adressa au premier :

– Monsieur-qui-dit-bonjour, vous pouvez entrer, mais je vous demande de laisser dehors votre animal de compagnie.

Celui qui avait dit bonjour vit son collègue devenir tout rouge. Il entra dans la maison. Elisha claqua la porte. Le visiteur impoli resta dehors, étourdi.

Elisha s'assit par terre près du feu. L'homme, découvrant l'intérieur, comprit que la maison serait vite fouillée. Il poussa les cloisons de couleur, souleva quelques matelas et revint vers Elisha.

– Je… Merci, mam'zelle. J'ai fouillé…

Il découvrait les joies de la politesse… Quand on commence, on ne peut plus s'arrêter :

– J'ai grande… réjouissance à vous remercier… de votre réception… si je peux vous permettre de m'exprimer-z-ainsi.

Elisha essaya de ne pas se tordre de rire. Poussant une braise dans le feu, elle réussit à dire :

– Permettez-vous, chère Patate…

C'était un mot qu'utilisait sa mère, « patate », elle ne savait même pas ce qu'il voulait dire. L'homme parut flatté. Il faisait des petites courbettes.

– Mon grand pardon de vous avoir réveillée, mam'zelle. On ne vous opportunera pas d'un autre fouillage autant pestif…

Il s'éloignait en marche arrière. Elisha cachait ses larmes de rire. Il en rajoutait des couches :

– Je suis votre humble Patate… votre Patate dévouée, mam'zelle…

Il sortit finalement et ferma très doucement la porte.

Elisha courut vers la porte et y colla l'oreille. Elle entendit l'homme crier à son camarade :

– Alors ? T'es fier de toi, mal élevé ? C'est pas toi qui te feras appeler Patate par une dame qui sort de son lit !

– Mais…

– Il y a pas de mais…

– Pardon…

– Pardon, qui ? On dit : pardon, Patate.

– D'accord, Patate. Pardon, Patate.

Quand elle raconta cette visite à Tobie, la grotte résonna longtemps de leurs rires. Ils s'amusèrent souvent à se dire « Je suis votre humble Patate », en s'inclinant jusque par terre.

La vie d'Elisha se partagea donc entre les moments chez elle et ceux passés avec Tobie. Elle prit l'habitude de dire deux ou trois fois par jour à sa mère :

– Je vais au lac, nager un peu… Je reviens…

Comme elle travaillait dur le reste du temps, sa mère la laissait faire.

Elisha attrapait en passant un petit bol qu'elle cachait dans une fente à proximité de la maison. Elle y mettait discrètement des restes de chaque repas. Par chance, sa mère avait dit un matin :

– Si tu nages autant que ça, il faut que tu manges plus.

Et elle préparait des portions chaque jour plus grandes.

Elisha apportait son bol à Tobie. Il n'avait pas perdu l'appétit. Ils échangeaient quelques mots. Elle lui donnait parfois les nouvelles du coin :

– Tu sais que le moulin des Olmech a été détruit.

Tobie n'avait pas raconté à Elisha son passage chez les Olmech, pour ne pas accabler ces pauvres gens en dénonçant leur trahison. Elisha continuait :

– C'est Lex qui a trouvé le moulin saccagé. Ses parents avaient disparu. On pense qu'ils ont été arrêtés par Jo Mitch. Lex est parti à leur recherche. On n'a aucune nouvelle de lui non plus.

Tobie écoutait. Il pensait : « Pauvres gens, ils ont préparé leur malheur aussi bien qu'un dessert : une motte de peur, une poignée de mensonge, beaucoup de faiblesse, et quelques grammes d'ambition. Et maintenant, c'est leur fils qui va devoir avaler ça. »

Plusieurs fois, Tobie avait vu des groupes de chasseurs contourner le lac, si bien qu'il préférait ne sortir que la nuit.

Il descendait alors de sa falaise, dans la pénombre. Il marchait sur la rive du lac, lançait des ricochets qui soulevaient une écume lunaire. Il faisait quelques cabrioles sur la plage pour garder son agilité. Il jouait tout seul à la maronde en tapant dans une boule de sciure. Parfois, il s'allongeait, passait une partie de la nuit à la belle étoile, malgré le froid de plus en plus vif.

Avant le premier rayon du jour, il remontait se tapir dans sa tanière.

De temps en temps, Elisha le rejoignait en pleine nuit. Elle avait réussi à sortir sans éveiller sa mère et le retrouvait au bord du lac.

C'est dans un de ces moments-là que Tobie l'interrogea sur les Pelés. Plusieurs fois, elle détourna la question, croyant entendre un bruit au loin, ou apercevoir une ombre qui nageait vers eux. Mais Tobie insista et elle répondit vaguement :

– Je ne sais pas trop… On dit beaucoup de choses. Il ne faut pas tout croire. Ils sont en dessous, de l'autre côté de la frontière…

Lors de son bref et terrible retour dans les Cimes, Tobie avait découvert l'importance que prenaient maintenant les Pelés. Alors que Tobie en avait très peu entendu parler dans sa petite enfance, le sujet des Pelés occupait désormais tout le monde. D'après Mano Asseldor, on avait ressorti l'affaire du père de Léo Blue, le fameux El Blue, cet aventurier tué alors qu'il passait la grande frontière. Au moment de sa mort, quand Léo avait deux ans, on n'avait pas trouvé d'explication, mais maintenant, c'était sûr, les Pelés étaient coupables. Ils avaient assassiné El Blue. Les Comités de voisinage diffusaient des messages d'alerte par leurs crieurs publics. On craignait des infiltrations de Pelés dans l'arbre. Pour ne pas dire le mot « Pelé » on disait surtout « la menace » avec des airs mystérieux.

Tobie ajouta :

– On raconte quand même que…

– Ils n'en ont jamais vu !… interrompit Elisha.

– Et toi ?

– Tu sais, continua Elisha, quand j'ai croisé un hanneton pour la première fois, j'ai hurlé de peur. J'ai cru mourir simplement parce qu'on m'avait dit que les hannetons mangeaient les enfants. Les hannetons, ça fait du bruit et ça grignote un peu nos branches, mais ça ferait pas de mal à une mouche ! Il ne faut pas toujours croire ce qu'on dit. Par exemple, si quelqu'un t'avait fait croire que j'étais une bête immonde, on n'aurait jamais été amis, et tu répéterais partout qu'une bête immonde habite pas très loin du lac.

– Pour les hannetons, dit Tobie d'un air sérieux, je veux bien croire qu'ils ne sont pas si méchants… Les Pelés peut-être non plus… Mais une Elisha, ça, j'aimerais pas en croiser !

Elisha, faussement furieuse, lui sauta dessus, le fit basculer sur l'écorce et s'assit à califourchon sur lui, immobilisant ses deux bras. Elle avait une force inattendue. Il demanda pitié en riant. Les cheveux d'Elisha lui chatouillaient le cou. Elle lâcha prise et se laissa glisser à côté de lui.

Ils restèrent couchés sur l'écorce, côte à côte. Ils se sentaient en sécurité, comme autrefois quand ils se perdaient dans un nid d'abeilles abandonné, devenu pour eux un château féerique. Ils couraient alors dans des couloirs dorés, débouchaient sur des chapelles où pendaient encore des stalactites de miel. Ce nid était le lieu préféré d'Elisha. Déserté par l'essaim d'abeilles tueuses, l'enfer devenait un paradis, comme les rives du lac sans les chasseurs de Tobie.

Ils écoutèrent le clapotis des vagues, le vent qui agitait les branches dénudées. Le lac avait englouti les dernières feuilles. On ne voyait plus le dos rond des puces d'eau qui dormaient en surface, l'été.

Ils s'endormirent. Elisha était en boule. Seul son bras dépassait de la cape et écrasait un peu l'épaule de Tobie.

Mais Tobie ne se serait jamais plaint de cette délicieuse douleur.

Novembre passa de la même façon, avec presque trop peu de soucis pour que cela soit vraiment rassurant, avec une tiédeur qui fait oublier l'hiver si proche et empêche de s'y préparer. L'hiver tomba donc d'un seul coup, en une nuit, et l'histoire aurait dû s'arrêter là.

Il y aurait eu une belle fin qui dirait : « L'hiver attrapa Tobie, et on n'en parla plus jamais. »

Mais puisque ce sont toujours des détails qui font basculer les histoires, il se trouva un détail qui changea le cours de celle de Tobie.

Ce « détail » faisait quand même huit centimètres de long et dix d'envergure. Ce « détail » filait habituellement à quatre-vingts kilomètres à l'heure en vitesse de croisière. Dans une vieille étude de Sim Lolness, il était prouvé que ce « détail » pourrait relier l'arbre à la lune en six mois, seize jours et quatre heures.

Ce « détail » tomba raide mort devant Isha Lee, le premier jour de décembre.

C'était une libellule bleue.

Elle avait dans la gueule un moustique encore bien vivace qu'elle avait tenté de tuer en plein vol. La libellule était morte aussitôt après, de sa belle mort, comme meurent la plupart des libellules aux premiers grands froids.

Isha Lee resta bouche bée. L'énorme carlingue gisait devant elle. Elle ne vit même pas le moustique s'extraire des crochets de la bête et partir en zigzaguant dans un zézaiement hésitant. Isha ne pensait pas non plus au destin tragique de cette libellule morte au combat comme une vieille dame bagarreuse qui se moque de la retraite.

Isha pensait à autre chose.

Elle pensait que l'hiver était là. Juste là. Et qu'un hiver qui fauche, dès sa première bise, à quatre-vingts à l'heure, l'insecte le plus rapide de l'arbre, allait être un hiver impitoyable.

La mère d'Elisha laissa sur place la dépouille de l'insecte géant, et rentra dans sa maison. Elle prit un ample sac de toile et y vida la moitié de son garde-manger. Isha courut ensuite vers Kim et Lorca, leurs deux nouvelles cochenilles. C'était la quatrième génération de pensionnaires depuis l'arrivée des Lolness dans la région, cinq ans plus tôt. A côté d'elles, un cabanon abritait les derniers œufs de la saison. Elle en fourra une bonne moitié dans le sac et partit vers le bois de mousse, par le chemin qui menait au lac.

Elle marchait d'un pas décidé, portant son chargement sur l'épaule, avançant contre le vent glacé qui venait de s'emparer de l'arbre. Quand elle arriva à l'endroit du panorama, elle surprit sa fille qui était en train de revenir.

Elisha s'arrêta dans son élan, et dévisagea sa mère. On aurait dit deux reflets un peu troublés d'une même personne. Isha et Elisha.

– Alors, Elisha, on nage ? dit la mère.
– Oui, m'man.
– Pas trop froid ?
– Non, m'man.
– Tu es sûre ?
– Oui…

Isha fit un geste vers le lac. Elisha se retourna.

La surface de l'eau était entièrement gelée.

– Alors ? Ça fait pas trop mal quand tu plonges ?

Les joues d'Elisha avaient rosi. Elle mordillait ses lèvres.

– Je me suis pas baignée, m'man.
– Et hier ?
– Non plus, m'man… Ni tout le mois d'avant…
– Et il est où ?
– Qui ?

Isha n'était pas en colère, mais l'impatience la gagnait.

– Vite ! Il est où ?

Le vent froid forcissait, et la nuit allait bientôt tomber. Elisha regarda sa mère en frissonnant.

– Il est là-haut, m'man.

Isha Lee passa devant elle, descendit la pente au galop, contourna le lac et commença à remonter de l'autre côté. Elisha avait du mal à suivre sa mère qui transportait pourtant un gros sac.

Tobie était en train de dessiner sur les murs de la grotte. Il peignait avec une moisissure rousse comme on en trouve au bord du lac à la fin de l'automne. Il dessinait une fleur. Une orchidée.

On raconte qu'il y a très longtemps une fleur avait poussé dans l'arbre. Une orchidée venue de nulle part, qui avait pris racine dans une branche des hauteurs. Elle était morte un 1er décembre, bien avant la naissance de Tobie, de ses parents et des parents de ses parents.

Depuis ce temps, le 1ᵉʳ décembre, on célébrait la fête des fleurs. Une foule se pressait sur la branche de l'orchidée. On n'avait pas bâti de monument ou de statue à l'endroit où elle avait poussé. On avait simplement laissé sécher la fleur, qui continuait à changer, au fil des vents et des pluies, à se rabougrir comme un être encore vivant.

Mais quand Tobie était revenu dans les hauteurs, la fleur séchée avait été rasée. Une cité Jo Mitch Arbor fleurissait à la place.

Tobie était donc occupé à peindre le souvenir de cette orchidée quand quelqu'un surgit dans son dos.

– Elisha ! cria-t-il, fier de son œuvre. Regarde !

Il fit un mouvement vers elle, mais ce n'était pas Elisha. C'était Mme Lee, la belle Isha Lee, éreintée, qui posa son sac par terre.

– Bonjour, madame, dit Tobie.

Elisha débloula derrière sa mère, encore plus essoufflée.

– Bon, maintenant, on ne rigole plus…, dit Isha Lee.

– Vous avez découvert…, constata Tobie.

– Oui, j'ai découvert ! Depuis le premier jour ! Depuis la nuit où j'ai entendu une cigale chanter en plein automne, et où j'ai vu Elisha sortir de la maison comme une petite voleuse…

– Et vous n'avez rien dit ?

– La seule chose que j'aurais pu dire, c'est qu'il ne faut pas me prendre pour le dernier des poux sans cerveau. A part ça, je n'avais rien à dire, je n'avais qu'à faire comme si Tobie était là, le compter dans les repas, et laisser Elisha s'en occuper.

Elisha et Tobie étaient abasourdis. Ils s'étaient crus les plus malins du monde, mais il fallait maintenant reconnaître qu'il n'y avait pas que la chance qui les avait aidés. Isha reprit :

– Maintenant, il faut faire attention. D'un moment à l'autre, la grotte peut devenir inaccessible. S'il neige, Tobie sera bloqué. On va lui trouver une cachette pour l'hiver. Je pense au cabanon des cochenilles. Il faut préparer ça, cette nuit. En attendant, Tobie, tu restes ici. Je te laisse ce sac. Il y a de quoi tenir deux semaines entières, s'il arrive quelque chose.

Elle se dirigea vers la sortie. Au dernier moment, elle se retourna et leva les yeux vers la fleur.

– Qu'est-ce que c'est, mon Tobie ?

« Mon Tobie ». Depuis des semaines, on ne l'avait pas appelé ainsi. Il ressentit une petite écorchure au cœur en pensant à ses parents.

– Une fleur, répondit-il.

Isha marqua un temps d'arrêt. Ce mot semblait la toucher. Elle dit :

– C'est beau… J'avais oublié que c'était comme ça. Pourtant, j'ai grandi au milieu des fleurs.

Elle sortit. Tobie méditait cette dernière phrase. Où peut-on grandir au milieu des fleurs ? Elisha resta quelques secondes de plus. Elle avait le regard baissé, et une petite moue repentante.

– Elle est bien, ta mère, dit Tobie.

– Ouais, pas mal, reconnut Elisha faiblement. Bon, ben, à demain.

Elisha sortit par le trou.

– A demain, dit Tobie.

Quand Tobie mit le nez dans l'ouverture, le lendemain, ce nez s'enfonça dans la neige. Il eut beau creuser toute la journée, cela ne changea rien. La neige l'avait pris en otage.

On était le 2 décembre. Le dégel commençait en mars.

Quatre mois.

Et il n'avait pas plus de deux semaines de nourriture en réserve.

Bon.

17

Enterré vivant

Dans les Cimes, un souffle de vent ou un rayon de soleil suffisent à balayer la neige. Mais dans les Basses-Branches, elle s'accroche comme une grosse chenille blanche et ne s'en va qu'au printemps.

Tobie commença par une très grande colère.

Terminer ainsi ! Lui qui avait échappé à toute la noirceur du monde, il allait être tué par l'innocence d'un tapis de neige. Il tapait du pied dans la lourde porte de glace.

Après quelques coups, ses pieds lui faisaient mal et la porte n'était même pas entamée. Il tomba sur les genoux. Il crut que l'espoir l'avait quitté. Il ne sentait que la colère, et la peine.

– Reviens, Tobie. Reviens…

C'est tout ce qu'il trouvait à répéter, mais il continuait à se vider de tout espoir. Il n'y avait plus au-dessus de lui ce ciel étoilé qui l'avait toujours aidé à se relever. Il y avait les murs et le plafond froids de la grotte. Quatre mois avec un sac de nourriture, c'était intenable. Il finirait comme une brindille décharnée et il se briserait. Tobie resta inerte un certain temps. Après tout, ce n'était pas si désagréable d'arrêter de se battre.

Il ne se serait peut-être jamais relevé s'il n'avait pensé à ses parents. Tout l'automne, il les avait attendus, comme un petit garçon assis sur sa chaise, au rendez-vous des enfants perdus.

Soudain, il eut une vision. C'était une petite baraque au bord d'un grand champ de foire abandonné. Des vieux papiers traînaient par terre. Tout était désert. Sur la cabane, il y avait une pancarte : bureau des parents perdus. Et à l'intérieur, quand on regardait mieux, on pouvait voir à travers la vitre embuée, assis sur des tabourets, Sim et Maïa Lolness. Ils semblaient patienter depuis des siècles, les mains posées sur les genoux.

Tobie comprit qu'il n'avait rien à attendre : c'est lui qui était attendu.

On comptait sur lui.

Tout d'un coup, sans avoir gagné en taille un millième de millimètre, il sentit qu'il était grand.

Il se releva lentement comme un miraculé.

Oui, la situation était dramatique, mais au moins il le savait. « Savoir, c'est prévoir », disait Mme Alnorell à son argentier M. Peloux pour lui faire entasser un trésor toujours plus grand.

Pour une fois, Tobie écouta ce conseil de la vieille Radegonde. Il chercha à prévoir.

D'abord, il s'assit par terre et retira ses chaussettes. Il les mit à sécher près du feu. Par miracle le feu était encore là. Il pourrait trouver du bois en creusant le sol et en détachant des échardes. Il lui restait sept allumettes. Il mit la précieuse boîte de côté. Par chance aussi, le feu ne fumait pas. Il devait y avoir dans le tronc quelques fentes insoupçonnables qui laissaient s'échapper la fumée et apportaient de l'air. Tobie respirait bien.

L'air, la chaleur, la lumière... Il ne lui manquait plus qu'un peu de nourriture.

Il vida le sac, aliment par aliment. Il y en avait plus de cent.

Tobie compta les jours qui le séparaient du 1er avril. Cent vingt. Il devait donc manger un produit par jour, pendant quatre mois. Un œuf, ou un biscuit, ou un bout de lard séché, ou une feuille de lichen...

Tobie fit une grimace. Il réalisait que c'était un peu juste. Un peu juste ? Parlons plutôt d'une totale désolation : la mort assurée dans d'effroyables souffrances.

Nourrir un enfant de treize ans avec un œuf par jour, c'est pire que de donner un ballon de bois creux à une équipe de onze charançons pour une partie de maronde. Ils commencent par avaler le ballon, et l'arbitre peut avoir peur pour ses cuisses.

Tobie resta un moment à regarder sécher ses chaussettes près du feu. Il vit sur le mur l'orchidée qui dansait sous les flammes. Son regard glissa au sol sur le petit tas de moisissures rousses qu'il avait laissé. Il fronça les sourcils, se leva et s'approcha du tas.

Le tas avait doublé.

La veille, il avait dessiné un rond au charbon sur le sol. C'était sa palette, sur laquelle il avait étalé la peinture improvisée. Voilà que maintenant le moisi gagnait tout autour. Il avait exactement doublé.

Tobie mit son doigt dans la moisissure. Il le regarda avec dégoût. La matière était une sorte de poudre un peu grasse. Il ne perdit pas une seconde, et enfourna son doigt dans sa bouche. Il mâcha longtemps, et dut reconnaître que ce n'était pas si mauvais. Un goût de champignon écrasé. Il en reprit deux doigts, puis un gros pouce bien rempli, et retourna près du feu.

Tobie n'était pas peu fier de lui. Comme tous les organismes vivants, la moisissure se développait sans arrêt, il avait donc une réserve illimitée de nourriture fraîche (si l'on peut dire qu'une moisissure est fraîche). Avec un bout de viande ou un œuf en complément, et de la neige fondue comme boisson, cela ferait un vrai repas pour chaque jour.

Il buta sur le mot jour. Qu'est-ce qu'un jour quand on est dans une caverne noire? Comment savoir l'heure sans le soleil? Sa grand-mère avait une horloge qui sonnait les heures. Il y en avait deux ou trois seulement dans tout l'arbre. Les autres habitants se basaient sur le soleil, ou la qualité de la lumière. Mais comment connaître l'heure, ici, dans ce trou? Restait-il dans cette caverne un seul élément qui soit touché par le temps? Il réfléchit longuement.

Tobie pointa son ventre du doigt. Il avait trouvé.

Son estomac avait la précision d'une horloge.

Quand il avait faim, son estomac sonnait aussi bruyamment que le gong d'une pendule. Il pensa donc d'abord qu'il allait organiser le temps au rythme de ses petits creux. Cela semblait parfait. Un petit creux, deux petits creux, trois petits... Heureusement, il ne s'arrêta pas là.

Tobie avait de quoi tenir cent vingt jours, mais pas cent vingt petits creux. Si ses petits creux duraient douze heures, il aurait fini ses réserves en février, pour Mardi gras. Et le carême commencerait rudement, au régime cent pour cent moisi jusqu'en avril. Il l'avait échappé belle. Non, il ne devait pas seulement écouter son estomac.

Il continua donc à réfléchir.

Il lui fallait absolument connaître l'heure. Qu'est-ce qui dans ce trou changeait avec le temps ?

Son œil revint sur la moisissure. Il fit un grand sourire. Non seulement, elle allait le nourrir, mais en plus elle lui servirait d'horloge.

Tobie traça un deuxième cercle autour de celui qu'il avait fait la veille. En vingt-quatre heures, la poudre rousse était allée d'un cercle à l'autre. Il n'avait qu'à retirer ce qui était en dehors du petit cercle. Quand le moisi atteindrait le second cercle, vingt-quatre heures seraient à nouveau passées et il pourrait faire son deuxième repas. Avec la poudre qu'il enlèverait chaque jour, il aurait bien assez pour se nourrir.

Ainsi commença l'hiver de Tobie. De l'air, de l'eau, de la chaleur, de la lumière, de la nourriture, et la conscience du temps. Voilà qui devait suffire pour ces quatre mois. Il vécut donc quelques jours dans une grande excitation. Il était sauvé. Il allait vivre. Il reverrait la lumière du jour.

Mais quand il fêta le troisième jour, avec un petit pain dur, et une assiette de moisi et qu'il compta qu'il lui en restait cent dix-sept à tenir, il comprit qu'on ne vit pas seulement d'air, d'eau, de chaleur, de lumière, de nourriture et de conscience du temps.

Alors, de quoi se plaignait-il encore ? De quoi vit-on en plus de tout cela ?

On vit des autres.

C'était sa conclusion.

On vit des autres.

Ainsi passèrent les deux jours suivants : Tobie chercha un autre. Mais il n'y avait pas le moindre bout de fragment de rognure de commencement d'un autre dans cette grotte. Pas un rigolo d'insecte qu'il aurait fait courir autour du feu. A un moment, il tomba à nouveau sur la moisissure. Il espéra quelque temps en faire son autre, elle qui était vivante comme lui. Elle qui grandissait comme lui. Elle qui avait peut-être une âme quelque part dans le tas.

Mais quand il eut parlé quelques heures avec elle, d'un ton chaleureux de vieil ami, il se dit qu'avec ce comportement, il terminerait fou dans une semaine. Il cria dans la grotte :

– Tobie ! Arrête de parler avec ce tas de moisi ! Tobie !

Sa voix se prolongea dans un long écho. Il se sentait bien mieux. Il alla quand même s'excuser brièvement auprès de la moisissure, lui expliquant qu'il n'avait rien contre elle, qu'elle lui rendait de grands services, mais qu'il ne lui parlerait plus.

Tobie creusa un peu dans le bois, en sortit quelques brindilles pour ranimer le feu, et il alla s'asseoir.

Il pensa alors à Pol Colleen.

Pol Colleen était un vieux fou. On le décrivait ainsi, alors qu'il n'était ni vieux ni fou. Il y a des mots comme cela qui ne veulent rien dire : les « simples d'esprit » ont souvent au contraire des têtes trop compliquées ; les « gros malins » peuvent très bien être maigres et idiots.

Pol Colleen n'avait qu'une seule vraie originalité : il vivait seul. Délicieusement seul. Il habitait un rameau à l'extrême extrémité des Basses-Branches, du côté du levant. Il buvait les gouttes de rosée, mangeait les asticots d'une petite colonie de moucherons installée près de chez lui. Tobie était allé une seule fois jusque-là. Colleen lui avait souri par-dessus l'épaule sans lui reprocher d'être là, mais sans lui dire un mot. Tobie l'avait regardé vivre. Il avait l'air heureux.

Il s'asseyait à un petit bureau et il écrivait. Il n'arrêtait pas. Une fois par an, il allait chercher du papier chez les Asseldor qui étaient contents de le lui offrir. Il fabriquait lui-même son encre blanche en écrasant de jeunes asticots. Le papier était gris foncé. Cela donnait des longs manuscrits qui ressemblaient à des ciels d'été après l'orage.

Pol Colleen écrivait du matin au soir.

Un jour de printemps, quand l'écriture et le papier furent interdits, Pol Colleen disparut.

Tobie contempla sa fleur peinte sur le mur.

Il lui fallait une œuvre. Comme Pol Colleen.

En plus de l'air, de l'eau et de tout le bazar, il lui fallait une œuvre. Il créa une nouvelle palette dans un coin de la grotte, y mit une poignée de moisissures prélevées sur son repas. A partir de ce jour, Tobie se consacra à son œuvre.

Sur les murs de la grotte, il se mit à peindre le monde qu'il connaissait.

Enterré vivant
187

Il fit la peinture de l'arbre.

L'œuvre se construisait comme une grande rosace autour de l'orchidée. C'étaient des dizaines de scènes, de paysages, de portraits, qui s'imbriquaient ou se chevauchaient. Il n'y avait pas une vraie géographie, comme dans une carte, mais la géographie imaginaire de Tobie. Quand il peignait l'arbre, Tobie se peignait lui-même, dans le grand vitrail de ses souvenirs.

En s'approchant, on voyait des personnages connus ou inconnus, des insectes réels ou rêvés. On reconnaissait le petit Nils et son père, on voyait Sim, Maïa et tous les autres, Rolok à cheval sur une limace, les sœurs Asseldor sortant en robe blanche de la mare aux Dames. On pouvait voir la grande salle du Conseil, grouillante comme le cratère, pleine de charançons en cravate. Il y avait des forêts, des branches lumineuses et des sombres, il y avait Limeur et Torn en moucheurs de larve, et la larve ressemblait étrangement à Jo Mitch… Dans un coin, un portrait de Léo Blue le représentait avec deux visages, l'un souriant et l'autre grimaçant. Plus haut s'étendaient des paysages peints avec précision, la réplique parfaite de l'ancienne maison des Lolness, Les Houppiers, et le jardin avec, au fond, la petite branche creuse.

Jour après jour le tableau s'étendit sur tous les murs de la grotte, tracé au rouge de la moisissure, et au noir du charbon. Quand il avait fini une peinture, Tobie la passait à la flamme de sa torche pour fixer les couleurs et que la moisissure ne fasse pas baver le trait du dessin.

Suivant ce qu'il peignait, il y eut des jours joyeux et des jours tristes. Les nuits, Tobie ne rêvait pas. Ses rêves étaient sur le mur, dans la lueur du feu.

Il y a une scène que Tobie dessina dans les larmes. Il mit plusieurs jours à l'achever. Elle se passait dans un petit salon bien propre, le salon de maître Clarac : Zef Clarac, notaire dans les Cimes. Cette scène-là, il la dessina avec une grande précision, sans rien ajouter ni retirer.

Cette scène décida du destin de Tobie. Mais il faut, pour la comprendre, revenir enfin en arrière et tout révéler de la malédiction des Lolness.

Tout.

Trois semaines après le message du Conseil que Rolok-Petite-Tête avait apporté dans les circonstances que l'on connaît, une autre lettre arriva chez les Lolness. Elle fut glissée un matin sous la porte. L'enveloppe était noire. Tobie la donna à son père, comme un objet délicat.

Sim Lolness la posa sur son bureau. Il appela sa femme. Depuis qu'il vivait dans les Basses-Branches, il avait appris à se servir de ses mains, par nécessité. Il était devenu très habile. Il venait donc de fabriquer une nouvelle paire de lunettes avec des verres en aile de mouche recomposée. Un travail très long qu'il avait été obligé de faire après avoir cassé ses lunettes en s'asseyant dessus.

Cette nouvelle paire de lunettes n'était pas sèche, il travaillait pour l'instant avec une grosse loupe qui lui fatiguait les yeux. Il demanda donc à Maïa d'ouvrir l'enveloppe et de lire la lettre.

Quand elle eut le papier sous les yeux, la mère de Tobie resta silencieuse, puis elle fondit en larmes.

Sim et Tobie furent très inquiets. Quel nouveau drame pouvait encore leur tomber dessus ? Chacun imagina la pire catastrophe. Comme Maïa ne parvenait pas à lire à haute voix, Sim passa la lettre à son fils. En un coup d'œil, Tobie se trouva totalement rassuré. La lettre ne contenait absolument rien de grave. Il laissa retomber la lettre avec soulagement.

Le professeur commençait à bouillonner devant toutes ces simagrées. Il ordonna :

– Li-sez-moi-la-lettre !

Tobie lui résuma aussitôt la nouvelle : la grand-mère Alnorell venait de mourir. Radegonde n'était plus.

Sim Lolness poussa un grand soupir. Ouf… Ce n'était que ça. Il déposa un baiser sur le front de Maïa, comme si elle avait juste perdu un dé à coudre et il sortit vers le jardin.

Tobie vint s'asseoir près de Maïa. Il se sentait maladroit. Il avait envie de dire quelque chose, mais il ne savait pas quoi.

Il aurait pu dire une phrase comme « c'est pas grave, elle était vieille » ou « t'inquiète pas, elle était bête »… Heureusement, il sut se retenir. Il resta très longtemps en silence à côté de sa mère.

Ce jour-là, Tobie comprit, en regardant Maïa, que quand on pleure quelqu'un, on pleure aussi ce qu'il ne nous a pas donné.

Maïa pleurait la mère qu'elle n'avait pas eue.

Désormais, c'était certain, une mère idéale ne traverserait pas sa vie.

C'est pour cela qu'elle sanglotait.

Comme si, jusqu'au bout, on garde l'espoir d'un geste ou d'un mot qui rattraperait tout. Comme si la mort tue ce geste qui n'a pas été fait ou ce mot qui n'a jamais été dit.

Tobie pensa que c'était le dernier effet de la méchanceté de sa grand-mère, du genre : « Quand je suis là, je te fais de la peine, et quand je m'en vais, aussi ! »

Ça s'appellerait le double effet Radegonde : même morte, elle fait mal.

Le lendemain matin, Maïa fit sa valise.

18

CE BON ZEF

– C'est hors de question !

Le professeur ne plaisantait pas.

– Partir seule vers là-haut ! Traverser l'arbre avec ta petite jupe, ta valise et ton grand châle ! Je préfère encore t'accrocher à une branche, au milieu d'une fourmilière et te couvrir de miel ! C'est non, non et non !

Maïa Lolness était une femme douce, respectueuse de son mari, aussi tendre qu'attentive, mais il ne fallait pas exagérer. Du dos de la main, elle fit voler un encrier, renversa le bureau de Sim et dit calmement :

– Depuis quand tu décides pour ta femme, professeur ? Je fais exactement ce que je veux.

Réveillé par le bruit, Tobie surgit dans la pièce avec son pyjama.

– J'ai fait tomber mon bureau, dit Sim pour calmer le jeu devant son fils.

– Non… Je te l'ai écrasé sur le pied, Sim chéri, corrigea Maïa.

Tobie souriait, il connaissait la double personnalité de sa mère. Même une plume d'ange peut crever un œil, si on la prend du mauvais côté. Mais quand il aperçut la valise, il changea de visage.

– Tobie, je pars, dit Maïa. Juste deux semaines. Je vais passer un peu de temps auprès de ma mère qui est morte, et je reviens. Occupe-toi de ton père…

– Occupe-toi de tes fesses, dit doucement Sim à sa femme.

Quand on le titillait, il n'avait pas meilleur caractère qu'elle. Il ajouta :

– Et toi, Tobie, occupe-toi de la maison. Je pars avec ta mère.

Maïa ne put rien dire. Elle vit Sim entasser quelques papiers et les jeter dans un baluchon.

Un quart d'heure après, ils étaient sur le pas de la porte et donnaient leurs recommandations à Tobie.

– Demande aux Asseldor, si tu as besoin de quelque chose. On va les prévenir en passant.

Tobie embrassa ses parents. Maïa était un peu émue. En douze ans et demi, elle n'avait jamais été séparée plus de trois jours de son fils. Elle lui dit quelques mots comme « n'attrape pas froid », simplement pour jouer à la mère, et elle lui ferma le dernier bouton de son pyjama.

Le soir, tard, les Lolness arrivèrent à la ferme de Seldor.

Ils connaissaient le magique sens de l'accueil de la famille Asseldor, mais ils furent quand même surpris de voir deux couverts joliment préparés sur la grande table. Les autres avaient déjà dîné. Ils jouaient de la musique dans la pièce voisine. Mia Asseldor leur réchauffa la soupe. Pendant ce temps, Sim et Maïa allèrent tendre l'oreille du côté du concert. Ils poussèrent la porte. L'orchestre était au grand complet avec, à la bille, un soliste de choix : Tobie Lolness.

Sim et Maïa se regardèrent, stupéfaits.

Après à peine quatre heures de petit trot, Tobie était arrivé pour le déjeuner. Il avait passé l'après-midi à pétrir le pain avec Maï et Milo, à couper du bois et à fumer des blattes. La blatte fumée, coupée en fines tranches, avait à peu près le goût du jambon fumé de criquet, avec une petite nuance anisée.

Maintenant, Tobie était là, à jouer de la bille devant ses parents sidérés.

La musique s'arrêta, et Tobie s'exclama dans le silence :

– Je viens avec vous.

Sim ouvrit la bouche pour protester. Le concert reprit aussitôt, empêchant les Lolness de répliquer quoi que ce soit. Quand la musique cessa, Maïa et Sim dormaient depuis longtemps. Tobie remercia les Asseldor.

Le lendemain, ils partirent tous les trois.

Ils remontèrent en sept jours.

Ce fut une pénible traversée.

Ils ne souffrirent pourtant ni de la fatigue, ni de la pluie fade qui mouillait le début de ce mois de septembre. Ils marchaient au contraire avec la vigueur du boomerang de Léo Blue qui sait que plus vite il part, plus vite il reviendra.

Toute la douleur qu'ils ressentaient dans cette remontée vers les Cimes venait des paysages qui défilaient à leurs côtés.

Sim avait vu juste. L'arbre était dans un piteux état. Cela faisait cinq ans et des sciures qu'ils n'avaient pas vu les hauteurs, et déjà ils ne les reconnaissaient pas. Le bois était piqueté de partout, vermoulu comme une gaufrette, et de chaque trou sortaient des têtes blafardes qui les regardaient passer.

Il restait bien sûr quelques belles perspectives sauvages sans personne, mais les villages qu'ils avaient connus étaient tous assiégés par des cités Jo Mitch Arbor qui transformaient les branches en passoires.

Les feuilles étaient rares, alors que l'automne n'avait pas commencé. Le fameux trou dans la couche de feuilles découvert par le professeur Lolness n'était pas une fantaisie de vieux fou.

Le réchauffement, les risques d'inondations pendant l'été, le ravinement de l'écorce : la vraie menace était là. Tobie comprenait enfin l'obsession de son père.

Le soir, les Lolness ne pouvaient compter sur l'hospitalité de personne. Lors de leur précédent trajet, des années plus tôt, ils avaient déjà été refoulés des refuges et des granges où ils voulaient s'abriter.

– A l'époque, je comprenais cela, disait Sim. Les gens croyaient sincèrement que j'avais fait une faute. Aujourd'hui, ils nous rejettent sans raison, simplement parce qu'ils ne nous connaissent pas. Parce qu'on n'ouvre sa porte à personne.

Au loin, ils voyaient parfois passer des convois de charançons qui faisaient frémir Maïa. Ils croisaient aussi des hommes en chapeaux et en manteaux, qui tenaient au bout d'une laisse des fourmis rouges aux gros colliers cloutés. Les Lolness les laissaient passer en détournant la tête. Ils voyageaient incognito.

Une nuit, ils s'arrêtèrent sur une branche en impasse et y tendirent leur toile de tente. Un peu plus loin un homme faisait un somme. Le soleil ne s'était pratiquement pas levé de la journée. Ils allumèrent un feu et convièrent leur voisin à partager des tartines grillées.

– Je n'ai rien à vous donner, dit l'homme.

– Bien sûr, dit Maïa, on serait juste content de prendre quelque chose avec vous.

– Je n'ai pas d'argent, ça ne sert à rien.

Les Lolness ne comprenaient pas ce qu'il voulait dire.

– Je n'ai pas d'argent, répétait l'homme en refusant une tartine.

Sim Lolness fouilla sa poche, lui donna la seule pièce qu'il avait, et lui servit la tartine en plus. L'homme le regarda longtemps, prit la tartine et la pièce et partit en courant.

Ils vécurent plusieurs scènes de ce genre. Ils ne comprenaient plus rien à ce monde.

Le sixième jour, alors qu'ils approchaient du but, Sim, qui avait pu emporter ses nouvelles lunettes, demanda à Maïa de lui montrer la lettre.

– Je ne l'ai même pas lue, avec toutes vos histoires…

A dire vrai, Sim était tracassé depuis quelques jours par cette lettre. N'y avait-il pas un lien avec le courrier du Grand Conseil qui parlait des Comités de voisinage et de Jo Mitch ? Il s'était même demandé s'il pouvait s'agir d'un piège contre sa famille. Il sortit la feuille de l'enveloppe.

La signature suffit à le rassurer. La lettre était signée de maître Clarac, notaire dans les Cimes.

– Ce bon Zef…, murmura-t-il avec un grand sourire.

C'était le plus ancien camarade de Sim. Ils étaient nés le même jour et avaient grandi ensemble. Avec El Blue, ils formaient un trio inséparable. Zef Clarac était un cancre, un garçon bizarre mais terriblement attachant. Il s'était bricolé une carte « dispensé » qu'il montrait à tous les professeurs. Il était dispensé de toutes les matières. Il restait ainsi à jouer dans la cour, du matin au soir. Le petit Sim, penché sur ses cahiers, le regardait par la fenêtre. Les deux amis ne s'étaient jamais vraiment quittés jusqu'à ce que Sim rencontre Maïa. A partir de ce jour, Sim Lolness préféra ne plus revoir le jeune Clarac.

Sim avait eu peur. Peur pour Maïa.

La vérité, Sim avait du mal à se l'avouer : Zef était simplement un grand séducteur. Il aurait fait craquer n'importe qui. Il aurait fait rougir une plaque de verglas. Sim, inquiet, n'avait donc jamais parlé de Zef Clarac à Maïa.

Un jour, Zef avait envoyé un mot où il disait qu'il n'en voulait pas à Sim d'avoir pris ses distances.

« Moi, aussi, si j'avais un ami comme moi, écrivait-il, je ne lui présenterais pas ma femme. »

Sim, pas très fier de lui, se tenait quand même au courant des étapes de la vie de son ami.

Zef Clarac était devenu notaire par erreur. Une bête histoire de pancarte mal gravée par un artisan. Il avait commandé une plaque avec les mots « essuyez vos pieds », et il avait reçu une belle plaque « notaire » qu'il accrocha au-dessus de sa porte. C'était plus court, mais aussi efficace pour garder une maison propre.

Ses amis l'appelèrent d'abord maître Clarac en rigolant, mais quelques passants vinrent toquer à sa porte. Il leur répondit poliment. Et comme les passants étaient plutôt des passantes, il devint un notaire réputé dans l'arbre.

Le 15 septembre, à huit heures du matin, Maïa, Sim et Tobie Lolness tentaient de distinguer une maison à travers les grilles d'un portail. C'était dans les Cimes et la maison s'appelait Les Houppiers.

Ils étaient arrivés.

Ils firent le tour du grillage. Tout était fermé.

Maïa remarqua sur un crochet, près de la porte, la forme molle du béret de Sim, qui n'avait pas changé de place en presque six ans. Elle revit dans sa mémoire le jeune Sim qui était apparu un soir au cours de tricot avec ses grosses lunettes et son béret.

Ils allèrent ensuite au rendez-vous que Clarac leur avait fixé, dans la serre d'hiver au fond du parc de la grand-mère Alnorell. La serre se trouvait au bout d'une branche, assez loin de la maison. Les volets en accordéon étaient clos mais la porte grande ouverte. Éclairée seulement par la lumière de la porte, la serre ressemblait à un théâtre entièrement vide. Rien ne poussait plus depuis longtemps dans cette serre. Quelques pots vides traînaient dans les coins. Une fine poussière de feuilles couvrait le sol.

Posée sur des tréteaux trônait une boîte en longueur fermée par deux gros cadenas. Même le cercueil de Mme Alnorell ressemblait à un coffre-fort.

On entendit un pas résonner au fond d'un corridor. Sim reconnut les petits pas de Zef Clarac. Le professeur frissonna. Il regardait sa femme. Allait-elle résister ? Zef parut dans le rayon de lumière.

Physiquement, ce n'était pas ça.

N'importe quelle femme pas trop malsaine aurait préféré une longue valse corps à corps avec une larve de cloporte, plutôt que de serrer la main de Zef Clarac. Il ressemblait à… rien de bien précis… Éventuellement à un vieux fromage, en moins tonique.

Zef était d'une laideur rare. De très haut niveau. S'il avait existé des concours de laideur, il croulerait sous les médailles.

Tobie, à qui Sim avait raconté l'histoire de la carte « dispensé », se dit que Zef aurait dû être dispensé de naître, de vivre… dispensé tout court. Ce devait être une trop grande souffrance pour lui, depuis sa plus tendre enfance, d'avoir à se montrer aux autres, ou à marcher en public.

Maïa allait détourner discrètement le regard pour ne pas être malade, mais Zef Clarac dit trois mots en ouvrant les bras :

– Je vous attendais.

Et le champignon décomposé se transforma en prince charmant. Quand il s'animait, Zef devenait un demi-dieu. Il se dégageait de cet homme toute la chaleur, la générosité, la pétillance qu'on peut rêver chez quelqu'un. Il ajouta avec un sourire éclatant :

– C'est une joie de vous connaître, madame.

Maïa marcha vers ces bras ouverts et s'y blottit. Elle y serait encore si son mari n'avait pas donné une franche accolade à Zef.

– Mon vieux Zef !

Maïa fut éjectée comme un minuscule insecte qu'une pichenette expulse d'un potage. Tobie vint à son tour serrer la main de Zef. Les yeux que maître Clarac posa sur lui étaient vifs et attentifs. Tobie eut l'impression qu'à cet instant, il était l'être au monde qui comptait le plus pour cet inconnu.

Sim s'interposa à nouveau. Il regrettait déjà d'être venu.

Heureusement, Tobie et sa mère se rappelèrent la présence de la grand-mère. S'avançant plus loin dans la serre, ils allèrent se recueillir autour du cercueil.

Maïa pensait à son père.

Tobie pensait à Maïa.

Sim pensait à repartir.

Zef articula :

– Il y a des moments comme ça…

Cette consternante banalité était dite avec une telle intensité qu'elle se couvrait d'une fine couche d'or. Ce Zef était un magicien. Les trois visiteurs se tournèrent vers lui.

Zef enchaîna très vite avec des considérations techniques, ce qui fit baisser le niveau cardiaque de Maïa et Tobie. Il expliqua :

– Voilà. J'ai cru bon de vous écrire rapidement… Mme Alnorell est morte le lendemain du départ de Jasper Peloux, son argentier…

– Il est parti ? demanda Maïa.

– Provisoirement, précisa Clarac. Vous savez qu'il fait au mois de septembre la quinzaine des mauvais coucheurs… Il parcourt l'arbre avec deux escogriffes, Shatoune et Loche. Deux grands costauds ultraviolents. Shatoune a des ongles énormes qui doublent la taille de ses mains, et qu'il aiguise en pointe. Loche n'a plus de dents. Il les a perdues dans une bagarre. A la place, il s'est fait mettre des lames de rasoir. Quand il sourit, on rit aussi...

Zef Clarac sourit à son tour. Ce n'était pas non plus un sourire de midinette. Ses dents étaient jetées comme une poignée de grains de semoule, au hasard sur la gencive. Mais la transparence des yeux de Zef permettait de voir son âme qui riait avec lui.

– Ces deux-là, Loche et Shatoune, c'est le gros Mitch qui les prête à Peloux... Ils partent tous les trois, chaque mois de septembre, confisquer les biens des mauvais payeurs de votre mère. C'est une tournée sordide qu'ils aiment beaucoup. La quinzaine des mauvais coucheurs...

Maïa frémit. Sa mère ne s'était pas améliorée pendant son absence.

– Non, chère madame, ne croyez pas que votre mère soit devenue un monstre. Peloux la manipulait. C'était juste une vieille dame malheureuse.

Il essuya son œil gauche qui suintait et reprit d'un ton grave :

– Peloux va revenir demain et voudra mettre la main sur la fortune des Alnorell...

Sim l'interrompit :

– Tant mieux pour lui... Merci Zef. On va te laisser...

Il poussait déjà sa famille vers la sortie.

– Merci pour tout... Ravi de...

Soudain, Sim sentit un talon sur son orteil, c'était le côté tranchant de sa femme. Sim s'arrêta.

– Tu peux laisser maître Clarac terminer, professeur ?

Zef toussa, hésita devant son ami qui sautillait d'un pied sur l'autre. Tobie regardait sa mère. Décidément, elle le surprendrait toujours. Il l'adorait. Maître Clarac reprit :

– Je dois quand même vous expliquer comment elle est morte.

Il sortit de sa poche un tout petit objet.

– Elle s'est étouffée avec ça...

– Pauvre femme, dit Sim sans grande émotion. Donne-nous ça... Ce sera notre héritage, et à bientôt...

– Oui, dit Zef. Votre seul héritage.

Les Lolness qui n'avaient aucune envie d'hériter restèrent tout étonnés. Sim balbutia, ravi :

– C'est parfait, ça, absolument parfait… On prend cette… chose et on rentre. D'accord, ma chérie ?

Sim s'approcha, tendit la main pour prendre le petit objet. Quand il l'eut entre les doigts, il confia ses lunettes à sa femme et s'effondra comme un vêtement tombé d'un cintre. Évanoui, il formait un petit tas blanc dans la poussière de la serre.

Zef, Maïa et Tobie se jetèrent sur lui. Zef ne paraissait pourtant pas étonné de la réaction de Sim. Il lui donnait des petites claques, en disant :

– Je vais t'expliquer… Réveille-toi…

Maïa lui tenait la main. Le poing de Sim était solidement fermé sur l'objet. Les couleurs revinrent peu à peu sur ses joues. Il battit des paupières et dit :

– La pierre de l'arbre…

Sa main se détendit et s'ouvrit. C'était bien la pierre de l'arbre.

19

LA PIERRE DE L'ARBRE

Elle n'avait rien de magique. Elle ne donnait ni la jeunesse éternelle, ni l'intelligence. Elle ne rendait pas invincible ou invisible. Elle ne permettait pas de voir au travers d'un mur, d'une robe ou d'un cerveau. Elle ne faisait pas voler, parler aux insectes, crier des phrases comme : « La force de l'arbre est avec moi ! » Elle ne se transformait pas en lutin sautillant, en fée pulpeuse, en épée, en dragon, en lampe ou en génie. Son seul pouvoir venait de son prix. La pierre de l'arbre coûtait très cher. Point, à la ligne.

Elle coûtait cher, parce qu'elle était rare. C'était la seule pierre de tout l'arbre. Elle était gardée sous la salle du Conseil, prise dans une nervure du bois. Depuis toujours elle se trouvait là. Elle appartenait à l'arbre.

Le Conseil était chargé de la surveiller. Le but était simple. La pierre garantissait que l'arbre serait toujours le plus riche et que personne ne prendrait jamais le pouvoir sur lui. Elle était le trésor de l'arbre, l'assurance de sa liberté.

– Mais elle n'a pas de prix ! s'exclama Sim.

– Cher ami, dit Zef, notre amitié n'a pas de prix, ton fils non plus, mais la pierre en a un, très précis. Quatre milliards.

Cette fois il n'y eut pas un seul Lolness pour sursauter ou s'évanouir. L'argent, c'était comme les mille cravates de Mano. Ça leur faisait une belle jambe.

– Voilà ce qui s'est passé… Peloux a convaincu Mme Alnorell que sa fortune était en danger et que des bandits risquaient de la lui dérober. Elle devait pouvoir la surveiller. S'asseoir dessus pour la garder. Alors, Peloux lui a dit d'acheter la pierre.

– Acheter la pierre…, répéta Sim, incrédule.

– Elle avait exactement quatre milliards et vingt-cinq centimes dans ses réserves. Le Conseil a cédé. Mme Alnorell a acheté la pierre et s'est assise dessus.

En grimaçant, Sim rendit au notaire la pierre qu'avait couvée sa belle-mère. Clarac continua :

– Bien sûr, Peloux est à la botte du gros Mitch… Il comptait récupérer la pierre quand la vieille dame mourrait. Mais Peloux et Mitch avaient oublié que Mme Alnorell aimait beaucoup l'argent. Énormément. Elle avait obéi à Peloux parce que la pierre faisait une taille raisonnable qui lui permettait de réaliser son plan.

– Son plan ? demanda Tobie.

– Le lendemain du départ de Peloux, ta grand-mère a entendu un bruit. Elle a pensé que c'était les bandits qu'on lui avait fait redouter. Elle a pris sa pierre, elle a voulu l'avaler.

Tobie écarquilla les yeux.

– C'était ça, son plan, jeune homme. Emporter sa fortune dans son cercueil. Avoir une fortune qui s'avale. Le bruit qu'elle avait entendu, c'était juste mon ami le docteur Pill qui venait tous les soirs lui piquer la fesse gauche. A force d'être assise sur la pierre, elle avait des douleurs terribles que le docteur soignait par des piqûres. Pill a entendu un bruit d'étouffement. Il a forcé la porte. Trop tard ! La pierre s'était coincée dans la gorge. Elle est morte sans souffrance.

Zef fit une pause respectueuse.

– Le doc a retiré la pierre avec une pince à épiler. Il est venu me chercher. J'ai préféré régler discrètement l'affaire en vous prévenant.

Sim était vraiment perplexe. Il mâchait nerveusement une boule de gomme. L'argent ne l'intéressait pas, mais l'arbre le préoccupait par-dessus tout. Laisser Mitch s'approprier la pierre, c'était lui donner tous les pouvoirs et condamner l'arbre à la pire destruction.

Maïa avait pris la pierre. Il fallait reconnaître que c'était quelque chose de très beau, comme une pelote de sève de la taille d'un gros bouton, parfaitement transparente, où toutes les couleurs alentour venaient se baigner aussi joyeusement qu'une bande d'enfants qui s'éclaboussent. Tobie s'approcha pour voir.

Quelques minutes plus tard, ils avaient pris leur décision. Ils devaient repartir aussitôt. Personne ne saurait qu'ils étaient venus. Maître Clarac s'occuperait seul des obsèques de Mme Alnorell. On glisserait le cercueil dans le tube d'une plume, dans la tradition des grandes familles. Avec le docteur Pill, ils iraient la jeter au bout de la branche, à la nuit tombée. Une mort digne pour une vieille femme indigne.

Le plan était simple. Quand Peloux, Shatoune et Loche arriveraient le lendemain, le notaire les accueillerait avec son bon sourire en leur disant que la vieille dame était morte en s'étouffant à cause d'un objet non identifié, et que son corps devait actuellement planer au-dessus des nuages. Il ne parlerait pas de la pierre. Zef passerait sûrement un mauvais quart d'heure, mais, comme il disait, qu'est-ce qu'un quart d'heure dans une vie ?

Les Lolness devaient partir immédiatement. Ne pas rester une minute de plus. Sim glissa la pierre dans sa poche.

– Je ne vous demande qu'une chose, dit Zef Clarac. Passez chez moi. Je vous donnerai quelques provisions. Et vous ferez un brin de toilette, madame…

« Ouh là làààà, pensa Sim avec indulgence, le charmeur de serpent part à l'attaque… Planquez-vous ! Les femmes et les enfants d'abord ! »

– Tu es gentil, mon bon Zef, dit-il de la voix la plus calme possible, mais il faut qu'on y aille. Merci pour tout.

– S'il vous plaît, insista Zef, j'habite à deux branchettes d'ici. Faites-le pour moi. Vous ne pouvez pas repartir comme ça.

– Non, vraiment, répéta Sim qui commençait à s'agacer.

Zef se tourna vers Maïa.

– Madame, puis-je vous demander de faire usage de votre autorité ?

– Ça ne serait pas sérieux, répondit-elle.

– Madame, madame…

Zef avait sorti ses deux dernières flèches : elles touchèrent au but. Il serrait sa main sur son cœur, le regard plus vertigineux que jamais. Mme Lolness céda. Maïa pensa : « Il est irrésistible. » Sim pensa : « Il est incorrigible », et il recommença à mâcher sa boule de gomme. Il savait depuis toujours que Zef, avec ce charme maladif, le conduirait à sa perte.

Ils sortirent donc tous les quatre, après s'être inclinés une dernière fois devant la dépouille de Radegonde. Sim suivait d'un peu plus loin, en traînant les pieds. Le quartier avait beaucoup changé. C'était, à l'origine, un des plus beaux espaces des Cimes. Des fines branches bien aérées. Le terrain entre les maisons était maintenant gangrené, grouillant de gens affairés, avec de tous côtés des passages percés au hasard.

Personne ne les remarqua vraiment, car personne ne remarquait personne. Le monde avait changé.

– Les choses ne changent pas pour rien, grognait Sim.

Tobie voyait sur les murs des affichettes « Pelés = danger ».

Ils arrivèrent rapidement chez Zef. La plaque « notaire » était bien là, astiquée de près. Maître Clarac chercha sa clef assez longtemps sous un fragment d'écorce. Il finit par la trouver.

– C'est curieux, je ne la mets jamais là.

Sim qui n'avait pas vu la scène continuait à bougonner :

– Les choses ne changent pas pour rien…

Et il avait raison.

Zef ouvrit la porte et rentra, suivi de Maïa et de Tobie. L'entrée se faisait par une petite pièce avec une seconde porte fermée. Ce devait être la salle d'attente du notaire. Sim était resté sur le paillasson et se frottait les pieds en plaisantant bien fort :

– Je m'essuie les pieds, maître Clarac… Vous devriez mettre une plaque !

Zef, qui n'aimait pas trop qu'on parle de cette histoire de plaque, lui faisait signe de se taire. Mais Sim restait perché sur le paillasson.

Zef, d'un geste, poussa Tobie et Maïa qui ne comprenaient pas la plaisanterie du professeur. Il les fit rentrer dans le grand salon.

Ils découvrirent alors cette scène que, des mois après, Tobie mit trois jours à peindre sur le mur de la grotte. Cette scène qui lui tira des larmes à chaque trait dessiné d'un doigt tremblant sur le bois.

Il y avait beaucoup de monde dans le salon de maître Clarac. Huit personnes en plus des nouveaux venus.

Le premier qu'on voyait, parce qu'il écrasait la totalité du canapé sous son postérieur, c'était Jo Mitch.

Quand il les vit entrer, il fit un sourire. Ou quelque chose de proche… En tout cas, on vit une ou deux dents jaunes sur le côté, derrière le mégot. Il fit aussi entendre un clapotement des bajoues, suivi d'un borborygme venu du fond de la gorge. Oui, ce devait être sa manière de sourire.

Juste derrière le canapé, il y avait les deux répugnants de service, Limeur et Torn. Ils avaient pris quelques années depuis l'affaire Balaïna, mais l'avantage des têtes de cadavres, c'est qu'elles ne vieillissent pas.

Un peu à droite, sur un fauteuil, M. Peloux avait les pieds qui ne touchaient pas le sol. Il ressemblait à un petit garçon trop sage qui aurait été moulé dans la cire. A côté de lui, Tobie découvrit avec dégoût la silhouette de Toni Sireno, l'assistant de Sim Lolness, rouge de confusion. Il avait choisi son camp. Il était passé de l'autre côté.

Enfin, de part et d'autre de la porte, deux ombres gracieuses encadraient déjà nos amis. Sans les avoir jamais vus, Tobie reconnut aisément Shatoune et Loche. Shatoune se grattait le nombril avec un ongle de la taille d'une faucheuse. Loche avait entre les dents un bout de toile cirée, ou d'imperméable. Le même imperméable que celui qui pendait au portemanteau du salon, au fond à gauche, très en hauteur : un imperméable vert.

Zef reconnut ce manteau accroché au mur. C'était celui de son ami, le docteur Pill. Pas difficile d'être sûr que c'était bien le sien, puisque le docteur lui-même pendait encore dedans, inconscient.

Après un temps de silence, tout naturel entre des gens qui ne s'attendaient pas à se retrouver ainsi, Jo Mitch fit avec ses dents un assez long bruit de friture. Limeur s'empressa de traduire :

— On n'espérait pas vous trouver en si bonne compagnie, maître Clarac. C'est une surprise...

— Et c'est une joie, ajouta Peloux.

Mitch lâcha un « grrrrrrrr... » qui ferma le bec à Peloux jusqu'à la fin de la conversation. Limeur reprit :

— Mais je crois qu'il y a aussi le professeur. Bonne nouvelle... je ne voyais que la grognasse et le chiard.

En effet, Sim était apparu derrière Maïa, Tobie et Zef. Plus tard, il se demanda s'il aurait mieux fait de s'enfuir avant qu'on ne remarque sa présence. Mais sur le moment, il ne pensa pas un instant abandonner sa femme et son fils. Il vint même se mettre devant eux et lança un regard noir à Toni Sireno, qu'il venait de reconnaître. Limeur précisa :

La pierre de l'arbre

– Pour tout vous dire, on n'attendait personne d'autre que maître Clarac. Un de vos amis, le docteur Pill, vient tout juste de nous confier que Mme Alnorell est morte et que le notaire s'est chargé de ses affaires.

Zef regarda Pill, pendu par le col au portemanteau. Il connaissait le doc : s'il avait avoué, c'était sous la plus infâme torture, et il lui pardonnait déjà. Mais Zef tremblait d'horreur et de culpabilité d'avoir mené involontairement les Lolness dans ce piège.

– On vous attendait donc pour savoir où trouver le corps, et les… « affaires » en question… Avec M. Peloux, on s'occupera de tout.

Sim prit la parole :

– Le corps de ma belle-mère est dans la serre d'hiver. Il mérite le respect. Quant aux « affaires »… elles reviennent à ma femme qui est sa fille unique.

Normalement, quand toute une salle se met à rire, il flotte une joie céleste, c'est un avant-goût d'éternité. Mais quand les six acolytes de Jo Mitch éclatèrent de rire, Tobie eut envie de se boucher les oreilles. C'est Jo Mitch lui-même qui fit taire sa basse-cour.

Il demanda l'aide de Torn et Limeur pour se lever du canapé. Une poulie et un monte-charge n'auraient pas été de trop.

Une fois debout, il était tellement épuisé qu'il lui fallut presque une minute pour retrouver son souffle. Il fit les quelques pas qui le séparaient du professeur et s'arrêta devant lui. Mitch le contempla fixement, comme s'il avait quelque chose sur le nez puis, levant les doigts vers le visage de Sim, il attrapa ses nouvelles lunettes et les écrasa dans sa main. Mitch jeta les brisures de lunettes sur le sol, regagna le canapé et s'écroula dedans, soulagé.

Sim n'avait pas bougé. Maïa fermait les yeux. Une mince larme était dans le coin de son œil. Mais elle serrait les dents, en se répétant : « Je ne dois pas pleurer. Je ne dois pas pleurer. »

La larme dut entendre son cri silencieux. Elle mit juste le nez dehors et disparut.

Tobie et Zef n'avaient pas quitté Sim des yeux.

C'est Torn qui reprit la parole :

– Le Grand Voisin a beaucoup d'humour… Il aime ces petites taquineries qui égaient la vie et…

Mitch laissa entendre un bruyant « Rhhhaaaa… glglglgl… burpb… » difficile à interpréter. Torn s'éclaircit la voix et enchaîna :

– On va juste vous laisser cinq minutes pour nous donner deux choses : la pierre et la boîte noire de Balaïna.

Sim tenta de dissimuler sa surprise. Il jeta un coup d'œil à Toni Sireno qui se balançait d'un pied sur l'autre, gêné devant son ancien patron.

Ainsi, ces canailles pensaient toujours à la boîte noire…

Ce que le professeur ne savait pas, c'est qu'ils y pensaient tellement que quatre-vingt-dix chercheurs étaient penchés sur la question depuis cinq ans, sous la direction de Sireno. C'était l'obsession de Jo Mitch. Il voulait le secret de cette boîte noire.

Torn demanda à Loche de compter cinq minutes. Loche prit un air ennuyé et fit signe à Shatoune qui se rongeait à distance l'ongle du petit doigt. Aucun des deux ne savait compter jusqu'à cinq. Ils implorèrent Peloux du regard. Celui-ci se mit à compter au rythme des secondes :

– Un, deux, trois, quatre, cinq, six, sept, huit, neuf, dix…

Les quatre personnes interrogées regardaient droit devant elles. Tobie se tourna juste un instant vers le corps du docteur Pill accroché au portemanteau. Il bougeait encore.

Les cinq minutes passèrent très vite. Personne ne disait un seul mot. Loche s'aiguisait les dents les unes contre les autres. Il sentait qu'il allait devoir passer à l'action. L'impatience lui mettait une mousse blanche au coin des lèvres.

A la fin du temps réglementaire, Mitch grogna. Torn traduisit en simultané :

– Eh bien, on va chercher nous-mêmes…

Il hurla :

– Fouillez-les !

Comme Shatoune ne savait pas par qui commencer, Limeur dit :

– D'abord la verrue.

Shatoune faillit hésiter, mais Zef Clarac s'avançait déjà.

Ça ne pouvait être que lui. Depuis tout petit, il était ça : la verrue, le monstre, le dégueu, la cloque, la pustule, la tache, la fissure ou l'immondice. Zef Clarac souriait. Il avait choisi d'être un monstre étincelant, une pustule ensoleillée, une flamboyante verrue.

Tobie remarqua que face à l'immonde troupe de Jo Mitch, Zef avait l'air d'un prince.

Shatoune hésita presque à s'approcher de tant de fierté. Il plaqua finalement ses mains dégoûtantes sur Zef et commença à le fouiller. On ne trouva sur lui que la clef de sa maison. Loche le poussa de l'autre côté de la pièce.

Maïa fit un pas en avant.

– C'est mon tour. Est-ce qu'il y a une femme pour me fouiller ?

Quelques ricanements accueillirent la question. Mitch bredouilla :

– Mi... nouille... ka !

Torn cria :

– Faites entrer Minouilleka !

Loche sortit juste le temps de faire venir quelqu'un qui devait être dehors à monter la garde. Cette personne eut du mal à franchir la porte. Elle dut se courber beaucoup, et rabattre vers le centre ses formes généreuses.

Le seul moyen de décrire Minouilleka est de dire que c'était une montagne. A part ça, elle avait un visage assez doux, les cheveux coupés au carré. Elle ne faisait pas peur.

Maïa lui fit un sourire. Minouilleka s'approcha d'elle et fouilla délicatement ses poches, ses ourlets, ses doublures, avec beaucoup de concentration. De la tête, elle fit non à Limeur.

Maïa Lolness rejoignit Zef de l'autre côté du salon. Minouilleka sortit discrètement, ce qui n'était pas facile pour elle.

On fouilla ensuite Tobie de la même façon. A la fin, Limeur dit en regardant Tobie avec dégoût :

— Le pire, c'est que les ordures, ça fait aussi des petits.

Tobie répliqua sans réfléchir :

— Des petits ? Vous n'êtes plus si petit, vous savez…

Limeur mit un certain temps à comprendre, mais Sim Lolness bondit et donna une grosse claque sur l'arrière de la tête de Tobie. Ses cheveux volèrent. Sim cria :

— N'insulte pas le monsieur !

Tobie redressa immédiatement la tête en tremblant et se précipita, dos au mur, à côté de sa mère. Il était sonné, décomposé. Maïa ouvrait de grands yeux. C'était la première fois que Sim frappait son fils.

Tout le monde observait, l'un après l'autre, Tobie et son père. Le professeur était en train de perdre la tête. De perdre son âme.

Ils avaient gagné.

Ce grand savant, cet homme unique, allait s'effondrer à cause d'eux. Maïa vit son mari tomber, les deux genoux au sol, la tête dans les mains.

— Je n'en peux plus… J'arrête… Je dirai tout. Je donnerai tout.

Les yeux myopes de Sim Lolness pleuraient à chaudes larmes. Le visage de Tobie se durcit.

Ne montrez jamais à un enfant son père en train de trahir.

20

LA BRANCHE CREUSE

Tous les occupants du salon de maître Clarac étaient en état de choc. Même le camp Mitch semblait touché par le déshonneur du professeur Lolness.

Jo Mitch se voyait déjà maître du secret de Balaïna. Les réserves de sève brute qu'il accumulait allaient enfin servir. Avec des charançons mécaniques, la destruction de l'arbre irait deux fois plus vite.

Les projets de Jo Mitch étaient simples, ils tournaient autour d'un mot : le trou. Depuis sa naissance, Mitch voulait faire des trous. Des petits, des grands, des trous partout. C'était comme une maladie ou une démangeaison. Il rêvait de faire de la vie un grand trou. Pour ce projet fou, il lui fallait beaucoup d'argent.

En avouant tout, Sim Lolness rendait possible le seul rêve qui poussait dans le grand trou noir du cerveau de Jo Mitch.

Quinze ans plus tôt, Jo Mitch était encore un modeste garde-frontière.

La frontière traçait alors une simple ligne autour du tronc principal, à la base des Basses-Branches. Mitch vivait dans un antre puant avec deux charançons qu'il avait dressés.

Après la mort d'El Blue, survenue alors qu'il passait la frontière, Jo Mitch profita du trouble général pour mettre ses charançons au travail. Il commença à creuser une tranchée profonde sur son secteur de surveillance.

Le Conseil de l'arbre félicita ce jeune garde-frontière inconnu qui consacrait son temps libre à creuser pour la sécurité de l'arbre. Seul le professeur Lolness et quelques vieux fous s'élevèrent contre cette initiative. Sim fit un discours qui s'appelait « L'égorgeur », et qui racontait comment cette tranchée creusée tout au long de la frontière coupait les veines de l'arbre et le mettait en péril. On s'écria : « Il est doué mais il exagère, ce Lolness. Bientôt, on nous interdira de couper du pain, pour éviter de faire mal aux tartines ! »

Jo Mitch profita de ce petit succès et commença à élever quelques charançons qu'il louait pour creuser des maisons.

Jo Mitch Arbor était né. L'entreprise se mit à grandir comme un petit ogre. Avec le système Balaïna, l'ogre allait devenir adulte.

Devant l'effondrement de Sim, les larmes de Maïa réapparurent. Cette fois, elles roulèrent sur ses joues, voulurent rentrer à la commissure de ses lèvres mais se réfugièrent finalement dans son col. Zef lui tendit un mouchoir qu'elle ne vit même pas.

Tobie gardait son regard glacé posé sur son père. Il voyait se fissurer de tous côtés la fierté des Lolness.

Torn s'approcha de Sim Lolness, il posa la main sur son épaule.
– Courage, professeur, vous êtes un brave homme.

Tobie vit son père frémir sous la main. Un compliment, dit par un salopard, fait aussi plaisir qu'une bonne crème servie dans un cendrier sale.

Sim inspira et dit :

– Avant de vous expliquer où est la pierre... je vais vous conduire à la boîte noire.

– Dites-nous simplement où elle est.

– C'est impossible, je dois venir avec vous. Sans moi, vous ne trouverez jamais.

Limeur regarda son chef qui semblait ronfler tout éveillé. Jo Mitch agita la tête. Limeur dit :

– Vous ne sortirez pas d'ici.

Pour cette bande de retardés, un savant comme Sim était une espèce de sorcier, capable de se volatiliser, ou de leur glisser entre les doigts dès qu'il sortirait de la pièce. Sim ne semblait pas surpris de cette réaction. Mais il prit un ton contrarié pour dire :

– Alors... Mon fils vous emmènera.

Tobie sursauta. Son père était fou. Tobie n'avait pas vu la boîte noire depuis des siècles et ne savait rien d'elle. Son père était devenu complètement fou.

Mitch grommela quelque chose d'encore plus inaudible. Torn et Limeur se penchèrent au-dessus du canapé en tendant l'oreille, il leur envoya une baffe flasque à chacun. Limeur gémit :

– Le Grand Voisin est d'accord. Votre fils va y aller avec Shatoune et Loche...

– De parfaites nounous..., ajouta Torn.

Loche sourit, il se coupa les lèvres avec les dents. Un peu de sang se mêlait à la bave. Quant à Shatoune, il ricanait plus franchement encore en répétant :

– Nounous... Nous, nounous...

Tobie ne comprenait plus rien à rien. Pas plus que Maïa qui regardait son petit bonhomme, envoyé par un père déséquilibré pour accomplir cette impossible mission.

Un simple regard de Sim, celui avec le froncement du nez, celui des grands moments, renversa l'état d'esprit de Tobie. Sim lui lançait un appel. Il lui demandait quelque chose. Un petit espoir venait en renfort du garçon.

Tobie comprit d'abord que sa mission était de gagner du temps.

Il se rappelait que le seul des quatre qui n'avait pas été fouillé était son père, et qu'il avait encore la pierre dans sa poche. La scène de crise du professeur pouvait être une ruse.

Tout n'était pas perdu.

En bonne nounou, Shatoune tendit à Tobie sa main de tueur. Tobie refusa de la prendre et mit les siennes dans ses poches. Il passa devant les deux dingos. Il allait sortir quand, au dernier moment, il se retourna. Tobie croisa d'abord le visage inondé de sa mère qui le fit fondre, puis il se tourna vers son père qui se grattait lentement la joue. Le professeur lui lança une phrase aussi bête que :

– Et ne recommence pas à te faire mal…

C'était idiot, déplacé, ridicule.

Mais quand il franchit la porte, Tobie en avait la certitude, le regard de son père était un regard d'adieu. Un regard qui lui disait : « Pars, mon fils. Ne t'arrête jamais. »

Pour l'instant, Tobie était suivi d'un quart de millimètre par deux psychopathes. Il aurait eu du mal à partir. Mais son petit cerveau, libre comme l'air, tournait dans tous les sens.

Pas de pire situation au monde que la sienne. Mais puisque son père l'avait conduit là, et que quelques indices lui laissaient espérer que Sim n'était pas fou, il devait y avoir un sens à tout cela. Pour l'instant, il marchait tout droit sur la branche, sans aucune idée de l'endroit où il allait.

Il avait dans la tête la règle d'or de son père : « Les choses ne changent pas pour rien. » La clef de tout devait être là.

Pourquoi le professeur avait-il brusquement changé ?

Suivi de près par ses lugubres nounous, il commença par mettre au clair les principaux changements. D'abord la claque donnée à Tobie, ensuite la promesse de livrer ses secrets, enfin la dernière phrase : « Et ne recommence pas à te faire mal. »

Sim avait beau être un père normal, maladroit comme un autre, il ne disait jamais ce genre de choses : « Fais attention », « Tu vas encore te barbouiller », « Ne te casse pas une jambe »…

S'il parlait pour la première fois de cette façon, ce n'était pas pour rien.

« Ne recommence pas à te faire mal. » Drôle de conseil quand on envoie son fils au casse-pipe. Tobie fit appel aux mots pour l'éclairer.

Et les mots lui offrirent aussitôt une piste à suivre.

La seule fois où il s'était fait vraiment mal, c'était aux Houppiers, dans la petite branche creuse du bout du jardin. Il en gardait la cicatrice sur la joue… Il repensa au geste de son père qui avait montré sa joue en donnant le conseil. Tobie souriait intérieurement.

Le jardin des Houppiers. Voilà où il devait aller.

Il fit brusquement demi-tour et se retrouva face à Shatoune et Loche qui le considéraient en louchant.

– Je me suis trompé. C'est par là.

Loche fit briller les lames de ses dents. Il n'aimait pas qu'on le balade. Shatoune prévint Tobie :

– Gaffe, bébé…

Ce que l'on peut traduire en langage post-préhistorique par : « Méfiez-vous, jeune homme. »

Ils s'écartèrent et le laissèrent passer entre eux.

Pour rejoindre Les Houppiers, ils devaient traverser une branche secondaire et tourner à droite sous quelques feuilles dorées par le début de l'automne.

Ils arrivèrent à la grille, toujours fermée par une chaîne cadenassée.

– C'est là, dit Tobie, terrorisé d'être déjà arrivé au but.

Il pensait aux quelques minutes qu'il allait gagner, le temps d'ouvrir la grille, mais Loche avait déjà donné dans la chaîne un grand coup de dents, et Shatoune fit voler le portail.

– C'est bon ! dirent-ils ensemble, en chantant comme d'affreux choristes.

Tobie contourna la maison. Il vit le béret de son père, suspendu. Il vit les petits carreaux brisés des fenêtres, les rideaux déchirés, le jardin redevenu sauvage. Des herbes folles avaient pris racine dans la poussière de l'écorce. Les mains ballantes de Shatoune faisaient une tondeuse involontaire.

« Et maintenant ? pensait Tobie. Et maintenant ? »

Il savait que la boîte noire n'était pas là. Qu'attendait de lui son père ?

Il arriva face à la petite branche creuse. Devant lui, sous ses pieds, s'enfonçait le trou de son accident. C'était le fond du jardin. Il ne pouvait pas aller plus loin.

Cette fois, s'il faisait demi-tour, il se retrouverait en fines lamelles aux pieds de Loche et de Shatoune. Munis, à tout casser, d'un cerveau pour deux, ces fêlés n'étaient pas très portés sur la patience.

Une dernière fois, Tobie fit tourner son imagination. Il réalisa que son père l'avait envoyé dans le seul lieu qu'il lui interdisait autrefois. C'est là qu'il l'avait rattrapé, au dernier moment, quand Tobie était tout petit. Il lui avait dit : « Quand tu auras treize ans, je serai rassuré… Tu seras trop grand pour pouvoir rentrer dans le trou de cette branche morte. Mais pour l'instant, ne t'approche pas trop. »

Derrière lui, Shatoune et Loche, s'agitaient.

– Alors, bébé ? dit Shatoune.

– C'est là, répondit Tobie mécaniquement.

– Où là ? demanda Shatoune.

Et ils rirent une bonne minute en répétant : « Ouhla, ouhla, ouhla ? »

Ce genre d'humour raffiné aurait pu les occuper une heure au moins. Mais quand ils reprirent leur souffle entre deux hoquets, ils découvrirent Tobie au fond du creux de la branche.

Ils s'arrêtèrent instantanément et se penchèrent vers le trou.

Tobie n'avait pas réfléchi. Il allait avoir treize ans le lendemain, c'était le dernier jour pour faire cette grosse bêtise. Il était rentré dans la branche interdite. C'était le plan de son père. Il n'en doutait plus.

Il voyait au-dessus de lui les têtes de ses gardiens.
– Gaffe, bébé, répéta Shatoune.
Mais Tobie avait disparu dans la petite branche.

Shatoune voulut y glisser sa tête. Elle ne passait pas. Il enfonça donc la main et le bras. Ses ongles lacéraient les parois du tunnel. Par malheur deux coups de griffes atteignirent Tobie à chaque épaule. Il saignait. Shatoune regarda son collègue. Loche trépignait. Il poussa Shatoune d'un grand coup de coude, enjamba le trou et se mit de l'autre côté.

Allongé de tout son long sur la branche, Loche commença à ronger avec ses dents les contours du trou. Chaque coup de mâchoire faisait sauter des éclats de bois.

Rarement on avait vu chez quelqu'un autant d'énergie pour scier la branche sur laquelle il était couché.

De l'autre côté, Shatoune, perplexe, observait la scène qui lui rappelait une histoire drôle. Mais laquelle?

Au premier craquement, il se rappela l'histoire en question. Loche avait relevé la tête. A voir l'expression de terreur sur son visage, il semblait aussi connaître l'histoire de l'imbécile qui...

Crrrrrrrraaaaaaac! Dans un bruit épouvantable la branche acheva de se briser. Loche, agrippé à l'immense vaisseau de bois, partait vers l'inconnu en hurlant:

– Toooooooooooo... biiiiiiie...

Shatoune le regarda tomber et se cogner de branche en branche pour disparaître dans les profondeurs de l'arbre. Il parvint juste à dire:

– Ben, Loche...

Il mit un certain temps avant de réaliser que Tobie avait disparu avec Loche. Mais il répétait « Ben, Loche... Looooche... », d'un air complètement égaré.

Une patrouille envoyée le soir même par Jo Mitch retrouva Shatoune au fond du jardin des Houppiers, toujours debout, à la cassure de la branche. Les hommes de Mitch l'approchèrent lentement pour ne pas l'effrayer. Quand on lui demanda ce qui était arrivé, il répétait « Loooooche… », comme la tête d'un décapité qui rappelle sa moitié. Les hommes de la patrouille firent un pas de plus vers lui.

– Loooooooche, coassa une dernière fois Shatoune.

Et il sauta dans le vide.

Mais le nom qu'il hurla en tombant et qu'on entendit s'éloigner et se répercuter, n'était pas le nom de Loche. Il vociférait :

– Toooooooooooo… biiiiiiiiiie…

Les cinq ou six soldats se penchèrent, effarés. Le bruit ameuta tout le quartier.

A un petit millimètre sous leurs pieds, installé aux premières loges pour voir le spectacle, quelqu'un murmura pour lui-même :

– Pauvre Shatoune…

C'était Tobie.

Quand il était descendu dans le trou de la branche, il avait constaté que le tunnel de bois rongé partait de deux côtés. Par réflexe d'habitué, il était allé du côté du bois sain, en amont de l'endroit où la cassure s'était faite. C'est là qu'il avait reçu les deux coups de griffes de Shatoune. Il avait ensuite vu devant lui la branche s'effondrer avec le corps de Loche… Le pauvre Loche croisa son regard en tombant, et hurla son nom comme un désespéré.

Tobie s'accrochait dans son trou. Face au vertige, il lui restait un tout petit espace pour se tenir et éponger le sang de ses blessures.

De là il avait donc entendu le désespoir de Shatoune au départ de son compère, puis l'arrivée de la patrouille. Enfin, il avait assisté au saut de l'ange de Shatoune. Un hasard cruel voulut que ce dernier aussi aperçût Tobie en passant à son niveau, mais c'était trop tard, il ne put rien faire d'autre que crier un « Toooooooooooo… biiiiiiiiiiie… » déchirant.

En un quart d'heure, une foule de badauds se pressait sur la branche. Ils tenaient des torches ou des lampes à huile. Par chance pour Tobie, on mit rapidement un cordon de sécurité à l'endroit de la cassure. Mais la foule poussait. Les rumeurs se multipliaient. Accident ou suicide ? Que s'était-il passé dans ce jardin abandonné ? On avait entendu le dernier grand cri de Shatoune. Et plus rien.

Déjouant la surveillance, un garçon plus audacieux commença à s'aventurer dans la nuit au bout de la branche cassée. Il descendait entre les échardes de bois arraché, une torche à la main. Il avait sûrement moins de quinze ans, un regard assez dur, un menton large et carré. Ses déplacements précis ne provoquaient même pas le bruit d'un froissement.

Tobie le vit surgir tout à coup dans sa cachette. Il hésita une seconde.

– Léo ? C'est toi, Léo ?

Le garçon recula, puis, lentement, approcha sa torche.

– Tobie…

Les deux amis se regardaient. Cinq années entières de séparation et les meilleurs amis du monde se retrouvaient par hasard au bout de cette branche des Cimes. Tobéléo, les inséparables.

– Tobie… Tu es revenu…

– Aide-moi, Léo.

Léo leva la torche plus haut. Tobie put observer les changements de ce visage… Toujours cette même force, mais quelque chose de tranchant dans le regard. Comme des morceaux de verre

brisé. Léo regardait les blessures laissées sur les épaules de Tobie par les ongles de Shatoune. Il articula :
– T'aider ?
– Oui, Léo. Je suis en danger. Ne me demande pas de t'expliquer. Je dois juste rejoindre la foule.

Quelques années plus tôt, Léo n'aurait pas eu besoin de la seconde d'hésitation qui suivit. Tobie répéta :
– Aide-moi. Vite…

Léo dit simplement :
– Viens.

Ils grimpèrent sur la section de la branche cassée. Arrivé en haut, à découvert, Léo souffla sa torche. Quelques hommes essayaient de contenir les curieux. Finalement le cordon lâcha à un endroit. Tobie et Léo purent facilement se mêler à la cohue. Ils s'enfoncèrent dans la foule de plus en plus nombreuse. Tobie baissait la tête.

– Tu te caches ? demanda Léo. Pourquoi ?
– Adieu, dit Tobie.

Il serra son ami contre lui, et disparut.

Léo resta immobile dans la grande agitation. Un bizarre malaise l'envahissait, une culpabilité enfouie. Depuis des années on faisait pousser en lui une mauvaise herbe qu'on appelle le soupçon. « Ne faites pas confiance », répétaient les hommes du Grand Voisin. Et Léo obéissait.

Léo Blue redoutait plus que tout la menace des Pelés. La peur que cultivait Jo Mitch avait rejoint en lui une terreur héritée de l'enfance et de la mort de son père. Les Pelés avaient tué El Blue, alors ils étaient sûrement en embuscade pour achever le reste de l'arbre…

Léo devait se méfier de tout le monde. D'ailleurs, qu'est-ce qu'il savait de ce Tobie Lolness ? Plus grand-chose.

Un ami ? Ce type qu'il n'avait pas vu depuis cinq ou six ans ?

Oui, il venait d'aider un inconnu. Un simple inconnu. Il sentit peser plus lourdement sur lui le poids de la faute.

Jo Mitch arriva quelques minutes plus tard. Il avait confié la garde des parents Lolness à une douzaine d'énergumènes qui ne les quittaient pas des yeux dans le salon de maître Clarac. Mitch débarqua sur la branche brisée, encadré par Torn et Limeur. La foule s'écartait pour le laisser passer. Il resta longtemps assis sur son petit pliant, à regarder le vide.

C'est là que Jo Mitch eut son idée. Le vide l'inspirait toujours.

Il fit signe à Limeur de s'approcher et lui bafouilla quelque chose. On avait l'impression qu'il lui tétait l'oreille. La foule était compacte, tout autour.

Limeur prit un air ravi. Le patron était génial. Primitif mais génial. Limeur toussa et demanda le silence :

– Chers compatriotes, le Grand Voisin a parlé ! Écoutez son message. Un crime vient d'être commis contre l'arbre. La famille Lolness qui détenait le secret de Balaïna a profité de son exil pour vendre ce secret à la force étrangère ! Chers compatriotes et voisins, regardez en face le crime des Lolness : désormais, la vermine des Pelés possède le secret de Balaïna !

La foule garda le silence un instant et explosa de colère. Dans cette folie furieuse, un gaillard de quatorze ans était resté silencieux quelques secondes de plus… Il avait ensuite levé le poing plus haut que tous : c'était Léo Blue.

La haine qui avait enflammé son œil n'était pas près de s'éteindre.

Quand Jo Mitch entra à nouveau dans le salon, Zef et les Lolness tremblaient. Mitch se remit dans le canapé qui fit un bruit de baudruche qu'on dégonfle. Il y a des phrases que Mitch, par gourmandise, ne pouvait s'empêcher de prononcer lui-même :

– Il est moooort…

Sim et sa femme se regardèrent.

Tobie, mort.

Leurs yeux éteints cherchaient un dernier éclat dans le regard de l'autre.

Mais il n'y avait plus rien.

Zef pleurait. Cela faisait un petit miaulement qui n'arrivait même pas aux oreilles des parents Lolness.

Aucun des trois ne vit rentrer l'imposante Minouilleka qui poussait devant elle Léo Blue. Mitch, surpris, tourna la tête vers ce nouveau venu qui dit, la mâchoire tendue :

– Je l'ai vu. Il vit.

Sur toute la surface de leur peau, Sim et Maïa Lolness eurent la sensation d'une cascade d'eau chaude qui leur rendait la vie.

Ainsi commença la longue traque de Tobie.

21

L'ENFER DE TOMBLE

Elisha passa un épouvantable hiver.

Dix fois elle tenta d'accéder à la falaise, se battant contre la neige et le froid. Dix fois, sa mère la récupéra, rouée de fatigue, des larmes gelées autour des yeux. La grotte était à mi-hauteur de cette falaise de neige qui ressemblait à un glacier imprenable.

En février, on crut que le dégel ne tarderait pas. Il y eut quelques beaux jours. Les familles des Basses-Branches purent échanger des visites, mais le lac et la falaise restaient inaccessibles.

Une semaine plus tard la neige tombait à nouveau et l'espoir des Lee faillit être étouffé par ce manteau blanc. Le mois de mars fut glacial. Si bien que le 1er avril, il était toujours impossible d'atteindre le refuge de Tobie.

Le 10 avril, le soleil reparut. Une douce chaleur enveloppait l'arbre entièrement. L'eau dégoulinait autour de la maison des Lee.

Avec douceur, Isha parlait à Elisha. Toutes les deux accroupies sur le pas de la porte ronde de leur maison, elles regardaient quelques rayons se refléter dans les flaques et les ruisseaux.

– Espère seulement...

Il n'y avait rien d'autre à faire, quand on savait que Tobie était enfermé depuis quatre mois et demi avec un pauvre sac de nourriture. Les calculs ou le réalisme ne lui laissaient pas la moindre chance de survie. Mais dans le cœur d'Elisha, l'espoir luisait, lui faisant croire à l'impossible.

Le 16 avril, Elisha réussit à tracer un chemin jusqu'au lac, puis jusqu'à la falaise. Elle était là, au pied d'un mur de neige mouillée, à chercher un moyen de grimper.

Alors elle entendit une voix. Une voix qui appelait. Elle allait crier un retentissant « Tobie ! », mais quatre grands lascars surgirent à côté d'elle, trempés de neige fondue, des bottes aux chapeaux.

– On t'appelle depuis deux heures, petite. On a suivi tes pas dans la neige.

C'était une misérable patrouille de Jo Mitch, qui, déjà, se remettait en chasse de Tobie.

– Qu'est-ce que tu fais là, la mioche ?

– Et vous ? demanda Elisha.

– On cherche le petit Lolness. Réponds ! Qu'est-ce que tu fais là ?

– J'habite à côté avec ma mère, je regarde si les puces d'eau sont de retour dans le lac.

C'était la première excuse qui lui était venue. Elle devait largement suffire aux cervelles allégées qu'elle avait devant elle.

– Si tu nous trouves Tobie, je t'épouse, dit un zigoto bossu dont le nez bourgeonnant cachait presque les yeux.

Elisha répliqua :

– C'est motivant. J'ouvrirai l'œil.

Elle soufflait dans ses mains pour les réchauffer. Cela formait un petit nuage de vapeur blanche entre ses doigts.

Gros-Nez s'approcha :

– Je peux te faire la bise en attendant ?

– Je ne le mérite pas encore. Attendez que je trouve votre petit Lolness et ce sera ma récompense, dit-elle en s'écartant un peu.

Gros-Nez fut très flatté. Elisha fit mine de rentrer chez elle. Ayant tracé quelques pas dans la neige, elle entendit une phrase à propos du professeur et de sa femme. Les quatre hommes parlaient très fort. Cette phrase faillit foudroyer Elisha dans son élan. Elle n'avait même plus la force de marcher.

Elle arriva enfin dans la maison aux couleurs et s'écroula dans les bras de sa mère.

Le lendemain, 17 avril, à midi, Elisha se tenait devant le paquet de neige qui bouchait l'entrée de la grotte. Elle gratta tout l'après-midi, surveillant d'un œil les rives du lac. A six heures, la petite main d'Elisha traversa le dernier rempart de neige. Son bras était passé de l'autre côté. Elle s'arrêta. Pas un bruit ne venait de l'intérieur.

Elle creusa alors avec furie, poussant des cris rageurs, faisant voler la neige autour d'elle. Elle n'avait plus peur de personne. La lumière du jour se glissa dans la caverne, Elisha la suivit en rampant.

Le feu était encore chaud.

Arrivant de la clarté du dehors, Elisha ne voyait rien. Sa voix n'articula qu'un très faible appel :

– Tobie…

Aucune réponse. Elisha ne savait pas où elle posait les pieds. Ses yeux ne parvenaient pas à s'habituer au noir. Elle sentit devant elle un fagot de bois. Elle le prit dans ses mains, marcha jusqu'au foyer à peine rouge. Elle jeta le fagot sur la braise. En peu de temps, de longues flammes s'élevèrent. Elisha les suivit des yeux.

Alors elle vit le plafond et les murs étincelants de lumière. D'un seul coup, elle découvrit l'œuvre de Tobie. L'immense fresque peinte s'étalait en rouge et noir sur toute la surface de la grotte. Elisha ne put la quitter des yeux. Elle se croyait entrée dans le cœur rougeoyant de Tobie.

– Ça te plaît ? dit une faible voix à côté d'elle.

Elle se précipita vers la voix.

– Tobie !

Tobie était là, allongé contre la paroi. Il était pâle. Il avait les joues creuses, la bouche sèche, mais au fond de l'œil brillait toujours une comète immobile.

– Je t'attendais, dit-il.

Tobie n'avait pas encore vu Elisha pleurer. Ce jour-là, elle rattrapa le retard. Elle posa son front sur la poitrine de Tobie. Il lui disait :

– Arrête, arrête... Qu'est-ce qu'il y a de triste ? Regarde, je vais bien.

Il lui tendait un mouchoir taché de peinture rouge. Elisha ne pouvait pas s'arrêter de pleurer. Tobie sentait contre lui la pulsation des sanglots. Elle plongea finalement dans le mouchoir et en sortit les joues couvertes de rouge. Petit à petit, elle se calma, leva les yeux vers la voûte. Tobie expliqua :

– C'était pour m'occuper. Il y a des gens qui peignent des tombeaux pour s'y coucher. Moi, pendant quatre mois, je peignais des fenêtres pour voir la vie, dehors.

Elisha écarquillait les yeux. Oui, c'était comme une verrière ouverte sur le monde. Elle s'approcha du mur le visage barbouillé de peinture.

– Elisha...

– Oui.

– J'ai un petit creux.

Tobie n'avait rien mangé d'autre que du moisi depuis dix-sept jours. Elisha disparut aussitôt. Tobie poussa un hurlement désespéré :

– Nooon ! Me laisse pas ! Reviens !

Elle se précipita à l'intérieur, inquiète. Tobie ne pouvait plus rester seul un instant. Elle était juste allée prendre le paquet qu'elle avait apporté.

– Je reste, maintenant, Tobie. N'aie pas peur.

Elle déballa le papier imbibé de beurre. Tobie sourit enfin. Il avait devant lui le plus épais tas de crêpes au miel qu'il avait jamais vu.

Il fallut trois jours pour que Tobie soit à nouveau sur pied. Il avait réussi pendant ces quatre mois et demi d'enfermement à garder une activité régulière pour éviter que son corps ne sèche et se rabougrisse. La souplesse revint assez vite.

Il passa du temps à faire le papillon de nuit au bord du lac, agitant les bras et sautillant. Elisha ne le quittait plus. Tobie avait besoin de cette ombre qui le regardait courir sous la lune.

Réfugiés sur une corniche, en haut de la falaise, ils s'asseyaient enfin. Tobie sentait sous eux, dans la nuit, le bouillonnement du printemps. Il respirait profondément pour rattraper le retard. Elisha lui racontait les événements de l'hiver.

Chez les Asseldor, Mia allait très mal. Depuis le départ de Lex Olmech, parti à la recherche de ses parents, elle s'était couchée sur un petit matelas dans la pièce principale de Seldor et n'en bougeait pas. Elle ne mangeait presque rien, ne parlait plus. Toute la famille découvrait le lien secret entre Lex et Mia.

Au début, ses parents la secouèrent un peu.

– Ce sont des histoires qui arrivent souvent... Il ne faut pas en faire un drame.

Mais au bout d'une semaine, ils comprirent que de telles histoires n'arrivent pas souvent. Une fille qui se laisse mourir pour un garçon disparu...

Alors ils entourèrent Mia d'une très grande patience. C'est certainement cette patience qui l'aida à ne pas s'éteindre entièrement.

Maï, sa sœur, ne s'éloignait jamais d'elle, dormait au pied du lit avec la main dans la sienne. Elle comprenait tout de ce chagrin : elle le vivait.

Les dernières nouvelles qu'avait obtenues Elisha dataient de février. Lex n'était pas réapparu, mais l'état de Mia n'empirait plus. Elle avait les yeux ouverts, acceptait une soupe le matin. Ses frères chantaient le soir dans la pièce voisine, et on surprenait un doigt de Mia, qui battait la mesure sur le drap.

Sa grande sœur continuait à la veiller, discrète et silencieuse.

Elisha racontait cette aventure, mais elle avait sur la conscience le poids démesuré de ce qu'elle ne disait pas : la phrase qu'elle avait entendue au bord du lac, prononcée par les hommes de Jo Mitch.

Le quatrième jour, Tobie parla de ses parents :

– Pendant tout cet hiver, j'ai pensé à eux. Je n'ai rien à attendre. Ils ne viendront pas me chercher.

– Peut-être que tu as raison, dit Elisha, émue. Il ne faut plus attendre.

– S'ils ne viennent pas me chercher, c'est moi qui dois y aller.

Elisha sursauta.

– Aller où ?

– Remonter vers les Cimes, les trouver. Les sortir des pattes du gros Mitch.

En parlant, Tobie observait Elisha. Elle avait baissé ses longs cils, elle regardait le sol. Elle voulait parler. Il comprit alors qu'elle savait quelque chose.

– Tobie... J'ai entendu une phrase sur tes parents.

Tobie frémit et chercha le regard d'Elisha.

– Ils ont été condamnés, ajouta-t-elle, ils seront tués le premier jour de mai.

Le silence ne dura pas. Tobie attrapa Elisha par les épaules.

– Ils sont où ?

– Ça n'est pas le problème. Il faut que tu te protèges.

– Elisha, ils sont où ?

Il la secouait.

– Je t'en prie. Fais attention à toi, Tobie. On te cherche toujours.

– Elisha...

– Tobie, j'ai peut-être une idée pour te mettre à l'abri.

– Je pars, je serai dans les hauteurs dans trois jours. On est le 21. J'aurai une semaine pour les trouver. Adieu, Elisha.

Il la lâcha. Il se levait déjà.

– Écoute-moi ! criait Elisha.

– Dans dix jours, ils seront morts si je ne les aide pas. Je pars vers les hauteurs.

– Tobie ! Ils ne sont pas là-haut !

Tobie se retourna.

– Ils sont où ?

– Ils sont à Tomble, murmura Elisha. Ils sont au fort de Tomble.

Tobie pâlit. Tomble n'était qu'à quelques heures de marche. Ses parents étaient donc tout près de lui. Et pourtant, Tobie se sentit vaciller.

Il connaissait Tomble par le vieux Vigo Tornett qui y avait passé dix années dont il ne pouvait même plus parler.

Quand on disait « Tomble » à Tornett, sa bouche commençait à trembler, puis tout son corps. Dix ans de captivité à Tomble détruisaient un homme.

Tornett le reconnaissait lui-même, il avait fait des bêtises dans sa jeunesse. Tobie ignorait le détail de ces bêtises. Mais Sim Lolness, qui en savait plus, reconnaissait que Tornett n'avait pas toujours été ce vieillard doux et bienveillant, réfugié chez un neveu moucheur de larve.

Soyons plus clairs encore : Tornett avait été un des pires brigands de l'arbre, un bandit de haute souche.

Il avait ensuite passé dix ans à Tomble, à l'époque où la prison était encore sous le contrôle du Conseil de l'arbre. Cela ressemblait déjà à un enfer, mais c'était un vrai club de vacances par rapport à ce que Tomble était devenu sous la botte de Jo Mitch.

En dehors de la question des chances de survie dans cette forteresse, un point était entendu : on ne s'échappait pas de Tomble.

Ça n'était jamais arrivé. Ça n'arriverait jamais.

Tomble était une boule de gui suspendue au-dessus du vide. Elle poussait dans l'arbre comme un parasite, suçant sa sève et buvant son eau, accrochée à une branche par une seule petite patte sous la surveillance de dix hommes armés. A la moindre révolte, on n'avait qu'à couper cette attache et laisser la prison sombrer dans le vide. Cela s'appelait le plan final.

En une seconde, tout ce que Tobie savait sur le fort de Tomble entra dans son esprit comme une décharge. Ses rêves s'effondraient.
La nuit passa sans sommeil, dans un silence de deuil, au bord du lac.
A l'aurore, Elisha était presque soulagée. Elle avait dit la vérité, et Tobie ne paraissait pas décidé à faire des tentatives impossibles. Il connaissait assez ce qu'on disait de la boule de gui.
Dix jours pour faire sortir de ce piège un savant maladroit et sa femme… Il faudrait à Tobie dix ans au moins, rien que pour entrer.
Sauf… si…
Elisha pria pour que l'idée qui venait de l'effleurer n'atteigne pas Tobie. Elle la chassait en battant des cils, et en répétant « non, non, non » au fond d'elle-même.
Mais déjà le visage de Tobie prenait une teinte nouvelle. Elle n'y pouvait rien. Il y avait entre leurs deux cœurs un passe-branches étroit où les pensées circulaient librement.
Il regarda les yeux d'Elisha. Il avait décidé de se livrer à Jo Mitch.
Elisha eut un tressaillement.
– Si je me rends, expliqua inutilement Tobie, je serai amené à Tomble en quelques heures, et la moitié du chemin sera faite.
– Tu feras l'autre moitié dans un cercueil !

Il fallut une journée et une nuit à Elisha pour comprendre que Tobie ne reculerait pas. S'il ne tentait rien pour ses parents, le reste de ses jours perdrait toute valeur. Sa vie serait comme un objet décoratif posé sur une cheminée. La question n'était pas de réussir. Elle était d'avoir risqué sa vie pour eux.
Les imbéciles appelaient ça « l'honneur ». Tobie appelait ça autrement. Peut-être « l'amour », même s'il n'aurait jamais prononcé ce mot étourdissant.

La dernière nuit passa comme une veillée d'armes.

En l'écoutant parler, au fond de la grotte peinte, Elisha avait posé sur ses genoux les pieds de Tobie, et avec un poil de plume trempé dans de l'encre de chenille bleue, elle dessinait sur la plante du pied, dans le sens de la longueur, un trait à peine visible qui allait des orteils au talon.

Tobie se laissait faire.

– C'est ma peinture de guerre ? demanda-t-il.

Dans sa petite enfance, avec son ami Léo Blue, ils se peignaient parfois des signes sur les mains et les épaules. Léo avait toujours été un enfant sombre, parfois violent. La mort de sa mère quand il était tout petit, puis celle de son père deux ans après, lui laissaient une blessure terrible dont il ne parlait même pas à son meilleur ami.

Il semblait désormais que cette plaie au cœur s'était infectée.

Elisha se taisait. Elle avait deux nattes qui frôlaient ses yeux.

Tobie savait qu'elle portait sous le pied ce même trait bleu, qui ne se voyait que la nuit et diffusait une lueur bleue.

– C'est un secret ?

Elisha hocha la tête et posa le poil de plume sur le rebord de l'encrier.

– Moi aussi, j'ai un secret, dit Tobie.

Et il raconta.

Quand il s'était retrouvé seul, au bout de la branche cassée et qu'il avait entendu les lamentations de Shatoune sur son camarade disparu, Tobie avait essayé de voir clair dans le plan de son père, pour ne rien oublier des trois indices qu'il avait donnés.

1) Il avait facilement pu expliquer la fausse trahison de Sim Lolness qui avait pour seul but de permettre à Tobie de s'échapper.

2) Il avait aussi déchiffré au dernier moment la fameuse phrase d'avertissement « ne recommence pas à te blesser », qui lui indiquait la branche creuse des Houppiers : l'endroit où, grâce à sa petite taille, il pourrait échapper à ses gardiens.

3) En revanche, il n'arrivait pas à comprendre la violence de Sim contre lui, son propre fils, quand il lui avait demandé de parler correctement à ce taré de Limeur.

C'était encore quelque chose qui ne lui ressemblait pas. Il fallait donc sûrement y voir un signe ou un appel.

Plus tard, alors que Tobie était déjà en cavale, et que Léo Blue entrait dans le salon de maître Clarac sous l'œil maternel de Minouilleka, Jo Mitch s'était mis dans une grosse colère.

Tobie vivant. Mitch ne pouvait supporter cette idée.

Les colères de Jo Mitch ressemblaient fort à des coliques. Il se tenait le ventre, devenait tout rouge, faisait mille bruits énigmatiques, entre flatulence et bêlement. Par inadvertance, son mégot jaillit de ses lèvres à la vitesse d'une fusée. Il atterrit dans le décolleté de Minouilleka qui l'écrasa discrètement en bombant le torse.

Quand il retrouva son calme, Jo Mitch resta prostré quelques minutes. Puis il tourna très lentement ses yeux globuleux vers Sim.

Il y a certains sujets sur lesquels Mitch ne se faisait jamais avoir. Il se rappelait parfaitement que Sim Lolness n'avait pas été fouillé. La diversion de Sim n'avait pas suffi. La pierre de l'arbre était là…

Mitch fit un geste vers Torn qui se jeta sur le professeur.

Maïa regardait son mari. Tobie était vivant, mais Mitch allait posséder la pierre. Elle aurait bien sûr donné vingt pierres de la même valeur en échange de la vie de son fils, mais la puissance promise au gros Mitch grâce à cette fortune était une catastrophe pour toutes les vies suspendues à cet arbre.

Torn fouillait Sim frénétiquement. Même tout nu dans ce petit salon, avec deux hommes qui épluchaient ses habits, le professeur gardait maintenant un grand sourire. Son plan avait marché.

On ne trouva rien sur lui. Rien d'autre que deux boules de gomme et un crayon. Limeur écrasa les boules de gomme sous son pied : rien à l'intérieur. La boule de gomme collait à son talon. Limeur dansa d'un pied sur l'autre en essayant de se dépêtrer de la pâte qui l'engluait au sol. Mitch, devant ce spectacle, avait les yeux exorbités de fureur.

Sim affichait un petit sourire indulgent.

Au même instant, dans sa fuite éperdue, Tobie passait la main dans ses cheveux trempés de sueur et y trouvait la même boule de gomme mâchée, collée à l'arrière de sa tête, à l'endroit exact où son père l'avait violemment frappé. Mêlé à la pâte collante, il sentit un objet plus dur. Il l'arracha de ses cheveux, et découvrit, toute poisseuse entre ses doigts, la pierre de l'arbre.

Maintenant, dans la grotte du lac, il la sortait de l'ourlet de son pantalon et la montrait à Elisha qui avait encore un peu d'encre de chenille sur les mains.

– Voilà mon secret, dit-il en tenant la pierre entre ses doigts. Mon père me l'a confiée. Je vais la cacher ici, dans la grotte du lac. S'il m'arrive quelque chose, tu sauras qu'elle est là.

Il alla vers le fond, s'éclairant avec une brindille enflammée. Il la leva vers un portrait d'Elisha qu'il avait représentée seule, accroupie, le menton dans les mains, grandeur nature. Il perça le bois à l'endroit d'un des yeux du dessin et mit la pierre à la place de la pupille. La petite flamme s'éteignit.

Tobie se tourna vers la vraie Elisha. Elle était debout devant le feu, en contre-jour. Elle dit :

– Ne te livre pas à Jo Mitch. Je vais t'aider.

22

L'ÉDUCATION DES PETITES FILLES

Brandissant un bâton plus lourd qu'elle, Bernique assomma le vieillard qu'on lui avait présenté.

– Maintenant, on rentre ! cria son père qui la regardait faire de loin.

La petite fille ne répondit même pas, alla se planter devant le vieil homme qu'elle venait de frapper et posa la main sur le crâne dégarni.

– Ça pousse, dit-elle.

En effet, une belle bosse était en train de pousser. C'était la cinquième. Il était largement l'heure de rentrer.

Gus Alzan avait deux soucis. Le premier, c'était la prison de mille hommes qu'il dirigeait. Cela, il en faisait son affaire. Ses méthodes n'étaient pas forcément très réglementaires, mais elles satisfaisaient le Grand Voisin. Gus habitait avec sa fille au cœur de la boule de gui de Tomble, dans le nœud central, d'où partaient toutes les ramifications. Il maîtrisait tout.

L'autre souci de Gus, le vrai, c'était justement sa fille, Bernique. Depuis quelque temps, il s'inquiétait de son évolution. Bien sûr, il savait qu'âgée de dix ans Bernique était appelée à changer, à mûrir, à devenir une vraie jeune fille. On lui avait dit : « C'est normal, à cet âge-là, il se passe tellement de choses. » Au début, il avait donc regardé avec une certaine tendresse Bernique qui cassait les meubles ou étranglait ses gouvernantes. « Comme elle grandit ! se disait-il. C'est le portrait de son parrain. » Le parrain de Bernique s'appelait Jo Mitch.

Gus laissait donc sa fille agir à sa guise, il lui prêtait même quelques prisonniers en fin de course pour assouvir sa passion des bosses.

Mais après quelque temps, Gus Alzan commença à s'inquiéter. En fait, il s'était soudainement souvenu qu'il devrait un jour marier sa fille. Cette préoccupation était sûrement prématurée, mais il se disait que plus le chemin est redoutable, plus il faut partir tôt.

Dans le cas de Bernique, le chemin s'avérait particulièrement redoutable. Ce n'était même pas un chemin, c'était la jungle primitive.

A dix ans, elle avait déjà quelques habitudes assez peu convenables pour une jeune fille de bonne famille.

Passons sur les prisonniers assommés, ils l'avaient bien cherché. Passons sur les gouvernantes étranglées, elles étaient peut-être fautives dans leurs méthodes d'éducation. Mais le premier acte grave, elle le fit avec un cuisinier de Tomble dont elle plongea le doigt dans l'huile de friture, pour qu'il le mange lui-même en beignet, sur l'os.

Gus renvoya le cuisinier qui n'était plus bon à rien, mais il réprimanda Bernique en la privant de dessert.

A partir de ce jour, il décida d'agir.

C'est alors qu'il entendit parler d'un homme tout à fait étonnant, qui était une sorte de maître en politesse et en savoir-vivre. Ce n'était qu'un simple sous-chef, arrivé à Tomble pendant l'hiver. Sa réputation s'était transmise rapidement, et en agaçait plus d'un. Toujours souriant, il parlait un langage fleuri et se faisait appeler : Patate.

Patate arriva un samedi matin dans la maison des Alzan.

– Mes meilleures salutations, dit-il à Gus.

– Les miennes avec, répondit maladroitement le directeur.

– On m'a dit que vous me faisiez appel de venir… C'est trop d'endurance de votre part. En quoi ai-je le nord de vous intéresser ?

– Je… C'est ma fille.

– Votre fille, répéta Patate avec un grand rire sonore qui n'avait rien à voir avec le sujet.

– Ben, oui. Ma fille : Bernique.

– Bernique ! s'exclama Patate, toujours dans un rire suraigu assez désagréable à entendre.

Gus Alzan lui prit la totalité du visage dans la main, l'écrasa un peu, et plaqua Patate contre la porte de son bureau.

– Qu'est-ce qui te fait rire, Patate ?

– Euh… je … rien, c'est juste pour détendre un peu.

– Bon. Je veux que ma fille devienne une demoiselle.

Patate se mit aussitôt au travail. Il avait vécu avec les plus redoutables guérilleros de Jo Mitch, mais les trois jours qu'il passa avec Bernique Alzan furent les pires de son existence. Il pénétra le mardi suivant dans le bureau de Gus. C'était les dernières semaines d'avril, un beau jour de printemps.

– Alors ? dit Gus, plein d'espoir.

Une auréole noire entourait chaque œil de Patate. Il avait tant de bosses sur le crâne qu'on aurait dit un casque à pointes.

– Ve viens vous préventer ma démiffion, monfieur Alvan.

Il lui manquait deux dents sur trois. Il parlait avec difficulté et ne riait plus du tout. Gus Alzan, déçu, lui accorda un jour de permission.

– De permiffion ?

Patate ne connaissait pas les permissions. Chez Jo Mitch comme à Tomble, on ne prenait pas de vacances. Y a-t-il des vacances en enfer ?

Après cette tentative, Gus perdit courage. Qu'allait devenir sa Bernique qu'il emmenait autrefois, petite, chatouiller les condamnés avant la potence ? De quoi avait-elle manqué dans cette prison ? En guise de petite consolation, il jeta deux prisonniers aux oiseaux.

Les oiseaux sont friands du gui. Ils adorent ses lourds fruits blancs, dont il ne faut surtout pas s'approcher en hiver pour ne pas être croqué par une fauvette ou une grive. Quand il avait besoin de se détendre, le directeur de Tomble asseyait un prisonnier sur un de ces gros fruits et attendait les oiseaux. A la fin du mois d'avril, il ne restait que quelques fruits, mais ils étaient si mûrs que les oiseaux ne tardaient jamais.

Gus passa ensuite une nuit détestable. Il rêva de Bernique fonçant sur lui avec de grandes ailes. Elle l'avalait tout cru et il terminait englué dans une crotte d'oiseau.

Mais dès le lendemain, on frappa à sa porte.

– Fé moi.

Gus reconnut la voix énervante de Patate. Il ouvrit.

– Fi vous m'autorivez le nord de difcuter une feconde avec vous...

Gus faillit l'aplatir. On ne toquait pas chez Gus Alzan comme chez un petit camarade de promotion, pour s'offrir un bout de « converfafion ».

Ceux qui venaient à sa porte devaient avoir les chocottes à zéro, et demander pardon en grelottant sans même savoir ce qu'ils avaient à se reprocher.

Mais Patate ajouta, évitant ainsi d'être réduit en purée :

– Fé au fujet de Bernique…

Patate n'avait pas plus de dents que la veille mais il avait retrouvé le sourire. Gus, intrigué, le laissa entrer.

Pour une fois, le sous-chef Patate fut très clair.

Il avait passé le temps de sa permission dans une branche voisine et avait eu l'occasion de réfléchir à la situation de Bernique. Pour lui, c'était sûr, la petite fille avait un problème avec l'autorité.

– C'est tout ? dit Gus.

La découverte de Patate n'était une révélation pour personne. Mais il continua en disant que la solution ne se trouvait donc ni dans un père, ni dans un professeur.

– Un quoi ?

– Un profeffeur…

– C'est tout ? répéta Gus dont la main commençait à le démanger.

Il s'apprêtait à l'envoyer voler.

Patate reprit :

– Fe qu'il lui faut, fé une amie.

– Une quoi ? interrogea encore Gus.

– Une amie.

Gus Alzan avait déjà entendu ce mot. Ami. Mais cela correspondait à une idée très vague pour lui. Une sorte de personne qui n'est ni le chef ni l'esclave de quelqu'un. Un concept fumeux qui avait été à la mode, il y a longtemps.

Pour le directeur de Tomble, toute personne était au-dessus ou en dessous de lui. Commandant ou commandé. Jo Mitch au-dessus. Tous les autres en dessous. Sa fille, peut-être, se trouvait un peu à part puisqu'elle aurait dû être en dessous, mais grimpait souvent au-dessus.

Après quelques réflexions, il en arriva à la conclusion que, personnellement, il n'avait pas d'ami.

– La feule perfonne que Bernique peut refpecter, fé une amie, répéta Patate.

Gus resta perplexe.

– Où ça s'achète ?

Patate prit un air mystérieux et expliqua qu'avec son autorisation, il pourrait lui apporter une amie le lendemain. Gus faillit s'étouffer. Si la future amie de Bernique n'était ni au-dessus, ni en dessous d'elle, c'est qu'elle était comme Bernique. Ce qui multipliait le problème par deux. Deux Bernique dans Tomble, et la prison explosait !

Patate le rassura aussitôt. La jeune personne à laquelle il pensait était un modèle de politesse et de fermeté. Une amie idéale pour Bernique. Elle avait douze ans. Patate avait rencontré cette amie avant l'hiver. Elle lui avait tout appris. Il venait de la retrouver par le plus grand des hasards aux portes de Tomble.

Gus refusa tout net. C'était prévisible. Il était impensable de faire entrer une étrangère dans la prison. Surtout en ce moment. S'il arrivait quelque chose, Jo Mitch lui tomberait dessus. Et quand Jo Mitch tombe sur quelqu'un, il n'en reste rien, ou éventuellement un peu de jus sur les côtés.

– Alors, ve vous laiffe, monfieur le directeur, dit Patate avec tristesse.

Il secoua la poussière de son chapeau et sortit. Quand il eut passé la porte, Gus le rattrapa. Le directeur laissa flotter un silence pendant lequel il revit quelques-uns des pires exploits de Bernique. Il avait changé d'avis.

– Si votre petite ne convient pas, je vous jette aux oiseaux.

Patate repartit avec une drôle d'impression. Pour être franc, ce n'était pas son idée à lui. Il avait croisé la fille des Basses-Branches et lui avait raconté l'affaire Bernique. Elle lui avait proposé ses services. Patate lui faisait confiance, mais il ne pouvait s'empêcher de penser à la menace des oiseaux.

Sa vie était entre les mains de… Comment s'appelait-elle…? Bulle. Oui, c'est comme ça qu'elle s'appelait.

Bulle.

Bulle entra dans la prison le 24 avril à midi. On la fouilla seize fois. Elle était conduite par neuf gardiens avec des arbalètes. Bulle était une petite fille au regard droit, avec des vêtements noirs et deux nattes qui formaient des points d'interrogation sur sa tête. Elle avait un curieux visage un peu plat.

On la fit entrer dans la salle de jeu de Bernique et on ferma la porte sur elles. Les gardes se répartirent autour de la maison des Alzan.

Le soir, à sept heures, on fit sortir Bulle. Les gardiens s'attendaient à la retrouver en tranches ou en hachis.

Elle n'était même pas décoiffée.

Gus reçut Bulle dans son bureau. Il était terriblement intimidé par cette fille avec ces yeux de lanceuse de couteaux. Il articula :

– Je… Bon… Ben… Donc…

– Je ne viendrai pas demain, dit Bulle. Je serai là le jour suivant.

– Bon… Ben… Je… D'accord…

Elle alla vers la porte du bureau et se retourna vers Gus.

– Il y a un point important. En mon absence, Bernique ne doit frapper personne. Pas une seule bosse. Ou tout serait terminé.

Avant qu'elle ne passe l'étroite patte de sortie, au sommet de la boule de gui, on fouilla Bulle onze fois. On trouva sur elle un petit personnage en bois de la taille d'un pouce. On le lui laissa.

Le lendemain, Bernique passa la journée à pleurer sous son lit. Elle était calme, mais ses larmes formaient une petite flaque autour d'elle. Gus alla la consoler, marchant dans les larmes avec ses bottes. Elle ne réclamait pas de prisonniers à assommer : elle demandait son amie. A sept heures du soir, elle fit une crise de nerfs. Elle déchira son matelas dont elle avala la mousse, mais elle ne frappa toujours personne. On envoya cinq hommes chercher Bulle, sans qu'aucun d'eux ne puisse la trouver.

Le jour suivant, Gus Alzan se leva avant l'aube pour attendre Bulle. A midi, elle se présenta à la porte de Tomble. On la fouilla seize fois. Elle avait toujours dans la poche son petit personnage grossièrement taillé dans un copeau. Neuf gardes l'accompagnèrent à travers la prison. Elle ne jeta pas un coup d'œil aux centaines de prisonniers qui gémissaient derrière les barreaux des minuscules cellules.

Cette fille était dure comme le bois de l'année.

– Vous… Je… n'êtes pas venue hier…, hasarda Gus.

– Est-ce que je n'avais pas prévenu ?

– Je… si, si… Mais…

Bulle menaça avec une voix froide :

– Si vous préférez, je m'en vais.

Gus s'excusa platement, pour la première fois de sa vie (sans compter le jour où, au baptême de Bernique, il avait marché sur le mégot de Mitch).

Bulle resta jusqu'à sept heures avec Bernique et sortit. Gus demanda à lui dire quelques mots. Elle répondit qu'elle n'avait pas le temps.

– Je ne viendrai pas demain. Je serai là le jour suivant.

Gus n'osa pas faire de commentaire.

Quand on la fouilla à la sortie, personne ne remarqua qu'elle n'avait plus dans la poche le petit bonhomme de bois.

Deux jours plus tard, tout se passa de la même façon, sauf qu'en sortant, le soir, Bulle convoqua Gus.

Elle le regarda assez longtemps pour qu'il baisse le regard, puis elle articula :

– Vous savez ce que je vais vous dire.
– Oui… Enfin… Vous ne viendrez pas demain, mais plutôt le jour suivant.
– Non. Ni demain, ni le jour suivant, ni jamais.

Gus garda les yeux fixes. On aurait pu voir, en s'approchant au plus près, une petite palpitation de la lèvre, et dans le blanc de l'œil, un reflet de larme. Une bulle d'espoir venait d'exploser devant lui.

C'était fini.

Il ne verrait jamais éclore de sa larve repoussante la Bernique de ses rêves, princesse en robe pâle, qui courrait vers lui sur une branche déserte en criant : « Papa ! Papa ! C'est moi : Bernique ! » Il ne la contemplerait jamais sous un voile de mariée, un jeune homme au bras, valsant sur un parquet d'étoiles. Elle resterait la Bernique enragée, barbare, qui épouserait, au mieux, un vieux crâne mou pour y faire pousser des bosses. Une Bernique qui mordrait ses enfants d'honneur et étoufferait sa belle-mère dans la pièce montée.

– Vous connaissez mes raisons, dit Bulle.
– Non, gémit Gus Alzan, mais vous ne pouvez pas me laisser tomber. Bernique va déjà mieux…
– Molness…
– Quoi ?
– Molmess ou Molness… Ça vous dit quelque chose ?

Gus releva des yeux terrifiés.

– Non…
– Bernique affirme qu'hier, elle a frappé un certain Molness pendant mon absence.

Gus regardait fixement Bulle.

– Ce n'est pas possible. Non. Elle n'est pas sortie de sa chambre.
– Mais ce Molness existe bien… ?
– Non…

Le regard de Bulle lui faisait mal jusque derrière la tête, il corrigea :

– Peut-être un nom comme ça... Mais ce n'est pas possible...
Bulle dit à Gus Alzan :
– Je crois que vous ne comprenez pas bien...
– Elle ne peut pas le connaître ! Elle ne connaît aucun nom de prisonnier...
Bulle se leva de sa chaise, les yeux noirs.
– Vous dites que je mens.
– Non... Jamais...
– Alors vous dites que votre fille ment.
– Non...
La réponse était un peu moins ferme. Bulle dit :
– Venez.
Elle l'emmena dans la chambre de Bernique.
– Bernichou, appela Gus en s'approchant du lit, Bernichou, mon chou...
Bernique était sous le lit, entourée d'un nuage de mousse qu'elle avait retirée de son nouveau matelas. Gus essaya de croiser son regard.
– Ton amie me dit que tu as fait des bobosses à quelqu'un, hier ?
Elle ne répondit pas. Gus insista :
– A qui elle a fait des bobosses, la Bernichou ?
La réponse surgit de sous la mousse :
– Lolness !

Bulle et Gus se regardèrent et sortirent. Gus ne comprenait plus rien. C'était impossible. Rigoureusement impossible. Il essaya une dernière fois de convaincre Bulle en pleurnichant. Mais elle était intraitable. Elle avait donné les règles dès le premier jour.

– Et si…, commença-t-il.

Il s'interrompit. Bulle fit semblant de ne pas avoir entendu. Elle dit :

– Au revoir.

Gus lui serra la main. Elle avança de quelques pas vers la sortie. Il la suivait. Il paraissait hésiter.

– Et s'il n'y a pas de bosse sur la tête des prisonniers.

– Quels prisonniers ?

– Lolness.

– Je croyais que ce nom ne vous disait rien, s'étonna Bulle, continuant à marcher.

– Il y a un couple avec ce nom en quartier de sécurité.

Bulle s'arrêta immédiatement.

– S'il n'y a pas de bosse sur le crâne de ces Molmess, dit-elle… Tout sera différent.

Elle se retournait lentement. Le directeur retrouva un peu d'espoir.

– Je vais voir ! Je vais vous dire !

Il partait en trottinant. Bulle le rappela :

– Je ne vous croirai que quand j'aurai touché le crâne des Losnell.

– Lolness…

– Quoi ?

– C'est impossible…

– Je comprends parfaitement. Au revoir.

Elle repartit. Gus n'en pouvait plus.

– Attendez !

– Trop tard. Je ne veux plus toucher aucun crâne. Ça m'est égal.

– Attendez !

– Non. Tant pis. Bon courage avec votre fille.

– Je vous en supplie. Vous verrez vous-même ! Je vais vous emmener dans le cachot des Lolness.

Une heure plus tard, la nuit était tombée. Après plusieurs nouveaux contrôles, Gus et Bulle pénétrèrent dans le quartier de sécurité. Une zone aménagée en bas de la boule de gui. Le quartier était beaucoup plus silencieux.

Après différents carrefours, ils débouchèrent devant la cellule 001.

– Voilà, dit Gus.

Il ne trouvait pas sa clef. Un gardien lui prêta la sienne. Le nom des Lolness était écrit sur une planchette. Gus entra dans la petite pièce. Il était tout pâle.

Bulle entra derrière lui. Pour l'encourager, elle lui fit une surprenante petite tape dans le dos. Elle savait qu'elle n'avait pas le droit de dire un seul mot.

Gus Alzan était sur ses gardes. Ces deux prisonniers étaient plus précieux que la totalité des neuf cent quatre-vingt-dix-huit autres. Gus avait appris à ne faire confiance à personne dès qu'il entrait dans une cellule. Il ne quittait donc pas Bulle des yeux.

Il aurait mieux fait de se méfier plus tôt. Ainsi, elle n'aurait pas dans sa poche la clef de la cellule 001, qu'elle venait de lui dérober.

Au lieu de cela, il avait pris le temps de la prévenir qu'aucune communication n'était possible avec les deux prisonniers. Il était formel : elle devait tâter les deux crânes en silence et sortir.

C'est exactement ce qu'elle fit.

Il y avait un couple assis sur la banquette. Bulle s'approcha d'eux, ne quittant pas leurs regards effarouchés. Elle posa ses petites mains sur leurs têtes, et fit une très lente caresse. Elle hocha la tête vers Gus Alzan. Le regard de celui-ci s'éclaira, il n'y avait pas de bosse. Il fit passer Bulle devant lui, et tourna le dos aux prisonniers.

Sur le dos du directeur, malgré la pénombre, le couple captif pouvait lire une banderole de soie fine qui disait : « Courage. Votre fils va vous aider. » Bulle, en entrant, l'avait suspendue au seul endroit que Gus ne pouvait surveiller : son propre dos. Elle la détacha discrètement une fois la porte passée.

– Bien, dit-elle en lui tapotant le dos. Je suis rassurée… On va pouvoir passer à l'étape suivante : le pique-nique.

Gus avait l'air satisfait. Il n'avait aucune idée de ce qu'était un pique-nique. Il imaginait une méthode de pédagogie moderne. Bulle lui expliqua.

– Je ne viendrai pas demain. Je serai là le jour suivant. Et j'emmènerai Bernique en pique-nique.

23

LA MOMIE

Quand Bulle expliqua ce qu'était un pique-nique, Gus eut un moment de panique. D'un côté, il ne se voyait pas autorisant sa fille à sortir des limites de la prison. D'un autre, il refusait de faire échouer la méthode Bulle qui avait déjà prouvé son efficacité.

– Je vais vous trouver une jolie petite cellule vide. Vous ferez votre pique-nique au chaud.

– Non, dit Bulle. J'emmène Bernique dehors. Les amis normaux pique-niquent dehors.

C'était impossible. Gus ne pouvait pas laisser partir sa Bernique avec une fille de douze ans qui, une semaine auparavant, lui était encore inconnue. Le pique-nique était prévu le surlendemain, la veille de l'exécution des Lolness à laquelle Jo Mitch venait assister. Il ne pouvait pas prendre un tel risque à ce moment crucial.

Bulle attendait la réponse, impénétrable. Elle ne quittait pas des yeux le directeur. On avait l'impression qu'elle lisait à livre ouvert dans les pensées de cet homme. Elle sentait qu'il doutait. Elle vit même ce doute se creuser lentement.

Gus se demandait tout à coup comment il avait pu mettre sa confiance dans cette petite. Qu'est-ce qu'il savait de cette Bulle ? Rien. Absolument rien. Il était encore temps de tout arrêter. Bulle sentit venir le moment où il allait la renvoyer.

Il fallait agir vite. Elle eut alors une idée terrible.

Un prisonnier était en train de cirer le parquet du bureau du directeur. A quatre pattes sur le sol, exténué, il passait le chiffon à proximité de l'endroit où Bulle se tenait. Il avait les genoux écorchés, à force de se traîner sur le sol. C'était un homme au regard triste, un de ces prisonniers qui n'ont jamais compris pourquoi ils ont atterri là. Ils vivaient tranquillement chez eux, on est venu les chercher un matin, on les a jetés dans un cachot. Et quand ils demandent ce qu'ils ont fait, on leur répond « secret d'État ».

Bulle, avec une fausse discrétion, recula vers le prisonnier. A petits pas innocents, elle s'en approchait. Gus avait remarqué ce manège qu'il surveillait d'un œil. Oui, cette fille l'inquiétait. Quelles étaient ses intentions ?

Alors, d'un coup de talon violent, elle écrasa la main du cireur de parquet.

Ce simple acte de cruauté vint réchauffer le cœur du directeur. Elle était bien l'une des leurs. Une fille qui agissait ainsi ne pouvait pas être complètement mauvaise. Il éclata d'un rire complice et renvoya dans sa cellule le prisonnier qui gémissait.

Bulle ne bougeait pas. Elle avait seulement autour des yeux un fin liséré rouge. On sentait qu'au fond d'elle, la plainte de ce prisonnier laissait comme une crevasse. Bulle crut qu'elle allait défaillir.

– C'est d'accord, lui lança Gus.

Elle chercha à mettre dans sa voix toute la fermeté qui lui restait pour demander qu'on leur prépare un panier de pique-nique. Elle précisa le contenu du panier idéal : rillettes de lépidoptère, éclair au miel, sans oublier le torchon à carreaux rouges et blancs qui devait le recouvrir.

– S'il manque une seule chose, ce ne sera pas un vrai pique-nique, menaça-t-elle en passant la porte pour la dernière fois.

Elle arriva à dix heures du matin le 30 avril. Devant l'entrée de Tomble, la petite Bernique l'attendait avec son panier, sa robe de dentelle, et le chapeau de paille réglementaire. Derrière elle, neuf gardes du corps avaient le même panier, et le même chapeau de paille.

Bulle ne se mit pas en colère. Elle appela Gus et lui demanda ce qu'il comptait faire de ces bonshommes.

– Ils ne vous dérangeront pas. C'est pour la sécurité.

Après bien des négociations, elle fit réduire l'équipe à deux gardiens. Elle eut même la possibilité de les choisir.

Bulle ne prit pas forcément les plus éveillés. L'un avait les cheveux qui lui tombaient devant les yeux comme un rideau. Il s'appelait Minet. L'autre s'appelait Poulp, il avait une bouche plus étalée qu'une ventouse et des petits yeux en cul de mouche.

Gus Alzan les regarda partir tous les quatre.

Bernique donnait la main à son amie.

Il y a quelques jours, cette main qu'elle tenait, Bernique ne l'aurait pas lâchée sans l'écraser ou en ôter quelques ongles. Maintenant, la petite fille semblait sortir d'une vieille gravure, avec son chapeau de paille et son ombrelle.

Gus couvait des yeux sa jeune princesse qui s'éloignait.

Ce tableau champêtre ne demeura pourtant pas longtemps le plus beau souvenir de Gus Alzan.

A six heures de l'après-midi, on l'avertit que quelqu'un demandait à lui parler. C'était Poulp, tout seul, en éclaireur, la ventouse tombante, mort de fatigue.

– Il y a eu un petit problème…

– Bernique ! cria Gus.
– Elle s'est fait un peu mal. Juste un peu.
Gus crut qu'il allait l'enfoncer tel un clou dans l'écorce. Comme vidé de son sang, Gus n'arrivait pas à dire autre chose que :
– Bernique ! Bernique !
– Elle est là-bas, on la répare, dit Poulp.
Gus Alzan ne pouvait plus respirer.
– On la… quoi ?
– On la répare… Elle s'est fait un peu mal.
– Où ?
– Partout.
Poulp aurait eu du mal à faire une liste précise de ce qu'elle avait de cassé. Gus s'époumona :
– Mais elle est où ?
– Près d'un lac.
Poulp se garda bien de lui raconter ce qui était arrivé. Il fit semblant de s'évanouir. Gus lui donna quelques généreuses baffes, mais Poulp se laissait malmener, faisant voler de gauche à droite sa bouche en forme de ventouse. Il préférait ces coups à ceux qu'il aurait reçus si le directeur avait su ce qu'il venait de faire de sa fille.

Ils étaient arrivés au lac vers une heure. Bernique s'était effondrée de fatigue. Elle n'était jamais sortie de Tomble et ses jambes très courtes n'avaient aucune expérience de la marche. En trois heures, ses pieds avaient gonflé comme des soufflés. Ses orteils ressemblaient à des boudins de larve qui lui firent exploser les chaussures.

Pendant qu'elle dormait sur la plage, Bulle et les deux gardiens dévorèrent le pique-nique. Poulp et Minet avaient un appétit de charançons. Ils découvraient l'art du pique-nique. Au dessert, ils grignotèrent les paniers comme des bretzels, et une fois mouchés dans la nappe à carreaux, ils se mirent à bâiller.

Bulle leur conseilla une sieste. Poulp et Minet commencèrent par refuser mais, constatant le profond sommeil de Bernique, ils cédèrent à leur tour. Bulle les accompagna jusqu'à une grotte obscure dont la fraîcheur était propice à la sieste. Elle leur promit que personne ne ferait de mal à Bernique avant qu'elle les rejoigne.

Les deux gardiens s'endormirent paisiblement, la peau du ventre bien tendue.

Ils furent réveillés par des coups.

Des coups dans l'obscurité.

Ou plutôt des coups sur leurs têtes.

Quelqu'un était en train de les assommer à grandes beignes de gourdin. Quelqu'un de qualifié, qui maniait ce gourdin avec une sobre efficacité, répartissant les bosses symétriquement entre les deux crânes. Un vrai petit maître.

Poulp et Minet n'admirèrent pas longtemps son talent. Au bout de quelques secondes, ils étaient debout et donnaient la correction du siècle au manieur de gourdin. Ce qui était étrange, c'est qu'un agresseur de cette trempe semblait désarmé par la riposte. Comme s'il s'était battu toute sa vie contre des poupées inertes.

Quand ils furent assurés de ne laisser qu'un petit tas d'os dans un sac de peau, les deux gardes du corps s'arrêtèrent. Bulle surgit à ce moment-là avec une torche.

– Pourquoi vous avez fait ça ? demanda-t-elle.

– Ben quoi ? dit Minet.

– On se défend..., continua Poulp.

– Qu'est-ce qu'on va dire au directeur ? demanda Bulle.

– Ben quoi ? dit Minet.

– Elle est où Bernique ? s'inquiéta Poulp.

– Elle est là.

Bulle approcha la torche du sol et éclaira ce qui restait de Bernique. Poulp fit un bruit bizarre avec la bouche, et Minet, écartant ses cheveux, montra pour la première fois ses yeux : ils louchaient atrocement.

– C'est nous qui l'a assommée, dit-il.

Bulle paraissait très ennuyée...

– Je vous avais promis que personne ne lui ferait du mal avant qu'elle vous rejoigne... Mais je ne pensais pas que vous...

A peine une heure après le retour de Poulp dans la prison de Tomble, un drôle d'équipage arriva devant la porte. C'était un brancard de brindilles, porté à l'avant par Minet et à l'arrière par Bulle. Sur ce brancard, il y avait un objet curieux, comme une statue de cire couchée.

Gus Alzan se précipita vers Bulle.

– Bernique ! Où est Bernique ?

Bulle, d'un mouvement du menton, indiqua le brancard.

– Elle est là.

Gus se pencha sur la forme blanche qui gisait là. Il pâlissait.

– Quoi ? Mais qu'est-ce qui s'est passé ?

Poulp était apparu derrière Gus. Avec Minet, ils étaient en train de faire tous les clins d'yeux possibles à Bulle pour qu'elle ne dise pas la vérité. Mais avec les yeux en tête d'épingle de l'un, et la mèche-rideau de l'autre, il était impossible de soupçonner leurs grossiers signaux. Bulle resta très vague :

– Elle est tombée. Elle a désobéi et elle est tombée au fond d'un trou.

Minet et Poulp se détendirent.

– Mais où elle est ? hurla le pauvre père.

– Dans la coquille de cire… Il n'y avait pas d'autre moyen pour la réparer. Il faut l'immobiliser trente jours dans cette coquille. J'ai trouvé une éleveuse de cochenilles qui a bien voulu couler Bernique dans la cire. Il faut que les os se ressoudent et que les organes reviennent à leur place.

– On va vous rendre une Bernique toute neuve, ajouta maladroitement Poulp qui reçut immédiatement le poing de Gus sur sa grosse bouche rebondie.

Soulagé d'avoir frappé, Gus détacha sa main de la ventouse et approcha de la forme en cire. Il reconnaissait maintenant la place de la tête, des bras et des jambes. C'était comme une étoile de cire blanche.

– Un mois ! Mais comment elle va manger ?

– Il y a des tubes aux bons endroits. C'est étudié pour. Il faut mettre de la purée d'aubier dans ce tube-là, trois fois par jour.

Gus alla vers ce qui devait être la tête. Très doucement, il fit toc toc avec le doigt. Obtenant pour seule réponse un petit mouvement dans la coquille, il se mit à pleurer.

On fit franchir la porte de Tomble à la Bernique de cire, à Minet et à Poulp. Mais quand Bulle voulut entrer, Gus se retourna violemment vers elle.

– Toi, va au diable ! Ne remets plus les pieds ici.

Bulle resta déconcertée. Pour la première fois, un signe de trouble se lisait sur son visage. Elle dit :

– Mais je dois m'occuper d'elle…

– Disparais de ma vue !

Bulle paraissait vraiment secouée. Elle insista :

– Laissez-moi juste une nuit de plus, vous savez que Bernique…

Bulle allait le convaincre. Il suffisait qu'elle ajoute quelques phrases. Mais Gus Alzan avait déjà crié :

– Qu'on la jette dehors !

Une quinzaine de gardes se précipitèrent pour l'empêcher de passer. Ils la repoussèrent à l'extérieur de la porte d'entrée. Elle ne criait plus assez fort pour que Gus puisse l'entendre.

Trop tard. En un éclair, Bulle était redevenue Elisha et grelottait d'angoisse.

Elle ignorait que le soir même Minet et Poulp seraient livrés aux oiseaux sur une boule de gui. Son sort à elle était loin d'être le plus sinistre.

Pourtant, quand le brancard disparut au sein de la prison de Tomble, elle se retourna, le visage livide, le cœur chahuté, et s'éloigna en courant.

Qui n'a jamais passé une heure dans un sarcophage de cire ne peut imaginer combien Tobie avait chaud.

Il entendait à peine les voix autour de lui. Il s'était senti secoué dans sa coquille mais avait maintenant l'impression que plus rien ne bougeait. Il devait être dans la chambre de Bernique.

Encore quelques bruits, un vague pas qui s'éloignait, et le silence revint.

Il pensait à Elisha qui devait attendre, juste à côté de lui, le moment idéal. Elle le préviendrait par cinq coups lents sur la cire. C'était leur code. A eux deux, ils feraient éclater la coquille.

L'évasion commencerait là, en plein cœur de Tomble.

Le temps passa. La chaleur devenait suffocante. Soudain, des pas assourdis firent vibrer la cire. Quelqu'un entrait dans la chambre. Il entendit un bruit d'aspiration sifflante et reçut une matière chaude qui lui arrivait directement dans la bouche. De la purée. On lui donnait à manger. Il prit tout ce qu'on lui offrait. Il n'avait pas le choix. Ce qu'il n'avalerait pas rentrerait dans son col et, avec la chaleur, transformerait la coquille en cloaque.

Heureusement, le gavage s'arrêta à temps. Nouveaux bruits. Et le silence revint.

Encore une fois, Tobie pensa à Elisha, si près de lui. Elle avait bravé tous les risques, défié la chance.

Depuis une semaine, Tobie se laissait porter par l'intuition d'Elisha.

Pendant les premiers jours, elle avait tourné autour de la prison pour trouver l'angle d'attaque. Sa première chance : la rencontre avec Patate qui lui parla du cas Bernique. Le plan d'Elisha ne tarda pas à éclore derrière son petit front têtu.

Tobie refusa d'abord catégoriquement qu'elle se fasse engager dans la prison. Elle ne pouvait affronter seule tous les dangers pour sauver des parents qui n'étaient même pas les siens, et qu'elle n'avait jamais vus ! Elisha défendit son projet avec passion. L'occasion était trop belle. Il fallait la saisir.

Tobie et Elisha ne fonctionnaient pas de la même manière. Tobie réfléchissait beaucoup, retournait les situations en tous sens, organisait ses plans. Il prenait des risques, mais il avait toujours, en bouée de sauvetage, une panoplie de solutions. Elisha, au contraire, saisissait les occasions, sans trop réfléchir. Elle se jetait à l'eau, toute nue, comme d'habitude.

Quand elle se trouva face à Bernique, les gestes lui vinrent naturellement. Elisha ne lui jeta même pas un coup d'œil, et se dirigea vers l'angle opposé. Elle passa la première journée dans son coin à fabriquer un petit personnage en bois. Un simple petit bonhomme de la taille de son pouce.

Après quelques instants, Bernique ne résista pas à cette indifférence. Elle ramassa une massue qui traînait dans ses jouets et finit par s'approcher.

Elisha ne fit pas le moindre mouvement vers elle, mais elle dit paisiblement :

Je connais des têtes où il n'y aura jamais une seule bosse.

Cette phrase mit Bernique dans tous ses états. Elle se fit d'abord tomber la massue sur le pied et grogna :

– Où ?

– Chez moi, répondit Elisha.

Bernique poussa un mugissement, brandissant le gourdin, prête à écraser la tête d'Elisha et celle du bonhomme en bois. Elisha réussit à murmurer juste à temps :

– Je t'y emmènerai, si tu ne me tapes pas tout de suite.

Bernique s'arrêta.

– Si tu n'assommes personne pendant six jours, je te montrerai les têtes sans bosse.

Ainsi commença le dressage de Bernique. Un simple petit chantage.

Le surlendemain, le 26, Elisha lui répéta la même consigne, mais, le soir, en partant, elle laissa le petit bonhomme en bois dans un coin. Quand elle revint le 28, Elisha trouva le bonhomme éparpillé en mille morceaux. Elle demanda à Bernique :

– Tu as frappé le bonhomme ?

– C'est qui ?

– Le bonhomme !

– C'est quoi son nom ? répéta Bernique.

Elisha hésita et se laissa surprendre par le nom qui lui échappa :

– Lolness…, articula-t-elle. Il s'appelait Lolness.

Pourquoi avait-elle dit ce nom ? Elle n'en avait aucune idée. C'était comme cela. Les gestes et les mots venaient avant les pensées. Mais ils indiquaient toujours le chemin à prendre.

– Lolness, répéta Bernique.

Le soir même, Elisha alla se plaindre auprès de Gus Alzan. Bernique avait assommé Lolness en son absence. Elle parvint ainsi à savoir le lieu exact où les Lolness étaient tenus captifs. Elle put même les voir… Elle qui ne les avait finalement jamais croisés.

Enfin, il y eut l'idée du pique-nique.

Pour obtenir l'autorisation du directeur, Elisha accomplit le pire acte de sa vie. Elle écrasa la main d'un innocent. Dégoûtée de la barbarie de ce geste, elle se forçait à penser aux parents de Tobie, à ces vies qu'elle allait sauver. Oui, c'était une question de vie ou de mort. Mais jusqu'où peut-on aller pour sauver quelqu'un ?

Les nuits suivantes, cette question la réveilla souvent quand elle essayait de dormir.

Bernique, en quittant Tomble dans sa robe de dentelle, avait au cœur la joie d'imaginer mille bosses sur les crânes neufs qu'on lui avait promis. Elle avait supporté la marche dans l'espoir de cette récompense.

Il ne restait, après la sieste de Bernique, qu'à la conduire jusqu'à la grotte, lui livrer dans l'obscurité les crânes de ses gardiens, puis la conduire, assommée à son tour, vers Isha Lee qui l'immobiliserait dans la cire. Écartant les gardiens par pudeur pour cette demoiselle, on glissait Tobie dans la coquille à la place de Bernique. Et le plan était bouclé.

« Oui… Bouclé… », se dit ironiquement Tobie qui respirait de plus en plus mal.

Il pensa à la petite Bernique qui devait attendre dans une autre enveloppe de cire, là-bas, dans la cabane aux cochenilles. La mère d'Elisha allait très bien s'occuper d'elle. On avait dû la mettre dans une coquille échancrée à la hauteur du visage, ce qui était beaucoup plus confortable.

Que faisait Elisha ? Tobie n'en pouvait plus. Il attendait les cinq coups, enfermé dans son boîtier de cire. Il ne percevait plus le moindre son autour de lui. La nuit devait être tombée.

Il se sentait seul, tout d'un coup. Abandonné. Et pourtant, il n'y avait pas un instant à perdre. Le lendemain, à l'aube, ses parents seraient tués.

Elisha ! Pourquoi ne donnait-elle pas le signal ?

Tobie perdit patience. Il se mit à se contorsionner dans la cire pour la faire craquer. Tant pis, il ne tenait plus. Il devait risquer une sortie. Dès son premier mouvement, il comprit à quel piège il était pris.

Il se démenait autant qu'il pouvait mais la cuirasse de cire ne bougeait pas d'un pouce. Tobie avait connu la grotte du lac, mais ce cercueil-ci était bien pire. Il ne pouvait même pas se retourner. Il allait rester là, impuissant, pendant que ses parents passeraient sur l'échafaud. Mourir de chagrin, à petit feu, pendant un mois, abreuvé de purée tiède, noyé dans ses larmes. Petit Tobie vivant, rôti en croûte de cire.

Il était peut-être minuit. Sim et Maïa Lolness devaient croupir dans leur geôle à quelques centimètres de là, comptant les heures avant la mort. Et dans un mois, quand on le sortirait de sa coque puante, Tobie les rejoindrait sûrement, victime du même châtiment.

– Elisha... Elisha... !

Tobie criait maintenant du fond de sa boîte. Il aurait bien tambouriné avec ses poings, mais il n'avait même pas de poings, puisque ses mains avaient été prises dans la cire en position ouverte. Ses pensées devenaient de plus en plus désordonnées. Son cœur s'emballait.

Les questions le bousculaient comme dans un cauchemar : « Pourquoi la mort ? Pourquoi ? Je veux sortir de là ! Quitter l'arbre ! Trouver un monde ailleurs ! Où vont les bâtons qu'on jette au bout d'une branche ? Je veux retrouver mes poings, mes forces ! Mes poings ! Où vont mes poings quand les doigts se tendent ? Elisha ! Dans quel camp tu es si tu m'abandonnes ? Et Léo ! Pourquoi les amis ne sont pas pour la vie ? »

Rien ne pouvait arrêter cette spirale infernale.

Rien ?

Il entendit un premier petit coup, puis un second. On frappait tout doucement sur son cercueil.

24

ENVOLÉ

Elisha pleurait près du feu.

Isha Lee avait vu sa fille revenir en pleine détresse. Elisha n'était plus ce vaillant petit soldat qu'elle regardait partir tous les matins. Elle ressemblait plus que jamais à une petite fille de douze ans qui voit tomber l'espoir qu'elle a lentement bâti.

Isha mit une couverture grise sur les épaules d'Elisha. Même les flammes ne suffisaient pas à rendre ses couleurs à cette petite silhouette.

Personne n'avait jamais vu une hirondelle à l'arrêt, mais elles devaient être un peu comme cela quand elles ne pouvaient plus voler : coupées dans leur élan, désorientées, leur visage plat cherchant une échappée.

Elisha n'avait pas pu franchir la porte de Tomble avec Tobie. Et c'était suffisant pour que leur plan s'écroule.

Tous leurs projets nécessitaient d'être deux à l'intérieur de la forteresse. Une fois la coque brisée, Elisha devait attirer les gardiens en criant que Bernique avait disparu. Tobie aurait profité du désordre pour filer vers le quartier de sécurité avec la clef.

Pour la suite, Tobie avait son plan secret.

La seule chose qu'Elisha savait, c'est que le lendemain, après le scandale de l'évasion des Lolness, on aurait dû trouver la vraie Bernique devant la porte de la prison. On ne s'étonnerait pas de cette ultime bizarrerie de la part de la petite peste. On ne ferait sûrement pas le rapport avec l'évasion de Sim et Maïa. Elisha ne serait donc même pas soupçonnée. Elle prendrait congé après quelques jours de bons et loyaux services.

C'était leur plan. Mais sans Elisha, plus rien ne tenait.

L'épaisse couche de cire ne pouvait être brisée par une seule personne. Le problème commencerait là, elle le savait. Elle se sentait terriblement coupable de cet abandon. Elle n'avait pourtant pas fait la moindre erreur.

Elisha regardait maintenant les flammes dans sa maison. C'est tout ce qui lui restait à faire. Elle les avait tant de fois observées, son épaule contre celle de Tobie. Dans des campements sauvages, aux confins des Basses-Branches, ou dans la grotte du lac, la vision du feu faisait toujours naître le même émerveillement. D'où venait cette force qui soulevait ces drapeaux d'or ? Quel souffle invisible, quel bras agitait tous ces fanions en flammes ?

Le feu était un mystère qui tracassait Elisha.

Isha servit un bol de tisane à sa fille, enveloppée dans sa couverture gris hirondelle. Elle avait posé le bol sur un plateau avec une bougie. « Encore du feu », se dit Elisha. Elle fixa des yeux la bougie. Ses paupières s'ouvrirent en grand.

Elle semblait hypnotisée.

– Ça ne va pas, Elisha ? demanda sa mère.

Elisha ne quittait pas la bougie des yeux. Isha lui prit la main.

– Ça ne va pas ?

Elisha dit d'une voix blanche :

– Regarde. La bougie. Elle fond.

Isha regarda sa pauvre fille. Elle ne tournait plus rond.

Mais quand peu à peu les yeux d'Elisha se détachèrent de la flamme, c'est un regard plus calme qu'elle posa sur sa mère.

Rien n'était perdu. Tobie pouvait s'en sortir.

Bernique avait peur du noir. Sa chambre était toujours éclairée par des flambeaux. Ce soir-là, une fois posée la coquille de cire dans la chambre, son père avait donc tout illuminé, comme d'habitude. Des torches reposaient même aux quatre coins du lit, ce qui donnait un air funèbre à la momie de cire.

Le tube d'alimentation de la coquille montait à la hauteur des flammes. Les coups légers que Tobie entendit n'étaient frappés par personne. Ils venaient simplement des gouttelettes de cire fondue qui tombaient, une à une, sur la coque. Tobie attendait cinq coups mais il y en eut beaucoup plus. Toute sa boîte était en train de fondre dans l'ambiance surchauffée de la pièce. Le mince ruisseau de cire dégoulinait ensuite sur le drap du lit.

Tobie n'avait encore rien compris de ce qui se passait, et la chaleur le mettait dans une agitation toujours plus grande. Il se sentait poisseux. Il ne savait pas que d'une minute à l'autre, la couche de cire serait assez fine pour qu'il la brise.

Il ne savait pas que dans quelques instants il serait à l'air libre.

Mais rien n'est jamais vraiment simple.

En même temps que la fonte de la cire délivrait lentement Tobie, elle venait imbiber le drap qui était sous lui. Comment appelle-t-on un tissu gorgé de cire ? Une torche. Ce qui était en train de se fabriquer sous le corps de Tobie, c'était une torche géante, prête à s'enflammer.

Tout arriva d'un seul coup. Tobie fit exploser la dernière couche de cire à l'instant où son lit prenait feu. On aurait dit une grillade rebelle qui refuse la fatalité et se dresse brutalement dans les flammes. Il fit un bond et jaillit à l'autre bout de la pièce.

Le feu !

La porte était ouverte. Tobie se précipita dehors. Suivant les indications que lui avait données Elisha, il fila directement vers la cellule 001 pour en sortir ses parents. L'alerte n'avait pas encore été donnée. Un croissant de lune le veillait de sa lumière idéale, ni trop forte ni trop voilée.

Sous les pieds de Tobie luisait, comme une peinture de guerre, la ligne bleue dessinée par Elisha.

A un croisement, il entendit une faible lamentation juste à côté de lui. Il s'arrêta brusquement. C'était le genre de plainte qui l'attrapait au cœur, un couinement de tristesse. En s'approchant, il découvrit un prisonnier dans une petite cage.

L'homme avait le regard embué. Il soufflait doucement sur sa main en gémissant. On voyait une blessure sur le dos de cette main, comme si quelqu'un l'avait écrasée du pied.

Elisha n'avait pas raconté à Tobie l'épisode de la main piétinée. Elle savait qu'il en endosserait toute la culpabilité. Elle avait préféré se taire.

Voyant Tobie, l'homme se recroquevilla au fond de sa cage.

Alors Tobie pensa au feu. Ils étaient mille comme celui-ci dans la prison de Tomble. Des centaines d'innocents et quelques petits voyous inconscients. Ils allaient être brûlés vifs.

La boule de gui risquait de se transformer en une boule de feu. Fallait-il condamner au bûcher mille prisonniers pour en sauver deux ?

Tobie donna un coup dans la serrure de la cage. Elle était bien solide. Il secoua la grille autant qu'il pouvait sous les yeux horrifiés du prisonnier qui devait croire à l'une de ces visites nocturnes où des gardiens s'introduisaient dans leurs geôles pour les maltraiter. Tobie se projeta contre la porte. Rien ne bougeait.

Il entendit alors une cavalcade qui approchait. La branche de gui était étroite. On allait sûrement le surprendre.

Il se tapit, le dos contre les barreaux de la cellule. Un peloton de cinq ou six gardiens passa. Ils ne le virent même pas. Ils couraient vers le centre de Tomble où la lueur rouge de l'incendie brillait dans la nuit.

Tobie recommençait à respirer. Il avait toujours le dos contre la cage. On ne l'avait pas remarqué. Il pouvait prendre le temps de réfléchir.

Avec la violence d'un fouet, une main surgit de derrière lui, et passa sous sa gorge. Le prisonnier avait passé ses bras entre les barreaux et le tenait étranglé. La main sanguinolente de l'homme allait le tuer d'une minute à l'autre.

– Le feu…, dit le prisonnier. Je sens le feu. On va tous crever. Je connais le plan final. Il y aura quand même un gardien qui mourra avec nous !

Tobie ne pouvait dire un mot. La gorge écrasée, il ne laissait échapper qu'un râle inaudible. Ce prisonnier croyait qu'il était un gardien… Comment lui dire qu'il était dans son camp ? Il allait mourir étranglé par un détenu ami. D'un geste désespéré Tobie sortit de sa poche la grosse clef de la cellule 001 et la jeta un peu plus loin. La pression du prisonnier se desserra un peu sur le cou de Tobie, mais il ne pouvait toujours pas émettre un son.

En lançant la clef, il s'était rendu indispensable à son agresseur. Elle ressemblait à toutes les clefs de la prison, elle devait ouvrir cette cellule aussi. Si le prisonnier voulait sortir, il lui fallait un Tobie vivant pour lui apporter la clef qui brillait sous la lune à trois pas de la cage.

Cette fois l'étreinte lui laissa assez de mou pour prendre une grande respiration. Après quelques secondes, Tobie put articuler :

– Je suis avec vous. Je viens délivrer des prisonniers.

L'homme répéta :

– Je connais le plan final. Je faisais le ménage chez Alzan. J'ai tout entendu. N'essaie pas de me rouler.

C'était la deuxième fois qu'il parlait de ce plan final. Tobie essaya de parler calmement :

– Je ne connais pas le plan final. Je ne sais pas ce que c'est. J'organise l'évasion de mes parents.

La main se détendit un peu plus au creux de sa gorge.

– Tes parents ?

– Les Lolness. Sim et Maïa Lolness.

L'homme recula. Tobie était libre.

– Tu es le fils Lolness ?

– Oui, dit Tobie en se retournant. Vous connaissez mes parents ?

– J'en ai entendu parler...

Il y eut un moment de silence. L'homme avait baissé les yeux. Tobie courut chercher la clef et revint vers la porte.

– Je ne pense pas que ce soit la bonne clef. Toutes les serrures sont différentes. Qu'est-ce que c'est, ce plan final ?

Tobie tournait frénétiquement la clef dans la serrure.

– S'il y a un incendie, répondit l'homme, ils abandonneront tous les prisonniers. Ils laisseront Tomble dans les flammes. Mais, je dois te dire quelque chose, petit...

– Et l'arbre ? Si le feu se propage à l'arbre ?

– Il ne se propagera pas. Écoute-moi...

Tobie sortit la clef de la serrure.

Ce n'était pas la bonne. La porte restait désespérément fermée.

– Je suis désolé, dit Tobie... Je n'y arrive pas. Pourquoi dites-vous que le feu ne se propagera pas ?

Après un bref silence, le prisonnier déclara d'une voix qui ne tremblait pas :

– Si le feu ne s'arrête pas, ils ont l'ordre de couper l'attache de notre boule de gui.

Tobie avait remis la clef dans sa poche. Son cerveau bien oxygéné reprenait sa vitesse de pointe.

– Est-ce qu'il y a une réserve d'eau dans la prison ?

– Les prisonniers ne boivent que l'eau de pluie qui coule sur l'écorce. Mais il y a une citerne au-dessus de la maison d'Alzan.

Tobie courait déjà vers le cœur de Tomble. Il n'allait plus vers la cellule 001.

– Attends ! cria l'homme.

Mais Tobie avait disparu.

La maison d'Alzan était désertée. Dans le nœud central, il n'y avait plus un seul gardien. On avait même réussi à emmener le directeur qui s'était à moitié asphyxié en s'aventurant par trois fois pour tenter de sauver sa diablesse de fille.

Gus Alzan, cette crapule, ce bourreau qui avait tout d'un assassin, était un père courageux, fou d'amour pour sa fille. Le mystère de l'amour paternel avait révélé l'autre visage du directeur. Il était revenu bredouille, toussant entre ses sanglots, et aveuglé par la fumée.

Tobie ne mit pas longtemps à trouver la citerne. Elle était énorme. Elle était prévue pour alimenter toute la prison, mais Gus avait décrété que les prisonniers pouvaient se contenter du ruissellement de l'eau sur le sol souillé de leurs cachots.

Tobie, d'un coup de pied, fit sauter le premier bouchon de la réserve. Puis les autres. L'eau coulait en torrent. Tobie resta perché au-dessus. Quand ce flot toucha les premières flammes, un grand sifflement se fit entendre, dégageant une épaisse fumée. La vapeur d'eau s'étala par flaques de brouillard dans toute la prison. Le feu semblait déjà se calmer mais le vacarme était assourdissant. Les cris des prisonniers toujours captifs se mêlaient au désordre.

Tobie trouva un moyen de rejoindre le chemin qui menait au quartier de sécurité. Malgré la brume épaisse, il reconnut la cellule du prisonnier à la main blessée.

Tobie lui cria :

– L'incendie va s'arrêter. Je ne peux pas faire plus. Je vais m'occuper de mes parents ! Adieu !

– Attends… Depuis que je t'ai reconnu, je cherche à te dire quelque chose… Tes parents…

Tobie n'entendit pas la fin de la phrase. Les autres prisonniers vociféraient dans tous les sens.

– Quoi ? demanda Tobie.

L'homme répéta en criant. Cette fois, Tobie avait bien entendu, mais il ne pouvait pas mener ces mots jusqu'à son esprit. Chaque atome de son corps freinait leur course pour qu'ils n'atteignent pas le cœur de Tobie. L'homme les prononça pourtant une dernière fois, et leurs pointes allèrent se ficher au fond des entrailles de Tobie.

– Tes parents sont déjà morts.

Voilà ce qu'il répétait.

Tobie s'approcha du prisonnier.

Il avait les bras le long du corps. Il n'entendait plus la cohue. Il n'entendait que la voix brisée de cet homme qui continuait à raconter :

– Tes parents ont été exécutés pendant l'hiver. J'ai entendu Mitch et Alzan en parler. Ils ont fait croire qu'ils étaient à Tomble pour t'attirer ici et pouvoir t'attraper. Méfie-toi de tout le monde. Pars. Ils te veulent. Ils ne veulent plus que toi.

Tobie recula violemment. Le prisonnier ajouta :

– Ils engagent les pires vauriens pour t'avoir.

Il montra sa main sanguinolente.

– Il y a une gamine qui s'appelle Bulle… Elle a été capable de m'écraser la main avec le talon. Elle l'a fait froidement, sans raison…

Tobie hurla :

– Menteur ! Vous mentez tous ! Vous mentez !

Et il s'enfuit dans la lourde fumée blanche.

Envolé

271

Il se répétait : « Elisha les a vus. Elisha les a vus. » Il marchait dans le brouillard comme dans une forêt de lichen. « Elisha m'a dit qu'elle les a vus. Elle les a touchés. » Il comptait à rebours les cellules du quartier de sécurité. 009... 008...

« Mais Elisha a écrasé la main de cet homme. Comment le croire ? Qui est capable de faire ça ? »

Il était ruisselant de larmes et de sueur. Sa vue se brouillait. 004... 003... 002...

Tobie s'arrêta devant la cellule 001. Il prit à nouveau la clef dans ses mains. Il l'approcha de la serrure. Au loin, les éclats de voix étaient assourdis par la vapeur de l'air. Il enfonça la clef mais, avant même de tourner, la porte s'entrouvrit. La cellule n'était pas fermée. Il poussa la porte d'un coup d'épaule.

Assis sur le banc, dans la lumière pâle d'une lampe à huile, un couple lui tournait le dos. Ils étaient enchaînés. Vivants ! Des larmes noyaient la gorge de Tobie. Il marcha vers les deux silhouettes.

Il ne remarqua même pas le personnage qui, sortant de l'ombre, lui bondit dessus et le plaqua au sol.

Mais maintenant, à un pas de ses parents, rien ne pouvait plus l'arrêter. Un délire de violence s'empara de lui. En quelques dixièmes de seconde, il avait retourné la situation, et s'apprêtait avec ses petites forces de treize ans à faire exploser la tête de son adversaire qu'il tenait par les cheveux au-dessus du sol.

– Tobie...

L'homme l'avait appelé par son nom. Tobie déplaça le visage du type vers la lumière.

– Lex...

C'était Lex Olmech. Le fils des meuniers des Basses-Branches. Tobie ne comprenait plus rien. Mais il resserra son étreinte.

– Tu travailles aussi pour ces ordures ? Comme tes parents ?

– Non, répondit Lex. Je ne travaille pour personne. Je sais ce que mes parents t'ont fait. J'ai honte d'eux. Mais je suis leur fils et je dois les délivrer.

– Les délivrer ?
– Ça fait sept mois qu'ils sont prisonniers. A cause de l'affaire du moulin... Ils vont en mourir. Depuis sept mois, je prépare l'évasion. Je suis tout près d'y arriver. Laisse-moi finir.

Tobie réalisa qu'en sept jours, il en était arrivé au même point. Dans cette petite cellule au bout de cette forteresse imprenable.

– Où sont-ils ? Qu'est-ce que tu fais dans ce cachot ?
– Ils sont là, dit Lex.

Sur le banc, l'homme et la femme tournèrent la tête vers eux. C'étaient les Olmech. Ou ce qui en restait.

Deux visages osseux à la peau transparente, rongés par la faim, la peur et le remords.

Tobie lâcha la tête de Lex et retomba le long du mur du cachot. Après un long silence, on entendit sa voix éteinte :

– Et mes parents ? Où sont mes parents ?

Personne n'osait répondre.

– Ils s'appellent Sim et Maïa Lolness, articula Tobie. Mes parents... Mon père est assez grand, il a un rire qui fait des étincelles... Ma tête entière tient dans ses mains. Une nuit il m'a donné une étoile. Elle s'appelle Altaïr.

– On les connaît, Tobie, dit doucement M. Olmech.

Tobie ne savait plus ce qu'il disait :

– Ma mère est plus petite. Elle sent le pain de feuille frotté au pollen. Ma mère chante seulement quand elle est seule. Mais vous pouvez l'entendre quand vous dites « je vais faire un tour ! » et que vous restez, l'oreille collée sur la porte... Elle chante...

De grosses larmes coulaient sur ses joues.

– Mes parents sont deux. On les reconnaît quand ils se regardent l'un l'autre. On les reconnaît parmi des milliers...

Mme Olmech murmura :

– Je vais te dire... Depuis le début, on nous fait passer pour eux. Ils ont mis une pancarte Lolness sur la porte. Mais je crois, mon petit Tobie... je crois...

Sa voix avait gagné en humanité. L'épreuve l'avait rabotée, ne laissant que le fil tendu de la vérité. Elle prit une grande respiration.

– Je crois que tu ne dois plus chercher tes parents.

Tobie sortit de la cellule.

En passant, il jeta la clef à Lex. C'était aussi la clef des chaînes qui retenaient les parents Olmech. Lex avait réussi à faire sauter la porte avec un bâton, mais les fers lui avaient résisté. Il remercia Tobie et se précipita pour libérer ses parents.

Tobie marchait sur l'allée brillante de rosée. La vapeur se dissipait, révélant le jour qui se levait. Par vagues orange et rouges, une douce lumière roulait sur les feuilles de gui.

Les levers de soleil devraient être interdits aux cœurs tristes.

A chaque pas, Tobie se persuadait que le bout de ce rameau de gui ressemblait au bout de sa vie.

C'était, au fond de lui, une de ces peines qui ne laissent aucun espoir de consolation. Ses parents étaient morts, et la seule lueur, le seul fragment de vie qui pouvait lui rester, Elisha l'avait trahi deux fois au moins. Elle lui avait fait croire que ses parents vivaient. Elle l'avait ensuite abandonné seul dans ce cercueil de cire. Et la cruauté de cette main écrasée... C'était trop de signes contre elle.

Tobie suffoquait de tristesse. Elisha... Son dernier lien avec la vie s'était rompu.

Alors il entendit l'oiseau.

S'il n'avait pas entendu ce criaillement au-dessus de lui, tout se serait peut-être passé autrement. Il avança jusqu'au bord de la boule de gui et déboucha sur un grand fruit translucide, large comme une lune rosie par l'aurore. L'oiseau s'approchait. Tobie le regarda faire ses acrobaties dans l'air. C'était une fauvette, l'oiseau qui passionnait son père.

Tobie avait toujours eu peur des oiseaux. Le seul ouvrage qu'il n'était pas capable d'ouvrir était celui de son père sur la fauvette à béret. Un petit livre plein d'images effrayantes.

Mais Tobie, ce petit matin-là, n'avait plus peur de rien. Il resta debout devant le fruit bien mûr. Puis, comme un ver, il plongea en entier dans la baie blanche dont la pulpe était tendre. Avec ses deux bras, il put s'agripper à une sorte de noyau allongé qu'il trouva au milieu.

Il resta là, recroquevillé dans le ventre de ce fruit. C'est là qu'il fit ses adieux au monde.

La minute d'après, sans même se poser, la fauvette arracha le fruit laiteux.

25

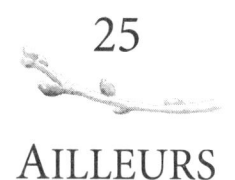

AILLEURS

Quand le professeur Lolness était enfant, il y avait dans sa région des Rameaux du Nord une vieille boule de gui abandonnée qu'on appelait Saïpur. Longtemps auparavant, on y avait construit une petite auberge. Les gens des branches voisines venaient y passer de courtes vacances, parce qu'on disait que l'air était plus pur, à Saïpur.

Un accident obligea brutalement les touristes à déserter ce lieu. C'était un terrible fait divers. Une fauvette avait avalé une famille entière : les Astona et leurs deux enfants.

L'auberge de Saïpur ferma. On pleura beaucoup. Mais on retrouva quelques jours plus tard la famille Astona au complet, saine et sauve, à l'autre bout de l'arbre. Personne ne sut jamais ce qui leur était arrivé. Eux-mêmes ne se souvenaient de rien.

Saïpur tomba malgré tout dans l'oubli.

Le petit Sim Lolness n'aimait pas trop l'aventure. Son ami, Zef Clarac, non plus. Mais il y avait un troisième larron dans la bande : El Blue, le père de Léo. Celui-ci, à neuf ans à peine, sautait sur toutes les occasions de risquer sa vie. Il avait donc entraîné Zef et Sim dans le labyrinthe de Saïpur qui devint leur domaine.

Il faut imaginer les trois jeunes garçons passant leurs dimanches dans la boule de gui, alors que leurs parents les croyaient chez un vieux professeur qui les aidait à faire leurs devoirs. Le soir quand ils rentraient, ils montraient tous les trois leurs cahiers noircis d'une fine écriture.

Le travail était parfaitement fait. Le professeur Biquefort devait être un merveilleux pédagogue.

Le jeune Zef parlait longuement à ses parents de ce vieux Biquefort qui lissait sa moustache entre ses doigts et les appelait par leur nom de famille : Clarac, Blue et Lolness. Depuis qu'il était à la retraite, racontait Zef, tout le plaisir de Biquefort était d'aider les enfants à progresser. Il n'avait qu'une seule règle : il ne voulait pas entendre parler des parents. Zef imitait la grosse voix de Biquefort : « Des parents, j'en ai trop vu dans ma vie. Si j'en vois un seul, j'en fais du pâté. » Les parents Clarac tremblaient en entendant ces mots. Zef savait déjà impressionner son public.

Beaucoup de candidats voulurent confier leurs enfants aux dimanches de Biquefort. Mais les trois garçons expliquaient à regret que le vieil homme ne prenait plus de nouveaux élèves.

Arrivés à Saïpur chaque dimanche, à neuf heures, Clarac et Blue donnaient leurs cahiers à Sim, qui, en une petite heure à peine, faisait sur ses genoux les devoirs des trois.

Il n'y avait jamais eu dans l'arbre le moindre professeur Biquefort.

A dix heures, le travail était achevé. La journée leur appartenait.

Clarac rêvassait, Blue jouait avec son boomerang, et Sim observait le monde, progressant pas à pas sur ses dossiers en cours.

Parfois, El Blue emmenait ses deux amis regarder les oiseaux gigantesques qui dévoraient les fruits du gui. Sim et Zef se tenaient à distance. Sim découvrit la fauvette à cette occasion. Cet oiseau a sur la tête une tache noire qui ressemble à un béret.

C'est donc pendant les dimanches de Biquefort que Sim écrivit, à l'âge de neuf ans et demi, un petit texte illustré sur la fauvette à béret. Il conserva toujours ce premier ouvrage, et adopta à jamais le béret comme couvre-chef.

Les fauvettes, beaucoup plus petites que les grives, n'avalaient jamais les fruits sur place. Elles les prenaient dans leur bec et disparaissaient. Tout le travail de Sim consista à réfléchir à ce que les fauvettes faisaient des fruits qu'elles emportaient.

Ainsi comprendrait-il peut-être le mystère de la famille Astona...

Il lui fallut plusieurs dimanches pour oser s'approcher d'une de ces grosses sphères blanches et prendre les mesures indispensables.

Après bien des calculs, une conclusion s'imposa. La fauvette à béret aurait été incapable de manger le fruit en entier. La taille du bec ne permettait pas d'avaler la partie dure du fruit, ce noyau allongé qui était au centre, enveloppé de chair tendre. Cette constatation fit beaucoup réfléchir le chercheur en herbe.

A l'époque, déjà, l'obsession de Sim était de savoir s'il y avait une vie en dehors de l'arbre. Or, pour grignoter habilement le fruit sans avaler le noyau, il fallait que la fauvette se pose. Et puisque Sim ne voyait jamais de fauvettes perchées dans l'arbre, où se posaient-elles ?

C'est durant les dimanches de Biquefort que Sim mit en place sa théorie du perchoir. Comme il n'osait pas encore dire qu'il y avait peut-être d'autres arbres, il parlait de perchoirs.

En conclusion de son livre sur la fauvette à béret, il disait que, quelque part dans l'univers, en dehors de l'arbre, il existait d'autres perchoirs. « Qui sait à quoi ils ressemblent ? Ce sont d'autres territoires, où les fauvettes se posent, raclent les baies du gui, et abandonnent les noyaux... »

Deux ans plus tard, au creux de l'hiver, la boule de gui de Saïpur tomba. C'était un 31 décembre à minuit. On décida alors, face au danger, de couper toutes les autres boules de gui de l'arbre. Seule demeura Tomble qui fut aménagée en prison.

Le dimanche suivant, quand El Blue, Zef Clarac et Sim Lolness découvrirent que leur petit monde s'était évanoui, ils rentrèrent en pleurant chez eux et annoncèrent partout que le professeur Biquefort était mort.

Tobie n'avait jamais lu l'étude de son père sur la fauvette à béret. Si bien qu'en s'embarquant dans le bec, accroché au noyau de la baie, il se pensait promis à la mort. Et c'était un soulagement.

Le fruit du gui est une baie blanche. Mais c'est une baie vitrée. De tous côtés la lumière jaillit. Le spectacle aérien que Tobie découvrit devait être l'antichambre du ciel. Ce fut pour lui une expérience limite, une vision nouvelle du monde. Tout à coup, au cœur de cette baie vitrée, il voyait la vie de plus haut. Et tout lui paraissait plus ample, plus lumineux.

Il y avait, au-dessus, la pureté violette du ciel, traversée de nuages bleu nuit. Et en dessous, un monde horizontal, sans fin, dont il ne garda qu'un souvenir en vert et brun, une sorte de rêve d'immensité.

Comme si l'arbre était posé sur un autre arbre, infiniment plus grand.

Tobie serrait le noyau dans ses bras. Autour de lui tournoyait le paysage au rythme du battement d'ailes de la fauvette. Il se sentait partir, de moins en moins conscient de son corps. Combien de temps dura ce vol ? Peut-être une éternité. Il s'acheva par quelques boucles virevoltantes où Tobie perdit entièrement la notion des choses.

… Une chanson.
Une petite chanson sans paroles.
Cinq ou six notes qui revenaient, chantées par une femme.
Et puis la chaleur. Un bain de chaleur et d'humidité.

Tobie ouvrit les yeux.

A quelques pas, un peu plus loin, il y avait une femme en train de recoudre une chemise. Tobie reconnut sa chemise de toile. Il était torse nu dans la boue. Il essaya de prendre appui sur ses mains pour se redresser, mais ses poignets étaient attachés ensemble. Ses chevilles ne répondaient pas non plus.

Il appela.

La femme arrêta sa chanson et tourna la tête vers lui. Le visage de cette femme fit tressaillir Tobie. Elle avait des traits étranges et familiers à la fois. Elle sourit paisiblement. Puis, baissant les yeux, elle reprit son petit air répétitif. Tobie laissa ces notes calmer sa peur.

Il regarda autour de lui. Le paysage ne ressemblait à rien qu'il connaissait. Une forêt verte, plus haute que toutes les forêts de l'arbre. Ce n'était pas un bosquet de mousse, c'était une forêt cent fois plus haute et chaque tige d'herbe effilée semblait monter jusqu'au ciel. La lumière circulait dans cette jungle dont les sommets ondulaient au vent.

Que faisait-il là ?

Il mit au clair ses derniers souvenirs. L'arbre, l'oiseau, le ciel… C'était comme un rêve. Et maintenant… D'un côté la douceur de cette voix, de l'autre ses mains ficelées.

On croit être sorti de la vie, une fois pour toutes, mais c'est toujours aussi compliqué.

Il appela une nouvelle fois :

– Qui êtes-vous ?

La femme le regarda. Elle continuait sa chanson. Puis après une dernière note brève, elle dit :

– Ils vont revenir. Le soleil est mou. Ils reviendront au soleil dur. Je te garde. Je fais la couture sur ton sac.

Tobie écarquilla les yeux.

– Ce n'est pas mon sac. C'est ma chemise.

– Chemise…, répéta la femme en souriant, et elle se reprit à chanter.

La femme avait un vêtement bizarre. Elle portait juste une toile courte d'un rouge vif autour du corps. Elle paraissait assez jeune, mais Tobie n'aurait pu dire son âge à dix ans près. Peut-être qu'elle avait vingt ans. Peut-être le double. Ses yeux se terminaient en fentes sur les tempes. Des yeux allongés comme une lumière sous la porte.

La chanson n'était plus la même. C'était un air déchirant. Il n'y avait toujours pas de paroles. Pourtant, Tobie comprenait chaque note qui semblait vouloir lui rappeler qu'il n'avait pas quitté le monde. Une telle nostalgie ne pouvait exister en dehors de la vie.

Et toute cette vie retomba sur lui. Elle avait le poids d'une vieille armoire, le goût amer des punaises écrasées. La mort de ses parents, la trahison d'Elisha… Il retrouva le chagrin comme il l'avait laissé. Ses larmes n'avaient pas non plus changé de goût.

– Alors, je suis en vie… ? demanda-t-il.

La femme ne l'entendit même pas. Il se rendormit.

Quand il se réveilla, il faisait encore grand jour. Un chœur de cent personnes murmuraient autour de lui. Il ouvrit les yeux et le silence vint.

Des hommes, des femmes, des enfants, qui le regardaient, silencieusement. Eux aussi étaient habillés de teintes lumineuses. Les tissus étaient plus ou moins larges, plus ou moins usés, mais toujours vifs et comme juste sortis de bassines de couleurs. Un petit garçon vêtu d'une ceinture jaune s'était hissé au-dessus du groupe sur une tige d'herbe. Un homme âgé dont la cape descendait jusqu'aux chevilles dit aux autres :

– Ils envoient des soldats avec très peu de lin.

Tous les visages rayonnaient d'une grande compassion. Ils regardaient Tobie comme un enfant malade ou condamné.

– Il faut garder notre cœur dur. L'herbe est fragile. Elle est couchée par le vent. Elle brûle sous la neige.

Tobie écoutait ces mots incompréhensibles. Il savait seulement, au regard de tous ces visages penchés sur lui, qu'on ne lui ferait pas de mal. Ce monde dans lequel il s'était posé semblait ignorer la violence. La femme qui rapiéçait sa chemise fredonnait toujours sa douce plainte. Tous ces yeux dirigés vers Tobie le soulevaient presque du sol.

Certains répétaient :

– Il faut garder notre cœur dur.

Mais ils gardaient leurs regards tendres et leurs paisibles postures. L'enfant sur son brin d'herbe se laissa lentement glisser jusqu'au sol.

Alors le silence revint, et le vieil homme en bleu dit à Tobie :

– Tu vas retourner là-bas, Petit Arbre.

Tobie sentit ses yeux tourner sur eux-mêmes, sa langue se plaquer au fond de sa bouche. Quand il retrouva la force de parler, il dit :

– Retourner… ?

Comment le destin pouvait-il s'acharner ainsi ?

– Oui, Petit Arbre. L'herbe est fragile, et tu dois partir. Ton peuple a enlevé neuf d'entre nous, cette nuit. Douze autres, à la dernière neige. Une femme, il y a trois nuits. Ton peuple a tué une femme qui ramassait un peu de bois sur l'écorce du tronc, à la frontière…

Tobie se raidit encore une fois par terre. L'homme continuait :

– Si ton peuple ne connaît que le langage des morts, nous apprendrons cette langue triste.

Tobie tenta de redresser son visage pour hurler :

– Mon peuple ! Mon peuple me poursuit, mon peuple a tué mon père et ma mère, mon peuple m'a arraché mes amis, il m'a couvert de sa haine ! Et maintenant, je paye pour lui ?

Il se contorsionnait dans tous les sens, roulant dans la terre grasse qu'il n'avait jamais sentie ainsi contre lui. Enfin, il retomba, épuisé. Sa voix n'était plus qu'un souffle.

– Tuez-moi. Sinon ils m'auront, comme vous… Je viens de nulle part. Je n'ai personne. Je veux m'arrêter là. Tuez-moi !

– Tu as le petit éclair dans l'œil, Petit Arbre… Je sais que tu as souffert, dit l'homme à la cape bleue, la gorge nouée.

Une brume de tristesse couvrait tous les visages. L'éclair dans l'œil, cette trace infime sur la prunelle, était le signe de ceux qui avaient perdu leurs parents. Seul ce peuple sauvage savait déceler cette cicatrice du chagrin.

En moins d'un instant, ils se volatilisèrent dans la forêt d'herbe verte.

Tobie resta seul. Il ne bougeait pas. Il était couvert de boue. Dans l'arbre, la terre était une poudre rare qu'apportait le vent. On la recueillait dans les creux d'écorce. On en faisait des petits jardins, ou des teintures. Mais ici… Où donc pouvait-il se trouver, pour qu'il y ait toute cette terre autour de lui ?

Tobie entendit un petit sifflement, et un bruissement sur le côté. Le petit garçon habillé d'une bande de tissu jaune apparut entre deux tiges. Il s'approcha de Tobie qui lui demanda, les yeux mi-clos :

– Où on est ? Dis-moi où on est dans l'arbre… Pourquoi ils parlent d'un éclair dans l'œil ?

Le petit garçon ne répondit pas. Il se pencha au-dessus de lui. Avec le doigt, il retira la boue qui entourait les yeux de Tobie. Il devait avoir sept ans. Il avait un visage lunaire sous des cheveux en broussailles. Une couche de terre lui faisait comme des chaussettes, et tout son corps était d'un brun très clair.

– Tu veux savoir où est ton arbre ? Regarde…

Tête de Lune tapa dans ses mains. Une ombre énorme vint sur eux. Tobie resta envoûté. Le petit garçon se mit à rire.

– Qu'est-ce que c'est ? demanda Tobie.

– C'est ton arbre.

L'enfant rit de plus belle devant la mine de Tobie, et il le rassura :

– C'est l'ombre de l'arbre. Je sais quand elle se pose sur l'herbe, le soir. Je sens, juste avant, un soupir froid derrière mes oreilles.

– L'ombre de l'arbre ?

Dans ce monde où l'oiseau l'avait déposé, l'arbre n'était qu'une ombre qui se posait sur l'herbe, avant la nuit. L'arbre n'était qu'une planète lointaine qui éclipsait le soleil vers le couchant. Quand on s'en approchait trop, pour ramasser un peu de bois ou chasser les termites, on risquait d'être emporté.

L'arbre était une planète interdite à ce peuple de l'herbe. Ils vivaient là, pacifiques, dans la rigueur de la prairie, dormaient où ils pouvaient, dans des abris de fortune promis à la destruction aux premières intempéries. Oui, l'herbe était fragile, couchée par les tempêtes, brûlée par la neige, noyée par les pluies.

C'était un peuple nomade, tout juste toléré par cette forêt d'herbe qui lui menait la vie dure. Si ceux de l'arbre se mettaient à les assassiner, ce serait la fin de ce modeste équilibre.

En regardant son petit compagnon, dont la peau brune était couverte d'une fine pellicule de boue craquelée, Tobie comprit pourquoi, dans l'arbre, on les nommait : les Pelés.

26

LA DERNIÈRE MARCHE

Quand on vint le prendre, au coucher du soleil, pour l'emmener, Tobie n'en voulut à personne.

Le petit garçon ne l'avait pas quitté. Ils étaient restés allongés, côte à côte, tous les deux. Tête de Lune chantait, bouche fermée, le même genre d'air que la femme pelée. Il frottait deux filaments d'herbe qui lançaient des sons langoureux, et il battait du pied sur le sol.

Tobie cherchait ce qui le retenait encore à la vie.

Ses parents, ses Basses-Branches, Elisha, Léo Blue, ou Nils Amen, tous l'avaient abandonné. Il n'y avait pas un seul être vivant qui se souciait encore de lui. Tobie n'attendait plus rien de rien ni de personne.

L'homme qui s'approcha n'était pas particulièrement costaud en apparence. C'était un jeune homme fin avec des yeux paisibles. Il observa Tobie qui gisait dans la poussière. Puis, se penchant vers lui, il le souleva à bout de bras et le jeta comme un gigotin de grillon dans une hotte de toile qu'il portait sur le dos.

Tobie comprit pourquoi la femme avait pris sa chemise pour un sac. Les Pelés n'avaient jamais vu de chemises, mais ils étaient équipés de sacs à dos avec des manches longues qui répartissaient la charge sur les épaules et les bras.

L'homme fit un signe d'adieu à Tête de Lune, et se mit en marche. Tobie savait qu'il partait pour son dernier voyage.

Ils avancèrent ainsi longtemps dans la forêt de plus en plus sombre. Le porteur avait un pas régulier, on ne l'entendait pas respirer. Tobie, plié en deux dans son sac, ne bougeait pas. Par une déchirure, il avait remarqué, à quelques pas derrière eux, le petit garçon à la tête de lune qui les suivait discrètement. Parfois, le porteur se retournait et criait à l'enfant :

– Va dans ton épi, Brin de Lin ! Garde-toi des grenouilles !

Épi. Grenouille. Toujours cette langue étrange. Peut-être que Tête de Lune ne comprenait pas mieux que Tobie, car à chaque fois, après quelques minutes, il réapparaissait derrière eux, entre des lianes, au détour d'un bosquet d'herbe.

– Laisse-nous, Brin de Lin ! Va voir ta sœur. Elle va te faire des crêpes…

Tobie sursauta dans son sac. Des crêpes. Il ne pouvait s'empêcher de penser à Elisha. Il essuya son œil sur la toile rugueuse. Le souvenir du miel fondu mouilla sa langue. Non, il ne connaîtrait plus le goût du bonheur.

Le terrain descendait en pente douce. Tobie remarqua que coulait partout une fine couche d'eau. L'homme avait allumé une lanterne. La forêt se reflétait sur le sol inondé. Les herbes paraissaient infinies. Tobie se sentait envahir par le mystère de ce nouveau monde.

Son père avait raison. L'arbre n'était pas le seul horizon des hommes. Il existait aussi cette planète plate couverte de jungle. Et peut-être d'autres mondes, ailleurs. Ou dans les étoiles.

Tobie allait mourir avec ce secret.

Désormais il ne se défendrait plus. Il ne voulait plus se battre. Il se laissait porter dans un sac, ballotté comme une poupée habillée de boue. Il ne résistait plus. Il était déjà parti. Il avait franchi toutes les limites de la vie.

Parfois, par mégarde, il laissait un souvenir l'envahir. La voix de sa mère, le craquement des bourgeons au printemps, le visage des sœurs Asseldor, les mains de son père sur l'arrière de son cou…
Ou son dernier jour avec Elisha.

C'était la veille du pique-nique de Bernique Alzan. Une journée de printemps, transparente et tiède. Ils étaient au sommet de la falaise du lac. Là-haut, la mousse s'avançait jusqu'au vide. Tobie et Elisha avaient grimpé dans les frondaisons de mousse verte et y restaient perchés.

Ce matin-là, le miroir du lac était troublé par deux puces d'eau qui semblaient faire un ballet amoureux. L'une prenait le large, boudeuse. L'autre, lentement, l'air de rien, s'en approchait en dessinant des boucles sur l'eau. Parfois, elle plongeait, et réapparaissait plus loin en s'ébrouant. La première lui répondait enfin par un mouvement des pattes, qui ressemblait à un battement de cils. Et le numéro de charme recommençait.

Tobie et Elisha observaient en souriant, perchés sur leur bosquet de mousse.

– Ça me manquera, dit Tobie.

Elisha sursauta. Elle braqua son regard sur Tobie.

– Quand ?

Tobie comprit qu'il n'aurait pas dû ouvrir la bouche.

– Quand, ça te manquera ? répéta-t-elle.

– Si… je fais sortir mes parents, dit-il, il faudra peut-être que l'on parte très loin pour un temps…

– Pour un temps ! grogna Elisha. Et je me lève chaque matin pour ça : préparer ton départ ! Merci, Tobie…

Elle détourna brutalement le regard. Tobie essayait de s'expliquer :

— Comprends-moi. Je ne vais pas rester dans une caverne avec mes parents pendant dix ans ! Il faut vivre !

— Mais pars, s'il faut que tu sois loin pour commencer à vivre... Pars ! Personne ne te retient.

Elle cacha le bas de son visage dans son col. Ses yeux fixaient un horizon imaginaire. Elle avait le regard des jours tristes, le masque sauvage d'Elisha. Tobie laissa couler un silence qui fit monter entre eux un torrent infranchissable.

— Si je pars, je reviendrai. Je te le jure. Je reviendrai, et...

Il s'arrêta.

— Et ? demanda Elisha d'une voix indifférente.

— Et je te retrouverai.

— Qu'est-ce que ça te fait ? lança-t-elle comme elle lui aurait jeté un bâton.

Nouveau silence. Tobie sentait une boule monter de son estomac.

— Ce que ça me fait ? Tu veux savoir ?

Mais il ne put en dire plus. La boule s'était coincée dans sa gorge. Elisha comprit ce qu'elle avait provoqué, mais elle avait trop mal pour revenir en arrière. Elle aurait voulu demander pardon, dire seulement sa tristesse. Mais elle s'entendit balbutier :

— J'ai pas eu beaucoup d'amis, tu sais : un seul, en te comptant...

Et elle se laissa dégringoler jusqu'au pied de la mousse. Tobie la suivit.

La regardant bondir devant lui, comme tant de fois à travers l'arbre, Tobie sentit entre eux quelque chose de nouveau. Un lien inconnu qui précipitait sa respiration et mettait son cœur à la course.

Elle détalait sur l'écorce, ne se retournant jamais, s'élançant au-dessus des crevasses. Tobie, derrière elle, fendait l'air. Et cet air aussi avait une densité différente. Ils se jetaient tous les deux dans la pente sans rien retenir de leur élan. Le lac grandissait sous leurs yeux. Leurs pieds nus faisaient voler derrière eux la poudre de lichen.

Ils arrivèrent sur la plage, pantelants, suffocants. Debout, pliés en deux, les mains sur les genoux, ils se regardèrent enfin, cherchant à retrouver leur souffle. Leurs yeux ne se quittaient pas. Ils ne disaient rien. Ils laissaient se tendre ce fil précieux qu'ils venaient de surprendre. Leur tête tournait un peu. L'air semblait trop riche, comme un fumet de soupe. Ils se retrouvèrent dos contre dos, s'appuyant l'un sur l'autre pour rechercher leur équilibre. Leurs bras ballants se touchaient.

Alors, de l'autre côté du lac, ils aperçurent Isha qui faisait des grands gestes en les appelant. Mais ils restèrent encore quelques secondes dos à dos.

– Moi aussi, dit seulement Tobie.

Il ne répondait à rien. Elisha n'avait pas prononcé une parole. Mais ces deux mots ne surprirent aucun des deux. Ils scellaient simplement un pacte silencieux.

Elle dit à son tour :

– Moi aussi.

Elisha s'échappa la première.

Au fond de son sac, Tobie écrasa une nouvelle larme contre la toile de lin.

Ils parvenaient dans une forêt moins dense. Le clapotis de chaque pas du porteur s'accompagnait d'une vaguelette qui venait se briser sur la base des grosses herbes. Tobie scrutait la pénombre à travers la fente du sac. Il lui semblait parfois surprendre des regards jaillissant dans la nuit. Tête de Lune ne suivait plus.

Encore un que Tobie ne reverrait jamais. C'était la loi de sa vie : les gens qu'il aimait s'évaporaient, et il n'en restait plus qu'une poussière d'or qui lui piquait les yeux.

La nuit s'était emparée de la forêt. C'était une nuit différente de celle de l'arbre, une nuit grouillante de bruits et de reflets mystérieux, une nuit chaude. Ils s'enfoncèrent ainsi pendant un temps impossible à mesurer. L'eau devenait plus profonde. Le porteur en avait jusqu'à la taille. Il poussait devant lui un flotteur sur lequel vacillait sa lanterne.

– Aaaaaaaaaahhhhh !

Une énorme masse tomba du ciel devant eux, provoquant une vague vertigineuse.

Hurlant d'épouvante, le porteur jeta le sac à quelques pas de lui et réussit à s'accrocher à une herbe. Le sac où se trouvait Tobie flottait. La vague le secoua dans tous les sens, mais il restait en surface. Un dernier mouvement de l'eau le coinça entre deux racines d'herbe.

Reprenant conscience, les mains et les pieds toujours ficelés, Tobie parvint à entrouvrir avec le nez la déchirure du sac. Il découvrit comme dans un rêve ce qui était tombé du ciel.

C'était une masse animée dont il aperçut d'abord l'ombre projetée sur la futaie : une sorte de monstre ramassé sur lui-même avec deux grosses pattes cassées en deux. Il voyait maintenant les yeux impénétrables de la bête qui fixaient le porteur. Celui-ci, courageux, ne fuyait pas. La peau du monstre était brillante et granuleuse. Il mesurait peut-être cinquante fois la taille d'un scarabée ou d'une limace.

L'horreur ne dura qu'un instant. Le monstre projeta une langue démesurée, qui happa le pauvre porteur. On n'entendit plus qu'un grand cri.

Et le Pelé disparut en gesticulant, bras et jambes écartés, dans la bouche large comme un tunnel. Tobie croisa une dernière fois le regard brûlant de l'homme.

Au fond de son sac, Tobie jura qu'il ne désirerait plus jamais la mort.

La grenouille, car c'en était une, fit un petit bond vers Tobie et regarda assez longuement cette poche de toile trempée. Les yeux globuleux venaient presque toucher l'ouverture du sac. Tobie ne bougeait pas d'un cil. Parfois il voyait poindre un bout de langue gluante entre les mâchoires vertes. L'animal produisit un raclement de gorge qui ressemblait au tonnerre. Tobie tressaillit, et ce léger mouvement accompagné d'un retour de vague suffit à inonder le sac qui, très lentement, s'enfonça dans l'eau.

Abandonnant sa proie à regret, la terrible bête poussa encore une fois son cri de guerre et s'envola.

Tobie avait disparu sous la surface de l'eau.

C'était peut-être la cinquième fois que Tobie croyait mourir, mais, cette fois, c'était sûrement la bonne.

Un enfant pieds et mains liés, enfermé dans un sac, que l'on laisse couler dans l'eau au fond d'une forêt, en ayant pris soin de faire dévorer son seul accompagnateur par une grenouille, n'a pas de grandes chances de s'en sortir.

Tobie, entièrement immergé, dans le noir total, incapable de respirer, continuait pourtant à compter chaque seconde, comme si tout pouvait encore arriver.

Voici que, comme par hasard, il n'avait plus envie de mourir.

C'est toujours ainsi quand c'est trop tard.

Il faut le savoir.

Tobie fut à peine surpris quand il sentit son sac être traîné quelques secondes, s'élever, puis se vider progressivement comme une outre. Il avala une grande goulée d'air pur qui lui envahit les poumons.

Il vit alors une toute petite main venir fouiller le sac et lui chatouiller le menton.

– C'est moi…

Tobie connaissait cette voix. Le sac s'ouvrit. Ce qu'il vit lui remplit les yeux d'une grande douceur. C'était Tête de Lune. Le petit Pelé à la ceinture jaune les avait suivis pas à pas depuis le début.

Aucun autre visage n'aurait pu rassurer autant Tobie. Un enfant. C'était sûrement ce qui restait de moins mauvais sous le ciel.

– La grenouille est méchante, dit-il. Elle a mangé Vidof.

Tobie pensa à son pauvre porteur. Il s'appelait donc Vidof. Tobie demanda :

– Il avait une famille ?

– Non. Il voulait se marier avec Ilaïa.

Tobie mesura encore une fois la fragilité de cette vie dans l'herbe. Il ne fallait tenir à rien. Le destin des Pelés était aussi hasardeux que l'aventure des grains de pollen. Tête de Lune avait approché la lampe qui par miracle ne s'était pas éteinte sur son flotteur. Il conclut :

– Ilaïa va pleurer.

En effet, il n'y avait rien d'autre à dire.

Tête de Lune avait la peau luisante, toute la boue avait été lavée par l'eau. On voyait maintenant ses épaules très blanches. Il enleva les liens de Tobie qui put se déplier hors du sac.

Tobie se tenait debout, le buste au-dessus de l'eau.

Le petit garçon lui dit :

– Tu peux partir. Attends le matin. Ton arbre est par là.

– Et toi ?

– Moi, je retourne consoler Ilaïa.

– Tu n'as pas peur ? Quel âge tu as ?

Tête de Lune se fendit d'un quart de sourire.

– Si je me fais attraper par un lézard ou une grenouille, Ilaïa pleurera un peu plus. Alors je vais faire attention.

– Qui est Ilaïa ? demanda Tobie.

– C'est ma grande sœur.

A l'endroit où ils étaient, l'eau allait jusqu'aux hanches de Tobie. Mais Tête de Lune en avait au moins jusqu'aux épaules. C'était un miracle que le petit garçon ait pu arriver jusque-là.

– Pourquoi tu nous as suivis ? demanda Tobie.

– Je sais pas. J'ai pas pensé.
Et il s'éloigna en disant :
– Adieu, Petit Arbre.

Tobie fit un pas dans la direction que lui avait indiquée Tête de Lune. Il poussa la lampe devant lui, mais, aussitôt, elle grésilla et s'éteignit. La nuit était rigoureusement noire.

A nouveau, Tobie croyait voir des yeux clignoter dans l'obscurité. Jamais il n'avait ressenti une telle solitude.

Un long moment passa.

Des bruits humides glissaient sur la forêt d'herbes.

– J'ai peur.

La voix avait surgi tout contre lui. C'était Tête de Lune. Et cette peur si naturelle d'un petit garçon fit s'envoler toutes les angoisses de Tobie. Il reçut une immense force de la petite main froide qui se blottit dans la sienne.

Tobie n'avait jamais été le grand frère de personne. Il le devint un peu à ce moment-là. Il se sentait responsable de cet enfant. Il ne lâcherait pas cette main tant qu'elle ne serait pas accrochée au cou d'une sœur ou d'une mère.

Cette simple responsabilité redonnait une direction à la vie de Tobie Lolness. Il n'était plus ce petit bout de tartine flottant dans un jus d'écorce noir, malmené par la vie.

– N'aie pas peur, je te ramène chez toi.

Il fit grimper l'enfant sur ses épaules et s'enfonça dans le marais.

27

UNE AUTRE VIE

La flèche se planta dans le lézard, exactement dans la zone pâle de la gorge, là où la cuirasse est plus tendre. Un garçon de dix ans surgit sans attendre la dernière contorsion de l'animal. Il brandissait une longue sarbacane.

Il regarda le lézard s'effondrer définitivement. C'était un minuscule lézard, mais il y avait de quoi nourrir une famille pendant un hiver.

L'enfant contempla l'animal avec fierté. Après une telle prise, il allait pouvoir se choisir un nom. On ne l'appellerait plus Brin de Lin, il le savait.

La largeur de la toile du vêtement était à la mesure de l'âge. Les petits enfants vivaient tout nus, puis on leur mettait autour de la taille une petite bande de lin, on les appelait alors Brin de Lin, et chaque année on retissait quelques nouvelles rangées. On disait d'une jeune fille « elle a peu de lin », et d'un vieillard, « il porte sur lui un champ de lin blanc ». A quinze ans, le vêtement couvrait depuis les cuisses jusqu'à la poitrine. A la fin de la vie, une dernière rangée de tissu transformait la robe en linceul.

Un peu après l'âge de dix ans, à la suite d'un acte de bravoure, les enfants se choisissaient un nom.

Le jeune chasseur savait déjà celui qu'il allait prendre. Il voulait s'appeler Tête de Lune.

Il se mit à courir entre les herbes jaunes. La terre diffusait une vraie chaleur d'août. D'une minute à l'autre, un campagnol pouvait surgir et s'emparer du lézard. Il devait appeler du renfort pour débiter la bête et mettre la belle chair rouge en réserve pour l'hiver.

Après dix minutes de course, il parvint à une tige qu'il escalada facilement. Tout en haut s'élevait l'épi où sa sœur et lui avaient pris leurs quartiers d'été. Un grain avait été roulé et basculé pardessus bord pour laisser une chambre arrondie qui sentait le bon pain.

– Ilaïa ! J'en ai eu un !

Ilaïa ouvrit un œil. C'était l'heure de la sieste. Elle dormait par terre dans la lumière jaune, avec seulement un oreiller de farine. Elle avait des cheveux très longs qui formaient autour d'elle des faisceaux sombres parsemés d'une poudre dorée.

– Qu'est-ce qu'il y a, Brin de Lin ?

Le petit garçon s'arrêta net.

– Ne m'appelle plus jamais comme ça.

Elle sourit en s'étirant.

– Qu'est-ce qui se passe ?

– J'ai eu un lézard.

Elle sourit encore une fois. Tête de Lune aimait ce sourire qui n'était revenu que depuis quelques mois seulement sur les lèvres de sa sœur. Ilaïa avait connu un grand malheur deux ans auparavant. Elle était fiancée à un garçon qui s'appelait Vidof. Il était mort dans des circonstances tragiques. Pendant des mois, deux années en tout, elle avait paru inconsolable. Depuis peu, elle se mettait à revivre.

– Je vais demander de l'aide, dit Tête de Lune en grimpant tout en haut de l'épi.

Il entendit la voix d'Ilaïa qui criait :

– Comment tu vas t'appeler, Brin de Lin ? Hein ? Comment ?

Parvenu au sommet de l'épi, il hurla :

– Je m'appelle Tête de Luuuuunnne !

Il était à la hauteur des cimes d'herbe, et l'immense prairie couleur d'or s'étendait de tous côtés avec, au loin, l'ombre dense de l'arbre. Un éblouissement. Les hautes tiges se balançaient lentement et créaient comme des courants qui traversaient la prairie. L'été offrait l'unique belle saison de l'année. Seuls les orages pouvaient gâcher cette période bénie et la transformer en enfer.

– Qu'est-ce qui se passe ?

L'appel venait d'un épi voisin où quelqu'un avait entendu son cri sauvage.

– Ah ! C'est toi, Brin de Lin ?

– Je m'appelle Tête de Lune ! J'ai besoin d'aide près du chardon. J'ai eu un lézard.

L'autre, sur son épi, poussa un cri dans une autre direction. Ainsi fut relayée la nouvelle, d'épi en épi. Quelques minutes plus tard, ils étaient nombreux autour de la dépouille du lézard, à découper chacun son morceau de viande fraîche.

La chasse au lézard était rare. Même si la viande de ce dangereux reptile était un délice, le lézard avait le mérite de protéger des moustiques en les éliminant par dizaines.

Le moustique représentait une menace plus pernicieuse que le lézard. L'expression « il n'y a pas de lézard » signifiait surtout : « s'il-n'y-a-pas-de-lézard-c'est-qu'il-n'y-a-pas-de-moustique-donc-la-vie-est-belle ». Ainsi ne chassait-on le lézard que quatre jours par an, autour du 15 août.

– Jolie prise, Brin de Lin... Bravo.

– Je ne m'appelle plus Brin de Lin. Je m'appelle Tête de Lune.

Tête de Lune tournait autour de son trophée. Il cherchait quelqu'un.

– Tu cherches qui, Brin de Lin ?

– Je m'appelle Tête de Lune ! Mettez-vous ça dans la tête.

Celui qu'il voulait trouver n'était pas là. Il aurait pourtant aimé partager cette joie avec lui. Il s'approcha d'un garçon plus vieux que lui, et lança :

– Toi, Aro, apporte ma part de viande dans l'épi, et confie-la à ma sœur, Ilaïa. J'ai une chose urgente à faire.

Aro essaya de ne pas rire, mais il s'attendrissait de ce brusque changement dans le ton de Brin de Lin. La veille encore, ce n'était qu'un petit garçon. Maintenant, il semblait lui donner des ordres et s'inventait des affaires urgentes.

– A tes ordres, Brin de Lin.

Tête de Lune soupira :

– Je ne m'appelle plus Brin de Lin…

Il disparut derrière le chardon en maugréant.

Il ne lui fallut pas longtemps pour arriver au pied d'une touffe de roseaux secs. Les roseaux étaient formés de longues feuilles roulées sur elles-mêmes. Dès le mois de septembre, ils baignaient dans l'eau et attiraient les moustiques, mais par ce beau mois d'août, ces faisceaux ressemblaient à de longues tours qui auraient pu encadrer un palais de verdure. Quelqu'un y avait d'ailleurs élu domicile, celui que justement…

Une flèche frôla Tête de Lune et vint traverser le petit ruban de lin qui dépassait de son vêtement. La pointe acheva sa course dans le roseau où elle se planta profondément. L'enfant se retrouva épinglé à cet énorme poteau. Il tenta de se détacher de la flèche mais n'y parvint pas. Le lin était tissé pour durer toute une vie.

D'où venait cette flèche ? Tête de Lune finit par s'avouer que le seul moyen de s'en sortir était d'abandonner son habit et de filer tout nu. Mais ça, il n'en était pas question ! Il n'était plus un Brin de Lin !

Il tendit l'oreille.

Le bruit venait d'un petit tas d'herbe sèche, un peu plus bas. C'était un coassement grave.

Terrifié, Tête de Lune tourbillonna sur lui-même, se dégagea entièrement du tissu jaune qui l'habillait, et s'enfuit dans la direction opposée.

Il entendit alors un grand éclat de rire. Se retournant, il découvrit un jeune garçon d'au moins quinze ans, pas très grand, mais les jambes bien campées sur la terre et les épaules déjà solides. Il tenait une sarbacane plus longue que lui.

Tête de Lune plongea sous la paille pour se cacher, en criant :
– C'est toi qui as fait ça ? Petit Arbre !

Tobie n'avait pas vraiment changé. Mais deux années avec le peuple des herbes laissaient forcément une trace dans le regard.
Il paraissait plus sauvage.

Quand il était revenu avec Brin de Lin sur ses épaules, tout le monde avait été touché par le courage de ce garçon qui allait au-devant de ceux qui l'avaient condamné. Il avait raconté la mort de Vidof et provoqué la fulgurante peine d'Ilaïa. Elle lui avait jeté des poignées de boue, puis elle avait voulu en manger.
– Tu l'as tué ! Tu l'as tué !

Elle enfouissait ses poings noirs dans sa propre bouche. On se mit à quatre pour la tenir.

Tête de Lune expliqua à sa sœur que Tobie n'y était pour rien. Mais personne ne pouvait contenir le chagrin et la rancœur de la jeune fille. Elle portait un masque de haine.

Le courage de Tobie, son émotion devant Ilaïa prouvaient qu'il n'était pas un ennemi comme les autres. Mais les Pelés, une nouvelle fois, décidèrent de le reconduire dans l'arbre. Trop de malheurs étaient descendus de cette planète verte. Tout ce qui venait de l'arbre devait y retourner.

Tobie entendit ce nouveau verdict sans y croire.

L'expédition partit dès le lendemain. Cette fois-ci, Tobie était accompagné par deux hommes. Ils le portaient roulé dans un hamac suspendu à une perche qu'ils se calaient sur l'épaule. Le troisième matin, les deux Pelés réalisèrent qu'ils transportaient une toile remplie d'un mannequin de terre.

Tobie leur avait encore une fois échappé.

Ils repartirent vers chez eux pour annoncer que Petit Arbre s'était enfui. Mais ils le retrouvèrent assis à côté de Tête de Lune, devant une assemblée perplexe. Tobie était arrivé avant eux.

Comment se débarrasser de ce feu follet ?

– Tu dois retourner chez toi.

– Tuez-moi plutôt. Je n'ai pas de chez-moi.

La foule des Pelés ronronnait à chaque réponse de Tobie. Ce petit parlait comme l'un des leurs. Il semblait né dans les herbes.

Pour la troisième fois, on trouva des volontaires qui voulurent bien l'accompagner jusqu'à la grande frontière.

Le matin du départ, avant même le lever du jour, une fine pluie tombait sur la prairie. Tobie, attaché en hauteur à un fuseau d'herbe, regardait les Pelés sortir de leurs abris pour s'exposer à l'eau pure dans la nuit sans lune.

Il voyait la boue dégouliner sur leur peau.

Lui-même, suspendu en l'air, jetait la tête en arrière pour recevoir les gouttes de pluie. Une goutte plus grosse que les autres tomba sur lui et le lava en un instant.

Alors, tous les Pelés qui se trouvaient alentour se tournèrent vers lui. Tobie décela dans leurs yeux écarquillés un reflet bleu. Des enfants s'approchèrent les premiers sous la pluie battante. Puis, tout le peuple se rassembla sous lui.

Ils fixaient le dessous de ses pieds.

Tobie découvrit sur la plante de ses pieds le mince filet lumineux qui dégageait une couleur bleue. C'était la ligne dessinée par Elisha à l'encre de chenille avant son départ. Une fois lavée à l'eau de pluie, cette ligne luisait dans la nuit, comme le dessous des pieds d'Elisha.

On détacha Tobie de sa tige d'herbe. Il ne comprenait rien.

– Reste. Fais ce que tu veux. Tu as le signe.

Voilà ce qu'on lui dit avant de l'abandonner, libre, sous la pluie.
La foule se dispersait dans un halo bleuté.
Sous leurs pieds lavés par la pluie était apparu le même trait d'encre lumineuse.

Tobie, incrédule, se traîna ce matin-là jusqu'au petit bosquet de roseau. Il y passa les premiers mois, sans autres visites que celles de Tête de Lune qui venait à l'insu de sa sœur.
– Elle ne veut pas que je m'occupe de toi. Elle est trop triste.
– Obéis-lui. Ne viens plus me voir.
Mais Tête de Lune alla chaque jour rendre visite à Tobie. Lentement, le petit lui enseigna en secret comment vivre dans l'herbe. Lentement, Tobie découvrit la dureté de cette vie.

Il fut d'abord tenu à l'écart. La communauté craignait ce garçon apparu de nulle part mais qui portait le signe comme l'un des leurs.
Le premier été, Tobie ne se douta pas de ce que pouvait signifier une vie entière passée dans l'herbe. Le temps était doux et sec, les conditions idéales. Il apprit auprès de Tête de Lune à chasser avec une sarbacane. Il eut toujours de quoi manger, et aménagea son abri dans les roseaux. Il retrouvait la joie d'être libre. C'était la seule joie qui lui restait.
Mais les premiers orages de la fin août le ramenèrent à la réalité. Toute la prairie fut inondée. À partir de ce jour et pendant six mois, il ne vit plus Brin de Lin.
Quand arriva l'automne, il avait déjà déménagé trois fois, pour fuir l'eau, la boue, le vent. Et le pire l'attendait. Les premières gelées furent terribles. Puis la neige ne manqua pas.
L'hiver ne fut qu'un interminable combat. Maltraité par les rigueurs du ciel, embourbé dans la terre, Tobie ne pensait plus, ne souffrait plus : il survivait. Par miracle, il avait débusqué avant la neige un morceau d'un minuscule tubercule qui lui servit de pitance. Il devint un enfant sauvage, petit animal ramassé sur lui, qui affronte l'hiver avec un seul instinct : tenir.

Au premier jour du printemps, quand un groupe de chasseurs pelés se retrouva nez à nez avec un petit être aux cheveux désordonnés et au regard dur comme la glace, ils ne purent reconnaître Tobie.

– C'est moi, je suis Petit Arbre.

Les chasseurs eurent un mouvement de recul. Le feu follet avait survécu à l'enfer.

Les gens de l'herbe changèrent désormais de regard sur Petit Arbre. Peu à peu, ils l'intégrèrent à la vie commune. Tobie découvrit alors les secrets de survie accumulés par ce peuple au fil des générations.

Deux fois, il rencontra Ilaïa qui refusa de croiser son regard. Deux fois, elle lui rappela la silhouette butée d'Elisha. Il chassait ce souvenir comme une fumée qui l'asphyxiait.

Tobie ne laissait pas à sa mémoire le droit de faire ressurgir le passé. Il construisait sa vie nouvelle sur le vide, sans se douter que ses fondations finiraient par s'effondrer sur ce labyrinthe de galeries mal rebouchées.

Un jour où, dans la grotte du lac, Tobie disait à Elisha qu'il rêvait d'une nouvelle vie, elle lui avait répondu :

– Tu n'as qu'une vie, Tobie. Elle te rejoindra toujours.

Tobie tentait de faire mentir cette loi.

Le second hiver fut moins rude. Tobie découvrit la force extraordinaire de l'unité. Ce peuple tenait par tous les liens qu'il savait tisser.

Dès l'été, ils liaient ensemble les tiges de longues herbes qu'ils laissaient bien en terre. Cela donnait une touffe rigide comme un donjon, dans laquelle ils se rassemblaient tous aux premiers froids. Le vent, la neige, les torrents de boue, ne parvenaient pas à faire s'effondrer ce château de paille.

Tobie eut le droit d'occuper un épi.

C'est au cours de cet hiver qu'il réussit peu à peu à apprivoiser Ilaïa.

Tête de Lune, qu'on appelait encore Brin de Lin, vit alors sa sœur retrouver des pommettes plus rouges et des yeux moins hostiles. Elle ne parlait pas encore à Tobie, mais elle acceptait de l'écouter, les yeux baissés.

Tobie ne se doutait pas qu'il faisait naître quelque chose de plus profond dans le cœur de la jeune Pelée.

Il y a un proverbe pelé qui dit : *Ce que l'on sème dans une plaie avant qu'elle ne se ferme donne une fleur captive qui ne meurt jamais.*

Ilaïa était en train de tomber amoureuse. Elle passait lentement d'une haine passionnée à une autre forme de passion.

On aurait pu imaginer que ces deux cœurs, balayant une bonne fois leur passé, puissent se retrouver et assembler un bonheur nouveau. Mais le cœur de Tobie était prisonnier dans les caves sombres de sa mémoire.

Un événement extraordinaire vint l'en sortir, et replonger Tobie dans l'aventure de sa vraie vie.

Tu n'as qu'une vie, Tobie.

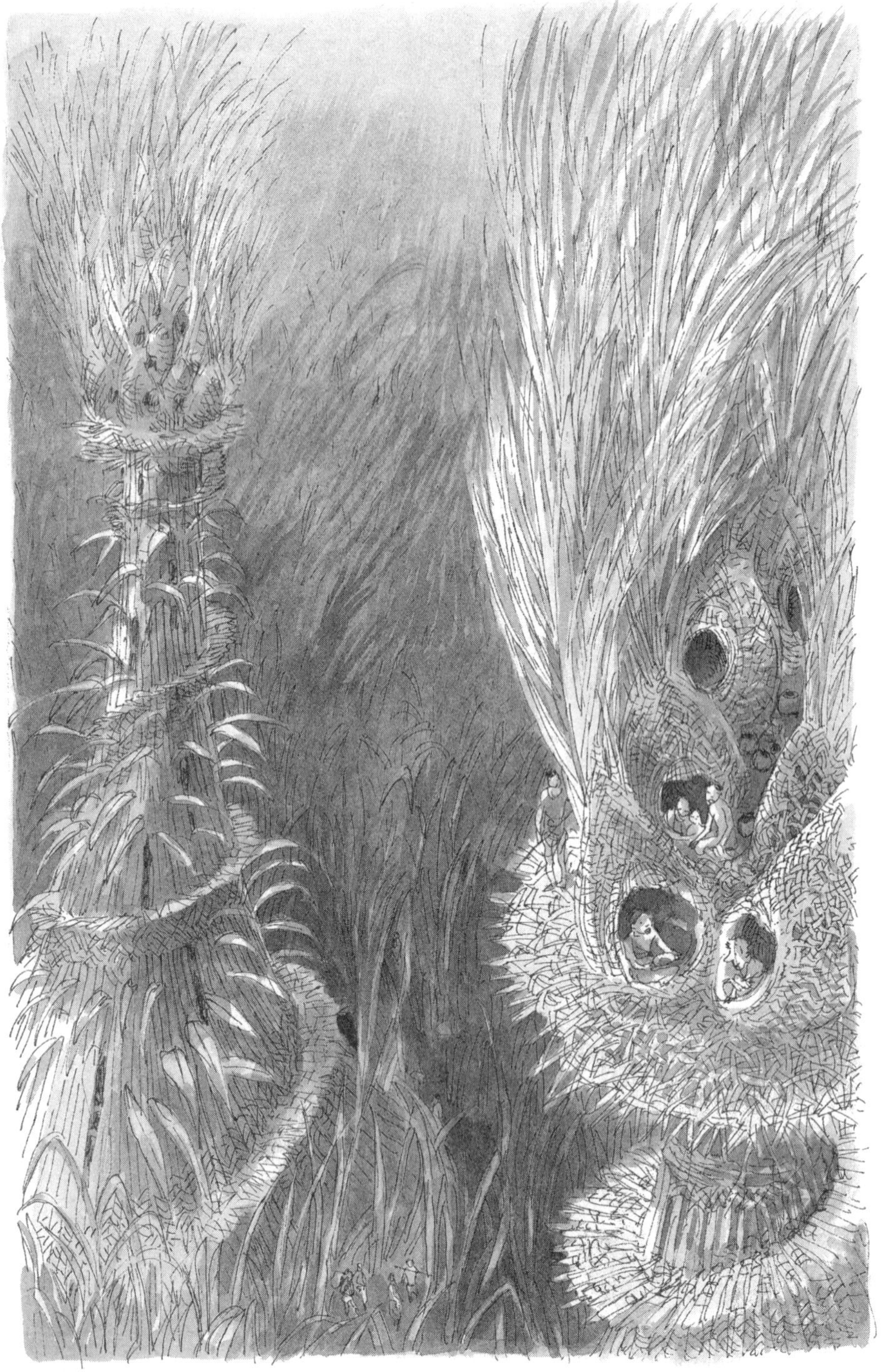

28

LA FIANCÉE DU TYRAN

Un vieil homme arriva chez les Pelés au début de l'automne. Il ne parlait pas, poussait une barque d'écorce entre les herbes. Il venait de l'arbre et avait l'air épuisé.

On chercha à interroger ce Vieil Arbre qui persistait à se taire.

Sans le brutaliser, on le mit sous la garde de deux hommes. Les Pelés avaient encore eu de nombreuses victimes dans leurs rangs, enlevées par des milices venues de l'arbre. Tobie avait ainsi perdu deux bons camarades, Mika et Liev, disparus aux confins du tronc, à la fin du printemps.

Les Pelés se méfiaient donc de ce Vieil Arbre qui surgissait comme par magie dans ce climat de guerre.

Tobie était absent ce jour-là.

Il était parti avec Tête de Lune et deux autres chasseurs. Cette fois, c'était un campagnol qui avait emporté dans son trou deux Brins de Lin et leur mère. Le rongeur s'était emparé d'un épi tombé à terre dans lequel la famille était au travail. Le père, resté seul, était effondré. Tobie retrouva facilement les empreintes du rongeur et décida de les suivre.

Au moment du départ, Ilaïa lui dit au revoir comme l'aurait fait une femme de chasseur, mais Tobie n'y voyait que les adieux d'une sœur ou d'une amie.

Seul Tête de Lune se rendait compte des sentiments de sa sœur pour Petit Arbre. Le premier concerné, Tobie lui-même, ne se doutait de rien ou ne voulait rien voir d'un malentendu qui pouvait devenir tragique.

Quand elle apprit qu'un homme était arrivé de l'arbre, Ilaïa eut très peur. Tout ce qui venait de là-haut pouvait en vouloir à son Petit Arbre et à leur bonheur futur. Elle se démena pour qu'on chasse le visiteur. Personne ne la suivit dans son impatience. Au contraire, les gens de l'herbe attendaient le retour de Tobie qui parviendrait peut-être à faire parler ce Vieil Arbre muet.

Cinq jours passèrent. Ilaïa guettait anxieusement le retour de l'expédition.

Tobie et Tête de Lune revinrent avec la petite famille qu'ils avaient pu extraire des griffes du campagnol. On fêta joyeusement leur retour.

Plusieurs fois, quelqu'un essaya de parler à Tobie de l'homme qui était arrivé, mais, chaque fois, Ilaïa tirait Tobie par le bras, et l'empêchait d'écouter.

Tobie dormit ensuite une longue nuit dans son épi. Une main le réveilla au milieu du jour suivant.

– C'est toi, Brin de Lin?

– Je m'appelle Tête de Lune! Est-ce que toi, au moins, tu ne vas pas m'appeler par mon nom?

– Tu as dormi?

– Oui. Mais il s'est passé quelque chose pendant notre absence. Il y a un homme qui est arrivé. Il porte une charge de lin sur son dos.

Tobie aimait cette expression pour parler du grand âge.

– D'où vient-il?

– On pense qu'il vient de l'arbre.

Tobie sentit quelque chose de lourd tomber au fond de lui. Il referma les yeux.

– Ils veulent que tu lui parles, continua Tête de Lune. Pour l'instant, sa bouche ne s'ouvre pas.

– Pourquoi moi? demanda Tobie.

– Devine.

– Je ne sais pas de quoi tu parles.
– On t'appelle Petit Arbre, ici. Tu ne peux pas tout oublier.
– Je veux tout oublier.
– Viens avec moi. Tu dois juste l'interroger. Après, on te laissera tranquille dans ton épi.

Tobie gardait les yeux fermés. Il ne voulait pas les rouvrir. Tête de Lune lui écarta les paupières avec ses doigts.
– Viens !
– Je ne veux pas. Dites-lui de s'en aller.

Cette fois, Tête de Lune lui donna un coup de pied mou qui le fit rouler sur lui-même.
– Laisse-moi ! hurla Tobie. J'ai tout fait pour être comme vous ! Je me suis vautré dans la boue, j'ai affronté les tempêtes de neige, j'ai attaché mon épi aux vôtres pour passer l'hiver ! Et maintenant je redeviens le fils de l'arbre, quand ça vous arrange ?

Tête de Lune s'assit dans un coin. La chambre était dorée par les rayons du soleil d'automne. Il croisait les bras, la tignasse dans les yeux. Il resta là un moment, puis s'en alla.

Tobie ouvrit les yeux. Il laissa la tiédeur des derniers beaux jours l'apaiser. Il repensa au soulagement des enfants quand il les avait sortis du trou du campagnol. Il revit surtout le visage de tous ses compagnons de l'herbe qui avaient disparu à cause des habitants de l'arbre.

Il se leva. Il savait ce qu'il devait faire.

Il parlerait à l'étranger.

Si c'était un espion, il le saurait tout de suite. Il avait assez souffert de la vermine de l'arbre. Il ne pouvait la laisser se répandre sur la prairie. Tobie connaissait la fragilité de l'herbe.

Sortant de son épi, il trouva Ilaïa sur le seuil.
– Petit Arbre.
– Ilaïa, c'est toi…
– Je veux te dire une chose.
– Tu me diras tout ce que tu veux, petite sœur…

Elle détestait qu'il l'appelle ainsi. Elle n'était pas sa sœur ! Tobie continua :

– Mais, d'abord, je dois voir quelqu'un. Attends-moi ici.

– Je veux te parler tout de suite.

– Oui, tout de suite… Je reviens tout de suite pour t'écouter, dit doucement Tobie.

– Tu vas interroger cet homme qui est venu en barque ?

– Oui. C'est de lui que tu voulais me parler ?

– Non, c'est d'un autre. Qui est arrivé il y a plus longtemps.

– Je reviens. Reste là. J'aime bien parler avec toi. Je t'aime beaucoup, Ilaïa.

J'aime bien. Je t'aime beaucoup. Ilaïa ne supportait pas ces « bien », ces « beaucoup ». Elle voulait des « j'aime » sans rien d'autre après.

Elle hurla vers lui :

– Attends ! Je veux te dire une chose importante. Écoute-moi.

Il revint sur ses pas. Elle avait le regard affolé, l'œil trop brillant.

– Qu'est-ce que tu as, Ilaïa ?

Petit Arbre la regardait en face. Il était là, à l'écouter. Enfin. Elle allait lui dire son amour.

Émue, Ilaïa attendit une seconde de trop avant de parler.

Une seconde qu'elle voulut déguster, alors que les mots importants doivent être envoyés d'un souffle comme les flèches des sarbacanes. Tête de Lune apparut, haletant. Ilaïa baissa les yeux. C'était trop tard.

Son frère cria :

– Ils nous ont pris deux hommes en plus. Cette fois, Petit Arbre, tu n'as pas le choix. Viens voir l'étranger !

Tobie disparut derrière lui.

– Je reviens, Ilaïa. Tu me diras ce qu'il y avait de si important… D'accord ? Tu me diras…

Ilaïa entendit leurs voix s'évanouir le long de la tige.

Elle s'écroula. Le bonheur était passé tellement près qu'elle avait cru sentir son souffle chaud derrière son cou, sous ses cheveux. Un autre sentiment l'envahissait maintenant, et tendait sa peau.

On retenait l'homme dans un escargot abandonné. Deux gardes avaient été postés à l'entrée. Ils laissèrent passer Tête de Lune et Tobie. La vieille coquille d'escargot était semée de petits trous qui laissaient passer la lumière du jour dans le couloir en spirale.

Quand ils eurent passé le premier anneau, l'atmosphère parut beaucoup plus sombre. Il leur fallut du temps pour s'habituer à l'obscurité. Alors, ils virent une ombre assise le long de la paroi. Tobie fit signe à Tête de Lune de rester en retrait et il s'avança.

Il ne voyait pas distinctement les traits de l'homme. Des boucles blanches, comme des parenthèses emmêlées, encadraient deux yeux qui brillaient dans la pénombre.

Ce regard, Tobie le connaissait. Il s'approcha un peu plus et reconnut l'homme.

– Pol Colleen.

Le vieillard sursauta. Ses yeux s'agitaient dans l'obscurité. On voyait qu'il avait longtemps vécu dans la peur et que même la voix douce de Tobie lui glaçait le sang. Il ne disait toujours rien. Ses yeux s'éteignirent derrière un voile de vapeur, comme des braises jetées dans une mare.

Tobie vint s'accroupir à côté de lui.

Pol Colleen, l'homme qui écrivait.

Tobie lui toucha les mains. Il ne l'avait pas vu depuis des années. Il avait vieilli.

Pol Colleen sursauta à nouveau. Ses yeux s'ouvrirent, le reconnurent et recommencèrent leur danse rougeoyante.

– Qui est-ce ? demanda Tête de Lune.

– Vous n'avez rien à craindre de lui. C'est un ami. Cet homme ne parle pas. Il écrit.

– Il crie ?

– Non. Il écrit.

L'écriture n'existait pas dans la prairie. Tête de Lune demeurait songeur. Tobie ne savait comment expliquer à son ami.

– Quand tu ne peux pas parler, tu racontes avec des gestes. L'écriture est faite de petits gestes dessinés.

Tête de Lune s'était accroupi à côté d'eux.

– Et toi, Petit Arbre, tu sais faire ça ?

Tobie ne répondit pas. Il savait qu'il n'avait rien oublié. Le seul visage de Colleen suffisait à réveiller de grands morceaux de souvenirs.

– Tobie Lolness.

Tobie lâcha les mains de l'homme. Il parlait !

– Qu'est-ce qu'il a dit ? interrogea Tête de Lune.

L'homme répéta :

– Tobie Lolness.

– C'est une autre langue ? dit Tête de Lune.

– Oui, murmura Tobie qui retrouvait dans son nom des sonorités émouvantes.

L'homme avait une voix grave et articulée. Il prononçait chaque mot comme pour la première fois.

– Je te reconnais. Tu es Tobie Lolness.

Tête de Lune se tourna vers Petit Arbre. L'homme continuait :

– On te croit mort, là-haut.

– Je suis mort, dit Tobie.

– Tu es devenu pelé.

– Qu'est-ce que c'est ? demanda Tête de Lune.
– Pelés… C'est comme ça qu'on vous appelle, dans l'arbre.

Tobie avait l'impression d'une porte qui s'ouvrait entre ses deux vies. Il avait froid. Il sentait un courant d'air polaire qui s'échappait de cette porte entrouverte. Il allait la refermer, renvoyer le vieil homme dans sa barque, mais Colleen dit quelques mots qui le foudroyèrent :

– Pourquoi as-tu abandonné tes parents, Tobie Lolness ?

Tobie se sentit projeté en arrière. Il bougeait les lèvres, mais aucun son n'en sortait. L'homme répéta :

– Pourquoi as-tu abandonné tes parents ?

La voix de Tobie revint avec la force du tonnerre :

– Moi ! J'ai abandonné mes parents ? J'ai failli mourir dix fois pour les sauver ! Pol Colleen, ne redis jamais ça. Tu insultes des morts.

– Quels morts ?

– Sim et Maïa Lolness, mes parents !

Colleen se passa la main sur les boucles blanches. Il inclina la tête un instant puis releva brutalement les yeux vers Tobie.

– Les mots ont un sens, Tobie Lolness. Tu viens de dire que tu es mort, alors que tu me parles. Tu dis maintenant que tes parents sont morts alors que…

– Eux sont vraiment morts, interrompit Tobie.

– Pourquoi dire cela ? C'est triste de dire cela.

Tobie serrait les poings.

– Mais la vie est triste Pol Colleen ! Vous allez comprendre ça ? La vie n'est pas comme un de vos poèmes. La vie est affreusement triste.

– Je n'écris pas des poèmes…

Tête de Lune écoutait cette conversation qu'il comprenait mal. Tobie resta immobile. Il ne s'était jamais demandé ce que Colleen écrivait.

– J'écris l'histoire de l'arbre. Ton histoire, Tobie Lolness.

Et il ajouta, d'une voix qui ne tremblait pas :

– Tes parents sont vivants.

Cette fois, Tobie se jeta au visage du vieil homme en hurlant. Tête de Lune attrapa Tobie par les pieds et le tira d'un grand coup. Tobie glissa sur le côté et se cogna la tête contre la paroi de l'escargot.

Pol Colleen reprenait son souffle. Tobie gisait inanimé. Tête de Lune lui tapotait les joues pour qu'il revienne à lui.

– Pardon, Petit Arbre… Je t'ai pas fait mal ?

Pol Colleen mit la main sur l'épaule de Tête de Lune.

– Je crois que ce petit est sincère, dit Colleen. Il ne sait pas la vérité sur ses parents.

Tête de Lune regarda le vieil homme et lui dit :

– Pourquoi dire ça ? Vous savez bien que ses parents sont morts, il a le petit éclair.

Pol Colleen qui, en toute modestie, savait presque tout, connaissait le sens du petit éclair chez les Pelés. La trace laissée par la mort des parents.

– Oui. Il a le petit éclair. Je sais.

Il se pencha sur Tobie qui revenait à lui.

– Sim et Maïa Lolness sont vivants. J'ai vécu auprès d'eux ces deux dernières années.

Tobie n'avait plus la force de se battre. Il pleurait.
- Je sais que tu as le petit éclair dans l'œil, dit Colleen. Je le sais.
Il marqua une pause.
- Sim et Maïa ne t'ont pas donné la vie. Ils t'ont adopté quand tu avais quelques jours. Oui, tes parents d'avant sont morts. Et tu es presque né avec le petit éclair.
Tobie ferma les yeux.
- Mais Sim et Maïa Lolness, eux, sont vivants. On t'a menti.
Tobie eut l'impression de voir de haut cet escargot posé entre les herbes. Son regard semblait suivre la spirale de ce couloir. L'esprit de Tobie suivait aussi ce tourbillon qui tournait de plus en plus vite. Il finit par perdre connaissance.

Il se réveilla au même endroit. La nuit était tombée. Tête de Lune avait fait un feu. Beaucoup de gens les avaient rejoints dans l'escargot.
Pol Colleen se réchauffait contre les flammes. Tout le monde regardait Tobie qui leva une paupière, puis une autre.
Pol Colleen ne jeta même pas un coup d'œil à Tobie. Il parla de sa voix rugueuse :
- Si tu veux que je parle, dis-le. Sinon, je partirai demain matin.
Tobie laissa planer un silence et dit :
- Parle.
Les voix résonnaient étrangement dans l'escargot. Même le bruit du feu était amplifié.
- Sim et Maïa Lolness sont enfermés par Jo Mitch avec tous les savants de l'arbre. J'étais avec eux. J'ai pu m'échapper. Je suis le seul.
Tobie réussit à dire :
- Jo Mitch commande l'arbre entièrement ?
Colleen secoua la tête.
- Jo Mitch est un fou dangereux. Il ne commande plus vraiment l'arbre. Il retient prisonniers les plus puissants cerveaux. Il les fait creuser dans son cratère avec quelques Pelés, à la place des charançons.

Tobie ouvrait grand les yeux.

– Les charançons ont disparu dans une épidémie, dit Colleen. C'est une chance pour l'arbre, mais Mitch désire encore plus le secret de Balaïna.

– Il ne l'aura pas, chuchota Tobie, les dents serrées.

– Si.

– Jamais...

– Ton père finira par céder, il va lui donner le secret de Balaïna. C'est impossible autrement.

– Mon père ne cédera jamais.

– Sauf...

– Jamais !

Pol Colleen hésitait à continuer. Fallait-il qu'il dise toute la vérité à cet enfant ? Pendant longtemps, Colleen s'était demandé pourquoi Mitch avait réclamé que Sim Lolness garde sa femme auprès de lui. Elle ne pouvait pas être utile dans le cratère.

Le jour où enfin Pol Colleen avait compris, il s'était senti envahi par la nausée.

– Maïa, ta mère... Jo Mitch a dit à Sim que... s'il ne cède pas pour Balaïna... Il s'occupera de ta mère.

Tobie s'étrangla. Il voyait la main huileuse de Mitch s'abaisser vers la peau de Maïa. Son cœur s'emballait à l'idée de ce chantage monstrueux. Tobie prit une ample goulée d'air qui lui vida la tête.

Colleen ajouta :

– Quand il aura le secret, Jo Mitch abattra définitivement notre arbre.

L'assemblée, perdue, écoutait la plainte du feu. Toute cette violence ne leur disait rien. Ils avaient l'impression d'entendre une langue inconnue. C'est Tobie qui, d'une voix sépulcrale, brisa le silence :

– Qui commande le reste de l'arbre ?

– Le reste de l'arbre est aussi invivable que le cratère. Je ne peux pas te dire plus. C'est terrible.

– Qui commande ?

– Quelqu'un d'aussi dangereux. Il fait régner sa loi. Et sa loi s'appelle la peur. La peur...

Colleen hésita encore, regardant autour de lui.

– La peur des Pelés. Il veut leur anéantissement. Quand il n'y en aura plus un seul, il dit que l'arbre revivra.

Autour d'eux, les spectateurs ne se reconnurent pas dans le mot Pelé. Seul Tête de Lune frémit.

– Ce nouveau chef a ton âge, Tobie Lolness. C'est peut-être lui qui m'inquiète le plus. C'est le fils d'un grand homme que j'ai connu : El Blue. Le garçon s'appelle Léo Blue.

Tobie ne cilla pas. Léo. C'était donc lui. Le nouveau maître de l'arbre.

– Léo Blue va se marier, continua Colleen. Il est très jeune mais il est fou d'une fille de la ferme de Seldor. Une petite de chez nous, dans les Basses-Branches...

Maï et Mia ! Tobie vit brutalement dans son esprit les deux filles Asseldor. Jusqu'où irait ce que Colleen décrivait ? Une fille Asseldor épousant un tyran nommé Léo Blue... Même l'imagination de Tobie ne pouvait aller jusque-là.

– La fille refuse de l'épouser.

Pour la première fois, Tobie esquissa un sourire. Les filles Asseldor n'avaient donc pas changé. Il pouvait presque entendre leurs voix, leurs rires, et leurs insolences.

– Le mariage a déjà été annulé une fois. La fille s'était rasé la tête. Léo Blue n'a pas osé se montrer avec elle. Mais bientôt, elle sera à lui. Rien ne lui résiste.

Tobie écoutait chaque mot. Laquelle des deux filles Asseldor pouvait agir avec cette violence ? Se raser la tête... Finalement, elles avaient peut-être un peu changé. Tobie admira cette force.

Un long silence envahit l'escargot. Tobie osa enfin plonger dans le sable mouvant de sa mémoire.

– Je voudrais vous demander quelque chose. Isha Lee et sa fille...

Quand Tobie prononça ce nom, une grande agitation traversa le public. Un chuchotement circulait entre les Pelés. Isha, Isha... Les yeux s'éclairaient. Tobie s'arrêta net.

Une femme prit finalement la parole :

– Vous avez parlé d'Isha ?

Un homme enchaîna :

– Isha est une fille des herbes. Elle a disparu, il y a quinze ans avec un enfant qu'elle attendait.

Tobie resta la bouche ouverte, le regard flou. Il souriait presque. Il avait ce pressentiment depuis longtemps. Isha Lee était une Pelée. Tobie posa finalement les yeux sur la femme qui s'était exprimée.

Ces visages lui avaient toujours été familiers. Il comprenait pourquoi. La femme demanda :

– Isha est encore en vie ?

Tobie se tourna vers Pol Colleen. C'est lui qui détenait la réponse.

Colleen n'avait pas réagi. Il répondit :

– Oui, Isha et sa fille sont vivantes.

Tobie ne lâchait pas du regard le vieil écrivain.

– Les Lee se sont installées à Seldor quand on a massacré leurs cochenilles, il y a deux ans. C'est de la fille Lee que je viens de parler.

Les yeux de Tobie se refermèrent. Pol Colleen répéta :

– Léo Blue va épouser Elisha Lee.

Elisha.

Elisha.

Tobie se leva au milieu de l'assemblée. D'un long regard où les flammes se reflétaient, il contempla, un par un, les visages qui l'entouraient.

A l'extérieur, une fine silhouette marchait entre les herbes. Ilaïa distingua la lumière qui s'échappait de l'escargot. Elle s'approcha. Elle avait vu la botte d'herbe se vider de ses habitants à la nuit tombée. Dans le silence de cette première nuit d'automne, Ilaïa devinait qu'il se passait quelque chose.

Ilaïa allait s'enfoncer dans le couloir de l'escargot quand Tobie apparut.

– Petit Arbre !

– Oui, Ilaïa.

Elle vit tout de suite que son visage avait changé.

– Tu t'en vas ? demanda-t-elle.

Tobie prit le temps avant de répondre :

– Oui.

– Tu retournes dans l'arbre.

Ce n'était même plus une question. Tobie était ailleurs. Il déposa un baiser sur son front et s'éloigna.

Ilaïa resta seule. Elle avait senti son cœur se figer, devenir aussi dur que la terre cuite. Toute la douceur qu'elle avait retrouvée au fil des mois fut balayée par ce vent glacé. Mais cette fois, elle ne tomba pas. Sa bouche dessina au contraire un sourire froid.

Petit Arbre ne lui échapperait pas. Vidof était mort à cause de lui. Si Petit Arbre refusait de le remplacer dans son cœur, il fallait qu'il termine comme Vidof.

Ilaïa le devait à la mémoire de son fiancé.

Perché dans son épi, suspendu au-dessus de l'herbe, Tobie vit la lune qui se levait au loin, derrière l'arbre. Immense, elle l'engloba bientôt entièrement.

Le labyrinthe des branches ressemblait à une boule bleutée.

Soudain, ce monde lointain parut à Tobie extraordinairement fragile et beau. L'ombre du tronc s'élevait vers cette grande planète qui frémissait dans le vent du soir.

Le mouvement des feuilles d'automne était imperceptible, mais Tobie devinait ce grondement de vie.

Le souvenir d'un dimanche soir dans les Cimes, d'un goûter au grand lac des Basses-Branches, d'une sieste sur l'écorce chaude, remplissait l'arbre d'une vibration lourde qui atteignait le cœur de Tobie.

Comment avait-il pu s'éloigner du fil de sa vie ?

Il leva les yeux vers une étoile qui brillait, solitaire, au-dessus de lui. Altaïr… L'étoile que lui avait donnée son père.

Tobie n'entendait même plus le chant d'adieu du peuple des herbes, qui montait de l'escargot étincelant.

Il ne sentit pas dans son dos une présence furtive qui approchait. Les pieds nus d'Ilaïa sur le sol de l'épi. Elle avait les yeux brillants et tenait dans la main la pointe d'une flèche.

Petit Arbre gonfla ses poumons de la blancheur aérienne de la nuit. Il aurait pu s'envoler.

La voix vivante de ses parents. Les yeux d'Elisha. C'était bien assez pour repartir à l'aventure. C'était assez pour redevenir Tobie Lolness.

Par les branches indécises
allait une demoiselle
qui était la vie.
Federico Garcia Lorca

LIVRE II

Les Yeux d'Elisha

Première partie

1

LES AILES COUPÉES

Si la bêtise avait un poids, le major aurait déjà fait craquer la branche. Il était assis sur l'écorce, les pieds dans le vide, et il jetait des flèches vers une forme noire qui gesticulait juste en dessous.

Le major Krolo était bête, infiniment bête, et il mettait une très grande application dans sa bêtise. Dans cette discipline, c'était plus qu'un professionnel : c'était un génie.

Il faisait nuit dans l'arbre. Une nuit avec des paquets de brume et de vent glacé. En fait, l'obscurité s'était maintenue toute la journée. Depuis la veille, les cimes de l'arbre étaient plongées dans un ciel noir de fin du monde. L'humidité faisait monter des branches une lourde odeur de pain d'épices.

– Deux cent quarante-cinq, deux cent quarante-six…

En combien de flèches allait-il achever cette bestiole engluée dans la sève ? Emmitouflé dans un manteau à poil dur, Krolo comptait.

Il passa les pouces sous son manteau pour aller faire claquer ses bretelles.

– Deux cent cinquante…

Parcouru d'un frisson de satisfaction, il reboutonna son col.

Le major avait longtemps martyrisé ses semblables avec un talent reconnu. Après quelques soucis personnels, il avait refait sa vie, changé de nom, mis des bretelles à la place de sa ceinture pour qu'on ne le reconnaisse pas. Il s'était inventé le grade de major et, par prudence, il ne torturait plus que les animaux.

Il le faisait discrètement, la nuit, en se tenant un peu à l'écart, comme un vieux garçon qui va fumer la pipe en cachette de sa mère.

Plus bas, la pauvre créature releva une dernière fois la tête vers son bourreau. C'était un papillon. Un papillon aux ailes coupées… Le travail avait été grossièrement fait, avec une hache mal affûtée. On ne lui avait laissé sur le dos que deux crêtes ridicules qui battaient dans le vide. Du joli travail de barbare.

— Deux cent cinquante-neuf, compta Krolo en l'atteignant au flanc droit.

Soudain, derrière le major, dans l'épais brouillard, une ombre passa.

L'apparition ne fit aucun bruit. L'ombre agile arriva d'en haut, effleura l'écorce et disparut dans l'obscurité. Oui, quelqu'un surveillait la scène. Le major n'avait rien vu : la bêtise est une occupation à plein-temps.

La dernière flèche de Krolo s'était enfoncée dans la chair du papillon. La bête éclopée se cabra sans gémir.

L'ombre traversa à nouveau, en tournoyant sur elle-même avec une agilité extraordinaire. Mi-danseuse, mi-acrobate, l'ombre veillait. Cette fois un reflet passa dans l'œil du papillon.

Krolo se retourna, inquiet.
– Soldat ? C'est toi ?

Il se gratta nerveusement le crâne à travers le bonnet. Il avait le front bas et portait un bonnet en mailles d'où sortaient quelques boucles grasses.

Malgré sa petite tête et ses rares neurones, le major Krolo savait bien que l'ombre n'était pas celle d'un de ses soldats. Tout le monde en parlait : le soir, une ombre mystérieuse se faufilait dans les Cimes. On ignorait quel était cet être furtif qui semblait monter la garde.

En public, Krolo se défendait de croire à cette histoire. Il prenait un air encore plus niais qu'au naturel et il disait lamentablement :
– Quoi ? Une ombre ? La nuit ? Ha, ha !

Mais, depuis ses ennuis d'autrefois, le major avait peur de tout. Un matin, dans son lit, il s'était même arraché un doigt de pied qu'il avait pris pour un insecte dépassant des draps.

– Soldat, cria-t-il, pour se convaincre lui-même, je sais que c'est toi ! Si tu recommences, je te colle à la branche...

Un nuage de brouillard roula sur le major et, dans cette obscurité glacée, il sentit une main se poser sur son épaule.
– Hıııııııiiiiiii !

Krolo poussa un hurlement de petite fille. Tournant la tête d'un mouvement brusque, il enfonça profondément ses dents dans la chair.

Le major Krolo se vantait de ses réflexes exceptionnels. C'est vrai qu'il n'avait pas perdu un instant pour riposter et attaquer la main de son agresseur. Admirable...

Il s'était juste trompé de côté et sentit ses incisives s'enfoncer dans sa propre épaule et buter sur l'os.

A ce niveau-là de bêtise, on peut bien parler de génie.

Cette fois, il laissa échapper un grand cri rauque, tandis qu'il sautait en l'air de douleur. Krolo atterrit aux pieds d'un curieux personnage en robe de chambre.

– C'est moi, sauf le respect de votre obligeance, c'est moi. Souffrez que je vous aie fait peur ?

Le nouveau venu fit une révérence en soulevant l'ourlet de sa robe de chambre. Il ajouta :

– C'est moi, c'est Patou.

Reconnaissant le langage inimitable de son soldat, Krolo montra les dents. Il éructa :

– Soldat Patate !

– N'ayez pas peur, mon major.

– Peur ? Qui a peur ? Moi, j'ai peur ?

– Je m'excuse de vous demander pardon de l'ingérence de ma curiosité, mon major, mais pourquoi vous êtes-vous mangé l'épaule ?

– Regarde-moi, Patate...

Il le menaça du doigt.

– Si tu répètes à quelqu'un que j'ai eu peur...

Le major était toujours au sol. Le sang dessinait une épaulette de velours rouge sur son manteau. Patate, attendri, se pencha vers lui et tendit la main pour le relever.

– Puis-je avoir le nord de vous aider ?

Il voulut lui tapoter l'épaule pour le consoler, mais il toucha la blessure de Krolo qui rugit de douleur.

A bout de force, le major cracha sur son soldat pour le tenir à distance.

Patate fit un petit entrechat de côté. Il était sincèrement désolé du niveau d'éducation de son supérieur. Alors que tous les soldats considéraient le major Krolo comme une vieille brute, Patate le voyait plutôt sous les traits d'un gros bébé. Pour lui, c'était un tout petit enfant qui n'avait pas encore appris à vivre.

Au lieu de trembler sous les insultes de Krolo, Patate avait surtout envie de lui enfoncer une tétine dans la bouche, de lui dire boulouboulou et de lui tapoter la joue.

Le major contempla la tenue du soldat.
- Qu'est-ce que c'est que ça ?
- Une robe de chambre, mon major.
- Et ça ?

Il montrait les deux espèces de limaces que le soldat portait aux pieds. Patate prit un air coquet. Il ressemblait à un poète de salon perdu dans le brouillard.

- Des pantouffes, mon major…
- Des quoi ?
- C'est le milieu de la nuit, si je ne vous abuse. J'ai mis mes pantouffes. Je dormais quand on m'a appelé.
- Je ne t'ai pas appelé, imbécile. Rentre chez toi.

Patate entendit le bruissement désespéré du papillon, il se pencha pour voir. Le major écarta les bras pour lui bloquer le passage.

- Qu'est-ce que tu veux ?
- Je vois quelque chose qui bouge de ce côté…
- Occupe-toi de tes affaires.
- Il y a une bête coincée dans la sève, ou je me trompé-je ?
- Qu'est-ce que tu viens faire par ici, Patate ? Tu cherches les problèmes ?
- Vous avez l'ingérence de me poser cette question, et justement…
- Parle !

Du bout des lèvres, Patate murmura :

- C'est à cause d'elle.
- Elle ! Encore elle ! éclata le major.
- Permettez que je vous éborgne les détails : la captive demande le grand chandelier.
- Pourquoi ?
- Pour sa bouillotte.

– Le grand chandelier dort, aboya Krolo. Je ne vais pas réveiller le grand chandelier pour une bouillotte !

Krolo, fasciné, avait du mal à quitter des yeux les pantoufles de Patate. Ce dernier répondit :

– Je sais que la captive vous donne froncièrement du sourcil, mon major, mais si elle réclame le chandelier pour faire chauffer sa bouillotte…

Krolo n'entendait plus. Le regard fixé sur les pieds de Patate, il le déchaussait des yeux.

Il était jaloux.

Les pantoufles. Il voulait les mêmes.

Il ne put résister à la tentation. Il s'approcha, appuya ses bottes sur la pointe des pantoufles pour les retenir, et, de son bras valide, Krolo donna une large baffe qui fit voler le reste de Patate à trente pieds de là.

Quelques minutes plus tard, le major Krolo frappa chez le chandelier. Le vent soufflait. Il expliqua à travers la porte :

– Elle veut la chandelle.

On ouvrit un volet. Un petit visage se montra dans l'entrebâillement. C'était le grand chandelier. Même dans cette nuit sombre, on pouvait voir que l'homme n'était pas un tendre. Une tête allongée qui ressemblait à un os, et deux yeux rouges maladifs. Il referma le volet puis apparut sur le pas de la porte en grommelant.

Le grand chandelier était petit et bossu. Il portait dans la main une bougie protégée d'un lampion et cachait sa bosse sous un vêtement sombre dont le capuchon ombrageait son front.

Il s'arrêta un court instant pour regarder les pieds de Krolo. Le major Krolo rougit et se mit plusieurs fois sur la pointe des pieds en baissant le regard.

– Ce sont des pantouffes, expliqua-t-il.

Sans dire un mot, le chandelier suivit le major.

Toute la région était un enchevêtrement de brindilles. Il fallait connaître son chemin pour ne pas se perdre dans cette énorme pelote de branchages si différente du reste de l'arbre. Par temps clair, à la lumière de la lune, on aurait compris d'où venait ce grand fagot posé sur la cime de l'arbre.

C'était un nid !

Un nid démesuré. Pas un de ces nids de bergeronnettes que cent hommes peuvent facilement démonter en une nuit. Non. Un nid dont on n'apercevait pas les limites. Un nid abandonné par un oiseau géant parmi les plus hautes branches.

Dans ce paysage desséché, l'usage du feu était interdit. Il n'était confié qu'au grand chandelier qu'on appelait dans les cas de nécessité absolue. Qui donc pouvait déranger le chandelier pour réchauffer une simple bouillotte ?

Le brouillard devenait de plus en plus dense. Le major marchait en tête. A chaque pas, il manquait de déraper dans les pantoufles qu'il avait volées à Patate.

– Une bouillotte ! C'est pas pour dire du mal, marmonnait-il, mais je trouve que le patron devrait pas lui passer ses caprices à cette petite…

Le chandelier ne disait rien, ce qui est la meilleure manière de paraître intelligent. Il n'avait pourtant rien à craindre de la comparaison avec Krolo. A côté du major, même un pot de chambre aurait eu l'air d'un intellectuel.

Le chandelier s'arrêta brusquement. Un bruit derrière lui. Il se retourna et souleva un peu son lampion en peau d'asticot. Un souffle mouillé faisait battre sa capuche noire. Il avait l'impression étrange d'être suivi. Il scruta l'obscurité et ne vit pas l'ombre qui se laissait glisser le long d'une branche, rebondit sur une autre et se rétablit accroupie, en équilibre juste au-dessus d'eux.

– Vous venez, chandelier ? lança le major.

Le chandelier hésita et se remit en marche.

L'ombre suivait toujours, à trois pas de lui, insoupçonnable.

Malgré la première impression de désordre, on se rendait vite compte que le labyrinthe du nid était parfaitement organisé. A certains croisements brillaient des lanternes. Ces lampes puissantes servaient de réverbères pour les nuits sans lune et de balises dans le brouillard.

C'était des lampes froides. Chacune était constituée d'une cage en berlingot où logeait un ver luisant. On élevait des vers de lampe à cet usage. Deux ou trois maîtres verriers étaient réputés pour la qualité de leurs élevages. Ils formaient une corporation enviée par le reste du peuple de l'arbre qui vivait depuis longtemps dans la misère et la peur.

Le nid des Cimes était propre, les brindilles rabotées, les croisements renforcés par des cordages. On avait sculpté des escaliers dans les passages les plus à pic. Mêlés au bois et à la mousse sèche, des brins de paille dessinaient un redoutable réseau de tunnels dans le cœur du nid.

A l'évidence, il y avait une intelligence supérieure derrière cette citadelle de bois mort. Un monde glacé, austère, mais parfaitement maîtrisé. Qui donc était l'architecte du nid des Cimes ? Cela ne pouvait être seulement l'ouvrage d'une cervelle d'oiseau.

Quand les deux hommes débouchèrent au sommet du nid, une image plus fascinante encore leur apparut. Cette merveille se révéla derrière le brouillard, à la faveur d'un coup de vent.

Dressés vers le ciel, lisses et rosés comme des joues de bébé, hauts de trois cents coudées, parfaits dans leur forme et leur majesté, s'élevaient trois œufs.

Ils ressemblaient à des tours immenses dont les sommets accrochaient des lambeaux de brume.

– Les œufs ! dit le major, comme si l'autre avait pu ne pas les remarquer.

Ils grimpèrent une dernière côte de bois mort et s'arrêtèrent pour humer la nuit. La tempête mettait dans l'air une odeur de poudre. Il ne leur restait qu'à traverser la forêt blanche : une forêt de duvet et de plumes qui garnissait le cœur du nid et protégeait

LES AILES COUPÉES

les œufs. Trois voies seulement étaient tracées dans ce maquis. Le reste était une jungle immaculée et vierge comme un paysage de neige.

Une heure plus tard, les sentinelles de l'œuf du Sud virent arriver les deux hommes. La scène fut très rapide. On laissa le grand chandelier monter tout seul sur la passerelle qui pénétrait dans l'œuf. Il disparut dans la coquille.
Resté dehors, l'un des gardiens paraissait hypnotisé par les pieds de Krolo.

– Ce sont des pantouffes, expliqua le major avec une fausse modestie.

Les autres gardiens approchèrent.

– Des quoi ?

– Des pantouffes, répéta un gros soldat.

– Des quoi ?

– Des pantouffes ! hurla Krolo.

Aucun d'eux n'avait remarqué au sommet de l'œuf, à une hauteur vertigineuse, l'ombre qui rampait sur la paroi, épiant la scène.

Très vite, le grand chandelier réapparut sur la passerelle. Il marchait vite. Il semblait furieux. Krolo voulut l'interroger à propos de la captive, mais le chandelier l'écarta sans ménagement. Il se dirigeait vers la forêt blanche.

– Le grand chandelier n'est pas content, commentèrent entre eux les gardiens.

– Qu'est-ce qu'elle a bien pu lui faire ? demanda le major.

On ne voyait pas l'expression du porteur de chandelle. Il marchait voûté sous son capuchon. Krolo le rattrapa.

– Je vous raccompagne, chandelier.

Ils croisèrent aussitôt le soldat Patate qui remontait pieds nus de la forêt blanche.

Patate avait la robe de chambre à moitié déchirée, des dents cassées, mais il était surtout sous le choc de ce qu'il avait découvert au départ de Krolo. Le papillon... La pauvre bête avait agonisé sous ses yeux, privée de ciel à jamais. Le major était-il capable de cette horreur ?

– Fe n'est pas poffible, murmura-t-il.

D'un seul coup, Patate venait de perdre sept dents et beaucoup de naïveté. Krolo n'était pas seulement un gros bébé immature : c'était un assassin. Rien d'autre. Et ce sentiment que Patate découvrait s'appelait la colère.

– Efpèfe de falopard...

Patate regarda passer les deux hommes. Le major ne fit même pas attention à lui. De l'œil, le soldat Patate chercha les pantoufles que lui avait arrachées Krolo. Curieusement, son regard s'arrêta sur d'autres pieds.

Le chandelier.

– Faperlipopette...

Patate s'immobilisa. Il ne pouvait croire ce qu'il voyait.

Deux petits pieds.

Deux petits pieds blancs.

Deux petits pieds blancs qui apparaissaient à chaque pas en bas du manteau. Deux pieds qui ressemblaient à des étincelles quand ils frottaient la toile de la cape.

Deux pieds si fins, si légers, si souples… Deux pieds si doux qu'ils donnaient envie d'être une branche pour les sentir passer et repasser. Deux pieds d'ange.

Patate faillit en avaler ses dernières dents.

– Foi de Patate, un vieux fandelier avec des pieds comme fa…

Le reste de la silhouette était noir. Le capuchon masquait le visage. Patate ne put retenir un sourire. Il reprit son chemin comme s'il n'avait rien vu.

Quand les deux marcheurs arrivèrent à l'entrée de la forêt, le chandelier aux pieds d'ange posa la chandelle et souleva un gros rondin de plume qui barrait le passage. Surpris, Krolo s'approcha.

– Il y a un problème ?

Dans la minute qui suivit, la forêt résonna des sept hurlements successifs du major Krolo.

Le premier quand il reçut la lourde plume sur les pieds.

Le deuxième quand le chandelier bondit sur la plume en lui écrasant encore un peu plus les orteils.

Le troisième quand le vieux chandelier, rapide comme l'éclair, atterrit debout sur les épaules de Krolo, exactement sur sa blessure.

Le quatrième quand, plongeant les mains sous le manteau du pauvre major, le chandelier étira d'un coup sec les élastiques des bretelles et les fixa à la hampe d'une plume, au-dessus d'eux.

Et pour finir harmonieusement la gamme, Krolo poussa trois longs cris d'horreur quand il réalisa, à la vitesse de son pauvre cerveau, qu'il était piégé.

Ses pieds étaient coincés au sol et ses bretelles, bandées vers le ciel comme des arcs, risquaient de l'envoyer dans l'espace s'il se dégageait du rondin.

Il était à la fois la catapulte et le boulet. Surtout le boulet.

Les ailes coupées

La seconde d'après, Pieds d'ange se posa sur le sol, tout en douceur. Il ramassa sa chandelle. Un courant d'air fit légèrement remonter la capuche sur son front. Le visage apparut à la lumière du lampion.

Ce n'était pas exactement la tête d'os du chandelier.

C'était les yeux, le nez, la bouche, l'ovale parfait du visage d'une fille de quinze ans. Ne disons pas qu'elle était jolie parce que, dans l'arbre, il y a vingt-cinq jolies filles par branche.

Elle était mieux que cela.

– La captive…, dit Krolo dans un souffle.

Il avait suffi d'une minute à cette peste pour écraser le chandelier dans son œuf. Elle avait volé ses vêtements et était sortie de la prison à sa place.

Le major voulut donner l'alarme, mais la jeune fille posa doucement le pied sur la plume. D'un simple mouvement, elle pouvait faire rouler la masse qui retenait Krolo au sol. C'était suffisant pour l'envoyer dans les airs. Le major préféra se taire.

La captive remit la cape sur ses yeux et lui tourna le dos.

Après quelques pas vers la forêt blanche, elle s'arrêta. Elle sentait les fines gouttelettes d'eau posées sur ses joues par le brouillard, le vent qui glissait entre ses pieds. Quelques cils de plume blanche parsemaient son manteau. Elle se sentait bien.

La liberté n'était plus loin. Elle ferma les yeux un instant.

A dix reprises, elle avait tenté de s'échapper. Cette dernière occasion était sûrement la bonne. Elle serra les poings et tendit son corps engourdi par un espoir fou.

Un léger craquement devant elle. Puis un autre, à sa gauche.

– Non, pensa-t-elle, non…

D'abord, elle n'eut pas le courage d'ouvrir les yeux.

L'espoir la quittait d'un seul coup.

Derrière chacune des plumes qui se perdaient dans la brume, un soldat venait de surgir. Des dizaines d'hommes en armes braquaient sur elle leurs arbalètes.

A la lueur de la chandelle, on vit sa bouche sourire. Un sourire joyeux et insolent qui fit trembler ceux qui l'encerclaient.

Aucun d'eux ne pouvait voir que, dans l'ombre de son capuchon, les yeux d'Elisha brillaient de larmes.

Elle était prise.

2

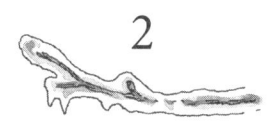

LA BELLE ET L'OMBRE

– Le patron dit qu'il fait trop froid pour se promener.
– Je n'ai pas de patron, répondit Elisha.

L'homme qui lui parlait s'était avancé devant les autres. Il avait les mains dans les poches de sa veste. C'était un homme assez âgé, au regard bleu, et dont les vêtements usés avaient dû être flamboyants. Il ne restait que des teintes rouges et orangées, et la toile patinée par le temps ressemblait à du cuir.

– Suivez-nous, dit-il doucement.

Cette douceur n'allait pas avec les trente arbalètes et les regards sauvages qui brillaient derrière lui dans la nuit.

– Où est-il, votre patron ? demanda Elisha.
– Venez, mademoiselle.
– Moi, quand je fais tomber un mouchoir sale, je me baisse pour le ramasser, et lui, il ne peut pas venir lui-même chercher sa fiancée qui s'échappe ? Vous avez un triste patron, messieurs.

Un silence lui répondit. Cette petite était redoutable. On entendit juste une petite voix flûtée qui disait :

– Et moi ? On peut faire quelque chose pour moi ?

C'était le major Krolo. Accroché par ses bretelles qui lui incrustaient le pantalon dans le derrière de manière douloureuse, il avait toujours les pantoufles coincées au sol.

L'homme aux yeux bleus fit comme s'il n'avait rien entendu.

– Où avez-vous mis le grand chandelier, mademoiselle ?
– Vous le retrouverez. Je crois qu'il s'est fait un ami…

Elle avait enfermé le bossu dans la cage du ver luisant qui éclairait son œuf. Plus tard, on trouva en effet le chandelier, en caleçon, inanimé, enlacé par le ver qui avait dû se prendre d'amour pour lui.

— On peut m'aider? hulula Krolo.

Répondant à un geste de leur chef, deux soldats approchèrent du major. Ils allaient retirer la plume qui le retenait au sol.

— Non! hurla-t-il. Pas ça!

Ils sortirent finalement de longs couteaux et s'apprêtaient à couper les bretelles.

— Nooooon! Ne faites pas ça non plus…

Ce qui se passait dans la tête de Krolo était un nouveau record de bêtise. Il craignait que, sans ses bretelles, on démasque le personnage qu'il avait été auparavant: un certain W. C. Rolok, horrible chef d'élevage, qu'on appelait aussi Petite-Tête au temps des charançons.

Rolok avait très mal fini. Il était devenu la tête de truc de ses camarades et s'en était tiré par miracle. En faisant glisser la dernière lettre de son nom en première position, il croyait repartir à zéro. Adieu Rolok, bonjour Krolo.

S'il suffisait de déplacer une lettre dans son nom pour gagner un cerveau ou un peu de cœur, il y aurait beaucoup de candidats au changement de nom… Krolo valait bien W. C. Rolok. Aussi bête, aussi méchant.

Les soldats interrogèrent leur chef du regard. Celui-ci haussa les épaules, agacé. Il se fichait bien du major.

Elisha se mit en marche, et tous la suivirent. Une première lueur se levait sur les trois œufs.

Pour le major Krolo, qu'on abandonna là, pendu à ses bretelles, la journée commençait mal.

« Ce que je ferai? J'ouvrirai la bouche et les yeux en renversant la tête sous la pluie. Ce que je ferai? Je plongerai les mains dans des pots de miel… »

Plusieurs heures étaient passées. Elisha était allongée sur son matelas jaune, au milieu de l'œuf. Elle sentait son corps abandonné, et son esprit voletait au-dessus d'elle. C'était l'heure de la sieste. Elle était sur le dos, en robe verte. Un drap lui couvrait une partie des jambes et revenait sur le dessus de sa tête. Elle regardait l'immense voûte de l'œuf. Le climat de tempête s'était adouci au petit matin. Il y avait maintenant comme une journée d'été égarée au début de l'hiver. La lumière du soleil rendait lumineuse la paroi de l'œuf. C'était bien une prison dorée, un palais sans fenêtres.

Elisha pensait à ce qu'elle ferait si elle retrouvait sa liberté.

« Je me frotterai le dos aux bourgeons, je courrai sur les premières feuilles de printemps, je nagerai à nouveau dans mon lac, je tendrai des hamacs aux dernières branches pour regarder passer les nuages… »

On lui avait proposé de meubler son œuf comme un appartement de princesse, mais elle avait renvoyé les déménageurs et posé un matelas jaune au fond de la coquille. C'était suffisant pour elle. Le reste de l'œuf du Sud était vide. Elle vivait là, en captivité depuis si longtemps.

« Je grimperai dans les forêts de mousse… »

Abandonnant sa rêverie, Elisha repensa à sa tentative de la nuit précédente. Impossible de comprendre comment elle avait échoué dans son évasion. Qui avait averti les soldats ? Qui avait su lire les étapes d'un plan qui n'était écrit que dans son esprit ?

Elisha contemplait toujours la haute coupole de l'œuf. L'air était chaud, la coquille prenait l'odeur d'un four à pain dans lequel un gâteau de feuilles attendrait l'heure du goûter.

L'ombre. Encore elle.

L'ombre des Cimes.

Elisha l'attendait en secret et elle apparut à ce moment-là.

On l'apercevait en transparence, qui progressait sur la paroi légèrement granuleuse. Elisha la voyait de l'intérieur, grâce à la lumière du soleil. Elle se découpait sur la coupole de l'œuf. La jeune fille sentit son cœur battre plus vite. Les jours précédents, le brouillard l'avait privée de cette apparition, mais depuis quelques semaines l'ombre prenait une place importante dans la vie d'Elisha.

D'où venait cet être qui bravait le vertige et s'approchait d'elle tous les jours sans se montrer ?

Dans une forteresse de sécurité, un peu de mystère se frayait un chemin. Le courage, la surprise, le rêve : l'ombre résumait tout ce qui manquait à Elisha. Et un désir, par-dessus tout : cette ombre pouvait peut-être l'aider.

L'ombre s'arrêta au sommet de l'œuf. A cet endroit, un trou étroit était aménagé. Il avait dû servir à vider l'œuf, au temps des grands travaux. Quand il pleuvait, Elisha guettait l'eau fraîche qui tombait de cette ouverture.

L'ombre se posta là.

A chaque fois, c'était le même jeu. Elisha savait qu'elle était regardée. Elle ouvrait les yeux en grand et restait allongée. L'autre ne bougeait pas. Ces moments étaient troublants. Aucun des deux ne disait quoi que ce soit.

Il y eut un bruit à la porte. L'ombre roula le long de la coquille et disparut.

Un homme entra dans l'œuf. C'était le vieux chef aux yeux bleus. Il avait retiré sa longue veste. On voyait son gilet en feutrine de mousse, et un aiguillon de guêpe dans un fourreau pendu à la ceinture. Elisha aimait cette élégance si particulière, ses larges pantalons, ses vieilles écharpes bleues, mais l'homme lui faisait peur.

Il s'appelait Arbaïan. Il était aussi aimable que sans pitié.

– J'entre sans demander, excusez-moi, mademoiselle. Mais vous faites la même chose quand vous sortez.

– Est-ce qu'il y a autre chose à faire en prison que de s'évader ?

– Vous n'êtes pas en prison.

– Oui, répondit Elisha, votre patron dit ça... Il pourrait trouver des histoires plus drôles.

Elle était toujours allongée, mais quand enfin elle se redressa, le drap glissa de sa tête.

Arbaïan eut un mouvement de surprise. Il ne pouvait s'habituer à cette vision : Elisha avait encore les cheveux très courts.

Pendant un temps elle avait eu le crâne entièrement rasé, et cela aurait pu donner envie de pleurer. Mais les traits d'Elisha étaient si forts, si étranges, que son visage faisait hésiter entre la crainte et l'émerveillement.

Des mois auparavant, Arbaïan l'avait vue arriver dans le nid avec ses longs cheveux noués. Un matin, il l'avait découverte tondue. Elle avait commis ce crime la nuit, toute seule. Elle avait jeté sa tresse au visage du patron. Elle devinait qu'il ne l'épouserait pas avec cette silhouette de bagnarde. Il attendrait un peu pour sauver les apparences.

En effet, il attendit.

Arbaïan fit un pas vers la jeune fille.
– Le patron va partir. Il voudrait vous parler.
– Je n'ai pas de patron.
– Votre fiancé.

Elisha se mit à rire. Elle était accroupie sur son matelas jaune.
– Mon patron, mon fiancé… qu'est-ce qu'il veut être d'autre ? Mon cuisinier, mon animal de compagnie, mon frère, mon serviteur, mon jardinier ?

Arbaïan répondit dans un murmure :
– Peut-être, mademoiselle, qu'il voudrait être tout cela.

Elisha cessa de rire. Arbaïan était d'une grande intelligence. Elle fit de la main un geste de lassitude.

– Alors dites à tous ces gens, le cuisinier, l'animal, et tous les autres, que je ne reçois pas aujourd'hui. Dites-leur qu'ils repassent l'année prochaine.

C'était une jolie réplique, mais Elisha savait qu'elle n'était pas à la hauteur. Arbaïan parlait d'amour. Il en parlait bien. Son patron aimait Elisha. Son patron aurait pu se faire puce ou moucheron pour l'approcher. Il aurait pu devenir cette carafe d'eau posée à côté de la paillasse.

– Il va venir vous parler, dit Arbaïan. Vous ne serez pas obligée de l'écouter, mais il va venir.

Elisha ne dit rien. Elle prit l'eau et l'approcha de ses lèvres. C'était un carafon mou en œuf de coccinelle.

– On ne vous donne pas de bol ?

– C'est coupant, un bol, répondit Elisha entre deux gorgées, vos soldats se méfient de mes talents de coiffeuse.

Ses cheveux repoussaient enfin. Il ne fallait pas qu'elle recommence.

– Au revoir, dit Arbaïan.

Pour la saluer, Arbaïan garda longuement la tête baissée. C'était agréablement chevaleresque.

Il recula vers la porte.

Elisha le rappela.

– Qui vous a prévenu de mon évasion ?

Arbaïan sourit.

– On m'a juste dit de me trouver dans la forêt blanche avec trente soldats.

– Qui ?

– Je n'ai qu'un seul patron. C'est lui qui donne les ordres. Il sait tout.

Il sortit. Le silence revint dans l'œuf. On entendait seulement la caresse du vent sur la coquille. Elisha pensait aux feuilles mortes qui volent et voyagent dans les airs. Elle enviait leur liberté.

Elisha se leva.

Alors, s'étant assurée qu'elle était seule, elle se mit soudainement à courir. Elle filait vers la paroi de l'œuf. Elle aurait pu s'écraser, mais la courbe de l'ovale la faisait monter progressivement. Avec son élan, Elisha courut jusqu'à la verticale. Puis, quittant le mur, elle fit une pirouette en arrière et retomba sur ses pieds. Aussitôt, elle partit dans une autre direction et recommença.

C'était son entraînement. La liberté est dans le mouvement. Tant que son corps ou son âme bougeaient, Elisha restait un peu libre.

Il y en avait un qui n'était plus libre du tout. C'était Krolo. Il n'avait jamais eu l'âme très vivace, mais cette fois, son corps ne répondait pas non plus. Il n'osait pas faire le moindre mouvement dans ses bretelles. L'après-midi avançait. Il était toujours écartelé entre ses plumes.

Quand il vit passer Patate, à quelques pas de là, il eut enfin une idée digne d'un Krolo ou d'un Rolok. Il allait demander à Patate de lui couper ses bretelles. Peut-être que le soldat reconnaîtrait le chef Rolok, mais, à tout hasard, une fois libéré, Krolo lui tordrait le cou et le jetterait dans un trou.

– Eh, soldat !

Patate leva le nez, il cherchait d'où venait la voix. Il regardait dans la direction opposée en mettant le plat de sa main au-dessus de ses yeux, comme pour voir loin. Puis, faisant celui qui n'avait rien trouvé, il reprit sa promenade en sifflotant.

On se serait cru dans du mauvais théâtre. Patate exagérait chaque geste.

– Soldat ! hurla encore Rolok.

Si on demandait à des enfants de mimer la surprise, ils la joueraient beaucoup mieux que ce que fit Patate à ce moment-là.

Il tourna la tête vers Rolok, allongea brusquement son cou vers lui en écarquillant les yeux, fit des « Oh ! » et des « Ah ! », se prit le menton dans les deux mains avec consternation, leva les bras au ciel, les posa sur son cœur, se mit à genoux, se releva, et tout cela plusieurs fois, avec des mimiques de guignol et toute la panoplie des pires comédiens.

N'importe quel imbécile aurait repéré que Patate préparait un mauvais coup. Mais Rolok n'était pas n'importe quel imbécile.

C'était un champion, un artiste, un as de l'imbécillité ! Il ne se douta donc de rien.

Patate s'écria :

– Facrebleu ! Par le fiel ! Qui est ainfi pendu ?

– C'est moi, répondit misérablement Rolok.

Patate avait avancé son pied droit, et il jetait sa main en avant à chaque phrase.

– Oh ! Quoi ! Voyons ! Ô fiel ! N'est-fe point mon mavor ?

Quel kourou l'a frappé pour mériter fe fort ?

Il avait entendu quelque part le mot « courroux » et il pensait que c'était une sorte de monstre avec des pattes poilues et une grosse massue.

– Viens m'aider, Patate ! cria Rolok.

– Ve viens, ve vole, v'accours ! Ve fauverai mon maître.

Patate fit encore tous les moulinets qui accompagnent ce genre de paroles, et, bondissant comme un criquet amoureux, il parvint aux pieds de Rolok. Là, il s'arrêta brutalement.

Cette fois, c'était la grande scène de l'émotion. Patate épongea ses yeux, fit trembler ses lèvres et dit en regardant l'endroit où les pieds du major étaient coincés :

– Qu'aperfois-ve par ifi ? Que le kourou me garde !

Pour la feconde fois, l'émofion me hallebarde.

Elles f'étaient envolées et vous les retrouvâtes.

Enfin ! Ve les revois, les voifi à vos pattes…

– Non, gémissait Rolok, ne touche pas… Pas de ce côté ! Coupe-moi les bretelles !

Patate restait penché sur les pieds de Rolok. Il approchait lentement ses mains, comme s'il découvrait un trésor.

– Arrête ! Patate ! Par pitié !

– Où étiez-vous paffées ? Enfin ve peux dire ouf !

Car vous v'êtes à fes pieds, vous, mes belles… pantouffes !

D'un geste, il fit rouler la plume et saisit les pantoufles. Les pieds de Krolok glissèrent. L'effet catapulte se déclencha parfaitement. Krolok s'envola dans l'air à une vitesse vertigineuse.

Patate regarda longuement le ciel bleu.

Il se sentait soulagé.

Depuis des années, Patate était ce personnage original qu'on ne prend pas au sérieux, dont on se moque un peu. Il aimait bien ce rôle assez confortable, un peu lâche. Mais pour la première fois, il avait pu changer le monde en le débarrassant d'un être nuisible. Il pensa aux oiseaux et aux insectes qui allaient voir passer ce drôle de projectile.

– Enfin, il va faire rire les papillons, pensa-t-il.

Patate remit ses pantoufles avec délice et s'en alla.

Les gardiens de l'œuf du Sud attendaient.

Arbaïan leur avait dit de se tenir prêts pour la visite du patron. Quatre d'entre eux étaient au garde-à-vous, les uns à côté des autres. Le cinquième se moquait en défilant comme un inspecteur des troupes.

– Regardez comme vous avez peur. Il vous terrorise… Ça fait deux heures que vous l'attendez et vous êtes comme des premiers de la classe !

Ce cinquième gardien mangeait du fromage de larve avec une croûte épaisse. Il buvait parfois dans une petite gourde.

– Vous êtes comiques, vous quatre… Vous savez ce que je lui dis, moi, au patron… ?

Il baissa la tête jusqu'au sol pour montrer son derrière. Mais, la tête entre les jambes, il eut la surprise de découvrir quelqu'un derrière lui. Il s'arrêta net.

– J'écoute, dit l'homme. Tu lui dis quoi ?

– Je lui dis… Bonjour, patron.

Toujours la tête à l'envers et la bouche pleine de fromage, le gardien avait du mal à articuler.

Le patron s'approcha. Il avait un beau visage inquiétant, se tenait droit. Sa mâchoire puissante qui n'accordait pas le moindre sourire faisait oublier que c'était un tout jeune homme. Il attrapa la gourde du gardien, l'interrogea du regard.

– C'est… de l'eau, dit le gardien en se redressant.

– Ça pique ? demanda le patron.

Le gardien fit signe que non, alors le patron lui jeta le liquide dans les yeux. L'homme cria de douleur. C'était un puissant alcool. Il reçut le genou du patron dans l'estomac et s'effondra au milieu d'une flaque sentant le vin et le fromage de larve.

Les autres gardiens retenaient leur souffle.

Le patron s'engagea sur la passerelle, la démarche légère.

Elisha ne se retourna pas quand il entra dans l'œuf.

Le jeune patron fouilla des yeux la pénombre de la salle.

– Je pars, dit-il. Je reviens dans plusieurs semaines.

Il voyait maintenant la nuque d'Elisha et une de ses épaules. Elle ne répondait rien.

– Je pars, Elisha. Si tu veux, tu peux venir avec moi.

Elisha pensa au simple mot « partir ». A lui seul, le mot donnait envie de se jeter dans les bras de ce garçon. Mais elle ne bougea pas. Il continuait :

– Je vais loin, très bas. Vers les Basses-Branches et la grande frontière.

On ne sait pas si le patron vit le sang affluer sous la peau d'Elisha. Elle était devenue rose comme la paroi de l'œuf au couchant. Il avait parlé des Basses-Branches.

– Il suffit que tu dises oui, une seule fois. Et tu viendras avec moi.

« OUI, pensa-t-elle, OUI ! Très loin ! Partir ! Je veux tout ça. Je veux mes Basses-Branches, ma mère, mes matins de neige, mes crêpes brûlantes, l'eau du lac, la vie ! »

Elisha se retint de répondre et ferma les yeux. Elle savait ce que, pour lui, signifierait un oui.

Le jeune homme avait les bras le long du corps. Des courroies de cuir se croisaient dans son dos et retenaient, à la hauteur de sa taille, deux boomerangs tranchants.

Ses mains avaient encore quelque chose d'enfantin. Il devait avoir dix-sept ans. Il avait sûrement été un garçon talentueux et plein de vie. Mais, année après année, il avait dirigé toute son intelligence vers sa dimension la plus sombre, la plus dangereuse. Il s'était mis à jouer en équilibre au bord de la folie.

– Non, répondit enfin Elisha. Non ! Jamais !

Alors Léo Blue partit seul.

La nuit venue, il quitta le nid pour un long voyage vers les Basses-Branches.

3

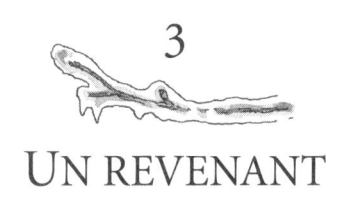

UN REVENANT

Tout en bas de l'arbre, avant de toucher terre, le bois du tronc se soulève et forme les plus hautes chaînes de montagnes.

Des flèches, des précipices sans fond… On dirait que la surface de l'écorce est parfois chiffonnée, parfois ondulée comme les plis d'un rideau. Les forêts de mousse s'accrochent aux sommets et attrapent les flocons de neige en hiver. Le lierre bouche avec ses lianes tous les passages entre les vallées. C'est un pays infranchissable et dangereux.

En creusant l'écorce au fond des canyons, on trouve quelquefois les restes d'aventuriers malchanceux qui se sont risqués dans ces montagnes. Avec le temps, le bois a fini par les digérer. On découvre une boussole, une paire de crampons ou un crâne d'un quart de millimètre. C'est tout ce qui reste de leurs rêves héroïques.

Pourtant, au milieu de ces montagnes peu hospitalières, il existe un petit vallon protégé où on installerait bien un chalet pour passer Noël sous la couette en écoutant ronfler la cheminée. Un vallon verdoyant qui recueille l'eau de pluie dans une petite mare entourée d'écorce douce.

Seul habitant du secteur, un cloporte venait chaque matin y brouter un peu de verdure.

Il y a dans l'arbre bien des coins de paradis qu'on ferait mieux de laisser aux gentils cloportes.

Ce matin-là, la petite bête se penchait pour boire dans la mare transparente quand la surface de l'eau se mit à trembler.

Des cris lui parvenaient.

Quel animal pouvait pousser des hurlements de ce genre ? Le cloporte n'en avait jamais entendu de pareils.

Des chasseurs.

Ils devaient être encore loin et lançaient des appels à travers la colline. Certains sonnaient dans des trompes, d'autres frappaient dans leurs mains en poussant des « yaaah ! » effrayants. Le cloporte se dressa sur ses pattes.

Alors, une silhouette apparut à l'autre bout du vallon. Quelqu'un bondissait vers la mare. A observer sa course silencieuse, son souffle court, on voyait que ce n'était pas un chasseur : c'était la proie. On entendait sa respiration rapide, mais jamais le bruit de ses pieds qui touchaient à peine l'écorce.

Un beuglement de trompe résonna à l'opposé. Le fuyard fit un saut de côté, mais des bruits se firent entendre dans une autre direction, puis dans une autre encore... Les cris encerclaient maintenant le vallon. Le pauvre gibier ralentit sa course, sauta dans la mare et s'immobilisa.

Il portait un pantalon coupé aux genoux. Le reste du corps était habillé de boue. On voyait une longue sarbacane plus haute que lui, accrochée dans son dos. Le cloporte ne distinguait pas à quelle famille d'insectes il pouvait bien appartenir.

Les cris se rapprochaient encore. Sans reprendre son souffle, le petit fugitif s'enfonça dans la mare. La tête disparut sous l'eau. Il y eut encore une courte seconde de calme.

Aussitôt, une douzaine d'individus de la même espèce surgirent de tous côtés. Le cloporte se tapit contre l'écorce et ne bougea plus. La couleur de sa carapace faisait croire à une aspérité du bois. Camouflage bien inutile : ce n'était pas lui que cherchaient les chasseurs.

– Où est-il ?

– Aucune idée.

– Il ne laisse pas de traces.

Les hommes portaient des toques en fourrure de bourdon. L'état de leurs épais manteaux trahissait un long voyage.

– On ne peut pas aller plus loin. Il faut remonter avant la neige.

Un grand type avec une sorte de harpon à deux pointes s'avança.

– Moi je reste, je ne le laisserai pas s'échapper. Je sens qu'il est là. Pas loin.

De rage, il envoya son harpon se ficher dans la carapace du cloporte.

La pauvre bête ne bougea pas. Un autre, qui s'était penché pour boire dans la mare, lui répondit calmement :

– Toi, Tigre, tu feras ce qu'on te dit de faire. C'est tout.

Il se releva, essuya sa bouche et montra un nouveau groupe qui approchait.

– On en a neuf dont deux petits. Jo Mitch sera content.

Des hommes tiraient un traîneau monté sur des patins de plume. Un second traîneau suivait. Ils transportaient des caisses avec un trou sur chaque face.

– Il faudra dix jours pour aller jusqu'à la grande frontière. Ne perdons pas de temps.

L'homme au harpon, celui qui répondait au nom de Tigre, alla récupérer son arme dans la carapace du cloporte. Il marmonnait :
– On le regrettera. Celui-là n'était pas comme les autres…

Ils se mirent tous en marche. Les traîneaux glissaient sur l'écorce. Que transportait cette étrange caravane ?

Les hommes avaient l'air fatigués. L'un d'eux boitait. Ils baissaient tous la tête pour ne pas voir les barrières de montagnes qu'il leur restait à franchir.

Le triste convoi allait disparaître au bout du vallon. Déjà, au loin, le frottement des plumes des traîneaux ne s'entendait presque plus.

Mais de la dernière caisse, on voyait quelque chose qui sortait et s'agrippait aux planches en tremblant.

C'était une main d'enfant.

Plusieurs minutes passèrent. Le cloporte se dressa sur ses pattes. Les visiteurs étaient partis.

Il avait juste senti une brûlure dans le dos, là où le harpon l'avait piqué. Rien n'est plus robuste qu'un cloporte.

Il s'en alla en se trémoussant et tout redevint calme dans le vallon.

Une tête sortit enfin de la surface de la mare. Le fugitif retira de ses lèvres la sarbacane qui lui avait permis de respirer sous l'eau. Ses yeux balayèrent le paysage.

Personne.

Il se leva d'un coup, les cheveux, le visage et le corps entièrement lavés par l'eau.

C'était Tobie Lolness.

Tobie. Le corps plus souple et solide que jamais, mais l'œil inquiet. Tobie qui avait repris sa vie d'éternel fugitif.

Il sortit de la mare et, d'un geste rapide, rangea sa sarbacane dans le long carquois qu'il portait sur le dos.

Tobie avait quitté le peuple des herbes deux mois plus tôt. Tête de Lune, son ami, était parti avec lui, ainsi qu'un vieux guide qui s'appelait Jalam. Ils devaient tous les deux l'accompagner jusqu'au pied de l'arbre.

Tobie avait d'abord refusé de les entraîner dans cette aventure. Mais le vieux Jalam avait expliqué que ce voyage serait son dernier, qu'il se retirerait ensuite dans son épi pour vivre ses années de grand âge. Pour cette dernière expédition, il était heureux d'accompagner Tobie.

– Et toi ? demanda Tobie à Tête de Lune.

– Moi, c'est la première fois. Je veux venir avec toi, Petit Arbre…

Tobie s'était laissé convaincre.

Jalam, lui, n'était pas favorable à la venue du petit garçon.

– C'est un brin de lin de dix ans. Il serait mieux dans l'épi de sa mère.

– Je n'ai pas de mère, avait-il répondu.

Jalam, gêné, n'avait pas insisté. Ils partirent tous les trois.

Tobie savait que ses compagnons profiteraient du voyage pour chercher la trace de leurs derniers amis disparus.

Chaque année, des dizaines d'habitants des herbes disparaissaient parce qu'ils s'aventuraient du côté de l'arbre. Inconscients du danger, d'autres repartaient inlassablement. Le tronc leur fournissait ce qui leur manquait dans la prairie : du bois dur, du bois qui ne se consume pas en un instant comme la paille. Mais ce qui les attirait davantage vers l'arbre, c'était le mystère de ces disparitions et l'espoir de retrouver les leurs.

Les trois voyageurs marchèrent la première semaine dans des régions familières. Tobie voulut laisser le vieux Jalam prendre la tête de l'équipe. Mais Jalam refusa.

– Je ferme la marche. Si je reste derrière, je prendrai ma retraite quelques enjambées plus tard… C'est toujours ça de gagné.

En fait, Jalam voulait surveiller le petit Tête de Lune. Il continuait à penser qu'ils n'auraient pas dû l'emmener et il le lui faisait comprendre à chaque occasion.

Tobie, en revanche, impressionnait le vieux guide par sa connaissance de la prairie. Il s'orientait parfaitement grâce aux ombres des tiges. Il prévoyait le vent et la pluie en écoutant la musique des herbes. Il trouvait toujours de quoi dîner, savait plonger dans les passages marécageux et revenir les bras chargés des œufs d'une libellule. Tobie connaissait le goût sucré du blanc des feuilles d'herbe, les épices de certaines plantes rampantes. Il savait comment, en pilant une graine avec de l'eau, on fait des petits pains qu'on laisse cuire sous la cendre.

Depuis le départ, Tête de Lune demeurait silencieux.
Jalam le rudoyait parfois quand il marchait trop vite :
– Sacré brin de lin ! Ça vole avec le vent, mais ça ne sait même pas où ça va !
Tête de Lune écoutait le vieux Jalam et ralentissait le pas. Ni ces reproches ni le prochain départ de Tobie n'étaient la cause de cette humeur sombre. Les gens des herbes ne pleurent que les morts, jamais les départs.
– Partir c'est vivre un peu plus, répétait toujours Jalam avec déjà la nostalgie de ces grands voyages.
Alors ? Pourquoi ce visage fermé de Tête de Lune ? Seul Tobie pouvait deviner le secret de son silence.

C'était la cinquième nuit. Ils la passaient dans une feuille roulée en étui, près des arborescences d'une carotte sauvage. A la fin du repas, comme chaque soir, Jalam sortit un tube d'herbe pincé de chaque côté, et, de cette fiole, il versa trois gouttes de sirop de violette sur sa langue. Il roula un bout de son long vêtement en guise d'oreiller et sombra dans le sommeil.
On entendait au loin le chant d'amour d'une grenouille. Des lucioles traversaient la nuit comme de paresseuses étoiles filantes.
Tobie et Tête de Lune cherchaient à ranimer le feu de cuisine. Ils retournaient les braises.
– Je sais ce que tu as vu, dit Tobie.

– J'ai vu parce que j'ai des yeux, dit Tête de Lune dans la langue énigmatique des herbes.

– Oublie ce que tu as vu.

Tête de Lune souffla sur les cendres. Une flamme éclaira leurs visages. L'un avait à peine dix ans, Tobie était plus vieux de cinq ou six printemps. Tête de Lune fit un geste au-dessus du foyer, comme s'il faisait tourner une toupie. Il savait comment calmer les feux de foin pour économiser les flammes. L'ombre revint sur les deux garçons.

Après un long silence, Tête de Lune dit :

– Tu dois me dire ce qu'a fait ma sœur Ilaïa.

– Oublie ça, dit Tobie. Ce n'est rien.

La veille du départ, Tête de Lune avait surpris Tobie qui maintenait Ilaïa plaquée sur le sol de son épi. Elle se débattait. Tobie tenait fermement ses deux poignets. Tête de Lune se précipita. Il allait les séparer mais il s'arrêta net.

La main droite de la jeune fille agrippait la pointe d'une flèche.

Reconnaissant son petit frère, Ilaïa avait lâché l'arme et s'était enfuie.

– Tu dois me dire, Petit Arbre, tu dois me dire ce qu'elle voulait faire avec cette flèche.

Tête de Lune parlait avec courage. On sentait l'émotion qui affleurait à chaque mot.

– Ce qui est brisé est plus tranchant que ce qui est entier, disait-il. Ce qui est brisé peut tuer comme un éclat de glace. Je sais que ma sœur a quelque chose de brisé en elle depuis des années. Si elle est dangereuse, tu dois me le dire, Petit Arbre.

Tête de Lune était certain qu'Ilaïa avait tenté de faire mourir Tobie. Cette idée lui transperçait le cœur. Ilaïa et Tobie étaient les deux êtres qu'il aimait par-dessus tout.

Mais Tête de Lune aurait tout donné pour se tromper. Ses yeux scrutaient ceux de Tobie.

– Dis-moi la vérité, Petit Arbre. Dis-moi qu'Ilaïa voulait te tuer avec cette flèche.

– Ne parle pas comme ça.

– Je dois savoir, je t'en supplie.

Tobie restait silencieux. Il remuait le feu, fuyant le douloureux regard de Tête de Lune. Celui-ci insistait :

– Dis-le !

Au loin, la grenouille amoureuse cessa de chanter. Tobie retint sa respiration et lâcha :

– Ilaïa…

Il s'arrêta.

– Parle ! murmura le petit.

Même le feu se taisait pour le laisser parler.

– Ilaïa voulait mourir, articula Tobie. Ilaïa essayait de se tuer.

Il baissa les yeux.

Il y avait peu de mots plus terribles. Peu de mots qui donnaient autant envie de hurler. Pourtant Tobie savait que ces paroles enveloppperaient Tête de Lune d'un très grand réconfort. Sa sœur n'était pas une criminelle, elle était seulement triste.

Désespérément triste. Triste à en mourir.
Tête de Lune s'allongea sur le dos et dit :
— Merci, Petit Arbre.

Tobie poussa un long soupir. Il se laissa tomber en arrière à côté de son ami. On entendait à nouveau le ronronnement du feu. Tobie regardait au-dessus d'eux les immenses parasols des fleurs de carotte qui ajoutaient d'autres étoiles au ciel d'automne.

Il avait parlé sans vraiment réfléchir.

Que pouvait-il dire d'autre ? Tobie eut du mal à trouver le sommeil. Peut-être devinait-il qu'un jour, beaucoup plus tard, Tête de Lune apprendrait la cruelle vérité.

Car cette nuit-là, pour consoler son ami, Tobie avait menti.

Le lendemain, ils entrèrent dans le roncier du grand ouest.

Tobie ne s'était jamais autant rapproché de l'arbre depuis qu'il avait quitté sa vie d'avant.

— Cette fois, ça devient sérieux, dit Jalam à ses compagnons.

Depuis bien longtemps, Jalam avait renoncé à franchir le roncier par le sol. Il avait perdu trop d'hommes dans cette traversée. Les buissons de ronces étaient infestés de gros prédateurs du genre mulots et campagnols. Même avec l'expérience d'un vieux guide, un souriceau est une bête fauve qu'il n'est jamais bon de croiser.

Le seul itinéraire praticable était la voie haute. Jalam montra à Tobie les longues tiges de ronces hérissées, qui s'élevaient dans les airs, traçaient des huit, des spirales et d'étroits ponts suspendus. Il regarda Tête de Lune.

— J'ai du mal à croire qu'un brin de lin va franchir le roncier du grand ouest.

— Je ne suis pas un brin de lin. Je m'appelle Tête de Lune, corrigea vivement le petit.

Jalam n'insista pas. Ils passèrent donc le roncier par la voie haute. Il leur fallut dix jours.

Les serpentins de ronces formaient des passerelles aériennes très impressionnantes, mais le parcours était souvent moins acrobatique qu'il en avait l'air. Les épines servaient de barreaux d'échelle et les feuilles légèrement velues empêchaient les glissades.

Jalam connaissait quelques refuges aménagés dans des épines creuses. Ils se serraient tous les trois dans ces petites niches pendues au-dessus du vide.

La nourriture variait peu. Quelques toiles d'araignée à l'abandon leur offraient des moucherons séchés qui croustillaient sous la dent. Il y avait aussi parfois quelques baies flétries qui avaient survécu à la fin de l'été. Pas de quoi faire un clafoutis…

Ils arrivèrent donc sans encombre à ce qui aurait dû être la dernière nuit dans les ronces, juste avant de rejoindre la prairie.

Ce soir-là, à minuit, ils furent réveillés par de puissantes secousses.

– Attention ! cria Jalam.

Le corps de Tobie roula sur celui du vieux guide. Ils furent ensuite projetés vers le plafond de l'abri et s'écrasèrent en même temps sur Tête de Lune. Ils se sentaient comme des billes dans un hochet.

– Je vais voir ce qui se passe, dit Tête de Lune en mettant le nez dehors.

– Nooon ! hurla Jalam un instant trop tard.

Le petit garçon avait déjà disparu, propulsé dans les airs par une sorte de coup de fouet.

Tobie et Jalam se blottirent dans un angle de l'épine. Tête de Lune s'était envolé.

– Je l'avais dit, murmura Jalam en serrant les dents.

Le remue-ménage continuait.

– C'est un oiseau coincé dans la broussaille, continua Jalam. On devra peut-être rester là plusieurs jours.

– Et Tête de Lune ?

Le vieux guide ne répondit pas tout de suite.

– Vous croyez qu'il est tombé jusqu'au sol ? insista Tobie.

– S'il a fait une telle chute, il doit être triste à voir et…

Jalam regarda Tobie et termina sa phrase :

– … on n'échappe pas longtemps à un mulot ou à un serpent quand on a dix ans, et peut-être deux jambes fracturées.

Tobie demeura silencieux. Il savait que même à dix ans, écorché de partout, éprouvé par la vie, on peut se sortir de toutes les griffes.

Jalam et Tobie restèrent ainsi la fin de la nuit, la journée qui suivit et une autre nuit encore. Ils essayaient de parler pour passer le temps et oublier la faim.

Jalam racontait des souvenirs de jeunesse. Tobie écoutait. Des accalmies suivaient parfois les secousses du roncier, mais elles ne duraient guère.

A l'aube du deuxième jour, la fatigue aidant, Jalam aborda des sujets plus intimes. Son enfance, ses amours. Les premiers rendez-vous avec celle qui allait devenir sa femme…

– Une ortie! expliquait-il en riant. Je lui avais donné rendez-vous sur une ortie! Le jeune idiot que j'étais! Nous avions peu de lin sur nous… On nous a vus revenir tous les deux, les bras et les jambes en feu. Notre amour n'est pas resté longtemps secret…

Tobie riait avec lui. Mais ils repensaient aussitôt aux yeux brillants de Tête de Lune et redevenaient graves.

Jalam avouait l'avoir traité trop sévèrement.

– J'ai un peu peur des enfants, dit-il.

– Vous n'en avez pas eu? demanda Tobie.

– Non, dit Jalam.

– Vous n'en vouliez pas?

Jalam ne répondit pas. C'étaient les enfants qui n'avaient pas voulu d'eux. Avec sa femme, ils avaient longtemps rêvé d'en avoir. Au fond de lui, Jalam en voulait peut-être à tous les enfants pour cela.

Tobie lui prit la main. Le danger dénude les cœurs et les rapproche. Ils restèrent ainsi longtemps, presque apaisés dans le petit matin.

Plus tard, Tobie parla d'Isha Lee.

Depuis qu'il avait appris que la mère d'Elisha était née parmi les Pelés, il brûlait d'en savoir plus. Tobie s'engouffra dans le silence du vieux.

– Et Isha ? Vous avez connu Isha quand elle était dans les herbes ?

Les yeux de Jalam brillèrent. Il y eut encore un long silence.

– Petit Arbre, je te l'ai dit, ma femme a été la chance de ma vie, elle m'a donné un grand bonheur. Je tiens à elle comme à la plante de mes pieds. Mais j'ai longtemps cru que je n'oublierais pas Isha.

– Vous…

– J'ai demandé trente-sept fois sa main à Isha Lee.

Il baissa les yeux.

– Il n'y a rien d'original, certains l'ont demandée cent fois. Nouk s'est jeté de son épi pour elle. La belle Isha… Si tu savais, Petit Arbre, ce qu'elle représentait pour nous…

Le visage de Jalam s'assombrit, il ajouta :

– Il n'y a personne dans les herbes qui ne regrette pas ce que nous avons tous fait.

– Qu'est-ce que vous avez fait ?

– Notre cœur est doux, Petit Arbre. Je ne sais pas comment a pu arriver l'histoire d'Isha.

– Quelle histoire ?

– Nous sommes tous responsables, parce que, tous, elle nous avait fait chavirer le cœur.

– Jalam, dites-moi ce qui est arrivé.

Le roncier fut agité d'un soubresaut puis tout s'arrêta. Jalam fit un geste vers Tobie. Le vieux guide attendait. Le silence dura plusieurs minutes puis Jalam dit :

– C'est fini. C'est incroyable. Après deux nuits, je n'ai jamais vu un oiseau se délivrer tout seul. D'habitude, il se libère le premier jour… ou bien il faut attendre une semaine qu'il meure d'épuisement.

– Une semaine ?

– Oui. Je t'avoue que mon vieux corps n'aurait pas tenu une semaine. Toi, tu avais ta chance, Petit Arbre. Mais je pensais finir là.

Tobie serra les deux mains de Jalam.
– Et vous me racontiez vos histoires en riant…
Un appel retentit au loin.
– C'est le petit, dit Jalam. Il s'en est sorti.
Le vieux guide se précipita vers l'ouverture.
– Tête de Lune ! cria-t-il.
La voix du petit garçon lui répondit.
Jalam cria encore le nom de l'enfant. Il rayonnait de joie.
– J'arrive, Tête de Lune ! J'arrive !
Le jour se levait. On voyait la prairie courir au-devant des dernières ronces. Jalam se glissa dehors.

Tobie restait hanté par le mystère d'Isha Lee.

4

ENTRE DEUX MONDES

Il fallut plusieurs jours pour que Tobie et Jalam comprennent que Tête de Lune était l'artisan de leur libération.

– C'est de la chance, disait-il, j'étais au bon endroit au bon moment.

Mais son aventure était bien plus qu'une histoire de chance.

Emporté par les premières secousses du roncier, Tête de Lune avait perdu connaissance. Il s'était réveillé sur la tige qui retenait prisonnier un merle noir. Il sentait sa chaleur juste en dessous de lui et le battement affolé de son cœur d'oiseau. Les ailes venaient fouetter les ronces.

Tête de Lune s'était d'abord ficelé à la tige par un bout de son vêtement de lin pour résister à la tempête de plumes. Il avait attendu la fin de la nuit.

A la lumière de l'aube, il avait repéré un endroit, juste à côté de la tête de l'oiseau, où la ronce était affaiblie, à moitié usée par des frottements. C'était là que se jouait la liberté du merle. Sur cette petite tige qui le retenait encore.

Tête de Lune se traîna dans cette direction, le plus silencieusement possible. Il ne devait pas être vu de l'oiseau affamé.

Pendant des heures, jusqu'à la nuit suivante, il tenta de ronger la tige épineuse. Il y mit les dents et les ongles, mais la bataille était inutile.

– Alors j'ai eu ma petite idée, expliqua-t-il plus tard. Qui pouvait m'aider ? Qui allait me sauver ? Qui, dans ce roncier, était à la fois assez fort et assez proche pour venir à mon aide ?

Jalam et Tobie se regardèrent. Ils affichaient un sourire entendu et bombaient déjà le torse.

– Nous ! dirent-ils d'une seule voix.

– Non… Pas vous, répondit Tête de Lune, s'excusant presque. Mais l'oiseau ! L'oiseau, avec son bec tout près de moi ! Je me cachais de lui, alors qu'il était le seul à pouvoir m'aider.

Tobie et Jalam se déplumèrent un peu. Leur ami continuait :

– Le matin de la deuxième nuit, j'ai pris le tissu de mon habit comme un long drapeau dans la main. J'ai grimpé sur la tige et j'ai commencé à danser.

En racontant cela, Tête de Lune se mit à danser près du feu. Les deux autres ne riaient pas. Ils admiraient.

Jalam, stupéfait, prenait conscience pour la première fois de ces quelques milligrammes de brin d'homme bourrés de courage et d'imagination. C'était donc cela, un enfant.

– En dix secondes, dit Tête de Lune, j'ai vu les yeux du merle rouler vers moi. J'ai vu son bec s'ouvrir et s'approcher. Au dernier moment, je me suis jeté à plat ventre sur le côté. Il a mordu la tige de ronce sans me trouver.

A la lumière des flammes, Tête de Lune mimait la scène. Quand il jouait le rôle de l'oiseau, il s'approchait du feu et son ombre géante se projetait sur les herbes.

– Il est reparti en arrière. Je me suis levé et j'ai repris ma danse au même endroit. L'oiseau a attaqué une deuxième fois, j'ai bondi pour lui échapper. Son bec a arraché un lambeau de ronce… C'était ça, ma petite idée.

Tobie et Jalam venaient de comprendre. Ils regardaient danser leur jeune compagnon avec un mélange de tendresse et de fascination. Une petite idée? Il appelait cela une petite idée? Jalam détourna les yeux. Il était ému. Tête de Lune leur avait sauvé la vie.

– Au dernier coup de bec, la ronce a craqué. Le merle a pu ouvrir ses ailes, il s'est dégagé en sacrifiant quelques plumes. Il s'est envolé. J'ai été projeté une nouvelle fois. Mais mon drapeau de lin s'était accroché à une épine et me retenait au-dessus du vide.

Tête de Lune retourna près du feu.

Ils avaient installé leur campement sur une motte de terre sèche. Le roncier était déjà loin derrière eux. C'était la première fois que Tête de Lune racontait son exploit.

– J'étais au bon endroit, au bon moment, répéta le garçon.

Et Jalam corrigea:

– Le pire endroit, jeune homme, le pire moment. Mais tu étais la bonne personne.

Le déluge commença le lendemain. Une pluie tiède, avec des gouttes grosses comme des maisons.

– Tant mieux, dit Jalam. J'attendais ce jour.

Il prit sa sarbacane et se mit à frapper à petits coups sonores les grands fuseaux d'herbes qui l'entouraient. A chaque coup, il tendait l'oreille pour écouter la résonance des tiges. Il finit par en montrer une et brandit une petite lame de bois dur qu'il portait à la ceinture.

– Couchez-nous celle-là.

Tobie et Tête de Lune prirent la lame et obéirent. L'herbe tomba dans un sifflement. L'abattage des herbes vertes était un moment rare et solennel. Dans la prairie, on parlait de « coucher » une herbe. Les herbes sèches suffisaient à la plupart des usages quotidiens, mais quelques occasions nécessitaient de coucher une herbe verte.

La principale était la fabrication de barques de voyage.

Ils travaillèrent deux jours sous la pluie pour construire une belle barque verte. Elle faisait bien un centimètre de long. La verdeur de l'herbe l'alourdissait et lui donnait une bonne flottaison. A l'arrière, deux longues perches permettaient aux navigateurs en herbes de faire avancer leur bateau.

L'eau commençait à monter.

Comme chaque automne, la prairie se transformait en forêt inondée.

Le voyage sur les eaux dura plusieurs semaines. Il semblait que le temps glissait lentement. La barque dérivait entre les herbes. Un petit abri était aménagé à l'avant. L'un des voyageurs y dormait tandis que les autres poussaient leurs perches à l'arrière, sous la pluie.

Tobie apprécia la douceur du voyage en bateau.

Il aimait ce temps ralenti, la vie à bord, l'ennui, la répétition des jours. On vivait les cheveux mouillés. La pluie cliquetait sur le marais. Des araignées d'eau patinaient entre les gouttes.

Le matin, Jalam se baignait avant l'aube, pendant que les jeunes gens dormaient encore. D'un œil, Tobie le voyait remonter dans la barque, tout nu dans le froid de novembre, et s'enrouler dans son long vêtement de vieil homme. Il détachait le bateau, commençait à pousser avec sa perche et faisait signe à Tobie de venir prendre un bol d'eau chaude.

Jalam profitait de chaque instant de ce dernier voyage.

Le soir, Tobie allumait du feu sur un flotteur, à côté de la barque. Il cuisinait avec de l'eau jusqu'aux épaules.

Entre deux mondes

Le reste du temps, il ne se passait rien... Mais le mouvement du bateau, son balancement, le lointain concert des crapauds, le roucoulement de l'eau, la forêt d'herbes qui défilait, tout cela suffisait à remplir les jours.

Pendant ces longues semaines étirées sur la surface des eaux, Tobie commença à entendre à nouveau le clapotis de ses souvenirs. On aurait dit que cette pluie d'automne s'accumulait sur la poussière qui recouvrait sa mémoire.

Les premiers jours, elle forma une boue noire dans le cœur de Tobie. Il retrouva intact le cauchemar qu'il avait vécu dans l'arbre : la fuite et la peur. Il se vit courir dans les branches, poursuivi par l'injustice de son peuple. Il retrouva l'enfer de la prison de Tomble. Tout ce qu'il avait quitté en allant vivre dans l'herbe.

Mais, lentement, l'eau pure de la pluie nettoya cette noirceur. Il ne restait que la beauté éclatante de ce qu'il partait reconquérir.

Il y avait d'abord ses parents : Sim et Maïa. Leurs visages flottaient dans l'ombre des marais, au-dessus de la barque. Et leurs voix... Ces voix que Tobie craignait d'oublier mais qui lui revenaient, par instants, murmurées.

Alors, il sentait même le frôlement de leurs lèvres sur son oreille. Il fermait les yeux, approchait lentement ses mains, espérant saisir l'écharpe de soie de sa mère, remonter cette écharpe comme une échelle de corde, pour enfin toucher sa peau, ses cheveux.

Il ne trouvait que de l'air, l'air mouillé de ces journées de pluie. Mais il ne regrettait pas le bonheur d'y avoir cru un moment.

Tobie tentait d'imaginer ses parents. Ils étaient aux mains de Jo Mitch. Tiendraient-ils jusqu'au retour de leur fils ? Sim livrerait-il à l'ennemi le secret de Balaïna, cette invention qui menaçait l'énergie vitale de leur arbre ?

Un autre fantôme hantait le jeune aventurier.

Quand il se reposait à l'avant de la barque, il sentait une main qui touchait la sienne, et jouait avec ses doigts.

– Attends, murmurait-il dans son sommeil. Attends-moi, je dors, je dois reprendre des forces.

Il lui semblait que cette main le tirait pour l'emmener. Elle insistait, prenait la paume de sa main.

– Pas tout de suite, je dois finir mon voyage, disait Tobie.

Mais il ne se défendait pas. Il aimait cette invitation et, quand il lui répondait d'une voix ensommeillée, c'était un refus très doux qui encourageait l'autre à s'attarder.

– Je vais venir, c'est promis. Laisse-moi le temps d'arriver jusque là-haut.

Il se réveillait quand il prononçait le nom de son fantôme.

– Elisha.

Alors, il découvrait que sa main dépassait de l'abri et recevait la pluie. L'invitation venait de ces grosses gouttes sur sa main. Il soupirait, bougeait un peu cette main, mais la laissait dehors pour retrouver plus vite les doigts de pluie d'Elisha.

Au début, avec le vieux Jalam, Tobie avait tenté de revenir à l'histoire d'Isha. Ils poussaient chacun sur leur perche.

– Je t'ai dit ce que je sais, répondit Jalam. Elle était là, avec nous, dans les herbes, et puis un jour, elle est partie. Je ne sais rien d'autre.

– Mais vous avez commencé à me dire…

Rien d'autre.

Tobie essayait de comprendre.

– Mais…

Le visage de Jalam parut impénétrable.

– C'est tout, Petit Arbre.

Dans le roncier, Jalam avait commencé à tout dire parce qu'il croyait mourir. Mais la vie était revenue en lui avec ses verrous et ses barricades. On ferait mieux de donner à toute sa vie la transparence des derniers instants.

Aujourd'hui, revenu au monde, Jalam avait claqué la porte sur ses souvenirs.

La porte.

Pendant ses années dans les herbes, Tobie n'avait jamais vu une seule porte. Les épis étaient grands ouverts. Il avait oublié que, là-bas, comme partout ailleurs, les portes restent dans les têtes et qu'un coup de coude suffit à les refermer pour toujours.

Jalam se taisait. Tobie tenait la longue perche dans ses mains et la poussait derrière lui. Il réfléchissait.

Même les gens de l'herbe ont des secrets et des peurs.

Ilaïa, la grande sœur de Tête de Lune, avait toujours eu au fond des yeux plusieurs portes verrouillées. Tobie ne cherchait jamais à les ouvrir. Il restait à l'extérieur de ses secrets, simplement heureux d'avoir cette amie attentive à ses côtés.

Pourtant il aurait suffi de si peu, pour que ces barrières tombent en poussière à ses pieds.

Ilaïa aimait Tobie.

Il aurait alors senti le feu de la passion qu'elle éprouvait pour lui. Cette passion dans laquelle elle avait tout jeté : la perte de ses parents, la mort d'un fiancé, tous ses malheurs entassés depuis qu'elle était petite.

Ilaïa était un fagot de désespoir, prêt à brûler pour le premier venu.

Quand Tobie annonça son départ, elle ne pensa qu'à une chose : le retenir. Même s'il fallait le tuer pour le garder tout à elle.

– La ligne est lourde.

Tobie sortit de ses pensées.

– Comment ?

– La ligne est lourde, répéta le vieux Jalam.

Tobie lâcha sa perche et attrapa un fil accroché juste derrière lui. Il le tira vivement hors de l'eau. C'était une ligne de pêche.

– Une nymphe, dit Jalam en aidant Tobie à sortir un petit insecte gris. Une nymphe de moustique. Ma femme les cuisine en ragoût.

Tobie regarda son vieux compagnon. Visiblement, il n'en apprendrait pas plus sur l'histoire d'Isha.

L'eau commença à baisser à la fin du mois de novembre. Le premier jour de décembre, la barque s'échoua. Tête de Lune fut le premier à mettre pied à terre, trop heureux de pouvoir enfin se dégourdir les jambes. Il disparut en courant.

Tobie et Jalam renversèrent la barque sur une plage de boue. Ils l'accrochèrent à un tronc d'herbe.

– On ne sait jamais, dit Jalam, je pourrai m'en servir au retour avec le petit, si la neige ne vient pas.

– Et s'il neige ?

– S'il neige, on mettra des planches.

Tobie avait découvert les planches en arrivant dans les herbes. C'était des lamelles de bois tout en longueur qu'on fixait sous les pieds pour se déplacer en glissant sur la neige. L'avant des planches remontait et s'enroulait comme un escargot.

Tobie et Jalam entendirent des cris et virent Tête de Lune accourir.

– Venez voir ! Vite !

Le petit les emmena à quelques centimètres de là. Ils escaladèrent des herbes écrasées par la pluie et débouchèrent sur une feuille en terrasse. Ils suivirent Tête de Lune jusqu'au bord. Tobie poussa un cri.

A perte de vue, au milieu des herbes, s'étendaient des collines recouvertes d'écorces. On aurait dit les anneaux d'un grand serpent de bois, qui entraient sous terre et ressortaient.

– Qu'est-ce que c'est ? demanda Tête de Lune.

– On est plus proche du but que je ne le croyais, dit le vieux guide.

– C'est l'arbre ?

– Oui, répondit Jalam.

Tobie sursauta. Non, son arbre ne ressemblait pas à ça.

Jalam dit :

– C'est l'arbre sous terre. Ces collines sont à l'air libre mais tout le reste des branches est sous la terre. L'arbre sous terre… Il partage le même tronc avec ton arbre.

Le visage de Tobie s'éclaira. Il pensait à Sim et à ses gros dossiers de recherche. Il revit le petit signe que son père avait gravé à Onessa, dans la porte de leur maison des Basses-Branches. Ce signe qu'il inscrivait partout. Le signe des Lolness.

Pendant le long voyage en barque, Tobie avait sculpté le signe sur un médaillon de bois qu'il avait offert à Tête de Lune.

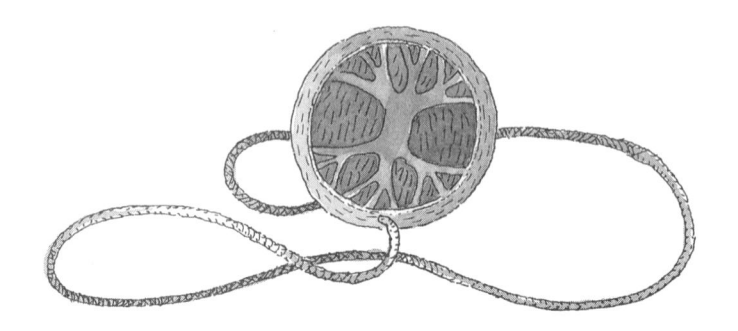

– Ce sont les racines, dit Tobie. Les racines de mon arbre. Elles sortent à cet endroit, mais la plupart sont sous la terre. Mon père savait qu'elles existaient.

Tête de Lune regardait le signe autour de son cou.

Jalam sourit en entendant parler Tobie. Racines... Pourquoi ce mot ? Est-ce qu'on ne peut pas dire au contraire que les branches aériennes de Tobie sont les racines de l'arbre sous terre ? Où est l'arbre ? Où sont les racines ?

Le vieux guide préféra se taire pour ne pas remuer un débat trop ancien et trop douloureux pour les Pelés.

Une heure plus tard, les voyageurs arrivèrent au pied de la première colline d'écorce. Lentement, Tobie s'approcha et posa sa main sur le bois.
— Les jours sont plus courts qu'avant, dit Jalam. Je ne m'en étais même pas rendu compte. On est entré dans l'ombre de l'arbre.
Tête de Lune touchait l'écorce pour la première fois.
— Ça tremble, dit-il.
Tobie posa son front. Il sentait déjà le torrent de sève qui, dans les entrailles de l'arbre, se battait pour sa survie.

Un soir, le trio s'arrêta sous une racine qui formait une arche. Là, cachée dans les herbes, une autre barque était amarrée. Ils en firent le tour. L'eau n'était pas montée jusque-là depuis les grosses pluies de printemps. Jalam toucha le flanc du bateau. L'herbe de la coque avait séché, elle commençait à se percer par endroits.
— Cette barque a été faite chez nous, dit le guide.
— Par qui ? demanda Tête de Lune.
— Je ne sais pas. Les passagers l'ont abandonnée. J'espère qu'il ne leur est rien arrivé.
Tobie vit alors un cordon de lin bleu accroché à une herbe. Il le détacha, le montra aux deux autres.
— C'est ce que je craignais, dit Jalam.
— Mika et Liev…, dit Tête de Lune dans un souffle.
Tobie enroula le lin sur son poignet.
Mika et Liev étaient deux amis très proches. Ils avaient à peu près l'âge de Tobie. Ils étaient partis chercher du bois au début du printemps. Les gens des herbes avaient tenté de les décourager, mais Mika était bien décidé.
Il s'occuperait de Liev. Il en avait l'habitude.
En voyant le garçon costaud qu'était Liev, on pouvait se demander pourquoi il fallait s'occuper de lui. Mais il suffisait de

passer un moment à ses côtés pour comprendre qu'il n'était pas tout à fait comme les autres.

Liev avait eu la maladie de l'avoine, une maladie qui attaquait les cinq sens les uns après les autres. A l'âge de dix ans, il était devenu sourd. L'année d'après, il avait perdu la vue. Et la maladie s'était arrêtée là, lui laissant les trois autres sens, le toucher, l'odorat et le goût, par une sorte de désinvolture étrange.

D'habitude, les maladies savent très bien finir leur travail.

– Sans la ficelle bleue, dit Tobie, je ne sais pas comment ils ont pu s'en sortir.

Cette ficelle reliait les deux amis. Elle permettait à Mika de diriger Liev et de lui parler en donnant des petits coups dans le cordon.

– Ils sont sûrement morts, dit Jalam.

Par bonheur, même les vieux guides sages et expérimentés peuvent se tromper.

Quelque part dans l'arbre, Mika et Liev vivaient.

5

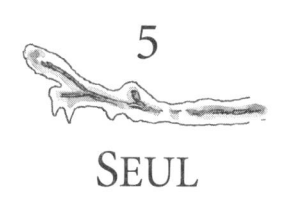

SEUL

Dans le creux de son vallon, au milieu des hautes montagnes, Tobie reprenait son souffle. Il avait échappé à ses poursuivants, mais devait rester sur ses gardes.

Depuis la veille, Tobie était seul. Il s'était séparé de ses deux compagnons de route. La saison était trop avancée. Jalam et Tête de Lune devaient rentrer chez eux avant d'être coincés par l'hiver. Tobie avait promis qu'il chercherait à savoir ce qu'étaient devenus Liev, Mika et tous les autres.

Les trois compagnons s'étaient fait des adieux à la façon des Pelés. C'est-à-dire sans grande démonstration d'émotion.

– Au revoir.
– Bon courage.
– A bientôt, Petit Arbre.

Ils ne s'étaient même pas touché la main ou le front. Jalam et Tête de Lune avaient dévalé la pente.

Tobie se retenait de leur courir après, de prendre Tête de Lune dans ses bras. Il aurait voulu embrasser la main de Jalam, leur crier de penser à lui, de ne pas l'oublier. Il rêvait de leur dire combien il avait été marqué par la vie des herbes.

Plus tard, Tobie regretta souvent de ne pas l'avoir fait.

En deux mois de voyage, malgré les épreuves, Tobie n'avait pas vraiment été dépaysé du monde de la prairie. Le combat était toujours le même : vivre ou survivre contre la nature. Ou plutôt avec elle.

Mais, depuis la nuit précédente, la règle du jeu avait changé.

Les chasseurs étaient entrés en scène.

Tobie avait vite compris que ces chasseurs ne le cherchaient pas. Ils voulaient capturer des Pelés. Ils avaient poursuivi Tobie comme n'importe quel Pelé qui s'aventurait sur le tronc. Et c'était vrai qu'en quelques années Tobie s'était mis à ressembler beaucoup à ces petits hommes de l'herbe.

Tobie regarda le paysage qui l'entourait. La mare, le vallon verdoyant, les montagnes qui s'élevaient derrière, et la silhouette du tronc gigantesque qu'on apercevait au-dessus, dans la lumière de ce matin gris.

Le chemin serait long à parcourir. Mais, tout là-haut, il y avait comme un trou noir qui l'attirait, l'aspirait : la grande ombre de l'arbre, ce labyrinthe de branches où l'on avait besoin de lui. Tobie se mit en route au petit trot et quitta le vallon.

Toute la journée, sans s'arrêter un instant, il escalada des parois, sauta des ruisseaux, traversa des cols, longea des crêtes d'écorce ciselées comme des dentelles, courut sur des hauts plateaux, descendit des vallées, remonta et redescendit de l'autre côté.

Il ne sentait pas la fatigue. Il décida de continuer à courir la nuit suivante, filant sur des étendues de mousse basse, passant sous des cascades que la nuit claire faisait étinceler. Il se sentait indestructible. Rien ne pouvait l'arrêter.

A l'aurore, l'indestructible Tobie arriva à bout de forces dans un petit vallon verdoyant.

Un petit vallon où, comme chaque matin, un cloporte venait boire. Le cloporte remarqua Tobie et resta interdit.

Bon. Il avait déjà vécu cette scène la veille.

Le souffle court, Tobie regarda la mare, puis le cloporte, puis le vallon. Ses yeux commencèrent à tourner dans leurs orbites. Il regarda encore la mare, puis le cloporte, puis le vallon. Il s'effondra par terre.

Il ne faut pas plaisanter avec la haute montagne. Tobie était parti comme un écervelé, le sang fouetté par sa folle énergie.

Tobie n'avait pas pensé à penser.

Il s'était épuisé pendant vingt-quatre heures, pour revenir précisément au même endroit. La montagne est un piège. Elle ne se laisse pas parcourir le nez au vent comme un jardin public.

S'il continuait ainsi, des archéologues trouveraient peut-être, cent ans plus tard, en faisant des fouilles dans les rides d'un petit vallon d'écorce, une sarbacane et quelques ossements, en souvenir de Tobie.

Il commença donc par le commencement. Dormir.

Quand il se réveilla le soir, sa tête était bien retombée sur ses épaules, il avait écarté sa soif de vengeance et l'ivresse du héros (car l'ivresse et la soif vont souvent ensemble). Il pouvait enfin réfléchir.

Alors il vit un objet abandonné au bord de la mare.

Tobie se baissa pour le ramasser. C'était une toque en fourrure noire, doublée de soie usée. Un chasseur avait dû l'oublier. Cette toque lui donna la solution.

Les chasseurs. Il suffisait de les suivre. L'hiver s'installait et ils rentraient sûrement chez eux.

Tobie devait simplement prendre en chasse ses propres chasseurs.

Il lança la toque en l'air. Elle retomba dans son dos sur le sommet de la sarbacane et y resta. Tobie fit le tour de la mare, retrouva aussitôt les traces du convoi et commença à les suivre.

Le lendemain, dans le vallon, le cloporte s'attendait à voir arriver Tobie, mais il ne vit personne. Il en fut presque déçu. C'est fou comme on s'attache.

– Tiens. Il neige.
– Ouais. Il neige. Ça commence.
– T'as pas ta toque ?
– Ma toque ?
– Ta toque ! T'as pas ta toque ?
– Non, j'ai pas ma toque.

Deux chasseurs gardaient l'un des traîneaux à plumes où s'entassaient les caisses. La lourde troupe avait fini de traverser la chaîne de montagnes. Le lendemain, ils attaqueraient le tronc vertical. Ils allaient emprunter la grande corniche, une piste qui grimpait en spirale autour du tronc.

Un troisième homme sortit de l'ombre. C'était le chasseur au harpon.

– C'est moi. C'est Tigre.
– Tu dors pas ?
– Non. Je pense à celui qu'on a laissé s'enfuir.
– T'inquiète pas. Le patron sera content.
– C'est pas ça...
– C'est quoi alors, Tigre ?
– J'aime pas laisser des restes derrière moi. Ça fait sale !

Les deux autres se mirent à rire bruyamment, mais ils étaient à moitié terrorisés par Tigre. La neige commençait à tomber très fort. Tigre frappa sur le crâne d'un des gardes.

– Toc, toc... T'as pas ta toque ?
– Non, j'ai pas ma toque.

– Où elle est, ta toque ?
– Je l'ai perdue.

Tigre se leva. Il s'approcha des caisses et commença à donner des coups avec le manche de son harpon.

– On ne dort pas, là-dedans ! criait-il. On ne dort pas ! On pense fort à tonton Mitch qui va s'occuper de vous dans quelques jours.

Les trois chasseurs riaient ensemble. Celui qui avait perdu sa toque ajouta en hurlant :

– Pour le moment, vous êtes tranquilles dans vos boîtes… Mais c'est bientôt fini, la belle vie !

En même temps qu'une fine pellicule de neige se posait sur son corps, Tobie sentit son cœur se couvrir de givre. Il était allongé dans la nuit, à trois pas des chasseurs. Il n'avait pas manqué un mot de leur lugubre conversation.

Une heure plus tôt, Tobie s'était approché pour dérober quelques vêtements chauds. Il avait trouvé une sorte de gilet épais et des bottes à lacets qu'un des hommes avait retirés pour dormir. Il s'éloignait discrètement quand il surprit les gardes qui discutaient.

Il approcha. C'était bien ça. Le convoi transportait des Pelés. Il y en avait neuf. Sûrement tous ceux qui avaient disparu depuis le printemps précédent. Quand il entendit le nom de Jo Mitch et la violence de Tigre, Tobie plaqua son visage sur l'écorce pour ne pas crier.

Il imaginait la détresse de ces êtres pacifiques capturés et jetés dans des boîtes. Que se passait-il dans leur esprit quand ils entendaient qu'on frappait sur le bois de leur cage en hurlant ? Et même s'ils s'échappaient, comment pourraient-ils affronter l'hiver, la neige, l'immensité de l'arbre ?

Pauvre petit peuple !

– On va vous écraser, continuait Tigre, debout sur les caisses. On va vous écraser un par un !

Alors Tigre s'arrêta. Il sentait quelque chose sur son pied gauche. Une petite main était sortie d'un trou de la caisse et venait de lui attraper la cheville. En se débattant, il perdit l'équilibre. Une autre main, échappée d'une autre caisse, avait saisi son pied droit. Il cria comme un demeuré et tomba allongé sur les caisses.

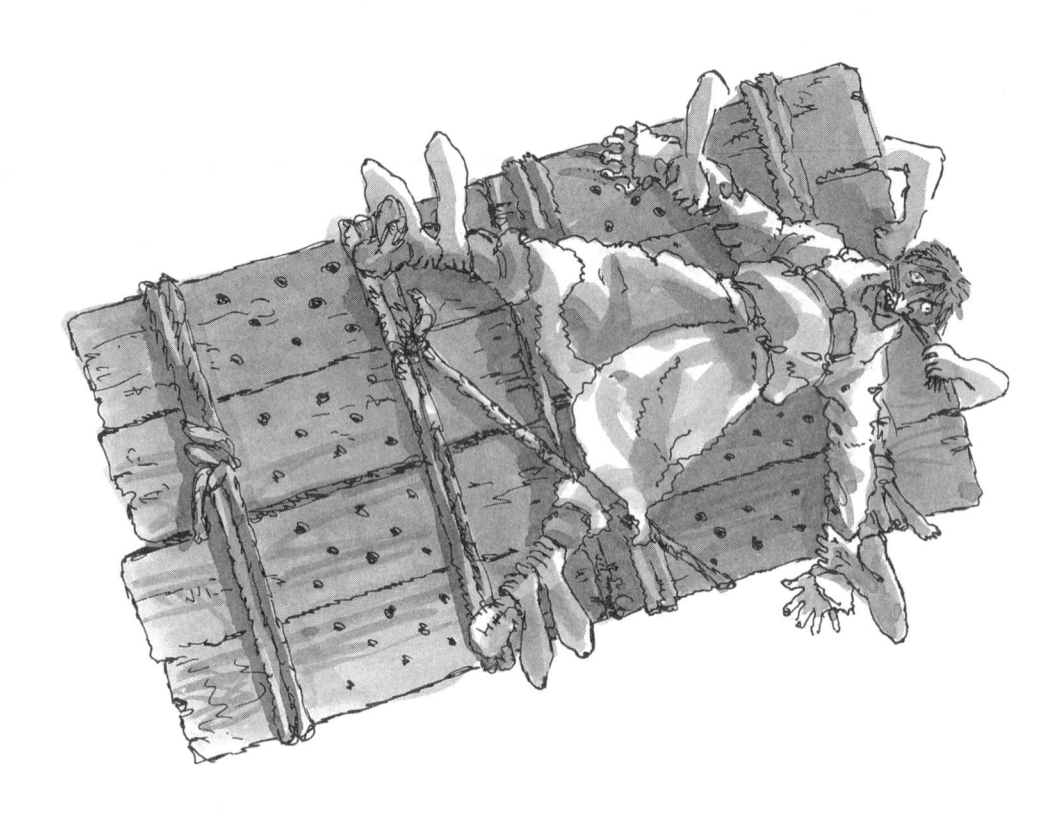

Ses collègues accoururent. La situation était cauchemardesque. Des mains lui agrippaient maintenant les bras, les cheveux, la ceinture. Tigre poussait des cris d'horreur, collé comme une ventouse au tas de caisses. D'autres chasseurs s'étaient réveillés et venaient essayer de l'arracher à cette force. On le tirait, on le secouait, on tapait les caisses des Pelés.

Quand toutes les mains le lâchèrent au même instant, les chasseurs qui tiraient ses vêtements pour le libérer furent entraînés dans leur élan et s'écrasèrent avec Tigre sur un mur d'écorce. Un paquet de neige se détacha et vint les recouvrir.

Tobie, les yeux écarquillés, gloussait de bonheur. Comment avait-il pu oublier le courage et la force de ses amis ? Pauvre petit peuple sans défense ! Pauvres victimes impuissantes ! Non ! Ils n'avaient pas besoin de la pitié de Tobie. C'étaient tous de nobles combattants qui avaient affronté de bien pires adversaires que ce Tigre et ses comparses.

Ils allaient se battre.

Tobie recula et disparut dans la nuit.

Une embuscade. Voilà ce qu'il devait préparer. Une embuscade pour libérer les prisonniers. Peu importait la neige et le froid… S'ils s'échappaient, ils parviendraient à rentrer chez eux vivants. L'hiver, au moins, est un ennemi loyal.

Tobie courut dans la neige. La piste circulaire était étroite mais bien tracée. Il ne risquait pas de se perdre. Il voulait prendre de l'avance pour organiser son plan. Il avait enfilé le gilet de peau et les bottes. Avec son pantalon coupé aux genoux et sa toque en fourrure de bourdon, la sarbacane en bandoulière sur le dos, il avait une allure extraordinaire. Il marchait contre le vent et la neige sur cette corniche taillée le long du tronc.

La piste circulaire était l'un des grands travaux des dernières années. Taillée dans l'écorce, cette route s'enroulait en colimaçon sur le tronc jusqu'aux premières branches. Elle permettait de remonter rapidement les Pelés capturés. Ceux-ci avaient d'ailleurs été utilisés pour creuser la piste circulaire. Le chantier restait dans les mémoires comme l'un des plus meurtriers. Accrochés en équilibre à la verticale du tronc, des ouvriers pelés tombaient tous les jours dans le vide.

Tandis qu'il marchait sur la corniche, il semblait à Tobie que la neige dégageait une légère lumière. La nuit était claire et les pieds ne s'enfonçaient pas encore dans le tapis blanc.

Après deux heures d'ascension, Tobie s'arrêta. C'était un tournant assez délicat. Un morceau d'écorce avait dû se détacher et s'était coincé à cinq millimètres au-dessus du passage. La neige commençait à l'alourdir. Il suffirait peut-être d'un coup de pied pour que le bloc d'écorce tombe en travers de la route.

Tobie grimpa la paroi pour surplomber la corniche. Son but était de couper le convoi en deux. Il ferait tomber le bloc juste avant les traîneaux de plumes où étaient enfermés ses amis. Il aurait sûrement le temps de les libérer.

Avec le pied, il effleura le morceau d'écorce en équilibre. Parfait. Il bougeait légèrement. Il fallait juste que son piège résiste jusqu'au matin et qu'il ne s'effondre pas avant.

Comme si elle avait entendu ce vœu, la neige se mit à tomber moins fort.

Tobie s'installa au-dessus du lieu des opérations. Ramassé en boule, les genoux serrés dans ses bras, il attendit.

Sa première pensée alla vers Tête de Lune et Jalam. Comme il était rassurant de les savoir dans la prairie. Avec la neige, ils allaient pouvoir se tailler des planches, le retour serait rapide. Une longue glissade vers chez eux.

La prairie était le territoire idéal pour voyager sur des planches.

L'hiver précédent, Tobie était parti huit jours dans la neige avec Tête de Lune et Ilaïa. Ils étaient allés pêcher ensemble des larves de demoiselles dans les marécages gelés.

C'était un beau souvenir. Le soleil tapait très fort sur l'herbe couverte de neige. Ils glissaient avec leurs planches aux pieds, dans ce monde entièrement blanc. Ils venaient de passer une grande partie de l'hiver enfermés dans leurs épis et se retrouvaient tout à coup dans cette pureté infinie.

Tête de Lune filait dans les pentes en levant les bras en l'air et en criant. Leurs traces restaient dans la neige poudreuse. Ilaïa souriait à Tobie qui l'attendait dans les montées trop rudes.

La pêche hivernale se pratiquait en faisant des grands feux sur la glace. Un trou se formait et les larves remontaient dans cette eau tiédie. Les demoiselles sont de petites libellules au corps vert et noir. Leurs larves restent plusieurs années sous l'eau. Il faut pêcher les plus jeunes larves, les plus sucrées et les plus tendres.

Tobie se souvenait de certains moments passés avec Ilaïa, accroupis sur la glace. Ils avaient planté leurs planches dans la neige un peu plus loin. Tête de Lune surveillait un feu, de l'autre côté du marécage. Ilaïa disait à son frère :

— Laisse-nous.

Il aurait suffi que Tobie croise le regard d'Ilaïa pour qu'il comprenne ce « nous ». Ilaïa était amoureuse, Tobie aurait dû s'en rendre compte. Pourquoi fermait-il les yeux ?

En y repensant, maintenant, Tobie s'avouait qu'il avait peut-être laissé faire pour retrouver cette sensation oubliée. Pour retrouver avec elle ce qu'il avait voulu balayer à tout jamais : les yeux baissés et les silences d'Elisha.

Tête de Lune revenait discrètement, attrapait Ilaïa par le pied et la faisait glisser sur la glace en riant. Elle hurlait de fureur.

En les regardant s'agiter, de loin, on aurait dit trois poussières et un feu minuscule sur le plat d'une main.

Tobie fut réveillé par des voix étouffées. Il se dressa brusquement, un peu perdu. Où était-il ? Il se rappela son projet d'embuscade. Il avait le nez froid et de la neige glacée dans les cheveux.

— Les voilà…, se dit-il.

La troupe était encore à quelques centimètres du tournant. Tobie se glissa à l'endroit où il pouvait déclencher son piège.

Les premiers chasseurs passèrent. Ils marchaient silencieusement. D'autres suivaient en traînant la patte. La corniche était étroite. Ils serraient la paroi de près. Enfin, Tobie vit les traîneaux tirés par les hommes. Les caisses étaient là. Tobie attendit le moment choisi et donna un grand coup de talon dans le bloc d'écorce.

Rien.

Il ne se passa rien.

L'écorce n'avait pas bougé.

Il donna un deuxième coup de pied. C'était une question de seconde. Il se mit à piétiner frénétiquement, sans résultat.

Tobie grimpa sur le morceau d'écorce pour voir passer le convoi. Il avait échoué. Il tomba à genoux, inconscient du danger qui menaçait l'équilibre de son perchoir.

D'énormes flocons recommençaient à tomber autour de lui.

Avant que les caisses ne disparaissent dans le tournant, Tobie eut le temps de se rendre compte que les trous d'aération avaient été bouchés. Traumatisé, Tigre avait donné cet ordre pour que ne recommence pas la scène de la nuit d'avant. Les neuf prisonniers respiraient difficilement.

Tobie avait aperçu un doigt qui parvenait à se glisser entre les lattes de la plus petite caisse. Cette vision lui fit une grande peine. Il ignorait pourtant le pire.

Cette main, cette petite main glacée posée sur le bois de la caisse, cette main appartenait à Tête de Lune. Celui-ci n'était pas tout en bas, dans la prairie, glissant sur ses planches, à fendre l'air dans les pentes enneigées. Il était là, recroquevillé dans sa boîte, s'inquiétant de la santé du vieux Jalam dans la caisse d'à côté.

– Vous tenez bon ?

La voix tarda à répondre.

– Je tiens.

Tête de Lune entendit alors un bruit sourd d'avalanche qui retentit dans le lointain. Le traîneau s'arrêta. Quelqu'un courut voir ce qui s'était passé. Des pas écrasaient la neige.

L'homme revint, essoufflé.

– C'est dans le tournant qu'on vient de passer. On a eu de la chance. Tout un morceau d'écorce s'est effondré sous la neige.

– La piste est bloquée ?

– Non. Il a roulé dans le précipice.

6

LA GARNISON DE SELDOR

Autrefois, quand la ferme de Seldor se réveillait sous la neige, les jeunes filles de la maison sortaient à l'aurore, chacune portée par un de leurs frères. Mia et Maï se débattaient mais la force des garçons les empêchait de s'échapper. Ils avançaient en les tenant dans leurs bras, s'enfonçant jusqu'aux cuisses dans la neige. Les corps dégageaient un peu de fumée à la lumière du matin froid.

Arrivés un peu plus loin, ils les jetaient en chemise de nuit dans l'épaisseur blanche. Elles y disparaissaient presque entièrement, criant et s'interdisant de rire.

Autrefois, quand la ferme de Seldor se réveillait sous la neige, la mère sortait de la maison, furieuse de voir perdurer ces coutumes barbares. Elle apportait des serviettes chauffées à la vapeur et tentait de frictionner ses filles en maudissant ses fils.

« Les bains de neige rendent les filles sages », disait-on chez les Asseldor, depuis trois générations.

On s'amusait surtout de cette tradition venue d'un grand-père excentrique, mais Mme Asseldor ne riait pas du tout.

Autrefois, quand la ferme de Seldor se réveillait sous la neige, la famille ne travaillait pas pendant plusieurs jours. On sortait des pilons de cigale qu'on faisait tourner dans la cheminée. On buvait de la bière chaude. On mangeait des tartes au miel.

Autrefois, quand la ferme de Seldor se réveillait sous la neige, on jouait de la musique aux fenêtres et on écoutait... L'acoustique d'un champ de neige est très pure et mystérieuse. Le mieux est d'y jouer la nuit.

Autrefois, quand la ferme de Seldor se réveillait sous la neige, on avait envie que toute la vie soit ce premier matin d'hiver.

Mais la ferme avait changé.

Une cour boueuse labourée par les bottes des soldats. Des granges changées en dortoirs ou en cantines. La neige souillée. Des éclats de voix. Et, plus loin, les anciennes volières des pucerons changées en enclos pour des êtres humains. Voilà à quoi ressemblait la ferme de Seldor ce matin-là. Les Pelés étaient parqués dans cette garnison avant d'être emmenés vers les colonies inférieures.

– Les volières sont vides. On attend le prochain convoi.

Léo Blue était arrivé dans les Basses-Branches la nuit précédente, après sa grande traversée de l'arbre. Il écoutait les explications d'un de ses hommes.

– Ils ont du retard, on est le 20 décembre, mais…

– Tais-toi, dit Léo Blue.

Il regardait la façade de la grande maison de Seldor taillée dans l'écorce. Léo restait parfaitement immobile. Tout le monde guettait ses réactions. Il inspirait la crainte. On connaissait son histoire. D'abord celle de son père tué par les Pelés à la grande frontière, quand Léo était petit. Puis la sienne : une histoire dans laquelle la vengeance était peu à peu devenue une obsession.

Voyant qu'il s'intéressait à la ferme, Garric, le chef de la garnison, hasarda des explications :

– C'est la maison de la famille Asseldor, vous savez que…

– Tais-toi, répéta Léo. Je ne te demande rien.

Léo savait tout cela. Une famille habitait là quand on avait installé la caserne. C'était même dans cette maison qu'il était venu chercher Elisha.

Il avait maintenant l'impression de découvrir la beauté de cette bâtisse. Les épaisses cicatrices du bois montraient que la construction était ancienne.

Une silhouette passa. La silhouette d'une jeune femme qui contourna la maison en portant un seau et y entra précipitamment.

– C'est la fille Asseldor, vous savez que…

– Je sais, dit Léo d'un ton cinglant.

Il vint caresser les boomerangs dans son dos et il n'y eut plus un bruit autour de lui.

Les Asseldor avaient choisi de rester dans leurs murs malgré la confiscation de toutes leurs terres. On leur avait proposé d'autres fermes, plus haut dans l'arbre, mais ils avaient refusé. Les soldats toléraient leur présence dans ces vieux murs. La famille vivait d'un peu de chasse et de cueillette.

– Je n'aime pas qu'ils restent là, dit Léo. Il ne faut pas qu'ils dérangent le travail.

– Ils ne dérangent pas, dit un soldat. Avant, ils jouaient de la musique. Jo Mitch le leur a interdit il y a un an.

– C'était beau ?

L'homme ne répondit pas. Avait-il le droit de dire que la musique le faisait pleurer ?

– Ils risquent de venir en aide aux Pelés, dit Léo Blue. Il faut les surveiller.

– On fouille leur maison tous les soirs, et par surprise dans la journée trois fois chaque semaine.

Léo Blue n'avait pas l'air convaincu. C'était un perfectionniste de la peur. Il savait que l'un des fils Asseldor, Mano, était en fuite. Mano faisait partie de la liste verte.

– Et la nuit ? Fouillez la nuit ! C'est un ordre.

Léo Blue repartit le jour même.

La jeune femme qui venait d'entrer dans la maison avec son seau ferma la porte derrière elle et appuya son dos contre le bois de cette porte. C'était Maï, l'aînée des filles Asseldor.

– Je n'en peux plus, dit-elle tout bas.

Elle s'essuya le visage avec la manche, ramassa son seau et le porta vers la cheminée. Elle commençait à parler d'une voix claire :

– Je suis là. Tout va bien. Il a neigé. C'est très blanc. Il doit y avoir un peu de soleil. Les garçons ont trouvé un asticot du côté d'Onessa. Ils en ont mis une partie à conserver dans le miel. On fera le reste au dîner, ce soir. Les parents sont en route. Ils seront là dans une heure.

La pièce était vide. A qui parlait-elle sur ce ton rassurant ? Elle vida son seau dans un grand pot qui chauffait sur le feu.

– Je fais fondre de la neige, dit Maï. Je vais me laver. J'ai froid.

Il y avait quelque chose d'extraordinaire à entendre cette jeune femme décrire chaque geste qu'elle faisait.

Quand, un peu plus tard, les parents Asseldor arrivèrent, ils jouèrent exactement le même jeu.

– On est de retour, dit le père. Je retire mes chaussures. Maman a de la neige sur son foulard.

S'il n'y avait eu cette tendresse dans la voix, on aurait eu envie d'éclater de rire.

– Mô et Milo sont juste derrière, continua le père Asseldor. Les voilà. Ils entrent. Mô porte son chapeau que je n'aime pas.

– C'était un peu long, reprenait Milo, le frère aîné. Mais on est revenus. On ne partira plus. J'ai de l'asticot dans le sac, et un champignon. Mô a mis le champignon sur la table. Maï sort un couteau pour l'aider.

Mô et sa sœur faisaient exactement ce que Milo disait qu'ils faisaient. Mô portait en effet un vieux chapeau déchiré. Maï commençait à découper le champignon en gros morceaux, larges comme des poings.

Le père Asseldor passa dans la pièce d'à côté. Après un moment d'hésitation, Mô, le jeune frère, le suivit discrètement.

Il le retrouva dans la chambre des filles.

Ce qu'on appelait la chambre des filles était en fait un garde-manger. La pièce n'était plus la chambre des filles depuis que Mia, la petite sœur, était partie. Maï dormait maintenant dans la pièce commune, devant la cheminée, toute seule.

Le père Asseldor était en train de déplacer un gros jambon de sauterelle qui pendait au plafond de la chambre des filles. Mô entra, ferma la porte et s'approcha.

– Qu'est-ce qu'il y a, mon fils ?

– Il faut qu'on parte, papa. On étouffe ici. Il faut quitter Seldor.

– Tous ?

– Oui, dit Mô.

– Tu sais qu'on ne peut pas tous quitter Seldor.

– Je sais surtout que c'est la maison de ton père, papa.

– Je me fiche que ce soit la maison de mon père. Ce n'est pas moi qui ne peux pas partir. Tu sais de qui je parle. Si je pouvais, je vous aurais déjà emmenés très loin d'ici.

– C'est à cause de lui ? demanda Mô.

– Oui, c'est à cause de lui.
– On peut l'emmener. J'ai une idée pour l'emmener.
Milo entra précipitamment.
– Venez voir, dit-il.
Son père et son frère le regardaient.
– Venez tout de suite ! insista Milo.
Ils lâchèrent tout et le suivirent.

Maï se tenait devant la fenêtre, elle avait dans la main une feuille pliée en deux.
– On vient de la glisser sous la porte. Regardez.
– Encore…, dit Mô.
Il prit la lettre et la tendit à son frère.
Il y avait écrit en grosses lettres : « Pour la jeune fille. »
Milo déplia le papier et lut à haute voix.
– « Venez derrière la volière à minuit… »
Milo dit à sa sœur :
– Je vais y aller et je lui couperai la gorge…
– Arrête, Milo, lis la suite.
– « Je veux vous aider. JE SAIS. »
Le père lui arracha la lettre et la relut en silence.
« JE SAIS. »
Dans n'importe quelle famille, quelqu'un aurait dit : « Qu'est-ce qu'il sait ? », mais ils n'y pensèrent même pas. Ici, on savait bien ce que personne, absolument personne, ne devait savoir.
Le père Asseldor replia le message. Comme toujours, il n'y avait pas de signature.
Depuis quelques mois, Maï recevait ces lettres destinées « à la jeune fille ». Son père avait intercepté les premières avant qu'elle puisse les voir. Mais Maï Asseldor avait retrouvé le petit paquet de courrier sous les boîtes de tisane.
– Qu'est-ce que c'est, ça, papa ?
– C'est… des lettres.
– Pour qui ? demanda Maï.
– Il y a écrit : « Pour la jeune fille. »

Mme Asseldor, qui était au courant, avait l'air aussi confuse que son mari.

Maï demanda à son père :
– C'est toi, la jeune fille ?
– Je… Je croyais que c'était pour ta mère…

La galanterie est parfois bien pratique. Mme Asseldor n'était pas tout à fait une jeune fille. C'était une femme encore jeune, très belle, mais qui ne cherchait pas à cacher ses soixante-cinq ans.

Maï lut toutes les lettres. Elles étaient très enflammées et très maladroites. Elles parlaient de ses yeux bleus comme des mouches, de sa chevelure qui fait penser à des vermicelles. Un vrai poète… Certaines lui donnaient des rendez-vous. Certaines étalaient des chiffres. L'auteur faisait la liste de ses économies et terminait par le montant total qu'il soulignait en rouge. « Comme vous voyez, mademoiselle, je suis plutôt riche, ce qui ne gâche rien. »

Les lettres continuèrent à arriver. Maï n'y répondit jamais.

Bien sûr, la jeune femme était moins indifférente qu'elle le montrait. Quand on a vingt ans, qu'on vit avec ses frères et ses parents, quand on a vu sa petite sœur emportée par un jeune homme courageux, même une grosse punaise qui vous inviterait à dîner vous donnerait un peu d'émotion.

Mia, la cadette des Asseldor, était partie depuis plusieurs années. Un voisin des Basses-Branches, Lex Olmech, était venu la chercher. Cela s'était passé en une nuit. Ils vivaient maintenant cachés quelque part, très loin, avec les parents Olmech.

M. et Mme Asseldor ne regrettaient pas cette alliance, même s'ils pleuraient leur petite. Mia avait depuis longtemps prouvé son amour pour Lex, et Lex son affection et son courage. Toute la famille le savait : Mia était mieux dans les bras de Lex qu'entre les murs de Seldor.

Mais le mystérieux soupirant de Maï n'inspirait pas la même confiance. Le grand-père Asseldor disait jadis à ses filles : « Le ridicule ne tue pas, mais méfiez-vous, il cherche toujours à vous épouser… » L'auteur des lettres appartenait à cette catégorie.

– A minuit, ce soir, j'irai à la volière, dit Maï.

Elle eut du mal à convaincre sa famille. Milo faisait les cent pas dans la pièce. Mô aiguisait ses poignards de chasse. Les parents durent reconnaître qu'il y avait un ton de menace dans ce dernier message et qu'il fallait en savoir plus.

La nuit tomba très tôt. Ils attendirent que les bruits de pas disparaissent de la cour de la ferme.

– Voilà, dit le père en guettant par la fenêtre.

Il installa alors une fine plaque de bois pour boucher le carreau. Mô retira le pot de la cheminée. Il jeta de l'eau sur le feu.

– On éteint le feu. Mô a enlevé le pot de la soupe. On arrive.

Toujours cette étrange habitude de décrire à haute voix chaque geste… Maï éteignait les lampes. Elle ne laissa qu'une bougie allumée sur la table. Les deux frères s'accroupirent dans la cheminée et retirèrent la plaque du fond.

– Viens, c'est la nuit, tu peux sortir, Mano.

Depuis trois ans, Mano Asseldor vivait caché derrière la cheminée. Depuis trois ans, il n'avait pas vu la lumière du jour. Depuis trois ans, Mano ne sortait que la nuit, tournait un peu dans la maison, se lavait, prenait un repas et retournait avant l'aube dans son réduit plein de suie.

On l'avait caché là quand il s'était échappé de l'enclos de Jo Mitch avec Tobie Lolness. Il aurait dû rester seulement quelques semaines dans cette cachette, mais il avait été piégé par l'arrivée des soldats qui s'étaient installés autour de la ferme. Toutes les sorties de la garnison étaient contrôlées, la maison fouillée, et Mano faisait partie de la liste verte des personnes les plus activement recherchées.

Le garçon qui se leva de la cheminée avait un regard de papillon de nuit, une poudre noire sur les joues. Il se déplia, déroula ses jambes et ses bras. Il paraissait sortir d'une longue hibernation.

– A un moment, je ne vous entendais plus, dit-il.

– On te l'a dit, Mano, lui répondit sa mère en le prenant dans ses bras. Il a fallu partir quelques heures chercher de quoi se nourrir. On ne t'abandonnera pas.

– Je ne vous entendais plus, répéta Mano.

Milo le prit par le cou.

– On va te sortir de là, promit-il à son petit frère.

– Vous étiez partis…

– Non, Mano. On revient toujours. On te parle dès qu'on est là.

– Profite de la nuit, dit le père. Ils ne viennent jamais la nuit.

En le regardant manger, ils lui racontèrent à nouveau la journée. Puis il y eut un silence.

Mano, lui, n'avait rien à raconter. Jamais rien.

Maï longeait le mur. Elle aurait aimé que la neige soit encore craquante pour entendre les pas de ceux qui approchaient, mais elle marchait dans une soupe noire. Elle traversa le chemin, longea la haie et déboucha près de l'ancien jardin de mousse.

On trouvait autrefois dans ce jardin trente variétés de mousses rampantes. L'une fleurissait seulement le jour de l'an, une autre donnait des petits haricots délicieux, une autre sentait le caramel. Maintenant l'écorce avait été grattée et les broussailles de lichen gagnaient du terrain.

Maï arriva enfin à la volière, elle suivit le grillage sur quelques pas.

– Retournez-vous !

Maï se tourna vers la voix qui lui avait donné cet ordre. Une lampe était braquée sur elle et l'éblouissait.

– Qu'est-ce que vous faites là ?

Les yeux de Maï s'accoutumaient lentement à la lumière. Un visage lui apparut. C'était Garric, le chef de la garnison.

– Vous n'avez pas le droit de sortir la nuit, dit l'homme.

En le regardant, Maï eut la certitude que c'était bien lui.

Garric était l'auteur des lettres. Elle se rappelait de quelques regards insistants quand elle passait dans la cour de la ferme. Maintenant, seule en face de Garric, elle aurait voulu s'enfuir, mais il fallait qu'elle découvre ce qu'il savait vraiment…

– Bonsoir.

Elle avait choisi la voix la plus douce et la plus caressante pour dire ce mot, sa voix de musicienne.

Garric baissa la lumière.

– Je me promène un peu, dit-elle.

Garric ne disait toujours rien. Peu d'hommes auraient été capables de parler devant la beauté de Maï dans son col de fourrure claire, le dos contre la volière, les mains gantées de mitaines accrochées au grillage. Elle regardait le sol comme une fugueuse prise en faute, mais elle relevait par instants ses yeux et allait les planter dans ceux de Garric. Chaque regard le faisait reculer. Il était fou d'elle.

– Vous ne dites rien ? dit-elle.

Il mâcha quelques mots inaudibles puis on entendit :

– Tu vas revenir ?

– Peut-être, si vous me dites ce que vous vouliez me dire.

– Ah…

Garric savait qu'il prenait des risques. Il avait découvert que Mano se cachait dans la maison des Asseldor. Il aurait dû le révéler à Léo Blue. En se taisant, il risquait sa vie. Mais le bruit de la respiration de Maï acheva de le convaincre.

– Reviens me voir demain, dit-il.

A cet instant, des trompes retentirent dans la nuit. Une voix hurla :

– Les voilà ! Ils arrivent ! Le dernier convoi arrive !

Garric fit un pas vers les cris. Maï se lança à sa poursuite.

– Dites-moi ce que vous vouliez me dire.

Des torches s'allumaient un peu partout. Garric sentit les mains de Maï sur son manteau. Il voulut se dégager. Elle tenait bon. La garnison se réveillait dans la nuit.

– Dites-moi, supplia Maï.

– Rentrez chez vous.

– S'il vous plaît…

Garric s'arrêta. Il murmura :

– Votre maison… Maintenant, on va aussi la fouiller la nuit.

Maï lâcha les poils gras du manteau. Le chef de la garnison répéta :

– Revenez demain.

Maï se précipita vers la ferme. Elle avançait courbée pour ne pas être vue des hommes qui marchaient vers les volières. Ils disaient :

– Ils en ont neuf. C'est le dernier convoi. Les Pelés vont rester trois jours.

Maï entra dans la pièce commune, regarda les uns après les autres, ses parents, Mô et Milo, puis elle se tourna vers Mano. Elle n'osait parler. Sa respiration soulevait son col de fourrure. Elle réussit à dire :

— Ils vont fouiller la nuit aussi. Tu ne pourras plus sortir la nuit, Mano.

Mano resta dix secondes en silence puis il poussa un hurlement sans fin qui transperça la nuit.

Tous les soldats qui attendaient le convoi des Pelés se précipitèrent vers la ferme quand ils entendirent le cri. Ils forcèrent la porte, entrèrent dans la grande salle de la maison.

Ils découvrirent un étrange spectacle. L'aîné des Asseldor, Milo, était allongé au milieu de la pièce. Sa sœur lui épongeait le front. Ses parents étaient agenouillés à côté, et Mô, son frère, soufflait sur le feu.

— Il est tombé, dit le père en s'excusant.

— Il est tombé, répéta la mère, les yeux rougis.

On fouilla intégralement la maison. Garric se tenait à la porte, les mains dans le dos.

Cette nuit-là, ils ne trouvèrent rien.

Mano était en boule derrière la cheminée.

7

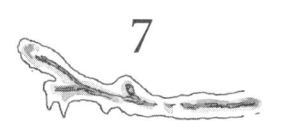

LES BASSES-BRANCHES

Léo Blue voyageait toujours seul. Il mangeait seul. Il dormait seul. Il vivait seul. L'unique personne dont il supportait la compagnie était son homme de confiance, Minos Arbaïan.

Arbaïan l'avait rejoint au début de son combat contre les Pelés. Il s'était présenté comme étant un ami de son père, El Blue. Arbaïan haïssait le peuple des herbes qui avait tué El Blue. Il voulait aider Léo à protéger l'arbre de la menace pelée.

La haine d'Arbaïan avait aussi une autre origine. Il se sentait coupable. C'était lui qui avait poussé El Blue à se lancer dans sa dernière aventure. Sans lui, El Blue n'aurait pas franchi le tronc et passé la frontière ce jour fatal où on l'avait assassiné. Mais cette raison-là, Arbaïan n'en parlait pas à Léo Blue.

Léo aimait la fierté d'Arbaïan. Il connaissait sa réputation dans le métier pacifique de chasseur de papillons. Un jour, rongé par le remords, Arbaïan avait décidé de prendre les armes, de ne plus rejeter la cruauté et la violence, à condition que ce soit au service de la cause. Il avait gardé sa tenue colorée. On le reconnaissait partout comme le grand chasseur de papillons qu'il avait été.

Il avait juste échangé ses filets de soie contre des armes de combat.

Léo se mit à courir. Une sale odeur le poursuivait. Il venait de longer un cimetière de charançons. Ces pauvres bêtes avaient péri dans une épidémie. Il n'en restait que quelques-uns que Jo Mitch soignait mieux que le plus proche de ses semblables.

Léo Blue avait quitté la boue de Seldor et la grisaille des ambiances de caserne pour partir à la découverte de ce qu'il voulait connaître depuis longtemps. C'était une envie qui le réveillait la nuit quand il dormait dans le nid des Cimes.

Les Basses-Branches.

Cette région le hantait.

Il n'y avait mis les pieds que lors de traversées au pas de course vers la grande frontière. Pourtant, bien des lignes de sa vie passaient par là.

Au fond de lui, Léo Blue ne croyait pas à la mort de Tobie. L'ennemi ne meurt pas. Il dort. Il peut se réveiller à tout moment. Léo savait que c'était dans les Basses-Branches que Tobie se réveillerait un jour. C'était donc peut-être là qu'il sommeillait encore.

Léo arriva à Onessa au milieu du jour. Il resta à une certaine distance de la maison des Lolness, épiant le moindre mouvement. C'était donc là que la famille de Tobie avait passé ses années d'exil, c'était là qu'ils avaient préparé leur trahison.

Il attendit.

Des lambeaux d'écorce du toit étaient arrachés, une grappe de champignons noirs bouchait la porte et les escaliers extérieurs. Comme partout, la forêt de lichen avait envahi le jardin.

Léo ne faisait pas confiance aux apparences. Il saisit un boomerang dans son dos et l'envoya vers la maison. L'arme traversa une fenêtre, disparut dans la pièce une seconde et ressortit en faisant éclater les volets d'une autre ouverture. Le boomerang revenait vers Léo. Il baissa doucement son épaule, et le récupéra dans son fourreau sans l'avoir touché de ses mains.

Rien n'avait bougé. La maison était vide.

Léo entra.

Il resta longuement entre ces murs. Il y régnait une odeur de vieux draps lavés au savon noir. Léo caressait les quelques objets qui étaient restés là, soulevait le rideau du petit lit, près de la cheminée. Il passa un moment au bureau de Sim. Les tiroirs avaient été pillés depuis longtemps, mais une petite feuille volante traînait entre les lattes du parquet. Léo parvint à lire l'encre claire.

Léo reconnaissait l'écriture. C'était celle de Sim Lolness, le père de Tobie. Il lut et relut les mots plusieurs fois. Il entendait le craquement de la maison abandonnée.

Léo Blue froissa le papier dans sa main. Il ne devait pas se laisser attendrir. Il se leva et jeta sa chaise contre un petit cadre qui se décrocha du mur.

Le tableau rond se brisa sur le sol.

C'était un portrait de Maïa Lolness dessiné par Tobie.

Léo sortit de la maison. La peur de faiblir le rendait encore plus violent. Il courait dans la neige entre les branches mortes et les bosquets de lichen. Il chassa de son esprit les quelques mots écrits par Sim. Ce vieux fou de professeur était dangereux, et toute sa famille aussi.

Léo accéléra sa course.

Il y avait en Léo un désir plus ardent encore. Il voulait voir les branches où Elisha avait grandi. Une extraordinaire coïncidence voulait que son plus grand ennemi et son plus grand amour aient vécu tous les deux dans le même pays d'humidité et de jungle profonde, à quelques heures l'un de l'autre.

Léo se demandait s'il leur était arrivé de se croiser.

On avait indiqué à Léo l'endroit où se trouvait la maison des Lee dans les Basses-Branches. Il mit deux jours à la trouver, tant la végétation était dense et torturée. Léo se déplaçait avec une habileté stupéfiante. Il franchissait certains passages en se tenant seulement par les mains. Il pouvait rester plusieurs minutes sans toucher le sol, allant de brindille en brindille.

Son cœur battait quand il s'approcha de la maison d'Elisha. Sans attendre, oubliant toute prudence, Léo entra par la porte ronde. Il regarda les toiles de couleur et les matelas délavés. Il plongea la tête dans l'un des matelas, mais ne réussit pas à pleurer. Depuis longtemps, il ne connaissait plus les larmes.

Léo resta couché sur le ventre, écoutant le bruit de la nature sauvage.

Il ne savait pas que Tobie, longtemps auparavant, avait passé sur ce matelas sa première nuit chez Elisha et sa mère. Il ignorait aussi qu'Elisha y avait sangloté des semaines entières après la disparition mystérieuse de Tobie.

Léo se redressa. Pourquoi Elisha ne voulait-elle pas de lui ? Il lui aurait tout donné.

Il quitta la maison aux couleurs.

Sans le trouble et la colère qui lui soulevaient le cœur, peut-être aurait-il remarqué une brume bleutée qui s'élevait du foyer. Les cendres du feu étaient chaudes.

La maison était habitée.

Léo Blue se perdit encore et finit par trouver un sentier dans un bois de mousse qui serpentait sur une large branche.

Arrivé en haut, il découvrit le paysage auquel il s'attendait le moins en plein cœur de l'arbre. C'était quelque chose d'extraordinaire. Un grand lac gelé entouré de plages d'écorce lisse, et dominé par une falaise où s'accrochait la neige.

Une cascade n'avait pas encore été prise par la glace et tombait sur un petit bassin d'eau transparente. Le reste du lac était recouvert d'un fin tapis blanc.

Léo Blue descendit. Il se demandait comment le soleil parvenait jusque-là. Il marcha sur le lac gelé, tournant sur lui-même pour admirer la beauté des lieux. Un jour, quand tout serait fini, il amènerait Elisha ici. Il se le promettait.

– Un jour, quand tout sera fini, je reviendrai ici avec Elisha.

Tobie Lolness se faisait la même promesse, caché à deux pas de là, quand, brusquement, il aperçut Léo Blue debout sur le lac gelé.

Tobie le reconnut tout de suite. Un éclair passa dans son corps. Il se cacha dans la neige.

Léo Blue. Là. Marchant sur le lac d'Elisha. Comment était-il arrivé ici ? Tobie suivit Léo du regard.

Elle avait craqué. Elle devait être avec lui. Léo avait gagné. Voilà ce que Tobie croyait soudainement.

Tobie était accroché à la falaise au-dessus du lac. Depuis des heures, il creusait pour entrer dans la grotte secrète. Il ne devait rester que quelques poignées de neige à retirer. C'était le début de l'hiver et les jours de soleil avaient attendri la fine couche qui s'était formée. Tobie savait qu'une réponse se trouvait dans cette grotte. Sa vie se jouerait dans les prochains instants.

Pris d'un léger vertige, il s'était retourné pour souffler et avait vu le petit point noir sur le lac.

Maintenant, à moitié enfoui sous la neige, il observait.

Léo Blue était seul. Il avait l'air de découvrir les lieux.

Tobie se remit à espérer…

Léo n'avait pas le visage de quelqu'un qui vit avec Elisha.

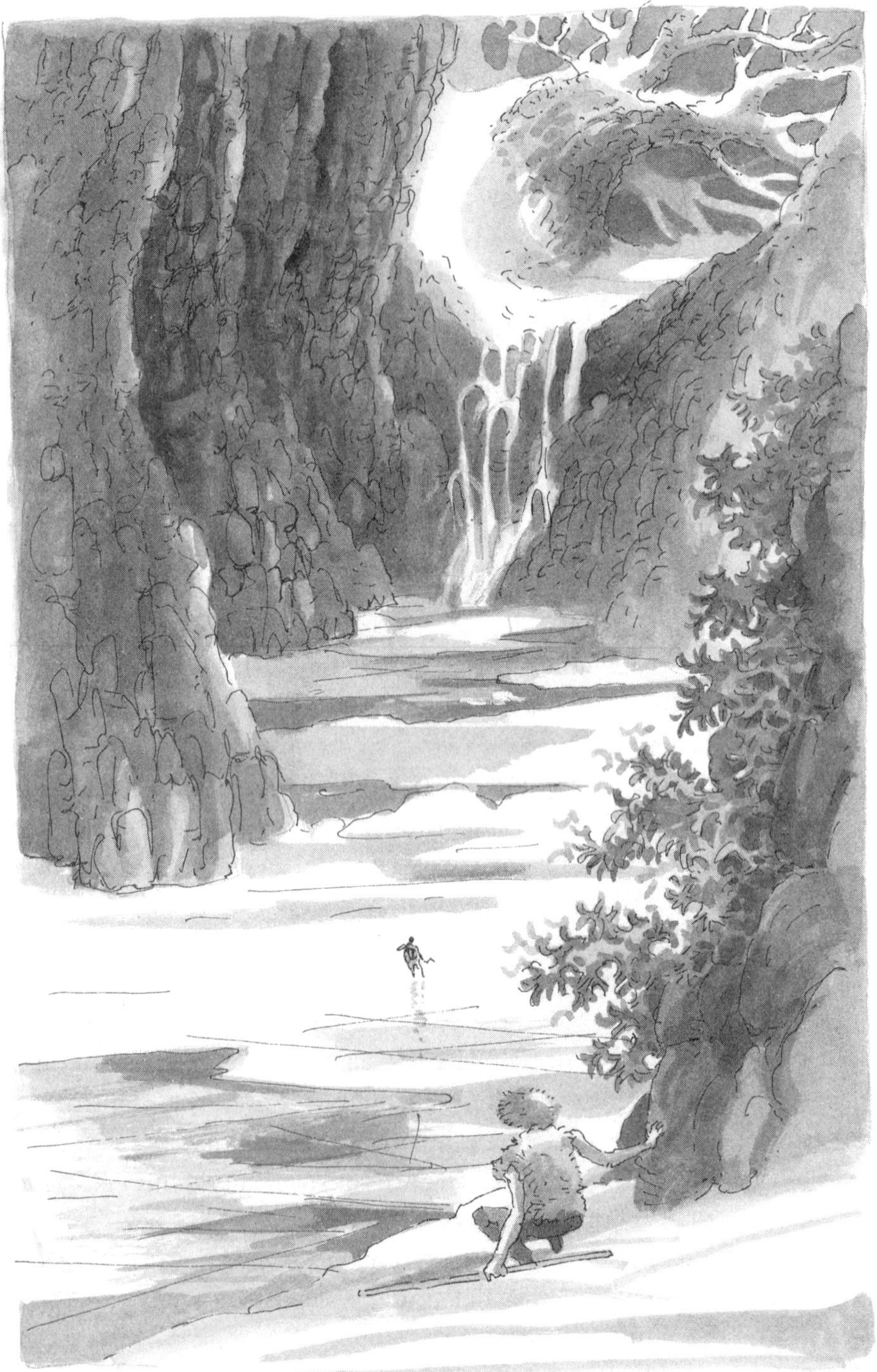

Il n'avait pas le regard de quelqu'un qui peut voir Elisha le matin, qui la contemple quand elle boit son lait dans un bol et qu'elle a la pointe du nez couverte de crème, qui la voit tresser ses nattes avec une seule main, plus vite qu'une araignée fileuse. Il n'avait pas l'air de celui qui peut toucher la poudre de papillon que lui laisse sa robe verte sur les genoux, de celui qui peut entendre la voix un peu brisée d'Elisha, ses rires en grelot, le frou-frou de ses pas, et tout le reste.

Le regard de Léo n'était pas le regard de quelqu'un qui a tout ça pour lui, chaque jour et pour toujours.

– S'il avait vraiment cette chance-là, il sauterait, il danserait, il volerait. Il ferait fondre la glace, pensa Tobie.

Par jeu, Léo Blue lança son boomerang. Il frôla d'abord la neige du lac remonta vers la falaise, passa tout près de Tobie en tournoyant. Il suivit la rive sur toute sa longueur. Léo commençait à repartir vers le sentier. Le boomerang vint se ranger tout seul dans son dos.

Tobie pensa un instant se précipiter sur Léo avant qu'il ne disparaisse. Il voulait se battre. Mais il réalisa qu'il ne savait rien. « Savoir, c'est prévoir », disait son horrible grand-mère, Mme Alnorell. Tobie ne savait rien ou presque rien sur la récente histoire de l'arbre, il devait donc patienter avant d'agir.

Léo Blue disparut.

Tobie laissa passer quelques minutes. Il se remit à creuser la neige. Très vite, la dernière couche céda.

Tobie entra. Il était couvert de sueur.

Les mois passés dans cette grotte lui revinrent brutalement en mémoire. La peur, la solitude, le silence. Il s'arrêta dans le noir. Il ne pouvait pas aller plus loin. Il ferma les yeux et attendit un peu que l'angoisse retombe.

Une fois assis, il attrapa sa sarbacane, mit la pointe sur quelques copeaux de bois qu'il avait rassemblés à tâtons. Il prit la sarbacane entre ses mains, paume contre paume, et entre ses pieds. Il la fit tourner très vite à la façon du peuple des herbes. Des flammes apparurent. Il jeta d'autres morceaux de bois qui jonchaient la grotte.

Quand ses yeux se furent réchauffés dans la lumière du feu, il les leva vers la paroi de la grotte. Les dessins étaient toujours là, plus rougeoyants que jamais, tels qu'il les avait peints des années plus tôt. Tobie s'approcha du pan de mur où, il y a si longtemps, il avait représenté l'image d'Elisha. Il allait savoir.

Elle était là, dessinée à l'encre rousse, assise sur ses talons. Durant ses années dans les herbes, quand sa mémoire s'embrouillait, Tobie se rappelait ce portrait pour retrouver les traits de son amie.

Il passa sa main sur le visage peint, puis la posa sur l'œil.

La pierre était bien là. La pierre de l'arbre n'avait pas bougé. Tobie eut l'impression qu'un rayon de soleil entrait dans la grotte. Elisha ne l'avait pas trahi. Il inspira longuement.

Depuis les premiers jours de neige, il savait qu'il irait d'abord au lac. Il s'était sorti par miracle de l'éboulement de son piège, sur la piste circulaire du tronc. L'avalanche l'avait emporté. La neige n'était pas encore profonde. Elle était assez épaisse pour amortir sa chute, mais pas assez pour l'étouffer.

Tobie s'était relevé, sonné. Il avait suivi le convoi des chasseurs jusqu'aux portes des Basses-Branches. Il avait échappé aux redoutables gardes-frontières et découvert son pays envahi par les forêts de lichen.

Le monde avait changé. Le bois de l'arbre croulait sous la mousse, les fougères, et des serpents de lierre couverts de neige. La fatigue de l'arbre, la rareté de ses feuilles en été laissaient croître en pleine lumière ce foisonnement végétal. Un monde suspendu s'invitait dans les branches.

Tobie traversait ces paysages, les yeux écarquillés.

Il n'était passé ni par sa maison d'Onessa ni par celle d'Elisha, mais était venu directement à la grotte avant que la neige n'en condamne l'entrée.

La pierre de l'arbre était le secret d'Elisha et de Tobie. Si elle était encore là, c'était peut-être qu'Elisha...

La main de Tobie alla machinalement vers l'autre œil du dessin. Un petit objet avait été coincé dans le bois, comme la pierre de l'autre côté. Il le retira avec l'ongle et l'approcha du feu.

C'était une coquille rouge translucide. Cette fois, Tobie se mit à pleurer. Trois mots revenaient à sa mémoire : « Je t'attendrai. »

Tobie avait donné cette minuscule coquille à Elisha, quand ils avaient été séparés la première fois. Il l'avait laissée voguer jusqu'à elle sur la surface du lac. Elle s'était baissée pour la ramasser et la sécher dans sa robe.

Elisha la rendit à Tobie à son retour, des semaines plus tard.

– Je l'avais toujours avec moi, dit-elle en rougissant un peu. Je l'ai appelée : « Je t'attendrai. »

Elle montra à Tobie comment elle regardait le soleil à travers la coquille rouge translucide.

– Je tenais la coquille devant mon œil et je me répétais : « Il va revenir. »

Tobie serra l'objet dans sa main.

Quand Elisha avait dû quitter sa maison bien après la disparition de Tobie, elle était montée une dernière fois jusqu'à la grotte et avait enfoncé la coquille dans l'œil dessiné. Pendant toutes ces années, son portrait au-dessus du lac n'avait cessé de dire : « Je t'attendrai. »

Cet espoir avait continué de briller dans les yeux d'Elisha.

Tobie retira la pierre, la rangea avec le coquillage au fond du carquois de sa sarbacane. Il regarda une dernière fois l'image sur la paroi. Elle venait de lui faire une promesse.

Tobie descendit la falaise sous la grotte et contourna le lac pour éviter de laisser des traces. Il savait qu'il ne devait pas s'attarder dans les Basses-Branches. Il fallait faire vite, surtout si Léo Blue circulait dans la région. Tobie devait découvrir où se trouvaient Elisha, Sim et Maïa, et quel sort on réservait aux Pelés capturés.

Il ne connaissait qu'un seul homme libre qui pouvait l'aider. Libre ? Il l'espérait. Trois ans plus tôt, ce garçon lui avait sauvé la vie. Tobie l'avait appris de la bouche d'Elisha, pendant son dernier hiver dans l'arbre.

C'était un fils de bûcheron.

Il s'appelait Nils Amen.

Tobie enfonça la toque de fourrure sur sa tête et s'éloigna.

Pas un instant, il n'avait remarqué, sous la cascade, deux yeux effarouchés qui le regardaient. Deux yeux avec de longs cils entourés d'un visage étrange.

Une jeune femme se baignait dans l'eau froide. Ses cheveux lâchés flottaient autour d'elle. Ses épaules apparaissaient et disparaissaient à la surface de l'eau. Elle avait les pommettes légèrement plates.

Quand Tobie eut disparu, elle sortit vivement de l'eau, courut vers des vêtements posés sur une brindille. Elle avait vu Tobie de dos et ne l'avait pas reconnu avec sa toque de chasseur. Ce genre d'homme rôdait parfois dans le coin. Il fallait qu'elle se cache. Depuis le départ de sa fille, elle était retournée dans sa vieille maison et y vivait clandestinement, sans que quiconque sache qu'elle était là.

Son nom était Isha Lee.

8
L'ÉCOLE DU SOIR

– Des parasites ! Ne me parlez plus de parasites !
– Je voulais juste dire que...
Sim Lolness se leva solennellement et dit :
– Les parasites, ça n'existe pas.

Le professeur s'adressait à une trentaine d'élèves sagement assis devant lui. La majeure partie d'entre eux avaient plus de quatre-vingts ans. Ils étaient tous habillés de pyjamas marron et ne ressemblaient pas précisément à des écoliers.

On reconnaissait les plus grandes personnalités du Conseil de l'arbre, les savants, les penseurs, tous les cerveaux restés vivants entre les Cimes et les Basses-Branches. Tous étaient prisonniers de Jo Mitch et travaillaient dans le cratère.

Au dernier rang, Zef Clarac et Vigo Tornett côtoyaient le conseiller Rolden qui frôlait les cent trois ans.

Depuis plusieurs mois, à la tombée de la nuit, après d'infernales journées passées à creuser dans le cratère, ce beau monde suivait les cours de l'école du soir.

Jo Mitch avait accepté cette proposition de Sim, même s'il n'avait aucune idée de ce qu'était une école. Depuis peu, il s'efforçait de ménager Sim Lolness qui lui avait fait des promesses. Sim livrerait les clefs de sa fameuse découverte avant la fin de l'hiver. Il s'y était engagé et savait que Mitch s'en prendrait à Maïa s'il ne tenait pas parole.

Connaître enfin le secret de Balaïna : cette seule idée suffisait, la nuit, à faire couiner de joie le Grand Voisin.

Quant à l'école du soir, Mitch avait seulement posé deux conditions : pas d'écriture et pas de Pelés. La première condition n'étonnait pas Sim. L'écriture était interdite depuis longtemps dans l'arbre. La parole et le dessin suffisent heureusement à faire comprendre les idées les plus compliquées.

Mais la seconde condition de Mitch avait causé quelques nuits blanches au professeur. Des dizaines de Pelés creusaient dans une autre partie du cratère séparée de la leur par des palissades et des piquets. Sim s'intéressait de très près à leur sort. Dans son esprit, l'école du soir était aussi faite pour eux.

Le professeur finit par céder aux deux exigences. Il aurait été aussi difficile de faire changer d'idée à Jo Mitch que d'échanger son vieux mégot pour un brin de paille.

Sim trouva le bâtiment dans lequel il souhaitait installer l'école. C'était le baraquement où logeaient autrefois les gardiens des charançons. Le cratère avait tellement grandi que cette cabane était maintenant accrochée au-dessus du précipice. Elle était à l'abandon là-haut, dominant les profondeurs de la mine.

L'école ouvrit en quelques jours. Il y avait une vingtaine de matières. Sim Lolness en enseignait dix-sept. Quelques vieux spécialistes se partageaient le reste des cours.

Ce soir-là, Sim Lolness donnait une conférence qui avait pour titre : « Les coccinelles n'ont pas de poubelles. »

Il était derrière une grosse caisse en bois renversée qui lui servait de bureau. A côté de lui, le brave Plum Tornett, le moucheur de larves des Basses-Branches, s'improvisait assistant du professeur. Il prenait sa tâche très au sérieux, effaçait le grand tableau noir sur lequel Sim dessinait. Il l'aidait dans ses expériences. Plum le muet était le plus jeune de la bande. Il ne parlait plus depuis au moins quinze ans.

« Les coccinelles n'ont pas de poubelles. » Sim Lolness avait l'intention de prouver à son public que la nature ne produisait pas de déchets. L'exposé était d'une merveilleuse clarté. Zef Clarac qui oubliait qu'il avait été un cancre toute sa jeunesse écoutait attentivement. Il crut bon de lever la main pour résumer :

– En fait, si j'ai bien compris, ce sont les parasites qui servent de poubelles.

Entendant le mot « parasite », Sim Lolness s'était donc mis dans une colère noire.

– Parasites, nuisibles… Je ne veux pas entendre ces mots ici, M. Clarac ! Tout le monde est utile et tout le monde dépend des autres.

Il avait conclu par la fameuse formule :

– Les parasites, ça n'existe pas.

Tous connaissaient cette théorie de Sim Lolness. Il l'avait révélée pour la première fois lorsqu'il avait défendu Nino et Tess Alamala dans l'un des grands procès du siècle.

Les vieux auditeurs de l'école du soir avaient reconnu l'allusion de Sim à la bouleversante histoire du couple Alamala qu'on avait souvent accusé de vivre comme des parasites. Nino était peintre. Sa femme était danseuse et funambule. A quoi pouvaient-ils bien servir ?

Leur fin avait été tragique. Au fond de lui, le professeur avait la certitude qu'ils étaient morts de ces accusations.

Pour des raisons personnelles, l'histoire des Alamala touchait énormément Sim Lolness. Il jeta un coup d'œil ému à sa droite.

Maïa.

Dans un coin de la classe, assise sur un tabouret, Maïa Lolness tricotait. Elle avait un foulard sur les cheveux et portait le même pyjama marron que tous les autres. Elle se tenait bien droite, les manches trop larges tombant comme des élytres. Sur elle, l'uniforme de bagnard prenait des airs de haute couture.

La plupart du temps, Maïa écoutait d'une oreille distraite.

Elle connaissait tous les sujets par cœur et attendait surtout les cours d'histoire du vieux Rolden. Parfois, elle arrêtait son ouvrage pour observer ces grands personnages réduits en esclavage par quelques imbéciles. Le pire était de les voir creuser du matin au soir pour la destruction de cet arbre qu'ils avaient toujours servi.

L'école du soir leur avait pourtant rendu un peu d'espoir et de dignité.

Pendant ces longues journées, Maïa pensait forcément à Tobie. Elle se souvenait de lui à l'âge de deux ans courant, dans leur première maison des Cimes. Le bruit étouffé de ses pas dans le couloir ne la quittait pas, et elle s'attendait toujours à le voir pousser la porte et entrer.

Elle se disait à l'époque : « Le monde appartient aux enfants de deux ans. » Maintenant, Maïa savait que le monde appartenait à d'autres. Son fils avait été balayé et dévoré par ce monde. Mais Maïa Lolness avait décidé de survivre. Avec Sim, ils se répétaient : « On vit pour trois. » Leur existence en était encore plus précieuse. Il fallait tenir.

Sim avait obtenu pour Maïa une tâche moins épuisante que de casser du bois avec une pioche. Elle tricotait des chaussettes pour les gardiens. Ces chaussettes paraissaient extérieurement très confortables, mais Maïa avait inventé pour l'occasion la maille « courant d'air » qui laisse passer le froid et l'humidité et retient la transpiration. Grâce à elle, les gardiens avaient toujours des pieds gelés qui sentaient le fromage.

Entre eux, les prisonniers appelaient ce genre d'action « sabotage », depuis qu'un vieux détenu, un certain Lou Tann, ancien cordonnier, s'était mis à fabriquer des sabots cloutés de l'intérieur qu'il donnait aux hommes de Jo Mitch.

Sim circulait entre les rangées d'élèves. Il s'arrêta devant Zef.
– Je devrais peut-être plutôt dire : nous sommes tous des parasites, M. Clarac...

Zef souriait. Il présentait toujours cette laideur rare qui avait fait sa réputation, mais son humour et son charme avaient encore grandi.
– Quand on sait l'état de notre arbre, reprit Sim, quand on sait la responsabilité que nous avons... La progression du lichen, la couche de feuilles qui se réduit de printemps en printemps, la raréfaction des abeilles... Tous les indicateurs sont alarmants. Oui, Zef, nous sommes peut-être les parasites dont tu parlais. Autrefois, je disais à mon fils...

Il s'arrêta. Son menton trembla un peu. Les aiguilles à tricoter de Maïa avaient ralenti.
– Un jour... j'ai dit à mon fils, continua-t-il d'une voix fragile, que la plus belle découverte que j'ai pu faire dans mon existence, c'était que les feuilles mortes ne tombent pas toutes seules. Elles tombent poussées par le bourgeon de la feuille future. C'est la vie qui les pousse ! La vie ! Mais aujourd'hui, chers collègues, les feuilles qui tombent ne sont pas remplacées.

La voix du professeur se brisa. Il savait qu'il parlait aussi de sa propre vie, et de Tobie. Avec sa femme, ils mourraient un jour, et le bourgeon qui aurait dû être derrière eux, plein de vie et d'espoir, ce bourgeon qui les aurait poussés dehors, ce bourgeon n'était plus là. Leur fils avait disparu.

Dans la galerie qui longeait l'extérieur de la salle, deux gardiens faisaient leur ronde. Ils allaient et venaient. On les voyait passer devant les fenêtres.
– Excusez-moi, dit le professeur en prenant le verre d'eau que lui tendait Plum. Je vous demande un instant.

Dans le silence de la classe, on entendit alors deux petits coups frappés sur la caisse qui servait de bureau au professeur. Aussitôt,

Zef Clarac jeta un coup d'œil vers la fenêtre, se laissa glisser de sa chaise sur le parquet et se mit à marcher à quatre pattes sous les tables, entre les jambes de ses collègues.

C'était une scène stupéfiante.

Tous les autres faisaient comme s'ils n'avaient rien vu.

– Des questions ? demanda Sim Lolness d'une voix bien sonore.

Zef Clarac, toujours à quatre pattes, était arrivé devant la caisse du professeur. Un gardien passa à la fenêtre sans rien remarquer.

Zef toqua deux fois sur la caisse. Une trappe s'ouvrit. Un petit vieux en sortit, couvert de sciure et de copeaux de bois. Zef entra à sa place. La trappe se referma derrière lui. Le petit vieux secoua ses vêtements et rampa jusqu'à la chaise de Zef. Il se hissa dessus. Quelques regards se tournèrent vers lui. Il leur répondit par un sourire qui souleva sa petite moustache blanche.

L'école du soir n'était pas un caprice de vieux fous. Depuis son inauguration, deux mois plus tôt, elle servait de diversion pour un énorme plan d'évasion : l'opération Liberté. Sous le bureau du professeur, tous les soirs, on creusait un tunnel. Par tranches de trente minutes, les vieillards se succédaient pour creuser. Ils avaient déjà triomphé de cinq centimètres de bois dur.

La cabane avait été choisie parce qu'elle était au-dessus du cratère, à quelques dizaines d'enjambées de la clôture. D'après Tornett, qui s'y connaissait en évasion, et selon les calculs de Sim, il ne restait pas plus de deux centimètres à creuser. Dans quelques jours, le tunnel serait fini.

Depuis l'évasion de Pol Colleen, l'année précédente, ils savaient que ce rêve était possible.

Soudain Sim s'immobilisa. Tous les élèves tendirent l'oreille avec lui.

Une cavalcade lointaine faisait vibrer le plancher. Les gardiens passèrent en courant devant les fenêtres. On entendait les craquements du parquet. Sim jeta un regard à son assistant. Plum Tornett avait le visage blafard. La grande porte s'ouvrit et laissa apparaître une silhouette reconnaissable entre toutes.

Cette silhouette faillit rester coincée dans l'ouverture. Une légère ondulation du bassin arracha les charnières de la porte et lui permit d'entrer.

Jo Mitch n'avait pas trop changé.

Son regard vitreux parcourait la pièce. Il était épuisé d'être monté jusque-là et sa veste était tachée d'une sueur grasse qui ressemblait à du bouillon de viande. A sentir l'odeur qui l'entourait, il devait porter les chaussettes transpirantes tricotées par Maïa… Son mégot trempé roulait entre ses lèvres.

Il fit trois pas aussi fatigants qu'une randonnée en altitude.

Ses vêtements étaient toujours les mêmes, alors qu'il avait facilement grossi d'un gramme. Des bourrelets prenaient l'air à la ceinture. Les mollets faisaient sauter les ourlets du pantalon.

Les squelettes en costume rayé qui le suivaient devaient être Limeur et Torn, ses deux bras gauches. Ceux-là n'avaient pas pris une ride puisqu'ils n'avaient pratiquement plus de peau sur les os.

Jo Mitch alla jusqu'au bureau du professeur. Il y posa son coude qu'on pouvait prendre pour un genou. Il repoussa un ou deux bocaux d'expérience posés sur la caisse et regarda la digne assemblée qui était devant lui. Ces têtes chenues, ces regards francs, ces fronts intelligents représentaient tout ce qu'il détestait. Il resta assez longtemps face à eux, cherchant avec son doigt le mégot qui avait dû se coincer dans sa gencive.

Sim Lolness avait fait un pas de côté pour cacher son assistant, Plum Tornett. Celui-ci tremblait dans son coin. Jo Mitch le remarqua, écarta Sim et s'approcha.

– Ploum, dit-il.

Depuis son arrivée au cratère, Plum était terrorisé par Jo Mitch. Ce n'était pas la même peur que celle des autres. La moindre apparition du patron le mettait dans tous ses états. Même son oncle Vigo Tornett n'arrivait pas à comprendre cet effroi de Plum. Quel terrible souvenir faisait remonter en lui la vision de Mitch ?

Jo Mitch avait découvert avec bonheur l'effet qu'il produisait sur Plum. Son grand jeu était de lui faire des grimaces en lui montrant les dents. Il l'appelait « Ploum ». Il l'emmenait parfois en promenade dans les environs, tenu en laisse. Quand Plum revenait de ces séances, on n'arrivait pas à calmer ses claquements de dents. Il restait prostré dans les bras de son oncle. Plum, le muet, se réveillait la nuit en hurlant.

Mitch fit un pas vers son jouet. Il approcha son visage de celui de Plum. Celui-ci n'était pas loin de perdre connaissance. Ses yeux se révulsaient de peur.

– P... pl... ploum, explosa Mitch en lui attrapant l'oreille.

Mais Jo Mitch n'avait pas de temps à perdre. Il se redressa et fit claquer son quadruple menton en direction de l'un de ses gardes du corps.

Limeur commença sa traduction :

– Le Grand Voisin s'intéresse beaucoup à votre école. Il voit que vous aimez le travail.

– C'est trop aimable, dit Sim avec malice. Pour nous, le travail, c'est l'évasion...

Sim avait un demi-sourire. Limeur toussa et ajouta :

– Professeur, si vous permettez, je crois que M. Mitch vous demande de nous suivre.

Maïa regarda Sim qui la rassura d'un clignement des yeux. Sim Lolness était souvent convoqué. Il revenait toujours sain et sauf.

Il attrapa son béret et se dirigea vers la porte. Ces brutes ne devaient pas traîner par ici. Il ne fallait pas qu'on découvre l'absence de Zef Clarac. Le professeur fit encore un petit froncement du nez vers sa femme qui lui répondit d'un geste.

Mitch était en train de se mettre en mouvement mais il s'arrêta devant le bureau. Il avait senti quelque chose glisser sous ses pieds.

Jo Mitch se baissa douloureusement. Il ramassa un peu de sciure de bois sur le parquet. Sa tête frôlait la trappe du tunnel.

Ce qu'il tenait entre ses doigts, c'était la fine poussière que le vieux creuseur à moustache blanche avait fait tomber de ses vêtements. Mitch leva la tête pour regarder si la sciure pouvait venir du plafond, puis il la flaira.

Un terrible silence planait sur les rangs. Mitch trempait les narines dans la sciure en fronçant les sourcils.

Il n'y avait plus le moindre bruit dans la salle.

– Elle est fraîche, lui lança Sim Lolness à travers la pièce. C'est de la sciure fraîche.

Mitch flairait toujours sa main. Le soupçon lui donnait des réflexes animaux. Ses yeux s'agitaient dans leurs orbites.

Maïa n'osait plus respirer. Elle jeta un regard suppliant vers son mari.

Le visage de Sim s'éclaira.

– De la poudre de bois, dit Sim en nettoyant ses lunettes. J'ai... J'ai râpé de la sciure tout à l'heure pour montrer à mes collègues la décomposition du bois mort par l'action des moisissures. Une simple expérience. Vous êtes intéressé par le sujet, M. Mitch ?

Sim remit ses lunettes sur son nez. Il ajouta :

– Une moisissure qui bouffe le bois, ça vous rappelle peut-être quelqu'un ?

Un grand sourire chemina de visage en visage. Un sourire de soulagement et de fierté. En quelques mots, Sim venait de sauver l'opération Liberté et d'injurier discrètement le Grand Voisin.

Deux gardes le poussèrent vers l'extérieur. Mitch les suivit en suffoquant.

Limeur et ses hommes conduisirent le professeur dans le camp des Pelés.

Chaque fois qu'arrivait un nouveau convoi c'était la même histoire. On présentait Sim Lolness aux Pelés récemment capturés. On leur disait que celui qui déclarerait le reconnaître serait libéré sans délai.

Le but était de prouver la complicité de Sim avec les ennemis venus de l'herbe. Jo Mitch affirmait depuis longtemps que Sim leur avait vendu le secret de son invention. Si un Pelé le reconnaissait, ce serait la preuve officielle de la culpabilité du professeur.

A la grande surprise de Sim, aucun Pelé n'avait jamais cédé au chantage. Sim était fasciné de cela. Il aurait été si simple pour eux de faire croire qu'ils le connaissaient. Qui étaient ces êtres qui préféraient la captivité au mensonge ? Lui-même n'aurait peut-être pas été capable de cette droiture.

Sim s'était pris d'intérêt et d'affection pour ce peuple qui lui sauvait la vie à chaque fois.

Ce soir-là, neuf Pelés étaient arrivés au cratère. Parmi eux, il y avait un enfant de dix ans.

Tête de Lune regardait l'homme qu'on avait assis devant eux. Il ne ressemblait pas aux autres chasseurs croisés depuis son arrivée dans l'arbre. Il était différent. Il avait un drôle d'objet plat au-dessus de la tête et portait sur les yeux des ronds transparents. On pouvait voir, derrière ces carreaux, un beau regard un peu rêveur.

Chacun des huit autres prisonniers pelés passa devant l'homme qui avait des ronds sur les yeux. Un des gardiens répétait :

– Regarde mieux, regarde mieux ! Un seul mot et tu peux rentrer chez toi !

Jalam, comme les autres, déclara ne pas le connaître.

Arriva le tour de Tête de Lune.

Faussement tendre, le gardien lui caressa le cou en lui disant :

– C'est ta dernière chance, petit. Je m'éloigne, je te laisse une minute pour bien regarder. Dis que tu le reconnais. Sinon on te mettra dans un trou et tu en sortiras dans cinquante ans en marchant sur ta barbe blanche.

Mais le jeune Pelé ne connaissait pas cet homme, en face de lui, qui le regardait avec curiosité. Tête de Lune sentait bien la bonté qu'il y avait dans ce regard. Un reflet clair, éclatant d'intelligence.

Tout à coup, les ronds transparents se couvrirent de buée. L'homme retira ses carreaux et présenta des joues brillantes de larmes. Il vérifia que le gardien n'écoutait pas, et il chuchota :

– Où as-tu trouvé cela, petit ?

Tête de Lune ne comprit pas. L'homme répéta le plus bas possible :

– Dis-moi où tu as trouvé ce que tu portes autour du cou.

Le garçon mit la main sur le bout de bois gravé par Petit Arbre. Est-ce que c'était encore un piège ? Est-ce qu'il devait répondre à cette question ? Cet homme lui inspirait confiance.

Le gardien ne lui laissa pas le temps. Il revint vers eux et demanda.

– Alors ?

– Non, dit précipitamment Tête de Lune.
On le poussa violemment vers les autres.

Sim Lolness resta seul. Il croyait très peu au hasard, il croyait dans la vie. Comment le symbole des Lolness était-il arrivé autour du cou de ce jeune Pelé ?

Il rejoignit ses compagnons dans le dortoir.

– Et hop ! dit-il en entrant.

Il disait toujours cela après un gros effort. Il pouvait creuser trois heures dans la mine, et finir par un « Et hop ! » qui faisait croire que ce n'était pas grand-chose pour lui.

Sim ne parla pas à Maïa de ce qu'il avait vu au cou de ce jeune Pelé, mais, les jours suivants, il sentit comme un doute éclore. Un doute minuscule, presque invisible, qui l'éclairait de l'intérieur.

– Ça va, mon Sim ?

– Oui, Maïa.

– Tu penses à quelque chose ?

Elle disait toujours cela en souriant, parce que en plus de trente ans, elle ne l'avait jamais vu en train de ne penser à rien.

– Peut-être, Maïa. Peut-être.

– Tu penses à quoi ?

Amaigris, épuisés, frigorifiés, prisonniers, ils avaient les mains blessées, essayaient de dormir sur la planche de bois qu'on leur donnait comme lit. Et pourtant, quand on les entendait parler dans le noir, le soir, on les aurait parfois crus en voyage de noces.

Lou Tann, le vieux cordonnier qui dormait sur la planche au-dessus d'eux, était émerveillé par le couple Lolness.

Lou Tann, en les écoutant, pensait parfois à sa propre famille.

Quand la situation avait mal tourné pour le Conseil de l'arbre, Lou avait cherché à cacher le conseiller Rolden dans son atelier. Il s'en était occupé quelques jours. Rolden vivait dans la réserve de cuir du cordonnier.

Des soldats avaient débarqué au bout d'une semaine.

– Ça sent la vieille galoche dans votre cordonnerie, avait dit le chef de patrouille.

Lou Tann regarda son épouse qui baissait les yeux. Il comprit aussitôt.

– Toi ? dit-il à sa femme.

Les hommes sortirent Rolden de l'appentis, lui retirèrent ses chaussures et les enfilèrent sur ses mains pour s'amuser.

Lou Tann avait été dénoncé par sa propre femme et ses trois enfants. Les deux hommes furent emprisonnés le jour même au cratère.

– Tu penses à quoi ? répéta Maïa dans la nuit.

– Je vois un peu de lumière, Maïa.

Elle crut que Sim parlait d'un éclat de lune sur le plafond du dortoir. Mais Sim Lolness n'avait plus qu'une seule lumière en tête.

Tobie était peut-être en vie quelque part.

9

LE BÛCHERON 505

Confortablement installé dans une cabane perchée en haut d'un bouquet de vieux lichen, Nils Amen regardait l'immense carte qui s'étalait devant lui.

Chaque jour, le vert gagnait.

Chaque soir, il devait ajouter sur sa carte de nouvelles forêts de lichen. Ses mille bûcherons n'y suffisaient plus. Il en recrutait toujours plus.

Nils regarda par la fenêtre les futaies couvertes de neige et se rappela que c'était Noël. Il se passa la main sur le visage.

Nils avait réussi dans la vie. Sa fortune s'était faite en quelques années. Il avait gagné la confiance de son père, la fidélité de ses bûcherons, l'indépendance de son territoire.

La chance était de son côté. Le lichen s'était mis à envahir les branches, gagnant tout le cœur de l'arbre. L'arbre entier faisait appel aux bois d'Amen qui regroupaient maintenant tous les bûcherons.

Nils payait bien ses hommes. Il les avait installés avec leurs femmes et leurs enfants dans des villages isolés comme il n'en existait plus ailleurs. On disait « heureux comme un bûcheron », « sourire à en couper du bois », « potelé comme un bébé de bûcheronne ».

On reconnaissait partout que le jeune Nils Amen protégeait les siens, qu'il résistait aux pressions venues du nid des Cimes ou du cratère de Jo Mitch. Oui, Nils Amen ne dépendait de personne et beaucoup dépendaient de lui.

Nils avait réussi dans la vie. Et comme souvent ceux qui ont réussi, il était tout seul le matin de Noël.

– Je peux rentrer chez moi ?
– Bien sûr, dit Nils.
Il avait oublié cet homme qui était venu lui affûter sa hache.
– Il y a le même garçon qui est repassé vous voir, le bûcheron 505.
– Il n'a pas dit son nom ?
Nils n'aimait pas que ses bûcherons s'appellent par leur numéro.
– J'ai répondu que vous n'étiez pas là.
– Merci. C'est la troisième fois qu'il se présente, répondit Nils. Je n'ai pas le temps. Tu peux partir, maintenant. Ferme bien la porte. Joyeux Noël. Embrasse ta femme.
– Vous aussi, dit l'homme en s'en allant.
Nils sourit. Il n'avait pas de femme à embrasser.
Il aurait peut-être pu embrasser son père, mais, depuis plusieurs semaines, Norz travaillait à l'autre bout de l'arbre, dans un chantier de coupe.

Norz Amen était d'un grand soutien pour son fils unique. Il avait suffi qu'il change de regard sur Nils pour que celui-ci se mette à bourgeonner et à donner toute sa mesure. Norz conseillait Nils et tentait de lui transmettre son obsession pour l'indépendance des bois d'Amen.

Nils était le dernier d'une longue dynastie de bûcherons. Il y a bien longtemps, son père avait trahi l'indépendance Amen pour se mettre au service de grands propriétaires. A l'époque, il avait travaillé pour Mme Alnorell, la riche grand-mère de Tobie. Désormais, comme tous ceux qui se sont trompés une fois, Norz était prêt à tout pour défendre la liberté retrouvée.

C'était un refrain presque lassant.

– Rappelle-toi, Nils : tu seras libre ou tu seras mort.

Norz lançait un regard dur en disant ces mots, mais Nils prenait un air de petit saint et murmurait en s'agenouillant devant son père :

– Amen !

Les deux hommes avaient appris à s'aimer.

Nils sentit passer un courant d'air frais. Il enfonça ses poings dans ses poches et regarda une nouvelle fois la grande carte de l'arbre. Son père devait être là-haut à fêter Noël avec des amis.

Il savait vivre.

Nils finit par attraper un bol avec un pinceau.

– Il y a du travail.

– Oui, dit-il, mais j'aime le travail.

Nils mit quelques secondes à réaliser que quelqu'un parlait dans son dos. S'il s'était retourné, il aurait découvert un jeune bûcheron de son âge entré par magie dans son bureau perché. Mais il restait face à sa carte, passant son pinceau de peinture verte sur une vaste région.

– Je suis le bûcheron 505, dit le garçon.

– Je sais, dit-il. Tu ne fêtes pas Noël avec ta famille.

– Non, dit l'autre. Toi non plus ?

– Non.

– Qu'est-ce que tu veux ?

– Je veux te dire merci et te demander de l'aide.

– Demande d'abord de l'aide, tu me remercieras après.

– Tu m'as déjà aidé, il y a longtemps.

– Ça peut arriver.

– Tu as risqué ta vie pour moi.

Nils Amen s'arrêta de peindre. Ça, ça n'était arrivé qu'une seule fois. Était-il possible…

– Tobie.
– Oui, Nils.
Cette fois, enfin, il se retourna.
Il hésita un moment en voyant la tenue de Tobie. Puis il fondit en larmes et lui tomba dans les bras. Ils étaient serrés l'un contre l'autre, se regardaient de temps en temps et replongeaient aussitôt. Ils n'arrivaient pas à s'arrêter de rire et de pleurer en silence. Tant de mois avaient passé. Tant d'années… Chacun des deux savait tout ce qu'il devait à l'autre.

Tobie finit par dire :
– Je comprends pourquoi tes bûcherons t'aiment bien si tu les accueilles tous comme cela.

Nils repoussa Tobie en souriant.
– Tais-toi, 505.
Il fit asseoir son ami devant lui.
– Tu as l'uniforme de mes hommes.
– Ils cherchaient des bûcherons. Moi, je voulais te voir. Je me suis engagé.
– Depuis combien de temps ?
– Deux jours, à peine.
– Raconte, continua Nils. On te croit mort, ici. Tu dois avoir trois mots à me dire.
– Oui, trois : « J'ai faim. »

Nils tira sur une corde qui pendait à la fenêtre. Il fit apparaître un panier rempli de charcuterie et de feuilletés. Tobie y jeta la main et mordit dans une espèce de gaufre au sirop de sucre.

Des années plus tôt, dans une cabane de bûcherons, non loin de là, alors qu'il était chassé par des centaines d'hommes, Tobie s'était déjà nourri grâce à Nils Amen. Mais le menu s'était amélioré…

– Qui te prépare ça ? demanda Tobie, la bouche pleine.
– Des amis.
– C'est de la cuisine de chez moi, on dirait.
Tobie croyait reconnaître les bons casse-croûte de la ferme de Seldor.
– C'est où, chez toi ? demanda Nils gravement.

Tobie cessa de mastiquer. Voilà longtemps qu'il ne pouvait plus répondre à cette question.

– Parle-moi de l'arbre, dit Tobie.
– Tu veux savoir quoi ?
– Tout. Comme si je venais d'ailleurs.

Nils regarda son ami.

Il venait d'ailleurs, c'était sûr.

Il avait un peu changé de regard. Ses cheveux étaient plus longs et désordonnés. Ses épaules ne remplissaient pas sa nouvelle veste de bûcheron, mais il avait des gestes souples et puissants.

Nils commença à raconter la réconciliation avec son père, la progression des forêts de lichen, l'envol de sa petite entreprise… Il disait les choses avec modestie, ne se reconnaissant que peu de mérite et pas mal de chance. Il expliqua l'organisation de ses immenses forêts, le découpage en secteurs, les villages de bûcherons, la prospérité tranquille de son métier.

Tobie écouta attentivement et regarda Nils promener sa main comme un papillon au-dessus de la carte de l'arbre, préciser le nom des grandes régions, les types de lichen, la difficulté à bûcheronner dans le lichen barbu avec ses longs filaments tombants.

– Voilà, dit Nils pour finir. Ça ne se passe pas si mal. La vie prend soin de moi.

Tobie laissa courir un silence, essuya les miettes qu'il avait sur les mains et dit, en plantant ses yeux dans ceux de Nils :

– Et pour le reste ?

– Le reste ?

– Le reste, oui. Le reste de l'arbre. Quand on sort le nez de sa forêt…

– Ah… Oui. Le reste. C'est moins bien, je crois.

– Tu crois ?

– J'ai… J'ai beaucoup de travail, Tobie. Je ne peux pas m'occuper de tout.

Nils s'était levé. Il se dirigea vers une petite armoire où il prit une bouteille.

– Alors tu ne sais rien ? demanda Tobie.

– Si.

– Dis-moi ce que tu sais.

– Je sais que l'arbre va mal. Je sais que tes parents sont dans le cratère du gros détraqué. Je sais que l'autre fou dangereux tient les Cimes. Je sais que des gens souffrent partout, que le monde appartient à des inconscients. Je sais tout ça, Tobie, mais je ne suis pas le gardien de l'arbre. Je prends soin de ceux qui m'entourent, c'est déjà beaucoup.

Il servit une eau grise dans deux petits gobelets de bois.

– C'est du gris d'Usnée. Ça remonte le moral.

Tobie reprit doucement :

– Je connais ton courage, Nils. C'est grâce à toi que je suis en vie. Mais ce que je ne comprends pas, c'est comment tu peux me parler si longuement de l'arbre sans me parler des Pelés, sans prononcer les noms de Jo Mitch et de Léo Blue…

– Je prends soin de ceux qui m'entourent, dit Nils. Et toi ? Tu étais où ? Qu'est-ce que tu as fait pour l'arbre ?

Nils buvait son eau grise. La cabane baignait dans un grand silence. On n'entendait que le bruit de petits paquets de neige qui glissaient parfois d'une ramée de lichen et tombaient sur le sol. Les deux amis baissaient les yeux.

– Pardon, dit Tobie après un long moment. Je te reproche ce que je me reproche à moi-même.

Nils allait dire quelque chose. Il se reprit et laissa passer un nouveau silence. Enfin, il expliqua :

– Tout ce que tu viens de me dire, j'y pense chaque nuit. Je ne dors pas. Je pense à tout ce qui ne tourne pas rond dans ce monde. Je pense à tes parents. Ta mère, je l'ai vue une seule fois, dans les Cimes quand on était petits. Depuis trois ans, je pense à elle chaque soir. Chaque soir ! Mais je manque de force, Tobie… Par où commencer ?

– C'est la seule question importante, dit Tobie à Nils. Par où commencer ?

– Tu as l'air épuisé…

– Depuis des mois, les auberges où je couche ne sont pas très bonnes, répondit Tobie en s'étirant.

– J'ai peut-être mieux à t'offrir.

Nils Amen entraîna Tobie. Ils descendirent l'échelle de corde et marchèrent une heure dans les bois sombres. Il n'y avait pas de chemin. Nils et Tobie serpentaient entre les lianes de mousse.

Tobie remarquait les ruses de Nils pour ne laisser aucune trace de leur passage. C'était un sentier secret avec des galeries dissimulées dans le lierre, des couloirs rampant sous l'écorce.

Plus tard, ils entrèrent dans une végétation de lichen gluant qui étalait ses palmes à hauteur d'homme.

– Tu m'emmènes au bout du monde ? demanda Tobie courbé en deux.

– Oui. On est presque arrivés.

La forêt était inextricable. Personne n'avait dû s'aventurer sur ces branches depuis un siècle. Les buissons se refermaient derrière eux.

Ils passèrent un pont suspendu qui franchissait un gouffre d'écorce et s'enfoncèrent à nouveau dans les bois. Soudain une boule blanche tomba de la voûte de lichen. Tobie fit un saut en arrière, mais Nils n'eut pas le temps de bouger. La boule lui recouvrit la tête et les épaules. Il s'ébroua pour s'en débarrasser. Tobie crut que c'était une plaque de neige.

Son ami s'écria en effet :
– Neige !
Mais de cette boule blanche venaient de surgir des mains et des pieds, une tête et des yeux.
– Neige, laisse-moi ! cria encore Nils Amen.
Il attrapa la boule vivante par les pieds et la jeta dans la vraie neige.
C'était une petite fille de trois ans, absolument microscopique, dans un chaperon d'épaisse soie blanche. Furibonde, elle fit voler un nuage de neige autour d'elle et disparut.

Quand la vapeur de poussière blanche retomba, Tobie se demanda s'ils n'avaient pas rêvé. Mais Nils confirma :
– C'est Neige. La terreur des bois d'Amen.
Quelques instants plus tard, ils la revirent à la porte d'une maison que des buissons de lichen recouvraient entièrement. Neige était sur le dos d'une jeune femme. Toutes deux regardaient approcher les visiteurs.
– La petite m'a avertie que vous arriviez avec quelqu'un.
La femme ne reconnut pas tout de suite Tobie, mais celui-ci s'écria :
– Mia !
Il n'avait pas oublié le beau visage de Mia Asseldor.

– Tobie ? articula-t-elle comme si elle parlait à un fantôme.

Elle lui toucha la tête pour être sûre qu'il était bien là, en chair et en os devant elle. Neige ne quittait pas des yeux le nouveau venu.

Lex Olmech apparut alors à la porte. La petite Neige passa du dos de sa mère aux épaules de son père. Tobie embrassa toute la famille.

Mia, la belle de la mare aux dames ! Et Lex, le fils du meunier des Basses-Branches ! Les souvenirs de la ferme de Seldor, du moulin des Olmech, de la prison de Tomble jaillirent par brassées dans la tête de Tobie. Il regarda le grand Lex, sa femme, leur petite Neige, puis Nils Amen.

– C'est lui qui nous a permis de nous réfugier ici, dit Lex en montrant Nils. Personne ne connaît l'existence de cette maison. Mes parents vivent avec nous. Et voici notre fille…

Tobie aperçut deux ombres dans la maison. Il entra et salua les parents Olmech.

Il y a bien longtemps, ce couple l'avait trahi. Un seul regard porté sur leurs visages permettait de voir qu'ils n'étaient plus les mêmes aujourd'hui. Mme Olmech s'agenouilla aux pieds de Tobie.

– Mon petit. Mon petit…

Tobie essayait de la relever, mais il fallut le renfort des trois autres hommes pour la mettre debout. Elle répétait :

– Mon cher petit…

Tous riaient avec tendresse de la voir si émue.

– Maman, ne laisse pas brûler le boudin de Noël ! dit Lex qui savait que c'était la meilleure manière de faire disparaître sa mère dans la cuisine.

Tobie regarda la beauté de la table. On y retrouvait la magie des Asseldor capables de dresser une table de fête au bout du monde. Et dans la grande tradition de Seldor, le couvert des deux visiteurs était mis alors qu'ils ne s'étaient pas annoncés.

Tobie jeta un coup d'œil à Nils. Peu avant, pour affronter les reproches de Tobie, son ami aurait pu se défendre en disant qu'il cachait cette famille au fond de sa forêt… Il n'en avait rien dit.

« Je prends soin de ceux qui m'entourent », avait-il seulement répété. Il fallait que son cœur soit grand comme une table de banquet pour pouvoir mettre tout ce monde autour.

Difficile de dire ce qui rend inoubliables des moments de fête. Une fête est un mystère qui ne se commande pas.

Mais il y avait, dans ce petit groupe caché au fond des bois d'Amen, les mille ingrédients qui font d'un repas un enchantement : des parents, des grands-parents, une petite fille, un ami qu'on croyait perdu, du bon pain, des absents auxquels on pense, une réconciliation, un feu dans la cheminée, quelqu'un qui s'attendait à passer Noël tout seul, de la neige à la fenêtre, la fragilité du bonheur, la beauté de Mia, du vin doux, des souvenirs communs, et du boudin.

C'est incroyable tout ce qu'on peut faire entrer dans une petite pièce dans laquelle une bête à bon Dieu ne tiendrait pas debout.

Tobie comprit d'où venait le panier de vivres que lui avait fait partager Nils. On lui raconta au fil du repas que le reste de la famille Asseldor était resté dans la ferme pour protéger Mano. Il découvrit surtout ce qu'était devenu Seldor et ce que devenait l'ensemble de l'arbre.

Les gens des hauteurs et des rameaux vivaient dans la crainte et la pénurie. Ils étaient massés dans les anciennes cités de bienvenue qu'on protégeait par des fossés et des murs contre des dangers qui n'existaient pas. Près du cratère de Jo Mitch, de longues colonnes de miséreux venaient mendier un peu de sciure pour en faire de dégoûtants potages.

Pol Colleen n'avait pas menti. Les branches étaient dans un état alarmant. Le compte à rebours avait commencé.

N'importe quel médecin raisonnable aurait dit après avoir ausculté l'arbre : « Bon, maintenant, on ne plaisante plus. Vous arrêtez tout. Vous prenez cinquante ans de repos à regarder passer les nuages. Et puis on se revoit. »

Quand Tobie se retrouva seul face à Mia, parce que les autres étaient sortis regarder Neige patiner avec ses bottines sur un ruisseau gelé, il osa dire :

– Je voudrais te demander…

Mia lui sourit. Elle savait ce qu'il voulait apprendre. Elle n'attendit pas la fin de la question.

– Il est venu la chercher…

Elle regardait tristement Tobie.

– On était tous à Seldor. Léo Blue est venu la chercher…

Dehors on entendait les rires de la petite Neige.

– Elisha et sa mère vivaient avec nous, continua Mia. Les hommes de Mitch avaient détruit leur élevage de cochenilles. Alors, elles étaient venues se réfugier à Seldor. Un jour… Un jour, Léo Blue est arrivé avec trois soldats pour la prendre. Il avait croisé une seule fois Elisha sur la pente de la branche torve, à une heure de la ferme. Il l'a emmenée. On ne pouvait rien faire. Le lendemain, Isha, sa maman, est partie à son tour, toute seule. On ne sait pas où elle est allée se cacher…

– Et Elisha ? Où est-elle ? demanda Tobie.

– Lex dit qu'elle est dans les Cimes. On parle beaucoup du nid…

– Le nid ?

– Léo Blue vit dans le nid. Elle est sûrement là-haut avec lui.

Tobie regarda vers la porte. Nils se tenait là. Il avait tout entendu. Il connaissait le nom d'Elisha, la fille que Blue avait trouvée dans les Basses-Branches. Mais il ignorait jusque-là ce qui la liait à Tobie...

Mia et Nils échangèrent un pâle sourire en voyant les yeux brillants de leur ami. Tobie était bien le seul dans la pièce à ne pas vouloir se rendre compte qu'il était fou d'Elisha.

Tobie s'installa donc dans la maison de Mia et de Lex. De toute façon, dans l'immédiat, s'il avait voulu partir, il aurait dû emmener avec lui la petite Neige qui s'accrochait à son cou et ne l'aurait lâché sous aucun prétexte.

Tobie était heureux de cet abri clandestin, perdu dans les bois. Il aimait la chaleur de cette famille autour de lui. Il pourrait dormir là quand il ne serait pas au travail.

Car son poste de bûcheron, sous le numéro 505, restait la clef de tous ses plans. Il ne voulait pas disparaître à jamais dans les bois. Il savait que ce serait en côtoyant les gens de l'arbre qu'il finirait par trouver le moyen de bâtir son plan.

A la fin de cette douce journée, Nils s'en alla donc seul. Il arriva dans la soirée au pied de son bureau perché. Quand il ouvrit la porte, il vit des traînées de neige sur le parquet. Quelqu'un était entré en son absence.

Nils alluma une lampe. Il y avait un homme dans son fauteuil, assis devant la grande carte des forêts de lichen. Il lui tournait le dos.

– Tu viens d'où ? demanda l'homme.

– C'est Noël, répondit Nils.

– Aujourd'hui ?

– Oui, aujourd'hui.

– Ah...

– J'étais chez des amis, continua Nils.

– Ma tante n'aimait pas Noël. Je vivais avec elle quand j'étais petit, alors je ne l'ai pas souvent fêté. Mais je sais que chez les bûcherons, on est fidèle aux traditions...

L'homme se tourna vers Nils. C'était Léo Blue. Il dit :
– Je passais par là. Je suis monté.
Nils le regardait sans bouger. Léo s'était fait tailler son costume d'hiver dans la peau noire du ventre d'un frelon. La fenêtre ruisselait de neige, et le vent poussait des cris aigus autour de la cabane perchée. On aurait dit que des enfants piaillaient en jetant des boules de neige contre la vitre.
– Je t'ai dit de ne pas venir ici, murmura Nils Amen. On ne doit pas nous voir ensemble.
Ils se serrèrent la main.

10
LE VISITEUR

Elisha respirait à plein nez le parfum des crêpes. Elle voyait les toiles et les matelas de couleur, les rondeurs de sa maison des Basses-Branches. Elle était seule. La porte ouverte projetait une grande tache de lumière sur le sol.

Soudain, dans ce faisceau, de fines pellicules de poussière dorée se mirent à voler en tournant. C'était un tourbillon qui venait du dehors et glissait le long des murs. Ce vent était brûlant. « C'est Tobie », pensa-t-elle. Elle voulut marcher vers la porte, mais la force du vent l'en empêchait.

Elle sentit alors une main qui touchait son bras.

Elisha se réveilla d'un seul coup. Sans même ouvrir les yeux, elle se mit en boule à la vitesse d'une araignée qu'on agresse. Elle se dressa sur ses talons, et se déplia soudainement. Elle sauta à un millimètre du sol et retomba sur son assaillant en lui bloquant le bras dans le dos.

– Pas les dents, mademoiselle. Me cassez pas les dents.

Elisha ouvrit enfin les yeux.

– C'est moi. C'est Patate. Me cassez pas les dents. Elles sont neuves.

– Patate ?

– Je vous apportais des crêpes.

L'odeur des crêpes. Voilà ce qui avait provoqué son rêve.

– Pardon, Patate. Et merci pour les crêpes.

– Je vous en prie, mademoiselle, c'est moi qui vous rends grasse...

Le brave Patate croyait que « rendre grâce » voulait dire « faire grossir ». Son langage exubérant manquait parfois de précision.

– J'ai cru... Quelle heure est-il ? bredouilla Elisha.

– Minuit, sans vouloir m'avancer.

– Il fait froid.

– Auriez-vous l'occasion de me lâcher le bras, par hasard, si je ne vous abuse ?

Elisha le lâcha en riant.

Elle ne s'était même pas rendu compte qu'il avait passé le début de la conversation le front à terre sans se plaindre. Elle prit une crêpe et la plia en quatre. C'était des grosses crêpes aussi épaisses et sèches qu'un mauvais livre, mais Elisha voulait faire honneur à la cuisine de son gardien.

Patate la regardait manger.

Elisha avait une tendresse particulière pour ce soldat qu'elle avait retrouvé en arrivant dans le nid. Patate avait tout de suite reconnu la fille qui lui avait causé tant de souci dans la prison de Tomble. Mais il lui était reconnaissant d'avoir découvert grâce à elle les joies du langage et du raffinement. Il ne confia donc à personne qu'il la connaissait déjà.

Elisha exigeait que ce soit Patate, et personne d'autre, qui lui apporte ses repas et s'occupe d'elle. Les fantaisies de ce drôle de personnage la faisaient tordre de rire.

Elle avait eu le malheur de lui expliquer qu'on ne tournait pas le dos à une dame. Depuis ce jour, il marchait dans l'œuf à reculons, et trébuchait sur chaque obstacle. Il cherchait la sortie en tâtant la paroi derrière lui. Elisha lui disait : « A gauche ! A droite ! » pour le guider. Et quand il se tapait la tête sur la coquille, elle s'étouffait de rire.

Elle s'amusait à mélanger devant lui le sens des expressions « les mains dans les poches », « les doigts dans le nez » ou « la tête dans les nuages ». Et comme il répétait tout ce qu'elle disait, cela donnait plus tard des confidences du genre : « Vous me connaissez, mademoiselle, je suis un peu rêveur, les doigts dans le nez, je n'ai pas les œufs en face des trous... »

Il disait cela en battant des cils, la tête un peu renversée. Il en était presque émouvant.

Elisha continuait à manger ses crêpes en carton.

– Vous en voulez ?

– Non merci, répondit Patate.

– Toujours votre régime, dit Elisha avec un sourire.

Depuis longtemps, Patate se trouvait un peu gros des genoux. Il avait avoué à Elisha qu'il faisait des régimes.

– Non. Cette fois, c'est mes dents.

– Vos dents ?

– J'ai des nouvelles dents.

– Elles sont en quoi ?

– En mie de pain.

– J'avais remarqué votre élocution. Bravo.

Patate se mit à rougir, plein d'humilité.

– Vous êtes bien indigente avec mon allocution, dit-il, reconnaissant. Je voulais aussi vous prévenir : il est revenu.

Elisha termina sa troisième crêpe comme si elle n'avait pas entendu. Il insista :

– Le patron est revenu. Il est avec le jeune inconnu qui est passé cet été. Sans usurpater mes aptitudes, je crois qu'il y a des choses qui se préparent...

– Ça m'est égal, dit-elle. Je me fiche du patron.

– J'ai comme la pression que vous ne l'aimez pas.

– Vous êtes bien observateur, cher Patate, dit Elisha.

Patate fit une moue d'humilité.
– Je vais dormir, dit Elisha.
Elle s'était recouchée. Patate n'avait pas bougé. Elisha finit par se redresser.
– Autre chose ? demanda-t-elle.
Patate était clairement mal à l'aise. Il tapotait de l'ongle ses dents en mie de pain.
– Je… Je vais peut-être récupérer l'assiette…
Elisha lui lança un regard noir. Elle sortit l'assiette qu'elle avait cachée dans sa chemise de nuit.
– Vous n'avez pas les yeux dans vos chaussettes, soldat Patate.
– J'ai mes petites manies, dit-il en se tortillant de contentement.
Il récupéra l'assiette dont elle comptait tirer des morceaux coupants pour une petite coiffure d'hiver ou une prochaine évasion. Elisha s'était recouchée sur le matelas.
Patate s'approcha un peu.
– Ne bougez pas, dit-il, je prends ma clef que vous avez glissée sous la paillasse.
Elisha s'amusait dans son coin. C'était tous les soirs le même cirque. Elle maugréa :
– Et puis quoi encore ? Vous voulez aussi vos lacets ?
– Précisément, oui. Volontiers. J'ai dû les égarer hier.
Elisha tira de ses cheveux deux lacets noirs dissimulés dans les courtes tresses qu'elle pouvait maintenant se faire. Derrière ses allures cocasses, ce gardien était scrupuleux au dernier degré.
– Vous feriez mieux de mettre vos pantouffes, dit-elle en se recouchant… Vous n'auriez pas de problème de lacets.
C'était Elisha qui l'avait initié au plaisir de la pantoufle en lui offrant une paire qu'elle avait fabriquée. Il les appelait « pantouffes » et les adorait. Depuis quelque temps, il les portait moins, se méfiant des voleurs.
– Je fais des jaloux…, répétait-il avec satisfaction.
Patate rangea les lacets dans ses poches.
– Parfait. Tout est là. Nous sommes au complet. Bonne nuit, mademoiselle.

Il recula jusqu'à la porte, se cogna la tête, perdit l'équilibre et sortit en titubant.

A quelques pas de là, de l'autre côté d'une passerelle suspendue, l'œuf du Levant était éclairé. Léo Blue prenait un bain. Une fumée blanche sortait de la baignoire et se répandait sur le sol. Une douce odeur d'huile de bourgeon remplissait la chambre. Le vieil Arbaïan se tenait à distance. La vapeur venait lui lécher les pieds. Son visage était grave.

– Vous savez comme je fais confiance à votre intuition.
– Je sais, Arbaïan, dit Léo qui avait de l'eau jusqu'au menton.
– Je vous demande juste d'être prudent. Ce garçon est venu vous voir, il y a six mois, pour vous proposer son aide. C'est ce que j'appelle un heureux hasard. Je me méfie de lui. Pendant des années, il vous avait ignoré. Et tout à coup, le voici !
– Il a mille bûcherons sous ses ordres.
– Justement.
– On a besoin de lui.
– Et lui, est-ce qu'il a besoin de nous ?
– Oui, dit Léo. Qui n'a pas besoin de nous ?

Minos Arbaïan fronçait les sourcils. Il regardait son patron dans sa baignoire en ongle de pigeon. Le conseiller fit un pas vers le lampadaire. Il laissa tomber un coin de voile sur le berlingot du ver luisant. La lumière baissa légèrement.

Parfois Arbaïan avait envie de partir, d'aller retrouver ses papillons, de laisser tomber ce combat terrible. Il n'aimait pas la médiocrité de ceux qui l'entouraient.

Léo Blue, au moins, n'était pas médiocre. Il était fou mais génial. C'est pour lui qu'Arbaïan s'était engagé. Les autres demeuraient tous aussi lâches, bêtes et approximatifs.

– Je vous parle de cette inquiétude, parce que je ne triche pas avec vous, dit-il brusquement à Léo. Quand je dis à un de mes hommes : « Découvre-moi ce ver luisant, parce qu'il fait nuit », je sais très bien que ce ver n'est pas un ver. Mais je veux faire simple, je veux être compris. Je sais comme vous que ce que tout le monde appelle « ver luisant » n'est pas du tout un ver. C'est en fait un coléoptère. Mais je m'abaisse à dire « ver luisant », comme un ignorant, pour être compris des ignorants. Avec vous, Léo Blue, je dis les vrais mots, comme à votre père, autrefois. Avec vous, je ne mens pas. Ce Nils Amen qui est devenu votre ami, je n'ai pas confiance en lui.

Léo avait écouté sans bouger. Il plongea la tête sous l'eau et disparut près d'une minute. Son visage réapparut sans le moindre signe d'essoufflement.

– Continue à me dire ce que tu penses bon de me dire, Arbaïan. Et moi, je ferai ce que je pense bon de faire. Sors. Va me chercher Nils Amen dans sa chambre.

Arbaïan s'inclina vers son patron et sortit. Léo resta plusieurs minutes à réfléchir dans la chaleur du bain.

Il avait emprunté cette baignoire en ongle de pigeon dans les ruines d'une des maisons pillées par ses hommes. L'ongle avait été raboté, et la corne était d'un blanc presque phosphorescent. Léo finit par se lever. Il prit une serviette de drap épais et s'enveloppa dedans.

– Entre, dit-il.

Nils Amen apparut.

– J'étais en train de penser à toi, continua Léo... Tu es venu me trouver cet été. Tu m'as proposé cette alliance secrète. Entre les forêts et le nid...

– Oui, je crois qu'on sera plus forts.

– Tu n'as pas toujours été de cet avis.

– Un enfant écoute son père. Or, mon père, Norz Amen, refuse toute idée d'alliance. Mais aujourd'hui...

– Oui ?

– Aujourd'hui, j'ai appris à penser tout seul.

– Ton père reste un obstacle.

– Ne t'inquiète pas de mon père. Il faut juste qu'il ne sache rien de notre accord.

– D'habitude, lâcha Léo, les obstacles, je les fais sauter.

Nils tressaillit.

– Je t'ai dit que je m'occupe de mon père, dit-il d'une voix froide.

Léo s'approcha d'une table sur laquelle on voyait ses deux boomerangs posés dans un carré de chiffon. Il les prit chacun dans une main et commença à les aiguiser l'un contre l'autre. Ils ressemblaient à deux couteaux tranchants de vingt pouces de long, en accent circonflexe. Léo fit sonner les lames en y passant le doigt. Il les reposa.

– Et maintenant, tu me proposes cette nouvelle aide.

– Si tu as besoin de moi.

– Pourquoi t'aurais-je emmené ici avec moi si je ne pensais pas que tu peux m'aider ? Cette fois, il s'agit de ce que j'ai de plus important et de plus secret.

– Je sais.

– Tu vas parler à Elisha ? demanda Léo Blue.

– Oui.

– Comment veux-tu faire changer… l'idée qu'elle se fait de moi ?

Nils ne répondit pas à la question. Il prit Léo par l'épaule et lui dit :

– On n'est pas toujours celui que les gens croient que l'on est… Voilà ce que je lui dirai.

Le lendemain, à midi, Elisha remarqua le retour de l'ombre au sommet de son œuf.

L'ombre… La jeune captive ne pouvait se souvenir du dernier jour où elle l'avait vue. Un mois peut-être. Elle était heureuse de retrouver cette présence qui la rassurait.

Elisha savait qu'elle n'était pas la seule à la croiser. Patate lui avait dit que tout le monde craignait cette forme mystérieuse qui se promenait dans les Cimes. Récemment, pour expliquer la longue absence de l'ombre, un garde s'était vanté de l'avoir abattue. Il disait que c'était une araignée noire suceuse de sang. Mais voilà qu'aujourd'hui l'ombre était revenue. Le garde avait menti.

Quand Arbaïan entra dans la chambre d'Elisha, l'ombre resta tapie sur la coquille. Le vieux chasseur de papillons se tenait raide dans son bel uniforme. Il n'avait pas l'air content.

– Quelqu'un a reçu l'autorisation de vous parler, mademoiselle.

Un jeune homme entra derrière lui. Il avait un visage doux aux traits fins et délicats. Il regarda fixement Arbaïan qui comprit qu'il devait les laisser seuls. Elisha était accroupie au fond de l'œuf contre la paroi.

Arbaïan sortit, les dents serrées.

Le visiteur parcourut de l'œil la grande salle. Il ne semblait pas porter une grande attention à Elisha.

– Je m'appelle Nils Amen.

Nils. Elisha connaissait ce nom. Un certain Nils avait sauvé la vie de Tobie, autrefois. Que pouvait faire ici un ami de Tobie Lolness ? Elisha sentit sa respiration se précipiter. D'un coup d'œil, elle vérifia que l'ombre était toujours là.

De son côté, Nils Amen avait l'impression de perdre l'équilibre. C'était donc elle.

Elisha.

Il pensa à Tobie caché dans ses sous-bois de mousse. Ses deux amis se retrouvaient face à face ce jour-là. Nils et Elisha.

Mais comment Nils Amen en était-il arrivé à être assez intime avec Léo Blue pour approcher tout seul la fiancée du patron ?

Tout avait commencé un matin d'été, six mois plus tôt.

Nils allait quitter les régions inférieures dans lesquelles une trentaine de ses bûcherons venaient de couper une colonie de lichen qui menaçait le cratère de Jo Mitch.

Les bûcherons des bois d'Amen acceptaient tous les travaux à condition qu'on ne leur demande pas de serrer la main gluante de Mitch ou celle, glacée, de Léo Blue. Nils ne pensait qu'à une chose : donner du travail à ses hommes.

Les bûcherons avaient donc débité plusieurs centimètres de futaie bien serrée. Les grands parasols de lichen coupé jonchaient le chemin qui menait au cratère. C'était le mois de juin. Il faisait chaud. Le lichen était sec et léger.

Quand Nils entendit l'orage gronder, il comprit que cela n'allait pas durer.

Le lichen a la particularité de se dessécher sous le soleil, mais de revivre à la première pluie. C'est ce que Sim Lolness avait appelé la reviviscence. Une incroyable force d'adaptation au climat. La nature est une magicienne. Sous la pluie, le lichen se gorge d'eau, il reprend des couleurs, mais devient collant et intransportable.

Si le chemin du cratère n'était pas libéré avant l'orage, l'accès serait bloqué pour plusieurs jours. Les bûcherons commençaient tout juste à déplacer des branches de mousse grise. Il y avait au moins une journée de travail, mais à peine un quart d'heure avant l'arrivée de la pluie.

Nils hésita quelques instants. Il ne voyait qu'une seule solution. Elle était contraire à tous ses principes. Alerté par un nouveau roulement de tonnerre, il comprit qu'il n'avait plus le choix.

Il envoya donc un de ses hommes demander de l'aide dans le cratère.

Quelques instants plus tard, les bûcherons virent s'ouvrir la lourde porte de l'enclos. On entendait des claquements de fouet et des cris. Une dizaine de gardes entouraient une sorte de troupeau informe. Ils repoussaient avec des bâtons ceux qui s'écartaient du groupe.

Nils découvrit bientôt que ce n'était pas des animaux.

– Les Pelés…, murmura-t-il à ses hommes d'une voix étranglée par l'émotion.

Ils étaient des dizaines sur la branche, serrés les uns contre les autres. L'un des soldats de Mitch vint parler à Nils :

– On va vous aider. Dans une heure, tout est fini.

– Trop tard, dit Nils. Il pleut. Vous n'y arriverez pas. Mettez ces gens à l'abri.

Nils remerciait le ciel d'avoir envoyé une première goutte. Il ne voulait pas voir souffrir sous ses yeux un peuple réduit en esclavage.

Le soldat lui fit un sourire plein d'orgueil.

– C'est comme si tu me traitais de menteur. J'ai dit une heure. Ce sera une heure.

– Laissez, répéta Nils. On s'en occupera dans quelques jours, quand ce sera sec.

– Tu continues à m'insulter, dit la brute. Tu vas voir si je ne tiens pas mes promesses.

Il poussa un cri sauvage. Les fouets recommencèrent à siffler et l'orage à gronder. La pluie redoublait. Et dans cette atmosphère infernale, les Pelés se mirent au travail.

Cela ne dura pas une heure. Sous les coups et les cris, la nuée de Pelés réussit l'impossible : déplacer des centaines de troncs trempés comme des éponges. Les hommes qui tombaient étaient relevés avec des piques. Le déluge ne laissait aucune trêve. Ceux qui ralentissaient recevaient des coups de botte. Ils pataugeaient dans la boue verte qui ruisselait du lichen.

Nils aperçut un homme qui était tombé sur le sol. C'était un garçon dont les yeux noirs étaient parfaitement immobiles. Un

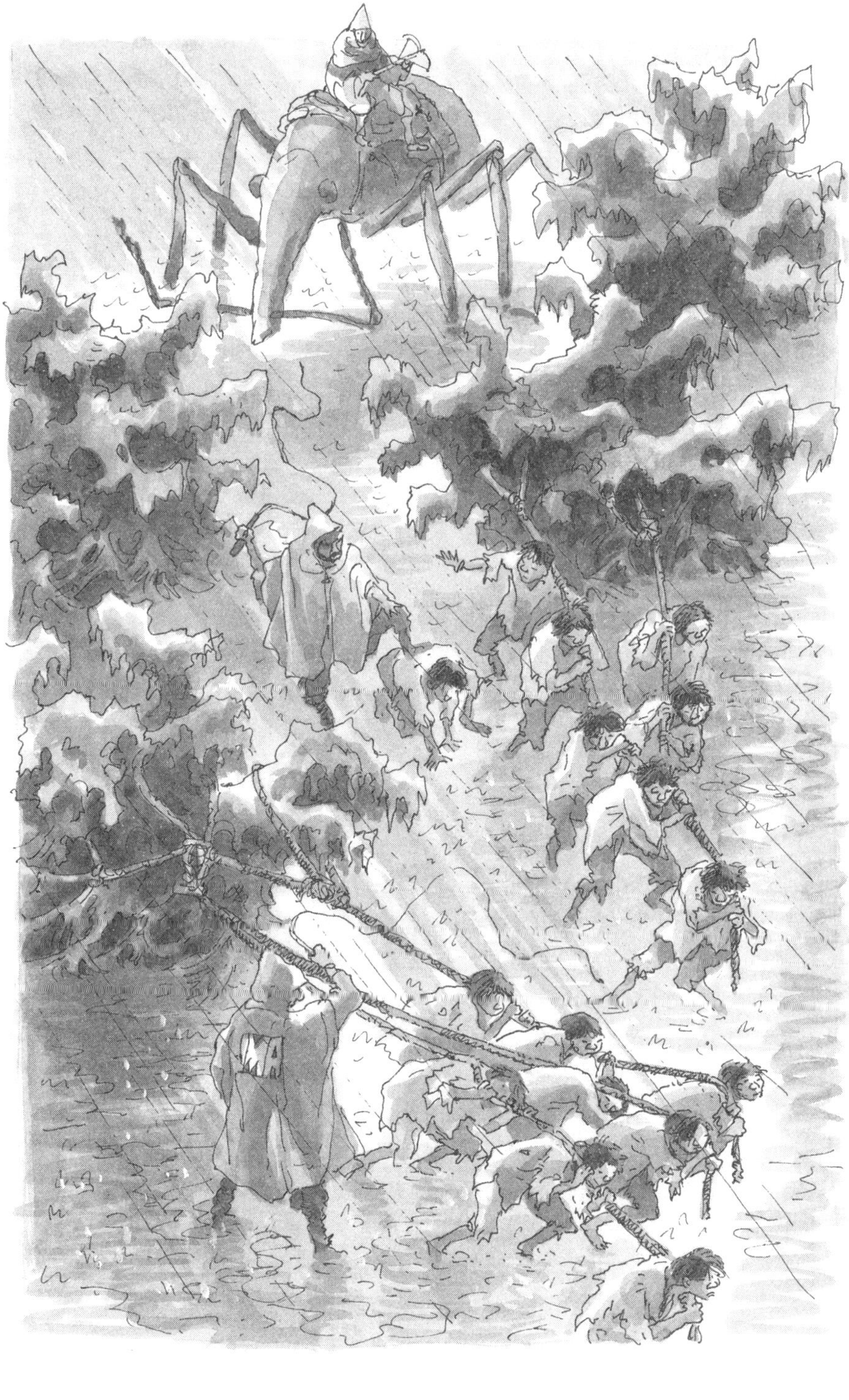

jeune Pelé se précipita pour l'aider. La lanière d'un fouet cinglait son dos, mais il continuait à tenter de relever son ami par des petits gestes rassurants.

Nils devina que l'un d'eux était aveugle.

Avant de repartir dans le cratère, le soldat vint vers Nils Amen, triomphal.

– Si vous avez besoin d'aide, on est là. Vous n'avez qu'à me demander. On m'appelle Tigre.

Les Pelés et leurs gardes disparurent derrière le portail.

– M. Amen ?

Un jeune bûcheron essayait de relever Nils qui s'était effondré de honte et de dégoût, le visage entre les mains.

– M. Amen…

– Ça va aller, répondit Nils en s'appuyant sur l'écorce. On rentre chez nous.

De retour dans sa cabane perchée, Nils s'enferma quatre jours.

C'était donc cela, l'indépendance et la liberté que lui vantait son père… Fermer les yeux, ne rien voir, laisser les autres souffrir à l'orée des forêts.

A force d'être encerclée par les prisons des autres, la liberté de Nils Amen était devenue un sombre cachot.

Nils savait maintenant qu'il allait se battre. Mais il savait aussi qu'on n'attaque pas de front Jo Mitch et Léo Blue. On ne se dresse pas devant eux la hache à la main.

Nils connaissait les recettes des anciens bûcherons pour détruire les vieilles souches de lichen. Il faut les atteindre de l'intérieur. On perce le centre de la tige, on y glisse de l'acide. Il faut mettre le poison au cœur de la souche.

A partir de ce jour, Nils n'eut qu'un seul but : gagner la confiance de Léo Blue, pour entrer à l'intérieur de son système et le détruire.

Nils Amen était maintenant devant Elisha.

Il la regardait.

Elle cachait ses mains dans ses manches. Elle avait les cheveux très courts et ne laissait pas paraître la moindre peur, la moindre surprise. Nils se demandait comment s'était construit ce petit bloc de courage.

– D'où vient-elle ? se disait-il. Où poussent les filles comme celle-là ?

Il comprenait les sentiments de Tobie.

Le soir de Noël, avant de remonter vers le nid des Cimes avec Léo Blue, Nils était précipitamment retourné chez Mia et Lex.

Il avait parlé à Tobie. Il lui avait tout dit. Son grand secret. La fausse amitié qu'il nouait lentement avec Léo Blue.

– Je ne comptais pas t'en parler, avait dit Nils. C'est mon combat. Le danger, ça ne se partage pas. Personne n'est au courant. Même pas mon père. Mais quand j'ai su que… que tu connaissais Elisha, j'ai pensé que je pouvais faire quelque chose pour vous deux…

Tobie, bouleversé, l'avait chargé de parler en son nom à la jeune captive.

Maintenant, debout face à elle, Nils n'avait qu'une seule envie : lui dire que Tobie était vivant, qu'il venait de sa part, que rien n'était perdu, que la vie circulerait à nouveau dans leurs branches.

Là-haut, l'ombre était immobile.

En équilibre au-dessus de la coupole de l'œuf, les mains plaquées sur la coquille, la silhouette était celle d'un jeune homme. Il avait deux boomerangs dans le dos.

L'ombre des Cimes, c'était lui.

Depuis des mois, il n'avait pas trouvé d'autres moyens pour approcher Elisha et tisser quelque chose entre elle et lui.

Quelque chose… Même pas grand-chose. Un bout de mystère et d'intimité. Tout sauf l'indifférence. Il avait inventé l'ombre des Cimes pour devenir son secret.

Au sommet de la coquille, Léo Blue tendit l'oreille. Nils Amen allait parler.

En effet, Nils ouvrit la bouche pour tout dire à Elisha. Mais son regard s'arrêta sur une auréole de soleil à ses pieds.

Il était midi. Le soleil était au plus haut dans le ciel. Le trou du sommet de l'œuf laissait passer un rayon parfaitement dessiné qui se projetait sur le sol.

Dans cette tache de lumière, on voyait une ombre. Le profil d'un visage.

Quelqu'un les écoutait.

Nils ravala ses envies de sincérité.

– Mademoiselle, je veux vous parler de Léo Blue. Je crois que vous vous trompez sur son compte.

Le cœur d'Elisha se serra.

Un moment, elle avait cru avoir trouvé un ami.

11

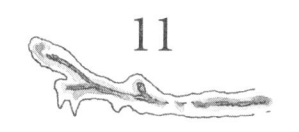

LA PETITE MUSIQUE
DE LA LIBERTÉ

Le ganoderme aplani est un champignon en demi-lune qui pousse sur l'écorce de l'arbre et forme des terrasses agréables dont le sol un peu mou donne envie de faire des bonds.

Il y a bien longtemps, les enfants y jouaient à la maronde le dimanche, les amoureux s'y donnaient des rendez-vous, et les autres y allaient pour rêver d'enfance et d'amours perdues.

Dans un petit livre aujourd'hui introuvable, *Des champignons et des idées*, Sim Lolness révélait que, chaque jour, ce ganoderme foulé aux pieds distribue autour de lui mille millions de milliards de spores. Les spores sont comme des graines qui devraient toutes donner naissance à un autre champignon. On pourrait se réveiller chaque matin dans un arbre couvert de ganodermes. Mille millions de milliards de champignons tous les jours. Au bout d'une semaine, on en ferait une soupe épaisse et large comme l'univers.

Pourtant, bizarrement, ces champignons restent rares. Les spores se perdent dans la nature. Il faut parfois des années pour qu'un ganoderme en donne un second.

Sim Lolness concluait son livre sur cette curiosité. Il disait que les idées nouvelles sont un peu comme des champignons. Très peu d'entre elles font des petits.

La révolte de Nils Amen aurait pu servir d'exemple au professeur. En se rebellant le premier, Nils changeait entièrement la face de l'arbre. On pouvait s'attendre à ce qu'il sème tout autour de lui le bon grain de la liberté. Mais il fallut beaucoup de temps pour que, plus bas dans les branches, un second personnage qui ne le connaissait même pas fasse un pas dans la même direction.

Ce deuxième champignon s'appelait Mô Asseldor. C'était le second fils de la ferme de Seldor.

L'histoire débuta la nuit de Noël, lors d'un concert silencieux.

Depuis qu'on leur avait interdit de pratiquer leur musique, les Asseldor se retrouvaient de temps en temps dans la grande pièce de la ferme pour jouer en silence. Chacun prenait son instrument : tambour, grelot, akarinette ou oloncelle... M. Asseldor donnait le rythme en tapant du pied, et le concert commençait.

Les Asseldor connaissaient si bien la musique qu'ils n'avaient pas besoin qu'elle résonne pour l'entendre. L'archet ne touchait pas les cordes de l'oloncelle. L'air ne passait pas dans l'akarinette de Maï. On n'entendait que le pied du père contre le parquet. Mme Asseldor chantait sans un bruit. Les paroles se lisaient sur ses lèvres.

Ma patrie est une feuille morte
Envolée vers un monde inconnu
Pourquoi rester à danser de la sorte
Sur la neige de la branche nue ?
Ma patrie est une feuille morte...

La musique était déchirante. Maï fermait les yeux en jouant et le grand Milo avait des larmes jusque dans le cou.

Les Asseldor ne jouaient plus que des airs tragiques. Finies, les aubades et les berceuses, les danses et les sérénades.

Mô étouffait sous le poids de tout ce désespoir. Il ne reconnaissait plus sa famille. Quelque chose s'était éteint dans cette maison dont les murs conservaient tant de souvenirs heureux.

Mme Asseldor continuait à chanter du bout des lèvres. Il y avait un autre couplet, encore plus triste, qui comparait leur branche à une potence. Rien de franchement folichon.

La révolte de Mô commença par une fausse note silencieuse.
Le père Asseldor interrompit l'orchestre.
– Qu'est-ce qui se passe ? demanda-t-il.
Même en silence, une fausse note jouée en sa présence lui causait des vertiges.
– Je te demande ce qui se passe !
– Pardon, papa, dit Mô.
– Bon… On reprend…
Ils se remirent à jouer, et après quelques secondes, Mô dérapa à nouveau.
– Arrête-toi, si tu es fatigué.
– Oui, je suis fatigué.
Mô prit son oloncelle et le cassa en deux.
Son frère, sa sœur, sa mère et son père le regardaient.
– Vous savez à quoi on ressemble ? demanda Mô. A des fantômes. Ce n'est plus une ferme, c'est une maison hantée. Pas de bruit, pas de lumière…
– Et si ça nous permet de rester en vie…, dit le père.
– En vie ? Qui est en vie, ici ?
Mô montra la cheminée derrière laquelle se cachait le pauvre Mano. Il ne sortait à l'air libre qu'une minute deux fois par jour.
– Il y en a même un que vous avez enterré vivant.
Milo, l'aîné, se précipita sur son frère pour l'assommer.
Maï tentait de séparer les combattants.

– Arrêtez ! ordonna la mère Asseldor
Les deux garçons lâchèrent prise. Ils saignaient du nez comme des gamins.
– Qu'est-ce que tu veux qu'on fasse de plus, Mô ? Tu parles pour toi, comme un égoïste. Mais qu'est-ce que tu veux faire ? Tu connais exactement la situation.
Oui, il la connaissait. Il savait que leur famille était prise dans un terrible piège. La maison pouvait être fouillée jour et nuit par surprise. Mano risquait d'être trouvé. Quant à la pauvre Maï, elle était victime du pire chantage qui soit. Garric, le patron de la garnison

connaissait la présence de Mano et profitait de cette découverte pour obtenir des rendez-vous avec la belle Maï. La veille, il lui avait embrassé la main. Elle était revenue toute tremblante.

– Il y a des moments où il faut tout risquer, dit Mô.

Il prit son chapeau entre ses mains pour lui redonner une forme après la bagarre.

– Si je joue mon chapeau, je sais que je risque de le perdre… Si je le perds, je serai un peu triste parce que j'aime bien mon vieux chapeau. Mais nous, ici, c'est notre malheur qu'on va jouer. On n'a rien à perdre. Si on gagne, on sera heureux. Si on perd, il n'y aura que notre malheur à perdre. Il faut tenter de partir…

La famille avait écouté attentivement le raisonnement de Mô. C'était vrai qu'ils n'avaient rien d'autre à perdre que leur vie malheureuse des dernières années. Pourtant, ils ne pouvaient s'empêcher de se rappeler la joie des repas de fête, les chasses d'automne, les concours de robes entre les sœurs et la mère, la récolte du miel, les concerts dans la neige, et tout le reste. Tout cela, ils continuaient à avoir peur de le perdre, alors qu'ils l'avaient déjà perdu depuis longtemps. Il n'y a rien que l'on défende aussi vaillamment que ce que l'on n'a plus.

– Mia est partie avec Lex. Certains d'entre nous pourront les rejoindre. Il faut tenter de s'en aller. Ce ne sont pas ces vieux murs d'écorce qui ont fait Seldor… C'est la joie et la liberté. De tout ça, il ne reste rien.

– Et Mano ? lui demanda sa mère.

– Mano partira aussi. Laissez-moi quelques jours.

Le lendemain, Mô répara son oloncelle. C'était un bel oloncelle à huit cordes, qui avait appartenu à son grand-père. Deux nuits passèrent encore.

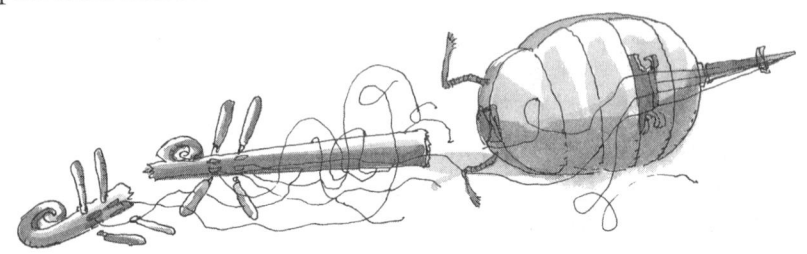

Les parents de Mô pensaient que leur fils avait oublié sa petite crise de rébellion. Tous deux se répétaient que c'était mieux ainsi. Mais ils ne pouvaient chasser de leur cœur une certaine déception. Ils avaient secrètement espéré que Mô les sortirait de là…

Un soir, passant près de la cheminée, Mô entendit de faibles gémissements. Il trouva sa sœur pleurant sur la banquette qui lui servait de lit.

— C'est demain matin, lui dit-elle en essuyant son visage avec le drap. Demain, avant le lever du soleil. Ne le dis pas aux parents.

— Quoi ?

— Je dois lui donner ma réponse… Garric veut m'emmener avec lui. Je dois lui dire demain si j'accepte.

— Il est fou ?

— Non. Il sait que je vais dire oui.

Mô fit un sourire.

— Mme Maï Garric… J'aurais aimé voir ça… Avec plein de petits Garric autour qui nous mordent les chaussettes. La belle famille…

— Ne ris pas ! C'est terrible.

— Des petits acariens plein la maison, qui crient « maman », et ressemblent à leur père…

— Arrête, Mô ! Arrête !

Elle éclata en sanglots. Mô s'approcha de l'oreille de sa sœur.

— Tu ne vas pas lui dire oui, chuchota-t-il. Je te le jure.

— Si je refuse, il dénonce Mano, et il nous livre tous à Jo Mitch.

— Tu n'auras pas besoin de dire non…

— Je dirai quoi, alors ? Mô… Ne plaisante pas avec moi.

Mô dit tranquillement :

— Tu ne diras ni oui, ni non, Maï. Tu ne seras pas au rendez-vous.

— Moi ?

— Oui, tu seras déjà loin.

— Et Mano ?

— Il sera avec toi, oui. Comme Milo, papa et maman.

— Et toi ?

Le sourire de Mô se fit un peu plus ténébreux.

– Vous n'allez pas vous occuper de moi. Je m'en sortirai très bien. Promets-moi que tu vas les emmener sans penser à moi. Je me débrouillerai de mon côté. Maman a raison, je suis un peu égoïste, alors je me débrouille de mon côté. Promets-le moi.

Maï regarda son frère.

– On ne part pas sans toi, dit-elle.

Mô prit dans ses mains le poing de sa sœur. Celle-ci demanda :

– Les parents sont au courant ?

– Non, personne n'est au courant. A part toi et…

– Et ?

– Mano. Je lui ai dit tous mes plans. Sinon il serait déjà mort dans son trou.

On entendit trois coups derrière la cheminée. Mano écoutait. Ce signal retourna le cœur de Maï. Pouvait-on décevoir l'espoir qui maintenait Mano en vie ?

– Promets-moi, répéta Mô.

Maï posa sa main sur la nuque de son frère et colla leurs fronts l'un contre l'autre. Son regard était inondé.

– Je te le promets, dit-elle.

Mô hocha la tête.

– Tu diras aux parents et à Milo que je vous rejoindrai. Maintenant, rendors-toi. Ne t'inquiète pour rien.

– Quand va-t-on partir ?

– Tu verras… Ou plutôt tu entendras. Le moment venu, ne perds pas une seconde, fais sortir Mano, prends avec toi tous les autres. La voie sera libre.

Cette nuit-là, le chef de la garnison de Seldor dormit mal. Garric se retournait dans son lit. L'impatience lui donnait des suées. Au petit matin il aurait la jeune femme rien que pour lui. Il la mettrait dans sa cuisine comme un trophée de chasse. Elle lui servirait des pintes de mousse et laverait ses affaires. Ce serait Mme Garric qui rend jaloux tous les soldats. On en ferait des chansons à boire.

Il était content. Elle ne pouvait pas faire autrement. Elle allait être à lui.

Garric se souvenait de sa première mouche. A seize ans, il avait abattu une mouche en plein vol. C'était un peu le même genre de plaisir délicat.

Garric en était là de sa rêverie romantique quand il entendit un bruit inhabituel. Il se redressa dans son lit.

Ce n'était pas un bruit. C'était une valse.

Garric sauta sur ses pieds et courut à la fenêtre.

Une valse. Quelqu'un jouait une valse dans la caserne.

En ce temps-là, jouer de la musique dans l'arbre était à peu près aussi autorisé que cuire une omelette au lard sur le crâne de Jo Mitch. Ce n'était pas un petit délit. C'était un crime.

Si Mitch apprenait que Seldor avait été le théâtre d'un ravissant concert nocturne, Garric finirait par danser la valse dans un trou avec de la vermine. Il sauta dans ses bottes et sortit. Une foule de soldats couraient à travers la cour dans toutes les directions.

– C'est là-bas, du côté de la volière, lui cria quelqu'un.

– Je veux voir tous les hommes à la volière. Arrêtez-moi ce malade !

Il y avait déjà du monde autour du grillage. Le dernier convoi venait de repartir vers le cratère. Les cages étaient donc vides. On fouilla tous les recoins pour comprendre d'où s'échappait la musique.

Le spectacle de cette agitation donnait un ballet de torches assez charmant, qui allait et venait au rythme de la valse. De loin, cela ressemblait aux grandes soirées illuminées, telles qu'on les donnait autrefois dans les Cimes. Mais lorsqu'on approchait, l'ambiance n'était pas à la fête.

– Arrêtez-le ! aboyait Garric.

Le musicien restait invisible. Sa musique, elle, se glissait partout. Elle dansait dans la nuit, se moquait des grilles de la volière et des cris des soldats. La musique ne craint personne. Elle ne se garde pas en cage.

Quelqu'un eut enfin l'idée d'utiliser une torche légère. C'était une toile très fine qu'on enflammait avant de l'envoyer, roulée en boule, avec une fronde. Elle se dépliait dans l'air et redescendait en planant. Cette torche était l'une des inventions que Sim Lolness avait été forcé de livrer, avec le char à plumes et quelques autres trouvailles, pour faire patienter Jo Mitch qui attendait le fameux secret de Balaïna.

La torche légère s'éleva très haut et éclaira toute la branche. La garnison entière put enfin voir la scène qui se jouait au sommet de la volière.

Mô Asseldor était assis en équilibre tout là-haut avec son vieux chapeau et ses joues roses.

Il avait sur les genoux l'oloncelle de son grand-père, qu'il caressait avec son archet. Ses mains gelées étaient enveloppées dans des torchons de cuisine. Il avait les pieds et le ventre glacés, mais il ne tremblait pas.

Il ne jouait pas n'importe quelle valse. C'était *Petite sœur*, la mélodie qu'il avait composée des années plus tôt pour Mia, quand elle était tombée malade de mélancolie. Il ne l'avait plus jouée depuis le départ de la jeune femme avec Lex Olmech. Et à l'instant où il retrouvait ces notes, perché en haut de la volière, il n'était plus sûr de réentendre un jour la voix de cette petite sœur.

En effet, Garric venait de décider que le jeune prodige à chapeau finirait pendu à un crochet de sa cave au milieu des saucisses et des jambons.

– Attrapez-le!

Les hommes commencèrent à escalader la volière. Ils avaient tous quitté leur poste de garde. Quelques retardataires arrivèrent à leur tour.

Aucun d'eux ne vit donc passer cinq silhouettes dans la nuit. Cinq silhouettes qui longèrent la vieille façade de la maison et s'enfoncèrent dans les sous-bois. Mano tenait la main de sa sœur. Il respirait à pleins poumons le froid de la nuit. Il ne cessait de répéter à Maï:

– On s'en va? On s'en va?

Elle lui chuchotait des « Oui, Mano » qu'il n'arrivait pas à croire vraiment. Milo écoutait la petite musique de son frère. Il avait tout de suite compris en entendant la valse au milieu de la nuit. Il s'était laissé convaincre de partir.

Les parents Asseldor marchaient serrés l'un contre l'autre. Ils pensaient à leur fils qu'ils laissaient derrière eux. A aucun moment, ils ne se retournèrent vers leur ferme de Seldor.

La maison ne leur en voulait pas. Elle les regardait partir avec l'effacement de ces vieilles bâtisses qui survivent aux hommes mais ne vivent que par eux.

La valse s'arrêta brusquement.

Qu'avaient-ils fait à Mô ?

Maï tira un peu plus fort sur la main de Mano. Milo se mit à chantonner l'air de *Petite sœur*. Les autres reprirent avec lui, bouche fermée. La forêt de lichen les laissait passer en s'inclinant. Ils venaient de quitter les Basses-Branches.

– On s'en va ? répétait Mano. On s'en va ?

Trois jours plus tard, à de nombreuses branches de là, la petite Neige trouva une noix dans un trou d'écorce. Elle hésita à prévenir ses parents de cette découverte extraordinaire. La noix faisait trente fois sa taille.

Neige n'avait aucune idée de ce que pouvait être cette grosse boule de bois aussi ridée que son grand-père Olmech.

Agée de trois ans, Neige avait l'interdiction de s'éloigner de la maison. Mais à quoi sert d'aller plus loin quand on peut trouver de merveilleux dangers près de chez soi ?

C'est ainsi qu'elle risquait sa vie tous les jours avec les objets et les lieux les plus familiers. Ses parents se souvenaient de la marmite dans laquelle elle s'était endormie après avoir remis le couvercle. Lex Olmech allait allumer le feu sous elle quand il l'avait découverte.

Elle aimait aussi se laisser rouler sur la pente enneigée du toit pour former autour d'elle une boule de plus en plus grosse qui allait se briser en bas. Neige poussait des cris de joie et recommençait aussitôt.

Cette fois-ci, elle avait trouvé mieux. Une noix posée en équilibre dans un trou et prête à lui tomber dessus au premier mouvement. Une noix haute comme trente petites filles les bras en l'air. Un vrai bonheur.

Neige remarqua que l'objet étrange était composé de deux parties légèrement décollées l'une de l'autre. Cela formait une fente d'où l'on devait voir l'intérieur de la boule. De quoi éveiller la curiosité de la fillette qui s'apprêtait à grimper.

Elle mit le pied sur la première veine de la noix. Et ce petit être plus léger qu'une poussière ne tarda pas à faire vaciller la coque. Neige ne se rendit même pas compte que la boule de bois allait lui rouler dessus et l'écraser. Elle continua son escalade.

La noix bascula lentement. Ce globe haut de cent pieds se mettait en mouvement sans un bruit…

A l'instant où Neige allait disparaître, une main l'attrapa par le col et la tira vivement. La noix acheva son tour et s'immobilisa.

La petite fille regardait celui qui l'avait attrapée. C'était un homme assez âgé. Il la serrait dans ses bras. Neige lui lança un regard de reproche. Il y avait toujours quelqu'un pour l'empêcher de s'amuser, et lui sauver la vie.

– Qu'est-ce que tu fais là, petite ? dit l'homme.

Neige aurait aimé lui poser la même question.

On entendit un sifflement à l'extérieur du trou. L'homme y répondit. Deux femmes apparurent, suivies de deux jeunes gens dont l'un était très pâle.

– Tu as trouvé quelque chose ?

– Ça ! répondit l'homme en montrant la petite fille.

Les Asseldor regardèrent Neige comme s'ils n'avaient jamais vu un enfant de trois ans. Ils avaient l'air intimidés. Mme Asseldor finit par s'avancer, émue, et toucha la joue de la petite fille en lui demandant :

– Je pense que vous pourrez nous dire où est la maison de Lex Olmech, mademoiselle.

Le père Asseldor lança un regard de reproche vers sa femme. Quand on est fugitif et qu'on cherche la maison d'autres fugitifs, on ne demande pas son chemin à n'importe qui.

Neige fit un sourire suivi d'une pirouette qui lui permit de se retrouver sur les épaules de M. Asseldor. Elle n'était pas n'importe qui. Elle donna un petit coup de talon pour inviter sa monture à se mettre en marche. Ils sortirent du trou.

Le trajet dura cinq minutes, mais ce bref voyage changea beaucoup de choses pour le vieil Asseldor.

En sentant ce poids de douceur sur ses épaules, il réalisait qu'il n'avait plus envie d'autre chose que ça.

Que ses enfants aient des enfants, et qu'il ait le droit de s'en occuper.

Pour le reste, il avait beaucoup donné. Le travail, les épreuves, il n'en pouvait plus… Il voulait du repos et des petits-enfants qui lui grimpent dessus.

Parfois il sentait la main de Neige dans ses cheveux. Il enviait le grand-père qui pouvait être avec elle tous les jours, lui apprendre l'inutile : les cabanes, les histoires sans fin, et la musique…

Les membres de la famille marchaient les uns derrière les autres et ne laissaient qu'une seule trace.

Au détour de la piste, ils virent quelqu'un arriver, au loin, dans la neige. Maï fut la première à reconnaître Mia. Elle lâcha la main de Mano et courut vers sa sœur.

Mia, après un moment d'incrédulité, se mit à courir aussi. La neige était profonde, elles avançaient avec peine et les retrouvailles paraissaient toujours retardées, mais les deux sœurs finirent, hors d'haleine, dans les bras l'une de l'autre. Le reste de la famille suivit.

Ils formaient tous un petit paquet de bras et de visages emmêlés. La neige leur arrivait aux genoux. Ils se tenaient par les épaules.

– Et Mô ? demanda Mia.
– Il va nous rejoindre, répondit Maï.

Des flocons tombaient des arbres. Ils leur chatouillaient le cou et fondaient dans leur dos. La famille Asseldor aurait pu rester là des siècles. On les aurait retrouvés au dégel.

A un moment, le père dit :
– Et ce petit poids que j'ai sur le dos, tu le connais ?

Il montrait Neige.

– Non..., dit Mia avec un air très sérieux.

Mme Asseldor paraissait surprise, elle aurait juré que cette petite était...

Devant la tête furibonde de Neige, Mia cessa sa plaisanterie :

– Mais si, papa, dit-elle à son père, c'est ma fille !
– Ta fille, répéta-t-il en reniflant. Ta fille.
– Neige, dit Mia à la petite, c'est ton grand-père.

Il sentit glisser Neige de tout là-haut. Elle arriva dans ses bras et ne le quitta plus jamais.

12

LES SILENCES DU VOLTIGEUR

Dans le groupe des voltigeurs, le nouveau venu, qui portait le numéro 505, était apprécié de tous. Peu bavard, mais serviable, débrouillard et souple, il se proposait pour les tâches les plus périlleuses. On aimait l'œil pétillant de ce garçon de seize ans, l'oreille attentive qu'il avait pour chacun. On aimait aussi ses silences avec ce petit nuage de mystère qu'il savait parfois faire oublier en égrenant quelques renseignements sur sa vie. Pas de nom, pas de famille, et une existence vagabonde, ni facile ni vraiment malheureuse.

En quelques jours, il avait conquis la confiance de ses nouveaux compagnons.

La section des voltigeurs s'était créée au moment de l'apparition de nouvelles variétés de lichen qui ne formaient plus seulement des fourrés ou des bois sur l'écorce de l'arbre, mais retombaient en lianes, en cascades, à des hauteurs vertigineuses.

Il y avait dans l'arbre une cinquantaine de voltigeurs. Tous étaient volontaires. Ils travaillaient par groupes de trois. On ne comptait plus le nombre d'accidents mortels qui avaient lieu dans leurs rangs.

Le 505 s'était présenté un peu avant Noël. Les candidats étaient rares. Il fallait être d'une grande habileté et n'avoir peur de rien. Dès le premier jour, il avait donc été adopté. Il parlait peu et travaillait beaucoup. Il avait surtout une aisance fascinante dans les

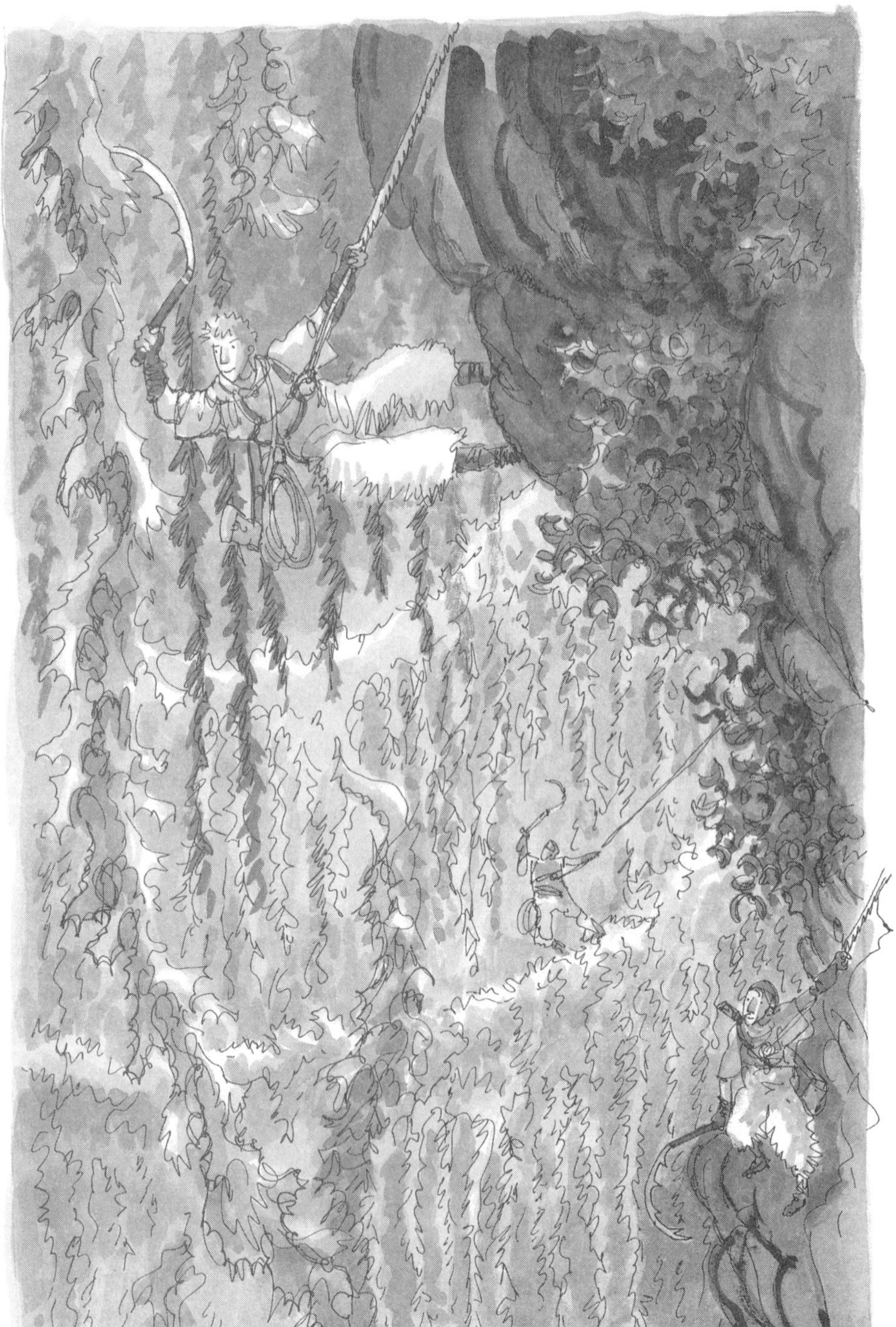

situations les plus difficiles. On l'avait vu grimper dans des cascatelles de mousse aussi fragiles que de la dentelle.

– Pourquoi tu n'as pas de nom, 505 ?

– Quand on n'a pas de famille, on n'a pas de nom. Je n'y peux rien.

– Moi, si je n'avais pas de nom, je crois que je me sentirais perdu.

Ces trois voltigeurs travaillaient dans une sorte de coulée verte qui pendait d'une branche. Ils étaient retenus par des câbles de soie. La neige tombait autour d'eux.

– Il m'est arrivé d'avoir des surnoms, dit 505 en remettant sa hache dans sa ceinture.

– Quel surnom ?

Les lianes bougeaient dans le vent. Les voltigeurs se laissaient glisser vers le bas.

– Certains m'ont appelé Petit Arbre.

– Je peux t'appeler Petit Arbre ?

– Si tu veux.

Les deux autres s'appelaient Châgne et Torfou. Ils avaient dix ans de plus que Tobie. Ils faisaient équipe avec lui depuis Noël. Châgne avait épousé la sœur de Torfou. Ils vivaient dans un hameau à quelques heures du domaine de Jo Mitch. Comme tous les voltigeurs, ils ne rentraient chez eux qu'une nuit et un jour par semaine.

Tobie avait réussi l'exploit de les faire parler de la situation de l'arbre.

On connaît la réputation des bûcherons. Le moins que l'on puisse dire est qu'ils ont du mal à aborder avec sincérité les sujets sensibles. Eux-mêmes se moquaient parfois de ce qu'ils appelaient leur « langue des bois ». L'expression s'est ensuite transformée en « langue de bois » et s'est répandue bien au-delà de leur corporation. On observe la même évolution pour la formule « gueule des bois » qui rendait hommage au goût des bûcherons pour la fête.

Les confidences de Châgne et de Torfou permirent à Tobie de mieux comprendre la ruine de l'arbre depuis son départ. Jo Mitch et Léo Blue étaient alliés sans être amis. Ils se détestaient copieusement, mais parvenaient à s'entendre sur des ambitions et des intérêts communs.

Léo n'était pas mécontent de profiter du cratère de Jo Mitch pour faire disparaître ses Pelés. Mitch, de son côté, voyait arriver avec satisfaction des bras nouveaux pour creuser son grand trou.

De même, l'emprisonnement des personnalités de l'arbre arrangeait Léo Blue et empêchait la création d'un mouvement de résistance. Jo Mitch, lui, espérait profiter de ces cerveaux pour faire oublier qu'il n'en avait guère, et améliorer ses méthodes de destruction.

L'accord entre les deux patrons était donc un de ces équilibres qu'on trouve dans la nature, quand une bestiole en supporte une autre qui lui mange les puces sur le dos.

A peine Châgne et Torfou eurent-ils donné ces explications qu'ils les regrettèrent aussitôt. Faisant avec la main le geste d'effacer ce qu'ils venaient de dire, ils répétaient à Tobie :

– Tout ça, c'est ce qui se dit, mais ce n'est pas notre problème. Avec nos familles, notre travail, nos amis, on a assez à faire…

– Mon fils, dit Châgne en riant, ne sait même pas que le gros Mitch existe. Il le confond avec le grand méchant pou des histoires que je lui raconte !

– Occupons-nous des nôtres, conclut Torfou. Si chacun rendait heureuses les vingt personnes qui l'entourent, l'arbre serait un petit paradis.

Tobie croyait entendre Nils Amen : « Je prends soin de ceux qui m'entourent. » Oui, ce principe était beau. Mais que faire de ceux que personne n'entoure ?

La première fois que Tobie revint dans le refuge des Olmech, après une semaine de travail, il découvrit une maison bruissante de joie. Il faisait nuit. C'était le 31 décembre.

Avant d'entrer, voyant les bougies encadrant la porte, Tobie se rappela la vieille tradition du réveillon. Il frotta la neige de ses bottes sur le seuil. Il avait oublié qu'on fêtait ce genre de date.

Dans les herbes, les fêtes sont rares. Elles ne dépendent jamais du calendrier. Elles surgissent dans la vie au fil des petits bonheurs. On dit parfois « Quelle fête ! » en plongeant la tête dans une goutte de rosée le matin. Il n'y a pas besoin de guirlandes et de serpentins. Mais Tobie avait parfois eu la nostalgie des fêtes obligatoires, des robes à traîne, et des embrassades à minuit précis.

Tobie poussa la porte. Ils étaient dix à table.

Découvrant la famille Asseldor réunie à nouveau, avec les Olmech, la petite Neige, et cette odeur de rôti et de cire fondue, Tobie se crut revenu dans le temps. Les retrouvailles furent muettes et mouillées d'émotions.

Il y avait maintenant dans l'arbre un vrai îlot d'humanité.

Au fond des bois, entre des bouquets de lichen, une famille reprenait vie.

Maï n'avait pas changé. Ses cheveux roux étaient peut-être un peu plus foncés. Tobie l'embrassa. Elle avait minci mais gardait ses joues haut perchées. Milo, lui, affichait toujours son allure d'aîné trop sérieux. Les parents Asseldor se tenaient bien droits avec un sourire qui creusait les plis de leurs yeux et marquait leurs grands fronts.

Et Mano… Quand Tobie prit Mano dans ses bras, il comprit que la vie ne l'avait pas épargné. Le pauvre Mano semblait fragile comme une goutte gelée au bout d'une branche. Le battement d'aile d'une coccinelle aurait suffi à le briser.

– J'ai beaucoup pensé à toi, Tobie Lolness…, lui dit Mano dans un filet de voix.

Tobie trouva une place parmi eux. Les épaules se touchaient. La chaleur volait autour d'eux. Il y avait dans la cheminée un moucheron à la broche, farci de noix fraîche. On servait aussi un vin de noix dont les vapeurs rappelèrent à Tobie les nuits dans les Basses-Branches quand, avec son père, couchés sur le toit de la maison, ils écoutaient le murmure de l'arbre.

La petite Neige était toute fière de voir tant de monde se nourrir de la noix qu'elle avait trouvée. Elle s'était rempli les poches d'éclats de cerneaux frits et avait le contour de la bouche tartiné de beurre. Assise sur le rebord de la fenêtre, elle regardait les réjouissances en maîtresse de maison.

Au dessert, Lex se pencha vers l'oreille de Tobie.

– M. Amen est passé aujourd'hui. Il veut te parler.

Sans attendre, Tobie se leva de table. On lui cria :

– Bonne année !

On venait de basculer dans la nouvelle année.

Tobie arriva donc en plein milieu de la nuit du côté de la cabane perchée de Nils. Il allait entrer quand il entendit une voix forte à l'intérieur. Tobie se glissa sous le plancher.

– Tu étais où, mon fils ?

– Je voyageais.

– On t'a vu dans les mousses grises, au départ des Cimes.

– On me surveille ? demanda Nils, un sourire dans la voix.

Il y eut un silence.

– Tu ne fais pas la fête, ce soir ?

– Non. J'ai rapporté des relevés de là-haut. Je dois avancer sur la grande carte des forêts. Et toi, papa ?

– Tu travailles beaucoup, mon fils.

– Et toi ? Tu ne fais pas la fête ?

– J'y vais, expliqua Norz Amen. Je suis invité chez les voltigeurs.

– Châgne…

– Oui, Châgne et son beau-frère. Tu veux venir ?

– Je travaille. Salue-les pour moi.

– Châgne a une sœur qui n'est pas mariée, dit Norz.

– Ah bon…

– Je crois qu'elle te plairait. Tu devrais la voir de temps en temps…

Tobie entendit un bruit sourd. Le père et le fils devaient se donner l'accolade.

– Alors, embrasse pour moi la sœur de Châgne, papa.

– Avec plaisir, dit Norz d'une voix gourmande.

Le parquet grinça. La voix de Norz Amen résonna encore pour dire :

– Je suis fier de toi, Nils. Parfois, je pense à El Blue, le père de l'autre fou. S'il vivait encore, je ne sais pas ce qu'il penserait de son fils. Moi, je suis fier du mien.

– Si le père Blue vivait encore, dit Nils, son fils ne serait pas devenu ce qu'il est.

– Moi, bougonna Norz, j'aurais été capable du pire si mon fils avait trahi.

Le pas de Norz Amen se dirigeait vers la porte. Tobie vit son ombre massive descendre l'échelle. Norz Amen était tellement solide qu'on l'appelait la brindille. Il était large comme un morceau de bois. L'échelle grinça.

D'une voix forte, Norz appela son fils d'en bas.

Nils se pencha à la fenêtre.

– Pourquoi tu vis là-haut? demanda le père. Hein? Tu ne voudrais pas une vraie maison sur l'écorce? Quelle fille montera sur ton perchoir? Tu y penses? On ne grimpe pas aux échelles avec des jupons et des nœuds dans les cheveux.

– Je n'aime pas les bonheurs faciles, répondit Nils.

On entendit le père maudire au sujet de son fils, mais il termina par un «espèce d'andouille» bourré de tendresse.

Il s'en alla.

Tobie entra dans la cabane un instant plus tard.

Nils le regardait et lui sourit.
Le visage de Tobie semblait dire :
– Alors ?
Mais il se taisait. Nils finit par articuler :
– Je l'ai vue.
Tobie gonfla ses poumons. Il ne touchait plus terre.
– Elle est…, murmura Nils. Elle est magnifique, Tobie.
Tobie baissa les yeux.
– Tu es sûr que c'était elle ?
– Non, répondit Nils avec un sourire. Elle ne m'a pas dit un mot. C'est une fichue tête de pioche. Elle ne répond pas. Elle te regarde sans bouger et tu as les os qui ramollissent.
– Oui. Alors, c'était elle, dit Tobie, ému.
Il la voyait. Il l'imaginait. Il retrouvait ce petit étourdissement qu'il avait ressenti à leur dernière rencontre. Ils avaient dévalé la pente, jusqu'au lac. Ils s'étaient retrouvés dos contre dos, debout, à bout de souffle, sur la plage d'écorce. Ils n'arrivaient pas à parler. Une onde de joie les encerclait et effleurait leur peau.
L'histoire reprenait là. Trois ans plus tard.
Tobie demanda :
– Tu lui as dit que je suis revenu ?
– Non. Quelqu'un nous écoutait. Je ne lui ai rien dit. Léo est content de moi. Il veut que je revienne. Il veut que je passe du temps avec Elisha. Mais…
– Quoi ?
– Je dois faire attention. Si je suis vu dans le nid…
– Tu dois y retourner, Nils.
– De quoi parlerai-je à cette fille, si je ne peux rien lui dire sur toi ? Tout ça ne sert à rien, Tobie.
– Si. Tu vas lui parler de moi. Je vais te dire comment. Mais d'abord, jure-moi que tu te méfieras de Léo. Il est plus intelligent que tout ce que tu imagines. Depuis que je suis petit, j'ai appris quelque chose, Nils. Il y a deux énergies dans la vie. La haine et l'amour. Les gens vivent de l'une ou de l'autre. Mais Léo a les deux. Elles coulent dans ses veines en même temps.

En disant ces mots, Tobie pensait à Ilaïa, la fille des herbes. Elle aussi était traversée de ces vagues contraires qui font les tempêtes.

– Comment parler de toi à Elisha, si je ne peux pas prononcer ton nom ?

Tobie alla s'asseoir près de son ami.

– Ce que je vais te dire maintenant, c'est elle qui me l'a appris. Il y a, sous les mots, des doubles fonds, comme sous le parquet de ta cabane. On peut y cacher des messages secrets qui ne sont trouvables que par certains.

Tobie lui expliqua ce qu'il devait dire.

Il lui parla longuement, jusqu'au matin. Le toit de la cabane grinçait sous la neige. Les deux amis respiraient le parfum sucré de la lampe à huile.

A la fin, Nils dit à Tobie :

– Pourquoi tous ces secrets ? Pourquoi me faire confiance ?

– Parce que je ne peux pas faire autrement.

Nils serra la main de Tobie.

– Je retournerai voir Elisha.

Le jour se levait. Il y avait dans les branches une lumière dorée.

– C'est le premier matin du monde, dit Tobie en regardant la voûte de l'arbre qui dessinait un vitrail de soleil et d'ombre. Viens avec moi. Ne reste pas seul aujourd'hui.

Il lui tapa sur l'épaule en riant.

– Mon pauvre Nils, poursuivit-il, on ne t'a même pas prévenu que tu caches cinq personnes de plus dans ton refuge du fond des bois. Viens. La famille Asseldor est arrivée. Tu vas les aimer.

Quand Maï Asseldor se réveilla, ce premier matin de l'année, ce premier matin du monde, elle ignorait que ce jour ne serait pas pour elle comme les autres jours.

Elle ouvrit les yeux. A côté d'elle dormaient ses parents, ses deux frères, et la petite Neige tout enroulée dans une couverture bleue.

Mia et Lex avaient leur chambre juste en dessous.

En arrivant, quelques jours plus tôt, Maï s'était inquiétée de retrouver Lex dont elle avait été longtemps amoureuse en secret. Mais à peine entrée dans cette maison, voyant le couple que Lex formait avec sa sœur, voyant la douce Neige à leurs pieds, Maï avait compris que ces deux-là étaient faits l'un pour l'autre.

Il n'y avait plus pour Maï la sensation d'un bonheur qu'on lui aurait volé. Il y avait d'un côté le bonheur de Mia, d'un autre le sien qui prenait un chemin plus sinueux et plus long.

Mais qui pense que les plus beaux voyages sont toujours les plus courts ?

Maï se leva donc avec cette légèreté neuve de quelques jours.

Elle se glissa en dehors du grenier, prit sa gabardine mauve qui pendait à la porte et descendit vers la cuisine.

Les Asseldor retrouvaient peu à peu les gestes simples de la liberté.

Maï entra dans la cuisine. Elle vit d'abord Tobie, le visage penché sur la fumée d'un bol de jus d'écorce noir. Puis elle vit en face de lui un autre garçon qui buvait le même breuvage.

– Bonjour, dit-elle.

– Bonjour, Maï, dit Tobie.

Elle passa derrière la chaise de Tobie et l'embrassa sur la joue.

– C'est Maï Asseldor, dit Tobie à l'inconnu. La grande sœur de Mia.

– Bonjour, dit le jeune homme.

Elle attrapa une tasse, sortit et revint avec de la neige.

Maï s'assit et versa un peu de sirop de sucre dans son bol de neige.

– Qu'est-ce que vous mangez ? demanda l'inconnu.

– De la neige avec du sucre. J'aime ça.

– Pour le petit déjeuner ?

– Oui.

– Vous n'avez pas envie de quelque chose de chaud ?

– Non.

Tobie retrouvait bien là le grain de folie des sœurs Asseldor. Il poussa son bol bien chaud vers Maï.

– Goûte ça. C'est bon, c'est brûlant, c'est le bonheur.

Maï refusa en souriant. Elle regarda Tobie et lui dit gravement :

– Je n'aime pas les bonheurs faciles.

Où Tobie avait-il entendu cette phrase ? Il jurait l'avoir entendue le jour même… Il se tourna brusquement vers Nils.

– Maï, dit Tobie… Je ne t'ai pas présenté Nils Amen…

Nils ne put dire un mot. Il avait déjà les yeux perdus dans la rousseur de Maï Asseldor.

13

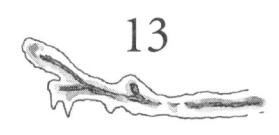

LE VIEUX AVEC LA CRÊPE SUR LA TÊTE

– Tu restes là.

Voilà ce que lui avait dit Mika en lui dessinant un rond avec le doigt sur la paume de sa main, et un point au milieu. Le rond et le point, ça voulait dire :

– Tu restes là. Je reviens.

Mais Mika n'était pas revenu.

Liev restait donc là. Il savait bien qu'il faisait nuit depuis longtemps. Il ne faut pas prendre les aveugles pour des imbéciles.

Il savait aussi que le silence devait être presque complet. On a beau être sourd, on n'est pas forcément bouché.

Même sans voir ni entendre, Liev avait des millions d'indices qui lui disaient à tout moment ce qui se passait autour de lui. Il posait sa main sur le sol, humait l'air ou le goûtait avec la langue… Il n'était pas du tout une petite créature terrorisée dans sa boîte fermée. Liev était un grand gaillard qui avait poussé au milieu des herbes et développé toutes les ruses pour survivre.

Mais il devait bien reconnaître qu'il avait besoin de Mika.

A quelques centimètres de là, Mika attendait. Il avait rampé et grimpé au milieu de toutes les piques emmêlées qui servaient de clôture. Il était en train d'attraper froid.

Le cratère était traversé de cette terrible barricade hérissée. En tentant de la franchir, on risquait de se faire transpercer par ces épingles dressées. Aucun contact n'était possible entre les vieux savants et les Pelés.

Pourtant depuis plusieurs jours, Mika, Tête de Lune et les autres se relayaient pour aller se perdre un par un en plein milieu de la barricade, comme un brin de paille dans une botte d'aiguilles.

Ils voulaient parler au vieux.

Le vieux avec les ronds sur les yeux.

Le vieux avec la crêpe sur la tête.

C'est Tête de Lune qui en avait parlé le premier. Et tous se rappelaient l'avoir vu en arrivant dans le cratère. Un vieux, avec des ronds sur les yeux et une crêpe noire sur la tête. Ainsi voyaient-ils les lunettes et le béret de Sim Lolness. Un vieux qui avait l'air gentil et intelligent et qui pouvait peut-être les aider. Et puis ils savaient que cet homme avait parlé à Tête de Lune du signe que Petit Arbre portait autour du cou.

Le peuple de l'herbe, qui a l'habitude de tresser ses épis ensemble au début de l'hiver, sait bien qu'il doit compter sur les autres. Il y avait, de l'autre côté de la barricade, d'autres prisonniers qui seraient peut-être prêts à nouer leurs pauvres destins avec les leurs.

– J'ai vu des vieux arbres à cheveux blancs qui creusent comme nous toute la journée, avait dit Jalam. Je les ai vus en passant. Au milieu d'eux, j'ai vu le vieux avec la crêpe sur la tête.

Certains Pelés ne voulaient pas croire qu'on pouvait compter sur quiconque dans cet arbre.

– Ne faisons confiance à personne, disaient-ils.

Mais Jalam et les autres leur demandèrent :

– Souviens-toi de Petit Arbre… Est-ce que tu ne lui aurais pas confié la ceinture de lin de ta fille ?

Un bourdonnement favorable répondit à la question. Même les plus inquiets devaient reconnaître que l'exemple de Petit Arbre prouvait que tout n'était pas pourri au royaume des branches.

L'un après l'autre, ils passèrent donc leurs nuits à guetter dans la barricade le passage du vieux à la crêpe.

Mika se rappela soudainement que Liev l'attendait. Le vieux ne passerait plus cette nuit-là. Il fit demi-tour et déchira un peu son pyjama brun contre une pointe. On avait habillé les gens de l'herbe de ces tenues de bagnard, qui leur allaient aussi bien que des bretelles à un lézard.

C'était peut-être le seul épisode qui avait fait franchement rire les Pelés depuis bien longtemps. Le moment où on leur retirait leurs tuniques de lin pour les vêtir de l'uniforme réglementaire donnait lieu à des scènes qui les amusaient énormément. Ils se regardaient les uns les autres, se montrant du doigt, pliés en deux à force de rire. Le pantalon était sûrement l'accessoire qu'ils trouvaient le plus drôle. L'idée de ces deux tubes reliés à la taille leur paraissait hautement comique. Et pourquoi pas des housses pour glisser les oreilles ?

Les gardiens étaient exaspérés par ces fous rires qui surgissaient à ce moment prévu pour être le plus humiliant. En fait, les Pelés ne cessaient de surprendre et d'agacer leurs gardiens. Ce n'était pas qu'ils étaient insoumis, au contraire. Mais leur bonne humeur, leur patience et leur solidarité avaient quelque chose d'insultant pour ceux qui se fatiguaient à les persécuter.

Ne pouvant voir ni entendre, Liev ne savait pas exactement où il se trouvait depuis six mois, mais il avait compris les règles du jeu.

Une prison. Des gentils. Des méchants. Du travail à faire.

Le devoir de rester debout.

Au début, les hommes de Jo Mitch l'avaient pris pour un imbécile. Liev ne répondait pas aux questions, souriait en gardant ses yeux noirs dans le vague. Ils avaient bien envie d'éliminer ce simplet inutile, ou de s'en servir comme cible pour progresser aux fléchettes. Mais Mika avait montré ce que Liev était capable de porter à lui seul. Avec cinq seaux de toile pleins de copeaux à la ceinture, et deux sur les épaules, il montait et descendait le cratère en suivant une corde. Il travaillait comme quatre.

On lui avait donc donné sa chance en attendant qu'il s'épuise ou se casse un bras. Le jour venu, on lui réglerait son compte.

Liev sentit une vibration lointaine. Quelqu'un venait. Il reconnut le pas caressant d'un Pelé, puis la main de Mika qui prenait la sienne.

Ils allèrent se coucher auprès des autres. Tête de Lune se redressa dans le noir en s'appuyant sur le coude.

– C'est vous ?
– Oui.
– Vous avez vu le vieux ?
– Non.
– Belle nuit, Mika. Belle nuit, Liev.
– Belle nuit, Tête de Lune, répondit Mika.

Liev dormait déjà. La nuit, il retrouvait dans ses rêves les provisions d'images et de sons, récoltées par paniers entiers, quand il était tout petit, avant sa maladie. Ses nuits étaient remplies de couleurs, de couchers de soleil, de visages, de voix douces, de chants et de bruits de ruisseaux dans l'herbe…

Au même instant, de l'autre côté, une réunion avait lieu dans le dortoir de Sim Lolness. La trentaine de vieux sages, assis sur leurs lits superposés, avait l'air d'attendre le signal de départ d'une bataille de polochons.

En fait, ils attendaient plutôt le verdict de Sim qui faisait de savants calculs, les yeux fermés.

– Trois mois. Il faudra trois mois de plus.

Il y eut des soupirs de lassitude et même des larmes écrasées sur les joues ridées. Quelques heures plus tôt, ils croyaient être au bout du tunnel. Trois mois !

Chaque jour compte quand on est vieux et fatigué.

Un peu plus tôt dans la soirée, Zef Clarac, allongé dans le tunnel, avait donné quelques derniers coups de rabot, soulevé une latte de parquet et glissé un œil dehors. Il était revenu précipitamment dans le tunnel. Le vieux Lou Tann qui était avec lui murmura :

– Alors ?

Le visage hideux de Zef était en plus défiguré par une grimace. Le résultat était abominable.

– Ça sent mauvais.

Lou Tann poussa Zef et sortit la tête à son tour.

Il la rentra aussitôt en se pinçant le nez.

– C'est une infection.

– Le parfum de la liberté, ricana Zef. Qu'est-ce qu'on fait ?

On entendit des bruits bizarres, des gargouillis suivis de détonations.

– J'y retourne. Je vais essayer de comprendre.

Cette fois Zef passa la tête jusqu'au cou. Il découvrit deux gros souliers qui n'étaient pas là une minute plus tôt. L'atmosphère était irrespirable. Il comprit tout quand il reconnut l'odeur de vieux mégot qui se mêlait au reste. Il rabattit la lame de parquet sur sa tête et se tourna vers Lou Tann.

– Les cabinets…, bredouilla-t-il. Les cabinets de Jo Mitch.

Lou Tann se tapa la tête contre la paroi.

– Nom d'une mite ! On s'est trompés.

La nuit même, dans le dortoir, ils expliquèrent aux autres leur découverte. Toute l'équipe fut effondrée. Des mois de retard ! Sim Lolness ne tenait plus en place. Il avait l'air ravi. Il était même au comble de l'excitation.

– C'est la meilleure nouvelle que je n'ai jamais reçue, dit-il.

Même à cent deux ans, le conseiller Rolden aurait bien cassé la gueule de son ami.

– Dis plutôt que tu t'es planté, vieux schnock, dit-il à Sim Lolness.

– Tais-toi, Rolden. Je te dis que c'est une bonne nouvelle.

– Tu crois que c'est une bonne nouvelle de crever ici ?

Ils allaient en venir aux mains. Maïa jeta un regard à son mari.

– Il faudra apprendre à compter, murmura quelqu'un, au fond.

Sim serrait les dents.

– Qui a dit ça ?

Personne ne bougea. Sim retira ses lunettes et se frotta les yeux. Il respira un grand coup, se tourna vers Albert Rolden.

– Parfaitement, jeune homme, je me suis lamentablement trompé. Je comptais bien, mais je ne comptais pas sur lui.

– Qui ?

– Lui. Celui qui nous porte, nous alimente, nous habille… Lui !

Sim fit un geste en agitant les bras autour de lui. Personne ne comprenait rien. Le professeur répéta trois fois d'un ton pénétrant :

– Il se bat. Il se bat. Il se bat.

– Qui ?

– Quoi ?

– Qu'est-ce qu'il dit ?

Les détenus regardaient Sim Lolness comme un illuminé.

– L'arbre, je vous dis ! L'arbre se bat ! L'arbre se défend contre nous ! L'arbre résiste ! Il bouge ! Il se cuirasse ! Tous mes calculs étaient justes, mais j'oubliais que l'immense trou du cratère est comme une cicatrice. L'écorce cherche à guérir cette plaie. Elle rampe sur les bords du trou. Voilà pourquoi on s'est trompé. L'écorce bouge. L'arbre se bat !

Sim reprit son souffle. Il se tourna vers sa femme et lui dit :

– Voilà cinquante ans que je le crie dans les branches : l'arbre est en vie !

Le conseiller Rolden était allé s'asseoir sur son lit. Le petit dortoir était maintenant tout recueilli autour de cette grande nouvelle. Mais Zef Clarac osa demander :

– Et nous ? Comment on fait ?

Sim lui fit un sourire.

– On creuse, répondit-il.

Il y avait donc encore trois mois de travail. On reboucherait soigneusement l'issue des cabinets, pour éviter de mourir asphyxié. Sim avait fait de nouveaux calculs. Il fallait prolonger la galerie de quinze centimètres.

Rolden ne parla pas pendant plusieurs jours.

Ces longs mois, Sim avait l'intention de les mettre à profit pour retrouver le petit Pelé qui portait le signe des Lolness.

Ce garçon savait sûrement quelque chose de Tobie. Il fallait réussir à parler avec lui.

C'est alors qu'il pensa à Minouilleka.

Minouilleka était la seule gardienne du cratère. Elle était deux fois plus large et haute que le plus épais de ses collègues. Minouilleka s'occupait de Maïa Lolness, seule femme détenue dans cette partie du cratère. Elles s'étaient déjà trouvées l'une en face de l'autre, il y a bien longtemps, dans des moments douloureux, quelques secondes avant que Tobie ne disparaisse à jamais.

A cause de ce souvenir et pour bien d'autres raisons, Maïa aimait bien Minouilleka. Elle avait très vite compris que cette montagne avait du cœur. Leur relation s'était renforcée quand Mme Lolness avait interrogé sa gardienne sur son enfance.

Cette dernière ne répondit pas, garda le silence pendant plusieurs semaines, mais au bout d'un mois, elle reconnut :

– J'ai pas été une enfant couvée...

Maïa découvrit au fil des jours que Minouilleka avait passé la plus grande partie de son enfance dans un cageot, au fond d'un garde-manger. De là venaient son solide appétit et quelques déséquilibres dans sa tête.

Dès le lendemain de l'intrusion dans les cabinets de Jo Mitch, Sim Lolness demanda à voir Minouilleka.

– J'ai un petit service à vous demander, chère madame, dit Sim.

Il s'était frotté les yeux pour qu'ils soient rouges. Il se mouchait régulièrement.

Minouilleka se courba pour l'écouter. Même s'il mesurait quasiment deux millimètres, le professeur avait l'impression soudaine d'être un nain. Elle penchait son oreille vers lui. Cette femme colossale était capable d'une grande délicatesse. Sim regretta de devoir lui mentir.

– J'ai perdu quelque chose, expliqua-t-il. Un petit pendentif gravé. C'est un souvenir. Mon fils l'avait offert à ma femme qui m'a demandé de le lui garder. Je l'ai perdu, je ne veux pas encore le dire à Maïa. C'était tout ce qu'elle avait, oui, tout ce qui lui restait de notre fils…

Il montra un dessin représentant le signe des Lolness.

– Si vous le trouvez, dites-le-moi. Quelqu'un l'a peut-être pris… Je vous serai éternellement reconnaissant, madame.

Minouilleka écouta chaque mot de cette dernière phrase. Elle ne savait même pas que ce genre de formule existait.

« Éternellement reconnaissant, madame… »

Ces trois mots collés, ça faisait plaisir à entendre.

Elle articula :

– Ouais, d'accord, ouais, un peu gênée de n'avoir que son pauvre langage pour répondre à un tel poète.

Minouilleka attrapa le papier entre ses gros doigts rassemblés en tas comme des bûches, et elle s'en alla.

Le lendemain, elle se présenta au professeur, très embarrassée. Elle avait retrouvé celui qui portait le signe.

– Mais… il veut pas.

– Comment ? demanda Sim.

– Il veut pas le rendre.

Sim prit quelques secondes pour réfléchir. Comment Minouilleka pouvait-elle obéir à ce petit Pelé ? Cette femme n'était pas qu'une montagne. C'était aussi un mystère. Sim venait d'avoir une idée.

– Alors expliquez-lui que je suis le père de celui qui a fait cette médaille. Demandez-lui où il l'a trouvée.

– Ouais, dit Minouilleka.

Elle laissa Sim tout étonné de l'échange qui débutait à distance avec cet étrange correspondant. Le soir même, le miracle continua.

– Il veut pas dire où il l'a trouvé. Mais il veut bien vous parler.

Sim demanda :

– Où ?

– Il peut venir ici demain.

– Ici ? répéta-t-il.

Tout cela devenait un conte de fées. Sim allait enfin savoir.

Ce soir-là, Sim fit une conférence au sujet des insectes. Ce fut la conférence la plus brève, la plus simple et la plus brillante de sa carrière. Les bonnes conférences sont celles qui donnent envie de chercher, de vérifier, de poser des questions. Les bonnes conférences ouvrent les yeux sur les réalités les plus simples.

Enfin, les conférences sont comme les plaisanteries ou les maladies : les plus courtes sont les meilleures.

Voici le texte intégral de la conférence prononcée dans les premiers jours de janvier par Sim Lolness et qui portait le titre suivant : « Les insectes ».

– Les insectes ont six pattes.

C'était tout.

Après avoir dit ces cinq mots, le professeur commença à ranger ses affaires. La conférence était finie. Il laissait son public en ébullition.

– Des questions ? demanda-t-il distraitement.

Toutes les mains se levèrent. Plum Tornett avait un sourire jusqu'aux oreilles. Il admirait l'audace de son maître. Sim répondit brièvement à ceux qui l'interrogeaient.

– Mais les araignées ont dix pattes ! lança Zef.

– Alors ce ne sont pas des insectes, M. Clarac ! Ce sont des arachnides.

– Les fourmis ?

– Six pattes, donc ce sont des insectes.

– Les mille-pattes, professeur, ne me dites pas que les mille-pattes ne sont pas des insectes ?

– Je crois que j'ai été clair. Les insectes ont six pattes, pas une de moins, et pas neuf cent quatre-vingt-quatorze de plus. Les insectes sont les seuls animaux au monde à avoir six pattes. Les seuls, vous entendez ? Je n'ai rien d'autre à dire. Et hop !

Personne n'avait jamais donné une définition de l'insecte aussi claire, aussi évidente. On se torturait l'esprit à différencier l'insecte et les autres espèces, par leur alimentation, leurs antennes, leur taille ou leurs œufs.

Comme toujours, Sim allait droit au but.

Il devait aussi reconnaître qu'il était impatient de se coucher et de rencontrer, dès le lendemain matin, le jeune Pelé.

— Jolie conférence, mon chéri, lui dit Maïa en arrivant au dortoir.

— Quand je serai vraiment grand, répondit le professeur, je ferai une conférence avec un seul mot.

Au-dessus d'eux, dans le lit superposé, une petite voix passait en revue tous les insectes :

— Les punaises, par exemple, les punaises ont six pattes. Les papillons, six pattes. Les scarabées…

C'était Lou Tann, le cordonnier. Il parlait tout seul. Sim et Maïa riaient doucement. Émerveillé par la révélation de Sim, Lou Tann y passa la nuit.

— Les mouches, six pattes. Les coccinelles, six. Les grillons…

Le pauvre Rolden qui creusait seul le tunnel ce soir-là sortit à minuit de la trappe du bureau. La classe était vide depuis longtemps. Le cours s'était terminé avec deux heures d'avance. Il était enfermé. Il frappa très fort contre la porte de la salle. Deux hommes de Jo Mitch vinrent lui ouvrir. Ils ricanaient bêtement.

— Alors, pépé, on s'est endormi à l'école ? On est un peu ralenti… Il faut prendre des vitamines…

Le centenaire haussa les épaules devant ces deux nigauds. Qui pouvait croire que cet homme venait de passer quatre heures à creuser un tunnel pour s'évader ? Il n'était pas le plus ralenti des trois.

Sim attendait maintenant la fameuse rencontre. Il patientait dans le minuscule placard qu'on lui avait donné comme bureau et comme laboratoire. La porte s'ouvrit. Minouilleka passa la tête.

— Il est là.

Sim sortit. Il sentait ses jambes vaciller.

Il arriva dehors un peu aveuglé par la lumière. De la poussière de bois volait dans l'air. Ses compagnons étaient au travail depuis l'aube dans le cratère.

Devant lui, il n'y avait pas de Pelé. Il y avait un soldat avec un sourire tordu. Un grand soldat au regard vénéneux qui jouait avec son harpon comme un scorpion au soleil.

– Il s'appelle Tigre, dit Minouilleka.

Tigre portait autour du cou le signe des Lolness. Il l'avait arraché dès les premiers jours à Tête de Lune.

Depuis quelque temps, Sim communiquait donc avec cet homme. Il lui livrait sans le savoir des informations précieuses.

– C'est intéressant, tout ça…, dit le soldat. On en découvre des choses, avec vous, professeur.

– C'est mon métier, dit calmement Sim.

Tigre passa sa langue sur sa lèvre supérieure. Il touchait du doigt le petit morceau de bois qui pendait à son cou.

– Comment ce Pelé a-t-il trouvé cette chose, si cette chose appartenait à votre fils ?

– Ma femme l'a égaré. Elle le portait dans le cratère. Ce garçon a dû le ramasser.

– Tout le monde pense que Tobie Lolness a disparu pour toujours…

– Oui, dit Sim.

– Et si moi, je commence à penser le contraire ? Peut-être qu'il rôde encore… Je connais quelqu'un qui serait content d'avoir ce genre d'information.

– Oui, dit Sim. J'en connais un : il s'appelle Sim Lolness. Rien ne le rendrait plus heureux.

– Non, lâcha le soldat. Je pense à un certain Jo Mitch.

En réalité, Tigre n'avait pas l'intention de dévoiler ses soupçons. C'était une piste trop rentable. S'il pouvait en même temps retrouver Tobie, ennemi public numéro un sur la fameuse liste verte, et démontrer le lien des Lolness avec les Pelés, ce serait une gloire double… Ce serait surtout une double récompense.

Enfin, dans un recoin sordide de l'esprit de Tigre, il y avait l'idée qu'il récupérerait peut-être la pierre de l'arbre.

– Je crois que mon fils n'est plus de ce monde, dit Sim Lolness.

Mais je vous remercierais de tout mon cœur si vous me prouviez le contraire.

Sim lui tourna le dos. Il savait qu'il avait fait une immense erreur.

– Méfiez-vous, lui lança Tigre.

Sim Lolness marmonna :

– Vous ne me faites pas peur.

– Vous êtes bien sûr ? Nous avions un ami commun, M. Lolness. Il disait la même chose que vous.

Sim s'arrêta. Que lui voulait encore cet homme ?

– J'ai été le gardien de Nino Alamala, il y a des années.

Sim planta son regard dans celui de Tigre. Il comprit immédiatement.

Alamala avait été un très cher ami de Sim. Tout le monde se souvenait de ce peintre qu'on avait accusé de l'assassinat de sa propre femme.

Sim s'était chargé de défendre son ami au procès.

C'était une histoire terrible. Une histoire qui avait changé à jamais la vie des Lolness.

La belle Tess Alamala avait été retrouvée le crâne fracassé sur une branche. Elle était danseuse et funambule. On avait vite compris qu'elle était tombée de son fil tendu quelques rameaux plus haut. Nino était inconsolable.

Les premières enquêtes conclurent à un accident imbécile. Beaucoup de gens répétaient que Tess Alamala l'avait bien cherché. Personne ne lui demandait de marcher sur un fil. Elle n'avait qu'à se promener comme tout le monde les pieds sur les branches.

Assez vite, ces reproches s'étaient portés sur Nino, le peintre, dont l'activité était aussi fantaisiste et inutile, et qui avait laissé sa femme grimper là-haut. On répétait qu'ils avaient un bébé, que c'était irresponsable et criminel.

Ces dernières accusations avaient poussé un vérificateur à venir chez Nino Alamala pour fouiller dans ses affaires. Il avait trouvé un petit tableau dans un coin. Le portrait représentait Tess marchant dans les airs. Au dos, il y avait une phrase qui servait de titre : *Je couperai le fil pour te voir voler*.

Le soir même, Nino Alamala était jeté en prison.

Le procès commença quelques mois plus tard. Le professeur Lolness défendait donc son ami. Sa plaidoirie fut brillante. Il disait que c'était la poésie qui était en procès, que la vie ne serait pas la vie sans les peintres et les funambules. Sim disait :

– Si j'écris à ma femme : « Tu es ma petite flamme », je n'ai pas forcément l'intention de la griller dans ma cheminée. La merveilleuse Tess Alamala est morte par accident, dans l'exercice de son art. Nous ne pouvons que pleurer avec Nino.

Nino Alamala était apparu très digne et très beau sur le banc des accusés. On lui avait tout de suite reproché de se présenter les mains tachées de peinture. On parlait de manque de respect. Il s'était excusé humblement.

Sim s'était mis en colère. Plutôt que de regarder les mains d'un travailleur, comme on inspecte celles d'un enfant qui passe à table, il fallait lire sur son visage et dans son cœur, lire surtout la douceur de ses tableaux ! Nino était innocent.

Sim aimait les tableaux d'Alamala. C'étaient des œuvres de petit format. Et sa signature s'inscrivait toujours en bas, en rondeurs, comme un paysage vallonné, une signature si harmonieuse qu'on pouvait la lire en commençant par la fin : Alamala.

Une nuit, avant le résultat du procès, Nino Alamala fut tué dans sa cellule. On ne fit pas vraiment d'enquête sur cette mort, sous prétexte qu'on n'allait pas courir derrière l'assassin d'un assassin. On soupçonnait vaguement un de ses gardiens d'avoir voulu rendre une justice plus rapide.

L'histoire était vieille de quinze ans mais le souvenir restait intact. Sim réalisa que, bien avant l'arrivée d'un Mitch ou d'un Blue, la haine était déjà dans sa larve, prête à bondir.

En regardant Tigre s'éloigner, Sim Lolness comprit qu'il venait d'avoir devant lui le tueur d'Alamala.

Tigre était satisfait. Dès la tombée de la nuit, il irait faire un tour chez les Pelés. Tête de Lune ne pourrait pas lui résister bien longtemps.

On trouve toujours un moyen amusant de faire parler un enfant de dix ans.

14

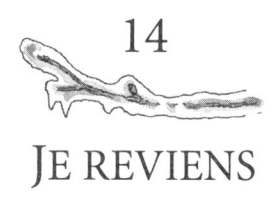

JE REVIENS

Tobie et ses deux équipiers avaient suspendu leur filet à une guirlande de mousse échevelée qui balançait au-dessus du vide. Ils faisaient une sieste dans ce hamac, bercés par le goutte-à-goutte de la neige qui fondait autour d'eux.

Ce mois de janvier connaissait une troisième grande journée de soleil. La nature se laissait tromper par le réchauffement. On entendait des sifflements d'insectes et des craquements dans les branches comme aux jours de printemps. Tobie ne dormait pas. Il écoutait le réveil de l'arbre au creux de l'hiver. Il savait que la fée hivernale s'abattrait à nouveau sur les branches le lendemain et rendormirait le monde sous son aile blanche.

Au milieu des gouttes d'eau du dégel, Tobie voyait passer dans l'air des traînées de boue. Ce devait être des flocons fondus. Il entendait aussi le ronflement rassurant de Châgne et de Torfou à côté de lui.

– Et si, un jour, l'arbre ne se réveillait pas… pensait Tobie.

Il savait le danger qui pesait sur les branches. Lex Olmech lui avait parlé de la réduction de la couche de feuilles, du pourrissement de l'écorce vers le nord.

Les prévisions de Sim Lolness se réalisaient toutes. Au printemps précédent, une partie des bourgeons avait séché sur place. On faisait porter la responsabilité sur la mousse et le lichen… Mais Tobie, qui avait vécu dans la prairie, savait bien que le lichen pousse même sur le rocher. On ne pouvait donc pas l'accuser de pomper l'énergie de l'arbre. Il profitait seulement de l'espace et de la lumière laissés par la disparition des feuilles.

Les mousses et les lichens font partie de ces peuples vagabonds qu'on devrait remercier de planter leur camp dans les territoires abandonnés. Aurait-on idée de reprocher à des nomades de coloniser les branches ravagées par la sécheresse ou les incendies ?

Tobie aurait médité longtemps de cette manière, s'il n'avait entendu s'arrêter brutalement la respiration de ses deux amis. Il se redressa et tourna lentement les yeux vers Châgne et Torfou.

C'était un cauchemar. Deux sangsues en forme de bonnets allongés et gluants leur recouvraient la tête jusqu'au cou. Elles s'apprêtaient à les étouffer avant de les aspirer pour n'en laisser qu'un sachet vidé de son sang. Voilà donc ces traînées boueuses qui tombaient autour de lui. Des sangsues de printemps qui s'étaient perdues dans le calendrier.

Tobie se jeta avec sa hache sur la tête de Châgne. La matière élastique et glissante de la sangsue ne se laissait pas entamer. La lame dérapait et risquait de trancher le cou des pauvres bûcherons. Tobie se mit à hurler. D'autres sangsues pleuvaient autour de lui dans le filet.

Fuir. C'était la seule solution. Mais Tobie n'en avait pas la force. Même s'il s'échappait, l'image de ses compagnons gesticulant à côté de lui le poursuivrait jusqu'à sa mort.

Une grosse sangsue tourna sa ventouse vers les épaules de Tobie. Il se croyait condamné, quand, venue de nulle part, une flèche enflammée vint traverser entièrement la gluante bestiole. Celle-ci se rétracta d'un seul coup et tomba au fond du filet.

D'autres flèches jaillissaient de tous les côtés. Le feu prenait dans le hamac. Les bestioles se débattaient. En un instant on vit réapparaître les visages de Châgne et de son beau-frère. Les sangsues lâchaient prise en se recroquevillant et roulaient au milieu des flammes. Tobie poussa un cri de victoire, mais ce qui retenait les trois voltigeurs n'était plus qu'un filet de cendre. Il céda brutalement.

Les hommes tombèrent de plusieurs centimètres et atterrirent dans une sorte de pâte brunâtre qui leur arrivait au torse. Sauvés !

Ils reprirent pied et s'étreignirent les uns les autres, le corps et le visage recouverts de cette matière presque noire. Tobie regardait dégouliner sur ses mains la sauce étrange dans laquelle ils nageaient. Où pouvaient-ils se trouver ?

– On vous dérange ? demanda quelqu'un, à côté d'eux.

Torfou, Châgne et Tobie étaient tombés dans une grande cuve montée sur un traîneau à plumes. Ils étaient entourés d'arbalétriers et de porteurs de torches qui les regardaient sans trop de tendresse. Torfou et Châgne se jetèrent un coup d'œil inquiet.

– M. Mitch fait son boudin ! dit Torfou entre ses dents.

Tobie tourna et retourna cette phrase dans sa tête, il pensait qu'elle comportait un message codé.

– M. Mitch fait son boudin…, répéta-t-il lentement pour comprendre.

A ce moment on fit monter un gros machin jusqu'au ras de la cuve, une grosse chose vêtue d'un petit costume de chasse et qui débordait d'une chaise à porteur.

Tobie se figea sur place.

C'était Jo Mitch. Et il n'était pas content.

En le regardant bien Tobie se dit que cet homme ressemblait de plus en plus à un grumeau. Il n'avait pas de forme précise. A chaque expiration, il laissait échapper un shluuurp aussi distingué qu'une fuite de sauce entre deux tartines.

Jo Mitch. Le monstre allait-il reconnaître Tobie ?

– M. Mitch fait son boudin, expliqua quelqu'un à côté de lui.

Décidément, la formule était à la mode.

Ce que Tobie n'avait pas compris, c'est que Jo Mitch était effectivement en train de préparer son boudin pour l'hiver.

Entouré d'un nombreux équipage, il chassait la sangsue. On tapait sur les branches, car les sangsues se laissent tomber quand elles sentent les vibrations. On les abattait avec des flèches enflammées. Il suffisait ensuite de presser les bestioles sur place pour récolter leur sang caillé.

Tobie et ses amis étaient tombés dans la cuve de sang dont on allait pouvoir tirer de gros boudins noirs, longs et épais comme des bras de bûcheron.

Même sans cette couche de liquide noir sur le visage, Tobie n'aurait pas été démasqué par Jo Mitch. Il avait trop changé. Pourtant, tassé sur le marchepied de la chaise à porteurs, quelqu'un l'avait immédiatement reconnu.

Ce personnage était attaché à une laisse que tenait Mitch. Il était traité comme un animal domestique, ou comme un porte-clefs au bout d'une ficelle. En voyant Tobie Lolness, son regard de bête traquée s'illumina.

Tobie n'eut pas la moindre hésitation. C'était Plum Tornett, le moucheur de larves des Basses-Branches, le neveu muet de Vigo Tornett.

Tobie et lui échangèrent un regard.

– Nous sommes bûcherons, dit Torfou à Jo Mitch.

Cette phrase parut contrarier Mitch qui comptait bien intégrer ces trois vermines à son boudin. Il se gratta l'oreille en ronronnant puis il fit signe à l'un de ses hommes. Celui-ci se pencha vers son chef pour entendre son message baveusement susurré. Il se redressa, très pâle, gêné de contrarier le patron.

– Grand Voisin, je… Vous vous rappelez qu'on ne touche pas aux bûcherons…

Nouveau grondement de Jo Mitch.

– C'est un accident, dit Châgne. Nous avons été attaqués. Ça ne se renouvellera pas.

Mitch tira un peu sur la laisse et frotta les cheveux de Plum Tornett. Pour l'instant, la corporation des bûcherons était intouchable. Jo Mitch pensait au jour où il ferait une grande brochette de ce tas de prétentieux. Cette idée le détendait. Il aimait aussi sentir trembler sous sa main la petite tête du jeune Tornett.

Après quelques minutes de négociations, on fit sortir les voltigeurs de leur cuve et le cortège de Jo Mitch se mit en branle, les abandonnant là.

Les trois bûcherons trouvèrent une flaque où se rincer de l'odeur du sang avant que tous les charognards de l'arbre ne se jettent sur eux.

Tobie, en essorant ses vêtements de bûcheron, regardait au loin le petit point de Plum qui disparaissait au bout de la branche. La colère lui montait aux yeux. Quand viendrait l'heure de la vengeance ?

Il pensa enfin à Elisha.

Pouvait-elle se souvenir ? Elle était si sauvage. Pourquoi l'aurait-elle attendu, elle qui n'était jamais là où on la croyait, elle qui ne voulait appartenir à rien ni à personne ? C'était comme si Tobie avait laissé un papillon vivant sur un bourgeon, des années plus tôt, et qu'il s'attendait à le retrouver au même endroit, les ailes poudrées ! Impossible…

Nils était retourné dans les Cimes avec Léo Blue. Peut-être était-il en train de parler à Elisha. Tobie eut brusquement très peur. Existait-il encore pour elle ?

Oui, Nils parlait à Elisha.

Mais elle ne l'écoutait pas.

Elle se moquait de lui. Elle aurait préféré passer du temps toute seule avec l'ombre qui avait rejoint son poste d'observation au sommet de l'œuf. L'ombre était d'une compagnie bien moins ennuyeuse. Sa venue était toujours un rendez-vous troublant. Nils Amen, lui, enchaînait les banalités.

Elisha caressait le dessous de ses pieds. Il y avait bien longtemps qu'elle avait caché le trait bleu lumineux tracé dès sa naissance à l'encre de chenille.

C'est sa mère qui lui avait parlé un jour, dans les Basses-Branches, juste avant le massacre de leurs bêtes.

– Je ne pensais pas que ça arriverait un jour, avait-elle dit…

Ce jour-là, après un souper silencieux, la belle Isha prit le visage de sa fille entre ses doigts.

– Elisha, je ne t'ai jamais caché l'endroit d'où nous venons.

Elisha fit une petite grimace. Elle savait qu'elle venait des herbes, que sa mère avait grandi parmi les Pelés. Mais que connaissait-elle d'autre de ses origines ? Comment étaient-elles arrivées toutes les deux dans les branches de l'arbre ?

Elisha pencha un peu la tête. Elle n'avait jamais rien demandé à sa mère et ne se sentait pas capable de commencer ce soir-là.

– Tu sais, Elisha, le monde devient dangereux pour nous.

Isha avait pris un bol rempli d'une teinture brune.

– C'est de la poudre de maure, un papillon de nuit.

Elisha regarda sa mère attraper sa cheville et passer la poudre brune un peu grasse sur le plat de son petit pied.

L'encre lumineuse s'éteignit. Le trait avait disparu.

Elisha frissonna. Elle se sentait toute nue. Isha lui tendit le bol de poudre. La jeune fille le saisit et passa à son tour la poudre de maure sur les pieds de sa mère.

Elles ressentaient toutes les deux ce que cet acte avait de grave et de triste.

Le dessous du pied est sacré chez les Pelés. Il est le seul point de contact permanent avec le monde. On l'appelle « la plante du pied », parce qu'il quitte rarement la surface des plantes.

L'effacement de la ligne était un acte rarissime qui rappelait les grandes tragédies de ce peuple.

Elisha et sa mère dormirent cette nuit-là l'une contre l'autre dans la maison aux couleurs. Elles croyaient entendre le battement d'ailes d'une armée de maures, ces papillons de nuit au vol lugubre. Quelles racines ou quels liens avaient-elles coupés pour se sentir toutes les deux aussi seules ?

Prisonnière des Cimes, Elisha regardait maintenant ses pieds éteints. Elle savait que, ce soir-là, en effaçant ce signe, sa mère lui avait sauvé la vie.

– Vous m'écoutez ?

– Non, répondit Elisha.

Nils Amen était devant elle et lui faisait lourdement la morale à propos de Léo Blue.

– Vous vous faites une idée fausse, continuait-il. On se fait toujours des idées sur les gens. Je connais bien Léo…

« Et c'est reparti… », pensa Elisha.
Elle avait compris le message. Elle commençait à se demander si ce garçon était tout à fait stupide. Elle jeta un regard vers le sommet de l'œuf, un regard qui implorait l'ombre perchée là-haut de la libérer de ce casse-pieds. Mais, comme toujours, l'ombre ne bougeait pas.

– Léo Blue n'est pas celui que vous croyez. Léo Blue…

– J'ai compris ! cria enfin Elisha, exaspérée. J'ai compris ! J'ai compris !

Nils se tut. Il savait que le moment était venu.

Elisha respirait à nouveau. Comment Tobie avait-il pu se lier d'amitié avec ce balourd ? Léo Blue, Nils Amen… Elle essayait de se consoler en se disant qu'il était peut-être mieux que Tobie ne soit plus là pour voir ce qu'avaient pu devenir ses anciens amis.

Était-ce parce qu'elle venait de penser à Tobie ? Elisha fut traversée d'une sensation étrange. Elle ferma les yeux et réalisa que Nils s'était remis à parler.

Mais il ne parlait plus de la même manière.

Il parlait lentement, suspendait chaque mot sur un fil de voix émouvant et fragile. On ne reconnaissait plus Nils Amen.

– La vie, c'est un nid d'abeilles abandonné, Elisha. Tu te promènes. La lumière ressemble à du miel. Il fait doux. Tu t'es perdue. On sent l'odeur de la cire. Tu appelles. Ta voix résonne. Tu cherches celui que tu as perdu. La vie, c'est ça.

Nils reprit sa respiration.

– Et puis une grosse ouvrière qui fonce vers toi en vrombissant. Tu te couches sur le sol, les bras protégeant ta tête. L'abeille passe au-dessus. Tu te relèves, la robe couverte de miel. Tu as eu peur. Tu entends une voix. C'est l'autre. Il est là. Tu cours dans les couloirs du nid. Tu le retrouves. Tu ne lui dis pas que tu as eu peur. La vie, c'est ça, Elisha.

Elisha tourna la tête pour enfouir dans l'obscurité son visage recouvert de larmes. Que se passait-il ? Que se passait-il ?

A la verticale de cette scène, Léo Blue venait de plisser imperceptiblement les yeux. Que voulaient dire ces mots étranges, incompréhensibles ? D'où venait cette émotion qui montait jusqu'à lui ?

Nils ne parvenait pas à savoir si son message atteignait la belle Elisha. Il disait simplement ce que Tobie lui avait demandé de dire.

– C'est aussi une averse sur la forêt de mousse, reprit-il. Tu crois que tu vas tenir accrochée là-haut, jusqu'au bout, jusqu'à la dernière goutte de pluie. En bas, on te supplie de descendre. Tu grelottes. Tu vas être malade. Il faut arrêter, aller te mettre à l'abri, Elisha. Mais tu restes là. Et même tes vêtements fondent. Tu es trop têtue, Elisha.

Là-haut, Léo Blue pensait aux soupçons d'Arbaïan. Sa main tremblait légèrement sur la coquille de l'œuf. Qui était vraiment ce Nils Amen ?

Elisha, elle, ne savait même plus où elle était. La voix rebondissait entre ses tempes.

Ce n'était plus la voix de Nils Amen. C'était une autre voix revenue de très loin, une voix oubliée, cachée sous des années de tristesse, la voix de Tobie Lolness.

Les souvenirs tissent un langage secret, inviolable.

Le nid d'abeilles. La grande averse. Personne d'autre que Tobie et elle ne connaissait ces souvenirs lointains. Tout cela appartenait à ce qu'ils avaient de plus intime.

Elle en était certaine. Nils lui parlait au nom de Tobie.

Écoutant la voix de Nils Amen, dans la triste solitude de l'œuf, Elisha entendait ce message silencieux de Tobie, ce message codé, cousu entre les mots. Un message qui la soulevait du sol et la transportait ailleurs.

Tout devenait possible, car ce message disait : « Je reviens. »

LIVRE II

Les Yeux d'Elisha

Seconde partie

15

LA TRAHISON

Trois mois avaient passé.

L'hiver s'attardait dans les branches.

Ce qui jetait Norz Amen dans un gouffre de désespoir, ce qui lui déchirait les entrailles, c'est qu'il n'y avait plus aucun doute possible…

Norz le savait depuis longtemps : Nils était passé dans le camp ennemi.

Le premier jour, il n'y avait pas cru.

C'était au creux de l'automne. Norz dînait à la belle étoile avec le gros Solken, son plus ancien compagnon. Un vent presque chaud soufflait sur ce mois de novembre. Les deux bûcherons écoutaient la nuit : le frottement des dernières feuilles, le grésillement d'un hanneton égaré.

Ils se nourrissaient de pain et de bière de mousse.

Pour Norz Amen, ce vieil ami était le fidèle des fidèles. Solken avait autrefois été témoin de son mariage avec Lili, témoin de leur joie ce jour-là, de la danse traditionnelle des époux, nez contre nez jusqu'au matin, témoin de l'effroyable désespoir de Norz quand Lili était morte en accouchant de Nils, l'année suivante.

Pourtant, à l'époque, Solken s'était senti impuissant à consoler son ami. Il n'arrivait même pas à se consoler lui-même de la perte de Lili qui était comme une sœur pour lui et pour tant d'autres.

Lili Amen était une petite jeune femme, très douce, très légère, avec des yeux verts.

Ce qui est beau a toujours l'air immortel... Personne ne pouvait imaginer que Lili disparaîtrait un jour. Et sûrement pas en donnant la vie à son premier enfant.

Le gros Solken, brisé par le chagrin, avait mis plusieurs semaines avant d'être capable de se mettre debout devant son ami Norz, et de lui dire : « On l'aimait tous beaucoup, tu sais. On va t'aider, mon vieux. »

De toute façon, Norz, droit comme une brindille, n'avait accepté aucune aide, aucun soutien. Il avait élevé Nils tout seul. Ou plutôt, il l'avait regardé s'élever tout seul.

Solken, lui, savait que ce n'était pas la voix rugueuse et les claques de Norz qui avaient fait de Nils l'être exceptionnel qu'il était devenu, c'était une main aérienne, invisible : la main de l'absente.

Le jour où Nils, dans la grande clairière, sauva la vie de Tobie Lolness, ce jour-là seulement, Norz découvrit l'homme qu'était devenu son fils.

Maintenant, trois années plus tard, Solken se tenait en face de Norz Amen, dans la clairière. Et tout allait s'effondrer.

– Pourquoi tu ne parles pas ? demanda Norz.

Solken regardait son ami. Il ne trouvait plus la force de prononcer les mots qu'il était venu dire.

– Parle, cloporte ! dit Norz en éclatant de rire.

– Ton fils, Nils...

– Oui ?

– Où est-il ?

– Ne prends pas cet air ténébreux, Solken. Mon fils est chez lui, dit Norz. Si tu veux lui demander un service, il fera pour toi tout ce qu'il pourra.

– Je ne veux rien devoir à un traître.

Norz se leva, ferma son poing et prit son élan pour assommer le bûcheron Solken. Il arrêta ce poing un pouce avant qu'il n'écrase la face de son ami.

– Répète ce que tu viens de dire.

La voix de Solken tremblait d'émotion.

– J'ai dit que je ne parle pas aux traîtres.

Norz ferma les yeux pour ne pas réduire son meilleur ami en bouillie. Son poing restait serré, tremblant, prêt à exploser. Solken poursuivit :

– Pardonne-moi, Norz, mais ce que je dis est vrai. J'ai vu ton fils là-haut près du nid. Il y va souvent. Il rencontre Léo Blue en secret.

– Nils ?

– Oui, Nils. Je l'ai vu. Si tu me donnes la preuve que j'ai inventé cette histoire, alors tu pourras même me tuer avec ton poing.

Norz ouvrit sa main, il regarda sa paume et la passa lentement de haut en bas sur son propre visage comme pour chasser un fantôme. Puis il tourna la tête vers Solken en l'interrogeant des yeux.

Le courageux Solken hocha la tête. Il ne mentait pas.

Le lendemain, Norz constata de ses yeux la faute de Nils. Il vit même Léo lui serrer la main à la sortie du nid. Norz mordait ses lèvres pour ne pas hurler le prénom de son fils.

Solken avait juré qu'il ne dirait rien. Avec Norz, ils étaient les seuls à connaître le crime de Nils Amen.

Norz savait ce qu'il devait faire. Au fond de lui, il le savait.

Il n'y a qu'un seul châtiment pour les traîtres.

Il avait prévenu Nils depuis longtemps. La liberté ou la mort. La vie de centaines de bûcherons en dépendait. La survie de l'arbre aussi.

Norz devait éliminer le traître, même s'il était son fils.

Il prévoyait d'agir seul pour garder intacte la réputation des Amen. On ferait croire à une mort accidentelle. Personne n'apprendrait la trahison.

La dernière nuit de l'année, Norz avait failli passer à l'acte. Il était avec Nils dans sa cabane, une arme cachée dans sa ceinture. Mais il n'avait pas trouvé la force de tuer.

On peut tout demander à un père, sauf ce geste.

Ce soir-là, après avoir laissé Nils, Norz n'était pas allé festoyer avec Châgne et les autres. Il avait couru se réfugier dans un trou et pleurer comme il n'avait jamais pleuré.

Trois mois passèrent encore. On était entré dans le mois de mars.

Sans s'en rendre compte, Norz évitait son ami Solken. Ce dernier lui avait juste dit :

– Si tu n'es pas capable de le faire, je peux comprendre. Alors, je m'en chargerai.

Norz répondit qu'il guettait le bon moment. Solken le regarda et dit :

– Il n'y a pas de bon moment, mon pauvre Norz. Est-ce qu'il y a un bon moment pour donner la mort à son fils ?

Nils Amen, lui, ne pouvait être plus heureux.

Sa mission auprès d'Elisha se déroulait parfaitement. Léo Blue avait l'air de lui faire pleinement confiance. Et Tobie s'en réjouissait.

Tout allait donc pour le mieux.

Mais il y avait autre chose. Un événement qui donnait le tournis au jeune chef des bûcherons. Il en perdait l'équilibre. Comme si l'arbre se retrouvait brusquement la tête en bas et se mettait à danser sur les branches.

Pour Nils, le monde n'était plus le même depuis l'arrivée de la divine Maï Asseldor…

LA TRAHISON

Pendant tout l'hiver, Nils ne la vit qu'une fois par semaine quand il allait rencontrer Tobie dans la maison du fond des bois.

– Vous venez voir Tobie, M. Amen ?

Nils n'osait pas dire non. En vérité, il venait surtout voir Maï.

Il regardait la jeune femme qui lavait sa nièce dans une bassine. Elle renversait des pots d'eau chaude sur la tête de Neige qui éclaboussait tout autour.

Maï avait les manches retroussées et un tablier serré à la taille. Entre les douches brûlantes, Neige frissonnait sous ses mains. Devant la douceur de ce tableau, Nils se sentait terriblement maladroit. Il demandait toujours l'âge de Neige. Et Maï répondait :

– Trois ans. Comme la semaine dernière.

– Ah oui… Elle fait plus petite.

– Tobie est de l'autre côté de la maison.

– Ah…

Mais Nils ne s'en allait pas, il avançait vers la fenêtre et faisait un commentaire sur le temps. Maï souriait discrètement derrière le voile de vapeur d'eau. Elle ne comprenait pas comment un garçon aussi important pouvait être aussi timide. Mille bûcherons à ses ordres, des forêts sans fin, et ce rouge qui lui montait aux joues quand il parlait… Lui, un chef ! Maï était sensible à cette fragilité. Ses mains ralentissaient dans les cheveux de Neige. Elle disait :

– C'est vrai qu'il fait froid depuis hier soir.

– Je vous apporterai des couvertures, disait Nils.

Parfois, il osait proposer de puiser de l'eau dans la grande marmite. Il craignait de défaillir s'il touchait les doigts de Maï en lui mettant le pot dans les mains. Il le posait donc à côté d'elle, sur le sol.

Quand Nils sortait enfin, Maï sentait qu'elle avait les épaules un peu cotonneuses. Elle se mettait à frotter le ventre de Neige avec la serviette bleue. Et Neige enfonçait son regard dans celui de Maï avec un tout petit sourire. Elle ne quittait pas les yeux de sa tante avant que celle-ci la roule entièrement dans cette serviette et se mette à la chatouiller en disant :

– Tu devines tout, toi, la puce ! Tu devines tout !

Oui, la puce devinait tout. Après les rires, Neige posait son index sur ses lèvres en disant « chut ». Et Maï, pour jouer, faisait le même geste en rêvant qu'il y ait un jour un vrai secret à cacher.

Nils racontait à Tobie ses visites auprès d'Elisha. Il n'y avait pas beaucoup à dire.

– Aujourd'hui, j'ai croisé son regard. A un moment, elle a bougé la main.

Chaque fois il redisait :

– Je suis sûr qu'elle a compris que tu es derrière moi.

Tobie n'avait qu'une seule préoccupation.

– Léo. Est-ce que Léo ne se doute de rien ?

– Non. Il a l'air content de moi. Même Arbaïan me fait parfois un sourire.

Tobie prenait un temps de silence. Il se méfiait terriblement de Léo Blue.

– Léo ne sera jamais content de personne. S'il est content, c'est qu'il prépare un mauvais coup. Je connais Léo. Il était mon meilleur ami…

Tobie tendait alors le doigt vers Nils.

– Le jour où il te serrera dans ses bras, ce sera parce qu'il a tout découvert. Ce jour-là, va-t'en ! Disparais ! Ne reste pas une seconde de plus dans le nid.

Nils souriait.

– Je m'en souviendrai, Tobie. Mais pour le moment, tout va bien. Léo est peut-être en train de changer.

– Il ne change pas pour rien, lui rappelait Tobie.

– Il aime Elisha. Il change à cause d'elle, murmura un jour Nils qui regretta aussitôt ces mots.

Tobie se détourna brusquement et s'éloigna.

A cet instant précis, dans l'œuf du Sud, un poignard luisant se ficha dans le matelas, tout près du visage endormi d'Elisha Lee. Elle ouvrit les yeux et roula hors de son lit.

Elle resta longtemps, haletante, le long de la paroi de l'œuf.

La mauvaise nouvelle, c'était qu'on venait de tenter de l'assassiner. Mais il y avait une bonne nouvelle. Elle allait pouvoir récupérer ce poignard. Avec une arme, elle pourrait peut-être s'échapper. Si elle restait en vie jusque-là.

Elisha commença à ramper sur le dos. Le couteau avait forcément été lancé du sommet de l'œuf. En surveillant cette direction, elle pourrait peut-être éviter d'autres attaques.

Les mains et les pieds à plat sur le sol, elle avançait comme une araignée vers le centre de l'œuf. Elisha guettait le moindre changement de lumière. Parfois, renversant la tête, elle jetait un coup d'œil au poignard luisant dans l'ombre.

Elle arriva enfin à la hauteur de sa paillasse. Ne quittant pas du regard l'ouverture qui se trouvait à la verticale au-dessus d'elle, Elisha lança sa main de côté pour attraper l'arme.

Elle recommença le geste plusieurs fois, puis tourna la tête.

Le poignard n'était plus là.

Elle fit alors un bond en arrière, atterrit sur les mains, poussa le sol de toutes ses forces pour retomber sur ses pieds, debout, en position de défense.

Quelqu'un avait récupéré ce couteau. Il devait être là, embusqué dans la pénombre. L'assassin pouvait lui sauter dessus à tout moment.

Une minute passa. Rien n'avait bougé dans l'œuf.

Elle s'approcha une nouvelle fois du matelas. Quel magicien avait pu récupérer cette arme sans se montrer ? Elisha trouva un carré de papier percé qu'elle n'avait pas remarqué. Il avait dû arriver à la pointe du poignard. Quelques mots étaient inscrits dessus. Elle l'approcha de ses yeux et lut lentement.

« Je suis… »

Un éclair. Elisha regarda l'ouverture de l'œuf. Elle était sûre d'avoir vu l'ombre passer là-haut.

Elle relut le message.

« Je suis un ami de Nils Amen. »

Elisha lisait et écrivait très mal. Elle avait appris de son côté, en cachette de Tobie auquel elle n'avait jamais avoué cette faiblesse.

Isha Lee, sa mère, ne savait ni lire, ni écrire.

Elisha se souvenait du temps où Tobie lui montrait une feuille ou un carnet sur lequel étaient écrites de longues phrases. C'était toujours douloureux pour elle. Après un temps, il lui disait :

– Alors ?

Elisha ne pouvait pas lire. Elle répondait :

– Ça ne m'intéresse pas vraiment.

Elle regrettait de devoir dire cela, alors que tout l'intéressait.

Peu à peu, elle avait donc recueilli quelques secrets de l'écriture. Un certain Pol Colleen, vieux poète des Basses-Branches, lui avait appris à lire et à écrire.

La preuve du talent de Colleen fut de très vite mettre son élève dehors avec un petit billet qui disait : « Si tu peux lire ces mots, c'est que tu n'as plus besoin de moi. Adieu. »

Mais Elisha se sentait encore maladroite et ne se faisait pas confiance. Elle relut donc une troisième fois la phrase avant de laisser éclater sa joie.

On n'avait pas cherché à la tuer. Au contraire, on voulait l'aider. L'ombre était du côté de Nils et de Tobie.

Ils étaient en train d'organiser sa délivrance. Peut-être même que cette ombre… Elisha pensa au visage de Tobie…

Pour la première fois depuis des années, elle articula une demande. Elle laissa tomber tous ses masques de dureté et murmura dans le silence de la salle :

– Aidez-moi. Dites-moi ce que je dois faire.

L'ombre sembla écouter ces mots et disparut.

Elisha s'effondra sur son matelas. Elle ferait tout ce qu'on lui dirait. Elle n'était plus seule.

Elle souleva sa main. Il y avait une région humide sur le haut du matelas, près de son visage. Elle sourit. Elle avait compris le mystère du poignard. Les nuits de mars étaient encore très froides. Le message avait été accroché à un couteau de glace. La tiédeur de la pièce l'avait fait fondre.

Non loin de là, l'ombre glissa sous une passerelle, évita quelques gardiens bruyants, et poussa la porte de l'œuf du Levant. En franchissant cette porte et en entrant dans la lumière, Léo Blue eut juste le temps de laisser tomber son manteau noir. Arbaïan entra.

– Vous m'avez appelé.

Léo regarda son conseiller. Il lui dit :

– Vous aviez peut-être raison.

– Comment ?

– A propos de Nils Amen, vous aviez peut-être raison. Il n'est pas avec nous.

Arbaïan mit la main sur la garde de son aiguillon.

– Sachez, dit Arbaïan, que je ne m'en réjouis pas. J'aurais préféré avoir tort.

Léo Blue n'avait plus aucun doute. Tout l'hiver, il avait écouté les mots mystérieux que Nils disait à Elisha, mais il lui manquait des preuves.

Après plusieurs mois, il avait eu une idée. En faisant passer l'ombre pour l'amie de Nils, il aurait ses preuves. Si Elisha lui demandait de l'aide, c'est que Nils était un ennemi.

– La prochaine fois que viendra Nils Amen, déclara fiévreusement Léo Blue, j'aimerais qu'il ne sorte pas vivant de ce nid.

Arbaïan salua et sortit.

Le pauvre Nils, dont le cœur dansait joyeusement au son de la voix de Maï qui venait de lui dire « à bientôt », le pauvre Nils qui rentrait chez lui à ce moment-là, ne savait pas qu'il avait au moins deux arrêts de mort suspendus au-dessus de la tête.

16

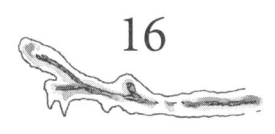

LA MARIÉE ÉTAIT EN VERT

– Il y a un homme qui est dehors avec sa fille. Il veut vous parler.

Arbaïan savait que ce n'était pas le moment de venir ennuyer Léo Blue. Mais il devinait aussi qu'il ne fallait pas contrarier ces visiteurs importants, proches de Jo Mitch.

– Mets-les dehors, dit Léo.

– C'est un maître verrier. On a toujours intérêt à l'écouter.

– Qu'est-ce qu'il demande ?

– Il veut vous proposer son aide.

– Son aide…

Léo se mit doucement à rire. Il était allongé dans un hamac tendu dans l'obscurité. Il n'avait pratiquement pas quitté son œuf depuis trois jours. L'affaire Nils Amen le plongeait dans un état de grande violence et de désespoir. Il avait fait confiance à Nils. Il l'avait laissé approcher Elisha. Et Nils s'était joué de lui.

– Je vais les faire entrer, osa dire Arbaïan. Je leur expliquerai que vous avez très peu de temps.

Léo ne répondit pas. C'était sa manière d'acquiescer. Il replongea dans ses pensées.

Quelques instants plus tard, Arbaïan introduisit dans l'œuf du Levant deux personnages assez extraordinaires.

Le père était un gaillard rondelet vêtu d'une chemise à jabot d'une autre époque. Il avait les cheveux graissés et coiffés en arrière avec de la pâte de mouche qui laissait des reflets bleus. Ses chaussures blanches étaient vernies et il se tamponnait le visage à l'aide d'un grand mouchoir à pois. On se doutait en le regardant qu'il était l'un de ces éleveurs de vers luisants rapidement enrichis par l'interdiction du feu dans les Cimes.

Sa fille faisait beaucoup de peine à voir. Elle était aussi éteinte qu'il était brillant. C'était une sorte de jeune paillasson de quatorze ans qu'on avait décoré avec quelques nœuds, quelques rubans, et des dentelles sur sa robe. Son visage n'exprimait rien d'autre que le rien.

– Cher monsieur, dit le visiteur qui devinait dans l'ombre la présence de Léo. Je viens vous annoncer une heureuse nouvelle.

Léo se redressa très légèrement. Il manquait de bonnes nouvelles en ce moment.

– Vous pardonnerez mon indiscrétion, chuchota l'homme aux souliers blancs, mais je crois savoir que vous avez quelques soucis sentimentaux.

Cette fois Léo faillit tomber de son hamac. Personne n'avait jamais osé lui parler de ce sujet.

– M. Blue, je suis là pour résoudre définitivement tous vos ennuis.

Léo essaya de chasser son envie d'étrangler ce zozo.

– Vous serez marié demain si vous suivez mes conseils. Votre situation est tout à fait ridicule. On se moque de vous dans la région...

Léo sauta sur ses pieds.

– Il y a une solution toute simple, reprit tranquillement le visiteur, et je vais vous la donner dans un instant...

Arbaïan écoutait, posté à la porte. Il savait que tout cela allait très mal se terminer. Il le voyait dans les yeux de Léo Blue.

– La solution, dit l'homme, la voici. Épousez ma fille, Bernique.

La pauvre Bernique, car c'était bien l'inoubliable Bernique, tenta une révérence, mais se prit le talon droit dans le nœud de sa chaussure gauche. Elle glissa sur le sol sans même pousser un cri. Gus Alzan se précipita vers elle.

– Bernichou, mon petit...

Il essayait de la relever par le col, mais elle retombait toujours. On aurait dit qu'il faisait la poussière avec une serpillière. En quelques années, la redoutable Bernique avait changé. Elle qui assommait par bouquets les prisonniers de la boule de gui de Tomble, elle qui mordait le nez de ceux qui se penchaient pour l'embrasser, elle qui passait sa vie à mâcher des ongles de pied qu'elle conservait dans sa poche, elle, la redoutable Bernique, était devenue aussi inexpressive qu'un bidet. Et son père regrettait presque la Bernique d'autrefois.

A la suite de l'incendie de Tomble, Gus Alzan avait quitté cette prison qu'il dirigeait et s'était consacré à l'élevage de vers luisants. Il était devenu maître verrier dans les Cimes et n'avait toujours qu'une seule obsession : marier sa fille à quelqu'un d'honorable.

Gus possédait des dizaines d'employés pour s'occuper des lampyres, ses vers luisants. Un seul candidat au mariage s'était proposé parmi ces ouvriers. Il s'appelait Toni Sireno. C'était l'assistant qui avait trahi Sim Lolness. Il travailla d'abord pour Jo Mitch mais fut jeté dehors, ne parvenant pas à faire avouer au professeur le secret de Balaïna. Il se fit donc embaucher chez Alzan Lumière.

Impossible, à première vue, de ne pas être ébloui par cet élevage. Les œufs, les larves, les adultes, chez les lampyres tout est lumineux. On entrait donc dans un entrepôt incandescent qui faisait pousser des cris d'admiration au visiteur. Ces cris se transformaient vite en cris de terreur.

Les vers luisants paralysent leurs proies par un venin. Les ouvriers verriers étaient tous atteints régulièrement. Ils s'affaiblissaient peu à peu.

Toni Sireno devint l'ombre de lui-même, aussi mou et endormi que Bernique qui, elle aussi, avait un peu trop taquiné les lampyres. Leurs fiançailles ne durèrent qu'un jour et demi.

– Alors ? demanda Gus Alzan.

Léo ne réagissait pas. Gus insista lourdement :

– Vous n'allez pas vous mettre dans cet état pour trois Pelés et une tondue !

Gus pouffa. En quelques mois, depuis qu'on entendait parler des malheurs de Léo, l'expression était entrée dans le langage populaire. Trois Pelés et une tondue : c'était en effet les seules préoccupations de Léo Blue.

Celui-ci s'approcha de Gus Alzan. Léo avait le corps parfaitement immobile, mais sa tête balançait de gauche à droite, comme s'il devait évacuer la tension qui montait en lui. Il finit par chuchoter quelque chose à l'oreille de Gus.

– Comment ? Je n'entends pas ! demanda Gus, ravi de cette familiarité.

Fermant les yeux, Léo répéta son message à l'oreille de Gus. Ce dernier fit un sourire. Il avait cru entendre « merci ».

– C'est tout naturel. Ravi de vous faire plaisir.

– J'ai dit : « Sortez d'ici. »

Stupéfait, Gus lâcha sa fille qui depuis un moment penchait dangereusement vers le sol. Elle retomba aussitôt comme une loque.

Arbaïan vit venir le moment où son patron allait commettre l'irréparable. Bernique était la filleule de Jo Mitch. Il fallait éviter un incident. Arbaïan fit un geste d'avertissement vers Léo. Celui-ci prit une grande inspiration, retint le coup de tête qui lui démangeait l'arrière du cou, et sortit de l'œuf à pas lents.

La pauvre Bernique regardait ses pieds bouffis.

Gus Alzan, la bouche ouverte, montrait du doigt la porte derrière laquelle venait de disparaître Léo Blue.

– Où va-t-il ? demanda Gus.

– L'émotion, expliqua Arbaïan. L'émotion… M. Blue est bouleversé par votre proposition. Laissez-lui un peu de temps…

– Vous croyez ?
– On vous tiendra au courant.
– Ma fille lui a fait de l'effet ?
– Le plus grand effet.
– Il craque ? demanda Gus avec un clin d'œil complice.
– Pour craquer, il craque, M. Alzan. Je vous raccompagne.

Gus attrapa la main de sa fille.
– Viens, mon chiffon.

Il la traîna jusqu'à la porte, salua Arbaïan, et se cogna contre quelqu'un qui entrait précipitamment.

Le personnage qui venait de surgir s'excusa platement.

Gus écarquillait les yeux.
– Patate ?

Patate s'immobilisa. Il ne pouvait même pas parler. Le seul homme qu'il s'était promis de ne plus recroiser était devant lui. Gus Alzan se tourna vers Arbaïan.
– Ne me dites pas que vous faites confiance à ce voyou, dit Gus…

L'arrivée de Patate dans la prison de Tomble, ses conseils d'éducation pour la petite Bernique, tous ces souvenirs correspondaient à une terrible période de la vie des Alzan. A partir de ces mésaventures, Bernique n'avait plus jamais été la même.
– Vous avez affaire à la pire crapule, dit Gus en montrant Patate. Méfiez-vous de ses grandes phrases. Je vous préviens que si mon poussin doit se marier et emménager dans cet œuf, je ne veux pas d'une telle fripouille dans le paysage.

Gus claqua des talons, et s'éloigna en tirant Bernique par la traîne de sa robe.

Arbaïan interrogea son soldat du regard. Patate était incapable de répondre. Il était rouge et balbutiant.
– Je… Je vous promets que… Je ne vois pas à quoi il fait illusion…

Arbaïan lui mit la main sur l'épaule et dit d'un ton plein d'indulgence :

– Bien sûr. Je n'ai aucune raison d'écouter ce que dit cet homme, cher Patate.

Patate se remit à respirer.

– Merci, j'avais peur que…

– Vous avez été irréprochable, interrompit Arbaïan. Vous gardez notre captive avec la plus grande attention. Mais il y a quelque chose que je retiens de vous…

– Ah ?

– Vous dites toujours : « On n'est jamais trop prudent. » Et vous avez bien raison.

Patate salua en souriant.

– Vous êtes bien indigent avec moi, M. Arbaïan.

Son travail était enfin reconnu. Il en avait les larmes aux yeux. Il fit un pas vers la passerelle. Arbaïan continuait :

– Et comme on n'est jamais trop prudent… je vous demande de quitter ce nid avant demain soir.

Patate s'arrêta net. Il ne se retourna pas. Il aurait été capable de se jeter dans le vide.

Elisha n'entendit pas entrer Patate. Elle était accroupie. Elle tenait dans ses mains un message qu'elle venait de recevoir. L'ombre le lui avait envoyé à la pointe d'un second poignard de glace.

« Dites oui à Léo. »

Voilà tout ce que disait ce message.

« Dites oui à Léo. »

Et ces mots la plongeaient dans une profonde tristesse. Fallait-il passer par là pour retrouver la liberté ? Bien sûr qu'elle y avait pensé depuis longtemps. Céder à Léo, se marier et puis lui échapper, partir, ne plus jamais revenir.

Sa fierté avait toujours chassé cette idée de son esprit.

– Ah… C'est toi…, dit-elle, la gorge serrée.

– Oui, répondit Patate. Je viens vous dire adieu.
– Tu pars…

Patate ne parvint même pas à répondre. Il n'avait jamais pensé qu'il était aussi attaché à cette petite. Il passa sa manche sur ses yeux.

– Tu pars quand ? demanda doucement Elisha.
– Demain.

Ils restèrent en silence de longues minutes. On entendait Patate renifler. Elisha jouait à rouler le message entre ses mains. La lumière était grise et triste.

– C'est pas juste, dit Patate.

La prisonnière et son geôlier ressemblaient à deux vieilles branches qui se font leurs adieux.

Elisha appela d'une faible voix :

– Patate…

Il fit un mouvement vers elle.

– Je peux te demander un dernier service ?

La rumeur se posa sur le nid comme une volée d'oiseaux.

– Non…
– Mais si !
– Non…
– On vient de me le dire !
– Elle ?
– Oui, elle.
– Avec lui ?

C'était une nouvelle vraiment inattendue et les habitants des Cimes la répétaient pour se convaincre que tout cela était bien vrai.

– Non…
– Mais puisque je te le dis !
– Avec lui ?

La captive avait cédé. Elisha allait se marier avec Léo Blue.

En quelques heures, personne ne put échapper à la folie des préparatifs. Le mariage aurait lieu le lendemain matin, le 15 mars.

Il fallait faire vite. On avait trop peur d'un changement d'avis de la fiancée.

Celle-ci avait demandé à se marier en vert, dans la plus pure tradition de l'arbre.

– Pour le reste, vous faites ce que vous voulez, avait-elle dit à Arbaïan.

Arbaïan décida de faire honneur à l'événement. Il lança le jour même une campagne d'aménagement du troisième œuf qui était un grenier à feuilles.

Il fit repeindre l'intérieur avec une poudre dorée. Il pendit un énorme lustre en boule dans lequel scintillait une dizaine de vers luisants. Il convia enfin des invités pour le lendemain. Arbaïan se chargea lui-même de convaincre le grand chandelier de célébrer la cérémonie.

Le chandelier gardait une certaine rancune des quelques mauvais traitements que lui avait fait endurer Elisha. Mais il accepta finalement, comprenant qu'on n'hésiterait pas à lui retirer sa fonction s'il refusait.

Le seul qui n'était pas dans la fièvre des préparatifs s'appelait Léo Blue. Il ne quittait pas sa chambre, balançant sa mélancolie au rythme du hamac. La grande nouvelle l'avait simplement fait pâlir un peu plus. Arbaïan regardait Léo s'enfoncer dans son silence. Il ne comprenait pas cet abattement, à la veille d'un si beau jour.

Mais Léo Blue savait. Il savait pourquoi Elisha avait enfin accepté.

Après la visite de Bernique et Gus, Léo s'était précipité vers l'œuf d'Elisha. Il avait grimpé au sommet de son œuf. Et, abusant de la confiance de la jeune femme, il lui avait donné la consigne de dire oui. Un simple message à la pointe d'un couteau de glace.

Elisha avait suivi les conseils de l'ombre. Et l'ombre, c'était lui, Léo Blue.

Léo savait qu'elle n'espérait que la liberté. Il n'y avait pas la place pour la moindre poussière d'amour entre les trois lettres de son oui.

Elisha glissait juste ce oui dans l'entrebâillement de sa cage afin de la maintenir ouverte, et de s'envoler.

Léo était accablé de honte. Il avait agi de cette manière pour retrouver un peu de fierté face à son peuple et à lui-même. Gus Alzan avait dit qu'on se moquait de lui. Cela, Léo ne le supportait pas. Toute sa vie était une lutte pour sauver son honneur et celui de son père.

Mais ce mariage n'était qu'un trompe-l'œil. Léo n'ignorait pas qu'il serait obligé de garder captive son épouse jusqu'à la fin de ses jours. Il avait même donné l'ordre discret à Arbaïan de mettre toute la garde du nid autour du troisième œuf au cas où Elisha tenterait de s'échapper pendant la cérémonie.

La nuit arriva. Elisha entendait le bruit des préparatifs. On consolidait les passerelles entre les œufs. Quelques jours avant le printemps, il neigeait encore. Des hommes échangeaient des ordres.

Elisha regardait son grand voile vert qui pendait à un fil au-dessus d'elle. On le lui avait apporté dans la soirée, fraîchement teint. Elle l'avait rincé elle-même, et maintenant il séchait. Elle buvait un bol d'eau chaude en écoutant le glissement de la neige sur l'œuf.

D'où venait cette paix qui paraissait laver ses traits de toute inquiétude ? Ses cheveux lui faisaient maintenant une frange qui se posait au-dessus de ses yeux. Elle avait accroché deux rubans qui ressemblaient à des nattes dans son cou.

Elle était sûre d'être libre le lendemain.

Tout cela commença comme le plus beau mariage du siècle. Le voile de la mariée était une splendeur. Il la recouvrait entièrement. Elle sortit de son œuf, seule. Des dizaines de soldats formaient une haie d'honneur. Elle avança au milieu d'eux dans la neige à peine balayée. On voyait le frémissement d'émotion qui parcourait la robe verte par instants.

L'œuf était rempli d'invités. Des pauvres gens qu'Arbaïan avait fait venir des quartiers des Cimes. En ce temps-là, en échange d'une mauvaise soupe, on pouvait trouver des centaines de figurants prêts à dire « bravo ! » quand on leur en donnait l'ordre. C'étaient des hommes, des femmes, des enfants au regard triste qu'on sortait des branches vermoulues où ils s'entassaient. Ils étaient éblouis par la beauté du lustre et l'allure de Léo Blue au milieu d'eux.

Celui-ci se tenait debout, comme un somnambule, dans sa sombre veste en cuir de frelon.

Au fond de lui, Léo savait qu'il n'arriverait pas à ressentir la moindre joie au cours de ce grand jour. Tout était faux. Même les invités. Pourtant, Elisha allait devoir prendre sa main. Il tremblerait forcément. Il n'avait jamais pu toucher sa peau. Peut-être que cette jeune femme n'existait pas vraiment. Peut-être que ses doigts la traverseraient en voulant se poser sur ses épaules...

Léo n'espérait plus apprivoiser ce fantôme. Il n'avait qu'un seul but, la garder près de lui. Qu'elle l'aime un jour ? Il n'y croyait plus vraiment.

Le chandelier traversa la foule pour aller chercher la mariée à la porte. Il la salua de loin avec une petite grimace. Il se mit devant elle et la guida à travers le public, vers Léo Blue.

Toute la cérémonie se passa pour Léo dans une brume épaisse. Il n'entendait rien de ce que marmonnait le chandelier. Celui-ci agitait un cube d'encens à l'odeur poivrée. Les mots se déformaient en atteignant l'esprit de Léo. Il n'arrivait pas à croire qu'elle était enfin là. Cela dura longtemps.

– Voulez-vous, Léo Blue, prendre Elisha pour épouse ?

La voix du chandelier était comme un ronronnement. Léo ne répondit pas. Très loin, au dernier rang, Arbaïan ne quittait pas son patron des yeux. Il sentait qu'il se passait quelque chose. L'émotion, peut-être...

Mais ce n'était pas de l'émotion, c'était un égarement profond. Un doute. Un doute démesuré. Léo fixait la silhouette de la mariée, à côté de lui. Il ne ressentait rien.

Le chandelier toussa.

– Voulez-vous, Léo Blue, prendre Elisha...

La mariée était en vert

529

La foule osa un murmure d'étonnement. Léo Blue ne réagissait toujours pas.

– M. Blue ? M. Blue ? interrogea le maître de cérémonie.

Soudain, Léo fit un pas vers Elisha. Il repoussa violemment le chandelier, attrapa un coin du voile de la mariée et le tira d'un seul coup. Le public ne put retenir un cri.

C'était Patate.

Elisha courait pieds nus entre les plumes blanches.

Elle se jetait de branche en branche, et ses bras montaient comme des ailes quand elle s'élevait dans l'air. Elisha se sentait ivre de liberté.

Elle avait quitté l'œuf du Sud juste après la sortie solennelle de la fausse mariée. Il n'y avait plus personne dans les allées du nid. Tous étaient à la noce. Elle avait couru vers la forêt blanche.

Quand l'ombre lui avait demandé de dire oui à Léo, elle avait su immédiatement que ce conseil ne pouvait venir d'un ami. Mais elle avait décidé de se servir de cette occasion.

Elisha était émerveillée du courage de Patate. Il lui avait dit :

– Je n'ai plus rien à perdre. Demain, je serai mis dehors.

Il avait un peu rougi et ajouté en baissant les yeux :

– Et puis j'ai toujours rêvé d'un grand mariage.

En effet, tandis qu'elle l'habillait de son voile, Patate n'avait pas l'air d'un homme malheureux. Il était presque recueilli. Il avait juste demandé de pouvoir mettre ses pantoufles à ses pieds.

– Je veux finir dans mes pantoufles, avait-il dit, droit comme un brave.

Elisha, en bondissant dans les allées du nid, se rappelait le visage de son ami, quand il avait rabattu le voile sur son visage.

A l'instant où ce souvenir revenait à son esprit, elle découvrit deux silhouettes qui avançaient vers elle au détour du chemin.

Elle sauta sur le côté et se cacha derrière un buisson de duvet blanc.

Elisha fut stupéfaite de ce qu'elle vit passer. Il y avait une mariée exactement identique à celle qui était au même moment dans l'œuf du Nord. Et, derrière elle, un homme qu'Elisha reconnut immédiatement. Gus Alzan.

– Dépêche-toi, Bernichou. Ton fiancé t'attend.

La mariée s'appelait Bernique.

En apprenant qu'un mariage allait être célébré avec Léo Blue, Gus Alzan s'était convaincu que sa fille était la promise. Il la conduisait donc fièrement vers le lieu de la cérémonie.

On entendait ses derniers conseils à sa fille.

– Tu dois juste dire oui

– Oui, dit mécaniquement Bernique.

– Pas maintenant, tu sais bien. On a tout répété. Quand on te posera la question du mariage, tu diras oui.

– Oui.

– Pas maintenant, non.

– Non, répéta Bernique.

– Non ! Ne dis surtout pas non.

– Non.

– Si !

– Non.

Elisha attendit qu'ils disparaissent et se remit en route.

La pauvre Bernique n'était évidemment attendue par personne. Mais cette triste erreur de Gus Alzan fit gagner un temps précieux à Elisha. Peu après, quand les premiers hommes lancés à la recherche de l'évadée trouvèrent cette jeune mariée perdue dans la forêt blanche, ils la prirent évidemment pour Elisha. Ils l'attrapèrent sans hésiter malgré les lamentations de son père.

Les trois ou quatre malheureux qui livrèrent triomphalement Bernique à Léo Blue virent tout de suite dans le regard du patron qu'ils allaient regretter cette confusion.

Elisha regarda le trou noir qui s'ouvrait devant elle. Patate lui avait dit de se laisser glisser. A la sortie de la forêt blanche, le nid était traversé de longs brins de paille qui dessinaient des tunnels. Ce tube de paille l'emmènerait vers les branches.

Elisha s'élança dans la pente.

Allongée sur le dos, les bras autour des genoux, elle descendait à grande vitesse à l'intérieur du tunnel.

Enfin, elle pouvait se laisser aller…

Enfin, elle arrêtait de se battre ou de résister.

Le bonheur était peut-être au bout de ce long couloir doré.

Et malgré l'espoir fou de retrouver un jour Tobie vivant, Elisha pensait d'abord aux bras de sa mère.

17
Le dernier Pelé

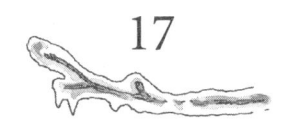

Le bruit fut tellement violent que Sim crut que le dortoir s'était effondré. On venait de faire sauter la porte.

Dans le noir, Maïa agrippa le bras de son mari.

– Qu'est-ce que c'est ?

– Ne bouge pas, répondit Sim.

Des bruits de bottes circulaient entre les lits. Des gardiens entrèrent avec des torches. Ils arrachaient les couvertures pour découvrir les visages des prisonniers. Ils cherchaient quelqu'un.

Une flamme s'approcha brutalement du visage de Sim.

– Le voilà ! cria le porteur de torche. Dépêche-toi de me suivre. Ça sent le brûlé pour toi, Sim Lolness.

– Oui, ce sont mes sourcils.

Quoi ?

– Si vous pouviez éloigner cette flamme, vous me brûlez les sourcils.

– Tu ne vas pas plaisanter longtemps.

Le soldat l'attrapa par le col de son pyjama et le traîna derrière lui.

– Je crois que j'ai oublié mes lunettes, parvint à dire le professeur. Sous mon oreiller…

– Ferme ta bouche, tu verras mieux.

Ils disparurent dans un vacarme assourdissant.

Quand la porte se referma, quelqu'un chuchota simplement :

– Je crois qu'ils ont trouvé le tunnel.

Ils savaient tous que leur tunnel était pratiquement terminé. L'évasion était prévue pour la semaine suivante.

L'obscurité et le silence regagnèrent le dortoir.

Maïa mit sa tête entre ses bras. Elle n'en pouvait plus.

Tant de violence. Tant de bêtise. Tant de peur.

Maïa Lolness ne se sentait pas la force de continuer. Une fois de plus, on venait de lui arracher son mari. Les yeux dans le vieux drap du matelas, elle se mit à pleurer. Elle faisait tout pour qu'on ne l'entende pas, mais elle pleurait à chaudes larmes.

C'était si dur de se battre toujours. Cela durait depuis si longtemps. L'espoir était si mince à l'horizon… Sur qui compter si son mari devait disparaître un jour ? Elle était toute seule au fond de ce cratère.

Les autres prisonniers… Maïa les aimait bien, mais comment aurait-elle pu s'appuyer sur eux ?

D'ailleurs, est-ce qu'il y en avait un seul pour lui dire un mot dans ce moment de souffrance, un seul pour se pencher sur sa solitude, alors que tous savaient ce qu'elle venait de vivre ? Des hommes, rien que des hommes distraits et rustres ! Des hommes qui ne connaissaient pas les petites attentions, la délicatesse, la tendresse…

Maïa pleura longtemps, les yeux fermés. Et quand elle se sentit soulagée, après une heure de larmes, elle se retourna sur le dos avec un soupir.

Il lui fallut quelques secondes pour voir la troupe qui entourait son lit.

Les trente hommes du dortoir étaient autour d'elle. A peine un instant après le départ de Sim, ils étaient venus, un à un, se grouper contre son lit. On voyait la tête de Lou Tann, dépasser de la paillasse du dessus, celle de Rolden à côté, et tous les autres, épaules contre épaules, qui la veillaient depuis une heure.

Oui, ils étaient bien bêtes et maladroits, ils n'avaient aucune idée de ce qu'ils devaient dire ou faire, mais ils étaient là.

Zef Clarac articula :

– Si vous avez besoin de quelque chose.

Maïa se mit à rire, très doucement. Un vrai rire de joie.

Ils étaient tous là, autour d'elle. Elle dit :

– Merci… Vous êtes gentils.

Les trente vieux garnements regagnèrent leurs lits.

Découvrant qu'on l'emmenait vers la salle de classe, Sim Lolness pressentit qu'on avait découvert leur tunnel. Cette fois, il ne savait pas comment il allait s'en sortir.

Jo Mitch était assis au bureau du professeur, une serviette autour du cou, et il mangeait.

Sim n'avait jamais assisté à un repas de Jo Mitch. Il se serait bien passé de cette première expérience.

Il y avait plus de nourriture sur la serviette de Jo Mitch que dans l'assiette. Mais plus encore sur ses genoux ou sur le plafond de la salle. Limeur et Torn se tenaient à une certaine distance pour éviter les projections de sauce. Même sans ses lunettes, Sim remarqua tout de suite avec soulagement que la trappe du tunnel n'était pas ouverte.

On jeta le professeur sur une chaise.

– Et hop, dit-il en souriant.

C'est Limeur qui prit la parole :

– Le Grand Voisin se lasse de vos histoires.

– Je vois que ça ne lui coupe pas l'appétit, dit Sim.

– Taisez-vous ! hurla Torn.

Un soldat donna un coup de botte dans la chaise pour appuyer cette aimable interpellation.

– Taisez-vous ! répéta Torn.

Limeur reprit :

– Vous avez demandé du temps avant de révéler le secret de Balaïna. Vous nous avez dit que vous deviez y travailler encore jusqu'à…

– L'équinoxe, dit Sim Lolness.

– Les quoi ?

– L'équinoxe de printemps.

– On se fiche de vos kinox !

– Le 20 mars… c'est l'équinoxe de printemps.

– Taisez-vous ! hurla Torn. On ne vous a rien demandé !

Limeur reçut une goutte de graisse sur la joue, il regarda le plafond pour voir s'il pleuvait, mais c'était simplement Mitch qui venait de mordre dans sa viande.

Limeur toussa et se remit à expliquer :

– Le Grand Voisin est très patient. Mais le Grand Voisin n'est pas stupide.

Sim prit un air très étonné, comme si on venait de lui donner une information inédite.

– Vraiment ? dit-il.

– Taisez-vous ! hurla Torn.

– Pouvez-vous me confirmer que vous travaillez bien sur le projet Balaïna ?

– Je vous le confirme, dit Sim.
– Et ça ? Qu'est-ce que c'est ?

Limeur ramassa une caisse pleine de papiers et la vida sur les genoux du professeur. Sim regarda quelques feuilles en y collant le nez, parce qu'il voyait très mal sans ses lunettes. Les feuilles présentaient toutes le même dessin. Un arbre.

– M. Lolness, nous avons vidé votre laboratoire. Il est rempli de ces papiers. Il n'y a pas la trace d'une seule recherche sur Balaïna.

Sim sourit aimablement.

– J'ai dit que le 20 mars, si je ne vous donne pas ce secret, vous ferez de nous ce que vous voudrez. D'ici là, je ne crois pas que vous soyez capables de juger mon travail. Veuillez remettre ces dessins dans mon laboratoire.

Mitch tendit sa main sale. On lui donna une liasse de dessins. Il les regarda lentement en suçotant un bout de carapace. Du jus verdâtre coulait de ses doigts sur le papier.

Sim bouillonnait. Ces quelques dessins qu'on était en train de souiller étaient le fruit d'une recherche qui le passionnait depuis son arrivée dans le cratère.

Tout était parti d'une fêlure sur ses lunettes. Elles étaient tombées et la partie brisée du verre dessinait un arbre. Sim avait soigneusement copié ce dessin. Le lendemain, un orage avait éclaté, et Sim avait remarqué la forme des éclairs. Des arbres ! Toujours des arbres ! Jour après jour, en observant le ruissellement de l'eau, la fissure de la glace dans un seau en hiver, les veines de son bras, les nervures des feuilles, Sim avait retrouvé ce dessin partout.

La forme de l'arbre le poursuivait. Il ne savait pas exactement où le mènerait cette découverte, mais il accumulait les exemples.

Et ce nouveau grand dossier le faisait vivre. C'était son jardin secret au fond de la mine.

Jo Mitch jeta la liasse de feuilles à travers la pièce. Sim se leva pour les ramasser. On le renvoya sur sa chaise.

Mitch retira sa serviette et se la passa sur le visage. Il étalait la sauce jusque dans ses cheveux. Ravissant.

– Professeur, n'oubliez pas que vous avez une épouse, dit Limeur. Il serait dommage qu'il lui arrive malheur. Mettez-vous sérieusement au travail. Nous voulons des résultats.

Sim rentra un peu avant l'aube au dortoir. Il tenait dans la main un paquet de feuilles grasses. Maïa le serra dans ses bras.
– Et hop ! dit Sim, très ému.
– Qu'est-ce qu'ils voulaient ?
– Ils voulaient savoir comment j'ai fait pour te plaire.
– Et alors ?
– J'ai dit que je ne savais pas.

Maïa fit un sourire triste. Sim pensa que c'était le moment de lui parler de Tobie :
– Maïa, d'habitude, je ne dis rien que je ne puisse pas prouver. Cette fois, je n'ai aucune certitude, pratiquement aucun indice, mais je crois que Tobie est en vie. Je pense qu'il n'est pas très loin.

Maïa ne parvint pas à dire un mot. Sim chuchota :
– Je t'en parle parce que cet espoir m'aide beaucoup.

Maïa lui répondit :
– J'ai l'impression que Plum Tornett a voulu me parler de Tobie, il y a quelques semaines. Il a vu quelque chose. Je n'osais pas y croire. Mais si tu dis que…

Par gestes, Plum avait en effet essayé de raconter à Maïa sa rencontre avec Tobie pendant la chasse aux sangsues.

Maintenant, Sim et Maïa étaient couchés l'un contre l'autre.

Dans les premières lueurs, on entendit la voix du vieux Rolden à deux lits de là :
– Professeur, j'ai cent trois ans demain.
– Je sais, Albert.

Depuis plusieurs semaines, le conseiller Rolden était très fatigué. Il répétait sans cesse qu'il n'était pas sûr de tenir jusqu'à cent trois ans.

– On fera une fête, dit Sim. Maïa vous préparera sa tarte blanche.

Rolden connaissait bien la tarte blanche de Maïa. Mais il savait qu'on ne faisait pas plus de tarte blanche dans le cratère de Jo Mitch que de poésie dans une bouse de mouche.

Maïa voulut corriger :

– Je vous la ferai bientôt, Albert.

– Demain ! répéta Sim. C'est son anniversaire demain.

Maïa donna un petit coup de coude à son mari, mais Sim se leva et vint se mettre debout au milieu du dortoir.

– Les amis, la nuit prochaine nous serons dehors. Préparez-vous. Nous partons ce soir.

De l'autre côté du cratère, dans le refuge des Pelés, personne n'avait fermé l'œil de la nuit. A une heure du matin, on avait amené deux hommes capturés aux abords de la prison, deux Pelés qui étaient parvenus à arriver jusque-là.

Ils étaient partis des herbes au creux de l'hiver. Ils avaient franchi tous les obstacles mais s'étaient fait prendre dans la neige alors qu'ils descendaient une branche en glissant sur leurs planches au cœur de la nuit. Les hommes de Jo Mitch tendaient des filets le soir pour attraper les rôdeurs et les moucherons.

Ils avaient pris ces deux Pelés.

On leur fit une place dans l'abri glacial où dormaient les autres prisonniers. Ils étaient à bout de force.

– Pourquoi être venus jusqu'ici ? leur demanda Jalam d'une voix sévère.

Il n'était pas content, Jalam. Il n'aimait pas les héros inutiles.

– On n'avait pas le choix, dit l'homme.

Tête de Lune était entre Mika et Liev. Ils regardaient ces nouveaux venus qui ne savaient pas que le pire était devant eux, dans ce cratère. Dans l'herbe, on appelait cela « se jeter dans la gueule du pou ».

Depuis des mois, Tête de Lune était persécuté par un soldat qui s'appelait Tigre. Ce Tigre voulait le faire parler de Tobie. Il l'interrogeait en cachette des autres gardiens. Tête de Lune était le seul Pelé qui connaissait le vrai nom de Petit Arbre.

Comme il était incapable de mentir, Tête de Lune trouvait des formules pour dire la vérité, sans trahir son ami : « Je n'ai jamais appelé quelqu'un Tobie » ou « Il n'y a personne qu'on nomme de cette manière chez nous. » A plusieurs reprises, Tigre avait failli l'embrocher sur son harpon, mais il ne voulait pas faire disparaître son seul témoin.

– Partir en plein hiver ! continua Jalam. Vous n'aviez aucune chance !

– On ne comptait pas sur la chance, dit le second Pelé.

– On n'avait pas le choix, répéta l'autre.

Tête de Lune demanda :

– Qu'est-ce que vous veniez faire ?

– Quelqu'un a quitté les herbes à la première neige. On était à sa recherche.

– Qui ? demanda Tête de Lune.

– C'est inexcusable, dit Jalam. Il ne fallait pas quitter la prairie.

– Qui cherchiez-vous ? demanda encore Tête de Lune.

Les deux nouveaux prisonniers se regardèrent. Ils se tournèrent ensuite vers Tête de Lune.

– Ta sœur : Ilaïa.

Tous les Pelés se turent.

– On ne comprend pas pourquoi elle est partie.

Tête de Lune revit les champs de neige, les montagnes d'écorce, le tronc vertigineux, et tout le reste. Ilaïa pouvait-elle avoir traversé cela toute seule ?

L'homme expliquait :
– On l'a encore vue passer tout près d'ici, il y a trois jours. Elle a failli me tuer quand j'ai voulu lui parler. Je ne sais pas ce qui lui est arrivé. Je ne sais pas ce qu'elle veut.
– Ta sœur, dit l'autre Pelé, a beaucoup de violence en elle depuis ton départ... et depuis le départ de Petit Arbre...
Tête de Lune pensa à la petite fille, plus vieille que lui de quelques années, qui lui avait appris le monde, qui lui avait servi de mère, de père, de famille entière. Il pensa aux chants d'Ilaïa, l'hiver, dans leur épi. Où était partie toute cette douceur ? Que venait faire Ilaïa dans l'arbre ?
– Ils vont la prendre, dit Tête de Lune.
Il y eut un silence.
– C'est déjà fait, petit. Ils l'ont prise en même temps que nous. Mais elle se débattait tellement qu'ils l'ont enfermée un peu plus haut. On a entendu ses cris en passant.
– Ma sœur est ici ?... chuchota Tête de Lune.

Le soir suivant, dans la salle de classe accrochée en haut du cratère, la trentaine de vieux élèves attendait l'heure de l'évasion. Un grand silence planait. Tous étaient prêts à partir, ils emportaient des maillots chauds sous leurs pyjamas, des provisions dans leurs petits cartables. Rolden avait les mains qui tremblaient un peu.
Comme personne ne se sentait capable d'animer le cours, Zef Clarac avait proposé ses services. On l'avait regardé avec étonnement. Zef n'était compétent sur rien. Il avait toujours été un mauvais élève. Il n'avait réussi dans son métier de notaire que par le hasard des circonstances.
Parmi les prisonniers, quelqu'un lui conseilla de faire un cours de cuisine ou de broderie, de réciter les tables de multiplication, mais Zef s'était excusé de ne rien connaître de tout cela.
C'est Maïa qui lui avait finalement soufflé la bonne idée.
Zef Clarac, l'homme le plus laid de l'arbre, l'épouvantail des Cimes, venait donc de commencer une conférence sur « La beauté intérieure ».

Personne, à part Maïa, ne sait ce qu'il raconta à ce sujet parce que personne ne l'écouta. Ils avaient tous l'oreille tendue vers le bruit des pas qui passaient et repassaient devant la fenêtre de la classe.

Zef parlait dans le vide. Lui ne pensait même plus à l'évasion prochaine. Il racontait tout simplement l'histoire de son enfance. Il redevenait l'informe petit Zef qui fit s'évanouir les sages-femmes le jour de sa naissance, le garçon repoussant qui apprit jour après jour à rayonner de l'intérieur.

Maïa trouva cela très beau.

Sim donna enfin le signal du départ. Il se mit à quatre pattes et se dirigea vers la trappe du bureau.

C'est à ce moment que la porte de la pièce s'ouvrit très doucement. Zef s'arrêta de parler. Sim se coucha vivement sur le parquet. Il entendit un pas qui venait vers lui puis la voix de Zef qui murmurait :

– Le professeur fait un petit somme.

– Je vais l'attendre, dit une grosse voix juste au-dessus de lui.

C'était Minouilleka.

Elle resta là quelques instants en silence, tout près de Sim. Zef reprit son exposé. Minouilleka écoutait, fascinée. La beauté intérieure, elle n'avait jamais entendu parler de cela.

Quand Sim comprit qu'elle n'allait pas partir, il s'étira, bâilla et se redressa un peu.

– Il y a quelqu'un d'autre qui est arrivé chez les Pelés, dit la gardienne. On a besoin de vous.

– Encore ? répondit Sim. Il y en avait déjà deux nouveaux ce matin.

– Faut venir voir…

Sim n'échappait jamais à cette confrontation. Chaque Pelé qui entrait dans le camp lui était présenté. Il haussa les épaules. Il pouvait faire vite et revenir dans peu de temps. Minouilleka le suivit à contrecœur. Elle brûlait d'entendre encore parler Zef Clarac.

– Je reviens, dit Sim avant de passer la porte. Attendez-moi. Le programme ne change pas.

Les vieux élèves poussèrent un long soupir. Rolden tremblait de plus en plus. Dans deux heures, il allait avoir cent trois ans.

Sim entra dans une petite pièce dans laquelle Minouilleka le laissa seul. Il attendait de voir le dernier Pelé. Il était surpris de cette seconde capture de la journée. On attrapait rarement un Pelé isolé. D'habitude, ils étaient pris en groupe.

Sim attendit plusieurs minutes. Il s'impatientait, revoyait dans son esprit le plan d'évasion. Le jour se levait à sept heures du matin. Même s'ils s'évadaient à minuit, ils auraient encore plusieurs heures de marche dans l'obscurité. C'était assez pour rejoindre un lieu sûr et attaquer la deuxième phase de l'opération Liberté. L'évasion de trente vieillards d'une prison aussi bien gardée était une aventure insensée. Mais Sim savait qu'il pouvait réussir.

Plus rien ne pouvait les arrêter.

On fit entrer le Pelé. La salle n'était pas éclairée. On voyait juste le trait bleu sous ses pieds.

– Tu connais ce vieux ? demanda le garde.

Les lunettes de Sim brillaient dans l'ombre. Il y eut un grand silence. Les deux prisonniers se regardaient fixement. Ils s'habituaient à l'obscurité. La paupière de Sim se mit à palpiter. Le visage d'ombre du Pelé ne bougeait pas. Il finit par répondre :

– Non. Je ne le connais pas.

Quand Sim retourna dans la salle de classe, il était très pâle. Il s'assit sur sa petite chaise et souffla une phrase à l'oreille de sa femme. Maïa blêmit à son tour et posa en souriant sa tête sur l'épaule de Sim. Celui-ci savoura cet instant, le poids de ce front contre son cou. Il sentait que revenait enfin au creux de sa vie l'espérance aux pattes de velours.

Zef essayait de continuer sa conférence malgré la distraction du public.

Sim se pencha en avant et murmura quelques mots qui circulèrent de table en table à travers la classe.

Ces mots arrivèrent enfin à Zef Clarac.

– Sim et Maïa ne partent plus. C'est à cause du garçon qui vient d'être capturé chez les Pelés. Sim a reconnu sa voix. Il dit que c'est Tobie Lolness.

Une petite flamme s'était rallumée dans les yeux de Maïa.

Sim ne quittait pas du regard le vieux Rolden. Il tentait de lui faire comprendre à quel point il était désolé.

Mais, au fond de lui, Sim sanglotait de joie.

Albert Rolden passa sa main dans sa barbe, il écrivit quelques mots sur une feuille. Le nouveau message passa dans les rangs. Il parvint entre les doigts de Sim et Maïa.

« Il y a des départs qui peuvent attendre. Nous savons tous ici que nous ne partirons pas sans vous.

Albert Rolden. »

Dans le silence, Maïa entonna une chanson d'anniversaire que les autres reprirent en entourant Rolden. Le départ n'était que retardé. Ils partiraient tous avec Maïa, Sim et Tobie.

Des gardiens surgirent pour les faire taire. Leurs bottes résonnaient sur le parquet.

Quand les chants s'arrêtèrent, ce fut presque un soulagement pour le vieux Rolden.

Lui seul savait que, à cent trois ans, il devait redouter un autre grand, très grand départ qu'aucun coup de théâtre ne suffirait à retarder.

18

LA FUGITIVE

Elisha avait l'impression qu'un vent bienveillant lui tenait le dos et la poussait à travers les branches de l'arbre. La grande glissade dans le couloir de paille l'avait jetée dans les Cimes sur un rameau déchiqueté. Elle était très vite entrée dans la forêt de lichen.

On voyait poindre le printemps. Le froid et la neige résistaient encore. Elisha ne s'arrêtait pas.

Il lui arriva de croiser les silhouettes errantes de vagabonds qui ne faisaient pas attention à elle. Elle contourna quelques cités tristes qui semblaient désertes mais où elle aperçut des familles entières qui la regardaient passer, cachées dans des fissures d'écorce. Elle hâtait le pas, impatiente de retrouver, plus bas dans les branches, un peu de nature et de pureté.

La seule pause qu'elle s'autorisa fut l'observation d'un perce-oreille qui surveillait ses œufs. C'était forcément une femelle parce que les époux de ces dames ne passent pas l'hiver. Elisha connaissait le soin que le perce-oreille porte à ses petits.

Un printemps, elle avait vu grandir une nichée près de sa maison des Basses-Branches. Isha apportait chaque jour un peu de nourriture à la petite famille. La fillette s'accrochait aux jupes de sa mère, effrayée par les dangereux crochets du perce-oreille.

Lentement, Isha avait appris à sa fille à ne pas avoir peur. Elle lui transmettait sa connaissance du monde. Une connaissance toute simple, qui se donne sans parole, par les gestes de tous les jours. Elisha aurait aimé quelques mots de plus. Mais elle savait que la confiance et la tendresse étaient déjà les plus beaux cadeaux.

Elisha voulait maintenant revoir sa mère. Pour cela, elle devait aller à l'endroit où elle l'avait laissée, dans la ferme de Seldor, aux portes des Basses-Branches. Isha était sûrement encore là-bas, avec la famille Asseldor.

Elle avait donc pris le chemin des Basses-Branches, couru plusieurs jours et plusieurs nuits. Elle savait que Tobie avait fait ce long voyage, autrefois, quand ses parents étaient déjà aux mains de Jo Mitch. Elle avait donc l'impression de suivre les traces encore fraîches du petit fugitif.

Pendant tout l'hiver, Elisha n'avait vécu que par les visites de Nils Amen.

C'était toujours le même cérémonial. Arbaïan entrait dans l'œuf pour annoncer l'arrivée de Nils.

– Votre visiteur est là.

Arbaïan paraissait méfiant. Il ne les abandonnait jamais sans avoir jeté un regard noir vers Nils. Ces regards renforçaient la confiance qu'Elisha mettait dans le jeune bûcheron.

Les premières minutes, le visiteur débitait une petite leçon moralisatrice qu'Elisha écoutait à peine. Il parlait de Léo Blue, de sa droiture, de son combat courageux contre les Pelés, ce peuple qui avait assassiné son père. Il disait :

– Moi aussi, je me suis longtemps fait une mauvaise image de Léo. Mais il suffit de lui tendre la main… Tu dois lui donner sa chance…

Chaque fois, Elisha guettait l'instant où Nils allait commencer à parler le langage secret. Le langage des souvenirs. Ça venait doucement, sans qu'on puisse vraiment s'en rendre compte…

– Pour l'instant tu es prisonnière, disait-il par exemple, tu es seule au cœur de l'hiver. Tu as peint les murs de ta caverne avec tous tes souvenirs. Mais tu es seule. Quelqu'un va venir te chercher. Quelqu'un va gratter la glace qui bouche l'entrée. Quelqu'un va te faire danser sur la branche au bord du lac immense.

Nils revenait souvent à l'image du lac. Elisha croyait alors entendre la voix de Tobie. Elle résistait à l'envie de se tourner vers

Nils et continuait à lui montrer son dos. Mais, derrière ses yeux fermés, passait le profil de Tobie.

Épuisée, Elisha voyagea en pleine nuit à la hauteur du cratère de Jo Mitch. Elle connaissait les dangers de cette région. Elle devait pourtant garder son avance sur ceux qui la poursuivaient certainement. Elisha espérait arriver avant eux, avant que ne se répande la nouvelle de sa fuite.

Elle n'osait pas s'arrêter.

La fatigue gagnait son corps. Son pas devenait de plus en plus incertain. Elle faisait tout pour s'éloigner du secteur avant le matin. Au petit jour, sa tête commença à tourner, elle s'effondra à genoux, et roula dans un fossé d'écorce.

Elle avait perdu connaissance.

Un curieux piétinement la réveilla quelques heures plus tard. Il faisait grand jour. Elisha s'appuya sur ses coudes pour voir qui passait sur l'étroit sentier en contrebas duquel elle était tombée.

C'était une brigade de fourmis sauvages.

Les fourmis avançaient très lentement. Elles poussaient un objet aussi gros qu'elles.

Elisha reconnut un piège-cage. Les chasseurs posaient ce genre de pièges pour attraper des pucerons. C'était une grande cage en forme de boule qu'on installait ouverte, camouflée dans la mousse, et qui refermait brutalement ses deux moitiés sur l'animal quand il s'y aventurait.

Les fourmis s'étaient emparées du piège et de la bestiole qui devait y être enfermée. Elles rapportaient la cage chez elles pour forcer son verrou et partager le butin avec leurs sœurs.

Elisha n'avait pas beaucoup de tendresse pour ces fourmis rouges qui vous piquent avant de vous dévorer. C'était un des rares insectes qui la terrorisaient vraiment.

Elle allait donc replonger dans son trou et laisser passer ce petit monde quand elle vit la cage se coincer sur une tige de bois. Il y eut un peu d'agitation dans les rangs des fourmis qui hésitaient sur la manœuvre à réaliser. Elles en discutaient à la manière fourmi, c'est-à-dire en se chatouillant cordialement les antennes.

Poussée par la curiosité, Elisha sortit la tête.

Plaquant sa main sur sa bouche, elle s'empêcha de crier et revint aussitôt dans son trou. Ce qu'elle venait de découvrir faisait battre son cœur dans sa poitrine.

La proie qui était enfermée dans le piège-cage n'était ni une punaise, ni un puceron, ni un petit scarabée. C'était une jeune fille de quinze ans dont les grands yeux affolés avaient croisé ceux d'Elisha.

Les fourmis avaient du mal à dégager la cage de l'ornière. On entendait leurs stridulations impatientes. Elisha ne prit même pas le temps de réfléchir. Elle sauta hors de son trou et courut au milieu des fourmis. Avant même qu'elles aient remarqué sa présence, Elisha avait grimpé sur le sommet de la cage. Elle tenait un bâton à la main et le faisait tournoyer autour d'elle.

La jeune prisonnière la regardait sans réagir.

– Je vais t'aider, lui cria Elisha.

Dix fourmis l'encerclaient déjà et commençaient à grimper sur les barreaux. Elisha hurlait. Elle frappa une première bête en pleine tête. Celle-ci glissa de la cage et tomba sur l'écorce. Un coup de pied donné de toutes ses forces fit rouler une fourmi qui en entraîna deux autres dans sa chute.

La prisonnière n'avait toujours pas bougé. A l'abri derrière ses barreaux, elle était finalement plus en sécurité que celle qui risquait sa vie pour la délivrer.

Le bâton d'Elisha remuait l'air autour d'elle, mais les fourmis étaient de plus en plus nombreuses. Elles avançaient inexorablement vers la combattante. Quand Elisha en repoussait deux, quatre autres repartaient à l'attaque.

Après plusieurs minutes de résistance, Elisha comprit qu'elle ne pourrait plus se battre longtemps. Elle envoya un dernier coup de bâton. Il se brisa sur la cage entre deux fourmis. Elle resta ainsi désarmée, exténuée, regardant autour d'elle les guerrières à peau rouge. Puis elle leva les yeux au ciel.

Elisha pensa à son père.

Jamais elle ne s'était permis de donner un visage, un nom, une silhouette, à ce père. Mais pour la première fois, elle croyait entendre son rire qui résonnait dans un couloir de sa mémoire. C'était un rire très doux.

Elle ne savait rien de lui. On ne lui en avait jamais parlé.

A entendre la précision de ce rire, Elisha crut qu'elle était déjà passée de l'autre côté.

La tête toujours jetée en arrière, elle ouvrit les yeux et vit une forme verte lui fondre dessus. On entendait comme le sifflement d'une lame dans l'air. La forme frôla Elisha et s'abattit sur une fourmi qu'elle saisit et coupa en deux d'un coup sec. De l'autre côté, une autre fourmi était emportée par la tête. Aucune ne cherchait à fuir cette force verte et monstrueuse qui allait les détruire une à une.

A l'attaque suivante, elles commencèrent à s'éparpiller.

C'était une mante religieuse.

Le plus calme et le plus violent de tous les insectes.

Une mante pouvait croquer n'importe quelle bestiole aussi grosse qu'elle. Elle jeta son immense patte pour attraper une fuyarde et lui trancher l'abdomen. En ramenant sa proie vers sa gueule, la mante décocha sa patte arrière qui fit rouler la cage.

Elisha s'accrochait aux barreaux.

La tête mobile de la mante fit un tour sur elle-même pour contempler le piège-cage qui glissait dans la pente. La mante lâcha la fourmi qu'elle tenait. Elle se mit en mouvement comme un monstre articulé. Lançant une de ses pinces, elle saisit la cage et l'approcha de ses grands yeux éteints. La prisonnière avait perdu connaissance, mais Elisha était toujours accrochée à l'extérieur.

La mante déchiqueta quelques barreaux. Elisha parvint à se glisser à l'intérieur. L'insecte regarda longuement les deux jeunes filles, puis il reposa la cage sur le sol. Une sorte de vibration parcourut la longue carcasse verte. Les antennes et les pattes arrière s'affaissèrent. La mante roula sur le dos, morte.

Elisha resta immobile un long moment. Par une anomalie de la nature, cette mante avait survécu à plusieurs mois de neige, oubliée de l'hiver. Elle s'était cachée quelque part, vivant sur son trésor de chasse. Elle avait sauvé la vie de ces deux jeunes filles. Et elle s'effondrait maintenant, sans même les avoir touchées.

Ce miracle redonnait confiance à Elisha.

Elle tira la jeune prisonnière, toujours inanimée, hors de la cage et la recouvrit avec le manteau de Patate. De longs cheveux emmêlés tombaient sur ses épaules couvertes de boue. Elisha savait que c'était une Pelée. On voyait par intermittence la ligne bleue sous ses pieds.

A part Isha, sa mère, c'était la première fois qu'elle voyait quelqu'un de son peuple. La jeune fille ouvrit enfin les yeux. Elisha la dévisageait.

– Je vais rester un peu avec toi, lui dit-elle en lui posant la main sur le front.

La fille tira le manteau pour cacher son visage.

Elisha se leva et fit quelques pas pour aller prendre de l'eau.

Elle revint s'accroupir à côté du manteau.

– Tu veux boire ?

Il n'y eut pas de réponse. Elisha souleva le manteau par le col. La fille avait disparu.

Elisha regarda autour d'elle. Les bois de lichen étaient immobiles. Le silence était presque inquiétant. D'où sortait cette fille, cette apparition qui venait de se volatiliser ?

– Reviens ! cria-t-elle dans le vide.

Elle entendit alors un bruit derrière un fourré et s'approcha.

Elisha découvrit des centaines de fourmis affairées. Elles étaient revenues sur la dépouille de la mante et commençaient à la dévorer. Ces bestioles finissent toujours par gagner.

Glacée, Elisha s'éloigna à reculons et attrapa le manteau.

« Cette fille ne restera pas libre longtemps », pensa-t-elle en se mettant à courir.

Ilaïa fut capturée dès le lendemain par une patrouille de Jo Mitch.

Elisha arriva bientôt à proximité de la ferme de Seldor.

Il faisait encore sombre. Quelques reflets roses commençaient à se répandre autour d'elle.

L'entrée dans les Basses-Branches avait été pour Elisha une grande bouffée d'odeurs et d'émotions. Le froid piquant réveillait tous les parfums de son enfance. Il y avait dans l'air le fumet d'une tisane aux feuilles, le goût des premiers matins de printemps, et puis cette odeur de feu de bois qui prolongeait le souvenir de l'hiver.

Elisha savait exactement ce qu'elle allait faire. Elle connaissait les risques de son plan. Aucune autre solution ne se présentait à elle. La ferme était si bien gardée qu'elle ne pouvait y pénétrer en secret pour libérer sa mère.

Il fallait donc arriver en fanfare, tenter le tout pour le tout.

L'intérieur de son manteau était doublé. Elle le retourna sur lui-même pour avoir l'air d'une grande dame en fourrure jaune et noire. Elle ajusta la capuche sur ses cheveux, et, avec son doigt, passa un peu de poussière noire autour de ses yeux.

Elisha s'approcha du premier poste de garde, prit une grande inspiration et se lança dans l'aventure.

– Je vais les faire jeter aux oiseaux ! hurla-t-elle. Où sont mes bougres d'imbéciles de porteurs ?

Les deux gardes qui entendirent approcher Elisha restèrent interdits. Elle vociférait, insultait ses chaussures dont les talons s'étaient cassés et qu'elle prétendait avoir dû abandonner.

– Espèces d'étourneaux, de troglodytes, de linottes à plumes !

Tous ces noms d'oiseaux résonnaient dans la forêt de lichen. Elisha finit par apercevoir les soldats et leur lancer :

– Vous non plus, vous ne faites rien pour moi, bande d'incapables. Je veux parler à votre chef !

Intimidés, ils commencèrent par retirer leurs chapeaux.

– Je... Nous... On va voir ce qu'on peut faire...

– Faites plutôt ce que je vous dis ! cria Elisha.

L'un des gardes poussa l'autre avec le coude.

– Tu as vu qui c'est ?

– Non...

– C'est la petite prisonnière de là-haut.

– Tu crois ?

– Je la reconnais. J'étais ici quand Blue est venu la chercher.

Après un instant d'hésitation, ils sautèrent sur Elisha, la prirent chacun par un bras et l'emmenèrent.

Elisha ne cria pas. Elle eut simplement un petit sourire inquiétant et se laissa conduire. Qui pouvait imaginer que c'était exactement ce qu'elle attendait d'eux ?

La caserne de Seldor se réveilla aussitôt. On alla prévenir Garric, le chef de garnison.

Elisha observait du coin de l'œil le bâtiment de la ferme. Il était maintenant en ruine et ne paraissait plus habité. Elisha releva son col de fourrure pour cacher son désarroi. Où pouvait être passée la famille Asseldor ? Où était surtout Isha Lee ?

Garric surgit dans la cour en se frottant les mains. Depuis la fuite des Asseldor qui avait fait beaucoup de bruit, il cherchait un moyen d'améliorer sa réputation auprès de Mitch et de Blue. La capture de la fiancée de Léo Blue s'annonçait comme une excellente occasion.

– Je ne savais même pas que vous vous étiez évadée, gloussa Garric.

– Moi non plus, répondit immédiatement Elisha.

– On m'avait dit que vous alliez enfin vous marier avec M. Blue.

– Il me semblait aussi.

– Alors qu'est-ce que vous faites entre ces deux hommes comme une fugitive?

Un sourire au coin des lèvres, Elisha haussa les épaules.

– Je me pose la même question, monsieur… monsieur comment?

– Garric.

Elle tendit le bout de ses doigts vers lui pour un baisemain.

– Enchantée, M. Barrique, Léo Blue m'a beaucoup parlé de vous.

Garric était à la fois flatté et perplexe. Cette jeune femme avait presque l'air de s'amuser. Elle avait beaucoup changé et ressemblait maintenant à une princesse capricieuse.

– Je vais vous ramener à Léo Blue, lança-t-il sans oser toucher la main tendue.

– Il sera ravi de vous voir. Voilà quelque temps qu'il veut vous couper la tête...

– Comment?

Garric avait failli s'étrangler. Elisha expliqua :

– Je dis que je ne donne pas cher de votre tête quand Léo saura comment vous avez traité...

Tapotant avec le dos de la main la poussière sur son col de fourrure, elle prit son temps avant de finir la phrase.

– ... quand il saura comment vous avez traité Mme Elisha Blue.

Les soldats qui l'encadraient regardèrent leur chef en écarquillant les yeux. Était-il possible que...

– Je sais que Léo a été choqué que vous ne soyez pas à notre mariage, M. Barrique...

– Garric, corrigea Garric entre deux grincements de dents.

– Oui, Garric... Excusez-moi, je devrais me rappeler votre nom. Léo parle toujours d'un certain Garric qui ne finira pas l'hiver...

– Vous êtes... Vous êtes Mme Blue?

– J'imagine que mon mari n'est pas encore arrivé.

– Non, madame.

– Quel dommage. Pouvez-vous dire à ces deux soldats de lâcher les poils de mon manteau?

– Lâchez-la, gémit Garric qui pleurait presque. Je suis vraiment, totalement, absolument... Je suis...

– Ne vous excusez pas, mon garçon. Dites-moi plutôt si quelqu'un, parmi vous, possède un cerveau...

Garric ne savait pas comment réagir.

– Un...?

– Un cerveau. J'ai une question importante. Mais je ne veux pas la poser à n'importe qui.

– Je peux... peut-être...

Elisha se mit à rire. Garric essayait de ricaner aussi. Elisha s'arrêta pour dire :

– Vous ?

Elle riait de plus belle.

– Vous plaisantez ?

Garric rougissait. Il n'avait jamais vu une telle insolence.

– On peut toujours essayer, dit finalement Elisha. Savez-vous, M. Barrique, où se trouvent les gens qui habitaient autrefois cette maison ?

Garric était pris de tics nerveux. Ses yeux commençaient à loucher comme deux mouches amoureuses. Il balbutiait :

– Ces gens sont partout, Mme Bli… Je… Je veux dire… Ces gens sont partis, Mme Blue.

– Ah oui ? Il n'en reste pas un seul ?

– Non… Enfin…

– Oui ?

– Il en restait peut-être un petit.

– Un petit.

– Un petit qui a fait des bêtises.

– Où est-il ?

– Dans ma cave.

– Montrez-le-moi !

– Il ne doit pas être beau à voir. Je l'avais un peu… oublié.

Elisha se fit conduire dans la cave de Garric. On mit du temps à trouver les clefs. La trappe n'avait pas été ouverte depuis des mois.

– Cassez-moi cette porte, ordonna Elisha.

Quand on sortit Mô Asseldor, il ne pouvait même pas regarder la lumière du jour. Garric l'avait enfermé après l'évasion de sa famille. Mô avait mangé les réserves de la cave. Il pensait qu'on ne le sortirait jamais de là. Il reconnut la voix d'Elisha. Trop faible pour réagir, il entendit qu'elle donnait des ordres.

Il ne comprenait plus rien.

On jeta Mô sur une sorte de banquette. Il sentit l'air frais sur son visage. L'odeur de la forêt.

On l'emmenait en traîneau quelque part.

Mô Asseldor ne se réveilla que le lendemain. Les grands yeux d'Elisha planaient juste au-dessus de lui. Il était allongé sur un traîneau de plumes avec une couverture.

Dans la ferme de Seldor, elle avait promis qu'elle ne dirait rien à Léo de la monumentale erreur de Garric.

– Vraiment ? supplia Garric.

– Je n'ai qu'une condition, M. Barrique. Laissez-moi emmener ce petit faire un tour.

Maintenant, arrêtée avec Mô dans une clairière toute blanche, sous un ciel de branches entremêlées, elle lui faisait boire de l'eau tiède.

Mô réussit à dire :

– Où va-t-on ?

Et Elisha répondit :

– On va chez ma mère…

Elle se remit à tirer le traîneau sur la neige qui fondait.

19

Papillon

C'était le troisième jour de fièvre d'Isha Lee. Elle était allongée dans la maison aux couleurs. Elle savait qu'elle avait besoin d'aide mais n'attendait aucun secours.

Personne n'était entré ici depuis des mois.

Isha avait attrapé cette fièvre en tombant dans l'eau du lac. La glace s'était brisée sous ses pas. Elle avait à peine pu se traîner jusqu'à chez elle, toute tremblante de froid.

Elle connaissait le remède qui pourrait apaiser sa souffrance. Isha connaissait tous les remèdes.

Mais son corps n'avait même pas la force d'aller jusqu'à cette fougère qui poussait dans l'écorce, tout près de là, et qui guérissait les fièvres les plus violentes.

Isha n'avait pas peur. Tenant un petit portrait bien serré au creux de sa main, elle grelottait sur son matelas bleu. Elle avait pu se redresser pour jeter du bois dans le feu. Dans ses yeux, des larmes brûlantes déformaient la lumière et projetaient des formes étranges. Lentement, ces formes devinrent des paysages et des gens.

Elle revit la prairie de son enfance, cette étendue infinie inclinée vers le soleil.

Le bourdonnement des guêpes, le matin.

Jadis, quand Isha s'endormait dans une fleur, elle était parfois réveillée par le vol d'une abeille au petit jour. Elle ouvrait les yeux à l'approche de cette minuscule tornade : le bruit assourdissant de l'insecte, l'air chassé par le battement des ailes, et l'odeur du miel. Le pollen soulevé par l'abeille faisait un petit nuage rose autour d'elle pendant qu'elle se relevait.

Isha ne craignait ni les guêpes, ni les abeilles, ni les gros frelons. Il suffisait de leur abandonner la place avec une révérence. Elle se glissait entre deux pétales et descendait sur la tige.

Isha traînait parfois auprès des papillons. Elle leur flattait le ventre avec le plat de la main. Rien n'est plus chatouilleux qu'un papillon.

Isha était la plus belle et la plus sauvage des filles des herbes.

La fièvre avait jeté Isha Lee dans ses souvenirs. Elle essaya un instant de résister pour ne pas se laisser basculer dans l'absence.

A bout de force, assommée par la fièvre, elle finit par lâcher prise.

Les années ruisselèrent sur elle. Elle se retrouva le lendemain de ses quinze ans, le jour qui avait décidé de toute sa vie.

Isha faisait la sieste à l'ombre d'un papillon sur une large feuille d'herbe qui dominait la prairie. Elle venait de se disputer avec son père qui lui avait demandé de choisir un mari.

Elle avait toujours autour d'elle une douzaine de chevaliers servants. Tous rêvaient de l'épouser. La jeune fille ne faisait rien de particulier pour les attirer, mais il suffisait de croiser son regard pour rejoindre immédiatement l'armée de ses soupirants.

Certains d'entre eux avaient fait de grosses bêtises pour attirer son attention. Nouk avait sauté de son épi avec une graine de pissenlit en guise de parachute. Il s'était brisé les deux genoux.

Isha n'aimait pourtant rien autant que la solitude, et elle pouvait disparaître plusieurs jours sans que l'on sache où elle se trouvait. Son père en avait pris l'habitude.

Chaque fois, Isha revenait.

Ce jour-là, elle pensait justement à sa prochaine fugue, quand le papillon sous lequel elle s'abritait du soleil s'envola d'un coup d'aile, dévoilant un homme, de l'autre côté.

Il portait un grand panier sur le dos.

– Bonjour.

Isha ne lui répondit pas tout de suite. Elle voyait bien qu'il était différent. Ses vêtements ne ressemblaient à rien de ce qu'elle connaissait. Il avait un bras blessé accroché en écharpe.

– Je suis désolé, dit-il, c'est moi qui l'ai fait s'envoler. Je ne vous avais pas vue.

Malgré sa fatigue apparente et un voile de tristesse dans le regard, il y avait une grande solidité dans cet homme.

De la poudre de papillon multicolore s'étalait jusque dans ses cheveux.

Isha n'avait jamais fait très attention aux hommes, mais celui-ci éveillait en elle une certaine curiosité.

– Je viens de l'arbre, dit l'homme. Je travaille sur les papillons.

« Travailler sur les papillons », l'expression sonnait étrangement à l'oreille d'Isha. Ces mots n'allaient pas ensemble.

Le voyageur voulut retirer la hotte qu'il avait sur le dos, mais il s'arrêta dans son mouvement. Son bras le faisait souffrir.

Isha se leva et vint vers lui. Pour la première fois de sa vie, elle faisait un peu attention à sa manière de mettre un pas devant l'autre, à son allure dans sa robe. Elle décollait du bout des doigts le tissu de lin trop serré sur la hanche.

Elle regarda la blessure en y passant délicatement la main.

– Vous avez mal, dit-elle.

– C'est rien. C'est un moustique qui m'a attaqué, il y a trois nuits. Vous êtes une Pelée ?

– Il faut soigner ce bras.

Le voyageur la regardait en souriant.

– Si vous saviez ce qu'on dit de votre peuple…

– Venez avec moi.

– On dit que vous mangez vos visiteurs.

Isha se mit à rire.

– Pour le moment, vous me coupez l'appétit avec votre bras malade.

Ce rire d'Isha, et puis leur rire à tous les deux : cet instant avait décidé de tout.

Le papillon repassa au-dessus d'eux.

Isha emmena le voyageur dans l'épi de son père. Ils le soignèrent et le gardèrent chez eux une première semaine. Les enfants pelés venaient l'observer pendant des heures.

Au début, ils n'osaient pas s'approcher, mais l'étranger les apprivoisa peu à peu en leur montrant le contenu de son sac. Il transportait de longues boîtes divisées en cases dans lesquelles étaient rangées des milliers de couleurs. Les Pelés ne connaissaient que quelques couleurs simples, le rouge, le jaune, le vert, et ils ne faisaient pas de mélanges. Ils tiraient tous leurs coloris des plantes de la prairie.

Mais ce visiteur venu de l'arbre chassait les couleurs des papillons. Il y en avait un nombre infini. Les nuances allaient du doré au noir en passant par tous les bruns, les ocres, les gris argentés et les orangés.

La variété de toutes ces couleurs fascinait les Pelés. Entre eux, ils nommèrent le voyageur : Papillon.

Ils défilaient les uns après les autres et Papillon leur mettait une pointe de couleur sur le bout du nez.

Isha ne s'échappait plus. Elle était assise dans un coin et ne quittait pas l'homme des yeux. Il se tournait parfois vers elle quand il parlait aux enfants. Elle baissait un peu le regard en essayant de retrouver ce petit œil sauvage qu'elle avait toujours eu. Mais, face à cet homme, elle n'avait plus rien de sauvage. Elle aurait pu rester là à tout jamais, comme une petite bête familière, dans l'épi de son père.

Après deux semaines, par malheur, la blessure fut guérie.

– Ça n'est pas encore parfait, dit Isha en regardant le bras.

– Vous croyez? demanda Papillon. On ne voit plus rien…

– C'est… C'est à l'intérieur…, expliqua-t-elle maladroitement.

Ils étaient seuls tous les deux, ce soir-là. Papillon montrait son avant-bras à Isha, éclairé par les flammes d'un feu de paille.

– Je ne sens plus rien, dit Papillon.

– On ne sent pas toujours ce qui fait mal. Il faut vous reposer encore ici.

Il la regarda en silence.

– Je dois partir, Isha. Je dois retourner dans l'arbre.

– Vous n'êtes pas guéri, insista-t-elle avec un sanglot dans la voix. C'est grave, c'est très grave. Il faut rester.

Cette fois, Papillon remarqua ses longs cils ourlés de larmes.

– Qu'est-ce qui est grave? demanda-t-il doucement.

Isha était tout près du feu. Elle dit:

– C'est moi qui ai mal si vous partez.

Craquements, froissements, rumeur de la nuit, tout se tut pour célébrer cet instant.

Isha posa sa tête sur l'épaule de Papillon.

Combien d'hommes dans la prairie auraient rêvé d'être à la place de Papillon?

Ils n'osaient plus bouger.

– Moi aussi, j'aurai mal si je pars, dit l'homme, mais il y a quelque chose dont je ne vous ai pas parlé, Isha.

Il laissa chantonner quelques instants le petit feu devant eux.

– J'ai eu une vie dans mon arbre. J'étais marié à quelqu'un. J'ai perdu la personne que j'aimais. Il faudra du temps.

– J'aime le temps avec vous, murmura Isha d'une voix brisée.

Papillon décida de rester encore un peu. Ils gardèrent pour eux ce secret. Et cela dura jusqu'à la fin de l'été.

Les gens de l'herbe continuèrent à traiter leur hôte avec beaucoup de bienveillance.

Les vieux invitaient Papillon à boire la violette avec eux. Les jeunes le suivaient dans ses chasses aux papillons. Les femmes se peignaient avec ses couleurs. Les petits enfants se cachaient dans sa hotte quand il partait en promenade.

Tous prenaient l'habitude de passer dans l'épi du père d'Isha pour recevoir leur petite tache sur le nez.

Un jour pourtant, les choses changèrent. Quelqu'un vit Papillon qui marchait main dans la main avec Isha au pied d'un bouquet de roseaux.

La rumeur parcourut la prairie à la vitesse d'un lièvre.

On ne devait pas toucher à Isha. C'était la préférée, la princesse des herbes, et on ne pouvait imaginer qu'un jeune arbre étranger vienne cueillir cette fleur interdite, cette fleur sauvage qu'aucun homme de la prairie n'avait eu le droit de respirer.

Il y eut parmi les Pelés ce qu'il n'y avait jamais eu jusque-là dans les herbes : des ragots, des murmures, des conciliabules. Lee, le père d'Isha, n'entrait pas dans ce jeu. Dès que le vieil homme approchait, les gens se taisaient.

Les enfants reçurent l'ordre de ne plus rendre visite à Papillon. Les vieux buvaient leur violette entre eux. Les femmes abandonnèrent les couleurs de Papillon.

Mais le pire arriva aux derniers beaux jours, quand une petite assemblée convoqua l'étranger pour lui ordonner de s'en aller.

Le lendemain matin, les amoureux disparurent.

Ils s'étaient mariés sans le dire à personne. Maintenant, ils partaient vers l'arbre.

Seul, le père d'Isha leur fit ses adieux dans la nuit. Il sentait un goût amer sur ses lèvres. Devinait-il qu'il ne les reverrait plus jamais?

Le vieil homme resta longtemps au pied d'un bouquet de trèfle. Il regardait s'éloigner ces deux ombres et leur secret.

Il venait d'apprendre que sa fille attendait un enfant.

Se rappelant le départ des herbes, quinze ans plus tôt, Isha, toute brûlante de fièvre, sentit la chaleur gagner son ventre, à l'endroit où avait grandi son bébé. Alors, elle entendit une voix qui disait:

– C'est moi…

Isha savait qu'elle était en train de sombrer dans le délire. Elle avait revécu ses souvenirs avec une vérité bouleversante. Elle respirait de plus en plus mal.

Mais toujours cette chaleur sur son ventre, cette voix qui insiste :
– C'est moi, maman...
Et une très grande lumière à travers ses paupières fermées.
Elle ouvrit les yeux, les flammes étaient hautes à côté d'elle. On y avait jeté du bois sec. Isha se releva légèrement.
– Qui est là ?
Quelqu'un avait posé sa tête sur son ventre.
– C'est moi, dit la voix.
Alors Isha reconnut le visage qui était tout près d'elle. Les cheveux courts donnaient à ces traits une énergie étrange.
– Elisha.
Elisha enfouit sa tête dans le cou de sa mère.

– Je vais m'occuper de toi. Je suis revenue, maman.
Elisha n'était pas seule. La silhouette de Mô Asseldor attendait derrière le feu. Il était amaigri, mais souriant. Il contemplait la mère et la fille enlacées.
Isha serrait toujours dans son poing le portrait de Papillon.

Au même moment, beaucoup plus haut, là où l'arbre touche le ciel, Nils Amen entrait dans le nid de Léo Blue.
Il voulait voir Elisha.

Il n'avait rien su de l'aventure des derniers jours, ni du mariage ni de la fuite d'Elisha, parce qu'il avait voyagé dans les rameaux du nord, au cœur d'une jungle de lichen en lianes…

Il était à la recherche d'un groupe de voltigeurs.

Nils voulait retrouver Tobie qui n'était pas revenu depuis longtemps dans la maison des Olmech et des Asseldor. Les familles étaient inquiètes de cette disparition. Nils avait promis à Maï qu'il le retrouverait très vite.

– Je peux compter sur vous ? demanda Maï.

Nils et Maï osaient maintenant se regarder dans les yeux.

Nils répondit :

– Je suis votre homme, mademoiselle.

Il s'était immédiatement rendu compte de l'autre sens de ces mots. Mais Maï ne semblait pas troublée. Elle repoussa une mèche qui tombait sur ses yeux, la rentra dans son bandeau de velours noir, et, retirant son gant, elle lui serra la main.

Au moment de lâcher cette main, Nils garda une seconde les doigts dans les siens. Dans cette seconde, il passa autant de douceur que dans un baiser.

En se quittant, ils avaient tous les deux la sensation nouvelle de voir s'éloigner un morceau d'eux-mêmes.

Nils hésita à se retourner. Il se disait qu'il serait déçu si par hasard elle était déjà rentrée dans la maison plutôt que de le regarder partir. Mais il préféra tenter sa chance. En haut de la côte d'écorce humide, il se retourna lentement.

Il n'y avait plus personne dehors.

Il eut un petit sourire moqueur pour lui-même et se remit en marche.

Derrière la fenêtre, le visage et les mains écrasés contre la vitre, Maï était toute fondante d'émotion. Elle l'avait vu se retourner et elle commençait à se demander s'il n'était pas un peu amoureux d'elle.

Nils chercha donc Tobie pendant plusieurs jours. Il finit par découvrir son groupe de voltigeurs. Châgne et Torfou lui expliquèrent que Tobie n'était plus avec eux.

C'était donc avec une certaine inquiétude que Nils arrivait dans le nid des Cimes. Il ne voulait pas manquer sa rencontre habituelle avec Elisha, mais il était impatient de tirer au clair les raisons de cette mystérieuse disparition.

Nils entra dans l'œuf de Léo. Il n'y avait personne.

– Léo ! appela-t-il.

Il marchait dans l'œuf obscur à pas lents. Il s'approcha de la cage en berlingot où brillait le ver à soie et retira le tissu qui la recouvrait. Le jaillissement de lumière éclaira un grand désordre dans lequel Nils reconnut le matelas jaune d'Elisha.

Il s'était passé quelque chose.

– Je n'ai pas eu le temps de ranger… J'étais sur mon petit balcon, là-haut.

La voix venait de derrière lui. C'était Léo.

– Je vais parler à Elisha, dit Nils.

On entendait le souffle de Léo. Il n'était pas dans son état normal. Nils essayait de rester calme et jovial.

– Je viens la voir… Je crois qu'elle va mieux, continua-t-il. Elle m'écoute maintenant.

Léo s'approcha de Nils Amen.

– Je te fais confiance, dit Léo d'une voix de glace. Si tu crois qu'elle va mieux… Je te fais confiance.

– Il aura fallu un hiver, dit Nils.

– Oui. Un long hiver. Tu sais ce que je me disais…

– Non.

– Je me disais que tu étais la première personne en qui je mettais ma confiance depuis longtemps.

– Merci, Léo. Je suis ton ami.

Léo Blue ne put s'empêcher de rire silencieusement. Nils essayait de sourire avec lui.

Enfin, Léo s'approcha de Nils. Il le dévisagea, et ouvrit ses bras.

– Mon ami.

Il le serra contre lui.

Nils ferma les yeux. Puis il dit :

– Je peux monter sur ton balcon, là-haut ? Je n'y suis jamais allé.

Léo fit un geste large qui voulait dire : « Tu es chez toi. »

Nils lui tourna le dos et monta les marches qui longeaient en spirale la paroi intérieure de l'œuf. Léo le suivait des yeux.

Quand il eut disparu, Arbaïan fit irruption avec une dizaine d'hommes.

Léo ne les regarda même pas.

– Il est là-haut, dit-il. Faites ce que vous devez faire.

Les hommes allèrent vers les premières marches. Léo fit un signe vers Arbaïan qui s'approcha.

– Alors ? demanda Léo.

– J'ai peur qu'elle soit déjà très loin. Toutes nos troupes sont en action depuis le premier jour, mais l'arbre est grand.

– Si vous ne la trouvez pas, je la chercherai moi-même.

D'un coup, ils poussèrent la porte qui donnait sur le balcon.

Arbaïan surgit le premier. Il avait dégainé l'aiguillon de frelon qui pendait à sa ceinture.

Personne.

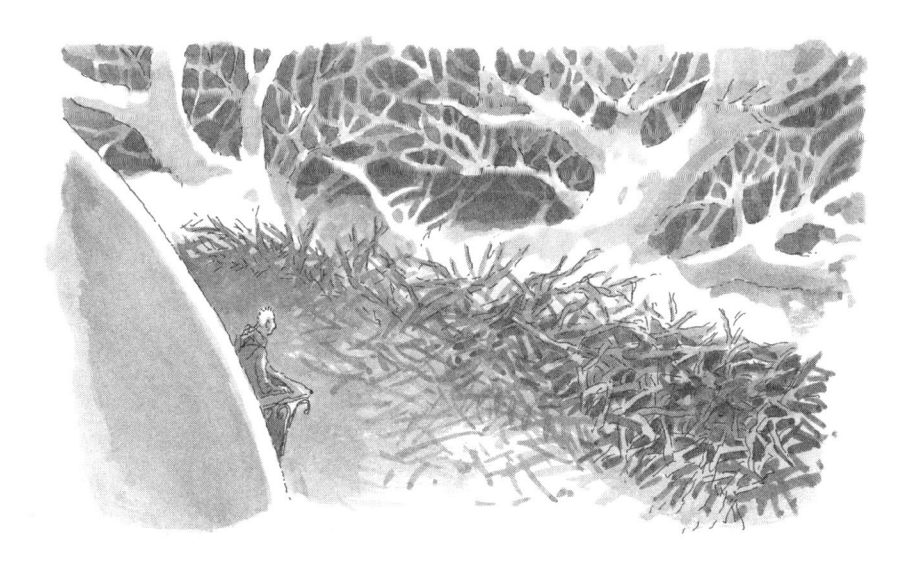

Le paysage des Cimes s'étendait à perte de vue. Le petit balcon accroché à la coquille de l'œuf dominait le nid. La forêt de plumes, les fagots du nid, et plus loin, pointant vers le ciel, des bourgeons dont les sommets enneigés se détachaient dans la lumière. Mais Nils Amen avait disparu.

– A la garde ! hurla Arbaïan. Il ne peut pas être loin !
– Là ! Son gant !

Un gant était resté sur la coquille, juste en dessous du balcon.

– Il est descendu par là…

Tous les soldats se jetèrent sur la pente de l'œuf et se laissèrent glisser sur la coquille. Arbaïan resta un moment sur le balcon puis il rentra dans l'œuf et ferma la porte.

Quelques secondes passèrent et Nils apparut. Il s'était caché juste au-dessus. Il sauta sur le balcon.

Au moment où Léo l'avait embrassé, il s'était rappelé la phrase de Tobie : « Le jour où il te serrera dans ses bras, ce sera parce qu'il aura tout découvert. »

Dès cet instant, Nils avait décidé de s'enfuir.

– Je m'étonnais que vous ayez laissé traîner votre gant.

Arbaïan avait poussé la porte et se trouvait juste derrière lui, l'arme à la main.

Nils recula. Arbaïan pointait sur lui son aiguillon de frelon.

– Je savais que tu étais un traître, dit Arbaïan. Je le savais depuis le début.
– C'est vous qui trahissez, dit Nils. Vous trahissez tout ce que vous êtes, Arbaïan.

Les deux hommes se regardaient.

– Quand j'étais petit, se rappela Nils, je vous voyais passer dans les bois d'Amen pour ramasser vos couleurs sur les ailes des papillons…
– Tais-toi, Nils Amen.
– Vous étiez ce que je voulais devenir. Un passionné. Vous êtes devenu un valet. Le valet d'un fou.

Minos Arbaïan se jeta sur le jeune bûcheron.

Nils fit un pas de côté. L'arme d'Arbaïan passa juste à côté de son cou. Nils prit son élan et se lança dans le vide. Arbaïan le vit quitter le balcon, rebondir et rouler sur la paroi, puis s'écraser au pied de l'œuf. Il pensa que c'était fini. Mais après une poignée de secondes, Nils se releva péniblement sur ses jambes et fila par un couloir de bois sec.

Arbaïan lançait des ordres depuis le sommet de l'œuf. La troupe repéra Nils qui avançait vers la forêt de plumes.

Nils avait assez d'avance pour échapper à ses premiers poursuivants, mais quelques soldats surgirent sur le côté. Ils lui barrèrent la route. La tige sur laquelle progressait Nils était étroite. Il passa en force au milieu d'eux et les fit tomber entre les branches du nid.

Nils traversa la forêt blanche. Sa jambe lui faisait mal. Il sentait qu'il ralentissait. Ses poursuivants gagnaient du terrain. Nils allait sortir du nid. Brusquement, épuisé, il eut l'impression que ses membres ne répondaient plus. Il s'arrêta et s'écroula sur le sol. Il entendait les voix des hommes d'Arbaïan qui approchaient. Nils Amen se savait pris.

Les soldats s'arrêtèrent juste derrière lui.

Nils avait la tête contre une tige de lichen. Il pensait à Maï, sa voix, ses gestes, sa douceur perdue pour lui à jamais. Il aurait dû lui parler, une fois, rien qu'une fois.

– On t'a eu, saleté... dit un des hommes, suffoquant d'avoir trop couru.

Il s'approcha de Nils, mais à l'instant où il allait poser sa main sur son épaule, il entendit :

– Cet homme est à nous.

Nils leva la tête. C'était la grosse voix de son père. Une quinzaine de bûcherons étaient à ses côtés.

– Nous sommes ici dans notre forêt, dit Norz Amen.

Il y eut un moment d'effarement.

Les soldats d'Arbaïan se regardèrent et comprirent très vite qu'ils ne pourraient rien faire. C'était la règle. On ne touchait pas aux bûcherons.

Nils les vit hésiter encore quelques secondes.

Ils crachèrent sur le sol et s'en allèrent.

Le jeune bûcheron se tourna vers son père.

Un grand sourire illuminait le visage du jeune homme.

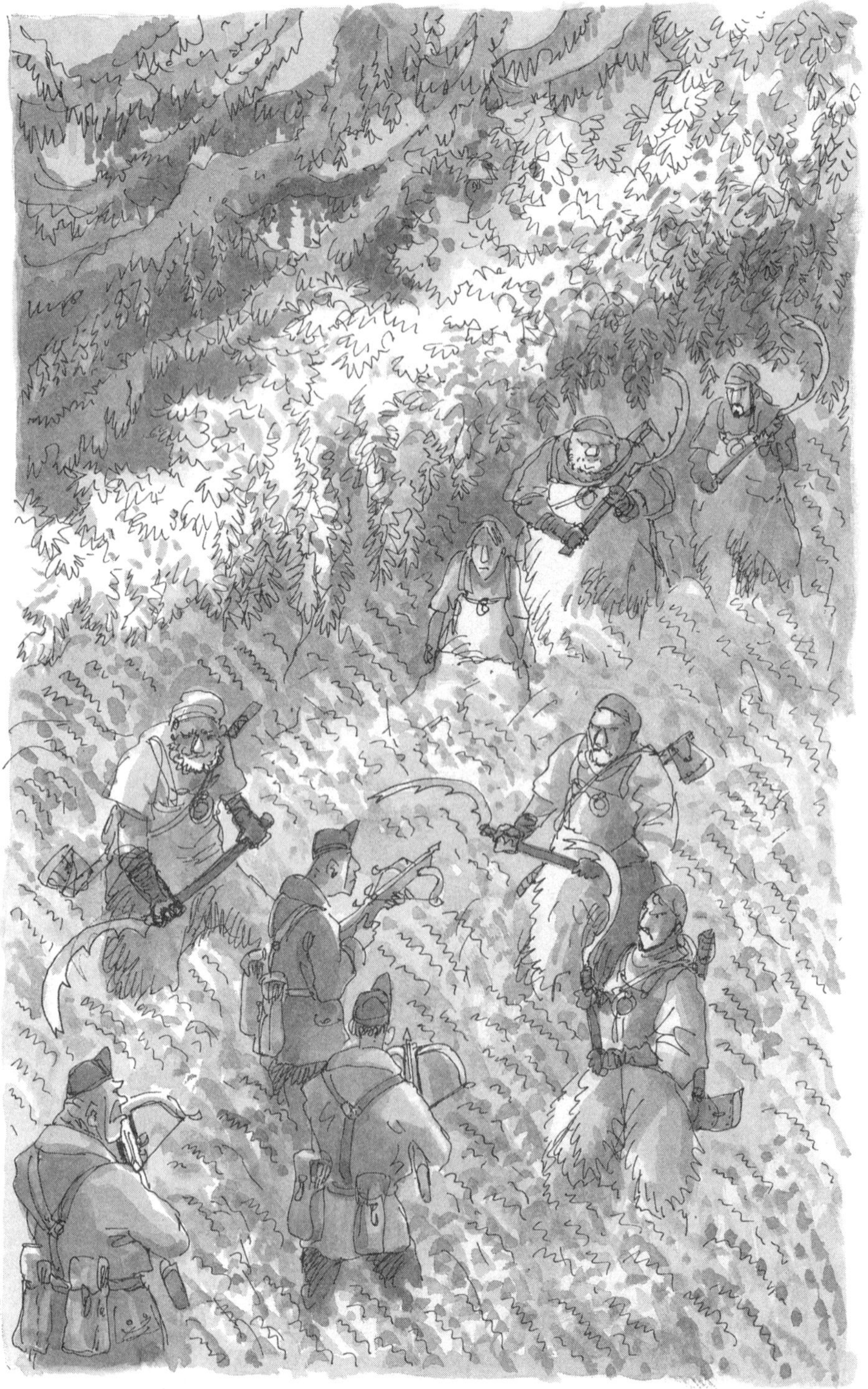

Tous les bûcherons détournaient le regard. Certains essuyaient discrètement leurs yeux.

Norz mit la main sur la hache qu'il avait à la taille. Il regarda le gros Solken, immobile, tout près de lui, et il dit :

– En vérité, Nils, tu n'es plus l'un des nôtres. Tu es notre prisonnier, en attendant ta condamnation.

On attrapa Nils Amen comme un voyou et on l'emmena.

Norz essayait de garder la tête bien haute, mais son cœur était fendu comme une bûche.

20

DANS LES GRIFFES DE TIGRE

Le seul personnage qui aurait pu témoigner de l'innocence de Nils Amen, le seul à connaître son plan et ses intentions, se trouvait au fond du cratère de Jo Mitch à creuser le bois dans un nuage de poussière.

Tobie avait remis sur son corps la couche de boue des Pelés et il était venu rôder autour du cratère. La ligne bleue de ses pieds se repérait de loin. A la tombée de la nuit, on l'avait pris.

C'était précisément ce qu'il recherchait. Tobie s'était livré à l'ennemi.

Tête de Lune, Jalam et tous les autres retrouvèrent avec plaisir leur Petit Arbre. Mika essayait de faire comprendre à Liev que Tobie était de nouveau parmi eux. Mais Liev avait très bien compris. Il passa ses doigts dans les cheveux de Tobie et les ébouriffa, comme il faisait autrefois dans la prairie.

Les Pelés retrouvaient le sourire.

– J'ai vu mon père, dit Tobie. On m'a mis face à lui et on m'a demandé si je le connaissais.

– Ton père ?

Tous les Pelés se regardèrent. Le vieux avec la crêpe sur la tête… C'était donc le père de Tobie.

– C'est un homme bon, dit Jalam. On voit que tu es son fils.

Tobie hocha la tête.

Sim n'était pas vraiment son père. Tobie le savait depuis les révélations de Pol Colleen. Mais il était heureux que Jalam parle de cette ressemblance.

— On va tous s'en aller, dit Tobie. Je suis venu pour vous aider à partir, vous, et mes parents, et tous ceux qui creusent dans ce cratère.

Les Pelés chuchotèrent entre eux puis Mika demanda :

— Tu sais où est la sortie, Petit Arbre ?

— Pas encore, s'excusa Tobie, mais il y a toujours une sortie.

— Ici, il n'y a pas de sortie, dit Tête de Lune qui sentait monter les larmes dans ses yeux.

Jalam expliqua tout bas à Tobie comment un certain Tigre venait tous les jours interroger Tête de Lune. Il lui raconta l'histoire du pendentif.

— Je n'ai plus beaucoup de temps, dit Tête de Lune.

— Qu'est-ce qu'il veut ? demanda Tobie.

— Il veut te trouver.

Tobie resta longtemps silencieux.

— Je vais faire attention. Personne ne doit me reconnaître.

Et il répéta pour lui-même :

— Il y a toujours une sortie.

Avant de s'endormir, le soir, Tête de Lune se tourna vers Tobie et lui souffla :

— J'ai quelque chose à te dire, Petit Arbre.

— Dis-moi, dit Tobie en bâillant.

— Ma sœur est ici.

Tobie essaya de cacher sa stupeur.

— Où est-elle ?

— Je ne sais pas. Je crois qu'ils la font travailler dans la cuisine. Mika l'a vue là-haut.

Tobie articula :

— Ta sœur ne doit surtout pas savoir que je suis là.

— Pourquoi ?

— Je ne peux pas te le dire. C'est très important. Ta sœur ne doit pas me voir.

Du haut de ses dix ans, Tête de Lune ne sentit pas la gravité de la demande. Il pensa que c'était une des règles de ce jeu incompréhensible que les grands appelaient l'amour.

Tobie resta éveillé toute la nuit. C'était un autre jeu qui se jouait, celui de la vie ou de la mort. Ilaïa était maintenant le plus grand danger qui le guettait dans ce camp.

Les jours suivants, Tobie découvrit le travail dans le cratère.

Il apprit à se fondre dans le groupe des Pelés. Personne parmi leurs surveillants ne reconnut celui que, trois ans plus tôt, tout le monde cherchait.

Tobie souffrait de chaque coup de pioche qu'il donnait. L'outil s'enfonçait dans le bois avec un grincement terrible et, quand une goutte de sève remontait à ses pieds, il ne pouvait s'empêcher de penser à l'agonie de l'arbre.

Un matin, ils étaient alignés avec une dizaine de Pelés, au pied d'une falaise de bois rongé, quand Tigre surgit au milieu d'eux. Jalam fit signe à Tobie.

– C'est lui.

Tigre avait un fouet qui venait frôler les épaules des bagnards.

– Baisse la tête, Petit Arbre…, dit Jalam. Il va te reconnaître.

Mais Tobie tourna au contraire son visage vers le soldat pour croiser son regard. Il devait être certain qu'on ne pouvait le

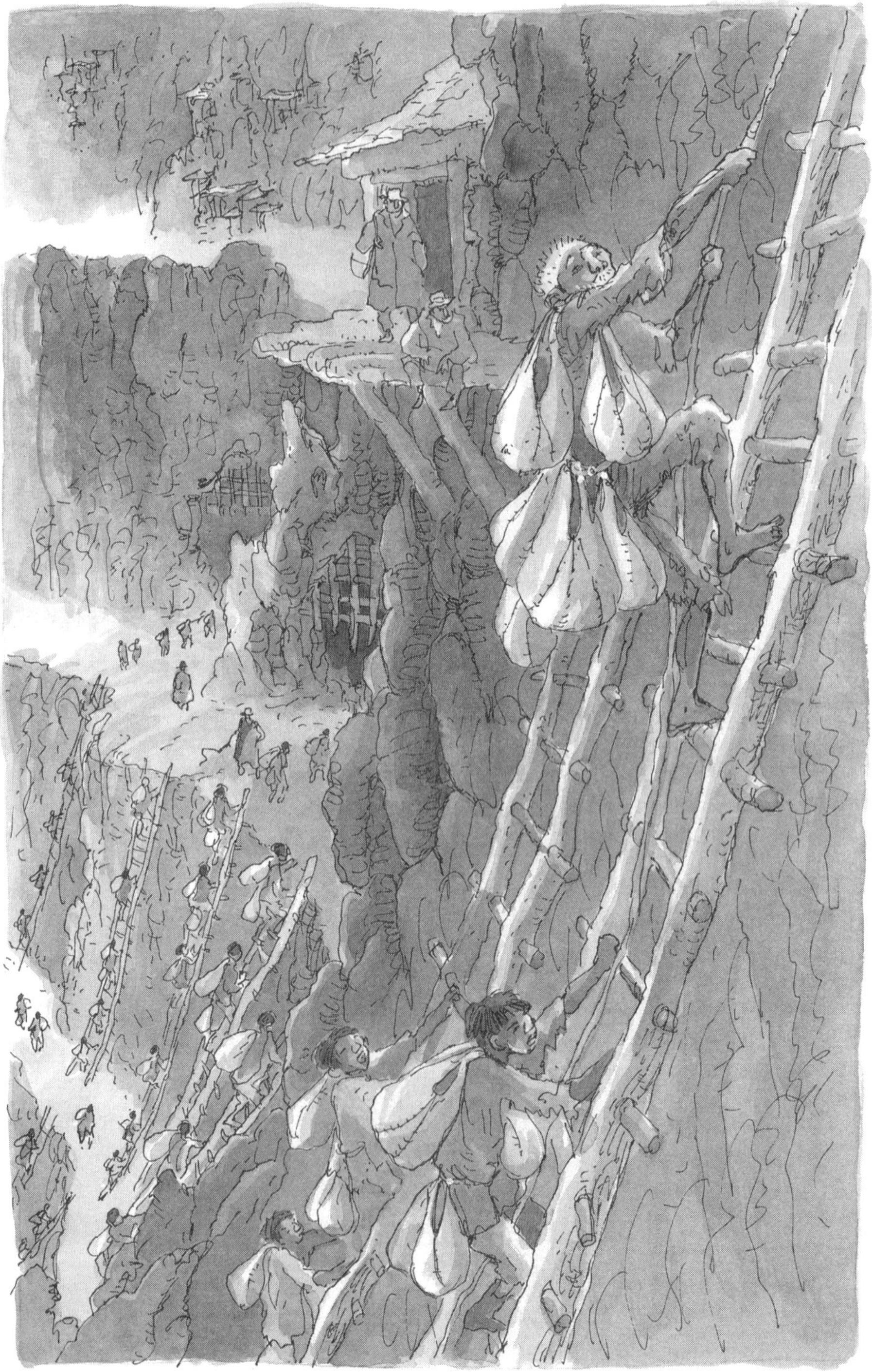

démasquer. Tigre n'eut pas la moindre réaction. Il continuait à faire claquer son fouet.

De l'autre côté du ravin, Liev montait et descendait perpétuellement la côte. Harnaché de plusieurs sacs remplis de copeaux, il s'orientait en tirant une corde sur laquelle ses mains s'abîmaient. Quand on accordait une brève pause aux travailleurs, Liev, lui, ne s'arrêtait pas. Un garde vérifiait qu'on le chargeait toujours plus.

Les Pelés s'alarmaient de le voir s'épuiser ainsi. Ils le regardaient grimper de son pas régulier.

– J'ai vu ses mains et ses pieds, dit Tobie à Mika. Ils sont en sang, chaque soir. Il ne pourra pas résister longtemps.

– Liev est fort, Petit Arbre.

– Il faut qu'il s'arrête.

– S'il s'arrête, dit Mika, ils se débarrasseront de lui.

Tobie ne cessait de penser à ses parents qui vivaient juste là, de l'autre côté. Comment Maïa pouvait-elle résister à cet enfer ?

Il fallait agir vite. Tobie le savait. Il observait le fonctionnement du cratère, les habitudes, les remplacements des gardiens. Il cherchait le petit défaut d'organisation qui lui permettrait d'entrer en communication avec ses parents et tous les autres.

Une fois de plus, les événements précipitèrent les plans de Tobie.

Tous les soirs, les Pelés recevaient un bol de soupe cramoisie dans laquelle flottaient quelques morceaux d'éponge bouillie. On jetait en fait dans une marmite un gros champignon dégoûtant qui colorait l'eau en rouge. Ce repas leur était donné à l'entrée d'une tanière qui servait de cuisine. Les Pelés se mettaient en file, les uns derrière les autres, et tendaient leur bol à un vieux gardien posté derrière la marmite.

Le cantinier ressemblait précisément à une éponge, et il devait avoir l'impression de découvrir son reflet rougeaud quand il regardait la surface de la soupe.

Ce jour-là, en arrivant pour le repas, Tête de Lune donna un coup d'épaule à Tobie.

– Regarde ! murmura-t-il.

A côté du vieux cantinier, il y avait Ilaïa.

Elle était agenouillée au pied de la marmite et soufflait sur le feu. Tobie tressaillit.

Sans perdre un instant, il abandonna Tête de Lune, laissa passer le Pelé qui était derrière lui, et entreprit de reculer peu à peu dans la file. Lentement, il gagnait l'arrière de la longue ligne de Pelés qui attendaient leur tour.

Tobie préférait se priver de repas plutôt que d'être vu d'Ilaïa.

– Qu'est-ce qu'il nous fait comme numéro celui-là ?

Il venait de bousculer deux gardes qui fermaient la marche.

Tobie comprit qu'il ne pouvait plus reculer. Docile, penchant la tête vers l'avant, il avança vers la marmite. Loin devant lui, Tête de Lune venait d'être servi. Il avait souri à Ilaïa mais n'avait pu reconnaître le regard de sa sœur. C'était un regard égaré et violent. Les traits de son beau visage ne bougèrent même pas.

Tobie n'était plus qu'à quelques pas. On servit, un par un, les trois Pelés qui étaient devant lui. Il s'avança.

Tobie tendit son bol en détournant les yeux. Ilaïa s'était remise à souffler sur les braises. On ne voyait que ses cheveux qui tombaient sur son dos. Le cuisinier remplit le bol, et Tobie commença à s'éloigner.

Il était passé. Il baissait les paupières, cherchant à se rendre invisible.

Tout à coup, quelque chose entrava son pas et le fit trébucher. Un grand éclat de rire accompagna sa chute. La soupe brûlante coulait sur le sol.

– Tu ne regardes pas où tu marches, sauvage !

Les gardiens qui l'avaient fait tomber mettaient leurs bottes dans le jus rougeâtre.

– Toujours à vous rouler dans la boue…

– Eh toi, petite ! ordonna le cantinier. Ramasse son bol. Il a assez mangé.

Ilaïa obéit. Elle quitta son feu, et fit quelques pas vers le corps qui gisait toujours sur le sol. Tobie se releva à ce moment-là, et quand il ouvrit les yeux, il vit Ilaïa qui le regardait.

Elle était belle, mais sa beauté faisait peur.

Elle souriait.

– Bonjour, dit-elle.

Tobie s'en alla rejoindre les autres.

La nuit venue, Tobie trouva Tête de Lune recroquevillé, le visage enfoncé dans les genoux. Il pleurait. Tobie s'assit à côté de lui. Il n'osait pas lui parler. Les autres se tenaient à l'écart sur leurs tapis de sciure. Certains faisaient semblant de dormir pour ne pas déranger les deux amis.

– Pourquoi tu ne m'as pas dit la vérité ? renifla Tête de Lune.

Tobie avala sa salive. Il ne pouvait rien dire.

– Réponds moi ! Elle voulait te tuer, le jour où je vous ai vus…

Oui, souffla Tobie.

– Qu'est-ce qu'on va faire ? sanglota Tête de Lune.

– C'est trop tard, dit Tobie.

En effet, un pas venait de se faire entendre à l'entrée de l'abri des Pelés. Un pas lent et botté qui approchait. Tête de Lune avait trop souvent entendu ce pas, le soir. On aurait dit une démarche de promeneur, mais c'était celle d'un assassin.

– C'est lui, chuchota Tête de Lune. Il arrive.

L'homme sifflotait en passant au milieu des corps des Pelés. La nuit était déjà tombée. On voyait grandir la terrible silhouette.

Il s'arrêta devant Tobie et Tête de Lune. Le petit sifflement cessa. On entendit un ricanement sourd.

– Tout cela est merveilleux…

C'était la voix de Tigre.

– Je suis un génie…

Il cessa brusquement de rire, se baissa et attrapa Tobie par les cheveux pour tourner sa face vers lui.

– Je ne sais pas ce que tu as fait à cette petite, mais elle ne t'aime pas.

Tobie se taisait. Tigre le lâcha et donna un coup de pied à Tête de Lune.

– Toi, on ne peut pas dire que tu m'auras aidé à le trouver. Je me vengerai sur ta sœur.

D'un bond, Tête de Lune sauta sur Tigre qui le frappa avec le manche de son harpon. Le petit garçon s'écroula à ses pieds.

– Que personne n'essaie de me toucher ! Le portier sait que je suis là. S'il m'arrive quelque chose, vous serez massacrés un par un.

Il revint vers Tobie et lui dit :

– Viens. Il y a tonton Mitch qui va être heureux de te voir. Et moi je vais empocher mon million.

Les Pelés n'osaient plus respirer.

Tête de Lune regardait son ami. Que restait-il à faire ?

Dans le silence de l'abri, on entendit alors un petit gloussement, puis un vrai rire. C'était Tobie.

Tigre le frappa aux genoux, mais Tobie n'arrivait pas à s'arrêter. Il reçut encore plusieurs coups. A chaque fois, il riait davantage. Il étouffait de rire.

Les Pelés étaient épouvantés. Ils croyaient que leur ami avait perdu la tête. Seul Tête de Lune comprit que quelque chose était en train de se passer. Il commença à glousser à son tour. Tigre le fit rouler par terre. Mais, à l'autre bout de l'abri, d'autres rires se firent entendre. En quelques secondes, tous les prisonniers se mirent à pouffer.

Tigre se bouchait les oreilles en éructant :

– Taisez-vous ! Je vais vous écraser !

Quand il parvint enfin à contenir son fou rire, Tobie dit :

– Je viens. Voilà. Excusez-nous... C'est nerveux.

Tigre le vit se lever. Tobie passa au milieu des autres qui séchaient leurs larmes de rire.

Tigre le suivit, contrarié, mais après quelques pas, il fit arrêter Tobie et appuya les pointes de son harpon sur son cou.

– Je peux savoir ce qui vous a fait rire ?

Tobie sourit.

– Rien. Presque rien.

– Parle !

– J'ai peur que ça ne vous amuse pas.

– Je t'ordonne de parler.

– C'est votre histoire de million, gloussa Tobie.

– Tu ne me crois pas ?

– Mais si...

– Tu penses que Mitch ne paiera pas ?

– Bien sûr qu'il ne paiera pas, mais...

– Mais quoi ?

– Mais ce n'est pas le plus drôle.

– Arrête ! hurla Tigre. Arrête de te moquer de moi !

Les pointes du harpon touchaient la gorge de Tobie.

– Quatre milliards... Vous appelez ça se moquer du monde.

– Quatre... ? s'étrangla Tigre.

– Quatre milliards, oui.

Tigre retira son harpon. Il respirait fort. Les Pelés ne comprenaient pas grand-chose, mais ils épiaient Petit Arbre pour imiter ses réactions. Le mot «million» n'existe pas chez eux. Le mot «milliard» non plus. On compte jusqu'à douze et, au-delà, on dit «beaucoup».

Tigre articula :
– La pierre de…
– Oui, la pierre de l'arbre, dit Tobie.

Tigre se tourna vers Tête de Lune. Ce dernier acquiesça fièrement alors qu'il comprenait de moins en moins.

On entendit un autre bruit de bottes. Quelqu'un arrivait. Tigre semblait nerveux.

– Tigre…, appela le nouveau venu. Maintenant, Tigre, vous devez sortir !

– Attends-moi dehors, hurla-t-il.

L'homme recula. C'était Elrom, le gardien de la porte. Celui qui détenait les clefs. Il avait laissé entrer Tigre. Il savait que c'était interdit. Il n'était jamais rassuré de savoir cette brute seule avec les Pelés.

Tobie sentait à nouveau les piques du harpon sur son cou.

– Tu as la pierre ? murmura Tigre.
– Oui, dit Tobie.

Tigre se retournait nerveusement. Il était inquiet de savoir son collègue si proche.

– Donne-la-moi !
– Demain à la même heure, continua Tobie. On peut s'arranger.

Tigre se frottait les cheveux. Il était en sueur. Tobie continuait tranquillement :

– Demain, je vous donnerai la pierre si vous ne dites pas que je suis là…

Tigre recula d'un pas. Les milliards défilaient dans ses yeux. Tout cet argent était en train de grignoter ce qui lui restait de cervelle. Il essaya de résister encore quelques instants, mais il finit par se laisser tenter.

– Demain, dit-il en reculant. Demain soir. Ou je te coupe en morceaux.

Les pas de Tigre s'éloignèrent. Tous les Pelés entouraient Tobie. Par quelle magie avait-il fait céder cet homme ?
– On n'a plus le choix, dit Tobie. On doit s'en aller avant demain, minuit.
Il expliqua :
– Je vais prévenir mes parents et tous les autres. On va les emmener avec nous.
– Tu as trouvé la sortie, Petit Arbre ? demanda Jalam.
Tobie sourit.
– Pour nous, je crois que j'ai trouvé la sortie, mais pour eux… je ne sais pas encore comment on va faire. Je dois d'abord parler à mon père. Pour le moment, il faut dormir et prendre des forces.

Ils s'allongèrent sur leur tapis de sciure et de copeaux. Le sommeil les emporta.

Le silence de la nuit avait envahi l'abri. Seuls les yeux de Tête de Lune brillaient encore dans la pénombre.

Quelques minutes passèrent.

La petite silhouette se redressa. Il resta un moment immobile et sauta sur ses pieds. Personne n'avait rien remarqué.

Sans un bruit, il se glissa entre les dormeurs.

Tête de Lune frissonna en arrivant dehors. La nuit était claire mais glaciale. Il prit la direction de la barricade.

Un petit garçon de dix ans qui se promène pieds nus sous la lune, dans un terrible camp de travail… Cette ombre légère paraissait irréelle.

Tête de Lune marchait d'un pas assuré. Sa sœur était la cause de tout cela. Il devait réparer cette faute. Il irait lui-même parler au vieux avec la crêpe sur la tête. Il était le plus petit, il pouvait franchir la barricade.

A quatre heures du matin, Maïa sortit du dortoir. Elle venait de passer deux heures dans son lit à observer fixement la planche au-dessus d'elle, incapable de fermer l'œil. Elle alla s'asseoir sur une marche devant la porte.

Depuis quelques jours, elle vivait au bord des larmes. Savoir Tobie vivant, le savoir si proche d'elle... Cela avait d'abord été une joie extraordinaire. Puis la joie avait bêtement fait place à une certaine inquiétude. Elle retrouvait sa responsabilité de mère, cette petite peur qui se mêle à tous les bonheurs des parents. Peur qu'il arrive quelque chose, peur que le bonheur ne s'en aille un jour.

Elle se souvenait du jour où Sim était arrivé avec ce petit paquet de langes sous son manteau. Un minuscule bébé enveloppé de toile bleue.

– Il a besoin de nous, avait dit Sim.

Maïa ne s'était posé qu'une seule question :

– Est-ce que je vais savoir les gestes qu'il faut faire ?

Elle avait maladroitement pris le petit garçon dans le creux de son coude, et à partir de cet instant tout lui était apparu si simple.

– Il s'appelle Tobie, dit Sim.

Avant même qu'il ne raconte d'où venait cet enfant, Maïa l'avait adopté.

Maintenant, assise au fond du cratère, elle avait le menton posé sur ses genoux, le regard perdu dans la nuit. Elle ne sentait pas le froid. Elle ferma les yeux quelque temps pour se rappeler les petits pieds de Tobie, quand elle les avait pris pour la première fois dans ses mains pour les réchauffer.

En rouvrant les yeux, elle découvrit un incroyable personnage. Il avait peut-être dix ans. Il était debout devant elle dans la nuit froide. Il claquait des dents et on voyait trembler ses lèvres violettes. Ses habits étaient déchirés, la peau de ses bras striée de mille petites coupures.

Maïa lui fit un sourire.

– Tu es perdu ?

– Je suis un ami de celui que vous appelez Tobie, dit Tête de Lune.

Dans la blancheur d'une demi-lune, la scène ressemblait à un tableau. Maïa joignit d'abord ses mains comme pour une prière. Elle se leva et embrassa Tête de Lune.

– Viens, mon chéri.

Elle lui fit traverser le dortoir sur la pointe des pieds et réveilla Sim. Il ouvrit les yeux et attrapa ses lunettes.

Elle voulut présenter le petit garçon, mais Sim l'arrêta.

– Je le connais, dit-il. Je suis heureux de te voir, mon petit.

Il lui serra virilement la main.

Maïa mit une couverture sur le dos de Tête de Lune. Elle l'assit sur la paillasse et lui frotta les pieds.

Tête de Lune se sentait tout flageolant de bien-être. C'était donc ça, des parents… Ça vous frotte les pieds en vous disant « mon chéri ». Heureusement qu'il ne l'avait jamais su.

– Il vous dit de vous tenir prêts, expliqua Tête de Lune. Il viendra vous chercher demain.

– Et vous ? demanda Sim.

– Il a une idée pour nous faire sortir.

Sim prit le temps de réfléchir.

– Alors, dis-lui de ne pas s'occuper de nous. Ce serait trop risqué de s'enfuir tous ensemble. Nous avons creusé un tunnel. Nous pourrons partir de notre côté, la nuit prochaine. Ce sera une belle surprise pour Jo Mitch.

Tête de Lune acquiesça.

– Je vous reverrai, alors ?

Sim le serra dans ses bras.

– Oui, mon petit. On se retrouvera.

Maïa insista pour garder encore un peu Tête de Lune, mais le point du jour approchait. Le petit garçon descendit du lit, envoya un sourire vers Sim et Maïa, et disparut.

Jalam découvrit Tête de Lune au petit matin couché devant l'abri des Pelés. Il avait les vêtements en lambeaux, la peau écorchée comme une râpe à fromage. Il n'avait même pas eu la force de se traîner jusqu'à l'intérieur.

– Qu'est-ce qui lui est arrivé ? demanda Mika en voyant Jalam entrer avec le petit garçon endormi dans les bras.

– Je ne sais pas.

Tobie se précipita vers son ami.

– Tête de Lune !

Ce dernier trouva la force d'ouvrir un œil.

Il marmonna quelque chose.

– Comment ? souffla Tobie.

– Ils sont gentils, tes parents, articula Tête de Lune.

Tobie comprit tout. Tête de Lune était allé de l'autre côté.

– Je te les prêterai, dit Tobie.

21

LES ÉVADÉS DE L'ÉQUINOXE

Ce fut une journée très calme des deux côtés du cratère. Les gardiens relâchaient un peu leur pression sur les prisonniers qui reçurent moins de coups et d'insultes.

La dernière nuit de l'hiver, on fêtait l'anniversaire de Jo Mitch. On prépara donc l'événement toute la journée. Les hommes de Mitch étaient obligés de célébrer ce jour comme si le souvenir de sa naissance méritait de se réjouir. Vu le mal qu'il avait à souffler droit, on ne mettait qu'une seule bougie sur son gâteau.

De toute façon, les crapauds n'ont pas vraiment d'âge.

Bizarrement, Mitch adorait partager son énorme gâteau. C'était bien la seule chose qu'il partageait. Ses hommes se seraient passés de cette générosité soudaine. Personne n'avait envie de manger un gâteau sur lequel Mitch avait soufflé, postillonné et craché pendant une demi-heure pour éteindre l'unique bougie.

Tous les ans, la dégustation du gâteau donnait lieu à des grimaces et des pincements de nez. Les hommes de Jo Mitch mâchaient avec dégoût l'épaisse gelée qui recouvrait leur part.

Ce soir-là, le gardien qui surveillait l'école du soir était donc satisfait d'échapper à cet anniversaire. La plupart de ses collègues s'étaient proposés pour le remplacer, mais il avait généreusement écarté ces offres.

– Je me sacrifie, disait-il.

Il jeta un coup d'œil par la vitre de la salle de classe pour s'assurer que la leçon démarrait normalement. Sim Lolness se tenait derrière son bureau. Les autres étaient à leur place, très attentifs. Le petit Plum Tornett nettoyait le tableau.

Le gardien s'apprêtait donc à s'asseoir tranquillement à l'extérieur de la salle en attendant que le temps passe. Il n'avait jamais compris ce qu'il devait exactement surveiller. Était-ce cette bande de vieux fous qui risquait de s'évader ?

Il en riait tout seul.

Dans l'autre partie du cratère, le portier qui gardait le camp des Pelés ne se plaignait pas non plus d'être là. Il s'appelait Elrom. Il portait des petites lunettes rondes. Elrom avait déjà goûté le gâteau de Jo Mitch l'année précédente et il n'avait aucune envie de recommencer.

– Qui va là ?

Le gardien plissa les yeux derrière ses lunettes pour reconnaître le personnage qui s'avançait dans l'obscurité. Il n'attendait pas de visite ce soir-là.

– Ah ! C'est vous...

Le grand Tigre se trouvait devant lui. Elrom jouait nerveusement avec les branches de ses lunettes. Il avait peur de Tigre. Que pouvait-il vouloir faire cette nuit-là chez les Pelés ?

– Ouvre-moi.

– Encore ? Vous avez... l'autorisation ? balbutia le portier.

– J'ai l'autorisation de t'écrabouiller si tu discutes.

– Mais je... enfin...

Il commença à ouvrir la porte en grommelant :

– On m'a dit que...

– Ferme-la ! hurla Tigre.

Elrom referma brusquement la porte.

– Ouvre ! cria Tigre.

– Euh... je ferme ou bien j'ouvre ?

– Tu fermes ta bouche, tu ouvres la porte, gronda Tigre en prenant son harpon à deux mains.

Le gardien comprit qu'il ne devait pas insister.

Il ouvrit, laissa passer Tigre et ferma la porte derrière lui.

– Ne restez pas trop longtemps, lança-t-il à Tigre.

– Je t'ai dit de la fermer !

– C'est déjà fait, dit Elrom, en donnant un second tour de clef dans la serrure.

Tigre venait souvent rendre visite aux Pelés. La veille encore, Elrom avait dû le prier de sortir parce qu'il traînait dans l'abri. Quel mauvais coup pouvait-il préparer ?

Le gardien connaissait la cruauté de Tigre. On lui avait même parlé de l'assassinat de Nino Alamala, le célèbre peintre... Parmi les gardiens, certains murmuraient que c'était Tigre qui l'avait tué. Elrom, le soir, dessinait en secret. Depuis toujours, il admirait les œuvres de Nino.

Les visites de Tigre auprès des Pelés risquaient de mal finir.

Elrom attendit avec inquiétude le retour du soldat au harpon.

On entendait au loin le bruit de la fête. Des cris stupides, des rires, des pieds qui frappent le sol... Un vrai vacarme.

On croyait entendre une mouche voler. C'était une expression qu'utilisait un des amis d'Elrom, un tanneur de bourdon. Dans ce genre de métier, on connaît bien la pétarade que font les mouches en volant.

Elrom essayait d'imaginer le genre d'ambiance qu'il y avait là-haut, les cadeaux, les applaudissements mous et la grande banderole sur laquelle on devait avoir inscrit : « Bon anniversaire Jobar K. Amstramgravomitch ! » C'était le nom complet de Mitch, celui qu'on utilisait dans les grandes occasions, mais le gros tyran n'arrivait à prononcer que la première et la dernière syllabes. Il n'y avait pas la place pour vingt-trois lettres dans la petite boîte creuse de son crâne.

On ne l'avait donc jamais appelé que Jo Mitch.

Quand, au bout d'une heure, le gardien Elrom réalisa que Tigre n'était pas revenu, il décida d'aller se rendre compte par lui-même. Il attrapa une torche, ouvrit la porte, puis la ferma de l'intérieur et mit la clef dans sa poche.

La lueur de sa torche s'enfonçait dans le cratère. On entendait Elrom ronchonner dans sa barbe. Il n'était pas là pour garder les autres gardiens. Comment Tigre avait-il eu le droit de quitter la fête de l'anniversaire ?

Elrom était maintenant à l'entrée de l'abri où dormaient les Pelés. Il passa la torche dans sa main gauche pour poser la droite sur le couteau qu'il avait à la ceinture. A vrai dire, les Pelés ne lui faisaient pas peur, mais Tigre beaucoup plus. Il avait même un pressentiment désagréable.

– Tigre ! cria-t-il.

Personne ne répondit.

Il fit un pas de plus vers l'ouverture étroite.

– Vous êtes là ?

Il avança la torche, s'arrêta, remit ses lunettes sur son nez et cessa de respirer.

Il entra.

– Ooooh…

Le cri qu'il avait voulu pousser s'était brisé en une faible plainte au bout de ses lèvres. Son visage s'était instantanément couvert de gouttes de sueur et ses yeux hallucinés devenaient progressivement plus larges que les carreaux de ses lunettes.

Elrom faillit tomber comme une feuille morte.

Ce qu'il avait devant lui était épouvantable. Les corps des Pelés étaient entassés au milieu de la pièce et baignaient dans une mare rouge. Derrière eux, de dos, on voyait la silhouette de Tigre. Il était assis sur une caisse et essuyait son harpon.

Elrom marcha en chancelant vers lui.

Il tenait son écharpe sur sa bouche pour ne pas se sentir mal.

– Qu'est-ce que vous avez fait ?

Tigre se retourna.

Mais ce n'était pas Tigre.

C'était un visage beaucoup plus sympathique.

Elrom reçut un coup puissant sur le crâne. Un coup qui le fit s'effondrer et l'emmena très loin de là, dans les étoiles.

– Merci, Jalam, dit Tobie en sortant de l'ombre.

Il tenait encore la poutre avec laquelle il avait frappé. Il regarda le brave Elrom.

– Je regrette pour lui. Ce n'est pas le plus méchant…

Jalam acquiesça. Il avait joué avec un certain plaisir le rôle de Tigre. Ils se tournèrent tous les deux vers l'empilement des Pelés.

– Vous venez ?

Un premier corps s'anima sur le dessus et se laissa glisser. Les uns après les autres, les Pelés se mirent à bouger. En quelques instants, les cadavres avaient repris vie. Ils se rassemblèrent debout autour de Tobie.

Son idée avait marché. Il fouilla les poches d'Elrom et en sortit la clef. Avec l'aide de trois hommes, il roula le gardien assommé vers Tigre, lui aussi sans connaissance.

Tigre s'était fait piéger de la même manière par ce spectacle de cauchemar. Il avait pris pour du sang la fameuse soupe rouge du cantinier. Tous les Pelés avaient gardé leur ration de la veille pour s'en badigeonner.

Tobie n'avait eu qu'à jaillir derrière Tigre épouvanté.

Jalam s'était d'abord fait prier pour prendre le rôle de Tigre. Il hésitait à mettre le manteau du soldat. Il n'aimait pas l'idée de faire semblant d'être un autre.

– Mais je ne suis pas lui…

– Vous n'êtes pas lui, mais vous faites comme si vous étiez lui.

– Ce n'est pas vrai, Petit Arbre, puisque je suis moi, je ne peux pas être lui.
– Vous restez vous, mais vous faites croire que vous êtes lui.
– Alors je fais ce qui n'est pas vrai.
– Oui ! avait conclu Tobie en se mettant en colère. Vous faites ce qui n'est pas vrai pour sauver notre vie à tous. Il y a des moments où l'on se fiche de la vérité, Jalam !

Jalam s'était laissé convaincre alors que Tobie regrettait déjà ce qu'il avait dit. Il ne se fichait pas de la vérité.

Maintenant, le vieux Jalam gardait le manteau de Tigre. Il se pavanait dans la pièce comme un acteur vedette. Il faisait toutes sortes de grimaces, jouant les méchants, imitant l'accent de Tigre pour effrayer ses amis.

– On s'en va ! dit Tobie.

La grande troupe des Pelés se mit en file. Ils sortirent tous de leur abri et longèrent le bord du cratère. Ils étaient plus silencieux qu'un courant d'air.

Tobie ouvrit la porte avec la clef d'Elrom. C'était la seconde fois qu'il cherchait à s'évader de ce cratère.

La première fois, il avait treize ans. A l'époque, le cratère n'était pas plus profond que quelques trous de pic-vert. Maintenant, le gouffre éventrait l'arbre, le rongeait jusqu'au cœur. Grâce à la lune dont on devinait l'éclat à travers les branches, Tobie contemplait l'étendue des dégâts.

– Tu connais la sortie ? demanda Mika qui tenait par le bras le grand Liev.

– Oui, je la connais, répondit Tobie.

Quelques années plus tôt, Tobie s'était enfui avec Mano Asseldor. Déjà en ce temps-là, il fuyait la barbarie de Jo Mitch. Il se dirigea donc vers l'endroit de la clôture qui lui avait porté chance la première fois.

Liev était souriant. Il avait tout compris. Il n'avait aucun besoin de ses oreilles ou de ses yeux pour sentir le vent de la liberté. La liberté a une odeur, elle a un goût. La liberté, on la sent dans son corps.

Mika sentait la main de Liev qui pressait son poignet.

On vit alors Tête de Lune surgir à l'avant de la colonne. Il avait remonté la file des Pelés, suivi de Jalam qui faisait toujours son Tigre. Le petit Tête de Lune marchait vite pour rester à la hauteur de Tobie et lui parler.

– Je ne pars pas sans ma sœur.

– Quoi ?

– Allez-y sans moi, insista Tête de Lune, essoufflé. Je reste ici pour délivrer ma sœur.

– Ne dis pas de bêtise, dit Tobie sans ralentir le pas. Tu feras ce que je t'ordonne de faire. Moi, je te dis de venir avec nous.

Jalam appuya du regard la phrase de Tobie.

– Je reste ! cria Tête de Lune en pleurant.

Tobie avait le cœur blessé par ce chagrin, mais cette fois il avait le devoir de se conduire en grand frère.

– Ce n'est pas toi qui décides, Tête de Lune. Il n'y a plus personne à délivrer ici. Ta sœur n'est pas prisonnière. Elle m'a dénoncé. Elle est du côté des ennemis.

La voix dure de Tobie résonna dans la tête du petit garçon. Il s'arrêta et baissa les yeux. Tobie ne se retourna pas. Jalam suivit discrètement Tête de Lune qui faisait mine de rejoindre les derniers Pelés.

Ils arrivèrent à la clôture. Le trou n'avait été bouché que par un léger branchage. En quelques minutes, ils libérèrent le passage. Ce n'était pas une évasion, c'était une promenade au clair de lune.

Tobie se posta là, et regarda ses amis pelés franchir un à un la clôture. Il savait que l'aventure serait encore longue, mais il profitait de cette victoire tranquille.

Tobie pensait à ses parents qui avaient promis de s'évader en même temps. Peut-être étaient-ils déjà devant eux…

Le dernier Pelé qui se présenta dans la brèche avait un manteau sur le dos et portait un petit garçon dans les bras. C'était le vieux Jalam. Il était tout rouge et n'osait regarder Tobie dans les yeux.

– J'ai… J'ai tapé avec le poing… J'ai vu qu'il essayait de partir et j'ai tapé avec le poing.

Tête de Lune était évanoui, la tête sur l'épaule de Jalam. Tobie regarda le vieux guide avec un petit sourire.

– Vous avez fait ça? demanda Tobie.

Jalam ne croyait pas lui-même à ce qu'il avait été capable de faire.

– Ma main est partie toute seule.

– C'est votre costume, expliqua Tobie. Vous êtes encore dans le rôle.

– Tu crois?

– Sans vous, ce petit risquait d'être pris par ces crapules. Vous avez bien fait.

– Je ne voulais pas taper…, dit Jalam, en reniflant.

Il caressait le front de Tête de Lune.

Les Pelés étaient libres.

Une seconde plus tard, le gardien de l'école du soir se leva pour aller contrôler que tout allait bien et que la classe était calme. Il venait de passer une heure assis contre la seule porte de la salle. Il fit donc en s'étirant les quelques pas qui le séparaient de la fenêtre.

Calme? Oui, la classe était calme.

Parfaitement.

Elle était même si calme qu'il n'y avait plus personne.

Le gardien ne bougea pas. Il fixait des yeux la grande salle vide, sans même se rendre compte qu'il était en train de grignoter son chapeau. Il était perdu. Son affolement se traduisait par une sorte de paralysie. Seules ses dents étaient en activité, et ses yeux roulaient en tous sens.

Après quelques minutes et un demi-chapeau, il se décida à réagir. Il ouvrit la porte en priant pour que, par un quelconque miracle, les trente vieillards soient à nouveau à leur place.

Mais il n'y avait toujours pas la moindre fraction de cheveux blancs de vieillard.

Dans le tunnel, la progression se faisait très lentement. Sim avait placé Plum Tornett en premier. Le conseiller Rolden le suivait. Et le professeur venait immédiatement après eux. Maïa avait refusé de passer devant Sim. Elle avait eu trop souvent peur de perdre son mari et ne voulait plus le quitter des yeux.

Tous les autres suivaient.

Zef Clarac fermait cette colonne de vieillards héroïques qui, en additionnant tous les âges, comptait bien deux mille années de vie. Si on avait pu détailler la somme des existences qui rampaient dans le tunnel, il n'y aurait pas eu la place pour tous les événements, les rires, les colères, les chagrins, les regrets, les joies, les amours et les grosses bêtises qui avaient rempli toutes ces vies.

Ils avançaient à quatre pattes, sans un bruit. Parfois, Sim entendait la respiration du conseiller Rolden. Le vieux monsieur l'avait serré longuement dans ses bras avant de s'engager dans le tunnel.

– Je n'y croyais plus, avait dit Rolden. Maintenant, tout est possible. Il y aura peut-être un peu de liberté autour de mes vieux jours.

Sim lui avait souri.

– A cent ans, les compteurs repartent de zéro. Tu es le plus jeune d'entre nous…

Mais Sim s'inquiétait chaque fois qu'il sentait le vieux Rolden freiner devant lui. Cette fois, ce dernier essaya de se retourner pour parler à Sim.

– Il y a quelque chose qui glisse sur mon dos.
– Ce n'est rien, dit Sim. Continue.
– Je ne peux pas, dit Rolden. Le plafond descend sur mon dos.
– Ne t'inquiète pas, répéta le professeur. Avance, mon vieux. Il faut avancer.

Depuis le début, c'était la seule angoisse de Sim. Il ne fallait pas qu'Albert Rolden soit pris de panique. Les nuits précédentes, le conseiller avait eu des crises pendant lesquelles il croyait se battre contre des teignes. Chaque fois, Maïa lui avait passé de l'eau sur le visage et il avait pu retrouver son calme.

Parmi les derniers de la file, quelqu'un demanda :
– Ça n'avance plus ?
– Non, chuchota un autre, on pense que c'est Rolden qui perd la tête.
– Rolden ne perd jamais la tête, dit Lou Tann, furieux.

Loin devant, le professeur Lolness insistait :
– Tu n'as qu'à suivre Plum Tornett qui est devant toi… Fais-moi confiance, vieux.
– Je te fais parfaitement confiance, dit Rolden, mais je te répète que j'ai le plafond sur le dos.

C'est encore Maïa qui comprit la première.
– Sim, chuchota-t-elle, est-ce que tu peux écouter ce que te dit Albert ? Il a peut-être vraiment le plafond qui lui tombe dessus !

En un instant tout se remit en place dans la tête de Sim. Il réalisa l'endroit précis où ils étaient. Albert Rolden ne perdait pas la tête. Il avait bien raison. Un craquement rompit le silence.
– Reculez ! hurla Sim. Reculez tous !

Le professeur attrapa Rolden par les pieds et le tira vivement. Le tunnel s'effondra devant eux dans un fracas de planches cassées.

Une énorme masse vint boucher le passage. Une sorte de limace rose qui s'agitait sur le dos en hurlant. Un cauchemar. Sim avait pris Rolden dans ses bras et Maïa les aidait à repartir en arrière.
– Et Plum ? cria Vigo Tornett, juste derrière. Où est passé Plum Tornett ?

Sim n'avait pas la force de répondre. Dans ses bras, le conseiller poussait des petits gémissements désespérés :
– Je vous en supplie… Je vous en supplie… Ne me dites pas qu'on retourne là-bas… Je ne veux plus…

La limace rose qui s'agitait encore, au fond du tunnel, c'était Mitch.

Jo Mitch avait traversé le plancher de ses cabinets.

Au milieu de son anniversaire, il s'était dirigé de toute urgence, en titubant, vers cette petite pièce sous laquelle passait le tunnel des fugitifs. Il avait eu le temps de dégrafer son pantalon et le sol s'était effondré d'un seul coup sous ses pieds.

Quelques mois auparavant, Clarac et Tann, qui s'étaient chargés de remettre en place les lattes du parquet, n'avaient pas consolidé leur réparation. Ils s'étaient aussitôt remis à creuser dans une autre direction sans penser que ce passage était fragilisé.

Quand tous les vieux prisonniers sortirent par la trappe du bureau, les uns après les autres, l'oreille basse et poussiéreuse, il y avait cinquante soldats qui les attendaient.

Sim et Rolden parurent les derniers. Maïa remarqua le regard voilé de Sim. Il ne pourrait jamais se pardonner cet échec. Elle voulut lui prendre la main, mais on les sépara violemment.

Jo Mitch entra en hurlant, porté sur un brancard par huit hommes exténués. Quelqu'un se tourna vers lui, blafard.

– J'ai compté… il en manque un.

Un des yeux de Mitch était fermé à cause d'une planche qu'il avait reçue en tombant. Il ferma l'autre et beugla de toutes ses forces.

– C'est Plum Tornett…, précisa le gardien.

Le beuglement de Mitch se transforma en rugissement :

– Ploouuuum !

Limeur et Torn entrèrent discrètement. Ils arrivaient du fond du cratère. Ils étaient d'une pâleur lunaire. Chacun des deux essayait de se cacher derrière l'autre pour ne pas avoir à parler.

– Euh…, dit enfin Limeur. Il en manque un peu plus.

Jo Mitch le fixa de son gros œil exorbité.

– Les Pelés se sont échappés. Tous… les… Pelés…

Torn fit entrer un homme. On reconnaissait Tigre sous le grand bandage qui couvrait sa tête.

– C'est Tobie…, dit Tigre. Tobie Lolness est revenu. Il les a tous emmenés.

Jo Mitch tomba du brancard.

Les parents Lolness se regardaient.

Le prénom de Tobie se dessina comme une bulle sur les lèvres de Maïa et vola lentement jusqu'à Sim qui le reçut les yeux fermés.

Un peu plus bas dans les branches, Plum Tornett courait à l'air libre dans la forêt de mousse. Il était seul, choqué, désorienté…

Mais pour la première fois depuis si longtemps, dans le halètement de sa respiration, on l'entendait parler.

22

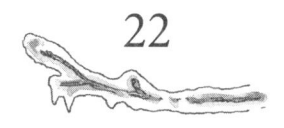

Vers les Basses-Branches

Tobie et sa troupe de Pelés s'étaient arrêtés après un jour et deux nuits. Peut-être auraient-ils continué leur marche forcée si le brouillard ne s'était levé au milieu de la seconde nuit. Ils se serrèrent tous entre les hampes d'un bosquet de lichen.

Les habitants des herbes retrouvaient enfin le sommeil perché qui leur avait tant manqué dans le cratère. Ils aimaient sentir l'air passer sous eux. Ils aimaient le rebond des feuilles dans leur dos.

Tobie parvint à fermer l'œil quelques heures. Il se leva de bonne heure et fit signe à Mika.

– Je crois savoir où trouver de la nourriture pour ce petit monde qui dort. Viens avec moi.

Mika essayait de deviner l'heure à travers la brume.

– On emmène Liev, dit-il.

Ils partirent tous les trois. Liev marchait derrière Mika et s'accrochait à son épaule. L'ombre du lichen était glaciale. La neige résistait encore aux premiers jours de printemps.

Tobie savait qu'il ne pourrait pas accompagner longtemps les Pelés. Il n'attendait que le moment où il irait retrouver Elisha. Il la croyait encore tout là-haut dans le nid de Léo Blue. Il voulait d'abord conduire ses amis en lieu sûr avant de reprendre seul sa course à travers l'arbre.

Mika venait de s'arrêter. Il avait senti que Liev lâchait son épaule. Tobie se retourna en même temps que lui. Le brouillard les entourait d'un mur cotonneux.

Liev avait disparu.

Mika commença à s'agiter en tous sens.
- Liev!
Il savait qu'il était inutile de crier. Le plus grand danger pour son ami était celui de se perdre. Quand on ne voit pas son chemin et qu'on ne peut entendre les appels, une minute d'inattention suffit. On est égaré à jamais. Déjà, un soir, dans les herbes, Mika avait cru perdre Liev. Par bonheur, il l'avait retrouvé calmement assis dans une crevasse boueuse.
Il s'était dit:
- Nous n'aurons pas toujours cette chance.
Tobie n'arrivait pas à comprendre ce qui se passait. Il tournait sur lui-même en cherchant Liev au milieu de la brume. C'est alors qu'il vit Mika s'élever dans les airs comme aspiré par un tourbillon. Tobie se jeta vers lui à la dernière seconde et s'accrocha à ses jambes avec ses bras. Il décolla du sol, mais réussit à agripper des deux pieds une boucle de mousse bien fixée à l'écorce. L'ascension s'arrêta d'un coup sec.
- On me soulève avec une corde, cria Mika. Elle me prend à la taille!
- Coupe cette corde!
Les pieds de Tobie étaient contractés autour de la mousse. Il sentait qu'il risquait de tout lâcher. Mika ne parvenait pas à sectionner le nœud coulissant qui l'entourait. Il leva les yeux et vit un homme qui descendait à grande vitesse le long de la corde. Il eut juste le temps de le voir brandir une hache, couper le câble, et tomber avec lui sur le sol.
Tobie s'écroula en même temps et se cogna la tête contre l'écorce. En se relevant, il entendit:
- Je le tiens. Ne t'inquiète pas.
Tobie s'apprêtait à se battre à mains nues. Il avança dans l'épaisse brume vers l'agresseur de Mika.
- Qu'est-ce que tu fais? hurla l'homme en voyant Tobie se jeter sur lui.
Tobie se laissa rouler sur le côté. Il venait de reconnaître un voltigeur.

– Châgne ! cria-t-il.

– Nous te suivons depuis ce matin. Je sais que ces deux Pelés te tiennent prisonnier.

– Je ne suis prisonnier de personne ! Lâche cet homme !

– Torfou doit avoir l'autre ! dit Châgne qui ne comprenait plus rien.

– Lâche cet homme, Châgne. C'est un ami.

Châgne ne pouvait se résoudre à libérer le jeune Pelé.

– Lâche, répéta doucement Tobie en touchant l'épaule du bûcheron.

Il laissa partir Mika. Tobie expliqua :

– Il n'y a rien à craindre des Pelés. Il faut que tout l'arbre admette enfin cela.

– Où est Liev ? demanda Mika.

Tobie interrogea Châgne du regard.

– C'est Torfou qui le tient.

Mika fit un sourire en frottant son bras que la corde avait cisaillé en profondeur.

– Ça m'étonnerait…

On retrouva en effet Liev attendant patiemment au sommet de la tige de lichen. Il était assis sur Torfou dont on entendait les geignements.

Il fallut du temps pour faire comprendre à Liev qu'il pouvait le laisser libre.

Châgne et Torfou regardaient Tobie et ses deux amis avec fascination. Ils n'avaient jamais vu de Pelés de si près.

– Qui es-tu vraiment ? demanda enfin Châgne à Tobie.

Ce dernier le dévisagea. Pouvait-il dire la vérité à ces deux voltigeurs ? Il repensa aux longues semaines de travail qu'ils avaient passées ensemble dans les forêts de lichen. Il se rappela aussi à quel point il avait besoin d'eux, et de toutes les bonnes volontés qui restaient dans les branches.

– Je suis Tobie Lolness.

Châgne et Torfou furent aussi surpris que si Tobie avait dit : « Je suis la reine des abeilles. »

Tobie Lolness était une légende. Sans le savoir, les voltigeurs avaient ainsi vécu tout l'hiver auprès du plus fameux fugitif de tous les temps.

Ils se regardèrent en silence.

– S'ils découvrent que tu es là…, soupira Torfou.

– On te croit mort, dit Châgne.

– Si Léo Blue savait…

Tobie les interrompit :

– Il ne le saura pas.

Châgne fit une grimace.

– Méfie-toi de lui. On dit qu'il devient fou depuis que sa fiancée s'est échappée.

Tobie sentit la brume l'envelopper.

– Sa…

– Sa fiancée, répéta Châgne. Elle s'est échappée.

Tobie resta silencieux un long moment. Mika le regardait. Il était le seul à deviner ce qui se passait en lui.

– Je vais vous demander quelque chose, dit enfin Tobie aux bûcherons. Un immense service. Amenez ces hommes à l'endroit que je vais vous indiquer. C'est une maison au fond des bois où vivent deux familles. Dites-leur que je vous ai envoyés et qu'ils ne risquent rien.

Châgne et Torfou échangèrent un regard. Ils faisaient confiance à Tobie.

Celui-ci traça sur l'écorce le chemin qui menait à la maison des Olmech et des Asseldor.

— Il n'y a pas de maison dans ce coin, dit Torfou. C'est une forêt inaccessible.

— Croyez-moi. Il y a une maison à cet endroit précis.

Châgne agita la tête.

— Dans ces bois, tout le monde sait qu'il n'y a rien.

— Arrêtez de répéter ce que tout le monde sait. Allez voir vous-même !

Tobie fit un geste vers Mika.

— Mika, emmène avec toi tous les autres.

— Les autres ? dit Châgne en écarquillant les yeux.

— Oui, lança Tobie en s'éloignant. Je vous ai prévenus que c'était un immense service !

— Tobie ! cria l'un des bûcherons qui voulait lui parler de la trahison de Nils Amen. Tobie, attends !

— Adieu ! cria Tobie au moment de disparaître.

Le soir même, Châgne approcha tout seul de la maison des bois. Il ne pouvait croire que des gens vivaient dans ces branches inaccessibles.

Milo et Lex le regardèrent venir. Comment cet étranger était-il arrivé jusque-là ?

Châgne leva amicalement la main. Les sœurs Asseldor sortirent de la maison avec leur mère et la petite Neige. Mme Asseldor redoutait une mauvaise nouvelle au sujet de son fils Mô qu'elle croyait encore aux mains des soldats des Basses-Branches.

— Je viens de la part de Tobie Lolness.

Maï lâcha le plateau qu'elle tenait et courut vers lui.

— Où est-il ? cria-t-elle. Où est Tobie Lolness ? Je dois lui parler…

— Il est parti.

— Où ? Vers où est-il parti ?

Milo la prit par l'épaule.

— Que faites-vous là ? demanda-t-il à Châgne.

— Je voulais vous poser la même question.

Milo ne répondit pas. Lex essuyait ses mains sur son gilet de toile.

– J'ai travaillé comme voltigeur avec Tobie, dit Châgne. Il vous demande de vous occuper de ses amis.

– Ses amis ?

– Ils attendent un peu plus bas. Je peux les appeler.

Châgne regarda Maï qui pleurait doucement. La mère Asseldor vint vers elle pour la serrer dans ses bras.

– Vous êtes au courant de l'affaire Nils Amen ? demanda Milo.

– Oui. Il collaborait avec Léo Blue. Il mérite son châtiment.

Maï s'échappa des bras de Mme Asseldor.

– C'est faux ! hurla-t-elle. Je sais que c'est faux. Seul Tobie peut le dire. Il faut aller chercher Tobie Lolness. Nils va être tué pour un crime qu'il n'a pas commis. Il n'a jamais été complice de Léo Blue.

Châgne était touché par cette jeune femme. Il la regardait attentivement. Il aurait aimé l'aider.

– Tobie est parti ce matin. Il a déjà une journée d'avance. Impossible de le rattraper. Vous le connaissez. Il descend entre les branches à la vitesse d'un flocon de neige.

Mia partageait la souffrance de sa sœur. Elle n'avait pas eu besoin de confidences pour savoir que Maï aimait Nils. L'annonce de l'emprisonnement de Nils Amen par les bûcherons avait mis au grand jour ce sentiment secret.

Maï n'était pas fiancée à Nils, elle ne lui avait même pas déclaré son amour, mais elle se sentait malgré tout submergée par un désespoir de veuve.

Comme sa petite sœur, des années plus tôt, elle s'effondra de chagrin.

– Qui est-ce qui m'a donné des filles pareilles ? demandait le père Asseldor.

– C'est moi…, répondit sa femme qui était secrètement la plus romantique de toutes.

Châgne siffla en mettant deux doigts entre ses dents. Un cri lointain lui répondit.

Voyant approcher la petite foule des Pelés, Milo crut devenir fou.

– Mais... Qui sont ces gens...?

– Les amis dont je vous ai parlé.

– Les... Vous êtes fou ? murmura Milo. Vous croyez qu'on peut s'occuper de...

– C'est toi qui es fou, Milo, hurla une grosse voix derrière lui. Est-ce qu'un Asseldor a déjà refusé l'hospitalité à quiconque ?

Le père Asseldor apparut. Se laissant glisser du toit, Neige rejoignit les bras de son grand-père.

– Dites-leur d'aller derrière la maison, ajouta-t-il. Ils nous aideront à construire leur campement.

Les Pelés, menés par Torfou, contournèrent la maison des bois. Châgne et Torfou dormirent ce soir-là dans le grenier. Ils entendirent une partie de la nuit les chansons douces des Pelés.

– C'est vrai. Ils ne sont pas comme je croyais, murmura Torfou à Châgne.

– Ils chantent bien, répondit Châgne.

Le lendemain, au moment où les voltigeurs se préparaient à quitter la maison, on découvrit que Maï s'était enfuie.

– Elle va revenir, dit Milo.

Mais Mia connaissait sa sœur. Elle savait qu'elle était partie à la recherche de Tobie. Lui seul pouvait sauver les jours de Nils Amen.

Le père Asseldor alla s'asseoir sur une digue d'écorce qui protégeait la maison des ruisseaux de neige fondue. Deux de ses enfants étaient dans la nature, quelque part… Il sentit une grande fatigue le submerger.

A quelques pas de là, Mme Asseldor regardait Milo, son fils aîné. Il tenait sa tête entre ses mains. De tous ses enfants, il était le seul à ne pas avoir traversé d'orage. Ou plutôt le seul à ne pas l'avoir montré. Le seul, aussi, à avoir enduré toutes les tempêtes des autres. Mia, Mano, Mô, et maintenant Maï…

On disait que Milo était un garçon sans problème. On en oubliait un peu de s'occuper de lui.

Mme Asseldor vint s'asseoir à côté de son fils. Elle prit Milo tendrement par les cheveux, comme elle faisait quand il était petit, et le serra contre elle.

La jeune Maï ne perdit pas de temps. Elle s'était promis de rejoindre Tobie et connaissait les endroits où elle avait une chance de le trouver. Les maisons des Basses-Branches, et, surtout, le lac… Elle maîtrisait la région aussi bien que Tobie.

Les insectes qui voyaient passer cette petite flamme rousse, habillée de bleu, galopant sur l'écorce noire, devaient croire à une hallucination. La passion la rendait encore plus belle. Elle aurait fait rougir une fourmi noire.

Elle arriva dès le lendemain à proximité de Seldor. Maï n'ignorait pas que, depuis leur départ de la ferme, les Asseldor n'étaient pas les bienvenus dans la région. Elle se cacha donc quelques heures pour dormir.

En reprenant sa descente au crépuscule, elle pensait à son Nils. Que savait-elle de lui ? Toute leur histoire était une conversation muette de quelques semaines. Des silences, des mots insignifiants, leurs vêtements qui se touchaient par accident. Rien de plus. Et voilà qu'elle risquait sa vie pour lui…

– Mon Nils...

Elle savait juste qu'il était innocent de son crime. Elle l'avait entendu parler à Tobie de ces visites dans le nid.

Maï s'arrêta et respira un peu. Elle mit ses mains sur ses hanches pour laisser passer un point de côté.

– Je ne vous attendais plus... Vous êtes en retard au rendez-vous.

La voix venait de derrière un squelette de feuille morte. C'était une voix lugubre, une voix que Maï avait déjà entendue.

L'homme apparut. Elle mit un peu de temps à le reconnaître.

C'était Garric, le chef de la garnison de Seldor. L'auteur des lettres. L'amoureux éconduit.

Il avait sur le visage un horrible sourire. Maï l'avait humilié en s'enfuyant. Il rêvait depuis longtemps de l'heure de sa vengeance.

Maï comprit tout cela en une seconde. Elle se retourna et se mit à courir. Sa douleur au côté s'était réveillée, mais elle donnait tout ce qui lui restait de force. Elle répétait le nom de Nils comme une formule magique qui pouvait la faire disparaître, s'envoler, s'évaporer.

– Nils !

Mais Maï sentait presque l'odeur de Garric, juste derrière elle. A chaque pas qu'elle faisait, cette présence se rapprochait. Maï implorait l'arbre et le ciel. Ses larmes l'aveuglaient. Ce n'était pas sa vie qu'elle tentait de sauver. C'était celle de Nils. Elle avait une mission. Si sa vie s'arrêtait là, celle de Nils s'arrêterait avec elle.

Garric haletait juste derrière.

Quand elle sentit les mains de l'homme s'accrocher à sa robe, elle poussa un long cri qui fit trembler les cascades de lichen autour d'elle. Elle se laissa tomber au sol. La main de Garric attrapa sa gorge.

– On aurait pu être heureux, dit Garric. On aurait...

Un hoquet acheva sa phrase. Son corps s'affaissa sur Maï.

Un aiguillon venait de traverser le dos de Garric. Un aiguillon de frelon. Maï sentit même la pointe venir effleurer son propre ventre et s'arrêter.

Elle fit basculer le corps à côté d'elle. Elle s'effondra, les bras dans la neige.

Un homme élégant aux vêtements de couleur se tenait là. Maï ne connaissait pas Arbaïan. Elle était encore toute suffocante sur l'écorce trempée.

Arbaïan retira son gant et lui tendit la main.

Depuis la veille, il suivait Garric. Apprenant que cet imbécile avait laissé s'enfuir Elisha, Léo avait chargé Arbaïan de le punir.

Maï attrapa la main de l'homme. C'était une main ferme et franche. Il l'aida à se relever.

– Merci, dit Maï.

– J'aurais dû agir plus tôt. Je suis désolé, mademoiselle.

Arbaïan la dévisageait. Maï lui fit un sourire fatigué.

Elle se sentait en sécurité. Il y avait une grande bonté au fond de cet homme. Il pouvait peut-être l'aider à trouver Tobie.

Arbaïan recula respectueusement, avec ses habituelles bonnes manières, puis il se retourna pour s'en aller.

Maï prononça alors un mot de trop. Un seul mot qui allait changer le cours de l'histoire.

– Attendez !

Arbaïan s'immobilisa. Il revint tranquillement vers elle et la contempla de ses yeux bleus. Maï s'approcha encore de lui. Oui, elle avait confiance dans ce regard.

– Je cherche quelqu'un, expliqua-t-elle. Vous pouvez m'aider…
– Je ne sais pas, dit Arbaïan.

Maï referma son manteau en croisant les bras. Des cheveux humides tombaient devant ses yeux.

– Je cherche Tobie Lolness.

Arbaïan ne bougea pas. Ce nom, cela faisait longtemps qu'il ne l'avait pas entendu. Ce nom intéresserait Léo Blue.

– Tobie Lolness ? souffla-t-il avec beaucoup de douceur.
– Il doit être par ici. Dans les Basses-Branches.
– Peut-être, dit Minos Arbaïan.

Maï avait besoin de parler. Cet homme lui avait sauvé la vie.

– Il cherche à rejoindre celle qu'il aime… Il m'a parlé d'un lac dans les Basses-Branches.

Arbaïan avait l'air calme et distant, mais son cœur battait vite.

– Celle qu'il aime ? Est-ce vous, par hasard, mademoiselle ?
– Non…, dit-elle en souriant. Elle s'appelle Elisha Lee.

Maï venait de donner toutes les clefs à l'ennemi.

– Je ne connais pas votre Tobie Lolness, dit Arbaïan sans trembler. Et je ne vois pas de lac dans notre arbre. Bonne chance à vous, mademoiselle…

Il s'en alla, une étrange amertume dans la gorge.

Léo Blue l'attendait à une heure de là. Il était emmitouflé dans un châle d'étoffe noire, près d'un tapis de braise. Il ne regarda même pas son conseiller qui venait.

– C'est fait, dit Arbaïan.

Léo avait les yeux dans le feu.

– Garric est mort, continua Arbaïan.

Il s'accroupit de l'autre côté du foyer. Il hésitait.

– J'ai quelque chose d'autre à vous dire, Léo Blue.

Cette fois, Léo entendit l'émotion dans la voix d'Arbaïan. Il se tourna et lui dit :

– Parle.

Mais Arbaïan n'avait plus envie de parler. Il ne savait brusquement plus de quel côté se trouvait la vérité.

– Parle, répéta Léo.

Et Minos Arbaïan parla.

Il sentit une fois de plus que chaque mot l'éloignait de ce qu'il était vraiment.

De l'autre côté du feu, le venin de la haine et de la fureur montait dans les veines de Léo Blue.

Elisha et Tobie.

Elisha et Tobie.

Ils s'aimaient.

Une bourrasque traversa encore une fois le corps de Léo.

Ce vent glacial vint faire frissonner Arbaïan. Et il éteignit presque les flammes en passant.

Seul, dans la nuit, Léo partit vers le lac à la rencontre de Tobie.

23

DUEL SOUS LA LUNE

Mô Asseldor tendit un bol à Elisha.

La lumière plaquait ses rayons tièdes sur le sol de la maison aux couleurs.

Le printemps !

Il y avait dans les branches, aux premiers beaux jours, le vacarme d'un orchestre qui s'accorde. Enivré du parfum mielleux des bourgeons, on entendait le sifflement des hirondelles et la note grave du travail de la sève. L'écorce craquait au soleil. L'eau de la neige s'écoulait en ruisseaux autour de la maison.

Elisha prit le bol entre les mains. A sa surface flottait une poudre d'argent. Isha avait elle-même indiqué son remède et, en quelques jours, cette fine poussière de fougère avait commencé à la sauver.

Délicatement, Elisha appuya le rebord du bol sur les lèvres de sa mère. Isha but la tisane par petites gorgées. En buvant, elle ne quittait pas Elisha des yeux. Elle la trouvait changée, plus tendre et plus forte à la fois.

– C'est fini, répétait Elisha. On va vers la belle saison.

Isha se tournait parfois vers Mô Asseldor.

– Il reprend des forces, le petit.

Ces mots de la belle Isha les faisaient rire, parce que c'était elle que l'on voyait revivre heure après heure.

Mô jouait à l'homme de la maison. Il rebouchait les trous de la vieille porte que les derniers hivers avaient grignotée. Il lavait les carrés de tissu. Mô sortait de ces grandes lessives les bras fatigués et multicolores.

Isha s'inquiétait parfois du beau temps revenu. Elle avait toujours la visite d'un régiment de soldats à cette période de l'année. Ils venaient dans les Basses-Branches, à la fonte des neiges, pour inspecter les ruines des maisons.

L'année précédente, ils s'étaient même installés là toute une nuit. Isha avait passé de longues heures cachée dans la réserve de bois. A chaque rondin qu'on prenait, le tas baissait et elle craignait d'être découverte. Par chance, ils étaient repartis juste avant la dernière bûche.

Mô gardait donc toujours un œil sur le lointain. Il savait qu'on pouvait venir les chercher au plus profond des Basses-Branches. Quand il aperçut en contrebas de la maison une silhouette qui grimpait péniblement la côte, il plongea sur le sol et rampa jusqu'à Elisha.

– Les voilà !

A eux deux, ils aidèrent Isha Lee à se traîner derrière le dernier paravent de tissu bleu. Ils se blottirent là, entre la toile et la paroi de bois.

– Abandonnez-moi, chuchota Isha. Vous pouvez encore quitter la maison...

Elisha et Mô ne bougèrent pas.

La porte grinça. Un pas se fit entendre, un pas traînant et instable. Isha crut reconnaître le boiteux de la grande frontière, un soldat qui venait parfois se saouler dans la maison qu'il pensait abandonnée.

Le pas s'était arrêté. Une note sourde résonna alors. Elisha crut que c'était une chanson, un air triste qu'elle avait déjà entendu quelque part. Mais sa mère avait reconnu cet air avant elle, cette petite musique que chacun connaît, quelle que soit la branche ou l'époque qui l'a vu naître. La seule chanson que l'on fredonne au premier jour de sa vie, et jusqu'au dernier. Un sanglot. Un sanglot étouffé.

Elisha sortit doucement de son écran de toile. Elle découvrit celui qui pleurait dans sa manche, assis au milieu de la pièce. Elle alla vers lui.

– C'est toi, Plum Tornett… C'est toi…

Plum ne sursauta pas. Ses pleurs redoublèrent en entendant la voix d'Elisha. Il se serra contre elle.

Isha apparut alors au bras de Mô. Aucun d'eux ne savait d'où venait Plum Tornett, ni comment il avait survécu, mais ils l'accueillirent comme un roi.

Depuis des jours, Plum s'était nourri de larves sauvages qu'il mouchait à la main. Il avait mâché de l'écorce et sucé de la neige. Il ne semblait pas trop affaibli, mais son expression était plus égarée que jamais. Il s'était retrouvé seul en pleine nuit, à la sortie du tunnel, quand tous les autres avaient été arrêtés par l'effondrement. Il avait ensuite dévalé les branches sans savoir où il allait. Ses pas l'avaient naturellement conduit dans les Basses-Branches.

Cherchant la maison qu'il partageait avec son oncle, il la trouva entièrement brûlée, avec sur le sol des restes de larves calcinées.

Les hommes de Jo Mitch et ceux de Léo Blue détruisaient tout sur leur passage.

Alors Plum s'était souvenu de la jeune Elisha. Elle avait toujours été attentive. Il était reconnaissant de cela. Peut-être y avait-il un espoir pour lui du côté d'Elisha et de sa mère. Il alla donc en claudiquant jusqu'à chez elles. Découvrant la maison déserte, il s'écroula.

L'apparition d'Elisha, d'Isha et de Mô Asseldor était maintenant un grand apaisement.

– Tu vas rester avec nous, dit la jeune fille.

Elle devinait depuis toujours qu'il y avait une blessure au milieu de la vie de Plum Tornett. Vigo Tornett, son oncle, disait toujours que Plum avait été un enfant et un jeune homme gai et bavard. La parole l'avait quitté brutalement. Tout à coup, il s'était retrouvé muet et hanté par la peur.

Plum accepta les crêpes que lui donna Mô Asseldor. Il les avala très vite, le regard inquiet, comme si quelqu'un risquait de les manger par l'autre bout.

Le soir venu, Isha contemplait les trois jeunes gens devant le feu. La fière Elisha avait repeint à l'encre de chenille le trait bleu sous ses pieds. Elle regardait les flammes, songeuse. Mô et Plum dormaient l'un contre l'autre. Il n'y avait jamais eu autant d'habitants dans cette maison.

Isha repensa alors au jour où elle était arrivée sur cette branche, quinze ans plus tôt. Elle était seule au monde.

En ce temps-là, elle croyait qu'il n'y aurait plus jamais de lumière dans sa vie. Elle n'avait plus personne. Partie des herbes, remplie d'espoir et d'amour, accrochée au bras de son Papillon, elle avait tout perdu en chemin. Le malheur s'était abattu sur elle.

Elle s'était réfugiée dans ce trou d'écorce qui deviendrait la maison aux couleurs, parmi les premières fourches, juste au-dessus de la grande frontière. Elle s'était tapie là, à bout de force. Tout lui faisait peur. Le vent tordait les branches. Même le bruit de la nuit n'était pas le même que dans sa prairie.

C'était une semaine avant la naissance : sept jours et sept nuits avant Elisha.

Elle resta dans ce trou à épier les grincements de l'arbre, à répéter le nom de son amour.

Sentant venir l'heure de la naissance, elle s'était trouvée terriblement abandonnée. Elle avait si souvent rêvé de la main de Papillon qui tiendrait la sienne à ce moment-là.

Il y a des solitudes qui donnent envie de disparaître soi-même.

Mais il avait suffi qu'elle prenne ce bébé dans ses bras pour comprendre qu'elle s'était trompée. Elle réalisa que, depuis neuf mois, elle n'avait jamais été seule. Au moment où elle avait trouvé la force de quitter les herbes avec son amoureux, et surtout quand elle avait vu mourir Papillon devant elle, Elisha était déjà là et ne la quitterait plus.

Les quatre habitants de la maison aux couleurs restèrent ensemble toute la nuit. Ils étaient serrés les uns contre les autres, d'un seul côté des flammes. Ils avaient oublié tout danger.

Mô pensait à sa famille.

Plum chassait ses éternels démons en balançant lentement la tête d'avant en arrière.

Elisha méditait ses projets. Elle savait qu'elle partirait le lendemain à la recherche de Tobie mais ne voulait pas encore en parler à sa mère. Tobie se cachait quelque part dans les branches. Il fallait le retrouver.

Elle commencerait sûrement par leur lac.

Quant à Isha, elle tenait dans sa main fermée le petit portrait de Papillon.

En lui donnant ce cadre rond, Papillon avait expliqué à Isha que c'était l'œuvre d'un grand peintre. Un certain Alamala. Isha bénissait cet homme dont les pinceaux avaient fixé pour elle le visage de l'amour.

Aujourd'hui, Isha avait décidé de tout raconter à Elisha. Elle allait lui parler de son père. Elle préparait dans la nuit les mots qu'elle lui dirait au petit matin. Ces mots qui recollent les morceaux du passé et qui mettent des visages sur les ombres.

Quand les autres s'endormirent, elle veillait toujours.

Non loin de là, un petit bonhomme chaussé de planches descendait les branches enneigées. A peine éclairé par la lune, il glissait à une vitesse extraordinaire, dérapait en bas des rameaux, repartait de plus belle sur les pentes d'écorce.

Tobie filait vers Elisha. Ses planches laissaient deux traces parallèles dont le dessin s'interrompait parfois quand il sautait au-dessus d'un obstacle ou d'une plaque de bois nu. La neige était mauvaise, mais les forêts de lichen des Basses-Branches avaient maintenu une couche suffisante. Il lui fallait passer dans l'ombre entre les brins de mousse puis ressortir au hasard d'un rayon de lune.

Parfois un bourgeon neigeux apparaissait sur son chemin avant qu'il ne le voie. Il s'en servait de tremplin, et croyait s'envoler. A chaque fois, il retombait sur ses planches, ne ralentissait même pas. Sa silhouette bleutée disparaissait dans un voile de neige.

Quand il s'arrêta enfin, le jour allait se lever. Il était épuisé. A chaque expiration, il soufflait une vapeur qui semblait violette dans la lumière du matin.

Tobie n'était plus loin du lac. Il était sûr qu'Elisha serait là. Il sentait ses yeux qui le piquaient. Déjà, le parfum de l'aube lui était familier. Il se rappelait le jour de leur rencontre. Cette petite fille solide et brune comme le bois de l'arbre, qui l'avait regardé se baigner. Il pouvait encore entendre ses premiers mots :

– C'est beau, avait-elle dit en regardant le lac.

Elisha lui avait appris à regarder le monde.

Il frappa la neige qui était sur ses planches. Il lui fallait descendre encore quelques minutes, et il verrait leur lac.

Tobie allait s'élancer quand il entendit un battement d'aile qui fouettait l'air derrière lui. Il se retourna et se jeta dans la neige pour éviter l'objet. Mais un second boomerang suivit au ras du sol et Tobie dut se laisser rouler d'un millimètre sur le côté. La lame tranchante vint frôler l'arrière de sa tête. Tobie se releva d'un coup.

Léo se dressait sous la lune, à cinquante pas au-dessus.

Il attrapa ses deux armes qui revenaient à lui, et fixa Tobie du regard. Un peu plus et il lui fendait le crâne.

Tobie passa la main sur la petite coupure dans ses cheveux. Il saignait. Il sauta dans la pente et se remit à glisser. Il n'avait que ses mains pour se battre. Il ne pouvait affronter Léo à découvert.

Les deux boomerangs, lancés en même temps des deux mains, le suivirent à toute vitesse. Tobie vit venir le moment où ils allaient se croiser. Leurs lames brillaient. Il dérapa et s'arrêta net. Les boomerangs passèrent juste devant lui en se frottant l'un à l'autre.

Tobie reprit la descente. Il avait entendu le bruit des armes qui rentraient dans leurs fourreaux. Mais Léo s'était lancé à sa poursuite. En se retournant, Tobie aperçut son ennemi courant dans le lit d'un ruisseau qui suivait la piste enneigée. Tobie se pencha en avant pour augmenter sa vitesse. Léo avait l'air de voler sur l'eau du ruisseau. Ils approchaient de la falaise qui entourait le lac.

La neige devenait plus rare. Les planches de Tobie raclaient l'écorce humide.

Il s'arrêta au bord du précipice.

Derrière lui, Léo ne l'avait pas perdu de vue. Tobie retira ses planches d'un coup de pied et se mit à dévaler un sentier abrupt entre des buissons de mousse. Il voyait le lac mauve sur lequel flottaient d'immenses glaçons. De l'autre côté, la chute d'eau ressemblait à un torrent à cause de la fonte des neiges.

Léo avait vu Tobie disparaître derrière la mousse. Il descendit à son tour vers le lac. Il n'était pas fatigué. Il sentait tout son corps concentré vers un seul but. Écraser celui qui l'avait trahi, celui dont la famille avait fait alliance avec les Pelés.

Léo allait venger son père assassiné par ces Pelés. Et maintenant qu'il savait ce qui unissait Tobie et Elisha, sa colère se transformait en rage. Pour lui, Tobie était déjà un homme mort.

Léo poussa un grand cri qui résonna entre les falaises. L'écho lui revint, tournoyant comme ses boomerangs. Effrayée, la lune se réfugia derrière un nuage couleur de cendre. En quelques enjambées, Léo arriva au milieu de la pente. Il ne voyait plus Tobie. Il se mit à pivoter sur lui-même, les mains posées sur ses armes.

Tobie bondit sur Léo à la vitesse du vent. Il l'encercla de ses bras et balaya d'un coup de pied l'arrière de ses genoux. Leurs deux corps s'effondrèrent. Ils partirent en roulant vers le lac.

Juste au-dessus, une jeune femme regardait ce terrible combat.

C'était Maï Asseldor. Elle avait les vêtements en lambeaux, des engelures sur les deux mains, elle n'avait pas la force de faire un geste ou de crier. Face à la violence de l'affrontement, elle avait juste la certitude que l'un des combattants ne se relèverait pas.

La chaleur du feu avait engourdi le corps d'Elisha, mais elle reconnut la main qui se posait sur ses cheveux. C'était sa mère.

Elisha avait dû s'endormir la tête sur ses genoux. Isha lui caressait les cheveux. On devinait un geste rare, oublié, et chaque mouvement de la main paraissait le premier.

Elisha comprit la gravité de ce moment. Les deux garçons dormaient. Une lumière rose se levait dehors. Elisha sentit un souffle chaud sur son oreille.

– Je ne t'ai jamais parlé de ton père, murmura Isha.

Elisha ne répondit pas.

Sa mère commença à tout raconter.

Elle parla de la vie des herbes, de l'arrivée de Papillon, elle parla de la fuite...

Elisha écoutait. Elle croyait retrouver dans son corps le balancement de ce long voyage qu'elle avait fait vers l'arbre, dans le ventre de sa mère. Une fois de plus, le rire de son père lui revint. Elle savait qu'elle l'avait entendu, ce rire. Elle savait qu'elle ne l'avait pas rêvé.

– Ton père avait eu une autre vie avant nous. Il voulait nous ramener vers elle. Il avait perdu sa femme deux années plus tôt. Il en parlait si peu…

Elisha écoutait ces paroles, les yeux fermés. Elle respirait mieux. Quelque chose se dénouait au fond d'elle. C'était comme si on ouvrait les volets en grand sur sa vie. Tout s'éclairait de l'intérieur.

Entendant le récit de la mort de son père alors qu'il arrivait dans les branches de l'arbre, Elisha se mit à pleurer… Mais elle sentait comme sa tristesse était douce. Un père mort est toujours un père. Elle pouvait l'aimer, l'admirer. Elle pouvait enfin le pleurer.

– Il s'est battu, dit Isha. Les flèches lui tombaient dessus et il continuait à avancer. Je n'ai jamais su d'où venaient ces flèches.

Elisha se serra un peu plus contre sa mère.

– Qui pouvait continuer à s'attaquer à cet homme déjà traversé de plusieurs flèches ? Il m'a suppliée de m'enfuir. J'ai obéi à cause de toi, Elisha. C'est toi qui m'as sauvée. Toi que je portais dans mon ventre.

Elisha ouvrit les yeux. Sa mère tenait dans la main un petit objet ovale.

– Je vais te montrer son visage.

La main d'Isha s'ouvrit sur le portrait de Papillon.

Elisha le regarda et sentit un nouveau souffle de vent frais la traverser. Le visage était presque vivant. Papillon ne souriait pas vraiment mais il avait l'air heureux.

Derrière sa fine couche de vernis, il regardait Elisha.

Entre les vivants et les morts, il n'y a souvent pas beaucoup plus que cette vitre fragile que le chagrin couvre de buée.

Une main surgit de derrière les deux femmes et arracha le portrait. Un hurlement avait accompagné ce geste fou.

24

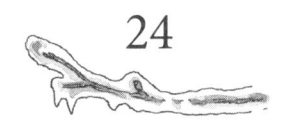

LES MOTS DU MUET

Plum était prostré au fond de la maison aux couleurs. Il serrait dans ses deux mains fermées le portrait du père d'Elisha.

Et il parlait.

Elisha écoutait ce bourdonnement mystérieux.

Plum parlait.

Ce n'était pas des phrases, mais on reconnaissait quelques syllabes articulées. On reconnaissait surtout le ton qu'il prenait. Il avait l'air de se défendre. Il bredouillait en montrant ses poings fermés.

Après la surprise et l'émotion, Elisha et sa mère s'étaient approchées de lui. Mô, réveillé en sursaut par les cris, parlait maintenant à Plum :

– Calme-toi… Plum, écoute-moi…

Quand on avançait la main vers lui, il répétait deux mots qui ressemblaient à :

– Patué… Patué… Patuéé…

Elisha fit signe à Mô de la laisser avec Plum.

– Pa-tué…, répéta Plum.

Elle tenta de traduire :

– Pas… tué ?

– Pas tué, répondit Plum en hochant fébrilement la tête.

– Pas tué qui ?

– Pas tué lui !

Et il brandit ses mains refermées autour du portrait.

– Tu ne l'as pas tué ? demanda Elisha.

– Pas tué, dit Plum en balançant la tête.
– Je te crois, dit Elisha. Je te crois, Plum. Je sais que tu ne l'as pas tué.

Isha et Mô écoutaient. Ils regardaient Elisha qui avait réussi à poser ses doigts sur le poignet de Plum. Elle dit doucement :
– Plum n'a pas tué.

Et Plum se mit à respirer plus tranquillement.
– Plum n'a pas tué, répétait Elisha. Plum n'a pas tué.

Et elle demanda sur le même ton :
– Plum a vu ?

Aussitôt, il tourna les yeux vers ceux d'Elisha et il articula :
– Plum a vu.

Isha sentit un frisson la parcourir. Plum se remit à dire :
– Pas tué… Pas tué…

Elisha laissa passer un long moment. Plum savait. Plum avait vu. Plum avait été témoin de la mort de Papillon. Cette violence qui avait foudroyé la vie de Plum, qui lui avait même retiré la parole, était peut-être la même que celle qui avait brisé la vie d'Elisha et de sa mère.

Elle demanda :
– Qui a tué ?

Mais Plum se recroquevilla encore plus et cacha ses yeux dans ses bras.
– Pas tué… gémissait-il.
– Plum n'a pas tué, répéta Elisha. Je sais que Plum n'a pas tué. Mais qui a tué ?

Il agitait la tête. Il ne voulait pas répondre. Elisha n'insista pas. Elle le laissa dans son coin et fit un pas pour rejoindre Isha et Mô. Elle s'arrêta. Plum chuchotait quelque chose.

Elisha revint vers lui en tendant l'oreille. Il répétait deux mots indistincts qui sonnaient comme du papier froissé. Elle se pencha tout près de lui et entendit :
– JO MITCH.

Elisha resta là, muette.

Il répéta ces mots jusqu'à ce qu'ils se transforment en un tranquille ronflement. Plum Tornett s'était endormi.

Jo Mitch était l'assassin du père d'Elisha.

Elisha écarta doucement les mains de Plum. Elle y ramassa le petit portrait dont le cadre s'était brisé. La vitre de résine s'était transformée en une fine poussière qui glissait entre les doigts. Il n'y avait plus qu'une feuille de papier très fine qu'Elisha prit dans sa main.

Elle regarda longuement le portrait de son père, puis le retourna. On lisait au dos une inscription en lettres capitales, que le boîtier avait toujours empêché de lire. Ces mots se dessinèrent sur les lèvres d'Elisha.

« Portrait d'El Blue, par Nino Alamala. »

Elisha se tourna vers sa mère.

– Qui a choisi mon nom ? demanda-t-elle.
– C'est ton père. Il voulait que tu t'appelles Elisha.

Elisha.

El-Isha.

El et Isha.

La lumière du jour glissait sous la porte jusqu'à ses pieds. Elle se leva. Isha regardait sa fille si pâle malgré la pénombre.

La porte s'ouvrit brutalement poussée par un corps qui tomba d'épuisement au milieu de la pièce.

Il fallut quelques secondes à Mô, ébloui par l'éclat du matin, pour reconnaître sa sœur, Maï. Avant même qu'il ne la prenne dans ses bras, elle avait pu dire :

– Tobie et Léo… Au grand lac… Ils… Ils vont s'entretuer…

Elisha bondit au-dessus du feu, passa la porte et disparut dans la lumière.

Elle courait vers le lac. Elle ne sentait plus ses jambes sous elle. Elle courait vers le lac.

El Blue. Son père s'appelait El Blue.

Dans l'élan de sa course, elle sentait les larmes dessiner un trait horizontal au coin de ses yeux, jusqu'à ses cheveux. Tobie et Léo. Ces deux noms s'entrechoquaient en elle.

Quand elle déboucha au-dessus du lac, elle les vit. Ils dérivaient sur un îlot de glace au milieu de l'eau.

Ils se battaient toujours.

Elisha hurla leurs noms, mais ils ne l'entendaient pas. Le morceau de glace avançait vers la chute d'eau. Elisha se mit à courir en longeant le haut de la falaise.

Les cataractes d'eau couvraient sa voix. Tobie et Léo étaient à nouveau tombés au sol. On voyait leurs corps rouler sur la glace et y laisser des traînées de sang. Elisha hurlait de plus belle :

– Tobie ! Léo !

Elisha était toujours tout en haut, au sommet de la falaise. Elle filait vers la chute d'eau. Elle y arriva, épuisée, la voix brisée. Elle commença à avancer dans l'eau, là où cette eau se prépare à se précipiter dans le vide. Elle luttait contre le courant, approchant au plus près du bord pour tenter de les voir.

On n'entendait même plus sa voix. Plus un son ne sortait de sa bouche. Elle voyait les corps des deux garçons très bas, en dessous d'elle, à la verticale de la cascade. Ces corps qui ne bougeaient presque plus dans la blancheur du lac.

Elle fit alors trois ou quatre pas pour remonter le courant.

Puis, elle s'élança en avant et se jeta dans le vide.

On vit son petit corps tourner sur lui-même au ralenti dans la chute d'eau et descendre interminablement vers le lac.

En bas, l'un des garçons s'était relevé et regardait l'autre.

Il se baissa pour ramasser un énorme bloc de glace hérissé.

Le corps d'Elisha tomba dans l'eau sans un bruit, à quelques pas du morceau de glaçon, et disparut dans les ténèbres violettes du lac.

Tobie tenait le bloc de glace au-dessus de Léo Blue.

Les mots du muet

Léo gisait au sol, les bras en croix, le visage couvert de neige et de sang.

Tobie revoyait tous ces moments qui allaient disparaître avec ce geste. Il revoyait le petit Léo avec lequel il avait tant partagé. Il se rappelait cette amitié qui avait même mélangé leurs noms. On les appelait Tobéléo. Ils ne se quittaient jamais.

Tobie saignait du nez. Il essuya sa joue sur son épaule, les bras chargés de ce bloc meurtrier. Il savait qu'il allait faire ce geste.

Léo n'avait plus la force de bouger.

– Un jour, dit Léo, je t'ai sauvé la vie…

Tobie sentait ses bras qui fatiguaient.

– Un jour, continua Léo, il y a très longtemps, j'étais avec les chasseurs dans la nuit. Je savais que tu étais là, dans un trou. J'ai éteint ma torche, Tobie. Je t'ai sauvé la vie. Tu te rappelles ? Je… Je ne te demande rien… Je te demande juste de te rappeler…

Tobie se souvenait de ce jour. Mais il ne manifesta rien. Le sang coulait dans son cou. Il devait briser ce morceau de glace sur Léo.

Il fallait qu'il trouve la force de jeter ce morceau de glace.

Une tête sortit de l'eau froide juste à côté. Aucun des deux adversaires ne la remarqua. Elisha fit quelques brasses pour se rapprocher de l'îlot. Ses mains s'accrochèrent à la glace. Elle se hissa sur le bord, le corps tremblant, les lèvres articulant des mots inaudibles. Elle s'arrêta un instant et rampa sur la glace. Tobie lui tournait le dos. Léo était aveuglé par le sang.

Les bras de Tobie s'élevèrent un peu plus pour prendre de l'élan. Léo ferma les yeux.

Elisha passa ses bras autour des chevilles de Tobie, et tira de toutes ses forces. Il bascula d'un coup et sentit le bloc de glace lui échapper.

Le corps de Tobie s'affala. La glace vint exploser à quelques doigts du visage de Léo. Elisha parvint à se mettre à genoux dans ses vêtements trempés. Elle regardait Tobie. Elle sentait le froid pénétrer sous sa peau.

– Elisha…

Tobie venait de se redresser.

– Elisha…, répéta Tobie.

Elle était là.

Elle était là devant lui.

Elisha rassembla ses forces pour parler. Elle prit une grande inspiration, et s'effondra sur la glace.

Tobie se traîna jusqu'à elle. Leur glaçon venait de s'échouer sur la plage du lac.

– Elisha… Elisha…

Il la prit dans ses bras. Le corps de la jeune fille ne bougeait plus. Tobie la serra plus fort.

– Elisha…

Sa voix était faible. On n'entendait pas ce qu'il disait. Il parla longtemps tout près de son visage. Il parla comme il n'avait jamais parlé. On devinait seulement parfois sur les lèvres de Tobie des mots comme « jamais », « éternel », et tous les mots qui riment avec « toujours ». On entendait aussi :

– S'il te plaît…

Mais Elisha paraissait trop paisible et son corps ne tremblait même plus. Seul son parfum virevoltait encore autour d'elle et chatouillait de ses ailes le nez de Tobie. Il y laissait un peu de pollen ou d'épice. C'était un parfum encore bien vivant, un parfum qui mouille les yeux.

Tobie, la gorge nouée, se tut et posa sa joue contre celle d'Elisha.

Elisha ouvrit alors les yeux et poussa un cri.

Elle roula avec Tobie, et le boomerang se planta juste à côté d'eux.

Léo s'était relevé et tenait sa seconde arme dans la main droite.

Sur la plage, Arbaïan venait de surgir.

Quand Léo baissa les yeux vers Elisha, il vit la lueur bleue sous ses pieds.

Une Pelée. Elisha était une Pelée.

– Tu fais partie de ces assassins ?

– Les Pelés n'ont jamais tué personne.

– Tais-toi…

– Écoute-moi, Léo Blue. Écoute-moi, sanglota Elisha. Ton père…

– Ne parle pas de mon père…
– Ton père a été tué par Jo Mitch.
– Menteuse !
Une voix se fit entendre dans le dos de Léo :
– Écoutez-la…
C'était Minos Arbaïan. Il avait entendu les mots d'Elisha.
– Jo Mitch a tué ton père, répéta Elisha.
Cette fois, le boomerang faillit partir.
– Arrêtez ! hurla Arbaïan.
Il parlait à son patron d'une voix blanche.
– C'est moi qui ai envoyé El Blue vers la prairie, dit-il. On m'avait parlé d'un champ de fleurs, le paradis des papillons, très loin d'ici. J'avais peur d'y aller. Votre père, Léo Blue… Votre père m'a proposé de tenter l'aventure à ma place. Je lui ai confié mon matériel. Il est parti seul. Je ne l'ai pas revu vivant.

Tobie et Elisha étaient toujours sur la glace.
– Qu'est-ce que ça prouve ? murmura Léo.
Arbaïan continua :
– Je me souviens que son corps a été retrouvé par un jeune garde-frontière qui commençait à élever des charançons. Vous le connaissez. Il s'appelait Jo Mitch.
– Tu mens aussi !
Arbaïan semblait bouleversé.
– Ton père était un ami des Pelés, dit Elisha. Ton père était un ami des Pelés !
Elisha parlait toujours en pleurant :
– Quand il est mort, El Blue était accompagné d'une femme qui venait des herbes. Il l'aimait !
Léo brandit à nouveau son boomerang.
– Ne salis pas le nom de mon père.
– Laisse-moi parler. Tu nous tueras après si tu veux.
Elle reprit son souffle et dit :
– Quand El Blue a traversé la grande frontière, il n'était pas seul. Il y avait une femme pelée avec lui.
– Tais-toi, Elisha.

– Cette femme était ma mère. Elle m'attendait.
Cette fois, Léo tomba à genoux. Lentement, sa tête descendit vers la glace.
Il posa son front sur le sol.
Arbaïan n'avait pas bougé. Il regardait Elisha.
C'était donc la fille d'El Blue.
La demi-sœur de Léo.

Elisha ferma les yeux.
Tobie la prit dans ses bras, il l'emmena avec lui.
Ils longèrent la plage et disparurent dans la forêt de mousse.
Arbaïan était venu poser sa main sur l'épaule de Léo.
– Venez.
La loyauté d'Arbaïan bouleversa Léo. Il se tourna vers lui.
– Je veux te demander un dernier service.
– Dites-moi ce que vous attendez de moi.
– J'ai envoyé deux hommes vers les herbes, hier. Ils sont déjà en route. Trouve-les. Je t'en supplie. Et empêche-les de faire ce que je leur ai demandé.
Les yeux bleus d'Arbaïan ne quittaient pas Léo.
– Que leur avez-vous demandé ?

Léo posa à nouveau son front dans l'eau et la neige mêlées, et il dit :

– Ils vont mettre le feu à la prairie.

Tobie se retourna pour contempler le lac. Il n'osait pas réveiller Elisha dont il sentait à peine le poids dans ses bras. Il vit Léo. De là-haut, on aurait dit une petite croix qui barrait la plage. L'eau du lac venait laver le sang sur la glace et caresser ses cheveux. Arbaïan avait disparu.

Léo était seul.

Tobie lui tourna le dos. Il n'arrivait même pas à baisser les yeux sur Elisha dont la tête appuyait sur son cœur. Il avançait vers la maison aux couleurs.

Si elle avait été consciente, jamais Elisha ne se serait laissé emporter comme une enfant dans des bras. Elle avait trop de fierté. Tobie le savait et souriait de cette liberté qu'il prenait.

Pendant ce court trajet entre le lac et la maison, il ne pensa pas aux batailles qu'il lui restait à mener. Il regardait, au-delà, un horizon plus lointain. Il regardait la vie qui était en embuscade au bout du combat... Une vie qu'il voulait passer à observer la course du soleil, à regarder monter la pâte à pain, à se promener à deux ou trois en se tenant par le bras.

Une vie douce où la plus grande aventure est de partir en pleine nuit relâcher un moucheron qui s'est pris dans une toile. Un voisin vous réveille. Des lampes entourent la toile. On entend un bourdonnement triste. Et quand le moucheron s'envole enfin, on crie « hourra ! », on s'invite à boire un verre, on réveille la maison.

Une vie douce qui suffirait désormais à Tobie. Une vie avec ce qu'il faut d'ennuis, de bonnes nouvelles, de petits malheurs : « Une branche est tombée du côté du couchant », « La belle Nini a eu des triplés, tu sais », « Les cigales ont du retard », « Il ne neigera pas cette nuit »...

Tobie savait que dans cette longue lutte qu'il menait depuis tant d'années il ne cherchait rien d'autre. Rien d'autre que ces petits riens.

Ce jour-là, avec Elisha dans ses bras, il n'avait jamais autant espéré la victoire. Il n'avait jamais été aussi sûr d'être au premier matin d'un nouveau monde.

25

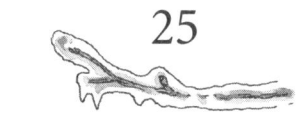

Le Petit Printemps

Nils Amen avait posé sa tête sur la bûche.

Le gros Solken tenait la hache à la main. Sa veste de bûcheron était trempée de sueur.

– Tu vas tuer un innocent, lui dit Nils, les mains attachées dans le dos.

Solken avait accepté cette mission : exécuter le traître.

Il l'avait emmené le soir, à la brune, au fond d'un bosquet de lichen, loin des clairières où jouaient les enfants en pyjama, loin des maisons où bouillonnait la vie, où l'on bordait les draps pour la nuit.

Solken tentait de chasser sa peur.

Tuer Nils Amen, le petit prince des bûcherons, le fils de Norz et Lili. Il essayait de ne pas trembler, mais il sentait sa main humide sur le manche de la hache.

Solken était le sage, l'ancien. Cette terrifiante besogne lui revenait.

Châgne et Torfou, les voltigeurs, avaient réussi à retarder le châtiment. Ils parlaient d'une jeune amoureuse qui devait revenir avec des preuves. Mais la jeune fille n'était pas revenue. Elle était sûrement aussi du côté des traîtres. On ne pouvait plus attendre.

Solken prit sa hache à deux mains.

A quelques enjambées de là, Norz Amen était en train de devenir fou.

Il courait en hurlant :
– Solken ! Solken ! Arrête !

Mais Solken restait introuvable.

Tobie venait d'arriver. Nils Amen était innocent.

– Solken ! gémissait Norz en se taillant un chemin dans la mousse. Où es-tu ? Réponds-moi !

Solken essaya de rassembler ses forces. Il venait d'entendre au loin la voix de Norz qui l'appelait. Le père de Nils devait délirer de désespoir. Il fallait en finir avant qu'il ne les trouve. Ne pas infliger ce spectacle à un père.

Solken leva la hache au-dessus de la gorge de Nils. Celui-ci n'avait pas l'air d'avoir peur.

– Maï...

Nils prononça ce prénom. La lame éclatante était en suspens au-dessus de lui.

Alors, un appel fendit l'air. C'était Norz. Il venait de jaillir devant eux.

– Arrête ! cria-t-il.

La hache était déjà partie. Solken fit tout pour l'arrêter, mais elle ne dévia pas d'un pouce. Solken ferma les yeux. Elle vint fendre le bois de la bûche.

– Il n'a rien fait, suppliait Norz. J'ai la preuve qu'il n'a rien fait. Solken !

Solken n'arrivait pas à rouvrir les yeux.

– Je vous l'avais dit, chuchota quelqu'un à ses pieds. Je suis innocent.

Sursautant à l'appel de son père, Nils avait réussi à glisser sa tête sur le côté au dernier moment. Il avait senti le souffle de la lame sur ses cheveux.

Il était vivant.

En quelques jours l'arbre changea entièrement d'aspect.

Les premières feuilles ont la peau tendrement fripée, la peau des nouveau-nés et des vieillards.

Les bourgeons se mirent à exploser un à un. Le printemps repeignait les branches en vert. Une fois de plus, l'arbre se releva des assauts de l'hiver. Il secoua ses derniers restes de neige.

Mais, cette fois-ci, un peu d'espoir se mit à scintiller avec le printemps. L'éclosion la plus spectaculaire avait lieu dans l'esprit du peuple des branches. Le retour de Tobie, la preuve de l'innocence des Pelés et de la famille Lolness, le renoncement de Léo Blue, toutes ces nouvelles parcoururent l'arbre au grand galop. La terrible machination de Jo Mitch révolta les cœurs.

Cette révolution qu'on a appelée le Petit Printemps commença par gagner les bûcherons.

Quand Norz Amen, décomposé par la honte d'avoir injustement accusé son fils, voulut prendre Nils dans ses bras, ce dernier fit un pas en arrière.

Norz, les bras tendus, regardait Nils. Il laissa tomber ses grosses mains le long de son corps.

Son fils lui refusait le pardon, et Norz se savait impardonnable.

– Je comprends, dit le père, je peux comprendre, mon fils…

Il recula, cachant maladroitement son émotion, et s'en alla vers les bois.

Non loin de là, près d'un plateau de lichen rampant, il croisa une jeune femme. Il la reconnut et détourna la tête pour ne pas lui montrer ses yeux rougis.

La jeune femme le regardait. C'était Maï Asseldor. Norz savait qu'elle avait sauvé la vie de son fils.

– Il lui faudra du temps, dit-elle. Mais il reviendra vers vous.

– Merci… mademoiselle…, dit Norz en se retournant à demi.

– Soyez patient. On dit que les bûcherons sont patients.

– Les bûcherons sont patients, reconnut Norz, immobile.

Et il ajouta dans sa barbe :

– Mais je suis vieux…

Entendant ces mots, Maï vint embrasser Norz Amen. Il eut juste la force de dire :

– C'est moi qui ai trahi puisque je n'ai pas fait confiance à mon propre fils…

Le grand bûcheron s'en alla.

Nils et Maï restèrent longtemps l'un en face de l'autre, des deux côtés de la clairière.

Les yeux dans les yeux, ils profitèrent de cette distance pendant de longues minutes parce qu'ils savaient qu'à l'instant où leurs mains se toucheraient, plus rien, jamais, ne les séparerait.

Jo Mitch avait autant de flair qu'une mouche bleue. Il sentait venir la mélasse à des kilomètres. Un peu de flair vaut parfois mieux que des neurones et un cœur en état de marche.

Quand des centaines de bûcherons encerclèrent le cratère et l'envahirent, ils découvrirent avec colère que Mitch n'était plus là depuis la veille.

Tobie se précipita vers le ravin des vieux savants. Tous les détenus avaient disparu. On ne trouvait plus un seul gardien dans le cratère. Tobie donnait des ordres pour continuer les recherches.

Il entendit qu'on l'appelait.

C'était Mô et Milo Asseldor. Ils remontaient du fond du précipice.

– Tobie ! Ils sont enfermés en bas. Il faut faire sauter la porte. On entend des voix à l'intérieur.

Tobie courut jusqu'au dortoir. Il s'avança devant la porte. Le bûcheron Solken était à côté de lui, avec Torfou, Châgne et quelques voltigeurs. Il y avait aussi Jalam et une dizaine de Pelés qui avaient retrouvé leurs sarbacanes et ne quittaient plus leur Petit Arbre. Seule Elisha était partie retrouver sa mère.

Tobie prit la hache des mains de Solken. Il regarda la porte. Cette mince paroi le séparait peut-être de ses parents.

Il souleva la hache et l'écrasa contre le bois. La planche se brisa en son milieu comme un rideau de théâtre.

Là, juste derrière, immobiles, se tenaient les prisonniers. Ils regardaient gravement Tobie et ses amis. Ni joie, ni soulagement sur leurs visages. Lou Tann, le vieux cordonnier, était enveloppé dans une couverture.

Zef Clarac et Vigo Tornett sortirent des rangs.

– Nous ne savions pas si quelqu'un viendrait.

– Ils sont vivants ! cria Torfou à d'autres bûcherons qui arrivaient.

Mais Zef Clarac agita la tête.

– Non. Nous ne sommes pas tous vivants.

La foule des prisonniers s'écarta. Ils laissèrent un passage au milieu d'eux.

Sur la dernière paillasse, tout au fond, Tobie vit un tissu parfaitement blanc qui recouvrait une forme allongée.

Tobie laissa glisser la hache qui resta plantée sur le bois du sol. Il avança entre ces longues figures grises. Mô le suivait avec une torche. Il sentait la force qui unissait ces prisonniers, une de ces amitiés indestructibles qui poussent dans l'ombre des camps.

Tobie approchait du lit. Il se retourna pour voir une fois de plus les regards dans lesquels dansait le flambeau de Mô.

Tobie souleva légèrement le drap blanc.

C'était le conseiller Rolden.

– Il est mort cette nuit, dit Lou Tann en hoquetant. C'était mon ami.
– Je sais, dit Tobie.
– Il aurait voulu revoir sa branche.
– Je sais, répéta Tobie.

Un petit homme soutenait Lou Tann. Les regards étaient tournés vers Tobie.

Vigo Tornett se passa la main dans la barbe.

– Mitch a emmené tes parents, mon petit. Il faut retrouver cette ordure.

Tobie s'attendait à ces mots de Tornett. Il savait que Jo Mitch ne lâcherait pas Sim et Maïa.

– Je viens avec toi, dit Vigo Tornett. Je le dois bien à mon vieux Rolden.
– Moi aussi, dit une voix, derrière Zef.
– Moi aussi ! cria un autre.
– Moi aussi !

Un vrai cri de guerre s'éleva du petit dortoir. Un cri que les bûcherons reprirent et que les Pelés prolongèrent dans des tonalités mystérieuses. L'arbre frissonna.

Seul Lou Tann resta longtemps agenouillé au pied du lit de Rolden en chuchotant :

– Vieille branche, ma vieille branche…

Avant de quitter le cratère, Tobie parcourut du regard cette plaie immense. On aurait dit l'antre d'un dragon. Il se demanda si l'arbre pourrait se relever de ce mal. Un coup de vent fit chanter un bouquet de feuilles au-dessus d'eux. Cette berceuse rassura Tobie.

Le dragon était parti. L'arbre tenait encore debout. Il chantait même.

Alors Tobie remarqua deux petites silhouettes de l'autre côté, au-dessus du précipice. L'une des deux se tenait en équilibre face au vide. L'autre, un enfant, était accroupi juste derrière.

Tobie reconnut Ilaïa et Tête de Lune.

Tête de Lune avait retrouvé sa sœur transie de froid dans un trou de la paroi.

Il vit Tobie et fit vers lui un geste rassurant.

Il s'occupait d'elle.

Une fraction de seconde, les yeux de Tobie croisèrent ceux d'Ilaïa. Il baissa la tête et partit avec toute sa troupe.

Tête de Lune passa des heures derrière sa sœur. Elle était debout, les épaules chargées de remords, contemplant le précipice. Elle se penchait en avant pour jouer avec l'équilibre. Elle voulait mourir, se sentait coupable de tout le malheur du monde.

Tête de Lune commença par lui parler, doucement, s'approchant lentement d'elle. Puis il lui chanta des airs, bouche fermée. Enfin il ne fit plus un seul bruit.

Le vent nocturne faisait vaciller le corps d'Ilaïa. Le cratère était entièrement désert, depuis longtemps. Ils étaient tous les deux, seuls au bord de ce trou.

La nuit était venue le remplir comme un lac.

Quand Ilaïa s'effondra d'épuisement, il y eut une seconde où son corps hésita entre l'écorce et le précipice. Mais elle resta là-haut, du côté de la vie.

Tête de Lune la tira vers lui et ils dormirent l'un contre l'autre.

Pendant ce temps, la révolte du Petit Printemps gagnait les Cimes. Tobie menait une colonne de plus en plus nombreuse. Le peuple de l'arbre reprenait espoir. On vit des hommes et des femmes sortir de chez eux, comme des hiboux éblouis par la lumière, et se joindre au mouvement général.

Jo Mitch était en fuite. Il fallait se pincer pour le croire.

– Je vous le disais ! On n'est jamais à l'abri d'une bonne nouvelle, se réjouissait un petit monsieur en tentant d'enfiler le beau costume de sa jeunesse.

– C'est merveilleux ! répétait sa femme en reniflant. C'est merveilleux...

D'autres sortaient la nuit avec des torches. On revoyait enfin des enfants courir dans les branches.

Les gens regardaient l'arbre avec gravité. Leurs yeux s'étaient ouverts.

– Est-ce qu'il n'est pas trop tard ? demandaient certains en contemplant les rares bourgeons des Cimes.

Mais ils se faisaient rabrouer par leurs voisins :

– Retroussez-vous les manches, misérables ! Il n'est jamais trop tard.

Ce peuple qui avait creusé lui-même son malheur se découvrait une tâche extraordinaire qui l'obligeait à se remettre debout. On commença à reboucher les galeries, on grattait la mousse sur les bourgeons. Même les amoureux ne gravaient plus leurs noms sur l'écorce.

Oui, personne n'est jamais à l'abri d'une bonne nouvelle.

Des habitants des hauteurs, venus en renfort, renseignèrent Tobie sur la cavale de Jo Mitch. D'après ces témoins, il voyageait sur le dernier charançon avec quelques hommes à ses côtés. Ils détenaient toujours les deux prisonniers...

Jo Mitch était progressivement abandonné par ses partisans. Certains se cachaient sûrement dans cette foule qui suivait maintenant Tobie Lolness.

Mais Tobie savait que Mitch ne fuyait pas au hasard. Il avait un plan. Mitch tenait surtout entre ses mains la plus précieuse des monnaies d'échange : un savant à béret et son épouse.

Vigo Tornett ne quittait plus Tobie. Il avait appris avec joie que son neveu Plum s'en était sorti et qu'il était à l'abri dans une maison des Basses-Branches. Vigo retrouvait la verdeur de ses premiers printemps.

Un matin, au début d'une branchette, Tornett remarqua deux petites vieilles qui les regardaient passer. C'était deux femmes osseuses, penchées sur leurs cannes. Vigo dit à Tobie qu'il allait les interroger.

Tobie observait de loin le brave Tornett et ses allures de charmant bandit. Il salua dignement les deux vieilles. Mais Tobie le vit tout à coup planter son coude dans les vertèbres de la première dame et lui écraser les côtes avec le genou. Tornett attrapa la seconde petite vieille, la secoua vivement et lui envoya son poing dans les dents. Il la jeta sur la première et se mit à les piétiner toutes les deux en dansant d'un pied sur l'autre.

Tobie n'avait même pas bougé.

Plusieurs bûcherons se précipitèrent pour ceinturer Vigo. Les victimes râlaient sur le sol.

Tobie s'approcha. Il les avait reconnues.

– Laissez-le, dit-il aux bûcherons. Tornett a ses raisons.

Sur l'écorce, à moitié cachés par des foulards et de larges robes de grand-mère, Limeur et Torn gémissaient. Les terribles comparses de Mitch avaient abandonné leur patron et s'étaient déguisés pour se faire oublier.

Sa violence ne l'avait même pas soulagé, mais Tornett pensait à Rolden, mort en captivité sous ses yeux. Il le savait : ni le pardon ni la vengeance ne pouvaient lui rendre son ami.

En les abandonnant là, Tornett jeta aux deux hommes quelques échantillons de leurs dents qui avaient atterri dans sa poche.

Des semaines plus tard, très près des Cimes, Tobie installa son campement sur une branche lisse entourée de jeunes feuilles couvertes de duvet.

Tobie était inquiet. Suivi de dizaines d'hommes, il avait pisté Mitch jusque dans les hauteurs. La trace de Mitch se perdait là. Tobie n'avait plus aucune idée de la direction à suivre. Il avait donc décidé de redescendre dès le lendemain vers les rameaux du nord.

Le camp s'endormait. Des petits feux parsemaient l'écorce fine. On entendait quelques Pelés chanter leurs mélodies d'ailleurs.

Tobie tentait de dormir. Il ne cessait de penser à ses parents. A leurs voix, toujours. Leurs voix qui le sortaient de ses cauchemars quand il était petit. En ce temps-là, ils n'avaient qu'à dire « c'est fini » en l'embrassant sur le front et Tobie revenait à la vie.

Maintenant, il devinait les étoiles au-dessus de lui. Cela faisait bien longtemps qu'il n'était pas monté vers les Cimes.

C'était une nuit sans lune. Comme la première, cette nuit où sa vie de fugitif avait commencé. Quand la lune n'est pas là, les étoiles dansent. Il respirait l'air sec des hauteurs, l'air de plein ciel qui avait bercé son enfance.

– C'est beau.

Tobie sentit son cœur bondir. Il roula sur le côté et se retrouva nez à nez avec Elisha.

– Qu'est-ce que tu fais là ?

Elisha ne prit pas la peine de répondre à cette question idiote.

– Je t'avais dit de rester dans les Basses-Branches, insista mollement Tobie.

Elle lui donna un grand coup d'épaule et resta allongée sur le dos contre lui.

Leurs bras se touchaient dans toute leur longueur, des épaules au bout des doigts.

– Je ne veux plus attendre, dit-elle après un grand silence.

Ils entendaient le craquement du feu.

Elisha était un peu grisée par la pureté de l'air. La bouche et les yeux ouverts, elle sentait ses doigts contre ceux de Tobie.

Ce qui était doux c'est que leur peau n'avait pas la même température. Ils sentaient leur cœur battre contre la main de l'autre.

Tobie n'osait pas bouger. Il se demandait s'il allait s'habituer. Un son de la voix d'Elisha suffisait à l'étourdir, un mouvement de son poignet le mettait sens dessus dessous.

– Moi aussi, dit-il à tout hasard.

Et il répéta avec intensité :

– Moi aussi.

Ils restèrent un moment à se taire. Même l'air ne pesait plus sur eux. Immobiles, ils apercevaient des étoiles entre les feuilles.

– C'est fou, dit Elisha.

Il n'y avait pas d'autre mot pour dire cette douceur.

Longtemps après, dans la nuit, elle lui tendit quelque chose.

– Tiens.

Tobie approcha sa main.

– On a trouvé ça sur le chemin.

Elle lui donna un objet rond et mou que Tobie reconnut malgré l'obscurité. C'était le béret de Sim Lolness.

– Il a dû le perdre en route, dit Elisha.

Tobie se mit à rire doucement.

– Le perdre ? Mon père ? Il préférerait perdre sa tête…

On l'entendit froisser le béret en tous sens. Puis Tobie s'approcha du feu. Il avait sorti de la couture un carré de papier enroulé. Il le déplia à la lumière d'un tison.

« Direction nid des Cimes. Nous allons bien… Nous… »

Tobie referma son poing sur le papier. Sim n'avait pas pu terminer d'écrire le message.

Elisha regardait Tobie. Il était déjà ailleurs.

Il se dressa dans la nuit et, d'un seul mot qui rebondit de feu en feu, il fit lever le camp.

26

SUR LE FIL

Jo Mitch était retranché dans l'œuf du Sud.

Le reste du nid paraissait à l'abandon. Tobie et ses amis chassèrent une grosse araignée qui s'y était installée. Ils encerclèrent l'œuf en quelques instants.

D'après les premiers hommes arrivés, il ne restait pas plus de quatre personnes dans la coquille. Jo Mitch n'avait donc qu'un seul fidèle pour garder Sim et Maïa.

Tobie, au contraire, était entouré de compagnons innombrables, mais il savait qu'un couteau posé sur la gorge de Maïa suffisait à donner tous les pouvoirs aux malfaiteurs. Le nombre de combattants ne changeait rien.

Tigre parut le premier, en haut de la passerelle.

Il tenait Maïa contre lui, en bouclier vivant.

Tobie observait sa mère. Bien droite, le visage très calme, elle regardait cette foule autour d'elle. Quand elle rencontra les yeux de Tobie, elle leva un peu le menton, portée par la joie et la fierté.

Cette image de Maïa livrée à la barbarie toucha si profondément Tobie qu'il eut du mal à répondre à son sourire. Il aurait aimé qu'Elisha soit auprès de lui. Où était-elle passée ?

Tobie s'avança d'un pas et attendit que Tigre parle.

Des nuages commençaient à se rassembler dans le ciel.

– Nous les tuerons, tous les deux ! cria Tigre. Nous les tuerons au premier geste que vous ferez contre nous !

Tobie frissonna.
— Que demandez-vous ? lança Vigo Tornett.
— Jo Mitch va vous le dire dans peu de temps…
Tigre poussa Maïa dans l'œuf. Ils disparurent.

Elisha était perdue dans la foule. Elle avait entendu de très loin les menaces de Tigre. La beauté de Maïa Lolness l'impressionnait.

Soudain, elle sentit une main prendre son épaule. Elisha eut du mal à reconnaître cet homme aux yeux creusés, qui la salua.

— Patate ?

Patate voulut entamer une révérence, mais Elisha se précipita pour le relever et le serrer dans ses bras.

Il parvint à dire au milieu de hoquets :
— Ve m'en fuis forti, n'est-fe pas ?
— Oui, Patate.

Intimidé, il n'osait pas mettre ses mains autour du corps d'Elisha, alors il écartait les bras comme si elle était poisseuse. Elisha avait posé son menton sur l'épaule de Patate.

Elle eut alors une vision qui l'empêcha d'entendre les flots d'explications que Patate commençait à donner. Elisha plissait les yeux. Elle avait vu un léger miroitement dans le ciel chargé.

Comme une étincelle.

Elle attendit quelques secondes et vit à nouveau ce petit éclat de soleil. Elle n'avait pas rêvé.

— Je reviens, dit-elle à Patate.

Elisha le repoussa un peu et traversa l'assemblée pour aller trouver Tobie. Il l'écouta, leva rapidement les yeux au ciel. Son visage s'éclaira.

Maintenant, Elisha regardait Tobie s'éloigner. Avait-elle bien fait de lui donner cette idée ?

Quelques minutes plus tard, elle vit Tobie apparaître au sommet de l'œuf qui était derrière eux. Il se leva, resta un moment debout et respira un grand coup. A part Elisha, personne ne l'avait remarqué.

Il écarta les bras et fit un pas dans le vide. Elisha ferma un instant les yeux. Quand elle les rouvrit, Tobie marchait dans le ciel.

Lentement, pas à pas, les bras écartés, il marchait vers l'œuf du Sud. Le vent s'était arrêté. Un petit nuage passa au ralenti derrière lui et combla le dernier coin de ciel bleu.

Une araignée avait tendu son fil invisible entre les œufs. Un reflet du soleil l'avait révélé à Elisha. Un long fil qui reliait le sommet des deux tours. C'était le seul moyen d'atteindre par surprise les preneurs d'otages.

En bas, on attendait la demande de Jo Mitch, et les regards ne quittaient pas l'entrée de l'œuf. Personne ne vit l'équilibriste qui marchait dans le ciel.

Tobie progressait peu à peu. Son pied trouvait mystérieusement la bonne position sur le fil. Il ne pensait même pas au vide qui l'entourait. Il avait l'impression de suivre quelqu'un.

Quand un mouvement commença à agiter la foule, Elisha crut qu'on avait remarqué Tobie.

Mais c'était Jo Mitch.

Il venait de sortir de l'œuf. Il n'avait pourtant pas la tête des oisillons qui sortent de leur coquille. Il ressemblait plus que jamais à un grumeau hilare.

Mitch tenait le professeur Lolness par le col. Il avait une grosse arbalète à quatre flèches dans l'autre main. La présence de la foule le réjouissait infiniment. Il savait qu'il tenait tout ce monde à sa merci. Et c'était pour lui une sorte de bonheur désespéré.

Une dernière fois, il allait pouvoir faire mal. Mitch comptait bien se dépasser. Il se promettait de ne pas gâcher le crime atroce qu'il préparait. Ce serait son chef-d'œuvre. Mieux encore que l'assassinat d'El Blue sur lequel il avait bâti son empire. A l'époque, il lui avait suffi d'accuser les Pelés et de se présenter en défenseur de l'arbre contre cette menace.

Maintenant, il voulait faire beaucoup mieux, il y a des occasions qu'on n'a pas le droit de rater.

Au moment où il allait commencer son chantage, quelqu'un sortit du premier rang de la foule.

Jo Mitch grogna et leva une de ses lourdes paupières. Qui osait ?

Elisha se mit sur la pointe des pieds pour comprendre ce qui se passait. Un homme avançait vers Mitch.

Une clameur gagna le public quand il reconnut Léo Blue.

Léo marchait tranquillement vers l'assassin de son père.

Il n'avait pas l'air fou. Il n'avait pas l'air de vouloir mourir. Pour la première fois, un éclat de joie se lisait sur son visage.

Désormais, il ne se battrait plus contre des fantômes. Son seul ennemi était devant lui.

Au bout de quelques pas, le carnage commença. Jo Mitch arma son arbalète. Il visa vaguement. Une flèche alla se planter dans la cuisse de Léo.

Le jeune Blue ne s'arrêta pas. Il continua à avancer.

Une seconde flèche traversa le haut de son bras.

Elisha se mit à hurler. Mais la rumeur de la foule couvrait sa voix. Elle se débattait pour franchir le premier rang.

Le pas de Léo Blue ne ralentit même pas. Il reçut la troisième flèche dans le côté droit.

Jo Mitch commençait à enfler de colère. Des gouttes de sueur grosses comme des œufs de cafard lui dégoulinaient dans le dos.

A la porte de l'œuf, Tigre apparut en hurlant :

– Léo Blue ! Jette tes armes !

Léo obéit. Il fit un geste lent vers ses boomerangs, accrochés dans son dos, et il les jeta de part et d'autre de lui.

– Maintenant, arrête-toi ! cria Tigre.

Mais Léo s'était remis à marcher.

Mitch laissa tomber Sim Lolness sur le sol. Il fit un pas en avant et tira sa dernière flèche.

Cette fois, Léo Blue s'arrêta un bref instant, le souffle coupé. Sa jambe gauche fléchissait. On crut qu'il allait tomber au milieu de la passerelle, mais ce n'était pas une chute. C'était un pas. Un pas de plus vers l'homme qui avait détruit sa vie, vers celui qui avait fait de lui un monstre.

Jo Mitch jeta l'arbalète. Il avait les mains vides.

Il se mit à reculer.

Tout à coup, son mégot réapparut au coin de ses lèvres.

Il souriait.

Mitch s'était rappelé qu'il lui restait une arme, une dernière arme pour faire arrêter Léo Blue : l'arme absolue. Il alla jusqu'à Sim Lolness qui gisait au sol et posa son pied sur son crâne. Il fit un nouveau sourire d'escargot, un sourire ramolli et baveux. Son mégot glissait sur son menton.

Léo Blue se figea sur place.

Un seul petit mouvement et Mitch ferait exploser la tête du professeur.

Elisha avait cessé de s'agiter. Elle regardait, comme tous les autres. La pluie commença à tomber. Il y avait dans le nid un terrible silence.

Ce silence fut traversé par un sifflement tournoyant.

Tout se passa en un millième de seconde.

Les boomerangs que Léo avait négligemment jetés des deux côtés surgirent en même temps à gauche et à droite. Ils venaient d'achever le tour de l'œuf et se plantèrent sans un bruit dans le crâne de Jo Mitch.

Ses yeux firent quelques tours sur eux-mêmes. Sa bouche se mit à se tordre. Il s'affaissa sur la passerelle, comme une flaque de boue, à côté de Sim.

Léo tomba aussi, un sourire sur les lèvres.

Terrifié, Tigre se réfugia dans l'œuf. Il attrapa Maïa et la serra contre lui. Il brandit son harpon. Ils étaient seuls en plein milieu de la coquille. Sim apparut à la porte et se mit à hurler :

– Maïa !

Celle-ci cria le nom de son mari, mais les pointes du harpon allaient lui arracher la gorge.

Sim n'osait plus avancer.

Un cri.

Une ombre qui tombe du ciel.

Il y eut dans l'œuf un bruit de fruit qu'on écrase.

Maïa sentit l'arme glisser contre sa peau, et Tigre se raidir puis tomber sur le sol.

Par l'étroite ouverture du sommet de l'œuf, Tobie venait de sauter dans le vide. Il avait atterri sur l'agresseur en lui broyant les côtes. Tigre ne respirait plus.

Maïa se précipita vers son fils en tremblant. La tête de Tobie avait heurté le sol. Sim accourait.

Sim et Maïa se penchèrent en même temps au-dessus de Tobie. Il ne bougeait pas.

Maïa lui parla à l'oreille. Tobie ouvrit les yeux.

Il regarda ses parents. Ses lèvres bougeaient.

– Vous êtes beaux.

Sim, trop ému, articula simplement son nom :

– Tobie.

Allongé sur le sol, Tobie ouvrit les bras. Sim et Maïa se blottirent contre lui.

Elisha resta longtemps à tenir la tête de Léo Blue sous la pluie. Il était encore conscient. Il avait juste la force de lui sourire.

– C'est fini, essayait-il de dire. C'est fini.

Elisha le faisait taire.

– On va te soigner. Ma mère sait tout guérir. Tu vas vivre, Léo. Ton père voudrait que tu vives. Tu as juste perdu du temps. La vie commence, Léo. Ça commence...

Les yeux de Léo s'embuèrent, il ne sentait plus ses blessures. Quelque chose commençait peut-être. La pluie entrait dans ses vêtements.

Elisha passait ses doigts dans les cheveux de Léo.

Il articula :

– Ma petite sœur.

Quand on emmena Léo Blue pour le soigner, Elisha voulut enfin rejoindre Tobie. Pénétrant dans l'œuf, les cheveux et le visage trempés, elle le vit avec ses parents.

Maïa la reconnut au premier coup d'œil et l'appela. Elle lui tendit les mains.

Ce n'était pas des retrouvailles car c'était la première fois qu'elles se rencontraient.

Sim et Maïa laissèrent Tobie et Elisha dans l'œuf où résonnait le bruit de la pluie.

Au moment de sortir, Sim jeta un dernier coup d'œil sur le corps sans vie de Tigre. Ils franchirent la porte.

– La vie est étrange, dit Sim à Maïa en l'abritant sous une cape noire. Léo Blue a éliminé Jo Mitch, l'assassin de son père...

Maïa le prit par le bras. Ce fut elle qui termina la phrase :

– Et Tobie a tué Tigre, le meurtrier de Nino Alamala.

En un éclair elle se rappela une fois de plus cette nuit lointaine où Sim lui avait apporté le petit Tobie, enveloppé dans des langes bleus.

– Son père vient d'être tué dans sa prison, disait Sim en tendant l'enfant à Maïa. Il n'a plus personne...

Maïa l'avait pris contre son cœur. Elle caressait les cheveux de l'enfant.
– Comment s'appelle-t-il ?
Sim répondit :
– Il s'appelait Tobie Alamala. Mais on ne doit plus dire son nom.
– Alors, murmura Maïa, il faudra l'appeler Tobie Lolness.

27

L'AUTRE

Il y eut un été et un hiver. Ce fut l'an 1.
Tout recommençait.
On oublia le nid des Cimes.
Une chouette s'y installa le printemps suivant. On entendait au crépuscule son hululement jusqu'aux Basses-Branches.
La chouette pondit cinq œufs. Elle éleva ses petits.
D'autres années passèrent. D'autres chouettes y nichèrent.

Un jour, un de ces oiseaux vit surgir un homme avec un béret. La chouette ne bougea pas. Elle protégeait ses petits qui dormaient sous elle. Parfois une petite tête ébouriffée apparaissait entre ses plumes, mais la chouette la tirait à elle, ne quittant pas des yeux le visiteur.
Ce dernier n'avait pas l'air dangereux. Il escalada péniblement une branchette abrupte qui dominait le nid.
– Et hop, dit-il en arrivant en haut, épuisé.
Il fit un petit salut de la tête vers la chouette et retira son béret.
Un jeune homme le rejoignit. C'était Tobie.
Ils s'installèrent l'un à côté de l'autre, assis sur une brindille.
– On les dérange, dit Sim Lolness en montrant l'énorme chouette en dessous d'eux.
Mais Tobie regardait ailleurs. Ses yeux étaient tournés vers le lointain, là où l'on devinait la prairie.
– Il paraît qu'il est là-bas…, dit Sim.

– Oui, Isha Lee s'occupe de lui. Comme d'un fils.
– Elle connaît la médecine de l'herbe.
– Elle l'a presque sauvé.
– Pauvre Léo, soupira Sim.
– Il va mieux. On dit aussi qu'une fille que je connais est toujours avec lui...

Sim souriait. Une fille... C'était encore la meilleure médecine du monde. Il remit son béret.

– Elle s'appelle Ilaïa, dit Tobie.

Sim se tourna vers son fils. Il le regarda longuement, voulut parler, mais renonça...

– Tu allais me dire quelque chose, papa, hasarda Tobie.

Sim semblait chercher une phrase de remplacement.

– Non... Euh... Le chasseur de papillons est resté là-bas, aussi.

Tobie acquiesça.

Arbaïan... Pendant des mois, il avait poursuivi les deux incendiaires envoyés par Léo pour brûler la prairie. Il avait ainsi parcouru ce chemin du tronc, des racines et des herbes, ce voyage qu'il n'avait pas osé faire des années auparavant, ce grand voyage qui avait coûté la vie de son ami El Blue.

Sa mission accomplie, Arbaïan était resté dans la prairie, non loin d'Isha.

– Et ce vieux fou de poète auquel tu racontais ta vie, mon fils ?
– Pol Colleen ? demanda Tobie en souriant. Il s'est remis à écrire. Il a presque fini.
– Colleen, quand on était jeune, je l'appelais « la sauterelle » ! On dirait qu'il a les oreilles dans les pattes : il écrit tout ce qu'il entend.

Le professeur avait en effet découvert, il y a bien longtemps, que les sauterelles cachaient leurs oreilles dans leurs pattes antérieures.

Tobie se laissa glisser sur la branche d'en dessous et la dévala.

Sim resta seul. Il souleva son béret pour se gratter la tête. Une nouvelle fois, il n'avait pas réussi à dire à Tobie ce qu'il voulait lui apprendre.

L'AUTRE
657

Il soupira. La chouette ne faisait plus attention à lui. Une légère brise se levait sur les Cimes.

Tobie réapparut.

Il tenait par la main une dame fragile et élégante. Sim Lolness se leva et l'aida à s'asseoir.

– Tu n'aurais pas dû monter, Maïa.

Elle lui tapa sur la main.

– Ne fais pas ton jeune homme, professeur.

Elle regardait la beauté du paysage.

– L'arbre va mieux, dit-elle.

Et c'était vrai que l'arbre se mettait à revivre. La forêt de lichen reculait doucement. Les Amen et les Asseldor y travaillaient ensemble.

Le cratère n'était plus qu'une cicatrice ancienne que recouvrait lentement l'écorce. La vie l'emportait.

Personne ne savait que la pierre de l'arbre reposait là, six pieds sous l'écorce. Tobie l'avait abandonnée au fond du cratère, et le bois nouveau l'enfouissait, années après années, loin de l'avidité des hommes.

– L'arbre est en vie, dit Sim. Ils ont fini par me croire. Il y a bien longtemps qu'on ne me réclame plus le secret de Balaïna…

Sim se demandait d'ailleurs ce qu'avait pu devenir ce jouet articulé par lequel tout avait commencé.

– Dis-moi, Tobie…

Sim se retourna. Tobie avait encore disparu.

Maïa et Sim contemplèrent les Cimes autour d'eux, dans la lumière horizontale du soir.

Toutes les extrémités des branches formaient un plateau infini qu'on avait envie de traverser à grandes enjambées.

La lune se levait et le soleil n'était pas encore couché. Cela donnait une lumière étrange.

– Tu lui as parlé ? demanda Maïa.

– Non.

– Tu veux le lui dire depuis des années, sourit-elle.

– Je ne sais pas, dit Sim. Je ne sais pas comment…

– Il connaît sûrement l'histoire de Nino et Tess Alamala. Tu dois juste lui parler. Il a le droit de savoir le nom de ses parents…

Tobie écoutait. Il était juste derrière eux. Il n'avait pas voulu les surprendre, mais en remontant lentement, en silence, il avait tout entendu.

Sur son dos, accroché à son cou, quelqu'un lui souffla :

– Maintenant, tu sais, mon Tobie. C'est ce que tu voulais…

Deux souvenirs anciens remontèrent violemment en lui.

L'hiver passé dans la grotte du lac. Cette peinture qui l'avait fait mystérieusement tenir.

Et puis cette marche sur le fil, entre les œufs, le jour de la mort de Jo Mitch. Marcher sur un fil… Il se souvenait de son impression. L'impression de suivre quelqu'un.

Le peintre et la funambule. Nino et Tess.

Ses parents.

Ils ne l'avaient jamais abandonné.

Quand Tobie revint vers Sim et Maïa, les yeux rougis, quelques instants plus tard, il portait une jeune femme sur le dos.

Ne disons pas qu'elle était jolie. Elle était mieux que cela.

Elle avait ses cheveux roulés en galettes auprès des yeux.

Sim et Maïa lui firent de la place. Tobie soufflait. Il était à bout de force.

– Et hop, dit-il en riant.

– Elle n'est pas si lourde, dit Maïa.

– Ce n'est pas elle qui est lourde, s'écria Tobie. C'est l'autre...

Elisha portait un tout petit enfant dans ses bras.

Pol Colleen,
Basses-Branches, Noël de l'an 6

Table des matières

I. La Vie suspendue

Première partie   13

  1 Traqué   15
  2 Adieu aux Cimes   23
  3 La course contre l'hiver   33
  4 Elisha   43
  5 Papillon de nuit   53
  6 Le secret de Balaïna   63
  7 La haine   73
  8 Nils Amen   83
  9 Le cratère   95
10 Un messager   105
11 W. C. Rolok   115
12 Tête de Truc   127
13 La veuve noire   135
14 Seldor   147
15 Le moulin   157

Seconde partie   167

16 Clandestin   169
17 Enterré vivant   181
18 Ce bon Zef   191
19 La pierre de l'arbre   201
20 La branche creuse   213
21 L'enfer de Tomble   225
22 L'éducation des petites filles   237
23 La momie   251
24 Envolé   263
25 Ailleurs   277
26 La dernière marche   287
27 Une autre vie   297
28 La fiancée du tyran   307

TABLE DES MATIÈRES

II. LES YEUX D'ELISHA

PREMIÈRE PARTIE   325

  1 LES AILES COUPÉES   327
  2 LA BELLE ET L'OMBRE   343
  3 UN REVENANT   355
  4 ENTRE DEUX MONDES   369
  5 SEUL   381
  6 LA GARNISON DE SELDOR   393
  7 LES BASSES-BRANCHES   405
  8 L'ÉCOLE DU SOIR   415
  9 LE BÛCHERON 505   429
10 LE VISITEUR   443
11 LA PETITE MUSIQUE DE LA LIBERTÉ   457
12 LES SILENCES DU VOLTIGEUR   469
13 LE VIEUX AVEC LA CRÊPE SUR LA TÊTE   481
14 JE REVIENS   497

SECONDE PARTIE   507

15 LA TRAHISON   509
16 LA MARIÉE ÉTAIT EN VERT   519
17 LE DERNIER PELÉ   533
18 LA FUGITIVE   547
19 PAPILLON   559
20 DANS LES GRIFFES DE TIGRE   575
21 LES ÉVADÉS DE L'ÉQUINOXE   589
22 VERS LES BASSES-BRANCHES   601
23 DUEL SOUS LA LUNE   613
24 LES MOTS DU MUET   623
25 LE PETIT PRINTEMPS   635
26 SUR LE FIL   647
27 L'AUTRE   655

TIMOTHÉE DE FOMBELLE est né en 1973. D'abord professeur de lettres en France et au Vietnam, il se tourne tôt vers le théâtre. Il crée en 1990 une troupe pour laquelle il écrit des pièces qu'il mettra lui-même en scène. Depuis, il n'a cessé d'écrire pour le théâtre. Sa pièce *Le Phare*, écrite à 18 ans, a été montée en France puis traduite et jouée dans de nombreux pays. Son texte *Je danse toujours* (Actes Sud) a été lu à l'ouverture du festival d'Avignon en 2002. *Tobie Lolness*, son premier roman, a été couronné par de nombreux prix et connaît un succès international. Il sera traduit en vingt-deux langues.

FRANÇOIS PLACE est né en 1957. Il a étudié l'expression visuelle à l'école Estienne, avant de réaliser ses premières illustrations pour la collection « Découverte Cadet », chez Gallimard Jeunesse. Il a illustré de nombreux livres. Il est aussi devenu un auteur de fiction au talent maintes fois célébré, avec *Les Derniers Géants* (Casterman), ou *Le Vieux Fou de dessin* (Gallimard Jeunesse), ou encore l'*Atlas des géographes d'Orbae* (Casterman / Gallimard Jeunesse). Son dessin a servi de grands textes et de grands auteurs. Avec *Tobie Lolness,* il a pu une fois de plus laisser parler son art.

*Le papier de cet ouvrage est composé
de fibres naturelles, renouvelables, recyclables
et fabriquées à partir de bois provenant
de forêts plantées et cultivées expressément
pour la fabrication de pâte à papier.
L'encre utilisée pour l'impression est d'origine végétale.*

Loi n° 49-956 du 16 juillet 1949
sur les publications destinées à la jeunesse

Maquette :
Didier Gatepaille

ISBN 978-2-07-0619634
Numéro d'édition : 158111
Dépôt légal : octobre 2008
Imprimé en Italie par
GRAFICA VENETA